Himmel

Sandra Newman

Himmel

Aus dem Englischen
von Milena Adam

Matthes & Seitz Berlin

Für Howard

I

1

Ben lernte Kate auf einer Party kennen. Die Gastgeberin war reich, er kannte sie nicht persönlich. Es war eine dieser Partys, wo niemand die Gastgeberin kannte. Er war mit einer Arbeitskollegin der Cousine der reichen Gastgeberin gekommen, die er im Gedränge sofort verloren hatte. Ursprünglich war ein Abendessen geplant gewesen, doch die Einladungen hatten sich verselbstständigt, waren wie eine Epidemie von Freunden an Freunde weitergereicht worden, und schließlich gab es an die hundert Zusagen. Also öffnete die reiche Gastgeberin beide Etagen, machte Bowle statt Risotto und bestellte bei einem chinesischen Restaurant tausend Teigtaschen. Es war August, und man musste den Dingen ihren Lauf lassen. Das war jedenfalls ihre Einstellung, denn sie alle waren damals in ihren Zwanzigern.

Auf der Party wurde hauptsächlich Französisch gesprochen, ruhiges Geplauder erfüllte die Räume; es war eine Party mit in die Nacht hinaus geöffneten Fenstern, mit Leuten, die auf dem Boden saßen und sich unterhielten. Die Festbeleuchtung bestand überwiegend aus kleinen solarbetriebenen Lichtern, die die reiche Gastgeberin den ganzen Tag über zum Aufladen an die Feuertreppe gehängt hatte, um sie dann an den Wänden anzubringen. Das Licht spiegelte sich weich in den schweren Gläsern, in die der Wein geschenkt wurde. Es gab noch nicht einmal Musik. Die reiche Gastgeberin sagte, sie bekäme Alpträume davon. New York City – alle machten gerade ein Praktikum bei Condé Nast oder irgendeinem Fernsehsender oder der UN. Alle waren ein bisschen verliebt ineinander; wir schreiben das Jahr 2000 im wohlhabenden Westen.

Ben sprach an jenem Abend mit einem Dutzend junger Frauen. Er war nicht ernsthaft auf Partnersuche. Er hatte einen Job und promovierte, insofern hatte er keine Zeit für emotionale Anstrengungen. Trotzdem war es nett, hier und da ein bisschen zu flirten, die Macht zu spüren, die damit einherging, attraktiv und über eins achtzig groß zu sein. Ein Abend der aufgeschlossenen Körperhaltungen und geöffneten Lippen; eine so wohlige Seligkeit, als würde man auf einer Treppe in die Lüfte emporsteigen.

Um ein Uhr morgens stieg er in den Aufzug, um Zigaretten zu holen. Kate stand draußen auf der Eighty-Sixth Street, mit dem Hund der reichen Gastgeberin, der Gassi gehen musste. Sie trug ein locker sitzendes Kleid, das nicht wie ein Partyoutfit aussah; zunächst war er sich nicht sicher, ob sie zur Party gehörte. Dann erkannte er den Hund, Terriermischling mit einem Hauch Dackel, langgestreckt und zottelig. Süß. Ben blieb stehen, um den Hund zu streicheln.

Er ging los und kaufte seine Zigaretten. Als er zurückkam, stand Kate noch immer an derselben Stelle. Er blieb stehen, um zu rauchen. Fünf Minuten lang redeten sie zusammenhangsloses Zeug, dann war es, als würde ein Schalter umgelegt. Der Straßenlärm verstummte. Sie lächelten einander wortlos an. Schon in diesem Moment begann das seltsame Gefühl.

Kate sagte: »Wie heißt du?«

»Pedro«, sagte Ben.

Sie lachte. »Ach, ich hab dich schon gefragt, oder? Du hast was anderes gesagt.«

»Nein.« Er lächelte albern. »Ich glaube nicht, dass du mich gefragt hast.«

»Doch, aber ich weiß nicht mehr, was du gesagt hast.«

Sie nickte dem Hund zu. »Ihren Namen habe ich auch vergessen. Wenn wir jetzt die Stadt verlassen, irgendwo hinfahren, wo niemand uns kennt, dann hättet ihr beiden keine Namen.«

»Ich könnte Pedro sein.«

»Nein, ich weiß, dass du nicht Pedro bist.«

»Ich könnte Rumpelstilzchen sein.«

»Abgemacht.«

Er lachte, sie jedoch nicht. Sie stand einfach da, lächelte ihm ihre Zuneigung entgegen. Er rauchte seine Zigarette zu Ende. Dann hätte er zurück zur Party gehen sollen, was er aber nicht konnte. Es war sonderbar.

Und sie unterhielten sich eine Weile über den Hund und darüber, wie es wäre, nach Südamerika durchzubrennen, über das Boot, auf dem sie leben und die Schmuggler, denen sie begegnen würden, und die Sonnenuntergänge über dem türkisfarbenen Meer mit seinen Stränden voller Blaukrabben, und es fühlte sich an, als wären sie noch jünger als ohnehin, als hätten sie noch keine Jobs.

Kate hatte ungarisch-türkisch-persische Wurzeln: drei romantische, aber unpraktisch veranlagte Stämme; drei Völker, die ihre Weltreiche verspielt hatten. Ihre Vorfahren trugen Juwelen im Bart, schwangen im vollen Galopp die Schwerter. Bei ihnen habe es entweder Opiumhöhlen oder Stalinismus gegeben, nichts dazwischen; das sagte Kate und lachte über sich selbst.

Ben war halb bengalisch, halb jüdisch. Das hätte eine interessante Mischung sein können, aber die Realität war eher unspektakulär. Seine Vorfahren waren Rabbiner, Ladenbesitzer, Anwälte gewesen; in Ben stieg die Ahnung auf, dass das im Vergleich zu ihr uncool wirken könnte, und er musste dieses Gefühl bewusst unterdrücken. Er sagte: »Meine Familie hat nie die Schwerter geschwungen, aber ich bin jederzeit bereit, es auszuprobieren.«

Sowohl Ben als auch Kate hatten einen dunklen Teint, schwarze Augen und Adlernasen; sie sahen aus wie Angehörige ein- und desselben undefinierbaren Stammes. Sie kommentierten diese Ähnlichkeit mit selbstironischen Ausdrücken wie »beige« und »Zinken«, und freuten sich dermaßen darüber – über nichts –, dass sie begannen, mit dem Hund in Richtung Downtown zu laufen. Der Hund war ebenfalls beige. Ben machte sie darauf aufmerksam, und sie blieben stehen und hockten sich hin, um ihre Arme mit seinem Fell zu vergleichen; dabei berührten sie sich zum ersten Mal. Der Hund leckte ihre Hände ab und verhinderte, dass mehr passierte. Dennoch hatte es definitiv einen Funken gegeben.

Auf dem Weg zurück zur Wohnung tauschten sie jene Informationen aus, die man auf Datingportalen in sein Profil schreibt. Es fühlte sich an, als würden sie nachträglich den Papierkram für eine Sache erledigen, die sie unter der Hand bereits beschlossen hätten. Und dann, im Aufzug, als sie allein waren, sehnte Ben sich danach, sie zu küssen. Sie lächelte zur Tür hin, unküssbar, und strahlte den Gedanken an Sex aus. Sie traten hinaus, sie ließ den Hund von der Leine und hängte die Leine an die Garderobe. Ohne ein Wort gingen sie auf den Balkon.

Es war schon jemand dort – der Dauergast der reichen Gastgeberin, ein älterer Neuseeländer, den Kate bereits kannte und der später in ihrer beider Leben eine wichtige Rolle spielen sollte. Zu diesem Zeitpunkt aber verschwendete Ben kaum einen Gedanken an ihn. Seine Anwesenheit bedeutete nichts weiter, als dass er mit Kate nicht allein war. Der Neuseeländer erzählte von einem Garten, an dem er gerade arbeitete; er war Gartengestalter und nach

New York gekommen, um jemandem, der sehr reich war, einen Garten anzulegen. Ben lauschte seinem Akzent und betrachtete ihn hauptsächlich als nützliche Unterbrechung, ein Mittel, das es ihnen ermöglichen würde, die nächste Etappe etwas sanfter anzugehen.

So standen sie also auf dem windigen Balkon, die Lichter New Yorks breiteten sich wie ein Sternenhimmel unter ihnen aus. Richtige Sterne gab es kaum zu sehen, und die wenigen schimmerten nur blass. Von diesem Standpunkt aus wirkte die Stadt strahlender und komplexer als der Kosmos; tatsächlich schien der Kosmos gewöhnlich, wie ein gerahmter Druck, der nur deshalb an der Wand hing, weil sie ohne ihn falsch aussähe. Es muss Bilder geben und es muss einen Kosmos geben, auch wenn niemand sie betrachtet. Und Ben sah verstohlen zu Kate und wünschte sich, er könnte ihr all das sagen; er war überzeugt, dass sie ihn verstehen würde.

Sie hatte eine längliche Nase und längliche, humorvolle Augen, einen vollen, lippenstiftroten Mund. *Persisch*, sagte er in Gedanken wie berauscht, *persisch*. Mit Absätzen war sie genauso groß wie er. Voll und rundlich, wie eine Katze mit viel Fell. Sie hielt sich unheimlich gerade, als würde sie niemals schlaff oder mit krummem Rücken an ihrem Schreibtisch sitzen. Sie lehnte sich nicht einmal ans Balkongeländer, sondern stand mit am Körper herabhängenden Armen da. Schwerelos. Eine königliche Haltung. *Persisch*.

Draußen erzählte sie ihm, dass sie Künstlerin sei – »Arbeiten auf Papier« –, und ihren Kunst-Bachelor am Pratt Institute abgebrochen habe.

»Wenn es etwas wie Geologie gewesen wäre, dann vielleicht«, hatte sie gesagt (weil er ihr erzählt hatte, dass er einen Abschluss in Geologie habe, obwohl er eigentlich Lyriker sei – *publiziert*, hatte er hastig hinzugefügt. Sie eilte ihm zur Hilfe: »Also *ich* lese Lyrik.« Er sagte: »Wirklich?« Sie sagte: »Gerade ist Apollinaire dran«, und zitierte Apollinaire auf Französisch, als wäre das für eine gescheiterte Kunststudentin vollkommen selbstverständlich. Danach hatte sie angefügt: »Mein Französisch ist furchtbar, tut mir leid«, und er hatte dummerweise mit »Ich auch nicht« geantwortet, weil er so enorm abgelenkt war und plötzlich in Begriffen der Liebe dachte.

»Wir sollten zurück zur Party«, hatte sie gesagt, und die Welt erkaltete. Wie war er so schnell an diesen Punkt gelangt?)

Und jetzt der windige Balkon, die überflüssigen Sterne, die Stadt als Mysterium glitzernder Türme. Kate und der Neuseeländer unterhielten sich über die Great-Man-Theorie in der Geschichte, der zufolge menschlicher Fortschritt von Menschen der Superlative wie Sokrates oder Mohammed abhing, die eigenhändig die Welt veränderten. Kate verteidigte diese Ansicht, während der Neuseeländer sich darüber lustig machte und nicht glauben wollte, dass sie es ernst meinte. Er sagte: »Wie kann jemand *so* viel besser sein als die anderen? Wir sind uns doch von der Biologie her alle total ähnlich.«

»Sie müssten nicht so viel besser sein«, sagte Kate. »Es kommen ja noch die äußeren Umstände hinzu, da kommt dann alles zusammen, wie bei allen ungewöhnlichen Vorkommnissen, einem Supervulkan oder schweren Erdbeben.«

Sie sah Ben an.

Ben sagte: »Schwere Erdbeben sind nicht so ungewöhnlich.«

»Ben ist Geologe«, erklärte Kate dem Neuseeländer.

»Aber ist er ein großer Geologe?«, sagte der Neuseeländer.

Kate lachte. Ben lachte auch, obwohl er sich fragte, ob dieser Seitenhieb seinem Ansehen bei Kate schaden würde. Der Neuseeländer verkündete, er wolle sich noch etwas zu trinken holen, und verschwand. Plötzlich raste Bens Herz. Bruchstücke des Apollinaire-Verses, den sie zitiert hatte, gingen ihm durch den Kopf: *mon beau membre asinin ... le sacré bordel entre tes cuisses* (mein dummer, schöner Schwanz ... das heilige Bordell zwischen deinen Schenkeln). Als sie das gesagt hatte, war es ihm auf jeden Fall wie ein Flirt vorgekommen. Doch vielleicht hatte sie wirklich nur Apollinaire im Sinn gehabt.

Jetzt lächelte Kate ihm vage zu und blickte zu den Balkontüren hinter ihnen. Ihr Gesicht fing das Licht ein, was einen Schimmer auf ihre ebene Wange legte. Eine neue Entschlossenheit erschien in ihrem Blick – einen schrecklichen Moment lang dachte er, sie würde ihn hier draußen stehenlassen. Doch sie wandte sich ihm wieder zu, lächelte bezaubernd und sagte: »Ich habe den Schlüssel für die Dachterrasse. Ich schlafe auf dem Dach, vielleicht wäre das ja auch was für dich.«

Er nickte, atemlos, während sie ihm erklärte, dass Sabine (die reiche Gastgeberin) eine gute Freundin von ihr sei. Kate schlafe häufiger auf dem Dach. Sie habe dort oben eine Luftmatratze liegen. »Sie hat einen Mechanismus, mit dem sie sich selbst aufbläst«, sagte Kate und machte eine Handbewegung, die den Mechanismus darstellen sollte.

Er lachte, ihm war ganz schwindlig. Er wiederholte die Bewegung, und Kate nahm ihm beim Ärmel, einfach so, und führte ihn zurück zur Party. »Ich frage Sabine, aber sie hat bestimmt nichts dagegen.«

Eine herrliche Brise ging durch die Wohnung, die zwei Stockwerke und zwölf Zimmer hatte und dem Onkel der reichen Gastgeberin gehörte; sie beherbergte seine

Sammlung afrikanischer Trommeln, aus diesem Grund (irgendwie war diese Information zu jedem durchgedrungen) war die Klimaanlage immer eingeschaltet und alle Fenster mussten geschlossen sein, ansonsten würde die Luftfeuchtigkeit den Trommelhäuten schaden. Vermutlich kamen sie aus einem trockenen Teil Afrikas oder sollten regelmäßig von einer Riege längst ausgestorbener Handwerker neu bezogen werden, deren Nachfahren Ingenieure oder Postangestellte geworden waren. Jedenfalls waren die Fenster geöffnet, die Klimaanlage ausgeschaltet, und alle betrachteten die Trommeln, sprachen über sie im vollen Bewusstsein, dass die Party ihre Lebensdauer verringern würde.

Auch Ben erschienen die Trommeln nun als Opfergabe für das, was auch immer dieser Abend bedeuten sollte.

Sie fanden Sabine, die reiche Gastgeberin, im Gespräch mit drei Männern, die alle wesentlich größer waren als sie, weshalb sie in einem Hain aus Männern zu stehen schien. Sie sprachen Französisch und gestikulierten auf eine Weise, die Ben ebenfalls französisch vorkam. Sabine war sehr blond und ähnlich gebaut wie Kate, wobei ihre Kurven nicht aufreizend, sondern plump wirkten. Sie sah nicht reich aus; eher unglücklich und intelligent. Als Kate ihre Bitte vorbrachte, runzelte Sabine missmutig die Stirn, als sei dies nur eine weitere aus einer langen Reihe unmöglicher Forderungen von Kate, und sagte: »Meinetwegen. Mir doch egal.«

»Mir nicht«, sagte Kate, ging der Sache aber nicht weiter nach. Sie lächelte Sabine an, lächelte Ben an, die drei großen Männer, die verschwörerisch zurück lächelten.

»Ich will keine Umstände machen«, sagte Ben.

Da veränderte sich Sabines Ausdruck. Sie grinste, zauste Kate das Haar und sagte zu Ben: »Du wirst keine Umstände machen müssen, wenn du mit der hier schläfst. Dafür wird *sie* schon sorgen.«

Kate lachte fröhlich und sah Ben an, als hätte sie ein Kompliment erhalten. Die drei Männer sahen allesamt zu Kate, betrachteten sehnsüchtig drei verschiedene Teile ihres Körpers. Sabine sagte: »Viel Spaß«, wandte sich kategorisch wieder den drei Männern zu und nahm das vorangegangene Gespräch wieder auf. Widerstrebend lösten sie ihre Blicke von Kate.

Also nahm Ben sie mit wie eine Trophäe, die er für den Sieg über die drei Männer erhalten hatte, oder, anders betrachtet, er folgte ihr bereitwillig die Treppe hinauf, in vollkommener und anhaltender Hörigkeit.

Die Dachterrasse war aus hellem Massivholz und wurde von einem schlichten gusseisernen Geländer umfasst. Es gab einen Grill, einen Picknicktisch und hölzerne Gartenstühle. Ben erkannte kein Zeichen von Reichtum, wobei er auch nicht sicher war, was er erwartet hatte. Einen Brunnen? Es gab Gartengerät, aber keinen Garten, nur eine Reihe von Topfpflanzen vor dem Geländer – genauer gesagt mehrere Exemplare ein und derselben Pflanze, ein struppiges helles Grasgewächs mit einem leichten Violettstich. Die Luftmatratze, ein grünes Quadrat aus Planenstoff ohne Laken oder Decken, lag neben diesen Pflanzen. Sie war bereits aufgepumpt, und Kate setzte sich ohne zu zögern darauf, blickte Ben voller Ernst an, als forderte sie ihn auf, an einem großen Moment teilzuhaben.

Er kam zu ihr und setzte sich. Seine aufwallende Lust war verschwunden. Er rechnete ohnehin damit, dass sie sich noch dreißig Minuten unterhalten würden, bevor irgendetwas passierte. Und tatsächlich begann Kate, über das Gras in den Töpfen zu reden – es handele sich um eine bedrohte Art, deshalb sei die Dachterrasse für die Partygäste verschlossen geblieben und möglicherweise sei das auch der Grund, warum Sabine die Idee, Ben aufs Dach zu lassen, nicht mit Begeisterung aufgenommen habe, denn das Grasgewächs sei illegal. Ein Freund des Neuseeländers, ein Bergbau-Manager, habe es in seinem Firmenjet eingeschmuggelt. Es sei verboten, das Gras außer Landes zu bringen, was in diesem Fall allerdings dazu beitragen solle, das Gras vor dem Aussterben zu bewahren, ein Schicksal, dass ihm in seiner – vom Bergbau verwüsteten – Heimatregion in Argentinien bald bevorstünde. Auch die Topferde stamme aus Argentinien. So etwas passiere Sabine einfach – auf einmal falle es ihr zu, geschmuggelte Gräser zu hegen.

Pflichtschuldig betrachtete Ben die Gräser, die – wie er nun bemerkte – in zwei unterschiedlichen Arten von Töpfen wuchsen. Manche waren gewöhnliche Tontöpfe, manche waren grüne Zelluloidtöpfe, die in ihrer Form Tontöpfe imitierten. Er machte Kate darauf aufmerksam, und sie runzelte sofort die Stirn und äußerte ihre Besorgnis über die Gräser in den Zelluloidtöpfen.

»Ich glaube, dem Gras ist es egal«, sagte Ben. »Gras ist nicht besonders empfänglich für Ästhetik.«

»Nein, es hat bestimmt Einfluss auf die Erde.«

»Der ist so minimal, dass es sicher keinen Unterschied macht«, sagte Ben mit der Selbstsicherheit eines Mannes mit naturwissenschaftlichem Hochschulabschluss.

»Auch die winzigen Unterschiede sind wichtig. Es könnte einen Schmetterlingseffekt geben.«

»O nein, nicht der Schmetterlingseffekt«, sagte Ben spöttisch.

Doch sie beharrte darauf, dass Pflanzen komplexe Systeme seien, genau wie das Wetter; es könne jederzeit zu einem Schmetterlingseffekt kommen. Er widersprach und behauptete, dass eine Pflanze nicht sonderlich komplex sei; ein Gras bestünde nicht aus Millionen von Zellen, sondern lediglich aus tausenden, und die meisten glichen sich exakt. Sie widersprach seinem »exakt« – sie könnten sich nicht *exakt* gleichen. Er sagte: »Tja, wenn du meinst.« Sie lachten. Dann griff sie nach seiner Hand, was ihn plötzlich erschaudern ließ. Er war gezähmt. Er war beeindruckt.

Sie sagte: »Ich habe dich nicht mit hochgenommen, um Sex zu haben. Ich hoffe, du hast das nicht missverstanden.«

»Oh, natürlich nicht«, log er, »ich habe nichts dergleichen erwartet.«

»Vielleicht könnten wir ja nächstes Mal Sex haben.«

»Okay.«

»Ich meine, ich will dich nicht abweisen.«

»Ja«, sagte er, ein wenig heiser, »weis mich nicht ab.«

»Werde ich nicht«, sagte sie. »Tu ich nicht.«

Sie schwiegen eine Minute lang. Er überlegte, was wohl die Parameter von »kein Sex« seien. Er dachte über den Schmetterlingseffekt nach, und wie er sich auf das Verliebtsein auswirkte, die kleinen Unterschiede zwischen einer Frau und einer anderen, die eine lebensverändernde Verkettung von Ereignissen zur Folge hatten. Er sah zu den Gräsern und beschloss, dass es besser sei, ihr nichts davon zu erzählen.

Dann sagte er und klang dabei zum ersten Mal nervös: »Erinnerst du dich an deine Träume?«

Das war das letzte, das geschah, bevor er sie küsste. Er strich über ihre Wange, ihre Haut puderweich, so wunderschön, dass es schon grotesk war. Die ganze Welt strömte in seinen Kopf, mit ihren violett gefärbten Gräsern und ihrem schwarzen Haar, und durch beide fuhr anmutig der

Wind und brachte den Duft des Himmels. Und als sie sich nebeneinanderlegten, passten ihre Körper auf unheimliche Weise zusammen, sie griffen ineinander; dann jedoch begannen sie, sich zu bewegen, passten sich wieder einander an, *schlossen sich an*, und der Strom floss zwischen ihnen. Dann lag er stundenlang wach, während Kate ruhig, ganz natürlich in seinen Armen schlief. Sein ganzes Leben lang würde er sich daran erinnern: an diesen berauschenden Moment nicht nur der ersten Liebe, sondern auch der universellen Hoffnung, jenen Sommer, als Chen die Präsidentschaftsvorwahlen in einer Welle utopischer Begeisterung für sich entscheiden konnte, als die Treibhausgasemissionen erstmals drastisch zurückgegangen und die Jerusalemer Friedensverträge unterzeichnet worden waren, als die Vereinten Nationen ihre Millenniumsziele zur Bekämpfung der Armut noch übertroffen hatten, als es sich angefühlt hatte, als könnte sich noch alles zum Guten wenden. Er konnte all das wieder heraufbeschwören, indem er sich diese Luftmatratze ohne Bettlaken ins Gedächtnis rief, das vom Aussterben bedrohte Gras, das über ihren Köpfen aufragte und sich im Wind wiegte, die Sterne wie Staubzucker. Ohne Bettzeug strich der Wind direkt über seinen Körper, über seine bloßen Arme. Weit unter ihnen war der Verkehr zu hören, leise wie ein Gedanke. Hin und wieder wallte eine Sirene auf, wie eine zarte rote Linie, die über den Himmel rollte und wieder verebbte. Kate murmelte im Schlaf und trat mit den Füßen. Es war jedes Mal hinreißend, und er war verblüfft. Im Morgengrauen schlief er ein, mitten in seinen Überlegungen, wie er sie dazu bewegen könnte, bei ihm zu bleiben.

2

In dem Traum schlief Kate.

Sie schlief, aber nicht dort, wo sie eingeschlafen war. Der Ort unterschied sich von allen Orten, die sie je gesehen hatte, obwohl er ihr im Traum vertraut war. Sie kannte das Bett, das Haus, die große Stadt. Sie musste nicht überlegen, wo sie sich befanden. Doch es war nicht Kate, die all das kannte. Es war *die Person, als die sie schlief.*

Oft träumte sie im Traum – oder *die Person, als die sie schlief* träumte. In diesen Träumen kamen meistens Pferde vor, auf denen sie ritt, die buckelten und drohten, sie abzuwerfen, oder die unheimlich in den Himmel aufstiegen; manchmal spielte sie ein Saiteninstrument, dessen Saiten rissen und gegen ihre Finger peitschten. Einmal schien sie zu wissen, dass ein Mann in ihrem Traum-im-Traum ihr Vater war, doch sein Gesicht blieb verschwommen; natürlich hätte sie ohnehin wissen müssen, wie ihr Vater aussah. Da es aber nicht *Kates* Vater war, wusste sie es nicht. Sie hatte nie erfahren, wie er aussah; sie verfügte nur über das vage Wissen, dass er tot war.

Manchmal näherte sie sich dem Aufwachen als diese andere Person an diesem anderen Ort, und ihr wurde bewusst, dass sie nackt unter schweren Decken lag, die Luft angenehm kühl auf ihrem Gesicht. Etwas juckte sie. Da war eine gewisse Enge – das Bett schien von irgendetwas umschlossen –, und eine Vielfalt von Gerüchen. Irgendwo erklang das Gurren einer Taube und bescherte ihr müßige, zusammenhangslose Träume von Kuchen. Dann kämpfte Kate gegen den Schlaf an, doch *die Person* war müde, todmüde, wie von schwerer körperlicher Arbeit, erschöpft, wie Kate selbst es niemals war. Also konnte sie nicht anders, als selig wieder in einen tiefen Schlaf zu verfallen.

In dem Traum war Kate von einer zauberhaften Freude ergriffen. *Die Person* fühlte Furcht, Ärger und Sorge, aber selbst sie waren ein Wunderland der Empfindungen, wie eine Reihe schöner Farben. Wenn Kate erwachte, hielt dieses Gefühl auch im wahren Leben noch ein paar Minuten an.

Kate hatte den Traum zum ersten Mal geträumt, als sie noch ein Kind gewesen war. Anfangs träumte sie ihn nur einige Male im Jahr, nun aber kam er fast jede Nacht. An jedem Morgen, nachdem sie den Traum geträumt hatte, fühlte sie eine besondere, erhabene Wichtigkeit – als wäre der Traum eine geheime Mission, von dem das Schicksal von Millionen Menschen abhinge; als läge in ihm der Schlüssel zur Rettung der Welt verborgen.

3

Ben frühstückte mit Sabine. Kate war verschwunden, während er geschlafen hatte, wobei sie jede Minute zurückerwartet wurde, da mit ihr auch der Hund verschwunden war, und sie den Hund vermutlich lediglich ausführen, nicht stehlen wollte. Das Frühstück wurde von einer Hausangestellten zubereitet, einer Frau mittleren Alters mit pechschwarzem Haar, die Sabine kameradschaftlich auf Französisch ansprach. Als Ben ihrer Unterhaltung lauschte, ging es um das Aussterben der [Wort, das er nicht verstand] im Mittelmeer, das durch die Umweltverschmutzung verursacht wurde. Die Umweltverschmutzung hatte Algenblüten zur Folge, die den [Wort, das er nicht verstand] den Sauerstoff wegnahmen. Die Einleitung von durch die Landwirtschaft verunreinigtem Wasser war reduziert worden, doch für die [Wort, das er nicht verstand] war es bereits zu spät. *Das ist furchtbar*, sagte die Hausangestellte, und Sabine in demselben, betrübten Ton: *Furchtbar.* Dann erzählte Sabine, dass ihr Onkel – sie umfasste mit einer unbestimmten Geste die Wohnung des Onkels – nicht an Umweltverschmutzung glaube. *Er meint, dass alle Chemikalien gleich sind*, sagte Sabine. *Er meint, dass die Luft aus Chemikalien besteht.*

An dieser Stelle bemerkten Sabine und die Hausangestellte, dass Ben zuhörte, und lächelten ihm zu. In seinem sorgfältigen Französisch sagte er: *Auch wir bestehen aus Chemikalien.*

Sie lachten freundlich, als wollten sie bewirken, dass er sich wohl fühlte. Dann brachte ihm die Hausangestellte einen Teller mit Rührei, sagte »Bon appétit« und ging.

Sabine sagte zu Ben: »Kate kommt bestimmt gleich wieder.« Dann schlug sie die *New York Times* auf und begann zu lesen. Das erschreckte ihn, sowohl wegen der Unhöflichkeit als auch deshalb, weil er die *Times* nicht hatte dort liegen sehen. Dazu dieses nackte Gefühl, ohne Lektüre dort sitzen gelassen zu werden, während jemand anderes las. Er fühlte sich bleiern und lächerlich, gleichzeitig akzeptierte er dieses Gefühl als Teil jener neuen Welt, der Welt mit Kate. Es gab so viele Geheimnisse, in die er nicht eingeweiht würde. Er würde sich dumm fühlen müssen, weil es ihm zu ernst war.

Plötzlich legte Sabine die *Times* ab. »Ach, scheiße, mir fällt gerade ein, dass Kate noch eine Weile brauchen könnte.«

Ben machte ein wissendes Gesicht und kaute sein Rührei.

»Nicht, dass ich dich rausschmeißen will«, sagte Sabine. »Du kannst hier warten. Aber ich glaube, sie bringt den Hund zu Nick.«

Er schluckte. »Zu Nick?«

»Nick ist ihr Ex. Hat sie dir nicht von Nick erzählt?«

»Nein.«

»Also wegen Nick musst du dir keine Sorgen machen. Mit Nick ist es aus. Nick hat Kate für eine Katalogbraut verlassen. Die Katalogbraut von jemand anderem. Eine Thailänderin, glaube ich. Aber Kate bringt den Hund zu ihm, weil er nicht gut drauf ist und sie der Meinung ist, dass ihn das aufheitert.«

Ben zwang sich zu einem beiläufigen Lächeln. »Nick hat jemandem die Katalogbraut ausgespannt?«

»Nein, sie hatte ihren Mann schon verlassen. Sie ist eine durchgebrannte Katalogbraut. Ich weiß, das klingt komisch, aber so komisch ist das gar nicht. Wir kennen ziemlich viele Katalogbräute, weil eine Freundin von uns eine Organisation gegründet hat, um ihnen zu helfen. Allein drei wohnen gerade hier.«

In diesem Moment war oben eine Toilettenspülung zu hören. Ben stellte sich sofort eine Katalogbraut vor, blass und heimwehkrank, wie sie sich von der gluckernden Toilette wegdrehte und ihr traditionelles Thai-Gewand richtete.

»Aha«, sagte er. »Das ist bestimmt seltsam.«

»Nicht wirklich.« Sabine zuckte die Achseln. »Alle möglichen Leute übernachten hier. Im Moment wohnen hier eine Kongressabgeordnete aus Maine, plus zwei Umweltaktivisten, plus die Katalogbräute und Martin und noch ein paar andere. Ich bin der einzige Mensch in der linken Szene, der freie Zimmer hat. Ich bin eine Art rotes Hotel.«

»Du bist in der Politik?«

Sabine zog ein Blöde-Frage-Gesicht, stand mit einem Mal auf und ging zur Spüle. Sie nahm eine große Metallkanne vom Regal und füllte sie mit Wasser auf. Einen Moment lang stellte Ben sich vor, dass sie drauf und dran war, ihm das kalte Wasser über den Kopf zu kippen. Doch sobald die Kanne voll war, trug sie sie schwerfällig und überschwappend zum Fensterbrett, auf dem Ben eine Sammlung eleganter Pflanzen bemerkte. Sie schienen das Wasser sehnsüchtig zu erwarten.

Sabine begann zu gießen, und sagte: »Ich hätte nicht über Nick reden sollen. Das ist echt zum Kotzen. Ich kann Leute, die lästern, nicht ausstehen, und dann mache ich es selbst.«

»Du hast ja nicht richtig gelästert.«

»Komm schon, klar hab ich gelästert. Ich meine, es ist nicht meine *Absicht*, dir Kate auszureden. Aber dann muss ich von Nick oder irgendeinem Scheiß anfangen. Das ist schon fast zwanghaft.«

Und dann, als wollte sie beweisen, dass sie recht hatte, erzählte sie eine andere Geschichte über Kate, wobei sie immer wieder vergaß, die Pflanzen zu gießen und einfach dastand; die schwere Kanne zitternd in ihren kleinen Händen. Die Geschichte fing damit an, wie Sabine und Kate sich mit zwölf auf der American International School of Budapest kennengelernt hatten. Damals sei es darum gegangen, dass Kate geglaubt oder zu glauben vorgegeben habe, aus einer anderen Welt zu stammen. Sie habe eigentümliche Kopfbedeckungen aus alten Handtüchern geschneidert und behauptet, dass die Frauen dort so etwas tragen würden; einmal habe sie ein Schloss aus Brot gemacht, nach dem Vorbild eines Schlosses aus ihrer Welt. Sie habe diese Welt Albion genannt. Kate habe erzählt, dass die Albioniten hervorragende Sänger seien; am liebsten sängen sie vierstimmig, dabei stünden sie in Gärten voller fremdartiger Pfauen und blühender Bäume. Dass Kate dort eine schlafende Prinzessin sei, wie Dornröschen, nur ernsthafter. Dass sie jahrelang geschlafen habe und deshalb nur wenig über ihr Leben in Albion wisse, außer, dass sie in Albion ein Pferd habe (wie Sabine im irdischen Budapest).

Kate habe befürchtet, dass unsere Welt in Wahrheit Kates Traum sei, ein verzauberter Traum, den sie in Albion träume. Das sei ihr Gesprächsthema gewesen, wenn Kate bei Sabine im Haus des Botschafters übernachtet habe (Sabines Vater sei zu jener Zeit der amerikanische Botschafter in Ungarn gewesen). Sie hätten im Dunkeln gelegen und wilde Überlegungen angestellt: *Wenn Kate in Albion aufwachen würde, verschwände unsere Welt mit all ihren Bewohnern? Trüge Kate die Schuld daran, wenn alle Menschen stürben, weil sie ihren Tod erträumt hatte? Könnte Kate ihren Traum steuern und somit den Himmel auf Erden bringen?*

Bald seien andere (in der Schule beliebte) Mädchen in das Geheimnis eingeweiht worden, und sie hätten sich konspirativ versammelt, um sich gegenseitig ihre Einschätzungen der Lage mitzuteilen, Bilder von Albion zu malen und darüber zu spekulieren, ob sie nicht vielleicht ebenfalls ein schlafendes Ebenbild in Albion hätten. In dieser Hinsicht sei Kate stets großzügig gewesen; wenn eines der Mädchen behauptet habe, selbst von Albion zu träumen, habe Kate nie versucht, es ihr auszureden, sondern den Erzählungen aufmerksam gelauscht. Sie habe daran glauben *wollen*. Dennoch sei Kate die offizielle Träumerin gewesen, und die Mädchen hätten sich in Sabines Zimmer eingeschlossen, einen Sitzkreis um Kate herum gebildet und inspirierende Gesänge angestimmt, damit sie eine bessere Welt erträumte. Kate habe in der Mitte gelegen, die Handflächen auf die Augen gepresst. Ihr Wünschen sei von einer solchen Heftigkeit gewesen, dass ihre Zehen sich gebogen hätten. Einer ihrer klassischen Inspirationsgesänge sei *Träum den Krebs weg, träum den Krebs weg – Albion!* gewesen. Andere Gesänge hätten die Armut beenden, Untreue abschaffen und Hurrikane verhindern sollen. Damals hätten sie in den Spätnachrichten Hinweise auf ihren wohltätigen Einfluss entdeckt, wobei in der Retrospektive die Nachrichten zu dieser Zeit voller Schreckensmeldungen gewesen seien.

Schließlich habe ein schwieriges Mädchen (die Enkelin eines ungarischen Filmstars) zu rebellieren begonnen und behauptet, Kate würde lügen. Sie habe ins Feld geführt, dass »Albion« lediglich ein altes Wort für England sei; Kate habe sich nicht einmal einen neuen Namen ausgedacht! Das Mädchen sei aus der Gruppe verstoßen worden, doch sie habe die Albion-Geschichte überall herumerzählt. Dann hätten andere (in der Schule unbeliebte) Kinder begonnen, die Köpfe zusammenzustecken und darüber zu kichern – daran erinnere Sabine sich am lebhaftesten: das Ausgelachtwerden, das ganze Durcheinander des Beliebt- oder Unbeliebtseins, und wie sie dadurch plötzlich zu der Erkenntnis gekommen sei, dass sie nie an Albion geglaubt habe. Es sei nur ein Spiel gewesen, eine Fantasiewelt, wie kleine Kinder sie sich ausdächten.

Dann habe es eine hässliche Szene gegeben, wo Sabine und die anderen beliebten Kinder Kate in eine Ecke getrieben hätten, um von ihr das Geständnis zu erzwingen, dass sie eine Lügnerin sei. Als sie sich geweigert habe, hätten sie Kate beschimpft, und eine von ihnen habe ein belegtes Sandwich auseinandergerupft, das sie gerade aß, und die Einzelteile in Kates langes Haar geschmissen. Kate habe geweint, von ihrer Darstellung jedoch nicht abweichen wollen. Panik sei aufgekommen und habe die Mädchen brutal werden lassen. Ein Mädchen habe Kate mit einer brennenden Zigarette bedroht. Ein anderes habe zu Kate gesagt, sie würde den Krankenwagen rufen, damit er Kate in die Psychiatrie bringe, wo man sie ans Bett fesseln würde. Sabine selbst habe den Raum verlassen, anstatt Kate zu verteidigen – sie sei hinausgerannt, obwohl sie sich in ihrem Haus befunden hätten. Sie sei zu ihrem Freund gerannt, wo sie sich zum ersten Mal betrunken habe, aber das sei eine andere Geschichte.

Sabine habe nie wirklich an Albion geglaubt. Nichtsdestotrotz habe sie den Verlust bedauert. Es habe sich angefühlt, als hätten sie es *beinahe* wahr werden lassen; als seien sie *beinahe* jene Götter gewesen, die den Lauf der Geschichte bestimmen würden. Danach habe die Welt ihren Zauber verloren, sie sei ein tristes, lebloses Ding geworden, und sie selbst seien nur mehr unbedeutende Kinder gewesen.

An dieser Stelle hielt Sabine inne. Mittlerweile hatte sie die Gießkanne abgestellt und saß auf dem Fensterbrett. Sie sagte: »Das ist Kate.«

»Okay«, sagte Ben (und verspürte das brennende Bedürfnis, Kate zu verteidigen), »aber was meinst du damit? *Was* ist Kate?«

Sabine schwieg einen Moment, möglicherweise biss sie auf ihre Zunge. Von oben waren die Geräusche von Menschen zu hören, Schritte, zuschlagende Türen und Stimmen. Irgendwo ging eine Dusche und irgendwo anders ein Föhn. Ben versuchte zu erraten, worauf Sabine hinauswollte, war aber abgelenkt, da Bilder in seinem Kopf entstanden – von Katalogbräuten, die unter Duschen standen und Kongressabgeordneten, die sich die Haare föhnten.

Schließlich sagte Sabine langsam, geradezu bedächtig: »Ich glaube, was ich sagen will, ist Folgendes: Kate lebt nicht in der realen Welt, und ab einem bestimmten Punkt kommen die Leute nicht mehr damit klar und verletzen sie. Wie Nick; er war total verliebt in Kate, doch dann hat er es nicht mehr ausgehalten und sie für Phuong verlassen. Jetzt ist *Nick* schlecht drauf, und Kate geht zu ihm, als hätte sie sein Leben ruiniert. Was gewissermaßen auch stimmt. Nick ist völlig fertig. Aber trotzdem.«

»Also warnst du mich vor ihr?«, sagte Ben mit bewusst ungläubigem Tonfall.

»Nein«, sagte Sabine. »Das war nicht meine Absicht. Hört es sich so an? Mein Gott, ich bin so ein Arschloch.«

Das war der letzte richtige Satz, den Sabine sagte, denn im Anschluss flog eine Tür auf und die Küche füllte sich jäh mit Sabines Gästen. Da waren der Gartengestalter vom vorigen Abend, die Kongressabgeordnete aus Maine, eine nigerianische Katalogbraut, der ein Schneidezahn fehlte, sowie ein zierlicher Mann mit starker Körperbehaarung, der ein wenig wie ein mürrischer Hamster aussah und dessen Identität nicht geklärt wurde. Dann kamen noch mehr Leute. Die meisten von ihnen trugen identische Kaschmirbademäntel, die Sabine vermutlich für ihre Gäste bereithielt, und strahlten einen schludrigen *Bonheur* aus; sie freuten sich daran, hier zu sein. Als alle Stühle belegt waren, setzten sie sich auf den Boden oder hockten sich auf die Küchentheke. Die Hausangestellte tauchte wieder auf, ein wenig nervös, und das Eierbraten begann von Neuem, während die Hausgäste eine Menge Krach machten und lachten. Sie diskutierten über Arbeitsrecht und Baseball und darüber, ob die Antarktis schmelzen würde. Sie zitierten Ökonomen des 20. Jahrhunderts mit dem Zusatz: »Was totaler Scheiß ist.« Sie erzählten Geschichten von dem Team, das Präsidentin Chens Regierungswechsel vorbereitet hatte, von dem Kampf um das bedingungslose Grundeinkommen und wie ein Mitglied nicht nur gedroht hatte zu kündigen, sondern sich auf dem Parteitag bei lebendigem Leibe zu verbrennen, sollte das Grundeinkommen nicht ins Parteiprogramm aufgenommen werden. Eine Umweltaktivistin interpretierte die Wahlkampfrede eines rechten Kandidaten als schallendes, theatralisch vorgebrachtes Sopranstück zur Melodie von »O Sole Mio«, und die nigerianische Katalogbraut musste so sehr lachen, dass ihr das Rührei aus der Nase kam. Währenddessen unterhielten sich andere über die Chlamydien der Geliebten eines anderen rechten Politikers, kitzelten einander und schimpften: »Revisionist!«, standen auf, um bei der Zubereitung des Frühstücks zu helfen, wurden mit dem Pfannenwender bedroht und schlichen mit einem humoristisch übertriebenen Ausdruck der Niedergeschlagenheit zu ihren Plätzen zurück.

Und Ben ließ sich mitreißen, schwamm auf der Welle seiner aufbrausenden Begeisterung. Dies waren Kates Leute, die besser waren als *Leute* im Allgemeinen, so wie Kate besser war als *Frauen* im Allgemeinen. Selbst wenn es um den Haarschnitt der Kongressabgeordneten ging, war ihr Gespräch gewöhnlichem Gerede über Frisuren merklich überlegen: Sie machten botanische Anspielungen, nannten den Haarschnitt *anti-intellektuell*, lachten dabei sehr fröhlich und erfreuten sich ihrer Gesellschaft. »Es hat was von einem Flokati«, fasste der mürrische Hamster zusammen, und die Kongressabgeordnete erwiderte: »Nun ja, wenn ich ehrlich bin, ist der Flokati meine Lebensgrundlage.« Ben lachte und aß kaltes Toastbrot und stellte sich vor, selbst – zusammen mit Kate – Teil dieser heiteren Welt zu sein, und seine Vermutung, dass sie seine Antwort, sein Fluchtweg sein könnte, wurde zur Gewissheit.

Dann waren Schritte im Flur zu hören, und Ben sah grinsend zur Tür, in Erwartung weiterer Katalogbräute. Doch als die Tür aufging, trat Kate ein.

Sie trug noch das zerknitterte Kleid von gestern, da sie aber von draußen in einen Raum voller Bademäntel und nackter Füße kam, erschien sie äußerst selbstsicher und souverän, als hätte sie den anderen etwas voraus, als sei sie gekommen, um diesen Tag zu *ihrem* Tag zu machen. Der Hund trottete neben ihr her und sah huldvoll zu ihr auf. Ihre Haare waren vom Wind zerzaust. Sie war schön, wie sie es gestern Abend noch nicht gewesen war, schön im konventionellen Sinne, und Ben fühlte sich wie aus dem Gleichgewicht gebracht. Es gab eine unangenehme Pause. Zum ersten Mal kam ihm in den Sinn, Kate könnte erwartet haben, dass er nach Hause gegangen war. Sie hatte ihn loswerden wollen. Ihr Verschwinden war ein Wink mit dem Zaunpfahl gewesen, nicht gerade subtil. Sabine musste es gewusst haben und hatte ihn warnen wollen. Er war ein Idiot.

Ein unerträgliches Gefühl des Ausgestoßenseins überkam ihm. Er wollte alles einfangen, diesen Morgen und das unbekümmerte Lachen, Kates vom Wind zerzaustes Haar, durch das er mit seinen Händen gefahren war, das ihm gehörte, die glückselige Nacht, von der er ein Teil gewesen war. Sogar den Hund, der ihn nun mit offenem Maul anstarrte, als versuchte er, ihn einzuordnen.

Dann sagte Kate: »Ben! Hast du heute Zeit?«

Für einen kurzen Moment bereitete Ben sich noch auf seinen Abgang vor. Dann fiel der Groschen, scheppernd, aufregend. Ben stand von seinem Stuhl auf. Alles verfiel in Schweigen, als Kate auf ihn zuging und dabei die Hundeleine auf den Boden fallen ließ. Mit vertrauter Geste legte sie ihm eine Hand auf die Brust und sagte: »Ich dachte, wir könnten ins Kino gehen.«

»Kino«, wiederholte er. »Ja, plötzlich habe ich richtig Lust darauf.«

»Wir könnten auch so ziemlich alles andere machen.«

»Ja, darauf hätte ich auch große Lust.«

Dann spürten sie, dass man ihnen zuhörte, und sie blickten sich zu dem Tisch mit den Hausgästen um, bereit, sich in stillschweigenden Beglückwünschungen zu sonnen.

»Wie süß«, sagte Sabine hinter ihnen. »Aber – Kate? Du solltest nicht einfach so meinen Hund mitnehmen.«

4

Wenn Kate verliebt war, wurde der Traum stärker. Sie schlief noch immer in ihrem Traum. *Die Person, als die sie schlief* konnte nicht aufwachen. Doch Kate konnte ihre Traumwelt erahnen; sie erwuchs rund um ihr Bett zu einer Stadt. Jenseits der Stadt lagen Felder, und das Traumvieh schüttelte die Hörner unter der trüben Traumsonne; Schiffe segelten über ein leuchtendes Traummeer. Am stärksten war der Traum, wenn Kates Herz gebrochen war. Dann schlief sie ein, als ob sie aus dem Leben und wieder ins Leben hineinfallen würde, und der Traum nahm eine Wendung ins Numinose, wie es auch in der Realität passiert, selbst im blinden Schlaf war er klar und lebendig. Sie hatte keine zufriedenstellende Erklärung dafür, doch sie spürte, dass der Traum durch die Liebe beflügelt wurde.

Nach ihrem ersten Kuss träumte sie also das Bett, in dem ihr anderes Selbst lag, die muffigen Samtvorhänge, die es umgaben. In der Nacht, nachdem sie das erste Mal Sex gehabt hatte, träumte sie eine Katze, die neben ihr schlief, sich streckte und ihr eine kleine, aber deutlich spürbare Pfote in die Rippen drückte. Nachdem ihr erster Freund fremdgegangen war, träumte sie den Lorbeerduft der Weihnachtsgirlanden und wusste, dass sie einen ganzen Tag darauf verwendet hatte, sie anzufertigen; sie konnte ihre steifen, wunden Hände spüren. Als Nick sie für Phuong verlassen hatte, erwartete sie, dass der Traum seinen Verlust kompensieren würde, und ihre Traurigkeit war eine Ekstase, eine Schuld, eine geheime Erregung.

Tatsächlich kam der Traum in diesen Wochen näher. Namen tauchten in ihrem Bewusstsein auf, fantastische

Namen der Traumorte und Traummenschen. In ihrem Schlaf hörte sie die Glocke von St. Sepulcrum schlagen; sie erklang, wann immer jemand zur Hölle gefahren war. Da war eine Schauspieltruppe, deren Anführer ein gewisser Lord Strange war – einmal war sie auf einem Pferd mit schwarzer Mähne geritten, um die Schauspieltruppe zu sehen; sie hatte eine samtene Maske getragen. Und es gab Nonesuch Palace, wo sie einer Königin zu Füßen gesessen und auf einer Elfenbeinflöte gespielt hatte. Die Königin hatte einen Umhang aus silberner Spitze getragen, der mit riesigen Spinnen bestickt war; ihr Name war Cynthia, und sie herrschte über den Mond. Sie hatte einen wehen Zahn und ihre Wange war geschwollen. Die Hofadligen brachten ihr Tränke und Arzneien, doch nichts konnte ihren Schmerz lindern.

Emilia musste etwas tun. (Emilia war Kates Traumname). Es galt, einen Auftrag zu erfüllen oder eine Nachricht zu übermitteln – im Traum hatte Emilia keine Zeit zu verlieren. Doch Emilia konnte einfach nicht aufwachen. Nur Kate konnte aufwachen, in New York, was weder hier noch dort war – es bedeutete, zu fiedeln, während Rom in Flammen stand.

Kate erwachte also in New York und sollte aufstehen. Sie sollte ihren Traum vergessen, ihn unter der Dusche von sich abwaschen. Sie sollte sich einen Job suchen.

Sie dachte: *Wenn ich Nick wirklich lieben würde, könnte ich aufwachen.* Sie würde denken: *Wenn er mich lieben würde.* Außerdem würde sie denken, dass auch andere Menschen wiederkehrende Träume hatten und es nicht unbedingt etwas zu bedeuten hatte. Der Gedanke kam ihr, aber sie glaubte nicht daran. Sie glaubte an den Traum.

Zu glauben war schließlich etwas Wunderbares. Das war das Problem mit den Atheisten (dachte Kate); sie hatten womöglich recht, doch ihr Unglaube war utilitaristisch, freudlos, wie ein brutalistisches Gebäude. Niemand würde darin leben wollen. Niemand konnte *wollen*, dass sie recht hatten.

Sie glaubte. Und in der echten Nacht, die sich über New York City gelegt hatte, spazierte sie den Fluss entlang und betrachtete den Mond. Er war bleich und echt. Ein Fels. Auf ihm gab es keine Cynthia, die in der kühlen Luft von Nonesuch Palace tanzte, keine Silberkönigin mit in der Mondbrise flatternden Spinnen, kein Mädchen, das auf dem mit Stroh und Blumen übersäten Boden saß, in einer Flut kunstvoll bestickter Röcke, und auf einer Elfenbeinflöte spielte.

Einstweilen hatte sie keinen Job. Sie hatte ihr Studium abgebrochen. Ihr Leben führte nirgendwohin. Doch man kann nichts tun, dachte Kate. Der Traum war ihr einfach passiert. Er war eines jener Vorkommnisse, bei denen das Beste daraus zu machen bedeutete, sie vor anderen zu verheimlichen.

5

Die ersten Wochen des Verliebtseins: was er sich als Kind unter Magie vorgestellt hatte, wonach er sich sehnte, wenn er davon träumte, auf einem Drachen zu reiten. Alles war so anders. Allein, wie Kate den Kopf hob und ihn ansah. Er durchquerte die ranzige Kneipe, ihrem Lächeln entgegen, und ihre Hand in seiner Hand ließ seinen Körper vor Freude glühen. Er spürte es in seinen Füßen. An der Wand hinter ihr erschien das uralte Tour-de-France-Plakat in seinem Rahmen wie gesegnet, es war lebendig und bedeutsam. Sexuell aufgeladen. Nichts könnte je wieder so gut sein, und er fühlte den erschütternden Schwindel dieser Gewissheit, dieses Greifens nach dem Moment, der den Griff nicht erwiderte.

Die Furcht, wenn er gelegentlich zu ihr herübersah und nichts fühlte. Die Erleichterung, wenn sie lächelte und wieder überwältigend schön war.

Oder aber sie könnte ihn einfach verlassen.

Ben hatte einen Job bei einem Fachmagazin für Energiewirtschaft, einen Job, den er vor anderen als vorübergehend und peinlich herunterspielte, heimlich aber sehr mochte. Er schrieb Pressemitteilungen um. Er focht Querelen mit dem Herausgeber aus und trank zehn Becher Kaffee. Er nahm an Konferenzen in Pittsburgh teil, bei denen ein Meer von Anzügen ein Holiday-Inn-Hotel flutete und zu einer gewissen Stunde der eine Anzug den anderen aufforderte, einen Stripclub in den Gelben Seiten herauszusuchen. Es war gewöhnlich, es war seelenlos; ein bequemes Nichts, als würde man ins Büro gehen, um den ganzen Tag Karten zu spielen.

Was jetzt von Bedeutung war: es war ein Job, bei dem man um fünf nach Hause gehen konnte.

Kate hatte nie etwas vor. Er holte sie bei Sabine ab, und dann spazierten sie durch New York, schufen sich eine persönliche Geografie der Bahnstationen, in denen sie sich geküsst, der Bars, in denen sie bahnbrechende Gespräche geführt hatten, die ganzen letzten Sommertage hindurch, in die sich eine feine Kühle schlich, dann eine ernsthafte, bis sie zu ersten sonnigen Herbsttagen wurden. Überall waren sie ein verliebtes Paar. Sie waren ein eigenes Gestirn, unverwundbar; lachten selbst auf einem brechend vollen U-Bahnsteig noch fröhlich, in dem Gestank und der tropischen Hitze, während die Linie F einfach nicht kommen wollte und die anderen Fahrgäste ein verbissenes Elend durchlitten, das Ben sich nun nicht einmal mehr vorstellen konnte. Wie hatten diese Kleinigkeiten ihm je auf die Stimmung schlagen können?

Und es ging zurück zu Sabine – immer wieder dorthin. Bens Wohnung war zu trostlos, im Schlafzimmer war Linoleumfußboden. Kate hatte auch ein Zuhause – eine WG in Brooklyn –, aber irgendwessen Bruder schlief gerade in ihrem Zimmer, und überhaupt mochte Kate keine Zimmer; sie fühlte sich darin wie eine Puppe, die man in einer Schublade verstaut hatte. Also saßen sie auf Sabines Dachterrasse, wo Kate sich gluckenhaft um das vom Aussterben bedrohte Gras kümmerte, es streichelte und sich sorgte, dass es die Anden vermissen oder ihm der hiesige Regen missfallen könnte. Wenn der hiesige Regen tatsächlich fiel, gingen sie hinein, in die Bibliothek des Onkels, wo Kate für gewöhnlich auf einem Schaffell schlief; auf ihm war ein Halbkreis von rosa Flecken zu sehen, wo ihr Lippenstift auf die Wolle abgefärbt hatte. Als Ben dazukam, holte sie einen Futon, und sie hatten stundenlang

Sex unter den Büchern, die in deckenhohen Regalen die Wände füllten, Bücher, die im Dunkel jenseits der Leselampe mit großem Ernst ihre tausend Geschichten zu denken schienen, während Ben und Kate überhaupt nicht dachten, sondern nur stöhnten und fühlten und sich in diesem Zwielicht wie Tiere vorkamen.

Jenseits der Tür zur Bibliothek lag die Politik. Sabine gehörte zu jenem Schlag reicher Leute, der linke Bewegungen finanziert: Sie gab ihr Geld für die Unterstützung von Hausbesetzern, Gefängnisreformen, offene Grenzen und schlichtweg den Vormarsch des Kommunismus aus. Ihre Wohnung war eine Sammelstelle für linke Aktivisten und Lokalpolitiker, Journalisten, deren Storys sie diktierte, und betuchte Freunde, die ihr Schecks ausstellten, für Hausbesetzer, ehemalige Häftlinge und Geflüchtete, die als abgewetzte Gesandtschaften in ihrer Wohnung Einzug hielten und Kritik an allem übten, was sie tat. Oft blieben sie über Nacht, und es gab immer ein paar Albaner, die alles mit ihren Zigaretten vollqualmten, am Frühstückstisch herumbrüllten und ihre Gabeln in die Luft stießen, um ihre Argumente zu untermalen. Dann war da noch die einer hohen Fluktuation unterworfene Gruppe der Katalogbräute, dazu eine bunt gemischte Horde mittelloser Herumtreiber, sowie Martin, der neuseeländische Gartengestalter, dessen Anwesenheit Sabine als Bedingung für ihr eigenes Mietverhältnis hatte in Kauf nehmen müssen.

Jedes Wochenende gab es eine Party, die von den immer gleichen Leuten mit jeweils anderen Outfits besucht wurde. Einmal war es eine intime Runde, wo alle auf dem Boden saßen und von den Depressionen erzählten, die sie einmal gehabt hatten; ein anderes Mal wurde es eine wilde Fete, auf der die Katalogbräute in Bikinioberteilen tanzten und eine Korrespondentin von *La Prensa* ihren Fuß durch eine der afrikanischen Trommeln stieß. Eines Samstags fand eine ungeplante Party statt, weil immer mehr Leute mit Weinflaschen in der Hand auftauchten, die darauf hofften, dass eine Party stattfände, von der sie nicht gehört hatten. Bei einer Party anlässlich der Präsidentschaftsdebatte gestand ein betrunkener Abgeordneter Sabine, dass er seine Frau für sie verlassen wollte, und als Sabine ihn abwies, schloss er sich im Badezimmer ein und rasierte seinen Kopf.

Kate kannte sie alle. Und sie alle kannten Kate. Die Hälfte der Männer begehrte sie; Frauen zerrten sie in eines der Schlafzimmer, um ihr Geheimnisse anzuvertrauen. Ben gehörte zu ihr, also gehörte er automatisch zur vordersten Riege, wurde zu Küchenversammlungen und zum Kokainkonsum eingeladen, bekam Jobs im Bürgermeisteramt von Jersey City angeboten. Das stieg ihm zu Kopf. Er ergriff Partei. Es ging ihn etwas an. Er wurde ein gabelschwingender Frühstücksschreihals. Er legte Zwanzigdollarscheine in Spendenbüchsen und marschierte los, um in der Bronx an die Haustüren zu klopfen. Allein die Tatsache, dass er zu Sabines Freundeskreis gehörte, vermittelte ihm das Gefühl, ein Soldat im Kampf für die gute Sache zu sein; er war nicht länger einfach nur Ben, existierte nicht länger nur für sich selbst, sondern wurde zum unbezwingbaren Ben, der für die ganze Menschheit da war.

Immerhin war es das Jahr 2000 – das Jahr von Präsidentin Chen, das erste Jahr ganz ohne Krieg, in dem man die Zeitung wie ein Geschenk öffnete; das Jahr der Massenproteste, bei denen immer wieder dasselbe blinde Mädchen immer wieder dieselbe irische Melodie auf der Geige spielte; das Jahr, in dem *Les Girafes* die Botschaft in Deutschland besetzten und Anarchisten- und Totenkopfflaggen aus den zerschlagenen Fenstern flattern ließen; das beste Jahr überhaupt, das Jahr, in dem Ben zum ersten Mal verliebt war.

Und erstmals einen Blick auf Utopia erhaschte. In Bars und Taquerías, im berauschenden Dunkel des stark beanspruchten Betts, auf der Dachterrasse, über und zwischen der Sternenpracht von Upper Manhattan, glaubte er, was Kate glaubte, war (in seiner Vorstellung) stets leicht benebelt vom Wein, tanzte in einem dicht gedrängten Schwarm von Katalogbräuten und Parteisoldaten, während die Welt zu einem Nebenschauplatz aus Träumen, aus Büchern, aus Kate wurde.

Der erste Misston erklang bei dem Debendranath-Gespräch – jene Unterhaltung, die Ben mit allen neuen Leuten führen musste und in der er erklärte, dass sein Vorname Debendranath lautete und nicht Benjamin, wie die Leute stets annahmen. Es war auf einer der früheren Partys passiert, Ben und Kate hatten sich davongeschlichen, um allein zu sein. Sie versteckten sich in einem der Schlafzimmer und rauchten einen Joint, wie zwei Teenager (sagte Kate), die bald hochdramatisch von ihren strengen Eltern dabei erwischt würden, wie sie einen Joint rauchten.

Dann erzählte er ihr, dass er Debendranath hieß (»Siehst du, eigentlich doch eine Art Rumpelstilzchen«) und Kate erwiderte, dass ihr mehrsilbige Namen gefielen und dass der Name für eine Person, die Ungarisch sprach, gar nichts sei, und sie wiederholte: »Debendranath, Debendranath, Debendranath«, und Ben in seiner bekifften Verwirrung musste lachen.

Daraus entwickelte sich das klassische Elterngespräch, und Ben war erstaunt, als er erfuhr, dass Kate ihre Eltern als ihre besten Freunde betrachtete. Sie liebte sie einfach, null Probleme, und ging jeden Sonntag zum Mittagessen zu ihnen. Sie lasen gemeinsam Zeitung, aßen ungarisches Gebäck und beklagten sich über die zeitgenössische Kunst. Kates Mutter war Professorin für Ungarisch, ihr Vater war Künstler, sein Gebiet waren Arbeiten auf Papier – genau wie Kate. Und Bens Eltern?

An diesem Punkt musste Ben gestehen, dass er seine Eltern nicht mochte. Nun, sagte er, seine Mutter würde von allen gehasst. Es sei möglich, sie zu bemitleiden, da sie ihr halbes Leben in psychiatrischen Einrichtungen verbracht habe und von den Ärzten gehasst würde, doch sie zu mögen, sei nicht möglich. Sie sei hochgradig narzisstisch. Wenn man sie nicht bewunderte, würde man in ihren Augen zum Feind, sie beschimpfe einen und drohe mit Selbstmord. Nicht einmal ihre Schwestern in Kalkutta sprächen mit ihr, eine echte Großtat, wenn man bedenke, wie eine bengalische Familie funktioniere. Bens Vater sei ganz in Ordnung. Oder könnte ganz in Ordnung sein, wenn er nicht von Swati (Bens Mutter) vollständig unterdrückt würde. Ben konnte Kate kaum in die Augen sehen, während er das sagte; jeder wusste, dass Männer mit furchtbaren Müttern früher oder später zu Frauenhassern wurden.

Kate schien das offensichtlich *nicht* zu wissen und reagierte sehr merkwürdig, indem sie überlegte, ob man die Ehe von Bens Eltern nicht auflösen könnte.

»Dann würde meine Mutter sich umbringen«, sagte Ben und klang genervt. »Deshalb verlässt mein Vater sie nicht.«

»Hat *er* das gesagt?«

»So etwas würde er mir doch nicht sagen. Hör mal.«

»Aber was, wenn sie sich wirklich umbringen würde? Wäre das wirklich so viel schlimmer?«

»Wow.«

»Nein, ich meine, wenn sie sich vor Jahren umgebracht hätte, wärst du jetzt nicht glücklicher?«

»Du verstehst wirklich nicht, was es bedeutet, schlimme Eltern zu haben, oder?«

Kate runzelte die Stirn. Ihr Gesichtsausdruck intensivierte sich, er konnte nicht mit Sicherheit sagen, auf welche Weise. Einen schrecklichen Moment lang dachte er, Kate könnte ebenfalls Narzisstin sein, und eine Übelkeit befiel ihn, die er von seiner Höhenangst kannte. Dann aber wurde der Blick ihrer schwarzen Augen ganz weich. Es sah aus, als würde sie gleich zu weinen beginnen, doch stattdessen errötete sie und kreuzte die Arme gegen die Brust.

»Tut mir leid«, sagte sie. »Ich bin ein Idiot. Manchmal sage ich wirklich furchtbare Dinge.«

An dem Gespräch war eigentlich nichts wirklich verkehrt. Sie waren beide ziemlich fertig gewesen und Kate hatte sich entschuldigt. Tatsächlich löste sich Bens Beunruhigung in Nichts auf, sobald er darüber nachdachte. Wenn er aber nicht darüber nachdachte, machte ihm die Sache zu schaffen und er musste doch wieder darüber nachdenken. Schließlich taufte er sie »die Anomalie« und versuchte, sie aus seinem Kopf zu verbannen.

Der nächste seltsame Vorfall ereignete sich auf jener Party, auf der Ben zum ersten Mal auf Oksana traf, die ukrainische Katalogbraut.

Er hatte viel von Oksana gehört, teils, weil sie diejenige war, die die Hilfsorganisation für Katalogbräute leitete, teils, weil sie die Angewohnheit hatte, sich auf Partys auszuziehen. Deshalb erkundigten sich auf Sabines Party stets alle Männer und Lesben in hoffnungsvollem Ton: »Kommt die Nackte?«, und auch einige Hetero-Frauen und schwule Männer fragten lüstern: »Ist die Nackte auch da?« Dann unterhielten sich alle darüber, wie sehr die Anwesenheit einer nackten Frau die Atmosphäre veränderte, bis jemand die Organisation für Katalogbräute erwähnte und jemand anderes erwiderte: »Das vergesse ich immer. Für mich ist sie immer nur die Nackte.«

Weil sie nackt war, erkannte Ben sie sofort. Er beobachtete sie, als sie den Raum betrat, und war schockiert darüber, dass sie nicht wie ein Pin-up aussah, wie er sie sich immer vorgestellt hatte, obwohl ihm mehrfach gesagt worden war, dass sie einen ganz normalen Körper habe. Und den hatte sie tatsächlich. Sie hatte eine flache Brust, einen dicken Hintern – entenartig –, und ihre Haut war von anämischem Weiß. Auf den ersten Blick schien sie überhaupt keine Nippel zu haben. Ihr Haar war so bleich – weißblond – und so wirr, dass er davon ausging, dass es ein feministisches Statement war.

Oksana durchquerte den Raum; keiner starrte, doch alle machten ihr Platz. Sie ging zu einem Bücherregal und betrachtete die Buchrücken. Ein Mann tauchte neben ihr auf und begann zu reden, sie aber schlug ein Buch auf und blätterte darin, bis er aufgab und wegging. Ben hätte gedacht, dass Partys sie nicht interessierten, doch der Streifen über ihrem breiten weißen Hintern war mit violettem Glitzer bestäubt.

Bald darauf stellte Sabine sie einander vor. Oksana hatte in der Zwischenzeit einen der hauseigenen Kaschmirbademäntel übergestreift, vermutlich, weil es Oktober war und ziemlich kühl. Bei ihr stand ein Mann, seine Haltung war besitzergreifend; er schien auf eine zornige Weise verliebt zu sein. Er war einer von Sabines vermögenden Cousins, fleischig, blond und mit der Bräune eines Sommers auf einer Jacht.

Zunächst sprach Sabine über ihre Organisation für offene Grenzen und die entscheidende Phase, in die diese bald eintreten werde, weshalb sie weitere Mittel aufbringen müsse. Niemand hörte ihr zu, und doch war abzusehen, dass der Jachtmann einen Scheck ausstellen würde. Oksana rauchte eine Zigarette, und Bens Aufmerksamkeit richtete sich auf die Tatsache, dass ihre Lippen aufgesprungen und ihre Zähne ein wenig gelb waren.

Als Sabine mit dem Reden fertig war, fragte Ben Oksana (weil er sich die Frage schon immer gestellt hatte und sich nicht solange einschüchtern lassen wollte, bis er *nicht* mehr fragte): »Warum trägst du keine Klamotten?«

Sie sagte: »Meine Klamotten sind schlecht. Nicht gut genug für so eine Party.«

Der Jachtmann lachte, als hätte sie Ben auf wahnsinnig komische Weise an seinen Platz verwiesen, während Oksana unbeteiligt auf ihre Zigarette sah. Ihre Stimme hatte unheimlich süßlich und hoch geklungen, eine kleine Reminiszenz an die singende Säge.

»Hier brauchst du keine guten Klamotten«, sagte Sabine. »Guck dich mal um. *Meine* Sachen sind auch nicht so toll.«

Oksana zuckte mit den Achseln. »Also, du solltest vielleicht besser nackt sein.«

»Nein«, sagte Sabine. »Ich habe es dir schon mehrfach gesagt. Es ist wirklich ziemlich widerlich, wenn du auf den Möbeln sitzt.«

»Whoa!« Der Jachtmann stieß imaginäre Krallen in die Luft. »Mi-au!«

»Nix miau«, sagte Sabine. »Das ist physische Realität. Fotzen und Arschlöcher in direktem Kontakt mit Polstermöbeln.«

»Bitte, es hat nicht immer mit meinem Körper zu tun«, sagte Oksana. »Ich habe wirklich genug davon.«

Ben sagte, mit der Absicht, das Thema zu wechseln: »Also, was machst du so, Oksana?«

Sie sagte: »Ich bin Filmemacherin.«

»Sie ist eine *großartige* Filmemacherin«, sagte der Jachtmann kämpferisch, »und Leiterin einer *großartigen* Organisation. Sie hat unzählige Frauen aus unmöglichen Situationen gerettet, Situationen des Missbrauchs.« Dann hielt er Ben einen zehnminütigen Vortrag über die Katalogbräute, die Oksana gerettet und die Dokumentarfilme, die sie produziert hatte, als wollte er beweisen (dachte Ben), dass er sie nicht nur liebte, weil sie nackt war.

Irgendetwas an dieser Darbietung hatte Ben aufgewühlt und ihn sentimental werden lassen. Er löste sich aus der Gruppe und machte sich auf die Suche nach Kate.

Er fand sie in der Küche mit einigen anderen Leuten, die irgendwo ein Waffeleisen ausgegraben hatten und nun versuchten, sich an ein Rezept für Waffelteig zu erinnern. Sie wühlten in den Schränken herum und nannten mögliche Zutaten. Eine Weile erduldete Ben den Trubel und ihre Begeisterung, dabei hatte er das Gefühl, dass ihm die Zeit davonlief. Zwischenzeitlich kam ihm die Idee, die ihm sofort als die einzig Richtige erschien.

Endlich zog er Kate aus der Küche in eines der Schlafzimmer – es war das Zimmer des Gartengestalters; überall auf dem Boden lagen Kleidungsstücke verstreut, sodass sie einen Teppich aus teuren Hosen betraten. Ben stand auf einer Khakihose und hielt Kate im Arm, ein vertrauter und doch rätselhafter Nervenkitzel. Ihr Rücken unter seinen Händen war prall und kräftig. Er konnte nicht sagen, warum es sich so großartig anfühlte.

Kate bestätigte ihm, dass Oksana Filmemacherin war. Sie habe bereits in der Ukraine mit dem Filmemachen begonnen. Deshalb sei sie überhaupt Katalogbraut geworden;

in der Ukraine sei es viel zu schwierig, Filmprojekte umzusetzen. »Ich dachte, du wüsstest das«, sagte Kate. »In der Ukraine war sie richtig arm, aber sie hat schon immer diese Filme gemacht. Ich dachte, du wüsstest das.«

»Ich wusste *nichts*. Und Sabine war schrecklich zu ihr.«

»Sie mag Oksana nicht. Wahrscheinlich war das der Grund.«

»Oksana scheint ganz okay zu sein. Vielleicht ein bisschen wie jemand, der auf Heroin ist.«

»Sie ist nicht auf Heroin. Sie arbeitet tausend Stunden am Tag. Ich glaube, Sabine hasst sie, weil sie sich so aufspielt. Einmal hat sie sich selbst den Zeh gebrochen, um zu sehen, wie es sich anfühlt.«

Sie blickten beide hinab auf ihre Zehen, sahen dann den jeweils anderen das Gleiche tun und lächelten. Ben sagte zögerlich: »Da war dieser eine reiche Typ, der so offensichtlich in sie verliebt ist.«

»Könnte Paul gewesen sein.«

»Keine Ahnung. Jedenfalls musste ich daran denken, dass ich so sehr in dich verliebt bin.«

»Oh!« Die Berührung von Kates Händen an seinem Rücken wurde sanfter. »Und ich bin in *dich* verliebt.«

Dankbar schwiegen sie eine Weile. Ihre schwarzen Augen waren mit einer Freude aufgeladen, so wild und fremdartig, als würden sie diese Freude auf dem Neptun erleben. Seine Freude wuchs mit der ihren. So ging es eine Weile hin und her, dann sagte er: »Als du Waffeln gemacht hast ... dachte ich, wir könnten vielleicht zusammenziehen. Nicht in meine Wohnung. Wir könnten etwas Neues suchen. Ich will sowieso aus meiner Wohnung raus.«

Dann zog Kate sich plötzlich zurück. Ihre Hände hielten ihn nicht mehr so fest; als hätte sich ihre Umarmung verflüchtigt. Sie dachte nach. (Und da war sie, die Anomalie.

Etwas – hätte er schwören können –, was sie ihm nicht sagen wollte. Es hatte ein Gesicht, einen Geschmack. Es war nichts Gutes.)

Schließlich sagte sie: »Ich kann keine Miete zahlen.«

»Nein, ist das dein Ernst?« Er lachte erleichtert. »Ich weiß, dass du keinen Job hast. Ich weiß das doch alles. War das, was dich beschäftigt hat?«

Sie zuckte mit den Achseln (das war es nicht gewesen), strahlte aber wieder Wärme aus. War wieder, wie Kate immer war.

»Schon okay«, sagte Ben. »Ich kümmere mich um die Miete. Kein Problem.«

»Ich könnte mir einen Job suchen. Es ist ja nicht so, dass ich keinen kriegen würde. Aber es könnte ein bisschen dauern.«

»Oder wir wohnen irgendwo, wo es billig ist. Queens, zum Beispiel.«

»Queens«, sagte sie. »Ja, ich mag Queens. Lass uns eine Wohnung suchen.«

Sie fanden Zazie (die Hündin) und gingen mit ihr spazieren; dabei stellten sie sich vor, sie würden sich jetzt gleich eine Wohnung suchen und gingen schweigend den ganzen Weg bis zur Sixty-First Street hinunter, einfach nur glücklich. An der Sixty-First hielten sie vor einem Juweliergeschäft, das bereits im Oktober für Weihnachten dekoriert war, und Ben betrachtete das Lametta und die Lichter und die Diamantringe, und ein gewaltiges Gefühl der Euphorie überkam ihn, denn zum ersten Mal in seinem Leben glaubte er an Verlobungsringe – wenn er Kate einen Diamantring kaufen musste, um seine Liebe zu beweisen, würde er verdammt noch mal einen Diamantring kaufen, auch wenn es definitiv Geldverschwendung war und dazu ein Relikt aus Zeiten der Mitgift. Er würde ihn kaufen, nur um Geld für Kate aus dem Fenster zu werfen. Er würde einen weißen Elefanten kaufen, nur um *So groß!* zu sagen. Vielleicht sollte er wirklich einen Elefanten kaufen. Kate würde den Elefanten dem Ring sicher vorziehen.

Kate wandte sich zu ihm und sagte: »Ich weiß, woran du jetzt denkst.«

»Wirklich?« Er lachte. »Kann gar nicht sein.«

»Doch. Aber sie haben die Weihnachtsdeko nicht gerade erst ausgepackt. Sie war das ganze Jahr über da.«

Ben lachte wieder und gab zu, dass er genau das gedacht habe. Dann spazierten sie noch ein Stückchen weiter und gingen in das erste tierfreundliche Hotel, das sie fanden. Ihr erstes richtiges Bett: und es war gar nicht so sehr der Sex als das Einschlafen, die halb benebelten Gedanken, ob er einen Fehler machte, die widerstreitenden Bedürfnisse, in Panik davonzulaufen und sich ganz fallen zu lassen.

Sie schlief als Erste ein, unbefangen wie ein Kind, wie man durch eine offene Tür tritt, und er lag da und atmete in ihr Haar, versuchte zu glauben, dass alles nach Plan laufen würde. Wenn das Liebe war, passierte es einer Menge Leuten. Es gab keinen Grund für Zweifel. Dennoch gab es diese Anomalie – wie etwas Schweres, das sie in seine Hand gelegt hatte, einen Stein, den er mit den Fingern umschlossen und in seine Tasche gesteckt hatte, ohne ihn anzusehen. Als hätte sie gesagt: »Sieh nicht hin, oder du wirst mich für immer verlieren.« Er hatte ihn in seine Tasche gesteckt. Wahrscheinlich war es nur ein Stein.

6

Dann erwachte sie in dem Traum. Sie spürte eine Mattigkeit, die ihr aus all ihren Träumen vertraut war; sie war Emilia und sie wollte wieder einschlafen. Draußen krähte ein Hahn, schrie mit wahnwitziger Inbrunst, weckte sie mit seinem Gezeter, obwohl seine Stimme nur gedämpft zu ihr drang. Die Hühner lebten zwei Straßen weiter. Sie waren das Hofgeflügel von Whitehall Palace. In der Ferne läuteten die Glocken zweier Kirchen, schlugen weiter und immer weiter.

Schrittweise hörte der Traum auf, ein Traum zu sein. Auf ihrem Gesicht war echte Kälte zu spüren, echtes Morgenlicht hinter echten Lidern. Der Moment war so still und trist, wie kein Traum es sein konnte. Sie öffnete die Augen.

Sie lag in einem zu weichen Bett, das von allen vier Seiten von Vorhängen umschlossen war. Die Vorhänge in der Nähe ihres Gesichts rochen nach Staub und Winter. Sie zog daran, sie ließen sich leicht aufziehen und gaben den Blick frei auf eine verputzte Decke und einen schmalen gemauerten Kamin, dessen Feuer zu Asche heruntergebrannt war. Der Boden war mit Binsen bedeckt: ein struppiger Teppich aus blassen getrockneten Gräsern, in dem silbriger Lavendel aufblitzte. Emilia betrachtete ihn mit körperlichem Wohlbefinden. Sie wusste, wo der Lavendel gewachsen war – im Ostgarten, wo sie ihre erste Tabakpfeife geraucht hatte. Sie erinnerte sich, wie sie in den Binsen gesessen und mit ihren Fingern die Halme geknickt hatte, um besser denken zu können. Sie erinnerte sich an eine Fülle von Dingen, die sie vorher nicht gewusst hatte, Dinge über Emilia, aus Emilias Kopf.

Das ist der Traum, dachte Kate. *Ich bin in dem Traum. Darum war ich so froh.*

Sie kämpfte sich unter den Decken in eine sitzende Haltung, und ihr Atem war dünn. Ihr Bauch war gleichzeitig gedehnt und eingedrückt, sein Gewicht heiß und lebendig an ihrem Arm. Dann *erwachte* ihr Inneres, ein Treten, das stumpf gegen ihre Rippen stieß. Ihre Brüste waren wund und empfindlich. Sie war schwanger. *Darum war ich so froh.*

Dann hielt sie inne, um mehr zu erfahren: Es fiel ein Schnee aus Informationen, dessen Flocken sich zu einer neuen Landschaft formten. Dies war nicht der Mond. Dies war der Londoner Stadtteil Longditch. Dies war das neue Haus, von dem Tuchhändler gepachtet, das elegante Haus in der Nähe von Whitehall Palace. Die Königin weilte im Moment nicht in London; es gab eine Seuche. Deshalb war Emilias Gatte abwesend; er war mit dem Hofstaat verreist. Anders als in New York war es nicht Herbst, sondern März. Anno Domini 1593. Ein Unglücksjahr, ein Pestjahr; alle Orte der Vergnügung geschlossen, die vornehme Gesellschaft aus der Stadt geflüchtet, zumindest gab es Gottes Gnaden sei Dank keinen Krieg. Die Informationen häuften sich, und Emilia ließ es zu, fühlte sich wohl, das Kind in ihr ein lebendiger Ballast, die Decken warm.

Als sie blinzelte und sich erinnerte, erschien auf dem Boden neben dem Ofen eine Maus. Ihre Bewegungen erschreckten sie; dann erschreckte sie ihre schiere Anwesenheit. Unheimlicherweise sah sie genauso aus wie die Mäuse, die Kates Wohnung in Brooklyn heimsuchten: eine Maus direkt aus dem einundzwanzigsten Jahrhundert. Sie beschnupperte wichtigtuerisch die auf dem Boden verstreuten Binsen, genau wie eine Maus aus Brooklyn den Linoleumfußboden beschnuppern würde.

Dann war sie wieder Kate, erstaunt. Die Maus kroch über den Fußboden, unleugbar lebendig. Sie war echt. Sie lebte und sie war echt.

Dies war nie ein Traum gewesen. Es war die Vergangenheit.

Draußen im Flur war ein Schritt zu hören, eine Pantine, die auf Holz schlurfte. Die Maus erlitt einen flackernden Anfall von Angst und flitzte unter eine bemalte Truhe. Emilia richtete sich auf, verstand zum einen, zum anderen tat sie es aus Gewohnheit. Sie rief nervös (und fühlte ihre Absicht, fühlte sie in ihrem Hals, war überrascht von ihrer tiefen und melodischen Stimme): »Mary, bist du das?«

Der Schritt hielt inne. Einen Atemzug lang war Emilia sich bewusst, dass sie nicht ganz Emilia war. Dann dachte sie an das, was sie sagen musste. In der seltsamen Art, die Träumen anhaftet, rief sie: »Sei so gut, komm und entzünde das Feuer, mein Kind. Es ist hier kalt wie der Mond.«

Sie hörte, wie ein Holzeimer abgestellt wurde, den eigenartig hohlen Hall des Wassers. Die Tür öffnete sich und Mary trat ein. Sie war ein winziges Mädchen von etwa dreizehn Jahren mit rosafarbenem Gesicht. Sie hatte eine schmuddelige Haube auf, doch sie trug ein sauberes Kleid mit weiten Röcken, pfauenblau. Auf Kate wirkte sie wie ein Schulmädchen in einem Kostüm für eine Theateraufführung. Emilia verdross die schmuddelige Haube, ein nie enden wollendes Ärgernis. Mary nestelte mit rußgeschwärzten Fingern daran herum; sie gehörte zu der ewig schmutzigen Sorte Dienstmädchen.

Mary knickste, so schnell, dass es wie ein Stolpern aussah, ging dann zum Herd und förderte mit dem Schürhaken unter der Asche eine dickflüssige Glut zutage, die orange aufflammte, unberechenbar wie eine Schlange. Sie legte einige Zweige in das Leuchten, mit solch eleganter

Fingerfertigkeit als vollführe sie ein Kunststück. Sofort wuchsen Zungen an den Seiten empor, und Mary hob zwei Scheite auf und legte sie in die Flammen. Der Geruch des Feuers breitete sich aus, vermischt mit Marys lebendigem Gestank, doch seine Wärme war noch nicht zu spüren; und nun erkannte Emilia auch ihren eigenen Körpergeruch, die Überreste des Parfums, vermischt mit Schweiß und dem säuerlichen Geruch der Flüssigkeit, die aus ihren Brüsten drang. All das war echt.

Darin keimte Bedeutsamkeit auf, die an ihr nagende Eingebung, dass es etwas gab, das Emilia tun musste. Es hatte mit dem Rahmen der Szene zu tun, mit ihrer Form. Sie war hier, um ... es lag ihr auf der Zunge. Es hatte nichts mit dem Baby oder der Seuche zu tun. Auch nicht mit der Königin. Sie hatte es ihr ganzes Leben lang gewusst. Es war ... sie wusste es, fast.

Währenddessen betrachtete sie Marys schmutziges Gesicht mit einer besitzergreifenden Zuneigung, die Emilias ureigenste Empfindung war, Kate hatte dergleichen noch nie gefühlt. Und nun erwiderte Mary den Blick, hob störrisch ihr Kinn und sagte: »Wie es Euch beliebt, doch ist der Mond nicht kalt.«

Für einen kurzen Moment war Emilia überrumpelt. Sie antwortete vorsichtig: »Wie nun – der Mond ist nicht kalt?«

»Madam, Ihr sagtet, es ist so kalt wie der Mond. Doch ist der Mond näher bei Gott. So wird er schon warm sein. So dachte ich, Madam.«

»Ach, Gott ist also warm? Er wärmt den Mond?«

»Sicherlich. Gott ist gut. Und sehr groß. Er kann alle Himmelsgefilde erwärmen.«

Emilia lachte überrascht, und Mary glühte geradezu vor intellektueller Selbstzufriedenheit, schwankte leicht auf ihren Fersen vor und zurück. Mary war – das fiel Emilia nun wieder ein – eine große Denkerin, die unglücklich war, wenn sie ihre Reden nicht halten durfte. Aus diesem Grund hatte man sie aus dem Haushalt der Hunsdons, wo ihr Geschwätz nicht toleriert worden war, hierher geschickt.

Mit zunehmendem Ernst sagte Mary jetzt: »Es ist die Hölle, die kalt ist. Mein Bruder sagt, die Hölle sei heiß vom Höllenfeuer, doch ich sage, es muss eine kalte Flamme in der Hölle sein, die brennt, und doch keine Wärme gibt. Ich weiß, dass ein Priester einmal dergleichen sagte. Es ist also nicht nur meiner Einbildung entwachsen. Es ist die wahre Lehre, Madam.«

»Welch melancholischer Gedanke«, sagte Emilia.

»Was bringt dich zu solcher Grübelung?«

»Der Glaube, falls die Pestilenz allein nicht ausreicht!«

So plapperte Mary immer weiter, beschrieb die Hölle und wie ihre eigene Mutter als Sünderin gestorben sei; und Mary würde dafür beten, dass ihre Mutter nicht in die Hölle gekommen sei, wenn es aber nun so wäre, sei es doch strittig, ob es ihre Pflicht als Tochter sei, gut zu sein oder zu freveln und zu sündigen, denn es heißt, man solle Vater und Mutter ehren, und es wäre doch der Ehre wenig, sie allein in der Hölle schmoren zu lassen. Und dies sei ein allgegenwärtiger Gedanke in dieser pestgeplagten Stadt, dieser Stadt, in der nur noch die Würmer frohlocken würden. Immerhin seien selbst die Katzen vor Londons Siechtum geflohen. So habe Mary es gehört, und sie hinterfrage es nicht, denn oft seien Tiere weise, wo die Menschen töricht seien. Mary redete immer weiter und Emilia hörte zu, mit dem nervösen Gefühl, dass sich ihr irgendein Hinweis offenbaren müsse, während das Feuer im Ofen kühn prasselte, Mary an ihrer Haube zupfte, und die Fensterläden mit jedem Windstoß klapperten. Einige Sätze aus Marys Erzählung lösten bei Emilia ein Kribbeln aus und verfingen sich in ihren Gedanken wie Kletten: *Mein Vetter ... weiser, zu fliehn ... dass sie meinem Vater Hörner gab.* Schließlich verstummte Mary, blickte ins Feuer, ihr Gesicht mahnend und düster, als sähe sie dort ihre zitternde Mutter. Sie nahm den Schürhaken und stieß ihn grollend gegen einen der Scheite, biss sich auf die Lippe.

»Weshalb aber bin ich dann hier?«, fragte Emilia heiser. »Kannst du es mir nicht sagen?«

Voller Hohn stieß Mary Luft zwischen den Zähnen hervor. »Wir sind hier, weil Euer Bauch zu groß zum Reisen ist. So sagtet Ihr. Doch ich sage, es wird dem Kind keine guten Dienste erweisen, wenn es seinen ersten Atemzug im Pesthauch Londons nimmt. Und meine Tante ritt einst fünf Tage lang, als ihr Bauch größer war, als –«

Dann riss Mary sich zusammen. Sie stand mit der Steifheit aller Dreizehnjährigen auf, die ob der Dummheit der Erwachsenen störrisch werden, und wandte sich ab, um den Schürhaken zurück an seinen Platz zu hängen. Emilias Blick fiel auf den Griff des Hakens, der die Form eines Salamanders hatte, jedoch mit menschlichen Ohren. Einen Moment lang formten die Scheite und Flammen hinter Mary eine grässliche, gespenstische Silhouette. Es war der schartige Umriss einer Stadt aus Feuer und Asche, das sich windende Gespenst einer toten Welt.

Ein stechender Ruck ging durch Emilias Bauch – das Kind reagierte auf Emilias Empfindung, bevor diese selbst sie wahrgenommen hatte. Es war Furcht. Draußen hatte der Hahn das Krähen aufgegeben, doch die Glocken schlugen immer weiter. Sie schlugen für die Pesttoten. Die Furcht durchfuhr sie wie ein Fanfarenstoß, wie ein Imperativ, der Emilia den Atem anhalten ließ. Im Feuer wurde der Umriss dunkler und deutlicher. Er war echt. Er war eine Vision, deutete jedoch auf etwas Echtes. Eine Stadt am Ende der Welt.

Dann fühlte sie, was zu tun war. Es war da draußen. Wie ein Hund nahm sie die Witterung auf.

Sie machte Anstalten, aufzustehen, und sagte zu Mary: »Es wird uns fern von London besser ergehn. Du tust weislich an deiner Furcht. Wir wollen zu meinem Vetter nach Horne fliehn.«

Das Zimmer begann, sich in Grau aufzulösen. Sie schlief ein. Sie konnte nichts mehr sehen. Alles wurde schwarz.

Sie erwachte in Bens Armen – sie fühlte sich fremd, sie fror und empfand zugleich eine freudige Erregung.

Da war das Hotelzimmer: die weißen, anonymen Wände, der Fernseher, dessen Fernbedienung an einer Kette hing, die so kurz war, dass man neben dem Gerät stehen musste, um den Kanal umzuschalten, der Hinweis, keinen Strom zu verschwenden, mit einer Comiczeichnung der lächelnden Erdkugel. Kate war schweißgebadet. Das Bettzeug war klamm.

O nein, dachte sie in froher Erregung. *Ich muss zurück. Hier kann ich überhaupt nichts ausrichten.*

7

Der nächste Tag war ein Sonntag, und Kate war mit ihren Eltern verabredet. Ben, so hatten sie es am Abend zuvor besprochen, würde mitkommen und sie kennenlernen.

Ihre Eltern wohnten in Low Droit, einer Migrantenenklave am East River, die von großen Wohnungsbauprojekten aus den Fünfzigern dominiert wurde, über denen die schwärzlichen Schornsteine des *Con-Ed*-Kraftwerks aufragten, die im Zuge der Proteste von 98 in Brand gesetzt worden waren. Unten in den Straßen waren die Wände mit dem für niedrigpreisige Stadtviertel typischen Patchwork überzogen: Ankündigungen politischer Debatten, *Les Girafes*-Graffitis – der Slogan *QUI VOIT*, enigmatisch und bedrohlich, mit der schablonierten Cartoongiraffe, die mit ihrem emporgehobenen Kopf den Weitblick hat. Darunter Schichten von alten Plakaten und Kritzeleien samt eines abblätternden Wandbilds zu Ehren der Marslandung, auf dem die drei todgeweihten Astronauten die UN-Flagge auf einem öden rosafarbenen Mars aufstellen. Auf dem Weg von der U-Bahn hörte man nur Arabisch und Französisch; die Leute auf der Straße sahen so aus, als befänden sie sich in einem Prozess zwangloser Verwahrlosung. Gezeitenströme von Kindern kamen und gingen, Trauben von Frauen hielten die Parkbänke besetzt, die meisten von ihnen waren auf beeindruckende Weise fett, alle rauchten. Einige Passanten gingen am Stock oder auf Krücken; es gab viele gescheiterte Existenzen. Dennoch war die Szenerie friedlich, strahlte den Müßiggang eines angenehmen Nachmittags in einer Nachbarschaft aus, die mit sich zufrieden war, in der die

Menschen gut gefüllte Kühlschränke und keine Angst hatten.

Ben war spät aufgewacht, mürrisch und mit dem Bedürfnis, allein und in Ruhe die Entscheidung zu durchdenken, mit Kate zusammenzuziehen. Stattdessen hatte er hastig duschen und in die Klamotten vom Vorabend schlüpfen müssen. Auf dem Weg hatten er und Kate kein Wort miteinander gewechselt – ein schreckliches Vorzeichen, ein schreckliches Gefühl, dazu die zahnschmerzartige Beleuchtung in der U-Bahn. Nun gingen sie sehr langsam die Straße entlang, voll schlimmer Vorahnungen, die behandschuhten Hände ineinander verschränkt, während Ben sich am liebsten aus dieser Situation befreit hätte. Er überlegte, wie er ihr sagen könnte, dass er heute nicht dazu imstande war, dass sie mit dem Zusammenziehen noch warten sollten. Doch er liebte Kate. Oder etwa nicht? Bis zu diesem Moment hatte er Kate geliebt.

Sie betraten den Hof des Gebäudes, in dem Kates Eltern wohnten, und fanden dort ein Holzbläserquartett vor; die Musik klang dünn, entkräftet von dem feuchten Luftzug, der vom Fluss hinaufzog. Die Musiker hatten lange genug an Ort und Stelle verharrt, sodass der Wind einen kleinen Blätterhaufen vor ihren Füßen aufgestapelt hatte. Ben und Kate waren eine Viertelstunde zu früh, und sie blieben unschlüssig stehen, setzten sich auf eine Bank. Kates Gesicht strahlte von der Kälte, rote Flecken auf den Wangen. Sie war klar und wunderschön.

Und sie sagte, vorsichtig, behutsam, als hätte sie das lange Schweigen genutzt, um darüber nachzudenken, wie sie es sagen sollte: »Letzte Nacht hatte ich einen Traum.«

In dem Traum sei sie hochschwanger gewesen und habe in dem von der Pest geplagten London des sechzehnten

Jahrhunderts gelebt. Sie habe gewusst, dass sie eine entscheidende Aufgabe zu erfüllen habe. Aus diesem Grund sei sie dorthin geschickt worden. Und im Feuer (in dem Zimmer sei ein Kamin gewesen) habe sie die Apokalypse gesehen, die das Resultat ihres Scheiterns gewesen sei, die Erscheinung einer verbrannten, toten Welt.

»Verstehst du, in dem Traum war ich wichtig«, sagte Kate mit scherzhafter Schwermut. »Ich war der wichtigste Mensch auf der Welt.«

»Ich hatte früher auch solche Träume«, sagte Ben. »Sie basierten hauptsächlich auf Comicheften.«

Kate lachte kurz auf, sah aber ein wenig befremdet aus. Die Comichefte waren gerade nicht erwünscht. Sie nahm den Traum ernster, als sie vorgab. Sie sah zu dem Holzbläserquartett, das zu spielen aufgehört hatte. Die Musiker massierten ihre frierenden Hände. Sie sagte: »Tja, ich weiß, dass es außer mir niemanden interessiert.«

Dann war es an der Zeit, zu ihren Eltern hinaufzugehen; nun behielten sie ihre Hände in den Taschen. Der Aufzug war kaputt, also gingen sie durchs Treppenhaus, das trostlos und dreckig war. Die Tür der Eltern sah aus wie alle anderen Türen: klumpiger roter Anstrich, ein schmutziger Türspion, ein Werbeaufkleber vom Schlüsseldienst. Hinter der Tür waren murmelnde Stimmen zu hören, ein fremdartiges Murmeln, das Ben nervös machte. Was, wenn er ihre Eltern nicht mochte? Er war in der falschen Stimmung. Das Ganze war keine gute Idee gewesen.

Dann die Klingel, die Eltern selbst und ihre Wohnung – eine unglaublich einnehmende Wärme, wie der Duft des Mohnkuchens im Ofen, wie die persischen Teppiche auf dem Fußboden, deren Ecken offensichtlich von einem Hund abgekaut worden waren. Der fragliche Hund, ein nachdenklicher Sheltie, betrachtete Ben von seinem Platz unter einem ramponierten Kaffeetisch aus voller Zweifel, wurde ausgelacht und zum Hervorkommen überredet. (»Sei nicht albern«, sagte Kates Mutter Ágota zu dem Hund, »du bist doch ganz mutig.«) Die Hündin hieß Dogknees, eine Anspielung auf den Kyniker Diogenes – *kynisch* bedeutet auf Altgriechisch »hundeartig«. Kates kleiner Bruder, der gerade weggezogen war, hatte sie so getauft; er studierte im ersten Jahr an der Penn State. »Das war so unglaublich clever, als er zwölf war«, sagte Ágota, »und jetzt müssen wir ewig mit diesem furchtbaren Witz leben.« Kate hockte sich hin, um dem Hund die Ohren zu kraulen, und sah lächelnd zu Ben auf, der den Hund mochte, und die Eltern, und sie, und der eine verworrene Erleichterung empfand.

Kates Vater Salman wirkte auf extravagante Weise persisch, obwohl er einen breiten Bostoner Dialekt sprach und ein Red-Sox-Trikot trug. Er gestikulierte viel und war hinreißend präsent; Kate war die weibliche Version von ihm. Ihnen eignete derselbe kindliche Ernst, eine körperliche Ungezwungenheit, bei der es eindeutig um den Körper als solchen ging, um Sinnlichkeit. Während Salman redete und redete, sah Ágota immer wieder mit einem ironischen Lächeln zu Ben, und einmal sagte sie: »Ich hoffe, das ist nicht allzu albern.« Sie war grazil und mäuseartig, blass, mit graumeliertem Haar und winzigen Händen, die sie bewegte, als würde sie Handschuhe tragen. Sie sprach mit einem schleppenden ungarischen Akzent, der von osteuropäischer Folklore durchtränkt zu sein schien, pelagisch und weise und gütig.

Kates Eltern mochten Ben auf Anhieb. Während Kate den Tisch deckte, ließen sie ihn eines seiner Gedichte rezitieren und nannten es *beachtlich*, *intensiv*, *hervorragend*. Ágota fragte Ben nach seiner Doktorarbeit und schien sehr interessiert an den Schwierigkeiten der CO2-Sequestrierung in tiefen salinen Aquiferen (sein Dissertationsthema), obwohl es *ganz und gar nicht* interessant war; darum brauchte er ja so lange, um die Arbeit zu schreiben.

Dann schwärmte Salman überschwänglich von einer Fra-Angelico-Ausstellung im Metropolitan Museum, die so fantastisch gewesen sei, dass sie ihn zum Glauben bekehrt habe – die Gemälde seien heilig, Salman habe es gespürt, ihnen wohne die unverkennbare Natur der Wahrheit inne, der Wahrheit einer Gotteserfahrung –, bis Kate lächelnd sagte: »Aber du *glaubst* nicht an Gott«, und Salman antwortete, ohne aus dem Schritt zu kommen: »*Selbstverständlich* glaube ich nicht an Gott«, und alle lachten. Alles war gut, vielleicht besser als gut. Ben hatte das Gefühl, dass er zum ersten Mal begriff, wie es wäre, eine glückliche Familie zu haben.

In der Zwischenzeit kam der Mohnkuchen auf den Tisch. Es gab eine Pause, um den ersten Bissen zu nehmen, zu reagieren, ihm genug Raum für eine Wertschätzung zu geben. Dann sagte Kate, als würde sie eine große Ankündigung machen, als hätte sie alle allein zu diesem Zweck versammelt: »Letzte Nacht hatte ich einen Traum.«

Sie erzählte den Traum erneut und fügte einige Details hinzu – in dem Traum sei sie vom Lord Chamberlain schwanger gewesen, einem Mann namens Hunsdon. Sie sei seine Geliebte gewesen, verheiratet war sie mit einem anderen Mann, einem Hofmusikanten. Er spiele Blockflöte, aber sei dieses Instrument damals wirklich gespielt worden?

»In dem Traum beschloss ich, London mit meinen Bediensteten zu verlassen. Ich hatte so eine Ahnung, dass ich es tun muss. Es klingt wirklich doof, wenn ich es erzähle. Ich war da, um etwas Wichtiges zu tun, vielleicht sollte ich die Pest aufhalten? Aber dafür müsste man Antibiotika im großen Maßstab herstellen, also weiß ich nicht, wie man das anstellen sollte.«

»Sehr interessant«, sagte Ágota in einem Tonfall, der andeutete, dass sie das Thema wechseln wollte, und Salman ging in die Küche, um sich noch einen Kaffee zu machen. Da war eine Veränderung in der Stimmung, eine Steifheit. Kate verstummte. Sie starrte auf das Nichts vor ihren Augen, sah isoliert aus, als sei ihr jemand in die Quere gekommen.

Ágota lächelte ihr sorgenvoll zu und sagte zu Ben: »Kitty ist eine große Träumerin. Ich sage immer, sie ist wie der kleine Junge, der sich im Traum verlief. Kennst du die Geschichte?«

»Natürlich kennt er sie nicht«, sagte Kate abwesend. »Niemand in Amerika kennt sie.«

»Ich kenne sie nicht«, sagte Ben.

»Es ist die Geschichte von einem Jungen, der im Traum eine falsche Abzweigung nimmt«, sagte Ágota. »Er kann den Weg zurück zu seinem Bett nicht finden, also reist er durch viele Länder, tötet einen Drachen und wird schließlich zu einem Prinzen, der eine Prinzessin heiratet. Ganz normale Märchengeschichten. Die Jahre vergehen, und im Traum wird er alt und stirbt.

Dann erwacht er in seinem Bett und ist wieder ein Kind. Doch sein Vater, der ein sehr armer Mann gewesen war, ist nun ein wohlhabender Geschäftsmann; seine Mutter, die vorher im Sterben gelegen hatte, ist dick und gesund. Wir verstehen also, dass es an dem liegt, was er im Traum erreicht hat. Es ist ein ungarisches Kinderbuch«, sagte Ágota. »Unser alter Freund Gabor hat es geschrieben.«

»Gabor glaubt solche Dinge wirklich«, sagte Salman, der aus der Küche zurückkam. »Er ist immerhin derjenige, der sich im Traum verliebt hat.«

»So ein Blödsinn«, sagte Ágota.

Salman stellte seinen Kaffee ab und lächelte Ben zu. »Gabor hat seine Frau für jemanden verlassen, den er im Traum getroffen hat.«

»Er hat sie nicht im Traum getroffen«, sagte Ágota. »Sie war eine seiner Studentinnen.«

»Er sah sie im Traum zum ersten Mal und verliebte sich«, sagt Salman. »Und dann, eines Tages, kam sie in seine Vorlesung.«

»Blödsinn«, sagte Ágota.

»Vielleicht ist es wahr«, sagte Kate.

Ben sagte: »Ich stimme für Blödsinn.«

Alle außer Kate lachten. Salman sagte zu Ágota: »Du glaubst, dass er lügt? Aber warum sollte er sich diese Lüge ausdenken?«

»Ich glaube, dass er ein Mann ist, der sich in eine Zwanzigjährige verliebt hat«, sagte Ágota. »Das ist doch nicht so schwer zu durchschauen.«

»Früher hat mir das Buch Angst gemacht«, sagte Kate. »*Der Junge, der sich im Traum verlief.* Ich dachte, mir würde dasselbe passieren.«

»Das wissen wir doch«, sagte Ágota. »Reg dich nicht auf.«

»Ich rege mich nicht auf.« Kate sah zu Ben. »Sehe ich aus, als würde ich mich aufregen?«

»*Manchmal* regst du dich auf«, sagte Salman in einem weicheren, versöhnlichen Ton.

Kate zuckte mit den Achseln. »Ich erzähle nur, wie ich mich gefühlt habe.«

»Gabor ist tablettenabhängig«, sagte Ágota. »Du bist nicht wie Gabor. Was Gabor passiert, wird dir bestimmt nicht passieren.«

»Und wenn es schon passiert *ist*?«, sagte Kate.

»Der Mann nimmt zwei Handvoll Tabletten am Tag.« Ágota streckte ihre hohlen Hände aus, um die zwei Handvoll zu zeigen.

Kate sagte: »Er könnte tablettenabhängig sein *und* Träume haben, die das reale Leben beeinflussen. Korrelation ist nicht gleich Kausalität.«

»Kitty, ich bitte dich«, sagte Ágota. »Das ist kein echtes Problem.«

Plötzlich duckte Kate sich unter den Tisch. Sie kroch auf allen Vieren herum. Ihre Eltern runzelten irritiert die Stirn.

Salman sagte zu Ben: »Normalerweise macht sie das nicht. Das ist nicht Teil des Familienrituals.«

»Kitty?«, sagte Ágota. »Was machst du da?«

Unter dem Tisch rief Kate: »Ich suche die Siegel, die ich und Petey gemacht haben. Ich wollte sie Ben zeigen.«

»Wovon redest du?«, sagte Ágota.

»Die Siegel!«, sagte Kate. »Ich kann sie aber nicht finden. Die Siegel, die ich und Petey in die Tischbeine geritzt haben?«

»Ihr habt in die Tischbeine geritzt?«, sagte Ágota.

»Du *weißt*, dass wir in die Tischbeine geritzt haben. Wir haben immer das kleine Cloisonné-Messer benutzt. Das Messer mit den Drosseln auf dem Griff.«

»Das Messer haben wir noch«, sagte Ágota. »Aber ich wüsste nicht, dass ihr damit an meinen Möbeln zugange wart.«

Kates Kopf tauchte neben Bens Knie auf, zerzaust und mit einem Lächeln. »Ich kann sie nicht finden.«

»Wie sahen sie denn aus?«, fragte Ben.

»Mein Bruder, Petey, hat ein Peace-Zeichen gemacht, und ich wollte einen Falken schnitzen, aber am Ende sah er aus wie eine Robbe. Wir haben so getan, als wären wir adlige Herren aus dem Mittelalter. Mein Siegel war der Falke und seines das Peace-Zeichen.«

»Das hat nie stattgefunden«, sagte Salman lächelnd zu Ben.

»An das Spiel kann ich mich erinnern, aber ich verstehe nicht ganz«, sagte Ágota. »Habt ihr beide wirklich in die Tischbeine geritzt?«

»*Ja*, haben wir«, sagte Kate. »Aber es ist weg. Da ist nichts.«

»Gott sei Dank«, sagte Ágota.

Kate flüsterte Ben zu: »Wir haben die Siegel wirklich gemacht. Das macht mich ein bisschen verrückt.«

»Das hat nie stattgefunden«, sagte Salman.

Im Treppenhaus, auf dem Weg nach draußen, sagte Ben: »Ich *mag* deine Eltern.«

Sie blieb auf der Stufe unter ihm stehen. »Also wirst du mich jetzt nicht verlassen?«

Er lachte und nahm sie in die Arme. Sie küssten sich. Das Treppenhaus roch nach kaltem Staub, und das Fenster war schmutzig, deshalb sah auch das Licht schmutzig aus, aber sie beide leuchteten klar wie ein Juwel in diesem Licht, das irgendwie fern und nah zugleich war. Als Kind hatte er vom Rücksitz des Autos seiner Eltern die fernen Lichter der Ortschaften gesehen, und die Lichter waren bunt und verwunschen gewesen, köstlich wie verzauberte Früchte. Er hatte sich vorgestellt, dass es magische Orte wären, die man mit dem Auto seiner Eltern niemals erreichen würde. Nur Ben könnte eines Tages dorthin gelangen, wenn er mutig genug wäre, wenn er nur fest daran glaubte.

Zwei Wochen später zogen Ben und Kate zusammen. Für eine sehr lange Zeit war alles gut zwischen ihnen. Der Herbst war wunderschön.

8

Dann kamen die Wochen, in denen sie nicht in den Traum zurückfand. Sie wachte neben Ben auf und war kurz davor gewesen. Sie wachte neben Ben auf. Und wieder, mit dem Nichts, das geschehen war. Mit Ben.

(Einmal jedoch schien es, als hätte sie von einer Herberge geträumt. Finster betrachtete sie sie von oben, wie eine Fledermaus – aber zugleich war sie auch Emilia, ganz klein, dort unten. Es war Nacht, und der Himmel zerstreute sich zu Regen, der wie eine sichtbare Dunkelheit fiel, ein Gleißen, wo kein Licht war. Die Fenster der Herberge waren verriegelt, blind. Von der Traufe strömte es geräuschvoll. Ein halbes Dutzend Pferde und Maultiere standen mit ihren aufsitzenden Reitern in dem überfluteten Hof. Einige weitere Gestalten liefen umher. Emilias Pferd trat neben ihr von einem Bein aufs andere, nervös von dem Geschrei.

Es war ein Streit im Gange, während ihr Rücken unerträglich schmerzte; ihre Bediensteten brüllten und schlugen gegen die Fensterläden, weil der Wirt Ihnen nicht öffnen wollte, aus Furcht, dass sie aus London die Pest mitgebracht hatten. Da war Mary, die kreischte, wie es sich für eine Dienstmagd unter keinen Umständen gehörte, und mit ihren kleinen Fäusten an die Tür hämmerte; sie schwor, dass sie alle brennen würden wie Zündhölzer, wenn ihre Herrin ob dieser außergewöhnlichen Herzlosigkeit stürbe. Hinter ihr stand der Hausknecht Arthur, der gegen die Demütigung anzulächeln versuchte und sich den Regen aus den Augen blinzelte. Sein Hut war formlos, durchweicht, ein tropfender Kopf.

Kate redete im Schlaf. Sie erteilte Befehle und weinte unter dem alles übertönenden Regen. Sie gingen …

gingen nach, flüchteten zu – Der Name der Ortschaft, Horne, wiederholte sich in ihrem Kopf, bis sie Hörner vernahm. Vielleicht waren die Hörner echt. Horne, Surrey. Hörner in der kalten Nacht … mit he und ho und mit Regen und Wind. So kalt.)

(Dann ein langer Eindruck vom Reiten im Regen, der den dämmernden Morgen verdunkelte, von einem kneifenden Druck, der plötzlich nachließ)

(wenn ihr Kind überleben würde)

(ein Bett

und an ihrem Ohr Marys wütende Gebete, damit die heilige Margareta Emilia nicht den Tod erleiden ließe, weil doch schon Marys gute Mutter hatte sterben müssen, in ihrem Blute, das über den Boden rann und das schreckliche Kind so tot und blau)

und Kate versuchte, sich durch ihren schwarzen Schlaf hindurchzuträumen, und fast gelang ihr der Durchbruch zu den Schreien der Geburt, die sie auswrang und bluten ließ, die Decken mit Schweiß tränkte – doch sie wachte niemals dort auf, nur bei Ben und dem Nichts. Sie fühlte die durchdringende Stille der Abwesenheit von Schmerz.

In ihrem wachen Leben wurde sie hartnäckig von Anomalien, Diskrepanzen und Anfällen von *Jamais-vu* verfolgt. In jeder Straße gab es neue Läden und Restaurants, die in einem Tempo aus dem Boden schossen, das selbst für New York unmöglich schien. Sie erkannte die meisten Lieder im Radio nicht. Sie kannte höchstens die Hälfte aller Filmstars. Sie ging zum Co-op, um Zimtäpfel zu kaufen, und die Mitarbeiter hatten noch nie von Zimtäpfeln gehört, obwohl Kate erst in der vorigen Woche genau dort welche gekauft hatte. Sabines Freundin, die Kongressabgeordnete aus Maine, die seit Kate sie kannte graue Haare gehabt hatte, war mit einem steifen blonden Pagenkopf in einer Fernsehübertragung zu sehen gewesen, und als Kate es Sabine gegenüber erwähnte, sagte diese: »Sie hatte schon immer diese Wetteransagerinnen-Frisur.«

All das waren Dinge, die Kate vielleicht irgendwie einfach durchgerutscht waren. Sie war schon immer zerstreut und weltfremd gewesen. Es wäre typisch für sie.

Aber sie wusste es. Und eines Nachts, als sie betrunken genug war, um zu glauben, er würde verstehen, was es bedeutete, versuchte sie, es Ben zu erklären. Sie fuhren nach einer Party mit der U-Bahn nach Hause, waren beschwipst und müde und zu glücklich, um etwas zu lesen, und Kate erzählte Ben wieder von dem Traum. Sie sagte, sie wisse durchaus, dass er keinen Einfluss auf die Realität habe. Sie sei nicht wirklich in die Vergangenheit gereist – natürlich nicht. Aber dennoch hätten sich Dinge verändert, genau so, als wäre es doch echt, als wäre sie ins sechzehnte Jahrhundert gereist und hätte dort etwas getan, was den Lauf der Geschichte veränderte.

Ben sagte: »Ich habe auch noch nie etwas von Zimtäpfeln gehört.«

»Ich dachte … erinnerst du dich an den Schmetterlingseffekt? Damals?«

»Also, ich weiß, was das ist.«

»Nein, an dem Abend, an dem wir uns kennengelernt haben, hast du mich damit aufgezogen.«

»Das habe ich wohl vergessen.«

Dann stiegen Kate Tränen in die Augen und sie starrte aus dem Fenster. Der Zug rumpelte durch die von aufblitzenden Graffiti unterbrochene Dunkelheit. Vielleicht waren diese Graffiti schon immer dort gewesen. Sie hatte sie noch nie gesehen, aber es könnte sein, dass sie vorher auch da gewesen waren.

»Alles in Ordnung?«, fragte Ben.

»Ich muss nur daran denken, dass das, was man vor vierhundert Jahren getan hat, Auswirkungen hat. Völlig egal, wie belanglos die Sache war. Das ist der Schmetterlingseffekt. Ich glaube, das könnte ich erlebt haben.«

Ben lachte. »Flieg nach Hause, Schmetterling. Du bist betrunken.«

Noch nie hatte Kate einem Mann Vorwürfe gemacht, und sie machte auch Ben keine. Er konnte nicht wissen, was nur Kate gesehen hatte. Aber eine gewisse magische Aura, die ihn umgeben hatte, erlosch in jenen Tagen. Sie erkannte ihn als den Menschen, der er wirklich war: ein gewöhnlicher Mann, dessen Bedürfnisse sie erfüllte; vielleicht war es Liebe. Sie wollte ihn noch immer. Sie suchte seine Nähe, wenn sie aufwachte, und der Körperkontakt spendete ihr Trost. Er war ihr irdischer Körper.

In der Dunkelheit umarmte sie ihn, wartete auf den Schlaf und dachte über den Traum nach. Sie versuchte, seine Bedeutung zu erahnen, und stets fielen ihr Details ein, die an ihren Nerven zerrten: Der Schürhaken in der Form eines Salamanders, das Feuer, das sich in eine längst ausgelöschte Stadt verwandelt hatte, das Datum 1593, dass bedeutsam zu sein schien, obwohl sie nachgeschaut und kein besonderes Ereignis in diesem Jahr gefunden hatte. Dann schlief sie ein und spürte den Traum, lebendig, doch sie konnte nicht in ihm erwachen. Sie erwachte neben Ben.

Ihr sonstiges Leben war belanglos. Sie machte nichts aus ihrer Zeit. Damals telefonierte sie viel und besuchte Leute. Sie war überwiegend glücklich.

9

Das Baby trat an jenem Tag in Erscheinung, als Ben und Kate ihren ersten Streit hatten.

Es war Dezember, und die neue Wohnung in Queens ein bereits vollständig katifizierter Raum, so wie ihr altes Zimmer in Brooklyn, das Ben nur kurz und in Auflösung begriffen gesehen hatte, als er ihr beim Umzug half. Was an alle Wände gepinnte Buntstiftzeichnungen bedeutete, die sie auf Papier in verschiedenen Größen anfertigte, und eine Auswahl persischer Teppiche mit geometrischen Mustern in Karminrot und Aquamarin, die Kates Vater im Iran gern spontan und in rauen Mengen erwarb, und die den schlichten Kiefermöbeln (Bens Beitrag), die ansonsten die gesamte Einrichtung darstellten, eine gewisse Würde verliehen. Es war eine fröhlich aussehende Wohnung, spartanisch und luxuriös zugleich. Ihre Freunde schauten vorbei, um sich kurz die Wohnung anzuschauen, und blieben dann stundenlang, saßen auf den Teppichen (weil es keine Sofas oder bequemen Stühle gab) und plauderten, während sie müßig mit einem Finger die Holzmaserung nachzogen; kündigten an, dass sie langsam gehen müssten, nur um das Gespräch noch weiter in die Länge zu ziehen und doch noch ein wenig zu bleiben. Die Wohnung lag im Stadtteil Astoria, und der Gebäudekomplex hieß Stella Court. In Gedanken wiederholte Ben diese sternklaren Namen immer wieder und fühlte sich unvernünftig gut.

Der Streit ereignete sich an einem Morgen eines Arbeitstages. Ben war dabei, sich fertig zu machen, während Kate im Bett lag und las – so wie er es sich vorgestellt hatte: der fleißige Ben machte sich bereit, für sie beide das täglich Brot zu verdienen (denn Kate arbeitete kaum; sie verkaufte hin und wieder handbemalte Tischtücher und Servietten an Freunde und sprach schon seit Ewigkeiten davon, eine Website dafür anlegen zu wollen), und dieser frohe Gedanke schwirrte in seinem Kopf umher wie ein Lied – bis zu dem Moment, als er sich rasieren musste.

Es war eine Pflicht, die er immer gehasst hatte. Dann kam ihm eine Idee; auf einmal war sie da, wie ein Fleck, wie eine kleine Kakerlake in einem ansonsten sauberen Zimmer.

Er schaltete seinen Rasierapparat aus und sagte: »Willst du dir eigentlich noch einen Job suchen?«

»Ich weiß nicht«, sagte sie mit schlaftrunkener Stimme; abwesend, durcheinander.

»Ich komme nur drauf, weil du ja gesagt hast, du würdest dir einen Job suchen.«

»Okay.«

»Okay?«

»Ich versuche, mir einen Job zu besorgen, aber ich bin nicht besonders gut darin. Vielleicht sollte ich mir lieber eine Katze zulegen.«

»Das ist nicht lustig«, sagte Ben, und plötzlich war in der ganzen Welt überhaupt nichts mehr zum Lachen. Er wandte sich von Kate ab, drehte den Wasserhahn auf und wusch sich das Gesicht. Jede Bewegung war ermüdend und altvertraut, eine Abfolge kleiner Zumutungen. Für die Dauer des Waschvorgangs dachte Ben wütend, dass er sich einen Bart stehen lassen würde – den lückenhaften, undekorativen Bart, der ihm wuchs. Ja, wenn Kate sich keinen Job suchte, würde er sich einen Bart stehen lassen.

Als er fertig war, sagte er: »Ich denke einfach, dass du glücklicher wärst, wenn du etwas zu tun hättest.«

»Okay«, sagte Kate und klang jetzt etwas verzagt. »Aber eigentlich bin ich gerade ziemlich glücklich.«

»Aber du kannst nicht ewig so weitermachen. Und außerdem«, sagte er, obwohl er sich fest vorgenommen hatte, es nicht zu sagen, »ist es mir gegenüber ungerecht.«

Dann fing der Streit erst richtig an. Ben erklärte ihr die Ungerechtigkeit, erklärte sie zu ausführlich, zu laut, und sie erwiderte leise, dass er seinen Job doch mochte, das habe er doch gesagt. Und Kate habe viel nachgedacht; das fühle sich wichtig an, auch wenn es keine für andere Menschen sichtbaren Ergebnisse gebe. Sie fügte mit gepresster Stimme hinzu, dass sie in Panik gerate, wenn sie arbeite, es verursache eine existenzielle Panik in ihr. Sie könne das eine Weile durchhalten, doch es fühle sich an, als würde sie in einem brennenden Haus sitzen und Socken stricken. Die Zeit liefe ihr davon, und ... würde er das je verstehen?

»Also willst du nicht arbeiten, weil du dich dann schlecht fühlst.«

»Ich habe nicht gesagt, dass ich nicht arbeiten will. Ich sage nur, dass es seltsam ist. Ich glaube nicht, dass es das *echte* Leben ist, wenn man für Geld arbeitet.«

»Das ist Schwachsinn, Kate. Oder glaubst du, dass mein Leben nicht echt ist?«

»Von deinem Leben rede ich doch gar nicht«, sagte sie, nun fast flehentlich. »Ich kann versuchen, einen Job zu finden. Schon gut.«

Doch er hatte den Halt verloren, konnte nicht aufhören. Er sah sie als Last, eine parasitische Last, die sein Leben ruinieren würde. Er begann erneut, ihr die Ungerechtigkeit zu erklären. Sie weinte. Das ließ sie entstellt und fremdartig aussehen. Ihre Stimme wurde schrill. Er erkannte sie nicht wieder. Er verstand nicht, warum sie nicht einfach zugab, dass sie im Unrecht war.

Er musste dringend los. Als er seinen Mantel anzog, sagte sie: »Geh nicht«, und er war sprachlos vor Wut, er konnte nicht klar denken. Jetzt wollte sie auch noch, dass er seinen Job verlor. Und für ihn würde niemand sorgen. Er hatte keinen Ben. Er konnte nicht den ganzen Tag herumsitzen und erwarten, dass andere Leute seine Rechnungen bezahlten.

Dann war er im Treppenhaus, allein. Betäubend allein, und entsetzt, weil er soeben Kate verloren hatte. Seine Schritte klangen klein und bedeutungslos. Der Sprung in der Kachel, die fleckige Wandfarbe waren Anzeichen der Fäulnis im Herzen der Dinge. Alles verwahrloste: Er hatte die falsche Richtung eingeschlagen, weg von dem, was zählte. Aber er musste zur Arbeit, pragmatisch sein.

Als er auf die Straße trat, war der Tag kalt und nüchtern, der Himmel von einem klaren, sachlichen Blau. Menschen gingen mit ihren gewöhnlichen Launen vorbei. Vor ihm war eine Frau, deren kleines Kind stürmisch an ihrer Hand zog; die Frau sagte amüsiert: »Du ziehst mir den Handschuh aus«, und das Kind sagte: »Ich *will* deinen Handschuh ausziehen«, und die Frau sagte: »Tja, dann hast du es gleich geschafft.« Die Leute mit ihren bunten Wintermänteln und Bommelmützen, der Tannenbaumverkauf am Eingang zur U-Bahn, vor dem sich eine kleine Menschenmenge gebildet hatte – hier war alles in Ordnung. Als wäre er durch ein Portal in ein Paralleluniversum getreten, in dem alles in Ordnung war.

Er stieg in die U-Bahn, und während er sich durch das morgendliche Gedränge schob, tauchte der Streit wieder in seinen Gedanken auf. Er wurde wieder wütend. Es kam wieder und immer wieder. Von allen Seiten drückten Menschen gegen ihn, trafen ihn mit ihren Ellbogen. Ihnen war es egal, wie es ihm ging – genau wie Kate. Kurz sah er ihr tränennasses Gesicht vor sich aufblitzen und hasste sich selbst, doch die Gedanken gingen weiter. Er konnte nicht zur Arbeit gehen. Er musste sofort aus diesem Zug steigen. Er würde sonst den Verstand verlieren.

Noch eine Haltestelle, und noch eine, und dann war er angekommen. Im kalten Sonnenlicht von Midtown beruhigte er sich augenblicklich, ein Gefühl, wie nach einer großen Anstrengung zu Boden zu sinken. Er wusste gar nicht, wozu das ganze Drama gut gewesen sein sollte. Sie hatte gesagt, dass sie versuchen würde, einen Job zu finden. Er machte sich auf in Richtung seines Büros und wusste schon, dass er nicht hineingehen würde. Niemand würde ihn so kurz vor Weihnachten vermissen. Warum war er der Meinung gewesen, dass es so wichtig wäre? Die Fassaden der Bürogebäude, in dieser Gegend mit Wasserspeiern verziert und in dem opulenten französischen Stil gehalten, der in den Zwanzigern in Mode gewesen war, zogen am Rand seines Blickfelds vorbei und riefen in ihm das kribbelnde Gefühl hervor, dass allein er ihre Schönheit erkannte. Gelegentlich blieb sein Blick an goldenen Lettern hängen, die sich zu Namen zusammenfügten, und er las, ohne bewusst etwas zu denken: *Van Dusen Cooperative, American Uranium Building, Hotel Ariane.* Wollte er seinen Job überhaupt behalten? Vielleicht wäre er mit dem Job im Bürgermeisteramt in Jersey City besser bedient.

Er war an dem Gebäude angelangt, in dem seine Firma ansässig war, doch anstatt hineinzugehen, machte er kehrt und ging ins *Amsterdam Bank*, ein Café in der ehemaligen Amsterdam Bank. Der ursprüngliche grüne Marmorboden war noch erhalten sowie eine Wandmalerei, die holländische Kaufleute bei einem Treffen mit Irokesen zeigte, das aus geringer Entfernung von einer kleinen

Schar Biber mit besorgten Gesichtern beäugt wurde. Das Café gehörte zu einer karitativen Einrichtung und viele Angestellte hatten kognitive Beeinträchtigungen; man brauchte oft ein wenig Geduld, doch der Kaffee war meistens ordentlich und dazu tat man etwas für den guten Zweck. An diesem Tag stand ein mondgesichtiges Mädchen mit rotem Haar an der Theke, das immer wieder die Augen zusammenkniff, Bens Bestellung aber kompetent aufnahm und dabei über das anstehende Referendum und seine Bedeutung für die Rechte von Menschen mit Behinderung plauderte. Er wollte sie fragen, ob sie eine kognitive Beeinträchtigung hatte; Kate konnte solche Fragen stellen, ohne dass es als Beleidigung aufgefasst wurde, Ben jedoch nicht. Er wünschte sich, dass Kate bei ihm wäre. Er hätte Kate zum Frühstück einladen sollen, statt aus dem Haus zu stürmen wie ein bockiges Kind.

Er nahm seinen Kaffee mit auf die Bank draußen vor dem Laden und überlegte, Kate von einer Telefonzelle aus anzurufen, als er Sabine die Straße entlanggehen sah, das Gesicht verhärmt und ausdruckslos. Sie trug einen Pyjama, der allerdings teurer gewesen sein dürfte als die Klamotten der meisten anderen Leute. Darüber trug sie einen kurzen, roten wattierten Mantel; Ben hatte den Mantel erkannt, weil Kate ihn sich hin und wieder auslieh. Nun versetzte er ihm einen Stich. Ihm wurde bewusst, dass sein Büro nur neun Blocks südlich von Sabines Wohnung lag. Wenn er und Kate sich trennten, würde er Sabines Leuten andauernd über den Weg laufen. Und Kate ebenso.

Sabine ging an Ben vorbei, ohne ihn zu bemerken, und betrat das *Amsterdam Bank*. Durch die Glasscheibe beobachtete Ben, wie sie ihre Bestellung aufgab und das rothaarige Mädchen die Augen zusammenkniff. Dann trat Sabine hinaus auf die Straße, bemerkte Ben und stutzte.

»Hi«, sagte Ben. »Ich wollte eben schon hallo sagen, aber du bist einfach vorbeigelaufen. Ich hätte dir fast hinterhergerufen.«

Sabines Augen wurden schmal, als sie ihn ansah, und sie sagte ohne Vorrede: »Hast du gehört, dass Martin ein Baby bekommt? Gartengestalter-Martin. Er kriegt ein gottverdammtes Baby mit einer Katalogbraut. Und nicht irgendeiner Katalogbraut. Oksana.«

»Oh.« Das traf Ben unvorbereitet. »Ich dachte, er ist schwul.«

»Meine Güte. Stell dir vor, er produziert trotzdem Sperma. Er kann trotzdem Kinder zeugen.«

»Nein, ich meine, du hast es so erzählt, als ob es –«

»Oh, ein Unfall gewesen wäre? Nein, es war völlig geplant. Sie haben es mit einer Garnierspritze gemacht. Er zahlt ihr dreißigtausend Dollar.«

Ben fuhr unwillkürlich auf. »Also bleibt das Baby bei ihm? Er will es alleine großziehen?«

»Ja. Er hat nicht einmal einen Freund. Aber er hat ein Haus gekauft, das ist schon mal gut. In meinen wildesten Träumen hätte ich mir nicht vorstellen können, dass ich Martin jemals aus meiner Wohnung rauskriege. Aber dass er einfach so ein Kind kriegt? Mit Oksana?«

Ben versuchte, das Gesagte zu begreifen und erinnerte sich an Oksanas entenhafte Nacktheit und ihre nichtssagende Ausstrahlung. Oksana war ganz klar eine erwachsene Frau, sie leitete diese Organisation und machte Filme, aber es fühlte sich eigenartig an. Ein bisschen wie Missbrauch. Nichtsdestotrotz (denn Bens Beziehung zu Sabine war von Streitlust geprägt; Sabine pflegte ihm ins Gesicht zu sagen, dass er Kate verlassen würde, weil Männer das so taten, und wenn er mit: »Klar, wir sind alle Schweine« antwortete, verdrehte Sabine die Augen und sagte:

»Da will jemand es aber wissen. Wie mutig!«) sagte Ben nun: »Es muss ja nicht zwingend etwas Schlechtes sein. Er wünscht sich eine Familie. Das kann doch nett werden.«

Sabine schnaubte. »Na gut, du kleiner Romantiker, alles wunderbar. Das ist der Kreislauf des Lebens; man bezahlt eine Verrückte dafür, dass sie sich mit einer Garnierspritze schwängert. So etwas funktioniert für die Beteiligten immer ganz toll.«

»Könnte doch sein.«

»Nein, wirklich nicht. Und ich sage dir noch was. Martin ist *nicht* in der Lage, sich um ein Baby zu kümmern. Seine längste Beziehung hat sieben Wochen gehalten. Der Typ ist achtunddreißig und besäuft sich jeden Abend. Denkt er, kaum ist das Baby da, regelt sich alles von selbst? Es macht mich einfach fertig, dass Leute Kinder kriegen und nur darüber nachdenken, was das Kind für *sie* tut. Das ist krank. Wir sollten doch die Guten sein. Ich meine, versteh mich nicht falsch, er ist schon in Ordnung. Ich will nicht auf Martin losgehen. Er macht Gärten für soziale Wohnprojekte. Er macht ganz viel Zeug pro bono. Er ist toll. Aber das? Ehrlich, manchmal sehe ich mir die Welt an und denke, sie geht zugrunde an … sie geht einfach zugrunde an dem persönlichen Irrsinn der Leute. Ich kann mir nicht …« Sie holte tief Luft und sagte: »Ach, scheiße. Ich glaub's nicht. Jetzt muss ich heulen.«

Tatsächlich sammelten sich Tränen in ihren Augen. Ben erstarrte. Er wollte ihr etwas Tröstliches sagen, er hätte dazu in der Lage sein sollen – doch er musste an Kates verweintes Gesicht denken und wie sie *Geh nicht!* gesagt hatte, und zu seinem Grauen stiegen ihm nun selbst Tränen in die Augen. Es war wegen Kate und dem Mädchen, das immer die Augen zusammenkniff, und Martins Kind, das niemals glücklich werden würde, und die

Tränen kamen schnell; selbst wenn er sie weggewischt hätte, wäre es zu spät gewesen. Sabine bemerkte es und grinste voller Wärme. »Meine Güte«, sagte sie näselnd. »Schau uns mal einer an. Tja, ich *hoffe*, dass Martin es hinkriegt. Ich meine, ist dir das klar? Ich *will* ja nicht, dass es schiefgeht.«

»Eigentlich hatte ich Streit mit Kate. Ich bin nicht nur ...«

»Ha!« Sabine berührte seine Schulter. »Du warst vorbereitet? Das ist geschummelt.«

»Ja, wir hatten einen richtig schlimmen Streit.«

»Ach, wegen einem Streit mit Kate musst du nicht weinen. Ich meine, nur ein Streit?« Sabine schüttelte den Kopf und betupfte ihre Augen mit ihrem Fausthandschuh.

»Ich hab mich benommen wie ein Arschloch.«

Sabine lächelte über ihrem Handschuh. »Warst du biestig zu ihr? Ich wette, du warst biestig.«

Ben lachte schniefend. »Ich weiß nicht. Kate war so komisch, als es um die Jobsuche ging.«

»Oh, ich weiß, was du meinst. Das macht sie immer. Aber sie wird einen Job finden.« Sabine nahm den Deckel von ihrem Kaffee und nahm versuchsweise einen Schluck. »Scheiße, wie kann der immer noch zu heiß sein? Nein, Kate wird einen Job finden. Du musst nur hinterher sein.«

»Also meinst du, ich habe das Richtige getan?«

»Hey, leg mir keine Worte in den Mund. Gottverdammte Scheiße, ich kann das mit Martin noch immer nicht glauben. Egal. Kate *kriegt* einen Job, sie muss nur ... Du musst sie aus ihrer Märchenwelt holen. Hör dir ihren Quatsch gar nicht erst an, es ist schon in Ordnung, wenn sie arbeitet.«

»Ich dachte, du willst nicht, dass ich mit Kate zusammenbleibe.«

»Das dachtest du? Wirklich? Ich rede viel Müll, weißt du. Ich will nur, dass ihr glücklich seid, aber wie man das anstellt? Keine Ahnung.«

Ben überlegte, ob er sagen sollte, dass man dieses Prinzip auch auf Martins Baby anwenden könnte, aber dann fiel ihm Oksana wieder ein und er ließ es bleiben. Beide schlürften ihren Kaffee und seufzten. Das Weinen hatte in Bens Kopf eine angenehme Schwere hinterlassen, die ihn an seine Kindheit erinnerte.

Er überlegte erneut, ob er Kate anrufen sollte, als Sabine ihn mit dem Ellbogen anstieß und sagte: »Sieh dir das an.« Sie nickte zur anderen Straßenseite, wo eine Hochzeitsgesellschaft sich aus den Drehtüren des Hotels Ariane auf den Bürgersteig ergoss. Die Feiernden waren Latinos, strahlend und offensichtlich wohlhabend. Die Braut war traditionell in schneeweißen Tüll gekleidet, die Brautjungfern hingegen trugen knallpinke Minikleider mit knallpinken Stiefeln. Ein winziges Blumenmädchen, ebenfalls in einem knallpinken Minikleid, hüpfte die Stufen vor dem Hotel hinunter und schwang ihren Blumenstrauß hin und her, als wollte sie Segen spenden. Männer in dunklen Anzügen blieben auf halber Höhe der Treppe stehen, konspirativ und zurückhaltend, während die jungen Frauen unbändig über irgendetwas lachten und sich vor der langen schwarzen Flanke einer Limousine versammelten. Schließlich trat der Bräutigam in einem weißen Smoking aus dem Hotel. Die Frauen verstummten und wandten sich ihm zu. Das Leben dieses Mannes würde nie wieder so sein wie zuvor, dachte Ben.

»Wow«, sagte Sabine. »Scheiße, ich mag diese Leute. *Die* sollten die Kinder kriegen, nicht wir.«

Ben brauchte eine Stunde bis nach Hause zu Kate. Er hatte beschlossen, nicht anzurufen, und sein letztes Kleingeld darauf verwendet, sich krankzumelden. Als er kurz darauf in der Bahn saß, wünschte er, er hätte es doch getan. Was, wenn sie nicht da wäre? Diese Vorstellung quälte ihn, der Gedanke an die Stunden, während derer er darauf warten müsste, dass sie nach Hause kam, an eine weitere Fehlentscheidung.

Dann trat er ins Freie, und da waren wieder die Weihnachtsbäume, andere Leute in den gleichen bunten Mänteln. Alles schien nun infiziert, verschwand hinter einem emotionalen Schleier. Er begann zu rennen, als er ihr Apartmenthaus erblickte, er rannte die Treppen hinauf, warf die Tür auf, gegen die Stille. Doch Kate war da. Sie lag eingerollt auf dem Bett. Sie regte sich nicht, als er das Schlafzimmer betrat. Er hielt inne, und sofort begann sein Herz, heftig zu klopfen. Es schlug in seiner Verwundung, seiner fürchterlichen Verwundung. Er wusste nicht, was er tun sollte. Warum musste sie immer noch aufgebracht sein? Sabine hatte gesagt, es würde alles wieder in Ordnung kommen. Er konnte es nicht ertragen, sie so verletzt zu sehen. Sie muss gewusst haben, dass er es nicht ertrug. Sie tat es mit Absicht.

Doch plötzlich rührte sie sich und sah ihn an, lächelnd. Sein Ärger verflog, er konnte spüren, wie er vorüberging wie ein Schwindel. Er war voller Endorphine. Verletzlich und voller Dankbarkeit.

»Baby«, sagte sie. »Du bist hier.«

»Bist du noch wütend?«

»Nein, ich bin eingeschlafen.«

»Eingeschlafen?« Er lachte zögerlich.

»Ich schlafe immer ein, wenn ich aufgebracht bin.«

Er setzte sich neben sie aufs Bett. Sie trug eines seiner alten Flanellhemden, und der maskuline Schnitt hob die madonnenhafte, strahlende Sanftheit ihres Gesichts hervor. Er nahm ihre Hand, und ihre Fingerspitzen strichen über seine Knöchel, eine bewusste und zärtliche Berührung.

»Du hattest recht«, sagte Kate. »Du hattest völlig recht. Das wollte ich dir gleich sagen, sobald du nach Hause kommst, und ich dachte, du würdest mir dann verzeihen. Das war der Plan.«

»Ich habe dir schon verziehen.«

»Nein. Du musst sagen, dass es nichts zu verzeihen gibt.«

Sie beide lachten stumm. Ben legte sich neben sie. Kate machte ihm Platz auf dem Kissen, und sie lächelten sich an, die Gesichter nah beieinander.

»Geht es dir gut?«, fragte sie. »Wo warst du?«

»Ich war auf dem Weg zur Arbeit, aber dann habe ich Sabine getroffen. Im *Amsterdam Bank*. Sie hat mir erzählt, dass Oksana ein Baby bekommt.«

»Ich weiß. Ich habe vorhin mit Martin telefoniert, wegen eines Jobs.«

»Wirklich? Mit Martin?«

»Ich dachte, er könnte mich als Gärtnerin engagieren, doch stattdessen will er mich dafür bezahlen, dass ich ein Wandbild im Kinderzimmer seines neuen Hauses male.«

Sie beide wandten den Blick nach oben und betrachteten die Zeichnungen. An dieser Stelle der Wand hing ein riesiges Bild des Ozeans, der über und über mit Piratenschiffen bevölkert war, jedes davon mit Dutzenden winzigen Matrosen bemannt. Die Matrosen und Schiffe waren mit Bleistift gezeichnet, doch der Hintergrund war in Aquarell gemalt, zartes Grün und Blau und das Gelb des Sonnenlichts. Umrahmt wurde das Bild von mehreren kleineren Zeichnungen von Bären, jeder von ihnen mit ganz eigenen Zügen. Sie waren skurril, warmherzig, niedlich. Sie hatten auf Ben schon immer tröstlich gewirkt, doch nun bemerkte er zum ersten Mal, wie gut sie waren – so gut, dass reiche Leute tatsächlich Geld dafür bezahlen würden.

Gerührt sagte er: »Du wirst das großartig machen.«

Sie sagte: »Es wird bestimmt ein sehr glückliches Baby.«

10

Als er wieder auftauchte, erwachte sie nicht im Bett, sondern inmitten einer Geste, eines Gesichtsausdrucks, eines Abendessens. Ein Dutzend Leute saßen am Tisch, in ihrer albernen Traumkleidung – steife Samtärmel und spitzenbesetzte Halskrausen, Goldknöpfe und kleine federgeschmückte Hüte. Alle gestikulierten, redeten durcheinander, spießten Fleisch auf ihre Messer. Ihr schwindelte von diesen mannigfaltigen Bewegungen, die wieder in Gang kamen, sobald sie wach wurde. Sie hatte das Gefühl, als fiele sie in diese Bewegungen hinein, und als setzte der Fall sich fort, sobald sie verstand, wo sie sich befand.

Sie war in Surrey, dem Anwesen ihres Vetters Andrea Bassano, einem neu gebauten Backsteinhaus. Dort, am Kopfende des Tisches, saß er – ein Mann mit der wettergegerbten, dickbäuchigen Erscheinung eines Hornisten und dem bedeutsamen Auftreten eines Hausherrn, der es sich leisten kann, zehn Gäste zu bewirten. Die Gäste an jenem Abend waren allesamt vor der Seuche geflüchtete Londoner: Der Alte Lupo, ein Gambist, mit seiner buckligen Enkelin Anne; ein portugiesischer Stoffhändler und seine blutjunge Frau; drei Fiedler von den Londoner Stadtpfeifern; und, Emilia gegenüber, zwei seit Schließung der Theater vagabundierende Schauspieler aus der Truppe von Lord Strange. Sie alle erweckten den Anschein eines vergnügten Schiffbruchs. Sie waren an diesen ruhigen, unbedeutenden Ufern des Londoner Ozeans gestrandet und erfreuten sich für den Moment an ihrer Gesellschaft und dem kurzzeitigen Frieden. Waren zufrieden mit dem verkochten Fleisch. Ein luftiger Saal, der sich bis zu den

Dachsparren öffnete; ein im Ofen loderndes Feuer. Eine orangefarbene Katze, die durch die Binsen schlich. Zwei Stabkreuzfenster mit blinden Flecken, die die Sicht auf die Zweige draußen störten, schwarz vom Regen und mit funkelnden Tropfen behangen.

Nun erzählte der Alte Lupo eine Geschichte, die Emilia schon hundertmal zuvor gehört hatte: wie gut es sei, dass König Heinrich die Mönche aus der Kartause vertrieben habe – und wie die meisten von ihnen ob ihrer üblen Ketzerei getötet worden seien. Ein schrecklich Ding, sagte Lupo, möge Gott uns von solch falschen Gedanken bewahren. Nun, die neuen Bewohner der Mönchszellen in der Kartause waren Heinrichs Fiedler – Lupo selbst, ebenso Emilias Vater Bassano sowie zehn weitere Lupos und Bassanos und Galliardellos, die gerade erst aus Italien angereist waren und nicht mehr Englisch sprachen als ein Perlhuhn. Und solch skandalösen Lärm hätten sie in den ehemaligen Mönchsbehausungen mit dem Flöten und Tuten und Brüllen fremdartiger Lieder gemacht, dass die Nachbarn sie als den leibhaftigen Teufel gefürchtet hätten. Und eines Tages, als sie – anlässlich des erhaltenen Lohns – spanischen Wein getrunken hätten, seien diese Lupos und Bassanos samt ihrer ganzen heidnischen Sippe losgezogen und mit ihren Hörnern durch die Straße paradiert. Tut tut! (Lupo hatte wie eine Posaune gesungen, und Andrea hatte gelacht und singend den Zink übernommen, und einige andere begannen ebenfalls zu lachen und »Tut tut!« zu rufen.) Dann – erzählte Lupo weiter – seien die Huren und Lehrlinge und müßigen Eheweiber herausgekommen, und nachdem sie alle von dem Wein getrunken hätten, seien sie ihnen nachgefolgt und hätten dabei fünf verschiedene Lieder durcheinander gesungen. Daraufhin seien alle in der Nachbarschaft gute Freunde mit den Fiedlern geworden.

Und so sei es Recht, denn bis zu jenem Tag habe die Gefahr bestanden, dass die Musikanten im Schlaf ermordet würden; als teuflische Fremdlinge, die Frevel an den Betten der rechtschaffenen Klosterbrüder begangen hätten.

Er erzählte die Geschichte auf Italienisch, und seine Enkelin Anne übersetzte sie in einem Tonfall müder Duldsamkeit. In dem Traum kannte Emilia die Geschichte gut. Sie hatte sie auf Englisch und auf Italienisch gehört; in diesem Traum verstand sie Italienisch, und der beschwingte Rhythmus der Sprache wirkte beruhigend auf sie. Dies war die Sprache ihrer verstorbenen Eltern. Sie lauschte ohne Gedanken und versuchte, sich auf die Aufgabe zu konzentrieren, für die sie erwacht war, jenen ihr noch unbekannten Akt, der die Welt retten würde. Doch ihr Körper war erschöpft, noch empfindlich von der Geburt. Seit dem Morgengrauen trank sie Ale; sie konnte nicht klar denken. Es war da, in Gestalt der Luft – oder auch nicht. Sie war verwirrt und fühlte sich schwach.

Während Lupo seine Geschichte erzählte, versuchten die beiden Schauspieler, ihre Aufmerksamkeit zu erlangen. Sie verstand, trotz der Mattigkeit des Traums, dass sie die Geliebte des Lord Chamberlain war, Baron Hundson; ihr Wohlwollen konnte darüber entscheiden, ob eine Truppe am Hof spielen würde oder nicht. Beide Schauspieler hießen William, beide hatten braunes Haar und trugen den gleichen schlecht geschnittenen Spatenbart. Der linke Will gehörte zu der komischen Sorte, mit geschwollenen und geröteten Augenlidern und einem angedeuteten listigen Grinsen. Der andere war maskulin und mürrisch; ein Will, der schlechte Zeiten erlebt hatte. Der rote Will zog Grimassen, imitierte die wichtigtuerische Art vom Alten Lupo. Der traurige Will sah sie nur mit dem unverstellten, müden Blick eines Freundes an.

Der Alte Lupo kam mit seiner Geschichte zum Ende und lehnte sich triumphierend zurück. In diesem Moment sprang der fette orangefarbene Kater auf den Tisch und miaute klagend. Die ganze Gesellschaft streckte ihm die Hände entgegen, und er stolzierte unter allgemeinem Gelächter zwischen dem Geschirr umher. Der rote Will sagte: »Signor Lupo, die Bestien lobpreisen Euch wie den Fiedler Orpheus.« Anne sagte: »Nein, sie schmäht ihn. Hat die Katze diese Märe doch seit sie ein Kätzchen war jeden Monat gehört. Eine alte, alte Geschichte.« Der Kater miaute erneut, wie zum Protest, und Emilia sagte zu Lupo: »*Belle parole non pascono i gatti.*« Anne lachte und erklärte der Gesellschaft: »Das ist ein Merkspruch unsres lauten Volkes, den wir oft sagen und selten beherzigen. Schöne Worte machen die Katze nicht fett.«

Dann drehte der Kater sich um und sprang kurzerhand in Emilias Schoß. Sie zog ihn instinktiv zu sich und alle sahen sie an, grinsten.

Der traurige Will beugte sich auf seinem Stuhl nach vorn. »Madam, Ihr seid ebenfalls eine Bassano, vermute ich?«

»Ay«, sagte Emilia. »So ward ich geboren.«

»Und sind Sie – musikalisch?« Er formte seine Hände zu etwas, das eine Blockflöte hätte darstellen können und schürzte andeutungsweise die Lippen. Die Gesellschaft brach in einhelliges Lachen aus.

»Meine Base beherrscht viele Instrumente«, warf Andrea Bassano ein, als diese Bemerkung ebenfalls mit Gelächter quittiert wurde, fügte er unsicher hinzu: »Und sie spielte vor Ihrer Majestät auf der Querflöte.«

»Auf der Querflöte?« Der traurige Will drehte seine Luftflöte auf die Seite. »Nun, ich würde all meinen Besitz geben, um Eurer Flöte zu lauschen.«

»Ein leichtes Versprechen«, sagte Anne, »hat doch dieser Gesell gar keinen Besitz.«

»Dann gäb ich her, was nicht in meinem Besitze ist«, sagte der traurige Will.

»Scharfsinn«, schlug Anne vor.

»Ihr seid hart.« Der traurige Will ließ kläglich die Hände sinken. »Ihr habt mich meines Scherzes beraubt.«

Erneut brachen alle in Gelächter aus. Der Kater miaute verdrießlich und sorgte dafür, dass das Lachen nicht verebbte. Nur Emilia und der traurige Will blieben stumm. Er sah sie an. Nun strich seine Hand über seinen Bart, eine lange Hand mit tintenbefleckten Nägeln. Und ihr Blick traf den seinen, und eine unangenehme Schockwelle durchfuhr sie. Ein Gefühl.

Dann lag es in der Luft. Es war ihre Aufgabe – oder auch nicht. Als hätte die Erde eine taumelnde Umdrehung gemacht. Sobald sie versuchte, sich darauf zu konzentrieren, schwirrte es an ihr vorüber wie eine höhnische Fliege. Dann grinste der traurige Will, und es war verschwunden.

Sie wandte sich ärgerlich von ihm ab und sagte an den Kater gerichtet: »Nun, Grimalkin, ist's nicht ein wackrer Mann, der über Flöten und Nichtigkeiten scherzt, während in London unsre Freunde zu Grabe fahrn.«

Es war ihr Tonfall, der sie erschütterte, ein bösartiger, schwarzer Tonfall. Die Gesellschaft verstummte, sie sahen einander mit gerunzelter Stirn an, während der traurige Will Emilia anlächelte.

Er sagte: »Wenn es ein Frevel ist, dass ich vergnügt bin, dann tut es mir leid.«

»*Certes*, Madam«, warf der rote Will ein, »die Pestilenz ist uns kein Freund. Und wie Ihr seht, müssen wir in der Fremde suchen, was uns ernährt.«

»Ay, wir ziehn irr und vergnügt dahin«, sagte der traurige Will. »Wie Ihr seht, sind wir ganz wie Tom o' Bedlam, Bettler, gänzlich ungeliebt. Wenn Ihr uns nur die Gefälligkeit erzeigtet, einen Brief an Eure großen Freunde zu schreiben …«

»Ach«!, rief Anne Lupo. »So ist es also! Hören Sie, meine Herren, der Gesell erbittet von Emilia, seine Bettelbriefe zu schreiben.«

»Ay«, sagte der traurige Will sogleich, »schriebe sie einem großen Mann ihrer Bekanntschaft, wäre es ein Segen, der die Welt lächeln macht.«

Emilia sagte: »Ich wüsste nicht, warum ich mir diese Mühe nehmen sollte.«

»Dann werde ich selbst schreiben«, sagte der traurige Will ungezwungen, »wenn ich Euch nur als meine Freundin nennen darf. Ich schwöre, Euren Namen sanft zu verwenden, Madam, und ihn in samtene Schmeichelei zu kleiden. Ihr sollt als Königin erscheinen vor ihren Augen.«

Anne sagte: »Doch kennt sie Euch nicht, Sir.«

Der traurige Will lächelte Emilia zu, und der Schock ging vorüber. »Vielleicht wird sie mich bald kennen.«

Daraufhin entspannte sich die Gesellschaft und lachte zustimmend. Der Kater schnurrte an Emilias Bauch. Es war warm im Zimmer. Draußen funkelten die glänzendnassen Zweige im Wind. Sie atmete tief ein (und die Beschaffenheit des Traums war derart, dass sie sich einer Art statischer Interferenz bewusst wurde. Es klang ähnlich blechern wie ein Mittelwellenradio, doch waren weder Worte noch Musik zu hören. Keine Töne. Instinktiv schloss Emilia die Augen, und in dem kurzen Wimpernschlag sah sie eine kaputte Stadt. Sie wirkte wie ein verbranntes Manhattan, die verlassenen Türme waren mit Schmutz und Eis verschorft. Es gab keine Luft. Keinen Himmel. Die Stadt gehörte zu einer Zeit, in der die gesamte Erde tot war.)

Dann öffnete sie die Augen. Die Vision war verschwunden. Die ganze Gesellschaft blickte sie an, die Gesichter verwirrt. Sie war gekommen, um die Menschheit zu retten.

Die Entscheidung lag vor ihr, so klar, geradezu zwingend; eine geöffnete Tür, die in einen Raum führte, in dem sich nichts befand außer einer geöffneten Tür. Sie sagte (und die Worte kamen wie aus einer schwarzen Ferne): »Nun, es sei Euch erlaubt, mich in Euren Briefen zu nennen, Sir. Wir wollen sehn, wozu es taugt.«

Dann war sie auf den Füßen, den Kater im Arm. Sie verließ den Raum durch die geöffnete Tür, während Andrea ihr mit besorgter Stimme hinterherrief. Als sie mit dem Fuß die Tür hinter sich zuschob verfielen die Anwesenden in erschrockenes Schweigen.

Im Salon hielt sie inne. Plötzlich hatte sie Angst. Die Worte waren in einer schwarzen Flut der Überzeugung aus ihr hervorgebrochen. Der Moment hatte sich geöffnet und wieder geschlossen. Sie hatte eine Entscheidung getroffen. Doch wie konnte dies die richtige Entscheidung gewesen sein? Wie konnte es irgendwie zur Rettung der Welt beitragen, wenn sie irgendeinem brotlosen Schauspieler zu einem Mäzen verhalf?

Nun, es war zu spät, um einzulenken. Das Kind war in den Brunnen gefallen.

Sie öffnete die Tür, die sich in der gegenüberliegenden Wand befand, und betrat die Instrumentenwerkstatt; ein großer, luftiger Raum, der vom pfeffrigen Geruch des Sägemehls erfüllt war. Es gab Drehbänke und Arbeitstische, Beitel lagen auf grob gezimmerten Regalen verstreut. Zwei für die Gäste zurechtgemachte Strohbetten wirkten plump neben einer Reihe filigraner Violinenköpfe und Schalmeien. In einer Ecke beugte sich ein Lehrling über einen Sägebock, Emilias Dienstmädchen Mary und die Amme standen neben einer Wiege, die die Amme mit einem Fuß in sanfter Bewegung hielt. Die Seitenwände der Wiege waren niedrig, und Emilia konnte das rosige Gesicht des Babys erkennen, seinen fischigen Mund, der im Schlaf asymmetrisch auf- und zuging.

Mary und die Amme knicksten hastig und ungelenk. Der Lehrling sprang vom Sägebock, und das Rumpeln weckte den Säugling auf, der in seinen Wickeln zu mucken und zu strampeln begann und wie eine kleine Springbohne zappelte. Er hatte noch immer die runzlige Erscheinung eines Neugeborenen und erschreckend klare schwarze Augen. Emilia graute bei dem Gedanken an seine Zerbrechlichkeit. Ihr Baby: eine Tatsache, die nicht rückgängig gemacht werden konnte.

Dann schrie er, und ihre Milch begann zu fließen: eine eigentümliche Flut der Hilflosigkeit; ihr Körper gehorchte einem Befehl, der nicht ihrer war. Da war die sich ausbreitende Nässe an ihrer Brust, das feuchtwarme Schamgefühl. Sie trug ein altes, weites Gewand, das schon einen leichten Geruch nach Moder verströmte. Und nun auch nach Milch. Unversehens sah sie an sich herab, und die Gesichter der Frauen veränderten sich.

Dann rumpelte es vor der Tür, und der Schauspieler, der traurige Will, erschien hinter ihr im Türrahmen.

Ihre Augen trafen sich erneut. Dann durchfuhr der Wandel sie wie ein Zittern. Sie kannte ihn. Sie fühlte sich, als hätte sie einen nackten Fuß in Eiswasser getaucht. Er war echt. Alles, was ihn umgab, war ein Traum, doch er war echt.

Dann tat ihr Herz drei Sprünge. Einen für ihn, der als einziger hier echt war und deshalb unter der Einsamkeit leiden musste. Einen für das Kind, das durch die Echtheit dieses Mannes zu einem erträumten Kind zusammenschrumpfte. Einen für diese Welt, die im Verfall begriffen, die verschwunden war. Eine Schwärze kroch ihr in die Augen, und sie fühlte ihn in ihren Handflächen – den elektrischen Schlag, als Emilia den Mund aufriss und Kate diejenige war, die nach Luft schnappte.

Sie wachte neben Ben auf, im Zwielicht der Dämmerung, in ihrem Schlafzimmer – das leicht verändert war. Ein blaues Paar Herrenturnschuhe, die sie noch nie gesehen hatte, lagen unordentlich neben dem Bett. Auf dem Nachtschrank stand eine Pillendose mit einem Medikament, dessen Namen sie noch nie gehört hatte, obwohl der Vermerk auf dem Etikett darauf hinwies, dass es ihr verschrieben worden war. Ihre Zeichnungen an den Wänden, auf denen Bären zu sehen gewesen waren, zeigten nun braune Pferde. Wo die Gardinen gehangen hatten, waren nun Jalousien; das beeindruckte sie am meisten, weil die Jalousien hässlich waren und aus Plastik. So etwas würde Kate niemals in ihrer Wohnung dulden.

Die meisten Dinge aber waren gleich geblieben. Ihre Arme sahen aus wie immer. Es war dasselbe Zimmer und derselbe Ben.

Fast hätte sie Ben aufgeweckt, um ihn auf die Veränderungen aufmerksam zu machen. Doch natürlich wären es für ihn eben keine Veränderungen. Dieser Ben hatte eine andere Vergangenheit, eine Vergangenheit, in der Kate Pferde statt Bären gezeichnet und billige Plastikjalousien akzeptiert hatte. Ben würde es nicht verstehen. Er würde es nicht glauben. Nur Kate selbst kam aus Kates Vergangenheit.

Dann lag sie lange wach und versuchte, zu begreifen. Sie erinnerte sich an das Gefühl der Schwärze, die Elektrizität, ihre Stimme, die sich mächtig angefühlt hatte. Sie hatte die Veränderung gespürt. Sie war grell wie der Schmerz einer

Papierschnittwunde. Es fühlte sich nicht an, als hätte es falsch sein können. Dennoch hatte sie offensichtlich den Lauf der Geschichte geändert. Und Will hatte, objektiv betrachtet, Emilia dazu gebracht, sich schuldig zu fühlen und ihm einen Gefallen zu tun, und das Ergebnis des Ganzen war ein New York, in dem Kate hässliche Jalousien hatte und irgendwelche Tabletten nahm; eine kleine Degeneration der Welt.

Eine Stunde später wachte Ben auf und sah Kate ins Leere starrend auf dem Bett sitzen. Als er sie fragte, ob alles in Ordnung sei, sagte sie: »Was, wenn man die Möglichkeit hätte, die Welt zu retten?«

Er sagte schläfrig: »Wahrscheinlich sollte man es tun.«

»Aber was, wenn man dafür riskieren müsste, alles noch schlimmer zu machen?«

»Das wäre schlimm. Eine wirklich schwierige Situation. Wahrscheinlich ist es also gar nicht so schlecht, dass man die Welt nicht retten kann.«

Sie lachte, wirkte aber ein wenig missverstanden. »Wahrscheinlich.«

»Warum fragst du? Hast du schlecht geträumt?«

»Schlecht würde ich nicht sagen. Ich habe geträumt.«

Dann bat er sie, von dem Traum zu erzählen, doch sie verzog nur das Gesicht und schüttelte den Kopf. Also erzählte er ihr stattdessen von dem Traum, den er gehabt hatte, von einem chinesischen Königreich, in dem alle Kinder nur eine einzige Aufgabe hatten. Sie strichen das weiße Firmament blau. Es war ein Blau, das es zuvor noch nie gegeben hatte, ein Blauton so rein, dass die Kinder daran erblindeten; und dieses Blau war der Himmel.

11

Für Ben begannen die seltsamen Erscheinungen an jenem Tag, als sie Martin in Brooklyn besuchten und schweigend über die schiere Größe des Hauses staunten, viktorianisch und groß genug, dass es darin hätte spuken können; es gab einen Garten mit Bäumen und hochgewachsenem Gras und einer selbstgebauten Schaukel; es war ein Haus, um zehn Kinder darin großzuziehen. Das makellose Interieur war bereits von einem Luxusinnenausstatter fertiggestellt worden. So frisch gestrichen roch alles nach Weiß. An manchen Stellen hatte der Farbgeruch etwas sonderbar Höhlenartiges; er ließ das Fehlen von Möbeln unheimlich erscheinen. Martin verströmte, wenn er nah genug bei einem stand, den stickigen, vertrauten Geruch nach Wein.

Martin redete und redete, während er ihnen das Haus zeigte; belanglose Plaudereien, obgleich seine Stimme hin und wieder in einen eigentümlich hupenden Ton verfiel, der Klang einer überspannten Depressivität. Er erwähnte das Baby mit keinem Wort (was Ben immer wieder feststellte), stattdessen sprach er über seinen aktuellen Kunden, der darauf bestanden habe, einen Palisanderbaum zu kaufen, obwohl der Baum im hiesigen Klima innerhalb kürzester Zeit mausetot sein würde, außerdem habe er fünf Zierfelsen erstanden, ohne zuvor mit Martin Rücksprache gehalten zu haben, und heute habe er Martin das Foto eines japanischen Sandgartens geschickt, mit dem Kommentar: *Statt Rasen?* »Am Ende lebt er in einer Kiesgrube mit einem einzigen toten Baum in der Mitte. Von mir aus, wenn er gerne in einem postapokalyptischen Sandkasten wohnen will, na bitte. Außer, dass *mein* Name am Ende unter dem Ganzen steht. Also muss ich um jeden Preis erreichen, dass er einem *schönen* Garten zustimmt ... Und hier ist die Küche, obwohl ich nicht weiß, wann ich überhaupt kochen soll. Vielleicht liege ich mal nackt auf den Fliesen. Hier, fühlt mal.« (Martin hockte sich hin, um über die Fliesen zu streichen, und Ben und Kate hockten sich brav daneben und taten es ihm nach. Den Fliesen eignete eine angenehme steinerne Kühle.) »Ich hatte noch nie Sex auf Fliesenboden«, sagte Martin. »Hattet ihr schon mal Sex auf Fliesenboden?« Dann klingelte Martins Handy; er stand auf und verwandelte sich in einen Erwachsenen. Seine Haltung veränderte sich, ebenso sein Gesichtsausdruck. Er war verbindlich und aufmerksam. Es ging um Kostenvoranschläge für Bambus. Dann legte er auf und seufzte. »Die Arbeit macht mich wahnsinnig. Ich wäre gern eine Kanadagans, die gen Norden fliegt. Sollen wir hochgehen?«

Für Ben lag in all dem eine düstere Vorahnung, das Gefühl, dass bald dunklere Zeiten anbrechen würden. Er dachte ununterbrochen, dass er Kate nicht hätte drängen dürfen, sich einen Job zu suchen. Wie könnte er sie hier beschützen? Er versuchte, Kates Blick einzufangen, doch sie war fröhlich und selbstvergessen, ihr gefiel das Haus und alles, was Martin erzählte.

So ging es weiter durchs Obergeschoss, wo Martin achtlos auf Zimmer zeigte und sagte: »Schlafzimmer. Noch ein Schlafzimmer. Das ist ein Bad, wie man sieht.« Dann aber blieb er vor einer Tür stehen, sagte: »So, bitte seid jetzt nett. Ich war gar nicht sicher, ob ich euch das überhaupt zeigen will«, und öffnete die Tür zum Kinderzimmer.

Es war der einzige möblierte Raum, obgleich die Möbel in der Mitte zusammengeschoben waren, um Platz zum Streichen zu schaffen. Da waren ein Gitterbettchen und ein (gemachtes) Doppelbett und ein Kleiderschrank und zwei Stehlampen, die Martin sofort anschaltete, obwohl es helllichter Tag war und er zuvor nirgendwo Licht gemacht hatte. Er nickte zum Bett. »Da schlafe ich. Seit gestern schlafe ich da.«

Kate sagte: »Den Rest des Hauses muss man eigentlich gar nicht mehr einrichten.«

»Genau.« Martin lächelte getröstet. »Ich weiß nicht, ob ich es noch mache.«

»Ein paar Kuscheltiere fehlen noch«, sagte Ben in dem Versuch, auf die Situation einzugehen.

»Ja«, sagte Martin. »Ich habe alle gebeten, ihm oder ihr ein Plüschtier zu kaufen. Sodass jedes Plüschtier jemandes guter Wunsch ist. Dann wird das Zimmer erfüllt sein von diesem Plüschtiersegen.«

Kate lachte vor Freude, eine sehr katehafte Reaktion, und Martin grinste, obwohl sein Körper noch Zeichen von Anspannung zeigte.

»Was für ein Kuscheltier sollen *wir* besorgen?«, fragte Ben.

»Vielleicht eine Robbe?«, sagte Martin. »Ich mag Robben. Kleine Babys sind ein bisschen wie Robben.«

Kate sagte: »Es wird fantastisch sein, ein echtes Baby zu haben. Ein richtiger lebendiger Mensch.«

»Scheiße«, sagte Martin. »Mir graut es richtig. Aber was wäre, wenn man einen Menschen glücklich machen könnte? Daran denke ich die ganze Zeit. Dass ich das schaffe, und dann ist es irgendwie genug.«

»Was wäre, wenn«, sagte Ben, und es klang bitter.

Martin und Kate sahen ihn an: Martin mit einem erschrockenen Gesichtsausdruck, Kate finsteren Blickes. Ben sagte: »Ich spreche nur aus der Position von jemandem mit furchtbaren Eltern.«

Martin nickte nervös und sah an ihm vorbei. »Ich weiß. Es ist verdammt noch mal unmöglich. Selbst wenn ich perfekt wäre – und ich bin mir durchaus bewusst, dass ich es nicht bin –, bliebe noch die Welt da draußen. Es gibt so viele Dinge in dieser Welt, die einen kleinen Menschen unglücklich machen können. Geschweige denn, ihn umbringen.«

»Ich habe das Gefühl, dass die Welt schlechter wird«, sagte Kate. »Liegt es an mir, oder ist die Welt schlechter geworden?«

»Ist sie«, sagte Ben.

Es folgte eine Minute des Schweigens, dann sagte Martin: »Jackie bastelt ein Mobile. Ich weiß ja nicht, ich finde Mobiles irgendwie gruselig. Wahrscheinlich, weil sie mich an meine Kindheit erinnern. Ich hatte auch eine schreckliche Kindheit.« Er sah Ben an. »Findest du sie auch gruselig?«

»Ein bisschen«, sagte Ben betont freundlich. »Aber ich glaube, das Gruselige ist die Vorstellung von einem Mobile, das sich allein im Zimmer bewegt. Als würde es denken.«

»Wie ein Baby«, warf Kate ein. »Als würde man sich ein Baby allein im Zimmer vorstellen.«

»Das ist kein Problem«, sagte Martin. »Weil *mein* Baby *niemals* allein sein wird.«

Dann schaltete er die Lampen aus und führte seine Gäste nach unten, um eine weitere Flasche Wein zu öffnen.

Der Besuch war von Anfang bis Ende unheimlich gewesen (fand Ben, Kate hingegen, die sagte, dass Martin ein großartiger Vater werden würde, war anderer Meinung, und als Ben Sabine zitierte, die behauptet hatte, dass Martin Alkoholiker sei, sagte Kate: »*Niemals* hat Sabine das gesagt, das glaube ich nicht«, und sie in der Bahn beinahe zu streiten begonnen), aber das war nicht das Seltsame gewesen. Das passierte erst später am Abend.

Sie waren ins Kino gegangen, um *Il Padrone* zu sehen, einen Film, der nicht besonders gut gealtert war, das zumindest dachte Ben, während er benommen auf die Leinwand starrte, wobei die Szenen in Rom wirklich schön waren und es irgendwie eine tröstliche Wirkung hatte, so viele Italiener zu sehen. Also dachte Ben, während er langsam in seinem Sessel eindöste, er würde gerne in Italien leben und Italiener ansehen.

Dann, als sie den Saal verließen, sagte Kate: »Gibt es eine Möglichkeit, spontan Italienisch zu sprechen?«

»Ich weiß«, sagte Ben. »Ich würde auch gern Italienisch können. Nach diesem Film möchte ich nach Italien ziehen.«

»Aber das geht nicht, oder? Es einfach so spontan zu sprechen? Ohne es gelernt zu haben?«

»Wir könnten es lernen. Wobei ich denke, dass dieser Drang vorübergehen wird.«

»Aber was, wenn man es *nicht* gelernt hätte«, sagte Kate ungeduldig – untypisch ungeduldig. »Was würde es bedeuten, wenn man plötzlich Italienisch könnte?«

Zu diesem Zeitpunkt waren sie schon draußen auf der Straße, und ein Lastwagen fuhr mit überwältigendem Donnern an ihnen vorbei, sodass Ben sich plötzlich unsicher fühlte, als hätte ihn der Fahrtwind gepackt. Er blieb stehen und Kate drehte sich zu ihm um, ihr Gesicht wirkte aufgebracht. Als der Lastwagen außer Hörweite war, sagte er: »Warte mal – du denkst, dass du plötzlich Italienisch kannst?«

»Ich habe das meiste vom Film verstanden. Ich meine, ich habe irgendwann aufgehört, die Untertitel zu lesen.«

»Naja, es könnte daran liegen, dass sich Französisch und Italienisch sehr ähnlich sind.«

»Aber *du* kannst auch Französisch. Und *du* hast den Film nicht verstanden.«

»Tja, dann bin ich wohl nicht so schlau wie du. Was willst du mir damit sagen?«

»Ich dachte, das passiert möglicherweise auch anderen Leuten. Ich dachte, du hast vielleicht davon gehört.«

»Nur als Symptom von Schizophrenie.« Als Kate zusammenzuckte, fügte Ben hastig hinzu: »Ich weiß, dass du nicht schizophren bist. Tut mir leid.«

»Ich dachte nicht, dass es hier um Schizophrenie geht. Ich dachte, es geht ums Italienisch sprechen.« Kate zuckte mit den Schultern und wandte sich ab, und im Scheinwerferlicht eines vorüberfahrenden Autos sah er ihr Profil, aufgewühlt und unglücklich.

Er gab nach, obwohl er nicht nachgeben wollte. Die Sache war: Er glaubte ihr nicht. Es musste eine Täuschung sein, zumindest teilweise; man konnte nicht einfach so spontan Italienisch lernen. Gleichzeitig war er neidisch, weil *er* nicht spontan Italienisch gelernt hatte. Man konnte sich darauf verlassen, dass Kate stets zauberhafter sein würde als man selbst, stets zauberhafter sein musste. All das ging ihm auf die Nerven.

Nun sagte sie seltsam angespannt: »Ich hatte überlegt, mir eine Flöte anzuschaffen, doch jetzt habe ich Angst, dass ich sie vielleicht spielen kann.«

»Eine Flöte?«

»Das kommt von … Ich habe etwas geträumt. Ich dachte, ich könnte Dinge im Schlaf lernen.«

»Was? Du glaubst, du hast Italienisch im Schlaf gelernt? Ich bin mir ziemlich sicher, dass das nicht der Fall ist.«

Unvermittelt schlug sie die Hände vors Gesicht. Sie weinte. Es geschah so schnell; er konnte seine Wut nicht bremsen. Er wollte sie trösten, aber auf brutale Weise. Er wollte sie trösten, indem er sagte: *Kannst du bitte mit diesem Scheiß aufhören?*

Sie sagte mit ängstlicher Stimme: »Vielleicht solltest du Schluss machen mit mir.«

»Mach nicht Schluss mit mir«, sagte er heiser. »Wieso reden wir plötzlich übers Schlussmachen? Sag so etwas nicht.«

»Ich will dir nicht wehtun.«

»Dann tu mir nicht weh. Worum geht es hier eigentlich?«

Dann streckte sie die Hand nach ihm aus, und er nahm sie in den Arm. Er drückte sie fest; es war eine Art Zusammenbruch. Ihr nasses Gesicht an seinem Hals. Er hatte die Augen geschlossen, der Adrenalinschub fühlte sich an wie Sex, als hätte er eine solche Liebe noch nie empfunden. Es war furchtbar. Es war die Beziehung, die er nie gewollt hatte.

Sie sagte in sein Ohr: »Alles wird gut. Vergiss alles, was ich gesagt habe. Schon gut.«

Das nächste seltsame Ereignis hatte mit José Morales zu tun, der strahlendsten Erscheinung in ihrem politischen Freundeskreis. Er war ehemaliger Navy SEAL, der nun in Politik- und Staatswissenschaften an der Columbia promovierte, zwei Eigenschaften, die in Kombination mit seinem umgänglichen und bodenständigen Auftreten ausreichend waren, um ihn zum aufsteigenden Stern am Himmel der linken Szene werden zu lassen. Insbesondere die SEAL-Geschichte heiligte ihn; jeder begegnete ihm mit einer gewissen Achtung, obgleich die Intervention in Guatemala, an der er beteiligt gewesen war, von denselben Leuten lautstark kritisiert wurde, und auch José selbst hatte sie im Stillen abgelehnt. Dennoch, er war ein richtiger Mann. Er hatte sein kleines Leben aufs Spiel gesetzt. Sein Körper hatte die Form eines Bisons; seine Nase war irgendwann einmal gebrochen gewesen, seine Fingerknöchel waren schwielig vom Boxen – aber er war einfach unheimlich nett. Blieb in jeder Situation höflich, selbst wenn Sabine sich von ihrer schlimmsten Seite zeigte. Er musste nichts beweisen, das war der Subtext – aber das implizierte (dachte Ben), dass das Einzige, *das* man beweisen musste, die Fähigkeit zur Gewaltanwendung war. Man ging automatisch als anständiger Mensch durch, wenn einem genug Blut an den Händen klebte.

Während eines Wohltätigkeits-Dinners, bei dem sie nebeneinander platziert worden waren, hatte Ben eine peinliche erste Begegnung mit José gehabt. José war davon ausgegangen, Ben wäre Latino, so wie es Latinos oft taten, und würzte seine Erzählungen freimütig mit spanischen Einsprengseln. Das ärgerte Ben mehr, als es angebracht gewesen wäre, und auf einmal sagte er grob: »Ich kann kein Spanisch«, was nicht einmal stimmte.

José sagte teilnahmsvoll: »Haben deine Eltern zu Hause kein Spanisch gesprochen?«

»Nein«, antwortete Ben wahrheitsgemäß.

»Meine auch nicht. Ich habe dies und das von *mis abuelos* aufgeschnappt, aber den Rest musste ich dann als Erwachsener lernen. Meine Eltern gehörten zur Generation ›Hauptsache assimiliert‹. Deine wahrscheinlich genauso?«

»Mein Vater ist kein Latino«, antwortete Ben wahrheitsgemäß, »insofern …«

»Es ist nicht schwer zu lernen.«

Dann stürzte sich José in die Geschichte darüber, wie er Spanisch gelernt habe, in der anstrengende Abendkurse ebenso vorkamen wie ein Durchbruch bei Verwandten während einer Mexikoreise, wo er sturzbetrunken auf Spanisch eine Wutrede gegen das US-Militär gehalten habe, während seine Verwandtschaft in unkontrolliertes Kichern ausgebrochen sei, erstens wegen seiner grauenvollen Spanischkenntnisse und zweitens, weil sie ihm so lange in den Ohren gelegen hätten, dass er nicht zur Armee gehen solle, und er sie dermaßen erfolgreich ignoriert habe, dass er als verfluchter Navy SEAL geendet sei. »Ich war quasi ein Orkan der Scheinheiligkeit. Aber wenigstens kann ich jetzt Spanisch«, sagte José, was sympathisch hätte sein sollen.

Doch die schiere Länge dieser Geschichte hatte dazu geführt, dass es für Ben nun ein für alle Mal zu spät war, damit herauszurücken, dass er kein Latino war. Infolgedessen wurde Bens ethnische Zugehörigkeit zur tickenden Zeitbombe, sobald José den Raum betrat. Ben gab José die Schuld dafür; was für ein beschissener Idiot musste man sein, um jemandem diese oder jene Herkunft zu unterstellen? Wie war Ben hier der Bösewicht geworden?

Danach schien José überall zu sein; einmal sah Ben bei der Arbeit aus dem Fenster und entdeckte José unten auf der Straße, umringt von einer Gruppe Latinas, die redeten und lachten; und auf ihren Schultern ruhten eindeutig spanische Protestschilder, obwohl sie aus dieser Höhe nicht lesbar waren, und Ben spürte einen irrationalen Stich, weil er seinen (nichtexistenten) lateinamerikanischen Wurzeln den Rücken gekehrt hatte. Es wirkte wie etwas aus einem bedeutungslosen Traum. Eine weitere Sichtung Josés, die Ben mit der Kraft eines Traums oder einer Vorahnung traf, ereignete sich auf einer Einweihungsparty – nicht bei Sabine, sondern in Upper Manhattan, in einem Club mit ohrenbetäubender

Musik und lauter Fremden, sodass Josés Auftauchen keine ernsthafte Gefahr hätte darstellen sollen. Tatsächlich war es Oksana, die Ben zuerst entdeckte, in Unterwäsche, frappierend schwanger, ihr weißblondes Haar wie eine Fackel vom Kopf abstehend. Sie war in ein leidenschaftliches Gespräch mit einem gutaussehenden Mann vertieft, der sich als José entpuppte. Mit einer Hand hatte sie das Hemd an seiner Brust gepackt, ihr weißer Bauch leuchtete wie eine Glühbirne und sah dabei seltsam glatt aus, wie ein Straußenei. Eine Straußeneiglühbirne. Die beiden schienen zusammenzugehören, sie schienen eine Bedeutung zu haben, als hielten sie ein konspiratives Treffen im Schutz der Menge ab. Ein bedeutungsloser Traum, ein furchtbarer Alptraum, so empfand Ben es, und verließ die Party vorzeitig.

Eines Nachts im Bett gestand er Kate diese Gefühle – ein wenig ängstlich, sich seiner eigenen Engstirnigkeit und seines Neids sowie der Tatsache bewusst, dass Kate möglicherweise ein bisschen auf José stand, wie die meisten heterosexuellen Frauen und schwulen Männer. Er rechnete mit einer Breitseite.

Womit er nicht rechnete, war, dass Kate sagen würde: »José? Ich glaube nicht, dass ich einen José kenne.«

Das konnte nicht stimmen. José war immer bei Sabine. Ben und Kate hatten mindestens einmal mit José gefrühstückt, woran Kate sich nun angeblich nicht erinnerte, was nicht stimmen konnte. Man vergaß José nicht; es lag nicht im Rahmen des Menschenmöglichen, José zu vergessen.

Ben ließ es ihr durchgehen und gab sich seinem Kummer hin. Er ging fest davon aus, dass Kate sich kurzfristig wieder erinnern oder zugeben würde, dass sie ihn belogen hatte. Kate allerdings sah nur zunehmend irritiert aus. Schließlich sagte sie: »Aber warum sollte man jemanden dafür bewundern, dass er beim Militär ist? Das kann doch nicht sein.«

»Natürlich kann das sein«, sagte Ben frustriert. »Hast du das allen Ernstes noch nie bemerkt?«

»Ich meine, sehr alte Leute sind vielleicht so. Oder Konservative. Aber doch niemand, den wir kennen.«

»Du glaubst also nicht, dass Linke alles vergessen, woran sie zu glauben vorgeben, und vor einem Soldaten auf die Knie gehen? Hast du das wirklich noch nie erlebt?«

»Das ist völlig sinnlos.«

»*Menschen* sind sinnlos.«

»Aber das amerikanische Militär«, sagte Kate stur, »macht doch nichts, außer Bauern zu bombardieren. Zumindest haben sie das getan, als sie überhaupt mal was getan haben. Ich verstehe einfach nicht, was daran so bewundernswert ist.«

»Das ist ja nicht alles, was man als Soldat so macht. Und das ist ganz sicher auch nicht das, was ein Navy SEAL macht.«

Dann redete Ben über die Intervention in Guatemala, und Kate wirkte völlig perplex und fragte, ob José in der guatemaltekischen Armee sei. Ben antwortete irritiert: »Nein, er ist hier geboren. Außerdem ist er Mexikaner, nicht Guatemalteke. Und ich habe doch gesagt, dass er bei den SEALs ist.« Kate sagte, es komme ihr einfach merkwürdig vor, dass die amerikanische Navy in Guatemala sei, und Ben antwortete sarkastisch: »Ach was.« Dann sagte er, um das Ganze zum Abschluss zu bringen: »Jedenfalls hat er niemanden bombardiert. Das ist wirklich nicht Aufgabe der Navy SEALs.«

»Ja«, sagte Kate. »Die Navy sind die mit den Booten.«

Dann, als sie seinen Gesichtsausdruck bemerkte, lachte sie, doch ihr Lachen klang ängstlich und gekünstelt. Ben war nach wie vor von der irrationalen Überzeugung besessen, dass sie José durchaus kannte und ihre Bekanntschaft mit ihm aus irgendwelchen Gründen verheimlichte.

Ansonsten verbrachten sie eine glückliche Zeit. Ben stellte seine Dissertation fertig, und sie diskutierten ganze Nächte hindurch, ob er sich in Bolivien oder Nigeria oder an sonst einem interessanten Ort eine Stelle als Geologe suchen sollte, und dabei stellten sie sich vor, wie sie in diesen Ländern zusammen leben würden und ob es sinnvoll wäre, sich dort eine Katze anzuschaffen, oder ob sie sich einfach nur eine Katze holen und in New York bleiben sollten.

Und dann gab es einen Tag mit Kate (der erste Tag des Schneesturms), der dieses Glück veranschaulichte. Er hatte ihr eine Ausgabe seines Lieblingsbuchs von Dr. Seuss gekauft, *Wie ich fast nicht nach Solla Sollew kam*; es handelte von einem Wesen, das so bedrückt von seinen Sorgen war, dass es sich aufmachte, die utopische Stadt Solla Sollew zu finden. Unterwegs erlebte das Wesen eine Reihe von Missgeschicken; und als es schließlich sein Ziel erreichte und erfuhr, dass Solla Sollew tatsächlich ein paradiesischer Ort war, an dem es keine Sorgen gab, stellte sich heraus, dass es *ein* Problem gab: ein Schlüsselschlagender Schleicher hatte sich im Schlüsselloch der einzigen nach Solla Sollew führenden Tür eingenistet, sodass niemand mehr diesen Ort betreten konnte. Kate war entzückt von diesem Buch. Unvorstellbarerweise hatte sie noch nie von Dr. Seuss gehört; vermutlich hatte sie ihre Kindheit mit gruseligen ungarischen Kinderbüchern verbracht. Und tatsächlich sprach sie von dem Buch, das ihre Mutter erwähnt hatte, das Buch von Gabor, dem alten Freund ihrer Mutter, *Der Junge, der sich im Traum verlief*, und davon, wie sie als Kind versucht hatte, sich in ihre Träume zu flüchten, so wie der Junge in dem Buch. Doch es war ihr nicht gelungen, es war wie mit Solla Sollew.

Dann erzählte Ben von seiner Kindheit und davon, dass seine Familie jedes Jahr nach Kalkutta gereist war, um die Familie seiner Mutter Swati zu besuchen, eine riesige, leicht erregbare, eng miteinander verbundene Familie, deren Mitglieder zwei benachbarte Apartmenthäuser bewohnten, die Swatis Großonkel Vikram gehörten, und die dort scharenweise von einer Wohnung zur nächsten marschierten, um gigantische, mehrere Stockwerke umfassende Kochgelage zu veranstalten; sobald man dort ankam, wurde man mit Essen bestürmt, zum Bad eingeladen und gezwickt, jeder kommentierte forsch die Kleidergröße der Gäste und den Zustand ihrer Zähne. Der kleine Ben war wie gebannt; er schlief im Schoß seiner Mutter ein, zu den Geräuschen der sich ewig wiederholenden Erwachsenengespräche, in denen sie immer und immer wieder den Nepalkrieg durchlebten, Einstellung für Einstellung Majumdars Filme diskutierten und bengalische und amerikanische Dichtung zitierten, gestikulierten, schallend lachten und sich auf die Brust schlugen, doch schon an Tag zwei stritt Bens Mutter mit ihren Eltern und beschuldigte unter Tränen ihre Schwestern, sie würden sie ausschließen, und im Gegenzug wurde sie beschuldigt, mit deren Ehemännern zu flirten, und bei ihrem letzten Besuch verlor sie schließlich derart die Beherrschung, dass sie wortlos kreischte; sie stieß nur noch unartikulierte Schreie aus, die Hände krallenartig gegen ihre Schwestern erhoben, bis sie mit einer Hand in eine Pfanne stieß, in der gerade Luchi frittiert wurde, und ins Krankenhaus gefahren werden musste. Bens Vater brachte sie hin, obwohl Swatis Familie ihn schalt und ihm sagte, er solle bei seinem Sohn bleiben. Dennoch trösteten sie Ben nicht. Ben war völlig durcheinander, verängstigt von dem Mob wütender Verwandter, die auf Bengali über seine Mutter schimpften, und schließlich schlich er sich davon und schlief in einer Badewanne ein. Im darauffolgenden Jahr starb Großonkel Vikram, und Swati verklagte ihre Familie auf einen Anteil der Apartmenthäuser, danach brachen sie den Kontakt zu ihr ab. Auch zu Ben brachen sie den Kontakt ab, als hätte es ihn nie gegeben.

Da zog Kate Ben zu sich aufs Bett, als würde er weinen und müsste getröstet werden, obwohl er ihr die Geschichte in einem schroffen, kühlen Tonfall erzählt hatte, der Tonfall, den er immer anschlug, wenn er über seine Mutter sprach. Kate schlang ihre Arme und Beine um ihn und liebkoste seinen Nacken, und langsam konnte Ben spüren, wie die Anspannung von ihm abfiel, als läge er unter einem Wasserfall, der ihn durchströmte und all das mit sich fortspülte. Kate sagte: »Du könntest auch den Kontakt zu ihr abbrechen. Von mir aus darfst du das«, und Ben sagte gedämpft als wäre er im Halbschlaf: »Ich rede sowieso nur einmal in der Woche mit ihr. Und meinen Vater gibt es ja auch noch.« Er schloss die Augen und Kate küsste seine Wange und sagte: »Ich wünschte einfach, ich könnte es für dich in Ordnung bringen.«

Dann schliefen sie zweimal miteinander, lasen sich gegenseitig das Dr.-Seuss-Buch vor und zitierten einzelne Sätze daraus, während sie Spaghetti kochten; es schneite den ganzen Tag lang, und die Stadt draußen verwandelte sich in eine Skizze von Solla Sollew, die Gebäude verschwammen unter dem weißen Schleier und bekamen übergroße weiße Hüte aufgesetzt, auch die Bäume waren weiß umrissen, mit ein paar Handvoll Schnee bedeckt, die sich mit Seuss'scher Leichtigkeit auftürmten.

12

Sie war die Tochter eines Höflings, ja, aber eines niederen Höflings; eines Musikanten der Königin. Schlimmer noch, er war kein Engländer, sondern Italiener. Schlimmer als schlimm, er war als Jude geboren. Das Wort »Jude« wurde in Emilias Anwesenheit niemals ausgesprochen, doch sein Klang hallte in ihrem schwarzen Haar wider, ihren schwarzen Augen, der unverkennbar nicht weißen Farbe ihrer Haut. Nie ausgesprochen und doch immer da, wie nicht vergossene Tränen.

Weil ihr Vater starb, als sie noch klein war, wurde Emilia der Gräfin von Kent übergeben, die sie aufziehen und in die nie enden wollenden Handarbeiten einweisen sollte, mit denen Damen sich zu beschäftigen hatten. Ein langweiliges Idyll, ein Landhaus. Große Räume, die einfach nicht warm wurden. Die Frauen versammelten ihre Stühle am Ofen. Oft spielte Emilia auf der Laute, während die anderen nähten und tratschten. Die Zimmerdecke über ihnen war mit Engeln bemalt, und die weichen Szenerien der Wandteppiche umschlossen den Raum: An der gegenüberliegenden Wand betrachtete Juno den blutenden Heiligen; auf einem bemalten Tuch, das sich im Luftzug des Kamins wölbte, war eine Jagd in vollem Gange. Es gab einen Stuhl mit einem zu kurzen Bein, auf dem Emilia sich oft gedankenverloren gewiegt und ihre lateinischen Beugungen vor sich hingemurmelt hatte, während sie über ihrer Näharbeit saß.

Es fanden auch echte Jagden statt, begleitet vom Jaulen der Hunde, und das Herz sank ihr tief in die Brust, als der Habicht plötzlich zu Boden schoss, um sich pfeilschnell auf einen fliehenden Feldhasen zu stürzen. Draußen; alles, was man sich erträumen konnte. Der feengraue, wolkenverhangene Himmel und der feengrüne Nebelwald. Ihr großes Pferd, das an dem schäumenden Bach scheute. Alles Träume. Was Kate geträumt hatte, war nun erwacht und wurde zu Emilias Leben.

Dann die Liebesgeschichte, so wie sie war: Emilia war mit dem Haushalt der Gräfin zum Hofe geritten. Sie hatte unter den Blicken Elisabeths getanzt, ein Onyxkopf unter lauter blonden Frisuren. Sie hatte getanzt, und die Pfeifer waren die Männer ihrer Kindheit, ihre onyxköpfigen Vettern.

Lord Hunsdon stand steif zwischen den Tänzern. Was vielen vaterlosen Mädchen passierte: alte Männer. Aber er war trotz allem noch ein anständiger, streitbarer Mann, und er war Lord Chamberlain und ein Vetter der Königin. Es spielte keine Rolle, dass er verheiratet war, dass er vierzehn Kinder aufgezogen hatte. Es wurden keine Fragen gestellt, und die Gräfin unterstützte es. Es gab keine Entscheidung zu treffen.

Er umgab Emilia mit Wohlstand. Sie war Hunsdons Hure, aber sie gehörte zu Hunsdon. Sie trug seine Juwelen und seine damastene Seide. Sie fand beim Lord Chamberlain Gehör. Sie war achtzehn und ein Nichts, doch jeder Edelmann hofierte die schwarze Emilia. Sie gaben ihr Geschenke: eine silberne Haube; ihre kleine Hündin Dinah; eine Puppe, die die Pariser Mode zeigte. Sie flüsterten ihr ihre traurigen Anliegen zu und beknieten sie, bei ihrem Herrn ein gutes Wort für sie einzulegen – und das tat sie gern, sie spürte die Macht, die damit einherging.

Hunsdon lachte und schwor, dass sie ihn ganz in der Hand habe; das war berauschend für ein so junges Mädchen. Es war berauschend, berührt zu werden, auch wenn die Hände, die es taten, bleich und voller Leberflecke waren, kalt. Es war berauschend, zitternd und nackt in einem Himmelbett zu liegen. Bei Hunsdons Priester in die Beichte zu gehen und echte Sünden zu beichten, die den Priester heiser werden ließen.

Und als die Königin an Zahnschmerzen litt, saß die schwarze Emilia ihr zu Füßen und flötete für sie und tanzte – auf Aufforderung der Königin – zu ihrem eigenen Flötenspiel, bis die Töne schief wurden, weil sie außer Atem war. Dann lachte Ihre Majestät, vergaß ihren Schmerz und beschenkte Emilia mit einem Paar samtener Ärmel.

Als Emilia ihr erstes ungeborenes Kind verlor, schickte Hunsdon sie zu einem Arzt nach Shoreditch. Sie verlor das zweite Kind in Somerset House, seinem Anwesen. Von dem Fenster aus, an dem sie auf gestapelten Leintüchern saß und blutete, konnte sie seinen Kahn auf der Themse kommen und gehen sehen. Doch ihr drittes Kind wuchs, wurde eine merkliche Erhebung, und man verheiratete sie mit Lanier, ihrem notleidenden Vetter, einem Pfeifer, der von Hunsdon Gefälligkeiten einforderte und unangenehm wurde, wenn man ihn abwies. *Ein weibischer, närrischer Taugenichts*, hatte Hunsdon gesagt, *ein Geck*. Nun, er hatte Recht.

Jetzt brauchte Hunsdon keine Mätresse mehr, er war zu alt. Er hatte ein Dutzend Bastarde diverser Herkunft und fünf Söhne von seiner rechtmäßigen Frau; er brauchte keine weiteren Bastarde – sagte Hunsdon.

Und Emilia weinte in ihrer Erniedrigung. Sie war verloren. Eine fallengelassene, großbäuchige Hure.

Das war es, was es über Emilia zu wissen gab, und sie war mit diesem Wissen aufgewacht. Sie saß aufrecht in ihrem Bett in Horne, und da war es, wie die Antwort auf eine Rätselfrage: Emilias Leben. Zwei Monate waren vergangen. Der traurige Will war fortgegangen. Sie war allein mit der unsicheren Welt, mit der Gewissheit, dass sie die Welt retten musste.

Nun, diesmal würde sie es mit Logik angehen. Letztes Mal hatte sie sich hinreißen lassen – von Will, der echt war, oder über den sie entschieden hatte, dass er »echt« sei. Sie hatte getan, worum er sie gebeten hatte, hatte ihm erlaubt, ihren Namen zu benutzen. Sie hatte eine kleine, bewusste Veränderung veranlasst.

Doch dann war sie in einem verzerrten, fremdartigen einundzwanzigsten Jahrhundert aufgewacht, wo man über »die Wirtschaft« redete, als seien alle denkbaren Beweggründe Formen der Gier; wo die Luft von den Autoabgasen stickig war – man konnte die Autos hören, wenn man nachts im Bett lag; sie waren sogar in Manhattan, wo es wirklich keinen Sinn ergab. Dann der Krieg in Guatemala, den sie eine »Intervention« nannten, ein Krieg, den es nicht gegeben hatte, bevor Kate vom traurigen Will geträumt hatte.

Und nun hatte sie Hunsdon im Kopf wie ein Vorzeichen, wie ein Werkzeug in ihrer Hand, wie ein Hammer für einen Nagel. Hunsdon war der wichtigste Mann, den Emilia kannte. Er war immer die offensichtliche Wahl gewesen.

Die lästige Arbeit des Ankleidens also, hunderte Schleifen und zurechtgezupfte Enden, Marys bohrende Finger. Den Flur entlang, vorbei an den Gerüchen und Kälteschauern des Morgens, zu dem Tag draußen vor der Tür. Noch immer wund von der Geburt musste sie sich von Arthur ein Bein halten lassen, um aufzusitzen.

Und sie ritt nach Nonesuch Palace.

Sie ritt auf der frostigen, überwucherten Straße, das grüne Panorama nur von den Ohren ihres Pferds unterbrochen. Arthur ritt voraus, er summte. Da war der trügerische, schwindelerregende Reiz des Traums, wo die Details zu bildhaft und emotional waren: Der wiegende Gang des Pferds und der vom Wind verwehte Dunst, ein Schwarm Fliegen, der plötzlich laut brummend abdrehte, um sich dann aufzulösen. Eine Zeit lang waren sie von einer Herde von Schafen umgeben, die ihnen folgte und blökend den Pferden zwischen die Beine lief. Arthur versuchte, sie mit seinem Schwert zu verscheuchen, doch die Schafe wichen ungerührt aus und trotteten einfach weiter.

Ein einstündiger Ritt von Horne; keine große Sache. Es war noch immer Morgen, als sie die Tourellen des Palasts erblickten – der herrlichste aller Königspaläste, ein Xanadu, ein elfenbeinernes Zuckerwerk mit seegrünen und goldenen Fassadenornamenten. Die Wolken schienen seine Wolken zu sein, hübscher Zierrat, dessen Regen und Blitze eine feine Unterhaltung waren, um sie von einem seiner hundert Fenster aus zu betrachten. Beim Tor angelangt begann man, an die Göttlichkeit der Prinzen zu glauben. Der Palast sah aus wie die Wohnstatt eines effeminierten Gottes.

Der Pförtner kannte sie und machte keinen Ärger. Sie ließ Arthur mit den Pferden am Tor. Dann die kühlen Korridore, die Wandleuchter, an denen sie vorbeieilte, die Kerzenflammen in ihrem Windhauch schwankend, deren Hitze ein wenig gefährlich war an ihrem Gesicht. Mit jeder Bewegung der Röcke flüsterte kalte Luft an ihren Fesseln. In manchen Ecken stank es nach Pisse. Wo Menschen waren, entbrannte stets ein Krieg zwischen Parfum und dem geselligen Gestank von Schweiß. Goldfäden schmückten ihr Haar, und die Perlen an ihren Ohren hüpften mit ihrem Gang auf und ab. Sie war ein Spielzeug. Es war ein Spiel. Emilia war in ihrem Element.

Also weiter zu Hunsdons Tür, an allen vorbei, denen sie unterwegs begegnete; ein halbes Dutzend Umschweife und Küsse, das alte Spiel des Hoftanzes mit seinen Ausflüchten.

Sie war vor seiner Tür. Geschafft. Hunsdons Leibdiener bedeutete ihr mit einer Verbeugung einzutreten. Sie hatte genug Zeit, um zu bemerken, dass etwas nicht stimmte, während Hunsdon sich von seinem Tisch erhob.

Dann das vertraute Gesicht, der damit verbundene Schmerz. Er sah sie an wie eine Eidechse von einer Wand aufsieht, als wäre einer Wand spontan eine Eidechse gewachsen, nur um dieses empfindungslosen Blickes willen.

»Mistress Lanier«, sagte er kühl. »Ich habe nicht erwartet, Euch hier zu sehen.«

»Ich flehe, Sir ... auf ein Wort.« Emilia weinte bereits.

Dann entgleiste der Traum. Er mochte Hunsdon nicht. Der Traum wollte ihn nicht, der Traum würde sich seiner entledigen. Er spuckte ihn aus wie einen Kirschkern. Die Zeit sprang und wurde zu einer seltsamen, intelligenten Schwärze, in der sie auf den Knien in ihre Handschuhe geweint hatte, in ihren stickigen Geruch nach Moschus und Leder, während Hunsdon etwas gesagt hatte, das nicht zielführend war. Er versprach ihr Geld. Was Männer eben sagen.

Dann war sie wieder im Korridor, allein mit ihrem rotgeweinten Gesicht. Entmutigt. Sie verstand nicht, wie die Szene sich so hatte aufbäumen können, ihr entglitten war und sie hier wieder abgesetzt hatte. Sie vermutete, dass Hunsdon nicht der Richtige gewesen war. Der Traum ließ es nicht zu.

Sie sann weiter darüber nach, während noch immer einige Tränen über ihre Wangen liefen. Sie lehnte an der kühlen Wand. Es war schön, ein gebrochenes Herz zu haben, es war so vergnüglich wie nur irgend möglich. Jedoch zwecklos. An der Wand gegenüber begannen sich die eisernen Zweige und sanften Flammen eines Wandleuchters leicht zu verändern und formten die Scharten einer apokalyptischen Stadt mit ihren zerstörten Türmen, dem luftlosen Himmel. Ein Ort der Toten. In ihrem Kopf begann es zu rauschen. Sie konnte sich keinen Fehler erlauben.

Dann klarte es auf: Weiter den Flur entlang hatte sich eine Tür geöffnet und einer Flut von Sonnenlicht den Weg geebnet. In dieses Licht trat eine junge weiß-goldene, überirdische Erscheinung – der Graf von Southampton. Sein Gesicht war noch bartlos, seine Augen hellblau und mit dem wimpernlosen Blick der Rothaarigen. Seine kastanienbraunen, kunstvoll eingedrehten Locken fielen fast bis zu seinen Ellbogen herab. Er war sechs Fuß hoch und so herrlich wie ein Wasserfall, hübsch wie ein Baum in voller Blüte. Weiße Seide, weißer Samt, goldenes Tuch. Ein filigraner Goldring in seinem Ohr. Emilia kannte ihn aus den Tagen, da sie der Königin ihre Aufwartung gemacht hatte: ein unheimlicher, androgyner junger Mann mit dem despotischen Schmollmund der Schönen, der nie ausreichend geliebt werden konnte.

Er bemerkte sie, dann bemerkte er ihre Tränen. Sie wandte sich ihm zu – lächelte –, ohne Scham. Dieser Hof war ein Freund der Tränen. Nie zuvor hatte es einen Ort gegeben, an dem Tränen so willkommen waren. Sie spürte, dass ihre Aufgabe erschien, und wandte sich ihr mit der furchtsamen Erhabenheit eines Kriegers zu. Der Moment öffnete sich weit.

»Lady«, sagte er. »Was weint Ihr?«

Sie hob eine Hand an ihr tränennasses Gesicht. »Mylord, ich weiß es nicht. Worum weint eine Maid? Um die verlorenen Matrosen auf See?«

»Nein, Madam.« Er lächelte und griff ihren Scherz auf. »Mir dünkt, es ist nicht um der Matrosen willen.«

»Dann vielleicht um die sterbliche Zeit? Um die Frühlingszeiten, die nie mehr wiederkehren?«

»Ich glaube es nicht. Nicht um die Zeit noch um den Frühling.«

»Dann ist es vielleicht um nichts? Nur das weinerliche Wesen der Frauen?«

»Nein. Auch das nicht.«

Sie runzelte missbilligend die Stirn. »Nun, ganz gewiss, Mylord, ist es nicht um der Liebe willen.«

Er lachte und kam impulsiv näher, um sie zu küssen – seine Zuneigung wie ein mächtig Ding, ein Feuerwerk. Sie lächelte, die Tränen auf ihrem Gesicht fühlten sich frisch an. Er roch nach Schweiß und Rosen. Sie spürte es in ihren Handflächen, in ihren Lenden. Es sollte sein. Southampton war es, den sie die ganze Zeit gewollt hatte.

Dann schienen sie plötzlich Skrupel zu überkommen, sie wandte sich um und sah hinter sich. In dem Türrahmen, aus dem er getreten war, wie erschaffen aus der Idee des Grafen, stand mit einem Mal der traurige Will.

13

Der Tag, an dem Ben Oksana wiedersah und zum ersten Mal etwas für sie empfand, war der Tag nach dem heftigen Schneesturm im Jahr 2001. Es hatte aufgehört zu schneien, doch die Straßen waren noch nicht geräumt. Ben war zu Fuß ins Büro gegangen, weil sein Chef ihn voller Panik angerufen hatte, aber in Queens fuhren die Bahnen noch immer nicht. Auch in der Mittagspause war Ben wieder zu Fuß unterwegs, verzaubert von den leeren Straßen, der überwältigenden Kälte, die seine Haut wehrlos machte, dem neuen Himmel, der im Blau der Kindheit erstrahlte. Ben schlug den Weg zum Park ein, und mitten auf der Fifth Avenue hatte eine Gruppe Aktivisten von *New York Autofrei* eine anderthalb Meter hohe Schneebarrikade errichtet. Auf einer Seite hatten sie ein Banner mit der Aufschrift 213 VERKEHRSTOTE IM JAHR 2000 befestigt. Einige in Parkas eingepackte Kinder balancierten auf dem Schneewall und taten, als querten sie auf einer Brücke einen bodenlosen Abgrund. Die Leute von *New York Autofrei* tranken aus Thermoskannen, während sie darauf warteten, sich dem anrückenden Schneepflug entgegenzustellen. Ben entdeckte eine Bekannte und nahm einen Schluck Whisky aus ihrer Flasche an; er trank tagsüber nicht gern, aber es war eines jener Dinge, die man ab und zu tun musste, um sich ganz und gar lebendig zu fühlen.

Auf der verschneiten Fläche der Fifth Avenue lieferten sich Arbeiter in ihrer Mittagspause Schneeballschlachten, während anderer Leute Kinder versuchten, die Wurfgeschosse abzufangen. Zwei Frauen von *Les Girafes*, erkennbar an ihren Mützen und Schals mit dem Giraffenaufdruck, bauten am Rand des Central Park Iglus für die Obdachlosen und sangen eine zotige französische Version der Internationalen. Ben verstand nur die ersten Zeilen: *Wacht auf, ihr Schwänze dieser Erde, die stets man in die Hose zwingt!* Einige Obdachlose warteten, sie halfen zwar nicht, lobten aber lautstark den Einsatz der Frauen und nannten sie die Florence Nightingales von heute. Ben nippte an dem Whisky und spürte einen kurzen Rausch, balancierte auf der Hoffnung wie man auf einer Brücke einen bodenlosen Abgrund quert; er ließ seinen Blick über die reinweiße Straße schweifen und glaubte, dass man die Welt noch retten könnte.

In dem Moment als er die Thermosflasche zurückreichte, wandte er sich um und sah Oksana. Sie ging die Fifth Avenue auf der Parkseite entlang, gekrümmt und die Schultern hochgezogen wie ein schüchternes Mädchen, eine Haltung, die er an ihr noch nie gesehen hatte und die sie wahrscheinlich auch nicht einnahm, wenn sie nackt war. Ihre Kleidung wirkte ärmlich: eine abgetragene rosafarbene Skijacke, deren Kapuze mit weißem Kunstfell besetzt war, und die über ihrem deutlich hervorstehenden Bauch spannte, formlose rote Wollhosen und schmutzige, ehemals weiße Turnschuhe. Ihr platinblondes Haar war ordentlich gekämmt, doch der Haarschnitt war auf offensive Weise schlecht – ein schlechter Vokuhila. In Klamotten sah sie wie ungefähr fünfzehn aus.

Als sie gesagt hatte, sie sei am liebsten nackt, weil sie nichts zum Anziehen habe, war Ben davon ausgegangen, dass sie Sabine provozieren wollte. Jetzt wurde ihm klar, dass sie die Wahrheit gesagt hatte, und allein das veränderte seine Sicht auf Oksana. Außerdem kamen in dem schäbigen Outfit ihre Gesichtszüge strahlend zur Geltung, wirkten kätzchenhaft und fein. Auf einmal war es völlig verständlich, warum sich (zum Beispiel) der Jachtmann in sie verliebt hatte.

Sie drehte abrupt ab und nahm direkten Kurs auf den knietiefen Schnee des Parks, ihre Bewegungen waren weich, gleitend, der Schnee schien sich vor ihr zu teilen wie ein weißes Rotes Meer. Ben brauchte einen Moment, um zu der Einsicht zu gelangen, dass es dort wahrscheinlich einen Weg gab, den er von hier aus nicht erkennen konnte. Er rief ihren Namen, jedoch zu leise. Er war zu befangen, um richtig zu schreien. Nichtsdestotrotz, als sie nicht antwortete, packte ihn eine irrationale Angst. *Sie geht in den Schnee*, dachte er. *Oksana geht in den Schnee, um zu sterben.*

Er wusste, dass sie nicht wirklich *in den Schnee ging.* Das war überhaupt kein stehender Begriff. Dennoch fügte sich das, was er über sie wusste, zu einem unheilvollen Muster: ihre gescheiterte Karriere als Katalogbraut, Martin, der sie als Leihgebärmutter benutzte, die Filme, die sie offensichtlich ohne Erfolg produzierte, denn andernfalls würde sie wohl kaum ihre Gebärmutter verleihen.

Beflügelt von dem Augenblick beschloss er, ihr zu folgen. Es würde schließlich nicht schaden, sicherzugehen, dass es ihr gut ging.

Der Weg, auf dem sie den Park betrat, lag einen Block entfernt, also entschied Ben sich für eine Abkürzung. Er trat direkt in eine Schneewehe. Nach einigen kräftigen Ausfallschritten schwitzte er und wurde innerlich von einer Erregung ergriffen. Es war eine gute Tat, auch wenn es lächerlich scheinen mochte. Er könnte mit ihr ein Paar Stiefel kaufen gehen; sie sollte in diesem Schnee nicht mit Turnschuhen unterwegs sein. Darin lag auch etwas, was alle Frauen auf dieser Welt betraf, um die er sich hätte kümmern sollen – die verrückten Mädchen. In seinem Leben hatte es immer wieder solche Frauen gegeben: selbstmordgefährdete Ex-Freundinnen und unglückselige Stalkerinnen und gute Freundinnen, die ihn brauchten, die um zwei Uhr früh reden oder sich Geld leihen oder nur gesagt bekommen wollten, dass sie schön seien, und manchmal, aber nicht immer, gab Ben ihren Forderungen nach, und wenn er es nicht tat, ging es manchmal übel aus. Vor allem waren da die Mädchen, die er nicht in der Psychiatrie besuchte, weil er seine Kindheit mit Besuchen bei seiner verrückten Mutter (seine Ur-Frau, wie alle Mütter es waren) in der Psychiatrie verbracht hatte, seine Mutter, die den kleinen Ben zu ihrem Vertrauten erkoren hatte, vor dem sie schluchzte und dem sie all ihre Suizidfantasien erzählte, um sich dann im Krankenhaus umzubringen, als Ben dreizehn war: Mama, die an einem Bademantelgürtel hängend, von den Pflegern nicht entdeckt, schrecklich langsam erstickte, obwohl der Alarmknopf gedrückt worden war, weshalb Bens Vater später erfolglos das Krankenhaus verklagt hatte. Man musste also kein Genie sein, um eins und eins zusammenzuzählen und zu verstehen, warum Ben Oksana hinterherlief, der es wahrscheinlich gut ging; doch er musste ganz sichergehen. Es war auch der Grund (der Gedanke kam ihm aus dem Nichts), warum er sich in Kate verliebt hatte.

Darüber dachte Ben nach und sah auf seine Füße, und als er den Blick wieder hob, war Oksana verschwunden. Sie musste einen Hügel erklommen haben, den Ben nicht sehen konnte, das Gelände war in ein so uniformes Weiß getaucht, dass jede Topografie unsichtbar wurde. Doch er entdeckte den Pfad, auf dem sie gegangen war, der feste Schnee zeigte die wie mit einem Spirograph gezeichneten Abdrücke ihrer Turnschuhsohlen. Er folgte ihm bergan, schneller jetzt, und fast augenblicklich erspähte er sie –

das verräterische Rosa ihres Mantels – vor der Tür eines niedrigen, tristen Gebäudes. Dann machte die Tür einen Wimpernschlag und verschluckte sie.

Hinter dem Gebäude, dessen Silhouette von Bäumen unterbrochen wurde, leuchtete die eintönige Fläche der Eisbahn. Sie war in das Gebäude des Schlittschuhverleihs gegangen. Sie war zum Eislaufen hergekommen. Das war alles. Ben stand da, atemringend, und betrachtete die Bahn. Er wollte nur sichergehen.

Auf dem Eis waren nur etwa eine Handvoll Läufer zu sehen, in den leuchtend gestreiften Daunenjacken, die in jenem Winter in Mode waren; sie sahen aus wie Bienen in Fantasiefarben und beschrieben dieselben schweren, zaghaften Schleifen, die Bienen fliegen würden, reduzierte man ihre Bahn auf zwei Dimensionen. Und nun erschien Oksana – eine einfarbige rosa Biene – und schoss bühnenreif an ihnen vorbei, durchquerte die Bahn; dann schlug sie einen Haken und kreiselte fabelhaft auf einer Spitze, ein Fuß zur Seite gedreht, mit blitzender Kufe. Sie glitt wieder davon und baute Geschwindigkeit auf, sprintete übers Eis. Bens Panik kehrte zurück. Er dachte: *Sie versucht, das Baby umzubringen. Sie wird stürzen und das Baby verlieren, und dann ist sie frei.* Sie sprang, und Bens Herz sprang mit ihr. Sie würde stürzen, es geschah genau jetzt. Doch sie landete, federnd wie ein über die Wellen gleitendes Segelboot, und lief weiter. In diesem Moment war er ein klein wenig verliebt in sie. Er wollte Kate anrufen, ihr davon erzählen und sagen: *Ich war ein klein wenig verliebt in sie.* Kate würde sagen: *Hör mal, Eislaufen ist nicht alles.*

Verlegen wandte er sich ab. Es fühlte sich langsam an wie Stalking. Doch dieses allzu vertraute Gefühl, in jemandes Wahnsinn mit hineingezogen worden zu sein, ließ ihn nicht los, obwohl Oksana nichts Wahnsinniges getan hatte. (Es hatte irgendwie mit Kate zu tun. Es war Kate, um die sich diese Gefühle drehten. Es ging alles nur um Kate.)

Außerdem hatte er das Bild von Oksana vor Augen, zusammengekrümmt und in schmutzigem Pink und arm und unbesiegbar. Dieses Bild kam ihm ab jetzt in den Sinn, sobald er an eine psychische Erkrankung dachte. Insbesondere wurde es zu einem Sinnbild für Kate.

Denn Kates Anomalien hatten nun begonnen, Rätsel aufzuwerfen, Diskrepanzen, Löcher in dem Stoff, aus dem Kate gewebt war. Es war nicht so, als wäre sie verrückt, zumindest nicht auf dieselbe Weise wie die anderen verrückten Mädchen, die er gekannt hatte. Sie weinte nicht; sie schrie nicht. Sie war nicht übertrieben emotional. Wenn überhaupt, war sie eher zu heiter und selbstvergessen – trug mehrere Tage dieselben Kleider, vergaß, ihre Haare zu kämmen, und war dabei vollkommen zufrieden. Tagsüber ging sie oft zu Sabine und saß stundenlang mit den Katalogbräuten zusammen, sie sangen ganze Alben mit und strickten, und sie machte sich niemals Gedanken übers Älterwerden, hatte nicht den blassesten Schimmer, was sie mit ihrem Leben anfangen wollte. Einmal, als Ben sich über seinen Chef aufregte, lauschte Kate seiner Tirade einige Minuten lang und sagte dann: »Ich wünschte, ich wäre mal wütend. Sieht lustig aus«, was zwar irritierend, aber nicht wahnsinnig war. Sie war ein glücklicher Mensch.

Aber dann gab es auch den Moment, in dem Kate Ben eine Geschichte über einen ehemaligen Green-Beret-Soldaten erzählte, der angeblich über den Zaun des Weißen Hauses geklettert und ins Weiße Haus eingebrochen sei und den Präsidenten und die First Lady im Schlafzimmer konfrontiert habe, und statt den Secret Service zu rufen, habe der Präsident unten angerufen, um Tee zu bestellen, und sie hätten im Schlafzimmer des Präsidenten gesessen und darüber diskutiert, wie mit Veteranen umgegangen wurde, und der Mann sei ein enger Freund des Präsidenten geworden. Das sei irgendwann in den Neunzigern passiert.

Natürlich könne das keine wahre Geschichte sein, sagte Ben. Vielleicht sei es aus einem Film?

Es habe auf jeden Fall so stattgefunden, sagte Kate. Es sei überall in den Nachrichten gewesen. Aber eine Internetrecherche brachte keine Ergebnisse. Da versteifte sich Kate ein bisschen und sagte: »Ich weiß nicht, wie ich es erklären soll, aber es war so.«

Und das Beängstigende – was ihm das Gefühl gab, ein kleines Kind zu sein, das sich heillos im Wald verirrt hatte – daran war, dass er sie dafür noch mehr liebte, ganz besonders dafür. Er konnte sich gar nicht mehr vorstellen, mit einer Frau zusammen zu sein, die *nie* solche Dinge sagte, einer Frau, die nicht (wie Kate) dachte, dass Neu-Delhi von einer Schuppentierplage heimgesucht worden sei und dass die New Yorker am Ersten Mai traditionell kunstvoll verzierte Drachen steigen ließen und dass es auf den Jungferninseln eine Nation gebe, die vom »Brotfruchtmonarchen« regiert wurde, der von den Anführern eines Sklavenaufstands abstammte. Willkürliche Nichtfakten erschienen in ihrem Kopf, und Kate gab nie direkt zu, dass sie falsch waren; stattdessen neigte sie dazu, Mitleid mit Ben zu haben, der in einer Welt ohne Schuppentierplagen und Brotfruchtkönige leben musste. Und es gefiel ihm, mit einem Fuß in Kates Welt zu stehen, auch wenn er nicht wirklich davon ausging, dass es gesund war.

Einmal, als Kate an einer Benefizveranstaltung gegen häusliche Gewalt teilnahm, ging Ben allein zu Salman und Ágota und erwähnte nebenbei den Green-Beret-Soldaten und die Schuppentiere und fragte, ob Kate ihrer Meinung nach wirklich an diese Dinge glaube. Während er die Frage stellte, wurde er nervös – sie könnten zugeben, dass Kate eine psychiatrische Vorgeschichte hatte –, doch absurderweise hatte er fast genauso viel Angst davor, dass sie sagen könnten, die Schuppentiere seien real, und dann würde sich herausstellen, dass es zwei Realitäten gab: eine extravagante persisch-ungarische Realität, in der die erstaunlichen, wunderbaren Menschen lebten, und eine graue Realität, in der Einfaltspinsel wie Ben ihre Zeit absaßen.

Doch Ágota machte ihr entnervtes Gesicht und Salman lachte mit väterlichem Stolz.

»Kitty!«, sagte Ágota. »Sie ist furchtbar.«

»Ich liebe die Schuppentiere«, sagte Salman. »Sind wir uns absolut sicher, dass es sie nicht gibt?«

Ágota sagte: »Lass dir sagen, Kittys *Bruder* ist sehr vernünftig. Wenn man Petey anruft und ihm eine praktische Frage stellt – du mietest ein Auto und willst wissen, ob du auch die Versicherung nehmen sollst –, wird Petey dir sagen: ›Ja, nimm die Versicherung in jedem Fall dazu‹, und er weiß über alles Bescheid. Wenn man meine Tochter mit einer solchen Frage anruft, wird sie fragen: ›Was ist eine Versicherung?‹, und man muss ihr das Prinzip Versicherung erklären, und dann ist sie schockiert, dass es Versicherungen gibt und sagt, das sei Betrug und man möge sich doch bitte bei der Autovermietung beschweren, damit sie nicht mehr mit solchen Betrügern zusammenarbeiten.«

»Ich würde mir nicht so viele Gedanken darüber machen«, sagte Salman zu Ben.

»Aber glaubt sie an die Schuppentiere?«

»Wer weiß schon, woran Kitty glaubt?«, sagte Ágota. »Ich denke schon, dass sie an die Schuppentiere glaubt. Aber man kann es nicht genau sagen.«

»Kitty unterhält sich mit der Feenwelt«, sagte Salman. »Da sollte man kaum erwarten, dass sie sich mit Kfz-Versicherungen auseinandersetzt.«

Ben erzählte ihnen, dass Kate davon ausging, im Schlaf Italienisch gelernt zu haben, überzeugt, zumindest das würde sie beunruhigen, doch sie lachten nur und konterten mit einer Anekdote über die siebenjährige Kitty, die eines Morgens mit der festen Überzeugung aufgewacht war, Harfe spielen zu können, und ein solches Theater gemacht hatte, dass sie zu einem Laden fuhren, wo es Harfen gab. Doch als Kate die Harfe sah, war sie ganz erschrocken: »*Das* ist eine Harfe?«, und sagte niedergeschlagen: »Ich dachte, man spielt Harfe wie Fahrradfahren.«

»Bei Kitty geraten Wirklichkeit und Fantasie durcheinander«, sagte Salman. »Mein Vater war genauso. Er kam vom Angeln zurück und erzählte uns, was die Meerjungfrauen alles zu berichten gehabt hatten.«

»Es ist keine Krankheit«, sagte Ágota. »Wenn du damit nicht klarkommst, haben wir Verständnis. Es ist dein Leben, und wir werden dich nicht dafür hassen. Aber es ist wirklich nicht pathologisch.«

Eine Woche nach dieser Unterhaltung begann Kate, bei Martin an der Wandbemalung des Kinderzimmers zu arbeiten, ein Ereignis, von dem Ben sich erhoffte, es würde das Gegenmittel für sein Unbehagen sein. Ausnahmsweise würde Kate Verantwortung übernehmen wie eine Erwachsene. Vielleicht könnte längerfristig ein Geschäft daraus werden: Martin hatte reiche Freunde, die Kates Wandgemälde sehen und etwas Ähnliches wollen könnten. Darüber hinaus wurde das Geld langsam zum Problem, weil Ben nur noch in Teilzeit arbeitete. Nun könnte er, statt nach einem weiteren Job Ausschau zu halten, seine freien Tage nutzen, um an seinem Gedichtbändchen zu arbeiten, und die Rechnungen würden dennoch bezahlt.

Was Ben nicht vorausgesehen hatte, war, dass er sich nach Kate sehnen würde, sobald er allein zu Hause war, übellaunig, lethargisch und unruhig zugleich, dass er sie zweimal täglich anrufen würde und sie am liebsten fünf weitere Male angerufen hätte, bis er schlussendlich Sabine anrief, um über Kate zu reden, bis Sabine schließlich fragte: »Ist irgendwas nicht in Ordnung? Ich meine, so richtig beschissen?« Er wusste keine Antwort darauf. Ja, aber auch nein. Er sagte: »Bei *mir* ist alles in Ordnung.«

An einem dieser Tage, einem kalten Märztag, beschloss er, Kate bei der Arbeit zu überraschen. Er würde ihr ein Thunfischsandwich von Fredo's mitbringen, und vielleicht könnten sie heimlich Sex im Kinderzimmer haben, wobei das gar nicht zwingend nötig, vielleicht sogar unangebracht wäre – er würde Kate die Entscheidung überlassen. Er schwamm auf einer Welle der Zuversicht, während er das Sandwich kaufte, doch schon als er danach in der Bahn saß, war er sich unsicher. Wie kam es, dass er dermaßen klammerte? Das Sandwich wäre kalt, wenn er ankäme. Sie würde sich fragen, warum er vorher nicht angerufen hatte. Es war, als würde er sie bei irgendetwas ertappen wollen – und was wäre, wenn er sie mit einem anderen erwischte? Natürlich würde das nicht passieren. Es war Martins Haus, wo noch immer Raumausstatter ein- und ausgingen, und ohnehin würde Kate ihn nicht betrügen. Dennoch schmerzte ihn der Gedanke. Er konnte nichts dagegen tun, dass sich die Szene in seinem Kopf immer wieder abspielte.

So also brodelten seine Gedanken, hartnäckig und hässlich, als er vor Martins Tür stand und klingelte und schwere männliche Schritte hörte. Als die Tür aufging, sah er José.

Ben schoss die Hitze ins Gesicht. Das konnte nicht wahr sein. Er hätte zu Hause bleiben sollen.

»Ben!«, sagte José und winkte ihn herein. José lächelte mit unterwürfiger Freundlichkeit. Er plapperte zu viel, als sie die Treppe hinaufgingen, und Ben war sich sicher, dass er etwas unterbrochen hatte. Vielleicht schlief Kate schon die ganze Zeit mit José. Jetzt hatten sie die letzten Hindernisse aus dem Weg geschafft, die zwischen ihnen gestanden hatten, und überlegt, wie sie es Ben beibringen sollten.

Ein Teil von Ben wusste, dass das nicht der Realität entsprach. Dennoch wurde er dieses Gefühl nicht los. Und warum musste José hier sein? Es schien wie eine Verschwörung, die zum Ziel hatte, Ben in den Wahnsinn zu treiben.

Oben stand die Tür zum Kinderzimmer offen. Kate war da, in ihrer Alltagskleidung, Pullover und Jeans, die an einigen Stellen schon Farbtupfer hatte. Sie sah Ben, und ihre Körperhaltung veränderte sich, wirkte resigniert – als sei Ben der Störenfried, der Eindringling, zu dem man höflich sein musste. Sie legte ihren Pinsel auf die Abdeckplane, überlegte es sich dann aber anders und stellte ihn in ein Wasserglas.

»Ich hab dir ein Thunfischsandwich mitgebracht«, sagte Ben.

»Oh.« Kate sah José an. »Wir haben gerade Pizza bestellt. Vielleicht sollten wir noch mal anrufen?«

Kurz besprachen sie die Logistik des Mittagessens und kamen nach einer weiteren aufgeregten Debatte zu dem

Schluss, dass sie sowohl die Pizza als auch das Thunfischsandwich essen konnten. Oder es bliebe etwas für Martin übrig. Kein Problem.

»Echt nett von dir, dass du mir ein Sandwich geholt hast«, sagte Kate schließlich lahm. Sie betrachteten das Gemälde an der Wand.

Die Möbel waren nach hinten geschoben worden, um Platz für die Abdeckplane zu schaffen, auf der Kate kniete. Die Wand über ihr war von fleckigem Himmelblau; es war der Hintergrund für das, was die Karte einer fantastischen Welt werden sollte, mit einem Meer aus Kakao und einem Ozean aus Limonade und Ländern mit Namen wie Centauria und Zoof. Unten hatte Kate bereits mit der Umrandung angefangen: eine Prozession von Feen, die auf paradierenden Hasen, Katzen, Fröschen und Stinktieren ritten. In der anderen Zimmerecke saß eine Versammlung von etwa einem Dutzend neuer Kuscheltiere, allesamt mit dem Gesicht zum Bild, sodass sie aussahen wie ein andächtig dreinblickendes Plüschpublikum. Und das Bild – wie auch alles andere hier – verursachte in Ben ein schreckliches Gefühl, das er nicht erklären konnte.

Währenddessen betrachtete José das Bild mit einer Art Ergebenheit. Es war klar, dass er sich von Ben Bewunderung für das Bild erhoffte – ein weiterer Misston, denn warum sollte José das kümmern? Er kannte Kate ja nicht, zumindest ihrer Aussage nach. Offenkundig musste Ben irgendetwas über das Wandgemälde sagen, wobei man zu jener Zeit noch nicht viel darauf erkennen konnte. Doch zweifellos hatte José es in den höchsten Tönen gelobt.

Dann wandte José sich zu Ben und sagte: »Hast du Oksanas Zimmer schon gesehen?«

»Oksanas Zimmer?«, sagte Ben, und war erleichtert, dass seine Stimme völlig normal klang.

»Oksana wohnt hier fürs Erste«, sagte Kate. »Martin bezahlt sie zusätzlich dafür, dass sie das Baby in den ersten drei Monaten stillt.«

Ben hatte wohl das Gesicht verzogen, denn José lachte und sagte: »Ganz genau.«

Kate sagte: »Ich glaube, Martin hat Angst, mit dem Baby allein zu sein.«

»Das klingt ja vielversprechend«, sagte Ben.

»Oder?«, sagte José.

»Vielleicht sollten wir alle hier einziehen«, sagte Kate. Dann lachten sie und José mehr, als die Bemerkung hergab – als wäre ein Witz darin versteckt, den nur die beiden verstanden.

Ben zwang sich, normal zu reagieren, zu grinsen. »Und, gibt es Möbel? In Oksanas Zimmer?«

»O je«, sagte José. »Ob es *Möbel* gibt? Komm, Kate, wir müssen Ben das Zimmer zeigen.«

Kate stand sofort auf und begleitete José. Niedergeschlagen folgte Ben ihnen und dachte, dass er eine Ausrede erfinden und abhauen sollte. Oksanas Zimmer war gleich nebenan, und José lächelte eigenartig, als er die Tür öffnete. Kate trat zur Seite, um Ben den Vortritt zu lassen.

Die Wände waren puderrosa, die Vorhänge hauchdünn und ebenfalls rosa. Das Bett hatte einen rüschenbesetzten Baldachin, der an den Ecken mit pinkfarbenen Satinschleifchen verziert war. Die Möbel waren weiß und erkennbar billig. Es gab eine Lampe in Form einer Schafhirtin und eine in Form eines Schwans. An der Wand hing eine große gerahmte Fotografie zweier weißer Kätzchen, die aus einem Korb herausschauten.

José kicherte vor sich hin. Er sagte: »Kate hat gesagt: fehlt nur noch eine Spieluhr mit einer kleinen Balleri-na.«

»Nein, die Ballerina würde hier wohnen«, sagte Kate. »Es ist ihr Zimmer in der Spieluhr.«

»Martin hat das für Oksana gemacht?«, sagte Ben.

José konnte sich gar nicht mehr einkriegen. Er kicherte und es verschlug ihm den Atem. Er wirkte fast hysterisch.

Kate sagte: »Oksana hat das alles ausgesucht. Wir glauben, es ist ein Zeichen von passiver Aggression.«

Ben lächelte betreten. Er hatte den Witz kapiert – ja, das Zimmer war scheußlich –, aber er kannte Oksana nicht gut genug, um darüber lachen zu können. Erneut überkam ihn das Gefühl, dass etwas mit dem Haus nicht stimmte. Es war ein Ort, an dem schlimme Dinge passierten.

In diesem Moment klingelte nebenan das Telefon, und alle schreckten schuldbewusst auf. Kate ging hin, um abzunehmen, und besitzergreifend folgte Ben ihr. Auch José kam hinterher, und in dem Moment wusste Ben, was das für ein Anruf sein würde. Er glaubte es noch nicht richtig, doch er wusste es. Er hatte das Gefühl, als würden auch José und Kate es wissen. Als wäre es offensichtlich.

Von da an ging alles ganz schnell, weil Ben recht gehabt hatte; Sabine war am Telefon und sagte, bei Oksana hätten die Wehen eingesetzt, sechs Wochen zu früh. Sabine fragte nach Martin und wollte wissen, wie es sein könne, dass *sie* plötzlich die Telefonzentrale sei und alle ins Krankenhaus zitiere. Dann schien es das einzig Folgerichtige zu sein, dass sie in Josés Auto stiegen und zum Krankenhaus rasten. Da war der vage Eindruck des Zur-Hilfe-Eilens – und das Seltsame war, dass Bens Eifersucht sich in Luft auflöste, sobald sie das Haus verließen. Er merkte nicht einmal, wie sie verschwand. Er erklärte den Weg, während José fuhr und Kate auf dem Rücksitz verschiedene Nummern von Martin auf Josés Handy durchtelefonierte. José ließ Cal-Mex-Rap im Auto laufen und wirkte unerklärlicherweise grimmig, sogar wütend. Als sie vor dem Krankenhaus parkten, sagte Ben zu ihm: »Du könntest jetzt nach Hause fahren«, doch José schüttelte nur den Kopf und stieg aus dem Auto, ohne zu antworten. Kaum im Krankenhaus, verliefen sie sich auch schon. Nichts schien sinnvoll beschildert; es gab den Dorfmann-Flügel und das Faroukh-Haus und den Hüttensänger-Durchgang und eine Wirrnis verschiedener Akronyme. Sie fanden nichts, fanden niemanden, der ihnen hätte behilflich sein können. Sie streiften durch die breiten Flure, strandeten immer wieder vor verschlossenen Sicherheitstüren und drückten hilflos auf den Knopf einer Sprechanlage, die niemals antwortete. Sie waren kurzatmig vor Aufregung, gingen zu schnell. Ärztliches Personal in farbkodierten Kitteln stürmte durch die Gänge und Patienten in ihren Betten wurden an ihnen vorbeigerollt, die ohrenbetäubend laut ratterten, wenn sie über unsichtbare Unebenheiten im Boden fuhren. Manche der fahrenden Patienten lächelten ihnen zu, doch das Personal schien sie überhaupt nicht wahrzunehmen – als wären Ben, Kate und José Geister, ebenso wie die lächelnden Patienten, die hastig von den lebendigen Ärzten fortgeschafft wurden.

Schließlich stolperten sie in das Wartezimmer vor dem Kreißsaal. Sabine war da und schimpfte in ihr Handy, Amina, die nigerianische Katalogbraut, war ebenfalls da und las ein Wirtschaftsfachbuch, und auch Raya, die russische Katalogbraut, die weinte und ins Leere starrte (sie hatte sechs Monate zuvor eine Fehlgeburt erlitten). Eine große südasiatische Familie hatte sich auf der anderen Seite des Wartezimmers versammelt, redete und lachte in einem Pulk von Kinderwagen, allesamt mit schläfrigen Kleinkindern beladen, die in diesem Kontext wie ermutigende Beispiele erfolgreicher Geburten wirkten. Die Kinderwagen waren mit Ballons geschmückt, auf denen die Aufschrift ES IST EIN JUNGE! prangte, und Kate bemerkte: »Die haben wirklich Angst, dass jemand ihre Söhne für Töchter hält«, und zuerst dachte Ben, sie würde es ernst meinen und wollte schon eine Erklärung abgeben, doch es stellte sich heraus, dass es ein Witz gewesen war.

Dann verging eine lange Zeit. Und noch mehr Zeit.

Hin und wieder erschien eine Krankenschwester, und jedes Mal sprang Sabine auf, um mit ihr zu sprechen. Dann standen auch all die anderen auf, als rotteten sie sich zusammen, um die Krankenschwester einzuschüchtern. Die Schwester erzählte irgendetwas über Wehen und die Öffnung des Muttermunds; das Ende vom Lied war: bald, aber noch nicht jetzt. War es eine Schwester, mit der sie vorher noch nicht gesprochen hatten, fragte diese sofort, ob der Vater hier sei, und sah dabei Ben oder José an.

Dann sank Ben oder José verlegen zusammen, und diverse Leute brüllten dazwischen »Nein, ist er nicht«, und wenn die Schwester gegangen war, nahm Sabine ihr Telefon aus der Tasche und versuchte es noch einmal bei Martin. Jedes Mal sprang sofort der Anrufbeantworter an.

Sie sprach auf den Anrufbeantworter: »Komm sofort her, Papa, oder ich klau dir dein Baby.« Sie sagte: »So willst du also ein Kind großziehen? Das ist dein Neuanfang?« Sie sagte: »Ich reiß dir den Arsch auf, Martin. Ich brat mir deine Innereien zum Frühstück.«

Und mehr Zeit verging oder löste sich auf oder blieb stecken und trat auf der Stelle. Es schien nicht einmal mehr Zeit zu sein, zumindest nicht dieselbe Art von Zeit, die für die Menschen draußen galt. Raya hörte zu weinen auf und schlief ein. Amina legte ihr Wirtschaftsbuch zur Seite und machte sich auf die Suche nach der Cafeteria.

Ben fiel in ein prähypnotisches Stadium und wurde nur dadurch gestört, dass eine der südasiatischen Frauen seinen Blick auffing und ihm zulächelte; dann, wie es ihm manchmal mit Südasiaten passierte, wurde er von der Erinnerung heimgesucht, wie sein Vater ihn eine Woche nach dem Tod seiner Mutter mit zu einem indischen Filmfestival genommen hatte – ein missglückter Kompensationsversuch für den Verlust seines indischen Elternteils. Die Hauptdarstellerin in dem Film hatte Swati ähnlich gesehen (jene Art von unglücklichem Zufall, wie sie Bens Vater unweigerlich widerfuhr), und das Swati-Double wurde von ihrem Ehemann geschlagen, dann vergewaltigt, dann für die Vergewaltigung beschuldigt und geächtet, bis sie sich schließlich an einem Baum aufhängte, und Ben weinte den ganzen Film hindurch, unbändig und unerklärlicherweise nur aus einem Auge, als ob nur eine Hemisphäre seines Gehirns seine Mutter wirklich liebte.

Und die Zeit verging, weiter und immer weiter. Amina kam mit Süßkartoffelchips zurück. Sabine rief bei Freunden von Martin an und schickte sie los, in seinen Lieblingsbars nach ihm zu suchen. Kate zeichnete Babys in ihr Scheckheft, während José ihr besorgt über die Schulter sah, als befürchtete er, sie könnte eine Missbildung hervorrufen und die nahende Geburt verhexen.

Für Ben wurde es immer unklarer, was sie hier überhaupt zu suchen hatten. Natürlich musste *irgendjemand* hier sein, und es war zu erwarten, dass die Katalogbräute kamen, um Oksana zur Seite zu stehen, aber nicht Ben oder Kate oder José – und auch nicht Sabine, die stets den Eindruck machte, als würde sie Oksana gar nicht mögen. Er hatte das melancholische Gefühl, dass sie auf nichts warteten, überflüssig und ungewollt. Er war hier, weil er nichts Besseres zu tun hatte. Er brauchte dringend einen vernünftigen Job. Er war achtundzwanzig, langsam musste es mal vorangehen. Um sich darin zu bestärken, sah er zu Kate – die möglicherweise dafür stand, dass es mit ihm voranging – und war sofort getröstet von ihrer Gelassenheit, ihrem strahlend gesunden Aussehen. Er, Raya und Sabine hingen zusammengesunken in den Stühlen und sahen aus wie kaputte Gerätschaften, Amina kauerte wie ein Kondor über ihrem Buch, Kate aber hielt sich mühelos aufrecht, wie ein schönes Pferd. José ebenfalls, was Ben nicht entging, doch bei ihm lag es am militärischen Drill, das war nicht dasselbe. Dennoch ärgerte ihn diese Ähnlichkeit. Ben beschloss, mit Kate nach Hause zu fahren. Er hatte genug.

In diesem Moment erschien jedoch eine Krankenschwester und ging mit dem Ausdruck einer frohen Kunde direkt auf Sabine zu. Von einem Moment auf den anderen blieb die Zeit stehen. Sie alle standen auf, und ihnen wurde ganz anders.

»Miss Takova hat einen gesunden Jungen zur Welt gebracht«, sagte die Schwester zu Sabine; dann schwenkte sie den Blick zu Ben und fragte: »Sind Sie der Vater?«

Sabine sagte: »Moment. Das Baby ist zwei Monate zu früh. Ist das kein Problem?«

»Nein«, sagte die Schwester verwirrt. »Das Baby ist nicht zu früh. Außer ... Sie gehören doch zu Oksana Takova?«

»Ups«, sagte Kate und schnitt eine Grimasse Richtung José.

José sagte mit schwacher, brüchiger Stimme: »Sind Sie ganz sicher, dass es nicht zu früh ist?«

Dann durchfuhr sie alle ein Schreck, die Härchen in ihren Nacken prickelten. (So ging es Ben, und er lachte beinahe, als er sich dessen bewusst wurde. Aminas Mund stand offen, während Raya das Gesicht verzog und russischer aussah denn je, hartgesotten und abgeklärt. Kate sah José mitleidig an – José, der sichtlich schwitzte und nun enttarnt war –, und plötzlich ergab alles einen Sinn.)

Sabine drehte sich zu José und sagte: »Du verarschst mich doch. Es ist *dein* Baby?«

Die Schwester sagte: »Soll ich in fünf Minuten noch mal wiederkommen?«

»Nein«, sagte Sabine. »Der *Vater* geht jetzt zu seinem Baby.«

José sagte: »Ich weiß nicht, ob Oksana mich sehen will.«

Doch gehorsam folgte er der süffisant lächelnden Schwester und sah dabei aus, als hätte sie ihn verhaftet und führte ihn ab. Kate berührte Ben an der Schulter und sagte: »Ich konnte es dir nicht sagen. Ich musste es José versprechen«, und alles ergab einen Sinn. *Natürlich* hatte José sich Kate anvertraut, denn so machten es alle, sogar Fremde. *Natürlich* war das Baby von José. Und sogar für das Baby hatte Ben noch Gefühle übrig – empfand eine perverse Erleichterung, dass es von José war und nicht der Sprössling eines Vertrags und einer Kuchengarnierspritze; es war ein Banditenbaby, ein uneheliches Kind der Liebe, der natürliche Ausdruck des schalkhaften Eros. Und von diesem Rausch ergriffen, entschied Ben plötzlich, dass er Kate heiraten wollte.

14

Es begann mit einer Erinnerung an einen langen Nachmittag mit Southampton; einen mit Zechen und Geschäker verbrachten Tag, einer Szene, in der einige Edelmänner auf dem Fußboden saßen. Der traurige Will stand wie ein traurig beobachtender Habicht neben Southamptons goldbesticktem Ellenbogen. Zwei Bedienstete hängten gerade die Tapisserien in Southamptons Gemach ab, sie bereiteten seine Abreise vom Hof vor. Süßer Wein aus Spanien und Tratsch aus Frankreich; das Licht der Sonne in den Fenstern wurde schwächer, zeigte sich in hübscher Besorgnis, während der Tag sich dem Ende zuneigte, bis sich das Kerzenlicht im Fensterglas spiegelte. Die zischelnden Flämmchen waren wie Vorahnungen eines Gefühls, das Kaminfeuer wie das Gefühl selbst. Es war ein schöner Zeitvertreib, den sie vermisst hatte; Stunden, die leichtfüßige Spuren in Emilias Gedächtnis hinterlassen hatten und vorübergezogen waren.

Sie saßen zu Pferd und es war Nacht. Zwei Tage waren vergangen, und Southampton hatte sie in sein Landhaus nach Cowdray eingeladen. Zwischen ihnen hatte sich jäh eine Freundschaft entwickelt, weil sie einsam und so jung waren, und für keinen von ihnen gab es in dieser Welt etwas zu tun. Also die Nacht mit ihrem Mond und ihren Eulenrufen, dem seltsamen Rascheln in den Bäumen, das Straßenräuber hätte ankündigen können, es aber doch nicht tat, immer wieder. Aus einem niedergebrannten Bauernhaus, das sie passierten, stieg ein fragiler, erregter Funkenregen von Fledermäusen auf.

Einige der Männer ritten vor, andere bildeten die Nachhut. Southampton ritt neben ihr, als machte er ihr den Hof, was er nicht tat. Er beklagte sich, wie es die Schönen tun: über das Mädchen, das er heiraten solle, die keine Jungfrau mehr sei und schon bei zwei Männern gelegen habe, wovon er sichere Kenntnis besitze; jawohl, und er habe sie von Kindertagen an gekannt, sie sei eine dem Luxus anheimgefallene Schlange. Er beklagte sich über den Hofstaat, ein Haufen törichter Flegel, die es für ein tolles Vergnügen hielten, in den Kamin zu pissen; Rindviecher, alle miteinander, deren mannhafteste Heldentat es sei, sich als Liebhaber der alten Königin auszugeben. Ach, in Wahrheit sei ihre mannhafteste Tat zu schlafen und davon zu träumen, Männer zu sein. Ach, in Wahrheit sei es, als spielte man Drachenschnappe.

Er nahm eine Hand von den Zügeln, um die hastige Bewegung eines Drachenschnappers zu imitieren, der eine Rosine aus einem Becher mit brennendem Brandy pickt. Emilia lachte und sagte: »Wahrhaftig, wir vergeuden unsere Zeit mit Drachenschnappe und schönen Worten. Doch ist, mein guter Herr, nicht alles Leben unter den Himmeln eitel? Denn der Verkünder sprach, dass alles eitel sei: *Vanitas vanitatum et omnia vanitas.*«

»Doch soll unser Geist nicht müßig sein. Mögen wir beten; mögen wir studieren, um weiser zu werden.«

»Doch Weisheit ist zugleich Eitelkeit. Sie ist ein Unsinn, der vorübergeht und nicht mehr ist. So schreibt der Verkünder: *Denn man gedenkt des Weisen nicht immerdar, ebenso wenig wie des Narren, und die künftigen Tage vergessen alles.*«

Da pflichtete der Graf ihr bei, wurde hitzig und froh, und beklagte sich über seine Studien bei den Londoner Anwaltskammern, und die Gelehrten dort, die jeden

Abend ein Dutzend Fässer Wein zu Pisse und ein Dutzend frischer Landjungfern zu Huren machten. »Doch muss es nicht in der Welt ein Ding von Reinheit geben, ein einzig Ding?«

»Ach! Wenn es ein Ding von Reinheit gibt, so ist es kein Mann.«

Dann schwor Southampton, dass sie eine verdrießliche Weibsperson sei, doch seine Stimme war großmütig, freundlich. Und er seufzte und sagte noch einmal: »Gibt es denn kein Ding von Reinheit?«

Dann ritten sie eine Weile schweigend. Emilia erwartete, auf ihre Aufgabe gestoßen zu werden, doch der Traum war sanft zu ihr, gab ihr Zeit, und die Freude wuchs und breitete sich aus wie ein echter Himmel. Der traurige Will ritt hinter ihr. Das war ihr Verdienst: Er hatte dem Grafen von Southampton unter Erwähnung ihres Namens einen Brief geschrieben, wie sie es ihm gestattet hatte. Alles passte zusammen. Fühlte sich richtig an. Fühlte sich wahr an: der schaukelnde, meditative Gang ihres Pferds, die nächtlichen Wolken und das wogende Gras am Rand ihres Blickfelds. Sie passierten ein Bauernhaus, schwarz und schlafend, noch vom holzigen Geruch des Kaminrauchs umhüllt. Sein warmes Leben lag in der Luft, sein Atem in ihrem Atem. Nun war sie schlussendlich auf dem richtigen Pfad – so fühlte sie –, ritt heimlich, auf direktem Wege, um die Welt zu retten. Sie würde die Welt vollkommen machen – so fühlte sie –, und die jungen, wilden nächtlichen Wiesen stimmten ihr zu. Sie war eine Kerze in der Nacht, die leuchtende Saat des Himmels.

Merkwürdig war nur, dass nichts geschah. Nichts gab ihr das Gefühl von Wichtigkeit, und sie wachte nicht auf. Es ging einfach weiter, wie das Leben. Sie ritten eine weitere

Stunde und machten Halt, um die Nacht im Haus eines Herrn zu verbringen, der mit Southampton bekannt war. Es wurde kaltes Fleisch aufgetischt. Alle sprachen von der Seuche. Es machte nichts, dass Emilia sich ermattet und ziellos fühlte; dass sie den Eindruck hatte, sie würde sich selbst entgleiten. Es ging weiter. Man wies ihr eine eigene Kammer zu, und dorthin zog sie sich zurück, versuchte, ihrer Aufgabe nachzuspüren. Sie stand in der Mitte des Raums und schloss die Augen. Der Boden bebte leicht unter den Schritten der Bediensteten. Ihr Körper war wund und müde von dem langen Ritt. Der dem Ofen zugewandte Schenkel war heiß, der andere kalt. Nichts weiter.

Sie überlegte, welche Fehler sie begangen haben mochte. Vielleicht hatte die Aufgabe nichts mit Southampton zu tun, sondern vielmehr mit Nonesuch Palace. Sie fragte sich, ob sie in die Nacht hinausgehen sollte, ob sie den Moment verpasst hatte, weil sie beschwipst und erregt gewesen war. Sie fürchtete sich davor, einzuschlafen; womöglich würde sie in New York aufwachen, ohne irgendetwas erreicht zu haben. Das konnte das Ende der Welt bedeuten – sie blickte in den Ofen und erwartete, die vernichtete Stadt zu sehen. Doch es brannte nur ein gemütliches Feuerchen darin, heimgesucht höchstens von Rauchschwaden. Nichts weiter. Es war bloß echt.

Irgendwann schlief sie doch, hatte aufgegeben und sich damit abgefunden, neben Ben aufzuwachen – und wurde von einem betrunkenen Mann geweckt, der an ihre Tür hämmerte. Da waren weitere Stimmen, die auf ihn einredeten. Er sagte: »Bei Gottes Tod! Sie ist eine Hure, lasst mich gewähren.« Die anderen Stimmen schwollen an, und der Betrunkene rief mit schriller, ungläubiger Stimme: »Wollt Ihr mir den Hals durchschneiden?«, sodass die anderen brüllend zu lachen begannen. Dann erstarben die

Geräusche unter leiser werdendem Trampeln und Raunen; die anderen Männer hatten ihn fortgezerrt. Vom Flur drang Southamptons weiche, aufgeregte Stimme herein: »Ich hoffe, Ihr wart nicht verängstigt, Madam.«

Sie ging barfuß zur Tür, die trockenen Binsen verfingen sich zwischen ihren Zehen. Sie legte eine Handfläche an die Tür, konnte ihn auf der anderen Seite fühlen. Da war das mondbeschienene Fenster, dort die glühenden Kohlen. Das Zimmer war kalt und echt.

Sie sagte nichts. In dieser Welt gab es niemanden, den sie kannte.

Und es war möglich, dass sie ihr Leben hier verbrachte, hier starb, und Ben oder ihre Eltern nie wiedersah. Vielleicht war dies die einzige Welt. Vielleicht war Kate der Traum.

Seine Schritte entfernten sich. Sie ging wieder zu Bett und rollte sich ein, voller Grauen. Schlief wieder ein und erwachte in derselben bescheidenen Kammer, in der das Feuer heruntergebrannt war und der Nachttopf zu stinken begonnen hatte, noch halb im Traum.

Ein weiterer Tag. Sie brachen auf, sobald es hell wurde. Es regnete, und der Graf ritt voran. Alle schwiegen, vom Regen geplagt. Sie betete für das Erwachen, oder dafür, dass der Traum einen Sprung machen und sich als Traum zu erkennen geben möge. Nichts dergleichen geschah. Der Regen fiel weiter, bis es unmöglich schien, dass der Himmel so viel Regen bereithalten konnte. Sie war müde, und ihre Hüften schmerzten immer mehr. Wälder und Wiesen und Schafe. Sie wollte Ben. Wie konnte irgendjemand die Zeit ertragen?

Doch dann begann der traurige Will zu singen, seine Stimme ein sanfter Bariton, der tief in seiner Brust erklang: die sorgsam gepflegte Stimme eines Schauspielers. Das Lied war »Tom o' Bedlam«; alle kannten es. Einer nach dem anderen stimmten sie ein. Auch Emilia sang, es war ein Vergnügen, und sie leckte die Regentropfen von ihren Lippen. Atmete die feuchte Luft tief ein. Sie improvisierte eine Harmonie, wie Kate es niemals gekonnt hätte; ihre Stimme war süß und kräftig, wie Kates Stimme es niemals gewesen war. Sie schloss die Augen und ließ die Kapuze von ihrem Kopf gleiten, ließ den Regen über ihr Gesicht strömen und sang:

Mit einem Heer von wüsten Furien
die alle mir zu Willen
mit Feuerspeer und luftigem Pferd
Wandere ich in die Wildnis

Als sie geendet hatten, stimmte Will das Lied erneut an. Dann betrachteten sie es als Scherz; sie lachten und sangen gemeinsam; sangen von ihrer Tollheit und der Tollheit der wilden Straße, die vor ihnen lag. Sie sangen ein drittes Mal, als die Dächer von Cowdray erspäht wurden. Dann gaben sie ihren Pferden die Sporen und ließen Rufe erschallen. Galoppieren wollten die Pferde nicht, doch sie verfielen in einen schweren, schlammspritzenden Kanter, und das war genug. Der Regen, der in ihre Augen wehte, die Erleichterung; das musste es sein, dachte sie. Jetzt musste ihre Aufgabe sich manifestieren. Sie könnte sich ihr sofort widmen und in New York aufwachen. Sie würde die Hand ausstrecken, und Ben wäre da.

Nichts geschah. Sie ritten durchs Tor und dann – nichts. Es entstand eine Geschäftigkeit, die Pferde mussten gestriegelt werden – das gezierte Zeremoniell eines jeden solchen Hauses. Die Truchsesse, Gutsverwalter und

Pförtner mussten sich verneigen und begrüßt, die Gäste herumgeführt werden – hier der Große Saal mit den nautischen Malereien, dort Buck Hall mit seinen elf in Eiche geschnitzten Hirschen, dann die Knotengärten und der Neptunbrunnen. Schließlich wurde Emilia zu einer Kammer geführt. Man entzündete ein Feuer und brachte ihr einen sauberen Kittel und einen Waschzuber. Sie ertrug jedwede Eintönigkeit in Emilias Leben und sang leise vor sich hin:

Ein Ritter von Geistern und Schatten
befahl mir die Fahrt ins Weite
Zehn Meilen hinaus übers Ende der Welt
Mich dünkt es ist keine Reise

Und sie wurde zum Nachtmahl in den Großen Saal gebeten, wo der ganze Haushalt lärmend zusammenkam, an die hundert Leute an zehn langen Tischen; und man platzierte sie an einer Ecke des hintersten Tisches, enttäuschend weit entfernt vom Grafen von Southampton, gegenüber einer plumpen Edeldame und neben dem traurigen Will.

Will begrüßte Emilia, dann schwieg er. Die Edeldame hingegen hörte gar nicht mehr auf zu reden. Sie hieß Mistress Bewley und war die Witwe eines Truchsesses, derer sich der Lord von Southampton gnädigerweise angenommen hatte. Es wurde aufgetafelt, Platten wurden herumgereicht, und Mistress Bewley sprach hochvergnügt, senkte den Kopf, sodass ihr Gesicht mit ihrem Doppelkinn verschmolz, hob es sogleich wieder, wobei es aus dem Kinn wieder auftauchte.

Emilia saß neben Will. Er war echt: als säße man neben einem tiefen Brunnen. Zum ersten Mal fragte sie sich, was es eigentlich bedeutete, dass er *echt* war. Gewiss war alles hier echt, oder nichts. Aber wenn sie versuchte, sich darauf zu konzentrieren, verschwand der Unterschied. Er war nichts. Ein arbeitsloser Schauspieler. Ein Mann bloß.

Unterdes sprach Mistress Bewley von der Gemächlichkeit des Landlebens, so eintönig, dass die Vögel dösend von den Ästen fielen, geradewegs in das Maul des gähnenden Fuchses. »Nun, selbst die Seuche hat uns hier missachtet; sie hat uns von der Straße erspäht und unserer Öde gespottet.« Mistress Bewley vertrieb sich die Zeit mit der Fertigung von Masken, die sie über einen Handschuhmacher in der Stadt an Edeldamen verkaufte. Masken hatten gerade Hochkonjunktur – wie Emilia wusste –, um die Haut vor äußeren Einflüssen zu schützen. Die wunderbar hellen Häute des Hofs wurden mit ihrer Hilfe Weiß gehalten; ohne eine schützende Maske würde keine Dame auf die Jagd gehen. Sie warf Emilia einen vielsagenden Blick zu; es war offensichtlich, dass sie in ihr eine potenzielle Kundin sah.

»Ich fürchte, keine Maske kann mir helfen«, sagte Emilia. »Ich war schon im Mutterleib dunkel. Wenn ich ein Jahr im Kerker läge, würd ich braun wie frisch gebackenes Brot hervorkommen.«

»Dann vermag eine Maske Eure Bräune zu verbergen«, sagte Mistress Bewley. »Das hilft gewiss mehr als Schminke.«

Der Herr neben Mistress Bewley – ein Mann mit extravaganter, spitzenbesetzter Halskrause samt passender Manschetten, die aussahen wie Badeschaum – warf ein, dass Masken die Damen zu Lastern verführten.

»Denn die Dame legt eine Maske an, wenn sie einen Herrn im Verborgenen trifft. Solche Maske ist kein christlich Werk.«

»Wahrhaftig, eine Dirne mag eine Maske tragen«, sagte Mistress Bewley, »doch trägt sie auch Schuhe. Sie speist vom Braten. Sollen wir nun die Schuhe und das ehrliche Rindvieh ihrer Missetaten beschuldigen?«

»Doch eine Maske trägt sie nur ihres Daseins als Dirne wegen«, sagte der Herr.

»Bin ich denn eine Dirne?«, fragte Mistress Bewley. »Nur zu! Ich lasse mich gern belehren.«

Der Herr lächelte spröde. »Das habe ich nicht behauptet. Doch solch Zustand der Unordnung darf nicht verkannt werden.« Er sah zu Emilia herüber und deutete damit an, dass sie ein Beispiel für eine solche Dirne sei. Will bemerkte es und lachte leise. Vertraut – als hätte er sie mit diesem Umstand schon oft geneckt. Mit einem Mal erschien er ihr als mögliches Hindernis, das sie davon abhielt, ihre Aufgabe zu erkennen. Aber als sie ihren Blick auf ihn richtete, war er erneut nichts. Ein Mann bloß.

Emilia sagte in einem ganz besonders zuvorkommenden Ton: »Ich fürchte, der Herr hat ganz recht. Es sind auch nicht nur die Damen, die sich zu üblen Zwecken maskieren. In Venedig gibt es Jünglinge, die eine Maske tragen, die man *gnagna* nennt. Sie zeigt das Gesicht einer Katze, und eine solche Maske ist das Zeichen einer männlichen Hure. Die Gnagna-Knaben kleiden sich in Damengewänder und verführen die Herren zu unnatürlichen Lastern – wie auch, so hat man mir erzählt, die jungen Schauspieler in London.«

In ihrem Augenwinkel sah sie Will lächeln, jedoch auf wenig erfreute Weise.

»Gnagna«, erwiderte der schaumige Herr. »Das klingt ganz nach papistischer Unartigkeit. Ein hässliches Wort für eine noch schlimmere Sache.«

»Knaben«, sagte Mistress Bewley. »Ich verkaufe keine Masken an Knaben. Ich bin eine schlichte englische Dirne, wie der Herr sagt. Den Knaben verkaufe ich *nichts.*«

Dann lachten alle Männer in Hörweite über ihren Wortwitz – *Nichts* war Jargon für Möse –, während Mistress Bewley ein unschuldiges Gesicht machte und eine weitere Gabel voll Fleisch in ihren Mund schob.

»Doch mir dünkt, Ihr habt Eure Geschichte noch nicht zu Ende gebracht?«, sagte Will zu Emilia.

Sie spürte seine Stimme wie eine vertraute Berührung und runzelte die Stirn. Ohne ihn anzusehen sagte sie: »Weiter in der Geschichte ... Den Huren von Venedig waren die Gnagna-Knaben verhasst, waren sie doch Nebenbuhler um die Geldsäcke der Herren. Also trugen die Huren ihren Kummer zum Bischof von Venedig. Durch sein Urteil war es den Huren sodann gestattet, sich mit nackter Brust aus ihren Fenstern zu lehnen, sodass die Herren sie als Weiber erkannten und nicht durch Täuschung verführt wurden, bei den Knaben zu liegen.«

Atemlos kam sie zum Ende der Geschichte. Die Männer lachten wieder, und Mistress Bewley pries den Bischof von Venedig als einen vergnüglichen Priester. Will sagte: »Ein wahrer Salomon. Gebe Gott, dass unseren Knabenschauspielern so weislich gedient sei.«

An dieser Stelle kam die Unterhaltung zum Erliegen. Mistress Bewley entschuldigte sich und ging, um ihre Masken zu holen. Der schaumige Herr aß sein Fleisch auf und starrte stumpf auf seinen leeren Teller. Rundherum lehnten sich die Leute in ihren Stühlen zurück, das Mahl neigte sich dem Ende zu.

Dann sagte Will in Emilias Ohr: »Ich fürchte, Euch beleidigt zu haben, Madam.«

Sie erstarrte. »Beleidigt? Ich wüsste nicht, wie.«

»Ich ebenfalls nicht. Und dennoch tut es mir leid.«

»Und hättet Ihr es getan, so ist's nicht von Gewicht. Für Euch bin ich ein Niemand, mein Herr. Es kann von Gewicht nicht sein.«

Er wollte gerade widersprechen, als eine Unruhe den Saal erfasste. Southampton hatte sich von seinem Platz auf der Estrade erhoben, und die anderen Herren eilten zu seinen Diensten herbei. Der schaumige Herr stand mit einem dümmlichen Lächeln auf und streifte seine Handschuhe über.

Als sie sich wieder Will zuwandte, bemerkte sie, dass er sie beobachtete. Schließlich betrachtete sie seine Hand, die noch lose das Messer hielt – eine lange Hand, von Tinte gezeichnet, die Fingerkuppen sichtbar schwielig. Er spielte sicher Viola, wie viele Schauspieler es taten.

Sie erhob sich. Will ebenfalls, er verneigte sich leicht vor ihr. Tatsächlich war er hochgewachsen, was ihr vorher nicht aufgefallen war und sie nun durcheinanderbrachte. Er ging neben ihr, als sie den Saal verließen, und erzählte ihr von den Stücken, die er geschrieben hatte, Stücke, denen – obwohl sie »kindisch und grün« seien – jenseits ihres Werts Anerkennung entgegengebracht würde. Nun war er wie ein gewöhnlicher Mann, der zu einer Frau sprach: ein wenig zu weitschweifig, ein wenig zu laut, zu sehr darauf bedacht, einen guten Eindruck zu machen. Aber all das war auch ein Scherz; eine Klugheit verbarg sich dahinter, eine im Wind kaum hörbare Melodie. Er war schlauer als Emilia. Sie fürchtete sich.

Und sie folgten der wogenden Menge eine breite Steintreppe hinauf, die zu einer Galerie führte, wo eine lange Reihe von Fenstern den Blick auf den Regen freigab, der draußen noch immer fiel, die ganze Welt katzengrau. Am gegenüberliegenden Ende der Galerie rückte ein Violen-

Consort die Stühle zurecht. Die Musikanten waren Franzosen und Italiener, und Emilia war mit ihnen allen bekannt; die Männer ihrer Kindheit.

Da musste sie an Wills Namen denken und war augenblicklich überzeugt, dass er der Schlüssel sein musste. In diesem Moment veränderte sich die Luft. Ihre Handflächen kribbelten. Will erzählte gerade die beklagenswerte Geschichte der Schauspieltruppe *Lord Strange's Men*, bedrängt von den Würdenträgern der Stadt London, und nun der Seuche wegen obdachlos geworden. Sie unterbrach ihn: »Alles, was ich von Ihnen weiß, ist *Will.* Das scheint mir nicht ausreichend zu sein für einen so guten und billigen Mann.«

Er stockte, dann verneigte er sich. »Ich bin William Shakespeare. Es reut mich, dass ich nichts Besseres zu berichten weiß.« Dann hielt er inne. Es war das Innehalten eines Schriftstellers, der darauf hoffte, sein Zuhörer würde seinen Namen erkennen.

Sie erkannte ihn nicht. Kate nicht, Emilia ebenso wenig. Und doch war es, als würde sie sich erinnern. Bei seinem Klang empfand sie ein schwindelerregendes Déjà-vu. Für einen Moment war sie sich sicher, dass sie aufwachen würde; sie kannte das Losungswort und würde befreit werden.

Wurde sie nicht. Die Menschen um sie herum plapperten weiter. Einige Frauen trugen nun Mistress Bewleys Masken; in der Menge sah man Gesichter von grünem und purpurnem Samt, verziert und bestickt. Bei einigen waren die Augen mit Spitze bedeckt. Emilia schwitzte, sie hatte Angst. Sie musste aufwachen, doch er war echt. Er hatte braune Augen. Er war maskulin und müde.

Sie blickte zur Seite, wo das Violen-Consort sich zum Spielen bereit machte. Einer der Fiedler sah zu ihr herüber – ein Bassano-Vetter, der ihr auf einer Treppenflucht einmal die Hand unter den Rock geschoben hatte.

Als er ihren Blick auffing, leckte er sich die Lippen. Sie zuckte zusammen.

»Madam?«, sagte Will. »Was betrübt Sie?«

Sie sagte: »Der Fiedler ist mein Landsmann. Ein niederer Geselle.«

Wills Blick folgte ihrem. »Ihr Landsmann also – ein niederer Geselle aus Surrey?«

»Nein, ein Italiener. Und ein Jude.«

Da erschienen abergläubische Zweifel auf Wills Gesicht. Natürlich – es fiel ihr erst im Nachhinein ein – konnte sie keine Jüdin sein. Das war etwas, das man nicht einfach von sich sagen konnte. Ein Fauxpas, der Emilia niemals unterlaufen wäre.

Doch etwas hatte sich verschoben. Sie spürte dem Gefühl nach, sagte: »Mein Vater war ein venezianischer Jude. Es ist wahr: Ich gehöre zu der verhassten Sippe.«

Er sagte vorsichtig: »Viel Böses wird von den Juden gesprochen. Doch die Menschen sprechen schändlich von allem, was ihnen fremd ist. Ich bin sicher, sie sagen viel Unrechtes.«

»Alles ist wahr«, sagte sie (und der Raum verschwamm; wie ein Fluch strömten die Wörter bereitwillig aus ihrem Mund). »Es gibt kein teuflisch Ding, das nicht ein Jud erfunden hätt. Die Hexerei ist unsre eigentliche Religion. Wir mehren unsern Reichtum durch Wucher und unsre Kinder durch Hurerei. Und durch unsre Arglist ist auch die Seuche über die Welt gekommen.«

Sie wandte sich wieder von ihm ab, sie war fast fertig. Mittlerweile hatten sich Paare gebildet, die zum Tanz bereit waren. Der garstige Lupo hatte seinen Bogen schon angesetzt, die Geige unters Kinn geklemmt. Ein anderer

Fiedler nickte, und alle Bögen vollführten den ersten Strich. Die Musik spielte auf. Lupos Gesicht erhärtete und versank in Konzentration, als grüble er über einem Einfall.

Im fernen Licht wippten und hüpften die Tänzer. Alles schwand dahin, und sie sagte, als der Saal auseinanderfiel: »Juden sind teuflische Geister; wir harren des Nachts in feurigen Gefilden. Es kann keine Freundschaft sein zwischen unseren Völkern. Wir wohnen in Euren Schreckensbildern, und Ihr seid nichts weiter als unsere Träume.«

Dann verkrampfte sich ihr Körper und sie verschwand. Die Welt wurde schwarz. Sie streckte die Hand aus und fühlte ein Bettlaken, dann Bens Arm, die sanfte Brise des Deckenventilators. Doch Wills Stimme verfolgte sie mit dem trägen, müden Tonfall eines Mannes, der eine alberne Ausflucht durchschaut hatte: »Das habe ich nicht gewusst. Und tanzen sie, die Juden?«

15

Dann wohnten sie alle in Martins Haus. Alle, die im Krankenhaus gewesen waren, zogen dorthin, weil das Baby dort war, weil seine Sachen dort waren. Dann musste immer jemand bei dem Baby bleiben. Es war nahezu unmöglich, das zu koordinieren, wenn die Beteiligten nicht vor Ort wohnten.

Kate zog zu Martin, also tat Ben es auch, José ebenfalls – er schlief in Oksanas Ballerinenzimmer, wo Oksana ein- und ausging, scheinbar, ohne von José Notiz zu nehmen, obwohl Ben davon ausging, dass sie miteinander schliefen. Sogar Sabine blieb häufiger über Nacht; sie fühlte sich verantwortlich für all die Desaster, in die die anderen verwickelt waren, und Martins Haus wurde zu ihrem zweiten Zuhause. Das Erdgeschoss war völlig von den Katalogbräuten in Beschlag genommen; sie machten einen Höllenlärm und stritten und schluchzten, doch auf gewisse Weise verbreiteten sie auch eine fröhliche Stimmung im Haus.

Der Einzige, der nicht in Martins Haus wohnte, war Martin selbst. Als er endlich an sein Handy ging und darüber aufgeklärt wurde, dass er ein Baby bekommen hatte, das nicht sein leibliches war, sagte er mit dünner, lädierter Stimme: »O Gott, geschieht es mir recht, weil ich nicht adoptieren wollte? Ich bin versucht zu behaupten, dass es mir recht geschieht«, und ließ sich direkt im Anschluss in eine Entzugsklinik einweisen. Einer seiner Ex-Freunde kam vorbei, um seine Klamotten abzuholen und erzählte ihnen, dass Martin einen Nervenzusammenbruch erlitten habe.

»Ich geb ihm gleich einen Nervenzusammenbruch«,

sagte Sabine, doch im Endeffekt ließen sie Martin alle in Ruhe. Sie bewohnten sein Haus.

Der Name des Babys sorgte für anhaltende Diskussionen. Oksana hatte ihn Qued Nodian McDaniels getauft, wobei McDaniels Martins Nachname und Qued Nodian ein Name aus einer Reihe von Träumen war, die Martin gehabt hatte, in der ihm Männer mit lächerlichen Namen vorgestellt worden waren – Merguidd Wink und Pluribus Fudge und Qued Nodian – und nach denen er lachend aufgewacht war. Er sprach oft von diesen Träumen, als er über Babynamen nachsann, obwohl er eigentlich beschlossen hatte, das Baby Ryan zu nennen.

Oksana allerdings war geradezu besessen von Qued Nodian, weil (wie sie behauptete) auch sie von diesem Namen geträumt hatte. Sie beschloss, dass er echt sein musste und fragte jeden, den sie traf, ob er jemals einen Qued Nodian gekannt habe; einmal sprach sie sogar einen Mann auf der Straße an, um ihn zu fragen, ob er Qued Nodian sei. Sie sagte, Qued Nodian sei ihr Schicksal. Sie habe ihn nie gefunden, deshalb sei er (wie sie in ihrer überirdischen, tonlosen Stimme darlegte) in ihrem eigenen Körper herangewachsen. Sie sagte auch, der Name würde dem Baby Kraft verleihen. Sie sagte: »Ich glaube, er wird dankbar sein, einen Namen zu tragen, den nicht jeder hat.«

Das machte Sabine wütend, die darauf beharrte, das Baby Ryan zu nennen und deshalb den Namen *Ryan* bei jeder Gelegenheit energisch verkündete, wobei sie ihr Gegenüber solange in Grund und Boden starrte, bis es – zumindest in ihrer Gegenwart – das Baby ebenfalls Ryan nannte. Doch er wirkte eher wie ein Qued, nachdenklich und in sich gekehrt, mit lilienweißer Haut und rabenschwarzen Augen; ein Wechselbalg aus dem Universum des Pluribus Fudge, oder aus einem Gruselfilm über unheimliche Kinder, die in nichtsahnende Kleinstadtfamilien hineingeboren werden. Nicht niedlich, sondern schön, schon als Neugeborenes. Er sah glückselig ins Nichts, später dann (als seine Sehkraft sich entwickelte) betrachtete er alles, ununterbrochen die Augen zusammenkneifend, als könne er es kaum erwarten, seinen irrelevanten Körper zu verlassen. Kate sagte, er bereite sich auf seine Verwandlung in einen Schmetterling vor. Sabine sagte, er plane die Invasion Polens. Ben sagte, er sei jene Sorte Baby, die man vom Flugzeugfenster aus unbekümmert auf einer Wolke krabbeln sieht. José sagte, dass Qued ein Baby wie jedes andere sei, habe denn noch niemand hier ein Baby gesehen? Es war jedoch offensichtlich, dass er aus einer reflexartigen Bescheidenheit heraus sprach und hoffte, es würde ihm jemand widersprechen.

Oksana war zwar die Mutter, machte aber von ihren Vorrechten keinerlei Gebrauch. Sobald sie wieder auf den Beinen war, verließ sie das Haus und verbrachte einen Großteil ihrer Zeit mit der Arbeit an einem Film über die *Gewerkschaft der Unverschämten Arbeiter*; oft übernachtete sie in deren besetzten Büroräumen im Bed-Stuy-Viertel und kam tagelang nicht nach Hause. Sobald sie auftauchte, folgte José ihr mit Qued auf dem Arm auf Schritt und Tritt und versuchte, sie zur Vernunft zu bringen. Er sagte, sie sei ein Monster. Sie sagte, sie sei depressiv. Sie sagte, die Geburt sei das eigentlich Monströse, alle Menschen seien Monster, und sie habe nicht den Willen, jemandem etwas vorzumachen. Sobald sie gegangen war, bekam José Ausschlag und musste sich in die kalte Badewanne legen; sogar die Katalogbräute hielten Oksanas Verhalten für völlig inakzeptabel, denn wie alle Frauen liebten sie José. Sabine sagte, dass sie Oksana von »Ryan« fernhalten müssten, bevor sie ihn in einen Troll verwandle, weil Oksana selbst ein Troll sei, *vom Stamm der Trolle*. Ben sagte, dass es überhaupt kein

Problem sein würde, Oksana fernzuhalten, aber Sabine erwiderte: »Ich kenne José. Der kriegt immer, was er will; das ist dieses beschissene Navy-SEAL-Ding.« Kate sagte, dass Oksana eine Nuss sei, die vielleicht nicht einmal ein Navy SEAL knacken könne, und Comfort, die liberianische Katalogbraut, fügte hinzu: »Kein Navy SEAL und kein Gott kann diese Frau dazu bringen, ihr eigenes Kind zu lieben, oh.«

Somit war Qued eine Waise; also blieben sie. Tagelang, monatelang, je nachdem. Es war einfach Babyzeit, vergleichbar mit einem Leben auf dem Meeresgrund. Dem nächtlichen Meeresgrund: Mit durchdringenden, erstickten Schreien weckte Qued das ganze Haus; dann versammelten sich alle an seinem Bettchen, saßen im Dunkeln auf dem Boden des Kinderzimmers. Jemand wärmte das Fläschchen auf, und ein anderer machte Kamillentee. Holte Wein. Sie gingen abwechselnd mit Qued spazieren, der trank oder weiterhin schrie, oder erst trank und dann schrie. Sie erzählten sich Geschichten über andere Kinder. Darüber, wie es ist, ein Baby zu sein, und welche Fehler ihre Eltern gemacht hatten. Kates Karte von Centauria und Zood ragte wie ein dunkler Schatten über ihnen auf; die finsteren Feen ritten die Fußleiste entlang. Sie schliefen auf dem Fußboden ein. Am Küchentisch. Ein Wecker klingelte, und José trampelte zwischen ihnen herum und duschte und zog sich an, nervig wie eine Fliege, die ins Zimmer geflogen kam. Dann ging er zur Arbeit, eine Erleichterung. Ben ließ seinen Schlüsselbund vor Qued baumeln, sodass Qued mit kindlicher Begeisterung, die seinen Körper ganz und gar auf die Aufgabe ausrichtete, nach einem Schlüssel greifen konnte. Qued quietschte, und Ben sagte: »Schlüssel. Schlüssel. Schlüssel«, während Kate ein weiteres Fläschchen aufwärmte. Oder eine Katalogbraut ging mit Qued auf dem Arm auf und ab und sang ihm in einer der Katalogbrautsprachen etwas vor, während andere Katalogbräute Eier brieten und Ben und Kate auf dem Sofa schliefen und von Qued träumten.

Kate oder Ben gingen aus dem Haus und kamen zurück. José ging aus dem Haus und kam zurück. Leute kamen und gingen. Es schien, als würden sie das Haus nie verlassen. Dieser ganze Frühling (so kam es ihnen allen vor) war ein nach Baby riechendes Ritual: eine Wanne, in der Qued schrie, als er gewaschen wurde; haufenweise schmutzige Wäsche, die in den Keller getragen wurde, vorbei an Martins Weinregalen zu dem dunklen Alkoven, in dem der Waschtrockner stand; die sich wiederholende Szene des aufspringenden Windeleimerdeckels und die Hand, die nach der warmen, vollen Windel greift; das Thermometer für das Fläschchen, ein weiteres Feuchttuch, Qued, der aufwacht, Qued, der schläft.

Gegen Abend kam Sabine, voll von der Welt. Sie war eine frische Brise, obwohl sie sich immer nur beklagte. Manchmal beugte sie sich über Qued und beklagte sich in Babysprache bei ihm. Der Gesetzesentwurf zur Immigration, den ihr Abgeordneter unterstützt hatte, starb nun in der Kommission; ein rivalisierender böser Abgeordneter hatte einen Gegenentwurf zum »Gastarbeiter«-Gesetz vorgelegt, der praktisch legalisierte Sklaverei bedeutete. Sie hatte diesen Präsidenten im Wahlkampf unterstützt, und nun ging es ihm nur noch darum, »den Haushalt zu sanieren«. Der linke Flügel sei nichts weiter als eine Horde rehäugiger Idioten, die Fundraising betrieben, um das Bewusstsein zu schärfen, wobei am Ende des Tages das ganze Geld in ihre eigenen Gehälter flösse. Den Besten unter ihnen fehle jede Art von Haltung, und die Schlechtesten seien voll von leidenschaftlicher Hingabe – und so richtig gut seien die Besten dabei noch nicht einmal. Die Besten erhielten Marschbefehle von den Schlechtesten. Man bekomme einfach nichts gebacken, und Sabine überlegte, den Job bei der Investmentbank anzunehmen, denn was solle das Ganze überhaupt noch? Sie fühlte sich wie der verdammt noch mal wie Knut der Große.

Qued in ihren Armen quiekte, und Sabine sagte: »Oh, wie süß. Er denkt, das ist ein Witz. Nein, er will, dass ich zur Investmentbank gehe und ihm die Kohle vererbe. Schon kapiert, mein Kleiner. Ich hab dich durchschaut.«

Und Sabine beruhigte sich, weil – Baby. Es war (so plötzlich) schon Mai, und sie gingen in den Garten und grillten Burger. Sie waren den ganzen Abend fröhlich, weil Babys Fröhlichkeit mögen. Bea, die philippinische Katalogbraut, brachte ihnen Tango bei, weil sie gerade einen Tangokurs besuchte; José kam nach Hause und spielte Gitarre. Sie waren eine Familie. Oder sowas in der Art: Wenn die Tür zuging, schloss sie etwas ein. Es ließ sie ihre Zerbrechlichkeit spüren. Sabines Klagen ließen sie ihre Zerbrechlichkeit spüren, als wäre dieses Haus der letzte zivilisatorische Posten in einem von Barbaren überrannten Land, und vielleicht waren Familien genau das, oder fühlten sich zumindest so an. Alle guten Familien.

Und Kate sang Qued etwas vor (ein gruseliges isländisches Wiegenlied, das sie von einer zeitweise bei ihnen residierenden Katalogbraut gelernt hatten):

Schlaf, Schlaf, schwarzäugig Schweinchen
Fall in die tiefe Grube der Geister …

Und sie blieben die ganze Nacht wach, in der tiefen Grube der Geister, wo sie vergessen hatten, wie man schläft oder jemanden verlässt, wo sie diese kleine Kreatur liebten, die ihnen geboren worden war und ihnen einen Sinn gab.

Währenddessen (in der Parallelwelt außerhalb von Martins Haus) wurde Ben gefeuert. Wenn er daran dachte, stellte er sich einen Rinderschädel in einer unberührten Wüste vor: die Wirtschaft. Er lebte von seinem Ersparten und bewarb sich auf alles: Jobs, für die er nicht qualifiziert war und die er gar nicht haben wollte, Jobs in Vietnam und Jobs in Cleveland, Jobs, die ethische Kompromisse zur Voraussetzung hatten, sodass er sich selbst dafür verachtete, seine Bewerbung einzureichen.

An den Abenden vor seinen Bewerbungsgesprächen blieb er allein in der Wohnung in Queens, um zu schlafen, obwohl er nicht gern allein dort war. Meist sah er dann aus dem Fenster, während hinter ihm der Fernseher lief, und wünschte sich, er würde noch rauchen. Dann schlief er nicht. Konnte ohne Kate nicht schlafen. Nach dem Bewerbungsgespräch fühlte er sich für ein paar Tage so, als ob er den Job in der Tasche hätte und war je nachdem von Freude oder Selbsthass erfüllt. Schrödingers Leben – er wusste nicht, was er war. Am Ende bekam er den Job nicht, und war nichts.

Kate hatte einen weiteren Auftrag für ein Wandgemälde, ein Bild von einem Bärenpicknick für das Baby von Sabines Kardiologin. Ben besuchte sie im Haus der Kardiologin und sie hörten National Public Radio, während Kate arbeitete, dann gingen sie zusammen zurück zu Martins Haus und passten zusammen auf Qued auf und schliefen zusammen ein. Ohne Kate fühlte Ben sich auf unangenehme Weise aufgekratzt, befreit von irgendeiner für ihn notwendigen Einschränkung, als wäre er mit einem holprigen Start ins Weltall geschossen worden. Er brauchte Kates Gewicht oder ihr wildes langes Haar oder die vorausschauenden Bewegungen ihrer Hände, wenn sie zeichnete. Sie ging mit einer solchen Leichtigkeit durch die Welt wie der Samen einer Pusteblume, der sich vom Wind tragen lässt.

Im Überschwang dieser Sehnsucht machte er ihr an einem Morgen, an dem José mit Qued in den Park gegangen war und die Katalogbräute ausschliefen, einen Heiratsantrag. Ben und Kate pflanzten Ringelblumen in Martins Garten, und Ben sagte es einfach so und fügte hinzu, dass er gerade keinen Ring kaufen könne, er aber bald eine Arbeit finden und es nachholen würde. Kate sagte, dass sie ohnehin keine Ringe mochte. »Sie fühlen sich an, als hätte ich etwas an meiner Hand.« Ben lachte und stand auf, als wäre nun alles geklärt, und sie machten sich sofort auf den Weg, um sich einen Heiratsschein ausstellen zu lassen, zogen noch nicht einmal frische Klamotten an.

Es war dort, auf dem Amt – wo man eine Nummer ziehen und warten musste, bis man aufgerufen wurde, wo es aussah wie in einer sehr schönen Kfz-Zulassungsstelle, Marmorböden und polierte Eiche, obwohl man am Ende des Tages doch bloß mit einem Zettel in der Hand wartete –, als Kate den Traum erneut erwähnte.

Es begann damit, dass sie fragte: »Hast du schon einmal von einem Dichter namens William Shakespeare gehört?«

Ben schreckte aus seinen Tagträumen übers Heiraten hoch und brauchte einen Moment, bis er die Frage verstand. Dann sagte er: »Ich glaube nicht. Sollte ich?«

»Nein? Ein Dichter aus dem 16. Jahrhundert?«

»Vielleicht, aber ich kann mich nicht erinnern. Warum fragst du?«

»Ich habe von ihm geträumt.«

»Oh.«

Sein *Oh* hatte einen düsteren, kritischen Ton, doch Kate lächelte nur. Sie sagte: »Er taucht immer wieder in meinen Träumen auf. Ich habe das Gefühl, dass er wichtig sein könnte, aber ich habe nachgeschlagen und er ist einfach so gestorben, ohne groß etwas erreicht zu haben.«

Ben zwang sich zu einem Lächeln. »Sind wir uns sicher, dass es ihn wirklich gegeben hat?«

Kate war sicher. Selbstverständlich habe er existiert. Er habe einige Stücke verfasst, die nicht erhalten seien, sowie ein Langgedicht namens *Venus und Adonis*. Es gebe eine Ausgabe des Gedichts in der New York Public Library, aber als Kate sie bestellt habe, habe sich herausgestellt, dass sie verloren gegangen sei. Sie gehe davon aus, dass es irgendwo noch andere Ausgaben geben müsse. Jedenfalls sei er jung gestorben. Es gebe eine Aufzeichnung seines Begräbnisses in London im Jahr 1593; er sei dreißig Jahre alt geworden. Merkwürdigerweise sei 1593 das Jahr, von dem Kate immer träume. »Jedenfalls träume ich immer wieder von diesem Dichter, und ich verstehe nicht, was das zu bedeuten hat.«

»Eines meiner Lieblingsgedichte stammt aus dem 16. Jahrhundert.«

Kate stockte, dann sagte sie: »Okay«, und machte ihr Zuhörgesicht.

»Es ist von Thomas Wyatt.« Ben begann zu zitieren:

Die mich nun fliehen suchten einst meine Nähe
auf bloßen Füßen schlichen sie durch mein Gemach.
Ich hab sie sanft gekannt, von mildem Wesen,
die nun so wüst und der Erinnerung brach,
dass sie sich früher in Gefahr begaben
Für ein Stück Brot aus meiner Hand …

Er hielt inne, weil er unsicher war, ob Kate ihm zuhörte. Sie wirkte kühl, abwesend. Ihre Augen waren schwarz – insektenschwarz, wie die einer weisen und schönen Wespe.

»Kate?«

Sie sagte mit gedämpfter, trauriger Stimme: »Wenn ich jetzt träume, habe ich Angst davor, dass ich aufwache und du nicht da bist.«

»Ich werde da sein.«

»Ich meine nicht, dass ich Angst davor habe, dass du mich verlässt.«

»Was meinst du dann?«

»Ich weiß es nicht. Es ist nur so ein Gefühl.«

»Kate, bist du sicher, dass du heiraten willst?«

Sie sagte »ja«, aber auf eine Weise, die Ben nicht zufriedenstellte. Ihm wurde mit einem Mal klar, dass sie nicht wirklich heiraten würden. Sie würden die Heiratserlaubnis entgegennehmen, um ihn danach in irgendeiner Schublade verschwinden zu lassen. Niemand würde ihn je wieder erwähnen.

Dieser Gedanke kam ihm, doch er weigerte sich, ihm Glauben zu schenken. Er sagte: »Ich will dich wirklich heiraten.«

Dann wurde ihre Nummer aufgerufen. Sie gingen zu dem Schalter und legten ihre Ausweise auf den Tisch und füllten Formulare aus, wobei sie sich fröhlich und natürlich verhielten. Erleichtert verließen sie das Amt mit der Heiratserlaubnis, und ein wenig benommen sagte Kate: »*Das* ist ja schon mal gut.«

In der Woche darauf – und aus irgendeinem Grund fühlte es sich wie ein schockierendes, völlig unvorhersehbares Ereignis an – fand Ben einen Job. Bei Exxon, in der Öffentlichkeitsarbeit, also die Sorte Job, die man nicht ausüben und gleichzeitig ein guter Mensch sein konnte. Doch er musste ihn annehmen. Es war zuverlässiges Geld und bedeutete Struktur und Menschen, die sich auf einen verließen. Obwohl er die Arbeit nicht *tun* wollte, brauchte er sie wie Luft zum Atmen.

Als er Kate davon berichtete, machte er sich auf Widerspruch gefasst. Doch Kate fragte nur: »Was ist Exxon?«, und schien von seiner Antwort irritiert. Sie warf ein, dass Öl zur Vergangenheit gehöre, weil man Öl aufgrund der Erderwärmung nicht verbrennen könne. Ben erwiderte, dass der Ölmarkt seiner Meinung nach noch einige gute Jahre vor sich habe, und Kate widersprach, begann dann aber zu zweifeln und fragte: »Benutzt man wirklich noch Öl?«

»Vielleicht hast du diese Dinger namens Autos schon mal gesehen.«

»Fahren Autos noch mit Öl?«

»Ist das dein Ernst?«

»Aber dafür arbeitest du? Dass die Ölwirtschaft weitergeht?«

»Ich arbeite auch für unsere Miete.«

Und sie sagte, dass Ben wahrscheinlich nichts dafürkönne, und er antwortete: »Das habe ich mir auch überlegt, um nachts noch ruhig schlafen zu können«, und darüber konnten sie lachen; Ben war erleichtert. Der Job hatte eine rosarote Unwirklichkeit angenommen. Kate hatte ihm vergeben, und nur das zählte. Mit dem Spott von Sabine konnte er leben.

Dennoch konnte er nicht umhin zu denken, dass es seltsam war. Und in den darauffolgenden Tagen passierten weitere seltsame Dinge, oder genauer gesagt, in Kates Erinnerung tauchten Lücken auf. Kate war darüber erschrocken, dass England noch immer eine Königin hatte. Sie behauptete, nicht zu wissen, was »Plastik« sei, und als Ben ihr einen Plastiklöffel vor die Nase hielt, sagte sie: »Oh – du meinst Zelluloid.« Sie dachte, der Louisiana-Purchase hätte erst um 1930 stattgefunden und dass die Amerikaner deshalb noch Französisch sprächen, und als Ben sagte, dass die meisten eben kein Französisch sprächen, wie zum Beispiel er selbst, erwiderte sie: »Hast du aber, als wir uns kennengelernt haben«, und würde wütend und abwesend und verweigerte jedwede Erklärung.

Am Ersten Mai, als sie gerade auf Sabines Dachterrasse saßen und auf den Beginn des Feuerwerks warteten, beklagte Sabine sich auf ihre übliche Weise und erwähnte dabei Präsident Gore. Kate sagte: »Moment, Gore ist *Präsident*?« Doch als sie Bens und Sabines Reaktion bemerkte, gab sie vor, nur ihrem Gefühl Ausdruck verliehen zu haben, dass Gore in dieser Rolle völlig lächerlich sei. Sabine sagte: »Wir haben für Gore Wahlkampf gemacht. *Du* hast für Gore Wahlkampf gemacht.« Kate sah überrascht und sogar leicht ungläubig aus, sagte aber: »Ja, ich weiß.«

Sie hatte es nicht gewusst. Ben hätte darauf schwören können. Später glaubte er nicht mehr daran. Natürlich wusste Kate, wer Präsident war, alles andere wäre ein Anzeichen von Alzheimer. Und Kate war schließlich nicht tatterig. Ihre Eltern waren unbesorgt. Es musste sich um ein Missverständnis handeln.

Nichtsdestotrotz beschlich ihn ein fürchterlicher Zweifel, eine Furcht, die jeder Situation innewohnte. Während der Arbeit redete er in Gedanken dagegen an, während er Pressemitteilungen redigierte und Motivationsreden über die »Exxon-Kultur« über sich ergehen ließ. Bei Martin räumte er zwanghaft hinter allen her. Er konnte einfach nicht abschalten. Er begann, jeden Morgen zehn Kilometer zu joggen, eine Gewohnheit, die Kate als faschistisch bezeichnete, und Ben fand einen merkwürdigen Trost darin, faschistisch genannt zu werden, als bedeutete dies, dass er Kontrolle ausüben konnte; wenn er nur willens war, schlecht zu sein, konnte er die Kontrolle haben.

Währenddessen ging der Mai vorüber und der Juni kam, bedrückend, apathisch, mephitisch. Martin war nie dazu gekommen, eine Klimaanlage zu installieren, und Sabine wollte nicht dafür bezahlen, weil es schlecht für die Umwelt sei, und alle anderen waren pleite. Sie gingen mit Qued in den Park, in den Zoo, aber sie waren träge und verschwitzt und gereizt. Sie stritten sich über Nichtigkeiten, über zehn Dollar. Eines Abends, als die Feuchtigkeit sich in einen Wall grau-schwarzer Wolken verwandelt hatte und die Luft mit dampfender Bösartigkeit aufgeladen war, gingen Ben und Kate zu einer Lyriklesung. Voller Freude über den freien Abend waren sie aufgebrochen, doch die Lesung war von vorne bis hinten ein Reinfall. Sie fand in einem geleckten, loftartigen Hipsterbuchladen statt, und die Autorin war eine reiche Göre, die Bekenntnislyrik über ihre Magersucht schrieb; ihre Verse waren mittelmäßig und sie selbst gar nicht mal so dünn. Es waren etwa hundert Leute da – mehr als Ben je bei einer Lyriklesung gesehen hatte, allesamt spindeldürre Hipster, die unterschiedslos nach jedem Gedicht johlten. In der Fragerunde wurde deutlich, dass sie alle ehemalige Kommilitonen der Autorin waren; sie nannten sie »Sammy« und bezogen sich auf Vorkommnisse in ihrem Seminar über indonesische Schattenspielpuppen. Das Catering wurde von einem Tacostand aus Williamsburg besorgt, und nach der Lesung unterhielten sich die Hipster statt über Lyrik sachkundig über Schwertfisch-Tacos. Wie Kate in der Schlange vor dem Tacostand bemerkte, löste das Ganze ein Gefühl in einem aus, als wäre die Welt ein einziger Schwindel, eine Art verunglücktes indonesisches Schattenspiel. Doch sie sagte es auf eine (für Kate typische) gutmütige Art; ihr machte der Stumpfsinn der Menschen nichts aus, während Ben inmitten der fröhlichen Hipster ganz gehässig, verzweifelt und verletzlich wurde. Sie erinnerten ihn an die Schulhoftyrannen aus der Mittelstufe, die ihn Pocahontas und Tarzan genannt und ihn auf dem Fußballplatz mit indianischem Kampfgeheul angefeuert hatten – nicht mal eine zu ihm passende rassistische Beleidigung war ihnen in den Sinn gekommen. Natürlich waren die Hipster nicht wirklich wie diese Typen. Obwohl – gewissermaßen ähnelten sie einander doch. Sie ähnelten einander in der Art und Weise, wie Ben sich in ihrer Anwesenheit fühlte.

In dieser Stimmung musste er einen Grund finden, der seine Reaktion rechtfertigte. Er begann mit dem säuerlichen Kommentar, dass außer Ben und Kate alle Besucher der Veranstaltung weiß seien. Kate sagte: »Stimmt. Das ist merkwürdig«, und fügte hinzu, es sei natürlich nicht merkwürdig, dass nicht lauter Perser hier seien, doch die Gegend sei afroamerikanisch geprägt und trotzdem sei offenbar kein einziger Afroamerikaner zugegen.

»Afroamerikaner?«, fragte Ben.

»Was?«

»Der Begriff ist ziemlich veraltet.«

»Tja«, sagte Kate fatalistisch, »*Zelluloid.* Deine Wörter sind mir unbekannt, Erdenmensch.«

Dann hielt Ben einen kleinen Vortrag über die Gründe für die Abwesenheit von Afroamerikanern und holte bis zum Sklavenhandel aus, wobei er implizierte, dass die Hipster sich des transatlantischen Sklavenhandels mitschuldig gemacht hätten, während Kate die Stirn runzelte und sichtlich aus der Fassung war, als würde sie zum ersten Mal vom Sklavenhandel hören.

»Das ist jedenfalls das eine«, sagte Ben abschließend, »aber was mich wirklich fertigmacht, sind die Gedichte. Nicht nur, dass sie weder besonders raffiniert noch geistreich sind, sie fetischisieren dabei auch noch psychische

Erkrankungen. Sie tun so, als wären psychische Erkrankungen etwas wahnsinnig Tiefgründiges, dabei sind sie bloß hässlich und sinnlos. Sie suhlen sich in diesem Post-Sylvia-Plath-Sumpf. Nach allem, was ich mit meiner Mutter durchgemacht habe, finde ich diesen Schwachsinn schwer erträglich.«

Kate nickte, sie war ganz bei ihm. Sie war gut in solchen Dingen. Sie schien unterstützende Worte zu sammeln, als sie sich wegdrehte, um die Papierschale von ihrem Taco in den Müll zu werfen.

Doch als sie sich ihm wieder zuwandte, sagte sie: »Hast du in letzter Zeit mit deiner Mutter gesprochen?«

Er fühlte sich, als hätte man ihm Eiswasser ins Genick gegossen. Er wollte einfach gehen. Dafür war er nicht bereit.

Mit schwacher Stimme sagte er ruhig: »Kate. Weißt du nicht mehr, dass meine Mutter tot ist?«

Sie zuckte zusammen, dachte dann gründlich darüber nach, die schwarzen Augen ängstlich und voller Ernst. »Es tut mir leid. Ich dachte irgendwie, sie wäre noch am Leben.«

»Jetzt mal im Ernst. Wie konntest du das vergessen?«

»Ich habe es nicht vergessen.«

»Hast du nicht?«

»Ich dachte wirklich, sie wäre am Leben.«

Ben sagte: »Wir gehen jetzt sofort nach Hause und morgen gehst du zum Arzt.« Seine Stimme klang brüchig. Er trat einen Schritt zurück. Kate war wie versteinert, und Tränen schossen ihr in die Augen. Ben drehte sich um, und Kate folgte Ben, während er sich steifbeinig und unachtsam einen Weg durch die Menge bahnte. Die Anwesenden redeten und lachten weiter, sie verbrachten einen ganz normalen Abend. Jetzt erschienen sie Ben nicht mehr wie Hipster; sie wollten lediglich ein bisschen Spaß haben, wie ganz normale Menschen. Er verspürte die unerträgliche Sehnsucht, einer von ihnen zu sein. Er wollte vor ihr davonlaufen. Sein ganzer Körper wollte es.

Draußen auf der Straße war der Himmel schwarz und schwer von Regenwolken, der heiße Wind zog wie verrückt an ihren Klamotten. Es fühlte sich schon nach Gewitter an, obwohl die Luft trocken war. Bens Gedanken rasten, pochten darauf, dass es nichts Ernstes sei. Ihre Eltern waren unbesorgt. Kate ging neben ihm her, sie war kleiner als er. Er konnte sie nicht ansehen, wollte sie aber im Arm halten. Er wollte es für sie in Ordnung bringen.

Gerade als sie unter der Markise eines Restaurants vorbeikamen, donnerte es. Der Himmel flackerte. Sie blieben instinktiv unter der Markise stehen, erwarteten den Wolkenbruch. Doch der Regen fiel nicht.

Und Ben musste an Oksana auf der Eisbahn denken: die staubig-rosafarbene, zusammengekrümmte, arme und unbesiegbare Oksana, wie sie die Bahn durchmaß, so schnell, dass es aussah, als wären die anderen Schlittschuhläufer auf dem Eis festgefroren, als wären sie keine Menschen, sondern nur Erdklumpen. Denn Verrückte waren nicht schwächer als man selbst – diesen Gedanken hatte er schon oft in Bezug auf seine Mutter gehabt –, sie waren stärker. Sie überdauerten einen, selbst wenn sie starben. Sie traten einen zu Boden, ohne es überhaupt zu merken.

»Ich liebe dich«, sagte Kate. »Ben? Es tut mir leid. Ich weiß nicht, was mit mir los ist.«

Er war außerstande zu antworten. Der Himmel glänzte unheilvoll, schwarz und grau. Der Wind verebbte.

Dann traten sie aus dem Schutz der Markise heraus, und es begann zu regnen.

II

16

Sie schlief in dem Traum, doch sie befand sich in Cowdray. Sie schlief und wachte nicht auf; sie fürchtete sich vor dem Erwachen. Etwas Schlimmes war hier passiert. Etwas, das nicht hätte passieren dürfen.

Doch eines Nachts erwachte sie doch und die Vorahnung war verschwunden. Sie lag in einem warmen Bett; die Bettvorhänge waren geöffnet. Mary schlief auf einem Lager am Fußboden. Emilia hielt inne, um sich in Erinnerung zu rufen, wie Mary hier angekommen war, die gewöhnlichen Tage, die vergangen waren, die Stunden, in denen sie durch die Galerie spaziert war, während der Regen gegen die Fenster trommelte, sie an ihren Handarbeiten gesessen hatte. Sie hatte gerade die Stickarbeit an einem Kissen beendet – das Bild eines Löwen, der sich neben ein Lamm gebettet hatte. Sie hatten über die Seuche gesprochen, über die Kriege in Frankreich. Emilia hatte auf einem ungestimmten Virginal gespielt, weshalb Southampton sich über die schiefen Töne beklagt hatte und ganz unruhig geworden war; schließlich war er aufgestanden, um sich in aller Breite darüber zu ergehen, welch tragisches Unglück es sei, am Leben zu sein.

Nun die stille Nacht. Auf dem Bett lag ein Nachthemd, ein langes Leinenkleid mit pelzbesetzten Ärmeln; sie zog es über und schlich zur Tür. *Auf bloßen Füßen schlichen sie durch mein Gemach*, geisterte es durch ihre Gedanken; mit der Hand auf dem Knauf hielt sie inne, ihr Hals trocken und wie zugeschnürt. Beinahe hätte sie an Ort und Stelle wegen Ben zu weinen begonnen. (Sie waren nach einer Lesung durch den Regen nach Hause gerannt, hatten jedoch nicht gelacht. Der Regen hatte ihre Kleidung durchnässt und schwer werden lassen, und sie war zurückgeblieben. Er hatte sich nicht umgesehen.)

Sie öffnete die Tür und atmete tief ein. Der mondbeschienene Eingang zur Galerie am Ende des Korridors hing da wie ein Gemälde. Sie trat in den kalten Zug und ging dem Licht entgegen, fühlte sich, als würde sie mühelos aus einem Brunnen klettern. Dann war die Galerie ganz still; die Fenster waren still. Der Ausblick auf gepflegte Knotengärten: Ein Quincunx-Muster kleiner Bäume und Blumen, dann blütenförmig angelegte Hecken, durch die sich blasse Kiespfade wanden. In einem der Karrees grasten Rehe, ihre Bewegungen auf unheimliche Weise zart, zaghaft, als wären sie just in diesem Moment zum Leben erwacht. Die Sterne über ihnen waren Sterne eines Kindes, groß und freundlich und schlicht.

Und dort unten die breite Treppe. Jede Stufe war von einem Menschen aus Stein gemeißelt; jede Stufe von Hand geformt. Dies war eine kleine Welt, man konnte darin leben. Sicher. Eine Welt, in der nachts alle schliefen und draußen nur die Geräusche von Fröschen und Eulen zu hören waren. Es gab nichts außer Gott im Himmel.

Womöglich war es ihr bestimmt, hinfortzureiten und irgendeine Heldentat zu vollbringen. In den Geschichten gab es immer einen Tyrannen, den es zu besiegen, einen Krieg, den es zu verhindern galt – einen offensichtlichen nächsten Schritt. Dies aber war die Realität, schleierhaft und heikel. Sie tastete sich voran, versuchte, auf ihre Instinkte zu hören – und Emilia war ein Mensch mit dem Herzen eines Tiers; sie war ein Ding, das sich nicht konzentrieren konnte, wenn es durstig war. Sie wollte wissen, was zu tun war, doch sie wusste es nicht. Sie wusste, dass sie zu Will gehen würde.

In den letzten Tagen hatte er bei jedem gesellschaftlichen Anlass auf sie gewartet. Sie hatte sich für ihn herausgeputzt; hatte Schleifen in ihr Haar geflochten. Er hatte aufgesehen, als sie den Raum betrat, und etwas Körperliches geschah, das kein Mann sehen konnte. Zudem gab es zwischen ihnen die Komplizenschaft aller armen Gelehrten, Darsteller und Gesellen, die von der Freigiebigkeit des Lords lebten, der substanzlosen Güte der Bedeutsamen. Sie waren die Kinder des Hauses, oder die Schoßhunde, und wenn sie des Nachts unter den Füßen ihrer Herren hervorkrochen, war das, was sie auf ihren Streifzügen taten, nur deshalb verboten, weil es so unbedeutend war. Nichts so Kleines sollte sich mit sich selbst befassen; muss denn jedes Insekt seine Fahne hissen und gegen die anderen Insekten in den Krieg ziehen?

Doch ihre Augen trafen sich, und eine schmerzhafte Erkenntnis traf sie. Er war echt. Es war die Hoffnung der Welt.

Er saß auf dem Fußboden neben dem Kamin des Salons. Mondlicht erhellte das Zimmer, und er war ein Feuerschein, veränderlich und rot. Der Kaminsims war mit Grotesken bemalt: ein Hase zog einem Kobold die Nase lang, ein Hündchen biss einem Mantikor in den Schwanz, eine Meerjungfrau übergoss mit nüchternem Gesichtsausdruck einen in Flammen stehenden Salamander mit einem Eimer Wasser. Sie alle schienen sich im Licht des Feuers zu bewegen, deshalb wirkte es, als wäre er von seinen eigenen sonderbaren Gedanken umgeben. Er hatte das Feuer betrachtet und, sobald er ihren Schritt vernahm, den Kopf gehoben und blind in die Finsternis geblickt.

Sie sagte: »Ich bin es, die holde Israelitin.«

Zunächst blinzelte er misstrauisch; er versuchte, sie in der Dunkelheit auszumachen. Dann erkannte er sie und lächelte. Er griff nach einer Tasse, die er beim Feuer abgestellt hatte. Sie machte einen Schritt vorwärts und nahm sie ihm aus der Hand: Würzwein. Sie setzte sich neben ihm auf den Fußboden, legte ihr Kleid um ihre Knie zurecht. Er war ein gewöhnlich aussehender Mann mit großen Fingerknöcheln. Bloß ein Mann. Sie dachte: *dass sie sich früher in Gefahr begaben, für ein Stück Brot aus meiner Hand …*

»Lady Israel«, sagte er. »Warum wacht Ihr zu so später Stunde? Wart Ihr zum jüdischen Sabbat gerufen?«

Sie antwortete leise: »Nein, ich wache nicht. Ich liege im Schlaf, und Ihr seid mein Traum. Wie gesagt, in keiner andern Weise dürfen Jud und Christ zusammenkommen.«

»Ich bin Euer Traum – doch könntet Ihr der meine nicht sein?«

»Ich weiß nichts über andrer Männer Träume. Dass aber im Schlaf ich liege, das kann ich wohl schwören.«

»Nun, wenn ich Euer Traum bin, ist mein Tun nicht mehr mein eigen. Es ist von Eurem Traum gemacht.«

»So ist es.«

Dann mussten sie einen heiklen Moment überstehen. Sie konnte die Tiefe seiner Gefühle sehen, nicht aber seine Gedanken. Ihre Gedanken bewegten sich zwischen abergläubischen Ahnungen, während ihr Körper seine Hände erwartete.

Doch schließlich sagte er, mit derselben lebhaften Leichtigkeit: »Nun, ich habe mir die Zeit mit Schreiben vertrieben, also trifft Euren Traum die Schuld an meinen armseligen Versen.«

Sie lächelte. Sie würde ihre Enttäuschung nicht nach außen tragen. »Doch habt Ihr kein Papier. Ich habe Euch Unsinn geträumt. Oder schriebt Ihr in die Asche?«

»Nein. Mein Vater war der Buchstaben nicht mächtig. Ich schreibe in meiner Fantasie und lese aus der Luft.«

»Und was schriebt Ihr?«

»Es könnte ein Schauspiel sein, wenn es gut wird. Ich habe erst einige wenige anständige Zeilen.«

»Anständige Zeilen und davon wenige«, sagte sie höflich. »Es wäre eine Schande, würdet Ihr sie nicht hören lassen.«

Er hielt inne. Sie konnte sehen, dass er nachdachte; vielleicht arbeitete er an seinen frisch ausgedachten Versen. In diesem Moment des Innehaltens war sie Kate, die nicht verstand, warum er von Bedeutung war. Es war angenehm hier am Feuer, auch der Würzwein war angenehm – doch schlussendlich nur eine Zeitverschwendung. Wie der Ritt nach Cowdray, wie diese ganzen Tage. Schlussendlich war er nichts: ein kleiner Dichter. Nur ein Mann.

Dann sammelte er sich und sagte: »Es ist eine Szene vom traurigen König Richard. Er empfing üble Nachricht von seinen Kriegen, sodass er seines Throns zweifelt. Seine Offiziere sprechen ihm Mut zu, der König aber ist stur und verzagt. Sodann spricht er:

›Ums Himmels willen, lasst uns niedersitzen
Zu Trauermären von der Kön'ge Tod: –
Wie die entsetzt sind, die im Krieg erschlagen,
Die von entthronten Geistern heimgesucht,
Im Schlaf erwürgt, von ihren Frau'n vergiftet,
Ermordet alle; denn im hohlen Zirkel,
Der eines Königs sterblich Haupt umgibt,
Hält seinen Hof der Tod …‹«

Er trug die Zeilen mit dem vollen und schwermütigen Timbre eines tragischen Schauspielers vor. Es ging noch eine Weile so weiter, nahm Fahrt auf, wuchs, und ließ eine Leere zurück, als er verstummte. Dann fröstelte es Emilia. Sie war durcheinander. Als hätte sie diese Worte bereits vernommen, in einer Zeit großen Glücks, das nun verloren war. Es war entrückt, es war vertraut. Es war unvergleichlich.

Aber sie zwang sich, mit ruhiger Stimme zu sagen: »Oh! Ein wahrhaft trauriger Prinz. Mein Lord Southampton in leibhaftiger Gestalt.«

Will lachte. »Nein, lästert ihn nicht. Ich selbst bin es.«

Sie lachte ebenfalls; ein Funke entstand. Sie streckte ihre Hand dem Feuer entgegen und sein Blick folgte ihr. Ihr Körper erwartete seine Hände.

»Nun«, sagte sie. »Eure Verse sind wundersam lieblich, als fielen gezuckerte Regentropfen in meinen Mund. Doch macht Ihr einen stattlichen Haufen toter Prinzen. Ihrer Majestät wird das nicht gefallen. Auch werden ihre Offiziere einer solchen Hekatombe nicht lächeln.«

Er runzelte die Stirn und schien kurz davor, ihr zu erklären, warum sie falschlag. Doch dann sagte er: »Einerlei. Es ward in die Luft geschrieben und mit dem nächsten Wind fortgeweht.«

»Wie der Psalm: ›Wenn der Wind darüber geht, so ist sie nimmer da, und ihre Stätte kennet sie nicht mehr‹.«

Doch als sie ihm zulächelte, rückte er von ihr ab – zog sich zurück wie eine Schnecke. Da war eine Kühle. Der sexuelle Funken war verschwunden. Und Emilia erinnerte sich an seinen Tod – ein schwarz auf weiß gedruckter Fakt in einem Buch, *Einführung in die Literatur der Tudor-Zeit*, das Kate in der New Yorker Bibliothek gelesen hatte: *Begraben in St. Leonard's, Shoreditch, London, September 1593.* Kate hatte diesen Satz gelesen und einen Schauer, ein Kribbeln verspürt. Kate, die noch immer war wie ein Kind.

Als ihr diese Gedanken kamen, sagte er sanft, kalt: »Ein Mann aus meiner Truppe ist kürzlich gestorben. Er hatte zu viel eingelegten Hering gegessen.«

»Hering?« Sie lachte nervös. »Welcher Mann?«

»Sein Name war Rob Greene. Ein Schelm der Schenken, schrieb Pamphlete und Stücke im Überfluss. Noch als er im Sterben lag, nahm nicht ein Priester ihm die Beichte ab, sondern ein Drucker, und machte daraus ein Pamphlet zu sechs Pfennigen. Ich kenne das Buch gut, denn er schmäht mich darin. Er nennt mich eine emporgekommene Krähe und einen Dieb. Der Sprache war er nicht mächtig, nur der Schmähung.«

Will hatte einige Binsen vom Boden aufgelesen. Nun schleuderte er sie ins Feuer. Sie wanden sich, wurden eine leuchtende Kritzelei und schrumpften zu Asche.

»Er war ein krötenhafter, hitziger Schuft«, fuhr er fort, »der zu den Huren ging und soff. Doch wie heißt es: ›Je mehr der Fuchs verdammt wird, desto besser ergeht es ihm‹, und der Fuchs Rob Greene hatte Glück; keine Woche verging, ohne dass ihn nicht all seine Bekanntschaften sieben Mal verdammten. Wie es scheint, gibt es nicht viel zu betrauern. Doch vor Kurzem habe ich auf dem Markt gesehen, wie man mit einigen Seiten seiner Sechs-Pfennig-Beichte Senfpötte bedeckt hat. Auf den Kronen der Pötte waren die Worte zu lesen: *Schwarz ist die Erinnerung … schwarz wie der Tod.* Und ich weinte ob der Schande, dass aus dem Leben eines Mannes solch Senfpapier werden soll. Das hat mich sehr bekümmert in der letzten Zeit.«

Sie sagte: »Gedanken an den Tod halten Euer Herz gefangen.«

Dann sah er sie an. Er war echt und feindselig. Er hatte wieder Binsen aufgelesen; nun zerdrückte er sie zwischen seinen Fingern. Seine Hand schloss sich zur Faust.

Er sagte: »Man wird sich meiner erinnern, Madam. Vielleicht könnt Ihr mir sagen, wie man sich meiner erinnern wird?«

»Wie man sich Eurer erinnern wird?«

»Seht nicht so verwirrt drein. Ihr wisst es.«

Sie sagte, und ihre Stimme war heiser: »Ich weiß nicht, wovon die Rede ist, Sir.«

»Wahrhaftig, wisst Ihr es nicht? Dann muss ich Euch noch eine Geschichte für Euer Buch der Geheimnisse erzählen. Wisset, also, dass auch ich einst ward wie Ihr. Ich ward ein solcher Jude, der im Schlaf wachte. Ich lief in der Haut eines Fremden umher und sprach mit den Toten. Ich lebte ein andres Leben in der Finsternis.«

Dann verschob sich alles und löste sich in ein neues Muster auf. Sie waren ein tiefer Brunnen, jenseits aller Welt, und sie wusste es. Er hatte sie auserwählt und war ihr gefolgt, weil sie einander glichen. Er war ihr echt erschienen, weil sie einander glichen. Auch er war in seinen Träumen in eine andere Zeit gereist, hatte ein anderes Leben in seinem Schlaf gelebt. Sie war nicht die Einzige. Natürlich nicht. Wie hatte sie je glauben können, dass es so wäre?

Und nun hätte sie gern ehrlich zu ihm gesprochen – sich vergewissert, was er meinte, ihn gefragt, in welche Zeit er gereist war –, doch sein Körper war angespannt und abweisend. Und sie wollte hier keine Wahnsinnige sein. Eine Wahnsinnige war sie bereits dort, und sie brauchte einen sicheren Ort. Wenn sie ihm von seiner Zukunft berichten würde, hätte sie keine guten Nachrichten. Er war bloß ein Mann, so fehlbar wie alle Männer. Man konnte ihm nicht trauen.

Er beobachtete sie, während sie all das dachte, und als sie den Blick abwandte und ihm die Antwort schuldig blieb, seufzte er. Er sagte: »Ihr seid einig mit mir, dass ich Euer Traum bin. Nun will ich Euch von einem Traum berichten, den ich träumte, und den Ihr als Euer eigen erkennen mögt. Denn ich glaube, dass Euch der Anblick bekannt ist. Mir dünkt, es ist ein Kobold, der all jene heimsucht, die zu unserm finstern Volk gehören.

Ich sah also im Schlaf eine tote Stadt, eine solche Stadt, wie die Welt sie noch niemals gesehen hat. Wundersam hoch; die Stirn ihrer Dächer berührte die nebligen Wolken. Ihre Mauern waren aus Kohlen und Eis gefertigt, und ihre Erde war ein unnatürlicher Stein, auf dem kein Tier lebte. An diesem Ort waren keine Wälder, keine gesunden Wiesen. Keine Vögel; die gewaltige Weite der Luft war tot. All die schmutzigen Käfer waren umgekommen, und ihre papiernen Panzer trieben durch die Straßen. Ein Königreich des Nichts, der Winde und der Stille.«

Sie sah ins Feuer, und dort war sie. Es war dieselbe üble Stadt, die sie zuvor gesehen hatte, ihre Türme erstrahlten in Schmutz und Eis. In ihrem Kopf begann etwas zu sieden. Ein Lärm, der kein Lärm war, als wehte ein murmelnder, abscheulicher Wind in ihrem Kopf.

Er sagte: »Doch dieser Traum ist auch der Eure, Madam. Ist's nicht so?«

Emilia schauderte, und die Vision war verschwunden. Sie sah Will in die Augen, obwohl sie seine Augen in diesem Licht nicht erkennen konnte. Sie wusste nicht, was echt war.

»Mylord«, sagte sie, »sind wir denn zur Rettung der Welt zusammengekommen?«

Sie berührte seine Hand, doch er antwortete nicht. Seine Hand war steif. Sie zitterte.

»Sprecht nicht von der Welt«, sagte er. »Sie ist eine Krähe, die meine Augen auspickt.«

»Eine Krähe?«

»Nein, sagt mir, was Ihr von mir wisst. Sagt mir, was Ihr wisst oder seid verdammt.«

Dann flackerte der Traum. Das Feuer wuchs in riesige Höhen, umringt von seinen Grotesken. Sie ergriff seine Hand, während das Feuer sie davonzutragen versuchte. Irgendwo sprach Will; er war wütend, während Emilia sich fürchtete und keine Luft bekam. Das Feuer war kühl und wohltuend, wie ein Bett. Er würde in vier Monaten sterben, und sie hatte nichts dagegen unternommen. Sie hatte die falsche Entscheidung getroffen, den offensichtlichen Zug verpasst. Sie verdiente seinen Hass. Sie war eine Närrin.

Als der Traum zurückkam, war er zärtlich. Er streichelte ihre Handfläche; er ließ sie an seiner Brust liegen. Dort lag sie, schwach, und sah dem Feuer beim Niederbrennen zu. Und er sang leise, verloren in dem großen Raum; er sang »Tom o' Bedlam«, der (wie sie dachte) die aufgebrachte Stimme seines Herzens war:

Gegen den hungrig-hagern Kobold
Der strebt, dich in Lumpen zu sehen
Soll der Geist, des nackten Menschen Beistand,
Im Buch der Monde dich bewehren

Und als das Lied vorüber war, sagte sie: »Was ich weiß … Geht nicht nach London in diesem Jahr. Geht Ihr nach London, sollt Ihr sterben.«

Sie wachte neben Ben auf. Es war heiß und bedeckt; ein fahles Halblicht drang aus dem kahlen Fenster herein. Sie wusste nicht, wo sie war. Sie erkannte das Zimmer nicht. Eine Weile lag sie da, atmete und ging davon aus, dass die ganze Welt, die sie gekannt hatte, verschwunden war.

Nach und nach fiel ihr alles wieder ein: Martins Haus und Qued und der träge, heiße Sommer. Die Vorhänge waren verschwunden, aber alles andere war wie bisher. Sie kroch aus dem Bett, ließ Ben schlafen, ging ins Bad und sah in den Spiegel. Sie war Kate. Sie war dieselbe wie bisher. Sie legte ihre Hand auf den Spiegel, und das Spiegelglas fühlte sich normal an. Der Duschvorhang mit dem Delfinmuster war derselbe. Die Luft, die sie atmete, war normale Luft. Dieselbe Luft.

Dann ging sie zum Fenster und sah die Straße.

17

Sie ging zur Psychiaterin. Sie ging zum Neurologen. Sie wurde drei verschiedenen Scans unterzogen. Sie verbrachte eine Nacht in einer Schlafklinik, Elektroden auf Mull klebten in ihrem Gesicht, und als Ben sie dort besuchte, war sie friedlich und ganz wie Kate, hocherfreut über die Merkwürdigkeiten der Medizin. Sie sagte: »Sieht es so aus, als würden sie mein Gehirn stehlen?«

»Es sieht nicht wirklich so aus, als würden die Elektroden irgendwas bewirken.«

»Stimmt«, sagte sie. »Es sieht aus wie aus dem Experimentierkoffer eines Achtjährigen. Ich möchte das auch zu Hause tragen.«

Dann bestand sie darauf, dass er sie fotografierte, obwohl es ihm makaber vorkam.

Der Neurologe fand nichts. Kate hatte keine Krämpfe. Sie hatte keine Tumore. Sie hatte keinen Schlaganfall gehabt. Kate sagte unschuldig: »Das ist doch *gut*, oder?«, und dann lachten sie und der Neurologe erleichtert, während Ben sich weiter sorgte. Die Psychiaterin sprach fünf Mal mit Kate, bevor sie sich an eine Diagnose wagte. Man bekam den Eindruck, dass die Psychiaterin mit den Füßen scharrte und auf den Moment hoffte, in dem sich bei Kate irgendein vernichtend unzweideutiges Symptom zeigen würde. Bei einem Gespräch mit Ben und Kate listete sie schließlich die Symptome auf und sagte (ihre Stimme hypnotisch ruhig, während ihr Blick gequält und hektisch war), vieles deute auf Schizophrenie hin, obwohl es einige untypische Aspekte gebe, und sie wisse, dass das Wort furchteinflößend sei. Allerdings würden viele Patienten ein ganz normales Leben führen. Und es gebe noch so vieles, was man über das Gehirn nicht wisse.

Sie stellte Kate zwei Rezepte aus, und Ben und Kate gingen gemeinsam zur Apotheke; ein Pärchenausflug, wie ihn Pärchen an einem schönen Sommertag eben unternahmen. Sie würden niemals einen solchen Ausflug machen, um Kleidung für ihr Baby zu kaufen. Sie würden niemals nach Hochzeitsringen schauen. Ben fühlte sich krank, als ob er schlafwandelte, doch er alberte herum, als wäre alles wie immer. Kate tat, als wäre alles wie immer, ihre Augen dunkel und verletzlich vor Angst.

Und sie war liebenswürdig, wie es sonst niemand war. Sie war großzügig und herzlich, trotz allem. Er liebte sie. Niemand würde sie ersetzen können.

Doch er wollte nicht wie sein Vater werden. All die Jahre und all den Optimismus ziehen lassen, und die Liebe, damit die Wahnsinnige am Ende dann doch starb. Er konnte nicht sehenden Auges in dieses Gefängnis laufen.

»Tabletten!«, sagte Kate zu Hause, das Fläschchen voller Tabletten in der Hand. Sie schüttelte es wie eine Rassel.

Ben sagte: »Alles in Ordnung?«

»Mir geht's gut. Aber ich weiß nicht, ob ich diese Tabletten wirklich nehmen sollte.«

Er atmete tief durch. Er sagte: »Kate, hör zu ...«

Doch sie hörte nicht zu, also rief Ben Ágota an. Dann Salman, dann wieder Ágota. Er rief Sabine an. Er erzählte die Geschichte von Anfang bis Ende, vier Mal, bis er an ihr fast erstickte und sich selbst hasste. Er wollte so sehr, sie wäre nicht wahr. Warum musste er sie erzählen, als sei sie wahr?

Dann brach eine längere Phase an, in der er sich hinter Kates Rücken in Bars mit Leuten traf, um über Kate zu sprechen. Die Welt war ein Stress-Miasma; die Leute waren Gesichter in diesem Miasma. Er erzählte ihnen, dass Kate die Pillen nehmen und dann alles vorüber gehen würde; oder dass sich herausstellen würde, dass es gar nichts gewesen sei, ein Fehler der Ärzte. Kate sei so ein glücklicher Mensch. Und sei Schizophrenie nicht sowieso die Standarddiagnose für alles, was die Ärzte nicht verstünden? Es sei keine Schizophrenie, sagte er, doch in seinem Kopf antwortete eine Stimme: *Es ist Schizophrenie, es ist verdammt noch mal Schizophrenie. Davon erholt man sich nicht.*

Sie nahm die Tabletten, doch nichts änderte sich. Tage vergingen, und sie kam mit immer neuen Absurditäten an. Nun erklärte sie, dass ihre Träume über das sechzehnte Jahrhundert ihr Leben im Wachzustand beeinflussen würden. Dass sie aufwachte, und die Welt sich verändert habe, als wären ihre Träume Besuche in der Vergangenheit, und ihre Taten dort veränderten den Lauf der Geschichte. Sie habe dort einen anderen Zeitreisenden getroffen, einen Mann, der ein unbedeutender elisabethanischer Dramatiker sei. Sie beide hätten Visionen einer zukünftigen Apokalypse: eine niedergebrannte, leere Stadt in einer toten Welt. Sie habe versucht, dieses Schicksal abzuwenden, doch nun sei sie sicher, dass sie alles nur noch schlimmer mache. Sie hoffe, dass der Dichter noch etwas bewirken könne, doch sie wisse nicht wirklich, wie. Sollte er ein weltveränderndes Stück schreiben? Das sei doch der Griff nach dem letzten Strohhalm.

Ben fragte, ob sie das alles wirklich glaube. Kate verneinte – und grübelte doch darüber nach, als ginge es um Leben und Tod. Und sie sprach noch immer von der Welt, die sie verloren hatte, der Welt mit dem Brotfruchtmonarchen und den Schuppentieren, eine Welt, in der (wie Kate nun gestand) nicht Gore Präsident war, sondern eine Frau namens Chen.

Natürlich war Chen Gore überlegen. Alles war besser in Kates verlorener Welt. Die echte Welt quälte und schockierte sie, und mittlerweile sprach sie offen über all das Schlechte. Sie fand jede Art von Werbung skandalös (in ihrer Welt gab es dafür strikte Reglementierungen) und war überrascht, dass die Menschen sich nicht einfach »erhoben«. Wie könne es sein, dass es so viele Obdachlose gebe, wenn alle anderen Geld im Überfluss hätten, wenn sie ins Restaurant gehen und sich neue Klamotten kaufen könnten? Wenn man doch wählen gehen könne, warum würde irgendjemand dafür stimmen, Polizisten mit Waffen auszurüsten? Eines Morgens war sie aufgewacht und nichtsahnend zum Fenster gegangen, um zu sehen, dass die Straße von Läden mit schmutzigen Plastikschildern gesäumt war, die geradezu belästigend hässlich waren, und über den Schildern waren fünf Stockwerke mit Wohnungen – und wie Kate an diesem Tag erfuhr, waren die Straßen inzwischen in allen Städten von Hauswänden überschattet, weil es sieben Milliarden Menschen auf der Welt gab, und all diese Milliarden immer noch mehr Menschen zeugten, während die Welt um sie herum starb, und es ergab keinen Sinn. Ben reagierte abwehrend; er war in dieser Welt zu Hause, die für Kate nicht gut genug war. Er kaufte neue Klamotten. Die eine oder andere Werbung mochte er. Er arbeitete in der PR-Abteilung von Exxon-Mobil. Er hatte sich schon immer Kinder gewünscht, am liebsten drei. Er wünschte sich Kinder mit *Kate.*

Eines schlimmen Abends erwähnte er Atomwaffen, und Kate sagte: »Moment, sie *bauen* Atomwaffen?«, und Ben antwortete: »Mhm-hm«, und Kate sagte, sie kenne sie in der Theorie, aber warum solle man sie bauen, wenn man genau wisse, dass man sie nie würde einsetzen können? Also erklärte Ben ihr Hiroshima und Nagasaki, und Kate sah entsetzt aus und sagte: »Und sie bauen immer noch welche?« Ben sagte: »Kate, du weißt das alles«, aber sie verlangte trotzdem, dass er ihr aufzählte, wie viele es gab. Ben sagte, er wisse es nicht genau, und sie sagte: »Wie kannst du das nicht wissen? Sind es zehn? Oder tausend?« Er zeigte nach oben, um ihr zu bedeuten, dass es mehr waren, und Kate rastete aus und ging die ganze Nacht auf und ab und Ben konnte nur drei Stunden schlafen.

Sie war oft unglücklich. Das passte nicht zu Kate. Die Medikamente machten sie langsam und benommen. Sie starrte. Ihre Augen verloren ihre kühne Tiefgründigkeit. Sie nahm rasant zu und berührte ihren seit Neuestem unförmigen Bauch mit zaghafter Sorge. Manchmal weinte sie und wollte nicht sagen, weshalb. Sie wollte ihre Eltern nicht sehen. Sie wollte um neun ins Bett.

Die meisten Tage verbrachte sie mit Stricken oder Zeichnen. Irgendwo hatte sie eine Gitarre aufgetrieben, und sie saß da und spielte traurige, altertümliche Melodien, die sie angeblich in ihren Träumen gelernt hatte. Sie bestickte ihre Kleidung mit Vögeln und blühenden Bäumen und springenden Rehen; die Stickereien waren fachmännisch und hübsch, doch tendierten sie dazu, die Kleidung ihre Form verlieren zu lassen. Sie sah unangenehm exzentrisch darin aus, als gehörte sie einer Sekte an, die ihre Mitglieder zwang, bestickte Kleidung zu tragen.

Ihr Bruder Petey kam für eine Woche zu Besuch, oder war von Salman und Ágota geschickt worden. Er war überraschend klein, kompakt und hatte ein jungenhaftes Gesicht; er sah zu jung aus, um aufs College zu gehen, obwohl er schon zweiundzwanzig war. Am ersten Abend seines Besuchs erzählte Kate von ihren Träumen, und Petey unterbrach sie betrübt und sagte: »Wenn es dir hilft, darüber zu sprechen, solltest du es tun« – das war seine Art mitzuteilen, dass er es nicht ertrug, sich das anzuhören, dass ihre Krankheit ihm Angst machte. Danach hielt Kate sich an Peteys Themen – seine Fächer am College, das Fahrrad, das er gerade baute, seinen Dungeons-and-Dragons-Charakter –, und es schien ihr besser zu gehen, vielleicht aus genau diesem Grund. Sie begann, wieder über Witze zu lachen, ihr Haar zu kämmen, Nachtisch zu essen. Eines Abends fingen sie und Petey an, mit ungarischem Akzent zu sprechen und schwermütige ungarische Dinge zu sagen, wie: »Ich hoffe, dein Jahr war nicht *allzu* trostlos«, und: »Es ist doch ganz wunderbar, dass wir zumindest nicht gestorben sind.« Sie unterhielten sich eine Stunde lang in diesen Rollen und brachten sich gegenseitig so heftig zum Lachen, dass Petey sich auf dem Boden zusammenrollte und mit den Beinen strampelte. Doch dann fuhr Petey wieder weg. Das hieß: Alles wieder auf Anfang.

Wer Kate ebenfalls Trost spenden konnte, war Qued, doch ihre Bindung zu dem Kind war zu eng; Ben befürchtete, sie könnte Qued nach den Regeln ihrer imaginären Welt erziehen wollen. Außerdem bedeutete es, dass Kate viel Zeit mit José verbrachte, während Ben bei der Arbeit war. Sie redete permanent von José: was José gesagt und was José getan hatte. Sie hatte José eines ihrer seltsamen Traumlieder beigebracht (über einen Mann, der aus Bedlam ausgebrochen war und als Bettler durch die Straßen zog), und zusammen sangen sie es als Wiegenlied, obwohl Qued dabei nie einschlief. Eines Tages gingen sie und José mit Qued in den Park und mieteten ein Kanu und paddelten über den See. Beide kamen mit Sonnenbrand nach Hause, und Kate sah ausnahmsweise glücklich aus, viel glücklicher, als sie je mit Ben gewesen war. Als Ben fragte, worüber sie und José sich unterhielten, gab Kate vor, sie könne sich nicht erinnern und wirkte auf panische Weise abwehrend, so als wollte Ben ihr die eine Sache wegnehmen, die ihr Sicherheit gab.

Ben glaubte nicht wirklich daran, dass sie miteinander schliefen. Er mochte José nicht, was aber zum Teil daran lag, dass José so ernsthaft moralisch war; neben ihm kam Ben sich vor wie eine Mogelpackung. José sprach alle Obdachlosen der Gegend mit Namen an; er las katholische Philosophen und hatte einen Favoriten unter ihnen; er schrieb seiner Mutter in Denver lange Briefe, weil sie nicht gern telefonierte. José würde nicht mit der Freundin eines anderen schlafen. Er würde die Situation einer psychisch Kranken nicht ausnutzen. Dennoch, eine Freundschaft zwischen den beiden erschien Ben nicht plausibel. Er fühlte sich an Dinge erinnert, die Kate Ben erzählt hatte, Anomalien, die sich später als Symptome entpuppten.

Eines Tages begleitete Ben Kate zu einem Treffen mit einer Kundin für ein Wandgemälde, einer Freundin von Sabine, die sich in ihr Badezimmer die illusionistische Darstellung einer Grotte malen lassen wollte. Zu Bens Bestürzung erklärte Kate geradeheraus, sie sei psychisch krank, und begann, ihre Alternativwelt ausführlich zu beschreiben. Glücklicherweise war die Frau (eine unglaublich dicke Tierärztin, die ganz sachlich reagierte, was sie sofort sympathisch machte) von Kates Wahnvorstellungen fasziniert. Sie bat Kate, sich zu setzen und öffnete eine Flasche Wein. Der Mann der Tierärztin lud Ben zu einer Betrachtung seiner Sammlung historischer Waffen ein, »damit die Ladys in Ruhe plaudern können«, und Ben belauschte Kates Unterhaltung, während ihm der Mann verschiedene Gewehre in die Hand drückte. Sie verlief genauso, wie Ben es erwartet hatte, bis Kate sagte, dass das Schlimmste die

Einsamkeit sei. Niemand außer ihr erinnere sich an Kates Welt – sie sei mit ihrer Trauer über deren Verlust allein –, doch in diese Welt gehöre sie eben auch nicht.

»Gibt es jemanden, mit dem du darüber sprechen kannst?«, fragte die Tierärztin mitfühlend.

Dann gab es eine lange Pause. Bens Hand verkrampfte sich auf dem Enfield-Gewehr, das er gerade hielt.

Kate sagte: »Manchmal spreche ich mit meinem Freund José.«

Das Gegenstück zu dieser Szene war ein Gespräch, das Ben bei einem Mittagessen mit Sabine im *Amsterdam Bank* führte, der Lounge Bar in der ehemaligen Amsterdam Bank. An einem anderen Ort wäre es sicher anders gewesen (dachte Ben hinterher). Selbst tagsüber war es dort ohrenbetäubend laut: elektronische Musik und die Stimmen der Leute, die dagegen anbrüllten, klirrende Gläser und das Kreischen der Espressomaschine. Die Kellnerinnen waren allesamt Models und trugen eine Uniform, die aus kurzen Shorts und goldenen Bikini-Oberteilen bestand. Es herrschte eine Art Weimarer Atmosphäre, ausbeuterisch und krass, wie eine Orgie, die stattfindet, während die Auslöschung der Erde durch einen auf sie zurasenden Asteroiden kurz bevorsteht.

An diesem Tag unterhielten sie sich nicht über Kate, sondern über Sabines Job bei Credit Suisse und die Banker dort, die Schreianfälle bekamen, mit den Prostituierten angaben, die sie gefickt hatten, oder Intrigen gegeneinander schmiedeten, im Zuge derer sie buchstäblich zischten wie Kaa aus dem *Dschungelbuch*. Kindergartenkacke, sagte Sabine; sie wisse nicht, warum sie nicht einfach kündigen würde. Warum könne sie nicht so sein wie ihr Cousin Eddie, der Kaleidoskop-Erbe, der nicht das Gefühl habe, irgendetwas tun zu müssen? Der nach Capri und zurück fliege, Häuser in Maine kaufe, und das sei es auch schon.

»Du könntest etwas anderes machen«, sagte Ben.

»Ich mache schon etwas anderes.« Sabine hob ihr Glas an und stellte es wieder ab. »Guck mal, die haben mir drei Oliven in den verdammten Martini getan. Das ist eine vollwertige Mahlzeit. Ich sollte sie den Armen spenden.«

Dann erzählte sie von ihrer politischen Arbeit, aber mittlerweile hatte sie vergessen, ihre Stimme zu heben, und Ben konnte sie nicht hören. Seine Gedanken schweiften ab zu Sabines Magersucht – sobald sie Essen erwähnte, war es unmöglich, nicht an ihre Magersucht zu denken, die zeitweise so massiv gewesen war, dass sie einen Herzinfarkt erlitt; auf ihrem Küchenfußboden musste sie von Rettungssanitätern wiederbelebt werden. Das eine Mal, als er in Sabines Wohnung gewesen war – ein Penthouse mit zwölf Zimmern, in dem Sabine allein lebte und das ihrem Onkel gehörte, der zur Zeit auf Reisen war, um, wie Sabine es ausdrückte, »Afrika zu vergewaltigen« –, hatte Ben gesagt: »Wohnungen dieser Größe machen mir Angst.« Sabine hatte geantwortet: »Tja, es spukt auch. Ich bin hier gestorben.« (Doch Sabine ging es mittlerweile besser, also würde es vielleicht auch Kate besser gehen.)

In diesem Moment verstummte Sabine, und ihre Miene brachte eine unangenehme Überraschung zum Ausdruck. Eine Gestalt ragte hinter Ben auf – Oksana, die aus dem Nebel aus Lärm und goldenen, giraffenartigen Kellnerinnen herausgetreten war. Sie trug ein verblichenes Bikini-Oberteil und kurze Frottee-Sporthosen; beinahe die Parodie der Kellnerinnen-Uniform, obwohl es einfach eines ihrer bevorzugten Outfits war. Auf ihrer nackten Taille schimmerte das Muster der Schwangerschaftsstreifen, die

Arme waren überzogen von einer Ansammlung an Selbstverletzungsnarben und Tattoos aus Kugelschreibertinte.

Ohne Umschweife verkündete Oksana, dass heute ihr dreißigster Geburtstag sei und sie beschlossen habe, ihn zu feiern, indem sie jedem Mann, der mit ihr Sex haben wollte, tausend Dollar abnahm. Nur Ficken; andere Arten von Sex kämen nicht infrage, denn nur der Fick sei echt, der animalische Akt. Dies sei keine Prostitution. Prostitution habe sie schon hinter sich, also müsse sie es wissen. »Das Geld ist für mich als Mutter jetzt. Ich dachte, es ist vielleicht nicht genug, tausend Dollar, aber ich versuche es und sehe dann weiter.« Mittlerweile sprach sie Ben direkt an.

»Also ist es so eine Art Performance?«, fragte Ben, unangenehm berührt.

»Ich weiß nicht«, sagte Oksana. »Mir egal, was Performance ist.«

»Eine Form von Kunst, meine ich«, sagte Ben.

»Es kann Kunst sein, wenn jemand das denkt.«

»Sie will dich ficken, Ben«, sagte Sabine. »Das ist alles. Es ist einfach nur ihre abgefuckte Art zu flirten.« Sabine wandte sich an Oksana: »Ben hat eine Freundin. Eine Freundin mit *psychischen Problemen.* Benimm dich in meiner Anwesenheit nicht wie eine Fotze.«

»Vielleicht will ich Ben ficken, okay«, sagte Oksana. »Aber deshalb habe ich meinen Geburtstag nicht erwähnt. Und wenn ich ihn ficke, dann geht es andere Leute nichts an. Er ist kein Kind.«

»Ich habe keine tausend Dollar«, sagte Ben, und bemerkte zu spät, dass das die falsche Antwort gewesen war.

Angewidert schüttelte Sabine den Kopf. »Ich denke, wir sind hier fertig. Sind wir hier fertig, Ben?«

Und er ging nach Hause zu Kate. Und auch an dem Abend, als er mit den Leuten von ExxonMobil ausging, und Alicia – seine schöne, geistig gesunde Kollegin – ihm über den Arm strich, angeblich um den Stoff seines absolut gewöhnlichen Hemds zu fühlen, ging Ben nach Hause zu Kate. Er kam jeden Abend nach Hause, obwohl er jeden Abend einen Moment lang vor der Tür stehen blieb und nicht hineingehen wollte. Auf der Türschwelle sehnte er sich nach etwas, was er nicht in Worte fassen konnte. Er wollte seinen Vater anrufen, obwohl er wusste, dass sein Vater ihm nicht helfen konnte; sein Vater war an derselben Hürde gescheitert. Und er ging hinein, zu Kate, obwohl selbst ihr Anblick nicht das Problem lösen konnte, dass ihn die Sehnsucht nach Kate quälte.

Sie sagte: »Es gibt durchaus Dinge, die ich hier mag. Ich mag *dich*«, und es war nicht genug.

Er sagte: »Ich mag dich auch«, und es hörte sich falsch an.

Ben machte dicht. War außerstande, mit ihr zu sprechen. Seine Gedanken rasten vor und zurück, beharrten darauf, dass er sie bald verlassen müsse. Wenn sie sich liebten, konnte er die Vorstellung nicht abschütteln, dass es sexueller Missbrauch war, dass Kate nicht zurechnungsfähig war. An manchen Tagen war sie der personifizierte Schmerz. Sie litt den ganzen Tag lang, und er versuchte, sie aufzuheitern, scheiterte und fühlte sich so unbedeutend wie eine Mücke.

Die Heiratserlaubnis lag in der Schublade. Ben erwähnte sie nie, und Kate ebenso wenig. In seinen schlimmsten Momenten fragte Ben sich, ob sie überhaupt noch wusste, dass sie beschlossen hatten, zu heiraten.

Der letzte Tag begann mit unerklärlicher Anmut. Sie waren in der Wohnung in Queens und erwachten von heftigem, eigentümlichem Vogelgezwitscher. Schläfrig traten sie ans Fenster, wo sie beobachteten, wie ein neuer Nachbar einzog und Vogelkäfige trug, vier auf einmal. Unter der Platane im Hof standen bereits ein Dutzend Käfige auf einem Haufen. Vermutlich hatte er die Vögel als Erstes dort abgestellt, damit sie nicht in dem heißen Auto ausharren mussten. Aufgrund der unerklärlichen Anmut zögerten Ben und Kate nicht, zogen sich Klamotten über und gingen nach unten, um den neuen Nachbarn kennenzulernen, der sich nicht nur als Vogelliebhaber herausstellte, sondern als Ornithologe, und er erzählte ihnen von der eifersüchtigen Veranlagung der Kakadus und der empfindlichen Verfassung der Finken und dass er seinen Kanarienvögeln das Singen beigebracht habe, indem er ihnen Tonbänder von versierteren Kanarienvögeln vorgespielt habe, wobei es zu dem Nebeneffekt gekommen sei, dass seine Papageien und Hirtenstare und sogar manche von den Sittichen miteingestimmt hätten, weshalb sein Zuhause nun eine Kakophonie schlechter Kanarienvogel-Imitationen sei. Er habe den Versuch mit den Tonbändern aufgegeben und die Kanarienvögel verkauft, doch die anderen Vögel brächten sich den Gesang noch immer gegenseitig bei. »Langsam befürchte ich«, sagte er, »dass es sich auf alle Vögel der Welt überträgt.« Da sagte der Ara in dem Käfig zu seinen Füßen: »Du lieber Gott! Tu doch was, Jack!«, und der Ornithologe entschuldigte sich und wandte sich wieder dem Schleppen von Vogelkäfigen zu.

Von da an stand der Tag unter dem Zeichen der Magie. Es war Samstag; sie hatten den ganzen Tag frei, und die Temperatur lag bereits bei fünfunddreißig Grad. Sobald man einen Schritt nach draußen tat, war man schweißgebadet, schlaff und benommen. Aus irgendeinem Grund befreite sie das. Sie gingen frühstücken und bestellten

Schokoladenkuchen; eine genusssüchtige Fröhlichkeit lag in der Luft, die einfach passend erschien.

Als sie aus dem Café kamen, trafen sie auf ihre Nachbarin Paola, die ihre Dänische Dogge Gassi führte und weinte. Sie sagte, sie müsse ihre Mutter vom Krankenhaus abholen, habe sich aber aus ihrer Wohnung ausgesperrt und keine Zeit, den Schlüsseldienst zu rufen, dürfe den Hund allerdings nicht mit ins Krankenhaus bringen. Also übernahmen Ben und Kate den Hund – eine verantwortungslose, drachenartige, gescheckte Kreatur namens Butch –, gingen mit ihm zum Fluss und kauften ihm ein Eis, während der Schweiß in Strömen an ihnen herablief, bis Butch sich schließlich auf dem Gehweg niederließ, alle Viere von sich gestreckt, seine Zunge heraushängen ließ und sich nicht mehr vom Fleck rührte. Sie zerrten an der Leine. Sie redeten ihm gut zu. Warfen Stöckchen. Nichts half. Schließlich setzte sich Kate neben Butch auf den Boden und erklärte, dass sie zu Hause eine Klimaanlage hätten, und Butch nickte – er nickte wirklich –, stand auf und lief vernünftig nach Hause.

(Die ganze Zeit über hatte Kate kein Wort über ihre Welt oder den Traum gesagt. Ben begann zu glauben, dass die Tabletten wirkten. Sie hatten sich Zeit gelassen, aber nun wirkten sie. Es konnte noch alles gut werden.)

In der Wohnung streckte sich Butch auf dem Boden aus und nahm das Wohnzimmer von vorne bis hinten ein. Ben und Kate standen in der Tür und lachten über den Hund, bis ihnen die Augen tränten. Dann setzten sie sich in die freien Ecken neben dem Hund und sahen ein Video an – *Terminator 2* –, das von einer Frau handelte, die in einer psychiatrischen Klinik eingesperrt war, weil ein Zeitreisender sie vor einer kommenden Apokalypse gewarnt hatte. Es war so nah dran: Ben und Kate lachten hilflos, sie lachten, bis ihnen die Bäuche wehtaten. Es war ein Witz, den niemand sonst auf der Welt verstanden hätte.

Doch während des Films wurden sie nach und nach wieder nüchtern, bis ein Unwohlsein daraus wurde. Am Ende sahen sie noch den ganzen Abspann und fürchteten sich davor, was als Nächstes passieren würde. Irgendwann war es wirklich vorbei, und Ben stellte den Fernseher aus. Kate sagte: »Hör mal, wenn du Schluss machen musst, verstehe ich das. Ich weiß von deiner Mutter. Ich werde dir keine Vorwürfe machen. Musst du Schluss machen?«

Und Ben sagte: »Ja.«

18

Und schlafend in die Finsternis, die ein unbekümmerter Lenz war, reich an süßen, sternenklaren Nächten und einer nach Sternen schmeckenden Luft. Wach in einer hellen, kühnen Nacht, einer Nacht, um mit bloßen Füßen aus dem Bett zu schleichen und zu –

(du bist tränennass eingeschlafen, du hast dich in den Schlaf geweint wie ein Kind)

(dass jemand in der Nacht dir vergeben könnte; vielleicht gab es noch etwas Reines; du hast dich in den Schlaf geweint wie ein Kind).

Er erwartete sie.

Er stand in dem Garten, umgeben von der dunklen Welt, die nach Gras und Lavendel und Rosmarin duftete. Er nahm ihre Hand, als sie in den Obstgarten schlichen, eine Motte flog vor ihnen her und verschwand im Mondlicht. Über ihnen kreisten die Bäume im Wind. Sie schwiegen. Will breitete seinen Mantel auf dem Boden aus.

Seine Hände waren schwielig wie die Hände eines Handwerkers, wie die Hände von Emilias Geige spielenden Vettern. Sie rieben auf ihrem Schenkel; sie fühlten sich seltsam auf ihrer Möse an. Sie klammerte sich an ihn. Die Sterne standen vollkommen still am Himmel.

Als es vorbei war, dachte sie an Ben und weinte in einem Anfall von Sehnsucht. Will machte sich nichts daraus; Frauen taten das eben. Er streichelte sie geistesabwesend und sagte: »Ihr seid wie die zarten Blätter des Frühlings; wie Tau. Wie der frisch geborne Morgen süß und hell. Ihr seid alles Neue in der Welt.«

Vielleicht bedeutete es nichts. Es war eine Art Gefälligkeit. Vielleicht arbeitete er an einem Gedicht und hatte die richtige Formulierung noch nicht gefunden.

Sie sagte: »Nun, Ihr wisst, dass es falsch ist.«

(Doch keiner von ihnen erwähnte die Träume. Sie waren als Liebende zusammen, wie alle anderen echten Liebenden, wie der Wald und der Frühling; für den Moment war es genug.)

Dasselbe in einer weiteren Nacht. Und einer weiteren. Einer Nacht, in der sie Mary fortgeschickt hatte, damit sie und Will zusammen in Emilias Bett schlafen konnten. Kurz vor Sonnenaufgang schlichen sie die Treppen hinab in die Speisekammer und tranken Milch aus einem Krug. Sie küssten sich mit milchigen Mündern. Und wieder der Obstgarten, und die Kratzer auf ihren Schenkeln. Es war schon unverschämt, und alle wussten davon. Ihr Kopf war voll von dem Duft der mitternächtlichen Blumen, wie Geister der Blumen zu Tage; ihre Haut wund und aufmerksam, das Blut in ihrem Körper noch erfüllt von der Berührung seiner Hände.

In einer Nacht übergab sie ihm ein symbolisches Geschenk, ein parfümiertes Taschentuch, das mit Seidenspinnern bestickt war. In einer Nacht war er eifersüchtig und kam zu ihrer Tür; dann rief Mary (die ihn dafür hasste, kein Edelmann zu sein, und auf Southampton gehofft hatte) brüsk: »Fort mich Euch, wir werden Eure Unschicklichkeiten hier nicht dulden!« In einer Nacht vögelten sie im Obstgarten, während aus dem Nieselregen ein Wolkenbruch wurde; sie kamen tropfnass zurück ins Haus und stießen versehentlich auf den schaumigen Herrn – den Gelehrten Florio –, der in einem Schreibzimmer saß und las, umgeben von einem märchenhaften Kreis schiefer Kerzen.

»Macht Ihr des Nachts etwa Jagd auf Mylords Wild?«, sagte Florio mit einem süffisanten Grinsen Richtung Emilia.

»Nein, wir nahmen ein Bad, wie die Bettler es tun«, sagte Will, »in des Mondes Tränen. So sind unsre Gedanken reingewaschen von solch unkeuschen Launen.«

Woraufhin Florio ein verdrießliches Lachen von sich gab und danach einen Groll auf Will hegte.

In einer weiteren regnerischen Nacht saßen sie im Salon am Feuer. Die Katze mit dem silbernen Fell ging auf und ab, hielt inne, um neugierig an Emilias Zehen zu schnuppern. Dann sprach Emilia wehmütig von ihrem provisorischen Ehemann, ihrem Vetter Alfonso Lanier, und sagte, sie hoffe, dass sie ihn eines Tages lieben könne, damit sie ihm doch noch eine Gattin sein würde. Will schwor, dass dem niemals so sein würde. Er sagte, er wolle ein Schauspiel über den kläglichen Ehemann schreiben, das Emilia dann sehen und das sie von ihrem merkwürdigen Bestreben abbringen würde.

»Er ist nicht der Held eines Schauspiels«, sagte Emilia. »Er ist nur ein armer Musikant, kein unheilvoller König.«

»Nein«, sagte Will. »Es würde eine Komödie. Und eine Komödie braucht ihren Hahnrei; wer sonst soll das Gelächter schüren?«

»Sollen sie lachen oder nicht, lasst es ohne mich sein.«

»Nein, Madam, so sagt mir doch, wie Euer Gatte Euch Ärgernis gibt. Ich schneidere meine Verse danach.«

»Und wie gibt Euer Weib Euch Ärgernis?« (Denn Emilia wusste, dass Will eine Frau hatte, eine stumpfe, öde Ann, die zu Hause auf ihn wartete, Bier braute und fett wurde, und Will duldete keine Scherze über seine Ann.)

Nun aber sagte er: »Nun, sie gibt mir Ärgernis, wie der grausame Vogel mit dem harten Schnabel dem zarten Wurm Ärgernis gibt. Eine Komödie wollen wir schreiben:

Wenn ein Mann eine Frau hat, so muss sie widerspenstig sein. Nun also, Madam?«

»Und wenn er mir kein Ärgernis gibt?«

»Dann ist er kein Ehemann und auch kein Mann. Gebt mir nur einen Ast, einen Scherz drum zu schlingen, und ich will den Schurken hängen lassen.«

Dann triezte er sie – unnachgiebig, vergnügt, pflichtvergessen –, bis sie nachgab und sagte: »Er gibt mir Ärgernis, indem er aus meiner Tasche zahlt und die Juwelen verpfändet, die ich vor unserer Heirat besaß.«

»Ah!«, sagte er. Dann sah er ins Feuer und legte die Stirn in Falten. Emilia seufzte ungeduldig und hielt der Katze ihre ausgestreckte Hand hin – doch Will hatte sich ihr wieder zugewandt. »So sei es. Wir beginnen mit einem Gauner und einer Dirne, die in gemeiner Weise über Euren Gatten sprechen. Ein gebräuchlicher Behelf, der meist gelingt.

So spricht denn Sir Münzknapp: *Bei Gottes Brot! Dieser Lanier ist von der Sorte Rindvieh, die ihre Hörner nicht in Frieden tragen können. Nach jedem Pfennig muss er sie schütteln; wenn er sein täglich Futter an Goldes nicht hat, tritt er den Stall zu Splittern.*

Mistress Fehlgeld antwortet: *Nein, er ist ein achtbarer Ochs, von Engeln und Kreuzen genährt; der sanfteste, der je Münzen aus einer Frauenhand fraß.*«

Emilia sagte: »Nun macht Ihr mich meine Aufrichtigkeit bereuen. Mein Ehemann ist ein braver Jüngling und nahm sich meiner an, als kein andrer mich gewollt hätte. Er bezahlt von meinem Gelde – nun, kein Wunder. Hat er doch meine Börse geheiratet und nicht meine Person. Seine Plünderungen gefallen mir nicht, doch hat er meinen Hohn nicht verdient.«

»Und doch verfehlt die Szene ihre Wirkung nicht.«

»Könnt Ihr denn kein redlich Schauspiel schreiben, wo ein armer Mann für sein Handeln nicht verspottet wird, hätt ja ein jeder arme Mann doch dieselbe Tat getan?«

»Da sprecht Ihr weislich, werte Herrin«, sagte Will, »doch wird's ein trübes Schauspiel sein. Ihr macht ein Spiel zu buhen, Äpfel nach den Köpfen der Spieler zu schleudern. Ich habe ein Spiel, und Ihr habt keines.«

»Euer Spiel ist schal. Eine überrittene Mähre. Ihr verkauft Wein, der in tausend Mündern schon gewesen ist.«

»Und alle Münder haben ihren Beifall gerufen. Gäbe ich Euer Spiel der Truppe, sie trügen es sogleich zu Tom Nashe, dass er es noch einmal schreibe, mit Hahnrei und widerspenstiger Braut.«

Sie atmete verächtlich aus und sagte, sie kenne keinen Nashe; dann führte er sie in eine Vorratskammer und vögelte sie gegen die Wand gedrückt. Die Nacht war nah und weich. Das Klopfen des Regens an den Fenstern war ein unsteter Herzschlag. Sie empfand jeden Augenblick, jedes Blinzeln als eine Freude, als eine Tragödie. Jeder Atemzug war echt.

Sie erwähnten die Träume nicht. Er tat es nicht, und sie wusste nicht warum. Sie tat es nicht; sie hielt es für möglich, dass sie aufwachen könnte, sobald sie über die Träume sprachen, und diesem Schicksal wollte sie sich nicht mehr ergeben – dem der Verrückten, von Medikamenten aufgebläht, die wie auf Eiern ging und nichts verstand. Sie hatte die Wahl zwischen jenem Leben und den sternhellen Obstgärten, dem Wein und der Katze, die um sie herumschlich, um sie im Feuerschein zu begutachten, das Fell feucht von Tau und nach dem Rosmarin aus dem Garten duftend; die langen, sanften Tage. Die Entscheidung war eindeutig.

Doch dann, in einer weiteren Nacht, kam er in ihre Schlafkammer, nicht aus Eifersucht, sondern aus Angst. Er hatte von der Stadt jenseits vom Ende der Welt geträumt, den kaputten Türmen in ihren Mänteln aus schmutzigem Eis, ihrer Asche und ihrer Stille. Sie war mit ihm gegangen, und sie schlichen durch das im Schlummer liegende Haus. Dann sprach er von der Stadt – eine harmlose Erscheinung, die ihn nicht anrührte, und doch fürchtete er sie wie ein unzüchtiger Priester die Hölle. Dort war der Tod selbst zugrunde gegangen, und so musste die triste Ewigkeit fortbestehen. Sie konnte niemals zu Ende gehen.

Dann sprach er von seiner Zeit als »schlafender Jude«, in der er ein anderes Leben in seinen Träumen gelebt hatte. Er sei siebzehn gewesen, ein Grünschnabel wie alle anderen – doch jede Nacht sei er mit Alexander auf seinen Eroberungsfeldzügen geritten. Es sei der antike Osten gewesen, das makedonische Griechenland. Er habe einen bronzenen Harnisch getragen, der seltsamerweise einer nackten Mannsbrust nachempfunden gewesen sei. Er habe mit einem Speer gekämpft, den er einmal in den offenen Mund eines Mannes gestoßen habe; worauf der Sterbende seinen Kiefer zusammengedrückt und ihm die Waffe entrissen habe, und so sei sein Speer im Tumult verloren gegangen. In Persepolis, wo unglücklicherweise während der Schlacht der Regen in Strömen gefallen sei, habe Wills Pferd durch blutige Ströme waten müssen; es sei ihnen mit vier blutigen Strümpfen entstiegen und habe ein seltsames Lahmen davon behalten.

Der Traum sei größer als ein Traum. Es sei ein größeres Leben als das Leben. Und im Wachen sei seine Erinnerung verkümmert. Er habe die Namen der ihn umgebenden Orte vergessen. Vergessen, welcher Tag gestern gewesen sei, den Namen der Königin vergessen. Er sei aufgewacht, um plötzlich festzustellen, dass die Kirche Englands den Papst vor die Tür gesetzt habe und die Heiligen andere

Namen trügen. Man habe die Bären aus den Wäldern vertrieben, und die fransigen Störche seien aus den Lüften verschwunden. Sein Vater sei ein mittelloser Trunkenbold geworden, seine Mutter bleichgesichtig und zänkisch. Es sei ihm vorgekommen, als habe er tausend üble Veränderungen in die Welt geträumt.

»Ich war berühmt für meinen Wahnsinn«, sagte er. »Doch Gott sei gedankt, nun ist's vorüber.«

Sie waren in der Galerie stehen geblieben, vor den hohen Fenstern. Im Garten ging ein starker Wind; das Gras legte sich nieder und sprang wieder auf, wie von unsichtbarer Hand gestrichen. Sie sahen zu und fühlten, wie ihresgleichen fühlte, als läsen sie die sternklare Seite der Nacht, auf der geschrieben stand: *Wenn der Wind darüber geht, so ist sie nimmer da.*

Sie sagte: »Und hattet Ihr einen Freund wie mich in Griechenland? Gab es dort solche, die träumen?«

»Ay, der Prinz Alexander. Er träumte von Troja. Dort hatte er als Kassandra gelebt, die vor dem Fall der Stadt warnte. Jedoch, sie wurde nicht erhört.« Dann verstummte Will; eine momentane Unterbrechung.

Sie glaubte, er würde in Erinnerungen schwelgen, doch als er wieder zu sprechen begann, fragte er: »Und in der Zeit Eures Wachens, habt Ihr einen solchen Freund?«

»Ja«, sagte sie, und verstummte ebenfalls.

Nach einiger Zeit berührte er ihren Arm. Sie seufzte und sagte: »Doch Ihr träumt nicht mehr von Griechenland?«

»Nicht mehr. Seit zehn Jahren bin ich frei.«

»Frei«, wiederholte sie, »und wie wurdet Ihr befreit?«

Er lachte. »Fragt mich nicht. Denn ich habe hier keinen anderen Freund. Ich will Euch hierbehalten, um nicht allein zu sein.«

Dann führte er sie in den Garten, und im Schatten der Wälder vögelten sie zu den werbenden Rufen der Eulen; als sie ihre Augen öffnete, stand silhouettenhaft ein Fuchs auf dem sternhellen Rasen. Die Welt war vergessen. Sie vögelte, sie war echt. Sie liefen barfuß zurück durch das feuchte Gras, und sie leuchtete vor Angst, leuchtete mit dem Wissen, mit der Schwärze, die jenseits vom Ende der Welt wartete.

Mittlerweile waren ihre Schäferstündchen der Klatsch des Hauses. Die Leute feixten und genossen die auf den Kopf gestellten Verhältnisse: Emilia hätte Southamptons Geliebte sein sollen; war sie es nicht, ergab ihre Anwesenheit keinen Sinn. Es gab noch andere Liebschaften in Cowdray, doch ihre war das Chaos, das dem Haus Leben einhauchte; sie war der Lenz und der Inbegriff von Ausschweifung. Wenn es in dem Haushalt eine dionysische Anmutung gab, war es ihnen zu verdanken.

Sie gehörten Southampton. Wenn Will Sonette schrieb, priesen sie Southamptons Schönheit, nicht Emilias. Sie spielte zu Southamptons Füßen auf der Flöte; sie nähte Southampton ein Hemd aus feiner Baumwolle. Während dieser langen Frühlingstage waren sie Spielfiguren in Southamptons Idyll und stets besorgt, ihrem jugendlichen Herrn zu gefallen, so wunderbar und rein wie ein belebtes Juwel. Die Nächte waren somit eine schleichende Untreue, andernfalls wären die Tage eine Lüge. Oder andersherum; es war nie ganz klar. Und die Verwirrung erfasste alle Anwesenden.

Bald schon war die ganze Gesellschaft ruhelos, schlaflos, von wollüstigen Träumen geplagt. Der Gelehrte Florio begann ein Verhältnis mit einer Wäscherin, verzehrte sich jedoch nach Lady Danvers, die für den Grafen von Rutland schwärmte, der wiederum der jugendlichen Lady Montague schöne Augen machte, die, naiv wie sie war, ihren versoffenen Gatten verehrte. Selbst die Katze wurde von einer unerwiderten Leidenschaft für Sir Harry Danvers erfasst. Die Dienstmägde waren allesamt in Southampton verliebt, auf verzückte, hoffnungslose Weise, wie eine Sippschaft verliebter Dichter den Mond anhimmelt; wenn eine von ihnen plötzlich zu weinen begann, übertrug sich das auf eine andere und dann noch eine, bis das ganze Haus von den Wogen der unglücklichen Liebe erschüttert wurde. Mary, vom Geist der Erregung angesteckt, verkündete Emilia, dass sie, sobald sie erwachsen sei, Hofnärrin werden wolle; sie würde auf einer Kuh mit Schabracke reiten und vom Ast eines Baums in ein Fass stürzen, wie die Närrin Ihrer Majestät, Lucretia die Purzeltaube. Mehrfach waren kleinere Fälle von Unordnung zu verzeichnen. Ein Pförtner schlug seine Frau, und sie floh in die Nacht und riss sich die Haare aus. Im Neptunbrunnen wurden Strümpfe gefunden. Die Pferde in den Ställen wieherten und traten aus.

Als Letzter fiel Southampton. Es begann mit einem Brief eines Freundes, der »Euren Herrn Shakspear« erwähnte und berichtete, dass seine Dichtung *Venus und Adonis* in den Anwaltskammern sehr in Mode sei: »Keine Zeche mehr ohne einen Vers daraus.« Southampton ließ sich eine Abschrift des Gedichts bringen – das, wie alles, was Will schrieb, ihm gewidmet war – und las es an einem regnerischen Tag in Gänze. Er sah sich selbst in der Gestalt des edelmütigen Adonis und holte bei Will die Bestätigung ein, dass er gemeint war; dann erkundigte er sich bei jedem, ob er denn wirklich als so tugendhaft gelte. Er las die Verse des Adonis laut vor und lachte und bestand darauf, dass alle die Geistesschärfe dieser honigsüßen Dichtung bewunderten.

Am nächsten Tag trug Will die Anstecknadel des Grafen an der Livree, ein Falke in Emaille und Gold, den er fortwährend geistesabwesend hinter seiner Hand verbarg. Er speiste an Southamptons Tisch; man gab ihm einen Anzug aus des Grafen abgelegter Kleidung. Eingeschlossen in dessen Gemächer verbrachte er eine ganze Stunde mit dem Grafen, während um sie herum das gesamte Haus zunehmend ungehalten wurde. Die Mägde zankten sich. Vicomte Montague trank. Der Graf von Rutland sagte, dass man, wenn die Theater geschlossen werden müssten, die Schauspieler darin einsperren solle, damit sie das Land nicht weiter mit ihren Infektionen überzögen. Sir Harry Danvers fügte hinzu, dass jedes Theater ein Freudenhaus sei, dass die Schauspieler Kuppler seien, die sich an den Huren bereicherten, die sich unters Publikum mischten; daraufhin absentierte er sich, um Billard zu spielen und die Katze mit dem Queue zu scheuchen. Selbst Lady Montague sagte, es sei doch sonderbar, dass ein so spröder Mann diese Bevorzugung genösse; die Poesie sei eine wunderbare Sache, das wisse sie, eine großartige Sache. Dennoch sei es sonderbar.

Als Will und Southampton schließlich wiederauftauchten, hatte Southampton einen gleitenden Gang und schien wie benommen. Sein Blick richtete sich immer wieder auf Emilia – und beim Abendessen sprach er von der Liebe der Poeten und Hirten, ihrer freien und anmutigen Liebe. Er fragte sich, warum Edelmänner der Keuschheit verpflichtet seien, während die anderen Männer mit den Mägden der Liederlichkeit frönten. Will sprach kein Wort. Er sah aus, als würde er nachdenken, und wieder und wieder zum selben freudlosen Schluss kommen.

In jener Nacht präsentierte Mistress Bewley der Gesellschaft eine Maske, die das Laster darstellte – gehörnt, krumm und schwarz, und die sie Montague für seine trunkene Lüsternheit überreichte. Montague schleuderte sie nachlässig zu Danvers, der sie sofort ins Feuer warf. Southampton sprang auf und entriss die Maske den Flammen. Er hielt sie empor, schwelend und rauchend, ließ sie dann fallen und trat sie aus. »Wie eine Leinwand«, sagte Mistress Bewley, »die den Triumph der Tugend über die Sünde zeigt. Mylord hat das Laster mit seinem Absatz zertreten.«

Und als Emilia in jener Nacht zu den Wäldern schlich, war es Southampton, der unter den Bäumen wartete, sein rotbrauner Schopf stumpf und glanzlos unter dem verhangenen Mond. Er trug Wills Mantel. Er war grimmig, er war zögerlich; und mit einem Mal erkannte sie mit einer wütenden, erniedrigenden Sicherheit, dass er schwul war. Sie sollte ihn vögeln, damit er nicht erfuhr, dass er schwul war. Will hatte ihn mit dem Mantel geschickt, weil Will nicht schwul war; und ein Mann konnte seinen Körper nicht auf diese Weise hergeben, sei es aus Großzügigkeit oder Mitleid, um den großen Herrn zu besänftigen. Er konnte nicht zugleich Mann und Hure sein.

Also tat Emilia, was eine Hure tun musste, wie eine Närrin, die eine Kuh mit Schabracke reitet und in ein Fass stürzt, um ihre Herrin zu unterhalten. Sie legte sich auf den Boden, und die hin und wieder aufblinkenden Sterne wirkten gefangen oder erstickt zwischen den nach ihnen greifenden Ästen. Eine Eule rief, und sie hasste die Eule. Sie wollte, dass die Eule sie befreite. Sie half Southampton mit ihrer Hand, und die feuchte, warme Haut seines Glieds war ein Grauen, obwohl sie gar nichts war. Haut. Er schloss die Augen und sein Gesicht war eine Skizze der Abscheu. Sie schloss die Augen. Es musste nicht echt sein.

In ihren Gedanken murmelte eine Stimme den Refrain von »Tom o' Bedlam«:

Indes ich singe um Nahrung, um Speise
Speise, Trank, oder Kleidung,
ob Fräulein, ob Magd, komm, fürchte dich nicht,
Tom der Arme tut nichts zuleide

Als es getan war, verließ er sie ohne ein Wort. Sie erhob sich allein von der Erde. Ging durch die leeren Gärten, wo die Katze lautlos jagte, unter die Hecken kroch und ihren Schwanz einrollte. Ein leichter kühler Regen fiel, und sie zog ihren Mantel aus, um ihn auf ihren Armen zu spüren, während sie zurück zum Haus ging. Sie war allein wie eine Katze, wie eine Eule, als würde sie – völlig unbeobachtet – aus ihrem menschlichen Leben hinaustreten.

Das Erwachen am nächsten Morgen. Eine Stunde, in der sie ins Laken weinte, das Laken durchsichtig und matt über ihrem Gesicht, Marys schlafendes Gewicht, das gegen ihren Arm drückte. Dann, beim Frühstück, erschien Southampton an ihrer Seite und war plötzlich wieder ein Junge, auf eine asexuelle Weise hübsch, verwirrt. Er führte sie in die Große Halle und überreichte ihr ein parfümiertes Sonett in der gestochenen, routinierten Handschrift eines Mannes, der das Schreiben gewohnt war – Wills Handschrift. Es lautete:

Schwarz galt für schön nicht in der alten Zeit,
Und war es schön, ward es nicht so genannt,
Doch Schönheit ward durch falsche Schmach entweiht
Und Schwarz heut als ihr Erbe anerkannt …

Und sie verstand, dass Southampton Will in der Nacht geweckt haben musste, um von seiner Großtat zu berichten; er hatte einen Mann gebraucht, der ihm versicherte, dass es richtig gewesen war, dass alle Männer es taten. Will, der auf genau die erforderliche Weise lachte, seine Feder zückte und ihm dieses Gedicht nahelegte. Sie zwang sich, die Seite zu überfliegen, ihr wurde heiß und sie fühlte sich, als wäre sie gar nicht da. Das Ganze las sich wie ein zweifelhaftes Kompliment, eine neckische Stichelei auf ihr mohrenhaftes Äußeres. Will hatte gewusst, sie würde wissen, wer die Zeilen verfasst hatte. Es war ein Augenzwinkern hinter Southamptons Rücken.

Und sie dachte zurück an die Zeit im Haus ihres Vetters in Horne, als sie auf dem Virginal gespielt und Will dazu eine trübselige Ballade gesungen hatte, die von einer Maid handelte, die unter einem Baum entehrt worden war und sich an einem Ast jenes Baums erhängte, woraufhin der Baum den ganzen Winter lang Blüten trug. Er sang in einem fisteligen Heulton und zog solche Grimassen dabei, dass die ganze Gesellschaft vor Lachen brüllte.

Southampton beobachtete sie und fürchtete sich vor ihr. Er war ein Kind.

Sie sagte: »Es tut mir leid, Mylord. Es gefällt mir nicht. Es lobt die dunkle Farbe, doch ist es selbst ein geschminktes Gedicht. Es hat nicht Eure gewohnte Lauterkeit.«

Der Graf errötete. Sie drehte sich instinktiv zu ihm und er nahm ihren Arm. Sie gingen gemeinsam zurück, der Regen ließ die Fenster erzittern, das Licht war grau und verschwiegen. Und als sie die Treppe erreichten, blieb er stehen und sagte: »Und doch liebe ich Euch. Das war nicht unaufrichtig. Und wenn Ihr es Euch gefallen lasst, will ich gut für Euch sorgen.«

Und sie ging zurück in ihre Kammer, wo Mary sie frohlockend erwartete – sie wusste von Southampton, wie Bedienstete alles Verborgene kannten. In ihrer triumphierenden Laune führte Mary ihre neuen Narrentricks vor: Sie schlug Purzelbäume auf dem Fußboden, kaute Binsen wie ein Esel. Dann saß sie brav zu Emilias Füßen und ließ sich die Heubüschel aus den Haaren ziehen. Emilia sagte: »Ich könnte nicht von dir scheiden, kleiner Schelm. Von allen närrischen Dingen kann ich dich nicht ziehen lassen.«

Mary sagte schläfrig: »Warum aber sollten wir voneinander scheiden?«

»Willst du denn nicht von dannen ziehn, und eine große Hofnärrin zu sein?«

»Nein, ich wäre Euch Närrin und Dienstmagd zugleich, sodass Ihr kein andres Mädchen braucht.«

Dann lehnte sich Mary an Emilias Knie und schloss die Augen. Emilia zupfte weitere Strohhalme aus ihrem Haar, und eine Zeit lang plapperte Mary von der unbekannten Sprache, in der Gott zu Adam im Garten Eden gesprochen habe und fragte sich, ob die Tiere diese Zunge verstünden, damit Adam den Wolf schelten könne, wenn dieser nicht friedlich beim Lamm liegen wolle. »*Blotona lona*«, sagte Mary und erriet die Laute, »was bedeutet: Beiß ihn nicht, Wolf.«

Emilia lächelte über ihrem Scheitel und streichelte sie, bis Mary eindöste. Dann blickte Emilia ins Feuer und erkannte die flackernde Gestalt der schrecklichen Stadt darin, ihren Himmel, der von trüber Morgenröte durchströmt wurde, die Asche und den Staub, die schwebten wie Atem. Sie wirkte vertrauter und näher als zuvor. Es war ein Ort. Es war ein Tag, der kommen würde. Gleichzeitig war es gemütlich in dem Raum, mit Mary, die an ihre Knie gelehnt schlief, und dem Regen in kameradschaftlicher Tristesse am Fenster. So verging eine Stunde an Emilias letztem Tag; sie streichelte Marys Kopf und überlegte, ihr ein Schmuckstück oder ein Gewand als Andenken zu geben. Doch ein Bediensteter hieß Emilia, in die Galerie zu kommen, bevor Mary erwachte, und so ging die wunderliche Laune verloren.

Den ganzen Tag über regnete es und es wurde immer düsterer, bis es Schatten zu regnen schien. Die Gesellschaft versammelte sich in der wegen des Regens beleuchteten Galerie und spielte Wahrsagen mit einem Buch von Vergil. Die immer gleichen Gesichter: der blonde Rutland und der grimmig dreinblickende Danvers; Montague, rot und betrunken, der seine zierliche, mondgesichtige Gattin missachtete; Florio, der seinen Bart rasiert hatte und nun den Ausdruck zarter, kahler Überraschung trug; Will Shakespeare. Und der Graf von Southampton, hübsch wie eine Libelle, der Emilias Blicken jetzt auswich und ganz von Will eingenommen war.

Will stand neben Southamptons Ellenbogen. Auch er wich Emilias Blicken aus. Sie war allein.

Und es fügte sich zu einem Muster, schwarz und weiß. Von Beginn an, als sie Will kennengelernt hatte, war sie ein Werkzeug gewesen, das der Größe des Meisters Shakespeare zuarbeitete. Sie hatte ihm geholfen, Southamptons Gunst zu gewinnen. Sie hatte ihn vor seinem frühen Tod bewahrt. Sie hatte sich den Kopf zerbrochen, hatte geplant, doch am Ende des Tages hatte Will, was er brauchte, und sie hatte geliefert. Nun hatte sie ihren Körper wie ein wertloses Ding hergegeben, damit Will seinen Mäzen sicher behalten konnte. Will hatte, was er brauchte, und sie hatte geliefert.

Und dennoch stand die Welt in Flammen. Sie sah ihn an und hasste ihn und wünschte, er würde zur Hölle fahren. Er sah sie nicht an.

Der Einband des Vergil-Bands war mit Southamptons Wappen bestickt. Um sein Schicksal zu erfahren, öffnete man das Buch an einer zufälligen Stelle. Der Vers, auf dem der Finger lag, sagte die Zukunft voraus. Sie alle kannten Vergil gut und schwindelten, indem sie eine schmeichelhafte Passage anpeilten; die Herren fischten nach Heldentaten und die Damen nach edler Liebe. Emilia fischte ebenfalls, doch ihr Finger irrte sich. Sie öffnete das Buch beim Fall Trojas. Mit ruhiger Bescheidenheit las sie den lateinischen Satz und übersetzte: »Fürwahr schien mir hinabzusinken in Feuer Ilium, und aus dem Grunde gewühlt die neptunische Troja.«

Die anderen lächelten mit unterdrückter, erfreuter Boshaftigkeit. Es lag etwas Unbeständiges in der Luft.

Emilia sagte: »Nun, meine Herren, das macht alles zunichte. Es scheint, das Land muss in Flammen aufgehn, während Ihr Euch Eures glücklichen Schicksals freut. Vielleicht ist der Triumph eitel.«

»Nein, der Vers ist nicht für uns«, sagte Danvers gereizt. »Jeder wählt sein eigen.«

Southampton sagte höflich: »Vielleicht prophezeit er die Plünderung Londons durch die Spanier.«

»Die Flammen könnten für die Liebe stehn«, sagte Lady Montague. »Die Liebe ist der Frauen Verhängnis.«

Emilia sah noch einmal auf die Seite Vergils – und die ordentlichen Wörterreihen veränderten sich leicht. Verschwammen. Sie wurden zur vertrauten schartigen Silhouette einer Stadt, verkohlt und ohne Himmel. Und dieses Rauschen in ihrem Kopf. Ein Geräusch, das kein Geräusch war. Für einen Moment befand sie sich in der geschwärzten Stadt, mit den Hülsen der toten Käfer, die sich in Verwehungen sammelten, mit dem Eis und der ewigen Zeit. Das Ende der Welt.

Als das Zimmer wiederkehrte, war keine Zeit vergangen, doch sie sagte mit harscher, brüchiger Stimme: »Nein, ich weiß es. Er kündet vom Ende der Tage.«

Will zuckte zusammen, und die anderen sahen sie finster an. Danvers sagte kühl: »Es ist nicht so.«

»Ist's nicht möglich?«, sagte Lady Montague ängstlich.

»Ist es«, sagte Emilia (und ihre Stimme klang hohl), »denn steht nicht geschrieben: ›Da geschah ein großes Erdbeben, und die Sonne wurde schwarz wie ein härener Sack, und der ganze Mond wurde wie Blut, und die Sterne des Himmels fielen auf die Erde, und der Himmel wich wie eine Schriftrolle, die zusammengerollt wird.‹« Sie fügte hinzu: »Ich sah es im Traum. Und ich weiß, ein weiterer unter uns sah es ebenso.« Sie blickte Will direkt an. Sein Gesicht war bleich.

»Doch ist's nicht so«, sagte Danvers.

»Madam«, sagte Florio, »ich möchte erbitten, uns mit diesen widertäuferischen Ketzereien zu verschonen. Welch betrübliche Unterhaltung für einen Regentag.«

Lady Montague erwiderte: »Doch Mistress Lanier spricht wahr. Denn England wird von der Seuche heimgesucht. Schickt nicht Gott in der Offenbarung die Pestilenz?«

»Es ist nicht die erste Seuche in England«, sagte Florio, »und ist's auch schmerzlich, so ist es kein Wunder.«

»Und wir sind wohlbehalten, fern des giftigen Hauchs der Stadt«, sagte Rutland. »Wenn es eine Seuche gibt, wissen wir kaum davon.«

»Nein, doch werden wir von einer wandelnden Infektion geplagt, die uns bis in unsere Betten verfolgt«, sagte

Danvers.

Eine unangenehme Stille trat ein. Einige verstohlene Blicke trafen Emilia.

Rutland kam ihm zu Hilfe: »Er meint die Katze.«

Und die Gesellschaft lachte, schon weit hinfort getragen. Will beobachtete Emilia, er war bleich. Die Fenster schäumten und tanzten im Regenschein. Alles war auf unangenehme Weise lebendig. Ein tiefer Brunnen. Und an Will gerichtet sagte sie beinahe hysterisch: »Und doch soll es eine solche Stadt geben, und ihr Volk wird vernichtet sein. Es soll Sodom geben, und was lebt, muss brennen.«

Abrupt drehte Will sich um und verließ mit großen Schritten den Raum. Die anderen schreckten auf und reckten sich, wie von einer Bö erfasste Bäume. Southampton stand mit einem Mal auf und folgte Will – und die Welt kreiste. Es schien, als hätte ein Windhauch Southampton hinausgeweht und die Tür hinter ihm ins Schloss fallen lassen. Er blies die Lichter aus, und die Szene wich wie eine Schriftrolle, die zusammengerollt wird. Sie fiel, als setzte ein großes Herz aus.

An einem kühlen grauen Morgen saßen sie und Will zu Pferde. Allein: Und zum ersten Mal wusste Emilia nicht, wo sie war. Die Gräser, die die Straße überwucherten, sahen unnatürlich grün aus unter dem lichtlosen Himmel. Kleine Grashüpfer sprangen unter den Hufen der Pferde empor, stoben in Mustern auf wie spritzendes Wasser. Sie wusste, dass sie Cowdray verlassen hatte, doch wusste sie nicht, warum.

Und eine Zeit ohne Einzelheiten glitt vorüber: die spritzenden Grashüpfer und das Grün auf der Straße, etwas, das knapp außerhalb ihres Sichtfelds geschah. Sie hatten angehalten. Da war ein Wald. Will führte sie, wie Emilia für gewöhnlich geführt wurde. Da waren der Mantel und die Form der Zweige darunter, die Schärfen unter ihrem Rücken. Sie wachte und dämmerte abwechselnd, schrie, wie Frauen schreien.

Und hörte auf. Es war echt: sein Schweiß auf ihrem Schweiß, die Eiseskälte, wo ihr Bein nackt lag. Er rollte sein Gewicht von ihr und ließ ihre helle, nackte Möse offen an der Luft. Er seufzte und er redete, wie jeder Liebhaber es täte. Er erzählte ihr aus seinem Leben.

Er sagte, in den Tagen seiner jugendlichen Träume habe er geglaubt, durch seine Träume die Menschheit erlösen zu können. Doch er habe geträumt und sei erwacht, und die Dinge seien in einen widernatürlichen Fluss gekommen, hätten ihren Sinn und ihre Schönheit verloren. Es gebe nichts, das nicht schlimmer geworden sei. Habe eine Frau einen Kuchen gebacken und würde ihn über Nacht auskühlen lassen, Will würde ihn bis zum Morgen zu Asche geträumt haben. Seine eigenen Erinnerungen würden verfälscht; sein Wissen habe sich in dampfenden Wahn aufgelöst. »Man sagt, dass eine Fledermaus, von einem Blatt getroffen, jede Erinnerung verliert. So erging es mir; das Leben schmolz im Schlaf mir dahin. Meine eignen Träume gingen schließlich in Schlaf auf, und Alexander erschien mir nicht mehr.

Was blieb, waren nur die Gestalten meiner Einbildung, die Narren und Widerspenstigen und die traurigen Könige. Was ich in die Luft geschrieben, war von größerer Dauer als die Menschen und ihre Königreiche, ihre Götter. Und ich schwöre, es ist von schrecklicherer Größe als die roten Speere des griechischen Heers, und durch seine Schaffung bin ich größer als Alexander.

Also, Madam, sollen meine Schauspiele gedeihn. Ihr mögt sagen, es tut nichts; wir vergehn zu Asche allesamt.

Doch sind sie alles, was ich zu lieben sah.«

Emilia versuchte, zu denken. Es war eine Anstrengung, wie gegen den Strom der Welt zu schwimmen. Dann traf Wills Blick den ihren, und sie fing ihn auf. Sie sagte: »Und hatte Alexander solchen Wunsch?«

»Vielleicht«, sagte Will, »denn er hat Troja in Asche gesehn und die Welt. Dennoch eroberte er Asien, wie ein Kind vom Spiel nicht lässt. Er verlangte nach Größe wie nach einer Puppe.«

»Und machte er um seiner Größe willen von Euch Gebrauch?«

Wills Mund wurde schmal. »Ay, er stellte die kleinen Dinge in den Dienst der großen. Er war kein Antonius, der für die Liebe sein Reich verlor.«

»Doch muss das Reich brennen. Die Welt muss in Flammen stehn.«

Dann schien es, als würde Will etwas erwidern wollen, doch er sagte nichts.

»Ich bitt Euch«, sagte sie und ihr Atem ging schnell, »wenn es irgendeinen Weg gibt, das Übel aufzuhalten –«

Doch Will hatte sich abgewandt. Er strich seine Kleider glatt. Und nun sagte er, dass er sich zwar an Alexander erinnere, doch nur blass. Tatsächlich bezweifle er, dass irgendein Mann sich aller erlebten Dinge erinnere, von denen er spräche, seien sie im Traum oder im Wachen geschehen. »Der alles zu erinnern sucht, ist wie ein Mann, der auf dem Ozean segelt und ihm die Stille befiehlt.«

»Wenn der Wind darüber geht«, sagte sie, und es klang hohl, »so ist sie nimmer da.«

»Seid Ihr wohlauf, Mylady? Sollen wir reiten?«

»Nein, doch sagt mir, wohin des Wegs. Meine Erinnerung täuscht mich. Es ist, wie Ihr sagtet; sie ist Wasser.«

Er sagte es ihr, und sie hörte zu und starrte wie ein stiller Vogel. Sie versuchte, zu atmen. Sie fürchtete sich. Sie sah die angebundenen Pferde, die braunen, glänzenden Gestalten, gebrochen und gekreuzt von den lichtlosen Umrissen der Zweige. Vor der weißen Sonne. Ein schwarzes Blinzeln.

Sie ritten wieder, in einem Licht so weiß wie eine leere Seite. Surrey, dorthin waren sie unterwegs. Horne in Surrey. Sie hatten sich bei Southampton in Cowdray mit dem Grund entschuldigt, dass Emilia zu ihrem Kind wolle. Sie waren unterwegs zu ihrem Vetter Andrea Bassano – Will, ein Freund des Vetters, ihr Weggefährte. Sie erinnerte sich nun, und es fügte sich zu einem stimmigen Bild.

Doch für die Dauer eines Augenblicks spürte sie auch, dass es ein Traum war, dass Will diese Welt erträumt hatte. Er hatte ihre Reise gesungen und ihre Tage erzählt. Er hatte sie aus dem Bett herausgeschrieben, die Treppe hinab in die warmen weichen Nächte. Sie hatte keine Welt. Sie hatte die Freiheit, eine Närrin zu sein. Dies war nichts als eine Seifenblase aus Wills Atem. Er würde sie mit seinen Fingern zum Platzen bringen, und sie wäre frei.

Doch nein, er wusste nichts. Er war nichts: nur ein Mann.

Es wurde dunkel. Das Atmen wurde ihr schwer. Sie ritten immer schneller. Sie hörte »Tom o' Bedlam« in ihren Gedanken, schneller und schneller. Die Nacht brach herein, und sie galoppierten. Die Wolken rasten über ihnen dahin, blau und schwarz.

Und das gepflegte Anwesen aus Backstein war nun auf dem Hügel zu sehen, sein schlammiger Hof breitete sich vor dem Tor aus. Das Schwingen und Fallen des Absteigens, es flog in alle Richtungen. Es blieb.

Dann ihr Vetter Andrea und die Begrüßungen, die in einem Lichtblitz, in einem kurzen Aufflackern von Lärm vorübergingen. Sie gingen durch das Haus, ihre Stiefel dröhnten, quietschten, vorbei an jener Stelle, an der sie Will zum ersten Mal gesehen hatte, wo er aufgetaucht war in seinem Körper und ihr Leben zerbrochen hatte. Ihr Kind schrie. Das Glucken der Amme war wie ein Metronom in dem wallenden Geschrei. Will war nicht hinter ihr. Es war fast vorbei. Emilia öffnete die Tür zur Werkstatt.

Da waren die gebogenen, finsteren Umrisse halbfertiger Schalmeien und Geigen, die Beitel auf den Regalen und das dumpfe trübe Licht. Die bemalte Wiege stand dort, die Amme hockte daneben auf einem Sägebock.

Emilia tat einen Schritt vor, und das Kind war ein Traum. Es wand sich unnatürlich, schlug mit den unechten flachen Armen. Die Welt wurde schwarz.

Kate erwachte an einem hohen, ausgesetzten Ort. Ein Wind blies und brachte Brandgeruch mit sich, unheimlich und schwindelerregend unter dem blauen Himmel. New York. Sabines Dachterrasse. Sie erkannte es an den Umrissen. Sie versuchte sich aufzusetzen und spürte einen heftigen Widerstand, fremd und vertraut zugleich. Ihr Bauch erwachte, prall und zwickend und gewaltig. Sie spürte einen Stich im Rücken. Sie war schwanger.

Am Horizont entfaltete sich eine Rauchwolke, die die Stadt darunter verblassen ließ. Wunderschöner, katzengrauer Rauch, doch ein stechender Geruch lag in der Luft, wie von einem Matratzenbrand. Ein trüber Mantel hüllte den ganzen südlichen Himmel ein. Die Schwaden in der Mitte schienen steil zu ihr aufzuragen, obwohl sie starrte und starrte und sie auf gleicher Distanz blieben.

Doch dies war nicht die apokalyptische Stadt. Sie lebte. Von unten war noch das Murmeln des Verkehrs zu hören. Alle Gebäude, die sie sehen konnte, waren ganz. Sie war nicht gescheitert – oder wenn sie gescheitert war, lebte sie noch nicht in der gescheiterten Welt.

Sie brauchte eine Weile, um auf die Beine zu kommen. Als sie die Treppen hinabging, musste sie sich auf dem Geländer abstützen; das Baby trat und ihr Rücken war verkrampft. Das oberste Stockwerk der Wohnung war still und verlassen: Auf den Betten lagen die blanken Matratzen, die Fenster hatten keine Vorhänge. Kate vernahm das schwache Plappern eines Fernsehers. Sie folgte ihm in das untere Stockwerk.

Im Wohnzimmer traf sie auf Sabine und Ben und Martin und Martins Ex-Freund James. Sie alle hockten nach vorn gebeugt vor dem Fernseher. Auf dem Bildschirm waren Trümmer und Rauch zu sehen, und ein Reporter redete schnell und angespannt. Dann wechselte das Bild zu der Aufnahme eines Wolkenkratzers, stählern, grau und anonym; ein kleines Flugzeug stieß in seine Flanke und verursachte einen feurigen Bausch.

Es herrscht Krieg in dieser Welt, vermutete Kate, ein Krieg, in dem Flugzeuge als Waffen eingesetzt wurden. Der Wolkenkratzer schien von großer Bedeutung zu sein, doch sie konnte nicht sagen, wie lange der Krieg schon im Gange war. Sie wusste nicht, ob sie schon über den Wolkenkratzer Bescheid wissen sollte. Sie hatte keine Ahnung, was ein normaler Mensch sagen würde.

Schließlich sagte sie: »Ich bin gerade erst aufgewacht. Ist etwas Wichtiges passiert?«

19

Als Ben am Morgen bei der Arbeit erschienen war, hatte er von nichts gewusst. Er befand sich in Midtown, und die Türme waren noch nicht eingestürzt. Als er aus der Bahn stieg, war der Himmel blau. Er kam ins Büro und sah, dass sich alle um einen Fernseher versammelt hatten, mit angespannten Rücken, und ein Mann sagte nervös: »Wir sollten verschwinden. Wir sitzen hier wie die Kaninchen vor der Schlange.«

Zunächst dachte Ben, es sei irgendetwas mit Exxon-Mobil passiert. Dann bemerkten sie ihn und fingen an, aufgeregte Erklärungen abzugeben, wobei sie durcheinanderredeten und einander widersprachen. Im Fernseher flogen Flugzeuge in Türme, immer wieder, aus verschiedenen Blickwinkeln. Winzige Gestalten sprangen aus Fenstern und stürzten herab. Bens Körper verstand und war berauscht vor Angst, schwitzte und wollte auf etwas einschlagen, während er sich selbst sagte, es könne unmöglich so ernst sein, wie es schien. Weitere Mitarbeiter trudelten ein, und als Ben in die aufgeregten Erklärungen einstimmte, änderte sich die Berichterstattung. Das Pentagon sei angegriffen worden. Danach traute Ben sich nicht mehr, das Fernsehbild aus den Augen zu lassen.

Dann schien es eine lange Zeit so weiterzugehen, während sie alle wie angewurzelt dahockten, in statischer Hysterie, und immer wieder zum Fenster trotteten, wo es nichts zu sehen gab, und aufgeregt durcheinanderredeten und einander aufforderten, still zu sein und wieder durcheinanderredeten. Einige Leute versuchten zu telefonieren, wieder und wieder, bis das repetitive Hämmern auf die Tasten wie eine neurotische Zwangshandlung wirkte. Manche hielten einander an den Händen, und Ben fühlte sich ausgeschlossen, obwohl er erst seit ein paar Monaten dort arbeitete. Er schloss sich einem Grüppchen an, das darüber spekulierte, wer die sein könnten. Einer behauptete, eine palästinensische Gruppierung habe sich zu der Tat bekannt. Ein anderer sagte, sie hätten die Verantwortung *geleugnet*. Bens Vorgesetzter verkündete mit herrischem Tonfall, die Leute von Osama bin Laden hätten das World Trade Center schon zuvor bombardiert. Eine Frau aus der Marketingabteilung sagte: »Also trifft der Blitz doch zweimal?«, und lachte schrill hinter vorgehaltener Hand. Ben versuchte, sich einzubringen: »Ich glaube, sie nennen sich Al-Qaida«, woraufhin sich erst alle Blicke auf ihn richteten, dann wieder abwandten. Es folgte ein verlegenes Schweigen, bei dem Ben sich seines leicht nahöstlichen Aussehens bewusst wurde; es war dieses Unbehagen, das ihn beim Sicherheitscheck am Flughafen immer überfiel. Er fügte an: »Ich weiß nicht, ob ich es richtig ausspreche.«

In diesem Moment zeigte das Fernsehbild, wie der Südturm einstürzte. Alle wichen zurück und bedeckten ihre Gesichter. Der Turm zerfiel still und verwandelte sich in eine gigantische Rauchsäule, während der Nachrichtensprecher mit unangemessen ruhiger Stimme erklärte, es habe eine furchtbare Explosion gegeben. Sie fluchten und forderten einander auf, ruhig zu sein und fluchten wieder; ein Mann warf sein Telefon an die Wand. Dann ein leichtes, sonderbares Frösteln: in den Fenstern, die zur Thirty-Fourth Street hinausgingen, hatte sich der Himmel getrübt und verdunkelt, während die Fenster zur Madison Avenue nach wie vor in klarem Blau erstrahlten. Ben wurde übel, gleichzeitig verspürte er eine eigenartige Erleichterung, als er dachte: *Jetzt muss noch der andere Turm fallen, und dann ist es vorbei.*

Nachdem es geschehen war, zerstreute sich die Traube. Ben ging mit der zweiten Welle hinaus und konnte nicht umhin, zu bemerken, dass alle einander umarmten, ihn aber niemand umarmen wollte. Er war eben neu, hatte noch keine Freundschaften geschlossen. Er sollte es nicht persönlich nehmen.

Doch es war einer der Gründe, warum er sich allein auf der seltsam hellen Straße wiederfand und, so schnell er konnte, zu Kate lief.

Er hatte Kate in den Wochen nach der Trennung nicht gesehen. Die Psychiaterin hatte gesagt, er solle ihr Raum geben, und sie wohnte bei Sabine, war also gut versorgt. Er hatte keine wirkliche Ausrede gehabt. Nun aber waren die Regeln außer Kraft gesetzt. Es war ganz natürlich, dass man sich zu seinem emotionalen Mittelpunkt flüchtete. Selbst wenn dieser Mittelpunkt ein anderer hätte sein sollen, würde man sich zu ihm flüchten, und niemand könnte einen dafür verurteilen. Er war nur zweimal bei Sabine gewesen, doch die Adresse hatte sich in sein Gedächtnis eingebrannt: 86 East Eighty-Sixth, das Penthouse. Es fühlte sich so mühelos an wie etwas, was er zuvor bereits getan hatte.

So, mit der Umhängetasche unter den Arm geklemmt und dem schlichten athletischen Problem des Laufens beschäftigt, fühlte sich das befreiende Gefühl, aus einem bestimmten Grund zu rennen und dabei Menschen und Autos auszuweichen, geradezu übermenschlich an. Einmal löste sich eine Ansammlung von Frauen auf und gaffte ihn an, als er vorbeilief; sie dachten (stellte Ben sich vor), er sei ein vom Tatort fliehender Terrorist und die Tasche unter seinem Arm eine Bombe. Dann erfüllte ihn ein glorreicher Hass auf alle Menschen – und zugleich eine überschwängliche Liebe zu ihnen. Ben war einer von ihnen, ein Amerikaner, rennend unterwegs auf einer Rettungsmission, und dennoch wollten die Dummköpfe ihn zur Strecke bringen. Und Kate war Iranerin – Halbiranerin –, sie könnte ebenfalls Verdacht erregen. Die Endorphine und der Schrecken des Tages trugen ihn zu einem mythischen Wahnwitz: Er würde sie retten, sie würden über den Hudson schwimmen und sich in Sicherheit bringen (und der ganze kleinliche Scheiß wie die Schizophrenie wäre vergessen), und er stellte sich vor, wie sie am anderen Ufer standen und zurückblickten, um New York in einem himmelsverschlingenden Tumult von Rauch und Flammen fallen zu sehen, und Ben würde Kate in den Armen halten und sagen: »Alles wird gut, Baby. Ich bin bei dir.«

So rannte er durch die Straßen, während von allen Seiten Sirenen in den Himmel schnitten, und er rannte vor den Sirenen davon, er rannte einfach. Manchmal ertrug er es nicht. Ihm war übel; die kleinen, von den Türmen fallenden Menschen kamen ihm in den Sinn, und er wollte in einem Hauseingang einfach zusammenbrechen. Doch es war nicht mehr weit. Er war gut in Form. Schneller als es ihm lieb war, erreichte er die Eighty-Sixth Street. Dann waren es vom Park aus nur noch zwei kurze Blocks. Er sprintete über die letzte Kreuzung. Bremsen quietschten, und Ben lachte atemlos, berauscht, blickte sich nach dem wütenden Hupen noch nicht einmal um.

Dann sah er Sabines Gebäude und verlangsamte seine Schritte ein wenig, zum ersten Mal seit Wochen glücklich, und als er die Stufen erklomm, traf ihn mit einem Schlag die Erkenntnis, dass Sabine im World Trade Center arbeitete. Er geriet ins Stolpern, fiel beinahe. In seinem Kopf drehte sich alles. Er wandte sich abrupt um, als könnte er bis nach Downtown blicken und Sabine in den Trümmern finden und Gewissheit erlangen.

Dann wurde ihm klar wie kaltes Wasser: Sabine arbeitete nicht in einem der Türme. Credit Suisse hatte seinen Sitz in einem niedrigen, uninteressanten Gebäude: 5 World Trade. Es war mit Sicherheit evakuiert worden, ja, ganz bestimmt, und somit müsste sie in Sicherheit sein.

Trotzdem konnte er sich nicht beruhigen. Immer wieder sah er den Südturm einstürzen und Sabine fallen, zermalmt in dieser ungeheuerlichen Katastrophe. Er sah die kleinen Menschen aus den Fenstern springen. Er sah sich selbst vom Tatort flüchten.

Doch er betrat das Foyer, und da war sie – Sabine. Sie stand bei den Aufzügen, neben einem Mann, den Ben nicht kannte. Sie trugen beide Geschäftskleidung, von Kopf bis Fuß mit Staub und Schutt bedeckt, wie Ben es bisher nur in Filmen gesehen hatte, in denen die Helden mit einem Doppeldecker durch einen Hühnerstall und im Anschluss durch eine Großbaustelle fliegen, woraufhin das Flugzeug abstürzt und die Helden taumelnd aus den Trümmern hervorkriechen, vollkommen bedeckt von Massen an Dreck. Sie sprachen mit dem Portier, der händeringend – und, wie Ben mit einem Anflug idiotischer Dankbarkeit feststellte, mit indischem Akzent – seine Hilfe anbot.

Sabine bemerkte Ben und sagte: »Das ist jetzt nicht wahr. Du verarschst mich doch. Ben?«

Ben ging zu ihr, noch leicht benommen, und erklärte, warum er gekommen war, und Sabine sagte: »Ja, schon klar. Kate ist oben.« Dann erklärten Sabine und der Mann im Anzug (ein Typ von Credit Suisse namens Ian, der Brite war und Ben mit einem glasigen, urkomisch wirkenden Blick musterte, was wahrscheinlich bedeutete, dass er unter Schock stand), wie man nach dem Einschlag des ersten

Flugzeugs ihr Büro evakuiert habe, doch dann hätten sie wie Arschlöcher gaffend auf der Straße herumgestanden, bis der ganze beschissene Turm ihnen quasi auf den Kopf gefallen sei. Dann seien sie losgerannt und lauter Scheiß sei ihnen ins Gesicht geflogen und die Luft sei völlig weiß gewesen, und sie seien unter Autos gekrochen und wieder gerannt und unter weitere Autos gekrochen. Sie hätten verfickt noch mal keine Luft bekommen. Sie hätten geglaubt, sterben zu müssen.

»Also haben wir heute eine wichtige Lektion gelernt«, sagte Ian, und er und Sabine lachten, bis ihnen Tränen in die Augen traten. Ben grinste ebenfalls und dachte: *Schock.*

Als sie sich beruhigt hatten, sagte er: »Verletzt seid ihr nicht?«

»Scheiße, doch, ich bin verletzt.« Sabine hielt ihre Faust hoch, die blutüberströmt war.

»Sie hat sich die Handfläche aufgeschnitten, als sie sich unter ein Auto geworfen hat«, sagte Ian. »Wahrscheinlich war es nur eine Glasscherbe. Aber es ist ein fieser Schnitt.«

»Ein Eiswagen hat uns mitgenommen«, sagte Sabine. »Der Typ hat uns beim Mount-Sinai-Krankenhaus abgesetzt, aber meine aufgeschnittene Hand hatte heute nicht gerade Priorität. Ich rufe morgen die Tierärztin an.«

Der Portier sagte: »Sie müssen Alkohol draufmachen. Sonst kriegt man eine Blutvergiftung.«

»Danke, Mama«, sagte Sabine.

Dann öffnete sich die Tür. Sabine und Ian und Ben gingen hinein, und als die Tür sich schloss und die Kabine nach oben fuhr, krümmte sich Ian gegen die Wand, verzog das Gesicht und schloss die Augen.

Sabine sagte zu Ben: »Ian ist völlig durch. Er hatte Freunde in den Türmen, in den oberen Stockwerken. Wir sind relativ sicher, dass sie tot sind.«

Ian sagte, die Augen noch immer geschlossen: »Sabine ist heute meine Familie. Wofür ich wirklich scheißdankbar bin.«

»Wie auch immer«, sagte Sabine. »Hohe Gebäude und so.«

»Egal«, sagte Ian. »Gleich wieder aufs Pferd steigen.«

Ben lehnte sich gegen die Wand, als nähme er Anteil. Dann, als nähme er Anteil, bekam er Angst. Der Aufzug schien stärker zu vibrieren, als er sollte. Er war adrenalingeladen und verschwitzt. Er war sich bewusst, dass er nicht gut roch, wobei er davon ausging, dass Sabine und Ian ebenfalls stanken und es heute keine Rolle spielte.

Die Tür öffnete sich. Sie wankten aus der Kabine. Sabine schloss die Tür auf, und Ian drückte sich an ihr vorbei und sagte: »Ich gehe duschen.« Sabine ging direkt zum Festnetztelefon. Ben streifte unglücklich den Flur entlang, den Geräuschen eines Fernsehers folgend. Zuerst konnte er nicht lokalisieren, woher sie kamen; er öffnete eine Tür und fand dahinter einen begehbaren Kleiderschrank, der mit zahllosen Mänteln vollgestopft war. Hinter der nächsten Tür war dann das Wohnzimmer: Martin und Martins Ex-Freund James saßen dort auf dem Sofa, sahen Nachrichten und heulten.

Ben sagte: »Hey. Geht es euch gut?«

Martin stand wortlos auf, ging direkt auf Ben zu und umarmte ihn. Obwohl Ben nicht gern von Männern umarmt wurde, durchflutete ihn eine Welle der Erleichterung, als sei er wieder in die Herde aufgenommen worden. Er erwiderte die Umarmung; er fühlte sich, als hätte er geweint. Über Martins Schulter hinweg sah er die Fernsehnachrichten, in denen berichtet wurde, dass ein viertes Flugzeug über einem Feld in Pennsylvania abgestürzt sei. Ben hatte einen flüchtigen Tagtraum – er war einer der Flugzeugentführer, der die anderen Entführer davon überzeugte, das Flugzeug sicher zu landen und sich zu ergeben. Er hing in dieser Szene fest, bis sie beim guten Ende angelangt war, dann seufzte er und ließ ohne bewusste Absicht von Martin ab. Martin sah sich nach dem Fernseher um und sagte: »Wir können nicht wegschauen. Es ist so unglaublich furchtbar.«

»Wohnt ihr gerade hier?«

James antwortete: »Martin wohnt hier, um die Übergangsphase nach dem Entzug zu meistern. Ich nicht.«

»James ist vorbeigekommen, um sicherzustellen, dass ich nicht trinke.« Martin lachte. »Das ist heute ganz bestimmt die Hauptsorge der Nation.«

»Trotzdem«, sagte James.

Sabine kam herein und sagte: »Die Tierärztin kommt in einer Stunde und bringt Tierberuhigungsmittel mit, falls jemand Tierberuhigungsmittel will.« Dann sagte sie an Martin gerichtet: »Du nicht.«

»Ich weiß schon«, sagte Martin mit Duldermiene.

Sie alle wandten sich wieder dem Fernseher zu. Es gab Neuigkeiten über den Aufenthaltsort von Präsident Bush, und Ben hörte zwanghaft zu, obwohl ihm Bush vollkommen egal war. Dann die mittlerweile vertraute Aufnahme eines Flugzeugs, das geradewegs und ohne Umschweife in einen Turm flog, gefolgt von der übergroßen Explosion orangefarbener Flammen. Ben blickte konzentriert auf den Fernseher, als läge ein entscheidender Hinweis in den Bildern versteckt, den allein er bemerken würde. So starrte er in seiner zielgerichteten Benommenheit vor sich hin, als Kates Stimme hinter ihm sagte: »Ich bin gerade erst aufgewacht. Ist etwas Wichtiges passiert?«

Ben wandte sich abrupt um. Kate blinzelte ihm mit ihrem kümmerlichen Gesichtsausdruck zu, den sie seit

Neuestem immer zur Schau trug, nachdem sie aufgewacht war. In den Wochen, die vergangen waren, ohne dass er sie gesehen hatte, war ihre hübsche Rundung zu einem sonderbar plumpen, riesigen Babybauch geworden. Ihr Gesicht war aufgedunsen, ihr Haar ungewaschen. Sie blickte nicht zu Ben.

Also starrte er sie an, während James und Martin alles erklärten, sich dabei gegenseitig ins Wort fielen und nach Worten rangen. Kates Miene wurde vielschichtiger, angespannter. Sie machte ein finsteres Gesicht und hatte begonnen, auf ihrer Lippe zu kauen, als Sabine sagte: »Kate, nein. Einfach nein.«

Kate fuhr zusammen und sah Sabine schuldbewusst an. Sofort füllten sich ihre Augen mit Tränen.

»Ich meine es ernst«, sagte Sabine. »Fang gar nicht erst damit an. Das hat nichts mit dir zu tun.«

Kate schüttelte den Kopf, wischte sich hastig die Tränen weg. Sie zitterte.

»Ernsthaft«, sagte Sabine. »Ich habe keine Kraft dafür, also glaub mir einfach: Es ist nicht *deine* Schuld.«

Dann verstand Ben. Er sagte: »Kate, wie könntest du dafür verantwortlich sein? Für die Tat von Terroristen?«

»Ach, du weißt schon.« Kate machte eine unentschlossene Handbewegung.

»Weil du eingeschlafen bist?«, sagte Ben. »Weil du geträumt hast?«

»Schon gut«, sagte Kate. »Ich weiß, dass ich verrückt bin.«

Martin sagte betont ruhig: »Du darfst dich nicht darauf konzentrieren. Bezeichne den Gedanken als verrückt und versuche, dich abzulenken.«

Kate sagte: »Ich sollte meine Eltern anrufen. Sie wohnen da in der Nähe, sie könnten –«

»Nein«, sagte Sabine. »Wir spielen nicht die Elterngeschichte durch. Kate, verstehst du, was heute passiert ist? Verstehst du, dass es nicht um dich geht?«

»Ich rede mit ihr«, sagte Ben zu Sabine.

»Worüber?« Kates Stimme brach. »Sind meine Eltern tot?«

James fuhr zusammen, und Martin legte ihm eine Hand auf die Schulter.

»Sie sind nicht tot«, sagte Ben eilig. »Alles ist gut.«

Sabine sagte an Ben gerichtet: »Geh mit ihr nach nebenan. Ich möchte nicht, dass Ian das mitbekommt. Der hat heute genug am Hals. Es ist halt gerade ein beschissener Zeitpunkt.«

Wie sich herausstellte, befand sich nebenan eine Bibliothek mit allem Drum und Dran – rollbare Leiter, Chesterfield-Sessel, grüne Lampenschirme; jene Art von Bibliothek (dachte Ben), in der man erwartete, auf Kapitän Nemo zu treffen. Er musste Kate die Sache mit ihren Eltern schon früher erklären, hatte es auf verschiedene Arten probiert, doch es gab keine gute Art. Diesmal sagte er schlicht: »Erinnerst du dich, dass deine Eltern getrennt sind?«

»Nein, daran erinnere ich mich nicht.« Kate atmete tief und scharf ein. »Wann ist das denn passiert?«

»Vor langer Zeit. Als du zwei warst. Und deine Mutter wohnt nicht in New York. Sie lebt in Ohio, also musst du dir keine Sorgen machen.«

»Ohio.« Kate lachte. »Ich kann sie mir nicht in Ohio vorstellen. Und mein Vater?«

»Wir wissen nicht, wo dein Vater jetzt ist. Als deine Mutter zum letzten Mal von ihm gehört hat, wohnte er in Berlin. Aber, Kate – du kennst ihn nicht. Du solltest dir nicht einbilden, dass die Person in deiner Erinnerung dein Vater ist. Das hat die Psychiaterin gesagt.«

Sie nickte, als wollte sie ihm versichern, dass sie alles aufnahm. »Und mein Bruder? Petey?«

»Du hast keinen Bruder.« Dann fügte Ben sinnloserweise hinzu: »Alles ist gut.«

Kate hörte auf zu nicken und wandte sich ab. Sie ging zu einer in der Ecke stehenden afrikanischen Trommel und legte eine Hand auf das Fell. »Ich verstehe nicht, wie das passieren konnte. Damit will ich nicht sagen, dass du lügst.«

»Es ist eigentlich nicht *passiert.* Tatsächlich passiert ist, dass dein Gedächtnis unzuverlässig arbeitet.«

Sie sagte mit gepresster Stimme: »Aber du kennst meine Eltern. Wir sind zusammen zu ihrer Wohnung gefahren.«

»Ich weiß, dass du eine Erinnerung hast, in der ich sie treffe. Es tut mir leid, sie ist nicht echt.«

»Nein, du hast sie sogar ohne mich besucht.« Sie wankte und lachte kurz auf. »Oh, alles klar. Das ist nur eine weitere Erinnerung von mir. Es ist, als kämen wir aus verschiedenen Vergangenheiten. In deiner Vergangenheit hast du meine Eltern nie kennengelernt.«

»Versuche, es dir nicht als zwei Vergangenheiten vorzustellen. Das ist nur etwas, das dein Gehirn fabriziert, während du schläfst. Es erzeugt falsche Erinnerungen. So als wärst du aus einem Traum nicht ganz aufgewacht, und die Traummenschen fühlen sich noch immer echt an.«

»Mein Vater ist kein Traummensch.«

»Okay. Aber die Psychiaterin meint –«

»Ben. Lässt du mich einen Moment nachdenken?«

»Klar.«

Kate breitete ihre Hand auf dem Trommelfell aus, als zöge sie Kraft daraus. Sie starrte ins Nichts. Ben vermutete, dass sie den Verlust ihres Vaters (den sie nie wirklich gekannt hatte) und ihres Bruders (den es nie gegeben hatte) verarbeitete. In den anderen Momenten, in denen es vorgekommen war, hatte er mit ihr gefühlt, als hätte sie einen echten Vater und einen echten Bruder verloren, die er nie kennengelernt hatte. Diesmal war es schwierig, sich darauf einzulassen. Er hatte die ganze Zeit über das Bedürfnis, zurückzugehen und Nachrichten zu schauen. Vielleicht gab es etwas Neues, und er steckte hier fest, musste wieder einmal mit Kate ihre Wahnvorstellungen durchdiskutieren. Natürlich war Kate wichtig, doch in diesem Kontext kam es ihm belanglos und wie eine Sisyphusarbeit vor. Er fragte sich, was er eigentlich erwartet hatte, als er hergekommen war.

Schließlich sagte sie, während sie noch auf die Trommel starrte: »Kann ich dich was fragen?«

»Natürlich.«

»Es tut mir leid, ich weiß, dass ich das wissen sollte. Aber ist es deins?«

Zuerst dachte er, sie spreche von der Trommel; doch sie drehte sich zu ihm um und berührte ihren großen Bauch.

Ben lächelte. »Nein. Es ist nicht meins. Es ist von Martin.«

»Von Martin!« Kate lachte atemlos. »Bezahlt er mich?«

»Er wollte dich bezahlen, aber du hast abgelehnt.«

»Wirklich? Wusste er, dass ich verrückt bin?«

»Nein. Damals wussten wir noch nicht, dass du krank bist.«

»Er hätte wissen müssen, dass ich verrückt bin, als ich das Geld nicht genommen habe.«

Ben lachte, aber nun lachte Kate nicht. Sie nahm ihre Hand von ihrem Bauch und legte sie neben die andere Hand auf die Trommel. Die Schwangerschaft hatte ihre Haltung ruiniert, die einst so schwerelos erschienen war, wie der physische Ausdruck von Aufrichtigkeit, und nun wurde Ben bewusst, dass sie sich auf der Trommel abstützte.

»Er würde dich auch jetzt noch bezahlen, wenn du danach fragen würdest«, sagte Ben. »Er fühlt sich verantwortlich. Die Ärzte haben gesagt, die Hormone könnten ein Auslöser für die Krankheit gewesen sein.«

»Für meine Verrücktheit, meinst du«, sagte Kate. »Armer Martin. Immer kriegen irgendwelche verrückten Frauen seine Kinder. Glaubst du, er wird es im Stich lassen?«

»Das Baby? Natürlich nicht. Er kauft gerade ein Haus.«

Kate lachte und schüttelte den Kopf, betrachtete noch immer die Trommel. »Ein Haus.«

»Nicht nur das. Er hat aufgehört zu trinken. Er nimmt das sehr ernst.«

»Tja, es ist nett, dass ich das für Martin getan habe, mir wäre es allerdings lieber, es wäre von dir. Aber ich schätze … wir haben uns getrennt?«

»Ja.« Dann schob er hinterher, obwohl er nicht daran glaubte und sich für seine Feigheit hasste: »Es muss nicht für immer sein.«

»Ach, scheiße. Weil es mir irgendwann besser gehen wird?«

Dann drehte sie sich um und sah ihn an, ihre schwarzen Augen glühend vor Schmerz. Er konnte es nicht ertragen. Er ging zu ihr und nahm sie in die Arme. Ihr Bauch zwang die Umarmung in eine unangenehm merkwürdige Form; er musste einen Buckel machen, um sie richtig zu umfassen. Sie lehnte sich an ihn und weinte nicht, verstummte aber auf eine Weise, die Tränen andeutete.

Und wie aus dem Nichts war Ben überwältigt von dem Gefühl der Liebe. Sein Körper war euphorisch und wollte sie küssen. Da war eine Energie, die ihn erfüllte und darauf bestand, dass er sie retten konnte. Er fühlte sich mächtig; er spürte, dass er ein wunderbarer Mensch war; er würde tun, was immer er tun musste. Es war falsch, und Ben fürchtete sich davor. Er versuchte, daran zu denken, was in den Nachrichten kam.

Dann löste sich Kate ein wenig von ihm. Sie sagte: »Würdest du mich kurz allein lassen?«

»Klar.«

Er ließ zu schnell von ihr ab; es war offensichtlich, dass er sie loswerden wollte. Doch selbstvergessen hatte sich Kate wieder der Trommel zugewandt. Sie legte ihre Hand zurück auf das Fell.

Als er ins Wohnzimmer kam, saß Sabine mit Martin und James auf dem Sofa und starrte abwesend auf den Fernseher. Sie hatte geduscht und trug einen Kaschmirbademantel, der eindeutig für Herren geschnitten war; Kate besaß einen identischen Bademantel, und Ben wurde nun klar, dass sie ihn von Sabine haben musste. Mit nassen Haaren sah Sabine dürr und krank aus. Sie hielt ihre verletzte Faust, nun mit einem Waschlappen umwickelt, steif vor ihre Brust. Ben konnte noch immer eine Dusche hören und hätte Sabine fast darauf hingewiesen, dass sie das Wasser hatte laufen lassen. Doch natürlich gab es mehr als ein Badezimmer. Die laufende Dusche war Ians; wahrscheinlich konnte er sich von dem strömenden Wasser nicht losreißen, schrubbte noch immer von seiner Haut, was möglicherweise die Überreste seiner alten Freunde waren.

Im Fernsehen hielt Präsident Bush eine Rede. Ben fragte sich, ob Kate wusste, dass Bush Präsident war. Er versuchte sich vorzustellen, wie es sein musste, Bush zum ersten Mal als Präsidenten zu sehen, doch seine Gedanken schweiften ab. Er stellte sich vor, er wäre während des Flugzeugeinschlags in einem der Türme. Er stellte sich vor, er säße in dem Flugzeug.

Dann sagte Sabine gezwungen freundlich: »Ben, könntest du Kate heute Abend mitnehmen?«

»Ich soll Kate mitnehmen? Wie das?«

Martin sagte: »Wir dachten, sie könnte bei dir übernachten. Nur, solange Ian hier ist.«

»Wir sind getrennt«, sagte Ben automatisch.

»Ian braucht einen sicheren Ort«, sagte Sabine. »Wenn Kate hier ist, dreht sich alles nur um Kate.«

»Wir lieben Kate«, sagte Martin. »Aber vielleicht könntest du sie übernehmen, nur für einen Tag.«

»Ian kennt nicht viele Leute in New York, und die Hälfte davon ist heute gestorben«, sagte Sabine.

Ben sagte, bevor er sich selbst daran hindern konnte: »Sabine, ich dachte, du hasst die Leute bei Credit Suisse. Ich meine, ich habe noch nie von diesem Ian gehört.«

»Du verarschst mich doch«, sagte Sabine. »*Das* ist dein Problem? Dass ich über irgendwelche Leute Scheiße rede? Darum geht es heute?«

In diesem Moment betrat Ian den Raum. Er trug den gleichen Bademantel wie Sabine und sah ebenso nass und niedergeschlagen aus wie sie. Er sagte: »Sprecht ihr über mich?«

Sabine sah Ben mit verärgertem Gesichtsausdruck an.

Ben sagte: »Es geht nicht um dich. Sabine will, dass ich meine Freundin mit nach Hause nehme. Aber wir haben uns gerade getrennt.«

»Sie macht zu viel Drama«, sagte Sabine. »Und Ben ist extra gekommen, um sie zu sehen, also verstehe ich das Problem nicht.«

»Ich war mir sicher, meinen Namen gehört zu haben«, sagte Ian.

»Du brauchst ein bisschen Ruhe und Frieden«, sagte Sabine. »Du bist ein Mensch und du brauchst ein bisschen Ruhe und Frieden.«

»Na super«, sagte Ian. »Das hier ist also eine psychiatrische Konferenz. Und ihr entscheidet über den Verlauf meiner Behandlung.«

Sabine sagte: »Glaub mir, du bist hier nicht der Fall für die Psychiatrie.«

»Wirklich nicht«, sagte Martin.

Dann erklärten Sabine und Martin Kates Wahn. Erzählten, dass sie glaube, durch die Zeit reisen zu können, und mit einem Gesicht wie Munchs *Schrei* herumlaufe, sich für den Zustand der Welt entschuldige, den sie ihrer Ansicht nach im sechzehnten Jahrhundert hätte in Ordnung bringen sollen. Dass sie glaube, einen Bruder und einen Vater zu haben, man ihr also jeden Morgen sagen müsse, dass dem nicht so sei, und jedes verdammte Mal sei sie am Boden zerstört. Sie hätten versucht, so zu tun, als hätte sie tatsächlich einen Vater und einen Bruder, doch dann würde sie stets versuchen, ihren Vater anzurufen; das Verhältnis zu ihrem inexistenten Vater sei ungewöhnlich eng. Zudem sei Kate auch einfach eine beschissene Mitbewohnerin; sie kaufe niemals Dinge wie Klopapier ein, und wenn man sie auf das Klopapierproblem anspreche, erkläre sie, sie habe durchaus Klopapier gekauft, sei in ihrem Schlaf jedoch in eine andere Zeitachse gereist, in der sie eben keines gekauft habe. Dann breche sie in Tränen aus. Und natürlich gehe es nicht um das Klopapier, aber irgendwann müsse halt auch mal Schluss sein.

Am Ende zuckte Ian mit den Achseln und sagte: »Meine halbe Familie ist wahnsinnig. Mein Onkel musste gerade von der Feuerwehr aus einem Baum geholt werden.«

»Aber Sabine hat recht«, sagte Martin, »es klingt gar nicht so furchtbar, doch es ist wirklich anstrengend. Man muss sie die ganze Zeit im Auge behalten. Außerdem, falls wir es noch nicht erwähnt haben, ist sie im achten Monat schwanger.«

»Mein Onkel glaubt, dass die Engel zu ihm sprechen«, sagte Ian. »Aber er muss auf einen Baum klettern, um sie zu hören. Dann kommt er nicht mehr runter, dehydriert und kippt um. Er ist sechzig.«

Kate kam herein, und alle drehten sich mit einem falschen Lächeln zu ihr um. Sie hielt eine Ausgabe von *König Lear* in den Händen. »Kennt jemand von euch diesen Schriftsteller?«

Sabine sagte erschöpft: »Ja, Kate, wir wissen, wer Shakespeare ist.«

»Also ist er sehr bekannt?«, fragte Kate.

»Kate, es ist immer das Gleiche«, sagte Sabine. »Du fragst uns, ob wir wissen, wer Shakespeare ist, und dann müssen wir dir erklären, wer Shakespeare ist. Können wir das heute bitte auslassen?«

Kate war für einen Moment still. Ben überlegte, wie er sie auffordern solle, mit ihm nach Hause zu kommen, und kämpfte gegen das störrische Gefühl der Ungerechtigkeit an. Obwohl Sabine heute ein größeres Trauma erlitten hatte, war Ben von Kate ganz spezifisch traumatisiert worden. Doch er war hergekommen, natürlich. War direkt in die Falle getappt.

Kate nickte in Richtung des Fernsehers. »Ich dachte, ich könnte das vielleicht wieder richten.«

»Ach, Kate«, sagte Martin.

»Was ist das denn jetzt?«, fragte Ian. »Hält sie sich für Gott?«

»Das ist die Geschichte mit den Zeitreisen«, sagte Sabine. »Kate glaubt, sie reist in die Vergangenheit, um zu verhindern, dass diese schreckliche Dystopie zur Realität wird. Dann leben wir alle in Kates Welt, wo jeder mietfrei wohnt und gottverdammter Weltfrieden herrscht.«

»Um ehrlich zu sein«, sagte Martin, »kommt mir die Welt heute tatsächlich ein bisschen dystopisch vor.«

»Bestärke sie nicht noch«, sagte Sabine. »Letztes Mal hat es damit geendet, dass sie aus dem Fenster springen wollte, damit sie die Welt nicht noch schlimmer machen kann. Und heute würde ich sie verdammt noch mal springen lassen. Ich kann einfach nicht mehr.«

»Ich habe nicht daran gedacht, mich umzubringen«, sagte Kate, »sondern ihn.« Sie hielt das Buch hoch.

»König Lear?«, fragte Ian.

Sabine sagte: »Sie meint Shakespeare. Sie glaubt, sie ist Shakespeares Freundin.«

James lachte, dann schlug er die Hand vor den Mund und murmelte: »Tut mir leid.«

»Du darfst ruhig lachen«, sagte Kate. »Es war nur so komisch, als ich seine ganzen Bücher gesehen habe. In meiner Welt hat er das alles nie geschrieben. Dann dachte ich – und ich weiß, dass es die Idee einer Verrückten ist … ich dachte, dass seine Werke vielleicht alles irgendwie zerstört haben, insofern wäre es *gut*, wenn er jung stirbt. Und wenn ich darüber nachdenke, habe ich in meinen Träumen hauptsächlich dafür gesorgt, dass er überlebt und erfolgreich wird. Also hatte ich diese Idee, dass wir darüber abstimmen, ob ich ihn umbringen soll, dann wäre es nicht nur meine Entscheidung. Es tut mir leid, wenn ich das alles schon einmal gesagt habe.«

Bevor Sabine antworten konnte, sagte Ian: »Wie ist deine andere Welt denn so? Vielleicht wollen wir ja gar nicht darin leben.«

»Ich weiß nicht«, sagte Kate. Doch dann überlegte sie einen Moment und antwortete: »Die Menschen haben auf der Straße miteinander gesprochen.«

»Klingt fürchterlich«, sagte Ian. »Ich bin dagegen.«

»Nein«, sagte Kate, »es war gut, weil jeder jeden in der Nachbarschaft kannte. Wenn man pleite war, half einem immer irgendwer. Man konnte ein freies Zimmer finden, wenn man keine Wohnung hatte.«

»*Mein* freies Zimmer«, sagte Sabine. »Ich meine, was, wenn du ein Arschloch bist? Muss ich dich dann trotzdem bei mir wohnen lassen?«

»Du hast auch jetzt Arschlöcher bei dir wohnen«, sagte Martin.

Dann begannen sie tatsächlich eine Debatte darüber, ob Kates Welt es wert sei, Shakespeare dafür umzubringen. Die Absurdität war eine willkommene Ablenkung, obwohl Ben dachte, dass es Kate nicht guttue. Wenigstens war der Vorschlag vom Tisch, dass Ben Kate mitnehmen sollte, da Ian Kates Anwesenheit nicht im Geringsten zu stören schien, im Gegenteil. Ian nahm es sogar auf sich, ihr von Shakespeare zu erzählen, und weitete seine Erklärungen auf Shakespeares Bedeutsamkeit aus, während Kate amüsiert und leicht widerwillig zuhörte. Schließlich sagte sie: »Er war nicht sehr gut zu mir«, und Ian erwiderte: »Für einen Kammerdiener gibt es keine Helden.«

Dann erzählte Kate eine Geschichte aus ihrer Welt, über den Wahlsieg von Präsidentin Chen, der ersten grünen Präsidentin, und dass es eine spontane Parade auf dem Broadway gegeben und die Bürgermeisterin in einem verrückten roten Ballkleid daran teilgenommen habe, in einem Sessel auf einem improvisierten Umzugswagen, den ihre Mitarbeiter mit Seilen gezogen hätten, und Leute seien zu ihr auf den Wagen gesprungen, um mit ihr zu tanzen; eine Freundin von Sabine sei in der dem Wagen folgenden Band gewesen – eine Frau, die in dieser Welt nicht existiere, oder es wahrscheinlich nicht geschafft habe, aus Afghanistan zu fliehen, ihrem Geburtsland, das in Kates Welt hauptsächlich für den Anbau von Äpfeln bekannt sei und das die Hornistin Safya nur der Liebe wegen verlassen habe.

Kates Blick war sachlich, besonnen; es war Sabine, die die Fassung verlor, kreidebleich im Gesicht, und so erschüttert schien, dass man nicht wusste, ob sie wütend oder traurig war. Kate bemerkte es und sagte: »Ich weiß, es ist verrückt. Tut mir leid, ich weiß, dass ihr nicht glaubt, dass es wahr ist.«

Martin sagte: »Du hast wirklich eine wunderbare Fantasie, Katie.«

Sabine sagte: »Na schön, bring Shakespeare um. Tu es. Aber können wir für heute bitte aufhören, über Utopia zu reden?«

Danach wandte sich die Unterhaltung wieder den Angriffen zu, und sie begannen darüber zu diskutieren, ob es einen Krieg geben würde. Ian sagte, er hoffe auf einen Krieg, und plädierte angriffslustig für *Auge um Auge*, die einzige Sprache, die diese Leute verstünden. Die anderen erhoben vorsichtige Einwände, bis Sabine sagte, es sei nicht nötig, so nett zu sein – Ian trauere nicht nur, er sei ein richtiger Neo-Konservativer. Dann stritten sie ernsthaft, was Ian zu gefallen schien; er mokierte sich vergnügt über sentimentale Liberale und sagte: »Nennt mir einen einzigen real existierenden Ort, an dem dieser ganze Kumbaya-Quatsch je funktioniert hat. Und sagt nicht Schweden, oder ich scheiße euch hier direkt vor die Füße.« Dann erging er sich in einer Tirade über die Heuchelei der Linken und darüber, dass die wirklich wohltätigen Leute alle konservativ seien, und erzählte von dem Monat, den er für ein Praktikum in einem Unternehmensfonds für ländliche Entwicklung in einer erbärmlichen Wohnwagensiedlung in Idaho verbracht habe, und in dieser Siedlung – voller republikanischer Proleten – gebe es zwei Suppenküchen und jeder spende zehn Prozent seines Einkommens für wohltätige Zwecke, und wenn jemand eine Oma mit Alzheimer habe, würde sie im Wohnwagen gemeinsam mit dem Rest der Familie und ihren sieben geretteten Hunden leben, bis Sabine es nicht mehr aushielt und sagte: »Du hast diese Leute *gehasst*.«

Alle brachen in Gelächter aus, und Ian sagte grinsend: »Sie haben doch recht viel über Jesus geredet. Und hielten mich für schwul, weil ich einen englischen Akzent habe.«

»Ach, wie schrecklich für dich«, sagte James.

»Du hast sie gehasst«, wiederholte Sabine. »Du hast sie Neandertaler genannt und gesagt, dass sie kein Wahlrecht haben sollten.«

»Sie *waren* Neandertaler«, sagte Ian, »und sie haben alle für Bush gestimmt, insofern denke ich, dass es ganz schön unparteiisch von mir war, ihnen das Wahlrecht absprechen zu wollen.«

Kate fragte, wer Bush sei, und alle stöhnten auf. Ben nahm Kates Hand und flüsterte ihr die Antwort ins Ohr, und sie lehnte sich an seine Schulter und weinte ein bisschen. Eine Weile flüsterten Ben und Kate über Bush und Gore und ihren imaginären Bruder und Vater, während die anderen friedlich stritten und fernsahen und wieder stritten.

Irgendwann stellte Sabine den Fernseher aus und öffnete einen zwanzig Jahre alten Scotch, den ihr Onkel von Mobutu bekommen hatte, was Sabine ein willkommener Anlass war, über Mobutus Gräueltaten zu sprechen; das relativierte die Zerstörung der Türme ein wenig. Die Tierärztin kam und nähte Sabines Hand mit fünf Stichen. Der Mann der Tierärztin hatte sie begleitet und einen Rollkoffer voller alter Waffen mitgebracht, »falls es richtig losgeht«. Alle außer Martin nahmen Tierberuhigungsmittel. Alle, auch Martin, saßen mit einem Gewehr auf dem Schoß da und inspizierten die Munition mit einer gewissen traurigen Lüsternheit, doch nach einiger Diskussion wurde beschlossen, die Waffen nicht zu laden. Sie sprachen über Martins Baby, manchmal richteten sie sich direkt an Kates Bauch. Sie stellten den Fernseher wieder an, aber es gab keine wirklichen Neuigkeiten; sie spöttelten und stellten ihn wieder aus. Frustriert von der eigenen Hilflosigkeit verließen sie das Haus, um Blut zu spenden; die Schlange zog sich über zwei Blocks, und ihnen war schummrig vom Scotch und von den Beruhigungsmitteln, also rief Sabine bei einem Lieferdienst an und bestellte Sandwiches für alle wartenden Spender. Dann wurde die ganze Schlange nach Hause geschickt: zu viele. Also gingen sie in den Central Park und umrundeten das Becken, atmeten bewusst ein und aus und machten Bemerkungen über den möglicherweise nur eingebildeten Geschmack von Rauch und fühlten sich ausgezehrt und tragisch, als die Sonne unterging und die Gebäude in blasshellen Farben erstrahlten, wie ein biolumineszentes Korallenriff oder eine außerirdische Stadt auf einem seit Langem toten Planeten, auf dem es für Menschen keine Luft zum Atmen gibt.

20

Der Traum setzte sich in Southamptons Kahn fort, eine schlanke Zierde in Seegrün und Gold, der auf den Wellen schaukelte und Duftwasser geladen hatte: ein passendes Gefährt für den Weg ins Land der Träume. Sogar die Griffe der Ruder waren hübsch bemalt. Die Wämser der Ruderer passten farblich zum Boot. Southampton saß in einem samtenen Stuhl, zu seinen Füßen lagen Rosenblätter verstreut. Im Bug des Schiffs hockte ein Blockflötenconsort auf einer Bank und spielte eine fließende, zarte Melodie zum Takt der klatschenden Ruder. Vor den Herrenhäusern am Nordufer legten beladene Boote an und wieder ab.

Emilias Ehemann, Lanier, saß inmitten der Flötisten. Oberhalb seiner Blockflöte folgten seine braunen Augen Southamptons Hand, als diese über Emilias Haar strich – Meister Lanier war gutaussehend, aber unauffällig: jene Sorte Mann, dessen Schönheit bemerkt und sofort wieder vergessen wird; der die Hure eines Edelmannes ihres Vermögens wegen heiratet und alles innerhalb eines Jahres für Pferde und Schuhe verprasst. Nicht nur ein Hahnrei, sondern auch (wie Emilia nun wusste) des eigenen Weibes Kuppler. Ein vergnüglicher, heiterer Geselle, doch ohne ihre Untreue würde kein Lord seine Gesellschaft wünschen; es wäre ein armseliges Leben.

Das Blockflötenconsort war also auf Emilias Fürbitte hin angeheuert worden – als Lohn für seine Dienste als Kuppler –, und somit konnte Southampton freimütig und vertraut seine Hand auf ihre nackte Schulter legen, während ihr Kinn auf seinem Knie ruhte und sie sich ungehindert der Schwermut hingab; mit halb geschlossenen Augen sah sie den aufblitzenden Lichttupfern auf dem Wasser zu und stellte sich vor, dass schwarze Tränen aus ihren schwarzen Augen flössen. An ihrer Taille hing ein Dolch mit verziertem Griff, das billige Schmuckstück einer Hure und dennoch tödlich. Sie sollte wissen, was sie vorgehabt hatte, doch sie wusste es nicht. Sie wusste, dass sie zu Will gehen würde.

Viele Jahre waren vergangen, seit sie zuletzt erwacht war. Zehn Jahre – eine Kluft, die ihr vorkam wie eine Strafe, unheilverkündend, Teil all dessen, was schiefgegangen war. Emilia war nun wuchtiger und älter; Southampton ein ausgewachsener Mann mit breiter Brust und Bart. Es dauerte eine Weile, bis sie sich erinnerte und wusste, wie es sich verhielt – dass sie nun alte Freunde waren, so wie Freunde, die einst eine unbefriedigende Liebschaft unterhalten hatten; dass sie seine Geliebte gewesen war, später dann seine Vertraute, die seine Stelldicheins mit Männern deckte. Sie hatte mit ihm in keuscher, schläfriger Nacktheit gelegen und ihm Geschichten von einer späteren, besseren Zeit erzählt, wo der Löwe beim Löwen lag, wo Männer einander lieben durften, wenn Gott sie so geschaffen hatte. Wenn Southampton schlief, kroch sie aus dem Bett. Sie hatte am Fenster geweint, Briefe geschrieben, und wenn der Tag anbrach, schlief sie tief und fest. Eine merkwürdige Liaison, ein unbesonnener Fehler der Jugend; eine Kraft, die verbraucht und zu einem friedlichen Mittel für solche Ausfahrten zu Wasser geworden war. Für Ausflüge wie diesen, zum Theater von Southwark.

Heute waren drei rothaarige junge Mädchen bei ihnen, die sich aneinanderklammerten und lachten, als der Kahn gegen die Bootstreppen stieß und schaukelte. Sie waren die Töchter von Harry Percy, die zu ihrem ersten

Schauspiel nach London gebracht wurden. Sie hielten einander an den Händen, als sie ans Ufer kletterten und durch den Schlamm von Southwark staksten; sie rümpften die Nase über den Geruch, der aus den Bärenzwingern kam. Es war noch immer ein halber Traum, und benommen folgte Emilia den Röcken der drei die Theatertreppen hinauf.

Sie nahmen ihre Plätze ein, die sich direkt auf der Bühne befanden, zwischen den eleganten Theaterliebhabern und Poseuren. Ein Logendiener holte ihre vielfältig gefüllten Picknickkörbe und verdiente sich eine Münze. Die kleinste Percy saß inmitten der Binsen auf dem Boden; sie hasse den Stuhl mehr als alles andere, sagte sie, während ihre Schwestern die Augen rollten. Das Theater war neu, und die Wände waren mit leuchtenden Farben verziert; Rot und Grün und Blau und Gold; die hölzernen Säulen waren derart bemalt, dass sie Marmor ähnelten. Wo es keine Bemalung gab, da gab es Schnitzereien, und jede Fläche war voll von biblischen Szenen, die man aus den Schenken kannte: Daniel, von grinsenden Löwen flankiert, Susanna im Bade, Diven, die von langschnäuzigen Dämonen gemartert wurden. Es war zum Himmel hin offen. Dann das lärmende Meer der Häupter, auf den Galerien und unten auf dem Parkett, alle drängelten und riefen, um sich zwischen den Rufen der anderen zu verständigen. Händler drängelten sich durch die Menge, verkauften Äpfel und Haselnüsse und Andenken aus Gips; ihnen folgte das trockene Krachen der Nussknacker.

Southampton begann, den Percy-Mädchen von Will Shakespeare zu erzählen, dessen Tragödie an jenem Tag gespielt wurde. Er sagte, in seiner Jugend sei Meister Shakespeare von einer wunderlichen Krankheit heimgesucht worden. Er habe sich eingebildet, ein griechischer Krieger im Gefolge Alexanders zu sein und habe von dieser Tollheit viele Jahre nicht abgelassen, woran seine Familie verzweifelt sei. In seinem Wahn sei er dem Zank und der Unzucht verfallen; er sei zu seiner Alten gekommen, indem er in einem Anflug närrischer Begierde bei der Tochter eines Herrn gelegen habe.

»Pfui!«, sagte die älteste Percy mir vorgeschützter Bestürzung, »tun die Männer dergleichen?«

Dann kicherten die Percy-Mädchen und stießen sich gegenseitig mit den Schultern an. Mit einem Seitenblick zu Emilia sagte Southampton: »Man sagt sogar, er habe bei Knaben gelegen.«

Daraufhin schwiegen die Mädchen und machten ernste Gesichter. Mit gerunzelter Stirn und neuem Respekt sahen sie zur Bühne, die allem Anschein nach Männer beherbergte, die bei Knaben lagen.

»Doch es war nicht so«, sagte Emilia. »Oft laufen die Gerüchte fehl; und dann enttäuscht uns die Wahrheit mit ihrer Öde.«

Southampton fasste sie am Ärmel und sagte scherzhaft: »Ein Teil seines Wahns hatte überdauert, als der Mann mit uns in Cowdray war; Mistress Lanier könnte von seinen eigenwilligen Begierden zeugen.«

»Nun, es war eine sonderbare Zeit«, sagte Emilia. »Die Kühe miauten und die Katzen legten Eier. Große Herren nahmen sich Schauspieler zum Freunde.«

Southampton lachte und sah wieder aus wie ein Junge. Er fragte, ob Emilia sich entsinnen könne, wie die Männer Masken mit Katzengesichtern angelegt und Harry Danvers gefangen und ihn in eine Decke geworfen hätten. Das war Will Shakespeares Einfall gewesen, doch er hatte davon Abstand genommen, selbst teilzunehmen, da er fürchtete, Danvers' Unmut auf sich zu ziehen.

»Nun, das war kein Werk des Wahns«, sagte Emilia. »Harry Danvers hat mehr Männer bespien als ihnen einen guten Morgen zu wünschen.«

»Seltsam war es doch«, sagte Southampton gelassen. »Eine Prozession katzenhafter Dämonen, seht Ihr.«

»Harry Danvers waren Katzen verhasst«, erklärte Emilia den Percy-Mädchen.

Dann wandte sich Southampton väterlich den Mädchen zu und versicherte ihnen, dass Meister Shakespeare vollständig wiederhergestellt und seine Grillen längst vergessen seien. Keine zwei Männer in London wüssten davon. »So kann der Wahn vorübergehn und ein Mann, von seinen Sünden gereinigt, wieder unversehrt werden.«

Dann spielten die Trompeten auf und verkündeten den Beginn des Prologs. Die Geräusche verebbten und das gesamte Publikum verstummte. Die tausenden Gesichter wandten sich um und präsentierten sich der Bühne wie ausgestreckte Blumensträußchen.

Die Percy-Mädchen steckten die Köpfe zusammen und flüsterten noch, als Will die Bühne betrat. Er trug einen abgelegten Anzug von Southampton, den dieser einst in Cowdray getragen hatte. An seiner Brust prangte Southamptons Anstecknadel, der Falke in Gold und Email-le. Sein Haaransatz war zurückgewichen, und seine Stirn runzlig, doch ansonsten war er ganz der Alte.

Er verbeugte sich vor dem Publikum und sprach:

Zwei Häuser, beid in Ansehn gleich, im schönen
Verona, unserm Schauplatz, feindlich wecken
Verjährten Hass in stolzgemuten Söhnen,
Die ihre Hand mit Bürgerblut beflecken.

Das Schauspiel, das darauf folgte, war seltsam, ein hübsches Nichts aus elaborierten Anzüglichkeiten, in deren Folge die Figuren eines blutigen Todes starben. Das Haus lachte, dass man sich die Bäuche hielt, dann wurde heftig geschluchzt und geweint. Es war, mutmaßte sie, wie im echten Leben.

Währenddessen schweiften Emilias Gedanken ab und versuchten zu verstehen. Da war etwas, woran sie sich erinnern sollte, doch es blitzte wie ein Fisch in ihrem Gedächtnis auf und verschwand, wie ein Fisch im trüben Wasser verschwindet. Will war dort – derselbe Will – und so auch ihr Verlangen nach ihm, das aufblitzte und verschwand wie ein weiser heller Fisch. Schließlich fand sie eine passende Erinnerung. Eine schmerzliche Erinnerung. An den Abend, an dem Harry Danvers aufs Festland fliehen musste. In Southamptons Londoner Stadthaus wurde ein Fest gegeben, um auf Harrys gutes Gelingen im Exil anzustoßen. Weil es in Southamptons Haus stattfand, waren Schauspieler aus Wills Truppe unter den Zechern, darunter der amtierende »Knabe«, noch immer als Feenkönigin kostümiert. Der Knabe wurde allmählich zu alt, um Frauenrollen zu spielen, und sein Mieder spannte sich über seinem breiten männlichen Brustkorb. Er war bartlos, trug Bänder und ein vergoldetes Diadem in seinem langen roten Haar, seine Lippen waren geschminkt, doch war er zweifelsohne ein Mann im Kleid. Eine männliche Königin also, die dem Geschwätz mit einem grünäugigen starren Blick lauschte und sich das Kinn mit einem Straußenfächer kratzte.

Southampton trat hinter ihn und berührte seinen Nacken. Die männliche Königin fuhr zusammen und sprach mit leiser, heftiger Stimme zu Southampton. Nur anhand dieser Szene konnte Emilia erraten, dass sie Liebende waren. Und Southampton errötete, als die männliche Königin sich anmutig erhob und fortging.

Doch der Knabe war nur in eines der oberen Schlafgemächer gegangen; Southampton folgte ihm um weiterer Beschimpfungen willen. Und sie war ebenfalls die Treppen hinaufgestiegen und in ein anderes Gemach getreten, wo Will bereits im Bett lag, fast eingeschlafen und vom Warten verärgert. Er hatte ihr geholfen, die Schleifen ihrer Kleider zu lösen. Sie hatte nackt in den Binsen gestanden, zitternd. Und sie hatte gefragt – unbefangen, als fragte sie zum ersten Mal: »Wie wurdet Ihr vom Wahn Eurer Träume befreit?«

Schläfrig sagte er, man habe ihm etwas gegeben, das ihn von der Veränderlichkeit der Welt befreit hätte. Ein Geschenk Alexanders von Makedonien. Ein bescheiden Ding aus Bronze, eine Art Schwert. So sei sein Leben im Traum vergangen.

Will hatte seine Hand zur Faust geschlossen, als er sich daran erinnerte. Emilia legte ihre Finger auf seine Knöchel, und er rang sie nieder. Das war alles, woran sie sich erinnern konnte.

Und das Schauspiel näherte sich seinem trübseligen Ende. Will stand über den auf dem Boden ausgestreckten Körpern der anderen Schauspieler und hob die Stimme:

Kommt, offenbart mir ferner, was verborgen:
Ich will dann strafen oder Gnad erteilen;
Denn niemals gab es ein so herbes Los
Wie Juliens und ihres Romeos.

Er verneigte sich. Es war vorbei. Das Publikum brach in Getöse aus. Sie trommelten auf die Brüstungen und riefen die Namen der Schauspieler. Die toten Schauspieler erwachten wieder zum Leben und verneigten sich oder knicksten im niederprasselnden Lärm. Dann begann im

Parkett ein Männergrüppchen zu buhen und Nussschalen auf die Bühne zu werfen; andere packten sie, und es wurde ein Handgemenge daraus, das Wellen im Meer der Köpfe erzeugte. Es war laut genug, dass die Percy-Mädchen verschreckt aufsprangen.

»So geht es immer zu«, sagte Southampton beschwichtigend und trieb die Mädchen zurück zur Treppe. Sie gingen lärmend, schlugen mit ihren Fächern nach Luft und nach ihren Schwestern und beschuldigten einander, sich gefürchtet zu haben. Emilia entschuldigte sich und blieb.

So leerte sich das Theater nach und nach, wurde zu einer großen, farbenprächtigen Scheune. Die Sonne stand tief, und der Saal lag in Schatten. Die letzten Nachzügler raschelten durch Binsen und Nussschalen davon und schauten nach fallengelassenen Münzen. Mäuse kamen hervor und schnupperten nach Apfelresten. Der Lärm war gänzlich verebbt. Durchs offene Dach hörte sie die Vögel.

Und Will kam wieder auf die Bühne. Es war seine Gewohnheit (wie Emilia wusste), dorthin zurückzukehren, solange das Schauspiel noch in der Luft hing, um auf und ab zu schreiten und in die Luft zu schreiben. An jenem Tag wusste er natürlich, dass sie kommen würde.

Sie stand auf, um ihm entgegenzutreten, und sie beide waren voller Ungeduld, als sie höflich das Schauspiel lobte und sich zu den Jahren äußerte, die seit ihrem letzten Treffen vergangen waren. Dann sagte sie: »Doch Ihr wisst, dass ich nicht eines Schauspiels halber kam, wie gut es auch erdacht sein mag. Ich kam, um von Träumen zu sprechen.«

Sein Blick wurde ausweichend und kalt. Er sah an ihr vorbei und nickte jemandem in den Kulissen zu.

»Von Träumen«, beharrte sie, »und der Träume Gebrechen.«

Seine kühlen Augen wandten sich ihr zu. »Ich weiß nichts von Euren Träumen und Judenrätseln. Das ist Zeitvertreib für einen Herrn, der dem Müßiggang frönen kann, wie ihm beliebt.«

»Nein, auch Ihr erzähltet mir von Euren Träumen.«

»Ist es so? Ich erinnere mich dessen nicht.«

Sie wollte ihn am Ärmel fassen, ließ es dann aber bleiben. Finster sahen sie einander an, als ein weiterer Schauspieler hinter Will vorbeiging, die Falltür auf der Bühne öffnete und die Leiter hinabstieg, ohne sie eines Blickes zu würdigen. Sie starrten einander noch immer schweigend an, als er mit einem schwarzen Hündchen auf dem Arm wieder hinaufstieg und in den Kulissen verschwand, das Hündchen in seinen Armen wiegend und pfeifend. Ihre Hand war an ihre Taille gewandert, wo sie den kleinen Dolch trug. Er war juwelengeschmückt und schmal, Tand, der nicht bedrohlich wirkte, die Klinge aber war scharf.

Ruhig sagte sie: »Erinnert Ihr Euch Eurer Träume nicht? Euer Pferd, das durch Blut gegangen, Euer Harnisch? Alexander?«

Beim Klang des Namens zuckte er zusammen, doch er sagte: »Also seid Ihr gekommen, um ... Nun, ich weiß es nicht. Muss ich Euch ein Pferd erträumen? Einen Harnisch, dass Ihr die Stiche der Liebe nicht spürt?«

»Ihr wisst, wovon die Rede ist. Wenn ich erwache, wird es in einer entstellten Welt sein. Meiner eignen Träume wegen.«

»So seid Ihr toll.«

»Ich bin toll, wie Ihr toll gewesen seid. Ich will wissen, wie ich meine Tollheit heilen kann, mein Herr.«

»Wascht Euch mit Nieswurz«, sagte er, »und tragt einen Achat.«

Ihre Hand umklammerte den Griff des Dolchs. »So wahr ich hier stehe, ich träume. Ihr wisst es. Ihr spracht von einem Ding, das Alexander Euch gegeben.«

»Wahrhaftig?« Seine Stimme klang glatt, doch sein Gesicht war angespannt und elend. »Dann kamt Ihr für wenig Jubel. Denn jenes Ding besitze ich nicht mehr.«

Sie stieß den Dolch nach ihm. »Wollt Ihr mir eine Antwort geben, oder muss ich nach Eurem Leben trachten?«

Dann warf er den Kopf zurück und lachte. Seine ganze Haltung veränderte sich und war plötzlich leicht, als hätte sie ihn von einem physischen Gewicht befreit. Und leicht bückte er sich, las eine Nussschale auf und bot sie ihr mit der geöffneten Hand.

Sie runzelte die Stirn, noch immer den Dolch umklammernd. »Verspottet Ihr mich?«

»Wie? Dies ist Euer Zeichen. Habt Ihr Euch ein Goldstück erhofft?«

Sie ließ die Klinge sinken. Doch als sie die Hand nach der Nussschale ausstreckte, schleuderte er sie davon, und als sie zusammenzuckte, griff er nach ihrem anderen Arm und entwand ihr den Dolch.

Einen Moment lang rangen sie miteinander, Emilias Augen suchten noch die Nussschale. Er drückte sie gegen sich und sie schrie. Dann riss sie sich los und stürzte sich auf die Nussschale – doch natürlich war sie ein Nichts. Ein Köder. So stand sie töricht da, mit einem Nichts in der Hand.

»Sorgt nicht«, sagte er. »Ihr sollt Euer Ding bekommen. Doch will ich bezahlt sein, bevor Ihr frei seid. So sagt mir nur eines über den Ort Eures Wachens.«

»Kein Ort«, sagte sie heiser. »Wie Ihr wisst, ist's eine Zeit.«

»Ay. Und gibt es Theater in dieser Zeit?«

Sie lachte unfreundlich. »Ihr wollt wissen, ob man sich Eurer erinnert?«

Er schwieg, und wartete dennoch auf ihre Antwort, seine Faust auf dem Dolch bleich und angespannt.

»Nun, seid frohen Mutes«, sagte sie. »Ihr seid nicht vergessen. Vierhundert Jahre und länger wird man in den Theatern Euren Werken applaudieren. Man wird Euren Namen aufsagen wie ein Schibboleth; in jedem guten Haushalt werden Eure Bücher sein. Und dann, wie Ihr wisst, wird die Welt in Flammen stehn und alles in dem großen Scheiterhaufen wird vergessen. Ist das Eurem Wunsch gemäß?«

Sein Mund war still, doch Tränen traten ihm in die Augen. »Ay. Ich dank Euch, Madam.«

Dann wollte sie ihn hassen, doch ihr eigener Blick wurde sanfter. In diesem Moment brach die Sonne durch die Wolken, und die Luft begann zu leuchten, leer und sonderbar. Es war, als ob nur sie und er echt wären und allein in einem Sturm aus abgenutzten Scheinbildern stünden.

Er sagte weich: »Einst war ich wie Ihr. Ich habe großen Ruhm in meinem Wahn erreicht, wie ein Held, der die Welt erlöst. Und doch stand die Welt in Flammen. Und ebenso war Alexander einst Kassandra, die sich das Haar ausriss und die Wahrheit hinausschrie – und doch ist Troja gefallen. Und doch stand die ganze Welt in Flammen. Und es mag tausend andrer solcher Kreaturen geben, die die Welt aus der Form träumen. Und doch wird die Welt in Flammen stehn wie die Sonne aufgehn wird.

Ich bin ein Narr, und meine Größe ist nichts als das Gemurmel der Narren; eine papierne Größe, sie wird verbrennen und vergehn. Doch eine andre Größe gibt es nicht. Ihr müsst es wissen. Eine andre gibt es nicht.«

Für einen kurzen Moment schwirrte ihr der Kopf. »Nun, ihr habt es zu Größe gebracht, mein Herr. Es ist gut.«

Er lachte und hob den Dolch. »Wenn der Wind darüber geht, so ist sie nimmer da, und ihre Stätte kennet sie nicht mehr.«

Dann drehte er den Dolch in seiner Hand und hielt ihr den Griff entgegen. »Hier ist das Ding, das Euch befreien kann. Es brennt in der Kehle, doch ist es schnell getan.«

Sie verstand sofort. Sie nahm den Dolch. Er beobachtete sie mit seiner üblichen Mattigkeit: ein krautbrauner Mann; ein mürrischer, gewöhnlicher Mann. Die Theaterschminke auf seiner Stirn war von schweißigen Rinnsalen durchzogen. Hinter ihm die Himmelsgefilde des Bühnenbilds, die Sonne mit ihren gelben Tentakeln, das hellblaue Tuch. Sie liebte ihn, wie sie vielleicht einen schwierigen Bruder geliebt hätte. Sie tat einen letzten klaren Atemzug.

Und es war noch immer ihr Traum, ihr Albion, wo Blockflöten zum Klatschen der Ruder spielten, wo sie mit einem Falken in limonengrünen Wäldern auf der Jagd gewesen, wo sie mit einem schwarzbemähnten Pferd über eine Wiese galoppiert und ein Märchenschloss am Horizont erschienen war, wo sie ihr halbes Leben verbracht hatte.

Doch sie wusste es.

Sie legte die Spitze der Klinge oben an ihre Kehle und nahm das Heft in beide Hände. Nun, es war nur ein Traum. Sie würde im Bett erwachen.

Will sagte: »Fürchtet Euch nicht, mein Herz. Es ist nur ein Stich, Euch für den Heimweg anzuspornen.«

Sie nahm Haltung ein und stieß den Dolch in ihre Kehle. Der Hieb erschütterte ihren Schädel, eine betäubende Qual. Will trat zurück, als sie schwankte. Sie griff nach dem heißen Blut, das wie ein Windstoß auf ihre Hand traf. Ihre Hand wurde taub. Der Dolch fiel klappernd zu Boden, weit entfernt. Für einen Moment war da ein Taumeln, eine Ungläubigkeit. Dann stürzte sie heftig, als hätten heftige Tritte sie an verschiedenen Stellen getroffen. Auf den Rücken, und dieses brennende Reißen. Als Letztes die falschen Himmelsgefilde. Blauer Stoff, und daneben der echte Himmel, der grau und durchscheinend war, als könnte man ihn berühren und als wäre er ganz weich. Sie blinzelte. Die falschen Himmel und die grauen Himmel. Noch immer am Leben.

Dann betrachtete sie die Szene von oben, wie eine Fledermaus, wie ein Käfer, der an dem falschen Himmel festklebt. Sie sah Emilia, wie sie mit den Beinen trat und nach Atem rang. Da hockte Will sich neben sie und presste seine Hand auf die Wunde. Er presste einen Ärmel auf die Wunde und schrie nach Hilfe – letzten Endes doch ein Feigling, der beim Anblick von Blut aus der Fassung geriet, der seiner Geliebten sagen konnte, sie solle sich töten und es nicht ertrug, sie sterben zu sehen. Und sie war noch immer nicht tot. Sie würgte und litt. Dröhnende Schritte, die sie in ihrem Fleisch als innere Schwingung wahrnahm – und Kate verlor den Halt. Sie konnte es nicht ertragen. Sie war fort.

(Dann eine Zeit, in der sie nichts war. Sie war niemand in der Welt.)

(Und sie erwachte in einem Traum über Kates eigenes Leben, auf einer Zeitachse, die Kate noch nie besucht hatte. In dem Traum saß sie neben Ben in einem Bus. Es war eine Charterfahrt zu einer Anti-Kriegs-Demonstration in Washington. In dem Traum wusste sie nicht, um welchen Krieg es ging. Sie wusste nur, dass es ein furchtbarer, ungerechter Krieg war, und hilflose Menschen aus der Luft bombardiert wurden.

Doch die Kate in dem Traum war guter Dinge. Sie saß neben Ben, und noch konnte alles gut werden. Und auch die anderen Menschen in dem Bus waren froh; sie sangen »No Pasarán« mit Gringo-Akzent, hielten ihre Protestschilder gegen die Fenster, sie waren so froh, weil sie an sich glaubten. Sie dachten, sie könnten alles in Ordnung bringen. Kate lachte, sie verstand und sang, bis das Lied irgendwann einfach vorüber und Zeit vergangen war.

Dann erzählte sie Ben in dem Traum von der apokalyptischen Stadt. Sie sagte: »Wie in *Terminator 2*. Wie die schlimmste Version der Skynet-Zukunft, ein Planet voller Maschinen, in der alle Menschen tot sind. Doch in meinem Traum haben nicht die Maschinen die Menschen getötet. Wir haben uns in einem Atomkrieg gegenseitig vernichtet. Und die Maschinen übernehmen die Erde nicht. Sie rosten vor sich hin und verfallen. Die Erde wird völlig unbewohnbar. Nicht einmal mehr Bakterien gibt es. Es gibt dort kein Leben.«

»Also nicht wirklich ähnlich.«

»Na ja, es ist immerhin eine Apokalypse.«

»Und schickt jemand einen Robo-Auftragsmörder in die Vergangenheit, um die Apokalypse zu verhindern?«

»Ich wünschte, es wäre so«, sagte Kate. »Das wäre toll. Doch stattdessen schicken sie mich.«)

21

Ben nahm Oksana mit, weil es sonst niemanden gab. José war in Afghanistan und Martin war in London. Kates Mutter würde nicht mehr kommen, bis sie Kate Ende des Monats abholte, um sie nach Ohio zu bringen. Sabine war damit beschäftigt, potenzielle Spender zu exklusiven Essen einzuladen und Anrufe für die Leute von Soros zu erledigen; seit der Krieg begonnen hatte, war sie überhaupt nicht mehr zu erreichen. Er war als Einziger zugegen, als Kate das Kind bekam, und seitdem gab es nur noch Ben.

Sogar das Krankenhaus versuchte, sie loszuwerden. Als ihre Wehen eingesetzt hatten, war sie noch in der psychiatrischen Abteilung gewesen, und die Entbindungsstation hatte sich geweigert, sie aufzunehmen. Sie hatten gesagt, sie hätten für Mütter, die sich »agitiert zeigen und sich etwas antun« könnten nicht die notwendigen Sicherheitsvorrichtungen. Das war der eine Kampf. Dann, als das Kind auf der Welt war, wollten die von der Psychiatrie sie nicht zurücknehmen. Sie hatten gesagt, sie seien nicht ausgestattet, um Mütter von Neugeborenen aufzunehmen. In der Zwischenzeit war Kate aus ihrer Versicherung geflogen. Ben musste einen Tag Urlaub nehmen und in verschiedenen Büros Leute anschreien und am Ende trotzdem die Kosten für einen einwöchigen Krankenhausaufenthalt im Voraus bezahlen.

Kate war ein Geldschlucker, ein Zeitschlucker, ein Energieschlucker. Wie Sabine es ausdrückte: Sie war menschlicher Treibsand. Ben machte anderen Vorwürfe, wenn sie Kate im Stich ließen, doch er wusste, dass seine eigene Loyalität pervers war. Sie waren nur ein Jahr zusammen gewesen. Sie hatte ihn betrogen. Am Ende war sie völlig verstört gewesen, hatte den ganzen Tag geweint und geglaubt, Ben sei nicht echt. Dennoch hielt er sich immer wieder all die kindischen Illusionen vor Augen: dass ihr Sex überirdisch gut gewesen sei und er während ihrer ersten gemeinsamen Monate zum ersten und letzten Mal wahres Glück erlebt habe, dass sie liebenswürdig, witzig, zauberhaft gewesen sei wie niemand sonst, dass er ihr Leben retten könne, wenn er es nur richtig versuchen würde.

Also ging er drei Mal in der Woche ins Krankenhaus. Jedes Mal schwor er, dass es dieses Mal anders sein würde, und jedes Mal war es dasselbe. Wenn er ankam, bemühte Kate sich, fröhlich und normal zu wirken, doch ihre Augen waren traurig und anklagend, sie konnte es nicht verstehen. Sie wollte, dass Ben sie nach Hause brachte oder wenigstens um sie besorgt, liebevoll war. Doch Ben war außerstande, liebevoll zu ihr zu sein, weil er sie nicht nach Hause bringen konnte. Also stellte er ihr Fragen, die darauf abzielten, ihren Wahnsinn zu entlarven, um sich selbst zu beweisen, dass er kein Monster war, weil er sie an diesem Ort zurückgelassen hatte. Kate versuchte, die richtigen Antworten zu erraten. Es war eine Folter für sie. Das machte es zu einer Folter für Ben, und das äußerte sich bei Ben in Wut.

Am Ende brach Ben stets das Versprechen, das er sich selbst gegeben hatte, und fragte sie, warum sie mit José gefickt hatte. Dann war Kate erstaunt und sagte, dass sie sich daran nicht erinnern könne. Sie war schockiert, wenn er sagte, das Baby sei von José. Einmal hatte sie nachdenklich gesagt: »Das ist so merkwürdig.« Dann wurde Ben fast verrückt und beschimpfte sie, dass sie ihn monatelang in dem Glauben gelassen habe, der Kindsvater sei Martin, dass sie diese altruistische Nummer durchgezogen habe, während sie in Wirklichkeit José gefickt hätte. Dann krümmte Kate sich zusammen und brach in Schluchzen aus, das Baby wachte auf und kreischte untröstlich. Am Ende wurde Ben also doch noch als Monster enttarnt. Es geschah jedes Mal.

Und dann schlief er, mittlerweile fast jede Nacht, mit Alicia – Alicia, die er hinter ihrem Rücken immer noch »den ExxonMobil-Menschen« nannte, obwohl es in ihm jedes Mal ein rauschhaftes Gefühl der Scham hervorrief. Und sie war nicht nur ein ExxonMobil-Mensch; sie pflegte eine geheime Leidenschaft für Liebesromane, war auf dem College eine halbprofessionelle Skiläuferin gewesen, lief an besonders abgelegenen Orten, wo man sie mit dem Helikopter hinbringen musste, noch immer Ski, wofür sie gesponsert wurde, und das Geld spendete sie für Multiple Sklerose. Sie sprach Japanisch, konnte jedoch nichts auf Abruf sagen, ohne rot zu werden und ihr Gesicht in den Händen zu vergraben. Sie war schlau, obwohl sie nie wirklich Witze machte und keine Meinung zu politischen Themen hatte. Sie war gutherzig. Sie verdiente es, geliebt zu werden.

Ben konnte Alicia nicht lieben. Er tat Dinge ausschließlich, weil sie etwas anderes waren als die Dinge, die er nicht ins Auge fassen konnte. Er trat auf der Stelle und tat anderen dabei weh – abscheulich. Er wusste, dass es abscheulich war, doch er konnte nicht damit aufhören. Er konnte nicht allein schlafen.

Oksana wartete an der Straße vor dem Eingang zur psychiatrischen Abteilung auf ihn, dort, wo die Junkies schon Schlange standen und auf die Öffnung der Methadonausgabe warteten. Ben musste einen Junkie aus der Türöffnung vertreiben, um ihnen den Weg zum Sicherheitsschalter freizumachen. Ben zahlte die Besuchsgebühr für sie beide und – weil Oksana darauf bestand – für einen Mann, der kein Geld hatte und behauptete, unbedingt seinen Sohn sehen zu müssen. Oksana trug nur Jeans und BH; der Sicherheitsbedienstete wollte sie nicht durchlassen, bis Ben ihr seine Jacke gab, und dann machte Oksana einen riesigen Wirbel darum, dass sie für den Besucherausweis fotografiert werden sollte. Zwar gelang es Ben, sie zu besänftigen, doch mittlerweile war der Wachmann verärgert und bestand darauf, sie beide zu durchsuchen.

Innerhalb des Krankenhauses war alles egal. Es war niemand da. Nicht einmal Krankenpfleger, und die Patienten auf dieser Etage waren alle eingeschlossen. Hin und wieder war ein richtungsloses Stöhnen zu hören. Die Hälfte der Lampen war aus. Es roch nach Urin und Bleichmittel und Pestiziden. Der Boden war immer nass, weil immer frisch gewischt, und auch die billige Wandfarbe wirkte dauerhaft feucht; im Halbdunkel glänzte und schwamm alles.

Sie gingen eine stockdunkle Treppenflucht hinauf und mussten einen Summer betätigen, um in die offene Abteilung gelassen zu werden. Hier schlurften die Patienten frei durch die Korridore, starrten, und Asperger-Andy kündigte Ben mit ohrenbetäubend lauter Seehundstimme an. Die Wände waren mit Werbeplakaten für Süßigkeiten, Fast Food, Zigaretten bedeckt – alles, wonach sich ein Psychiatriepatient sehnen und worum er seine von Schuldgefühlen geplagte Verwandtschaft bitten könnte. Sogar auf den Krankenhauspyjamas prangte das Logo der Firma NyQuil mit dem Bild eines schlafenden Katzenbabys. Aus den geöffneten Türen drang das Geplapper des therapeutischen Radios, das den ganzen Tag lief und das man nicht abstellen konnte; einmal hatte Ben Ohrstöpsel für Kate mitgebracht, doch sie waren konfisziert worden und man hatte Ben gesagt, dass eine Studie aus Stanford den therapeutischen Wert des Radios offiziell bestätigt habe. Dennoch konnte er dem Radio nicht verzeihen; das süßliche Inspirationsgeschwätz war die Verkörperung seines Gefühls, dass dies kein Ort war, an dem Kranke gesundeten, sondern ein Verlies, in dem unglückselige Menschen eingesperrt und systematisch in den Wahnsinn getrieben wurden.

Sie fanden Kate in der Cafeteria, wo sie Automatenkaffee aus einem Pappbecher trank. Niemand sonst war dort; die Küche der Cafeteria war um diese Uhrzeit noch geschlossen, und die geistig fitteren Patienten waren alle im Fernsehraum. Aus der Küche hörte man das Tropfen eines Wasserhahns, und eine träge Wasserwanze inspizierte eine Pfütze neben dem Kaffeeautomaten. Alles war hässlich, aus Plastik, schmutzabweisend, beige. Kate trug das Baby in ihrem Tragetuch, und Ben kämpfte gegen eine Welle ambivalenter Gefühle an. Er hing an dem Baby, natürlich. Er hatte es wenige Stunden nach der Geburt gesehen, als es noch rotgesichtig und amphibisch war, und hatte die Panik eines Elternteils angesichts dieser blinden Zerbrechlichkeit gespürt; er hatte es einige Male im Arm gehalten und seine winzige Wärme hatte ihn friedlich gestimmt und berührt. Nun, mit fünf Wochen, war es auf geradezu unheimliche Weise vollkommen: schwarzäugig und stupsnasig, ein nachdenkliches Säugetier, das sich umsah und die Stirn runzelte, als grübelte es über ein Problem nach, und das noch ganz in der Welt des Selbst lebte, in einem Universum, das nur ein einziges Subjekt mit Bewusstsein enthielt. Das Baby war ein Hort der Magie, und Ben war seinem Zauber gegenüber nicht immun.

Zugleich war das Baby ein Hort des Schmerzes – nicht nur wegen José, sondern wegen Kate, die ihm nicht wirklich eine Mutter sein konnte, die klinisch verrückt war und sich nicht an seinen Namen erinnern konnte, es abwechselnd mit Ryan oder Salman oder der Nonsenssilbe »Qued« ansprach, die panische Angst davor hatte, dass ihr jemand das Kind wegnehmen könnte (was wahrscheinlich das Beste wäre), und deren Bewältigungsstrategie darin bestand, so zu tun, als könne niemand außer ihr das Baby sehen. Sie mochte es nicht, wenn andere es erwähnten. Sie bedeckte sein Gesicht mit dem Tragetuch.

Manchmal setzte Ben sich darüber hinweg, begrüßte das Baby und bestand darauf, es zu sehen – die Ergebnisse waren gemischt. Oksanas Anwesenheit verkomplizierte die Sache noch. Als Kate aufstand, beschloss er, das Risiko nicht einzugehen.

Dann der Moment, den er jedes Mal durchmachte. Es war Kate. Es war nicht nur eine schreckliche Situation, es war Kate – obgleich schlaff und erschöpft nach der Geburt, ihr dramatisches schwarzes Haar in einem Pferdeschwanz verschwunden, ihr Gesicht eingefallen und gewöhnlich in dem unvorteilhaften Licht. Ihre Bewegungen waren steif, als sie ihnen zur Begrüßung entgegenkam, und er dachte: *Sie foltern sie; sie bringen sie um*. Doch natürlich war es die Geburt gewesen. Jede Frau konnte kurz nach einer Geburt so aussehen.

Weil Oksana dabei war, gab Kate sich keine Mühe, zurechnungsfähig zu wirken. Stattdessen sprach sie mit Oksana, als ob Oksana sie aus Kates Paralleluniversum besuchte, wo alles schön und gut war. Ben kam es zermürbend narzisstisch vor, wie Kate ihre Einbildungen auf Oksana projizierte, die so zu einer Stütze ihrer Fantasiewelt degradiert wurde. Oksana schien jedoch nicht verärgert zu sein, als Kate sie nach ihren Dokumentarfilmprojekten oder ihrer Organisation zur Rettung von Katalogbräuten befragte.

Sie erklärte ihr nur mit ihrer tonlosen Stimme, dass sie all das gar nicht tat, sondern Stripperin war. Dann (Fingernägel auf einer Schiefertafel für Ben, doch anscheinend kein Problem für Oksana) sah Kate betroffen drein und entschuldigte sich dafür, eine Welt erschaffen zu haben, in der Oksana Stripperin war – als wäre Oksana einverstanden damit, dass Strippen furchtbar wäre und Kate diese Welt erschaffen hätte.

»Ich dachte, ich könnte es alles wieder rückgängig machen«, sagte Kate, »aber so funktioniert es nicht wirklich. All diese Zeitachsen existieren jetzt und können nicht mehr getilgt werden. Ich meine, die hier fühlt sich an, als wäre sie schrecklich. Ist sie schrecklich?«

»Sie ist schrecklich«, sagte Oksana.

»Es tut mir leid«, sagte Kate. »Ich wünschte, ich könnte es in Ordnung bringen.«

»Kate, es muss dir nicht leidtun«, sagte Ben. »Das ist nicht echt. Du hast nicht wirklich diese Welt erschaffen.«

»Ich rede gerade mit Oksana«, sagte Kate. »Oksana stört es nicht, dass ich verrückt bin.«

»Ja«, sagte Oksana. »Wir sind hier in einem Krankenhaus für Verrückte. Wenn ich nichts Verrücktes hören will, komme ich nicht her.«

Ermutigt beschrieb Kate ihre neueste Wahnvorstellung, in der sie im Traum Shakespeare besucht und ihn gefragt habe, wie man ihren Wahn heilen könne. Er habe ihr geraten, sich umzubringen, also habe sie sich gehorsam einen Dolch in den Hals gerammt. Sie sei auf der Bühne zusammengebrochen – es sei im Globe Theatre gewesen – und selbstverständlich davon ausgegangen, dass sie sterben würde.

Doch sie habe nur den vorderen Teil des Halses durchbohrt. Ein anderer Patient hier habe den gleichen Fehler gemacht, und er sei der Ansicht, dass sie vielleicht nur die Halsader angeschnitten oder irgendeine beschissene Arterie durchtrennt habe, zum Beispiel die Schilddrüsenschlagader. In diesen Fällen sei der Blutverlust minimal. Manche würden aufgrund der Beschädigung der Luftröhre sogar langsam ersticken. Es könne zwanzig Minuten dauern, bis man tot sei.

Deswegen kehre sie nun in ihren Träumen immer wieder zu dieser Szene zurück. Der Schmerz sei unerträglich und lasse sie aufwachen; sie halte es stets nur für ein paar Sekunden aus. In einem Traum sei sie von der Bühne getragen worden. Im nächsten hätten sie es bis zur Außentreppe geschafft. Es habe zehn Träume – zehn Nächte – gedauert, bis man sie auf den Kahn ihres Freundes Southampton verfrachtet habe, um sie zu einem Arzt zu bringen. Die ganze Zeit quäle sie der Schmerz, sie müsse würgen und friere, als sei ihr Körper ganz aus blankem Knochen. In der darauffolgenden Nacht wieder. Es komme immer wieder. Sie könne dem Traum nicht entkommen.

Und im Wachzustand würde sie von Visionen einer postapokalyptischen Stadt geplagt. Sie habe sie schon vorher in ihren Träumen gesehen, doch nun würde sie manchmal auftauchen, wenn sie nur die Augen schlösse. Sie sehe die verkohlten Reste einer seit Langem toten Welt; sie fühle die klebrige Asche auf ihrer Haut. In diesen Momenten wisse sie, dass die Apokalypse nahe. Die Welt würde in Flammen stehen. Es habe alles keinen Sinn. Schlimmer noch – all ihre Taten hätten die Auslöschung der Welt näher rücken lassen.

Hier machte Kate eine Pause, um die Reaktionen abzuwarten. Ihre Hand strich mit mechanischen, besänftigenden Bewegungen über den Stoff des Tragetuchs – den Rücken des Babys –, und Ben fiel auf, dass sie noch immer seinen Verlobungsring trug. Bei seinem letzten Besuch hatte sie gemeint, sie könne sich nicht erinnern, den Ring angenommen zu haben, sie habe Verlobungsringe schon immer gehasst. Doch als er sie gebeten hatte, ihm den Ring zurückzugeben, war sie in Tränen ausgebrochen.

Ben sagte vorsichtig: »Das scheint eine sehr düstere Vision zu sein.«

»Nicht wirklich.« Kate zog ein Gesicht, als wäre Bens Reaktion übermäßig dramatisch. »Immerhin ist es nichts Neues, dass wir die Welt zerstören. Wir zerstören sie ja offensichtlich wirklich.«

»Richtig«, sagte Oksana. »Das stimmt.«

Ben sagte: »Hast du deiner Psychologin davon erzählt?«

»Ich glaube, du hast das Wesentliche nicht begriffen«, sagte Kate.

»Die Psychologin sollte davon wissen«, sagte Ben und versuchte, ruhig zu bleiben. »Es sieht so aus, als könnte es eine schlechte Entwicklung sein.«

Oksana sagte zu Kate: »Ich denke, du solltest in diesem Traum nicht sterben. Du träumst stattdessen, dass dein Hals verheilt, und dann ist es besser. Du hast diese Probleme nicht mehr.«

»Nein«, sagte Kate, »dann hätte ich nur immer wieder diese Träume, und jeder Traum macht alles noch schlimmer. Ich habe schon meinen *Bruder* ausgelöscht. Es tut mir leid, ich weiß, dass ihr das alles nicht glaubt.«

Ben sagte: »Also ist dir klar, dass deine Krankheit das macht?«

Es gab eine Pause, so eine Pause, wenn jemand über einen Abgrund springt und der Film zur Zeitlupe wechselt, dann sagte Kate: »Nein. Ich gehe, deshalb will ich ehrlich sein.«

»Du gehst?«, sagte Ben. »Was heißt das?«

Kates Gesichtsausdruck wurde paranoid, ihre Augen leuchteten in kühler Überlegenheit. Das archetypische Gesicht einer Verrückten. Auf Ben hatte das eine physische Wirkung. Ihn überkam eine Übelkeit, die von seinen Augen ausging.

So ruhig, wie er es nur fertigbrachte, sagte er: »Wenn du so etwas sagst, muss ich mir Sorgen machen, dass du an Selbstmord denkst. Verstehst du das?«

»Nein«, sagte Kate merkwürdig affektiert. »Das scheint mir ziemlich weit hergeholt.«

»Was meinst du dann, wenn du sagst, dass du *gehst*? Heißt das, du gehst zurück nach Ohio?«

Kate verzog das Gesicht. »Ich komme nicht aus Ohio. Ich war in meinem ganzen Leben noch nicht in Ohio.«

Ben wäre fast in seine abgedroschenen Erklärungen über ihre Kindheit in Cincinnati verfallen. Doch dann sah er Kate an, dass Kate es wusste. Sie beharrte auf ihrer liebsten Wahnvorstellung – die, in der ihre Eltern zusammengeblieben waren und in Manhattan lebten und Kates beste Freunde waren –, doch sie wusste es. Er wurde von einer Welle der Verzweiflung erfasst. Das Baby regte sich jetzt, und ihm war so elend zumute, dass er sich fürchtete.

Heiser sagte er: »Deine Mutter wollte kommen und dich nach Hause holen, zu ihr nach Ohio. Ich frage ja nur – ist es das, was du mit Gehen meinst?«

»Du hörst mir nicht zu, ansonsten wüsstest du, was ich meine. Ich nehme deine Realität ernst. Ich behandle sie mit so viel Respekt, obwohl ich nur für ein paar Tage hier bin. Und du hörst mir nicht einmal zu.«

Dann waren seine Hände zu Fäusten geballt und er sagte: »Meine Realität ist *real*. Sie ist die Realität von allen. So weiß man, was real ist, Kate.«

Das Baby rührte sich wieder, wand sich in seinem Tuch. Kate sah zu ihm herab und sagte in einer vom Baby besänftigten Stimme: »Bitte geh nicht auf mich los.«

»Ich gehe nicht auf dich los. Ich möchte, dass du dich darauf konzentrierst, gesund zu werden. Wenn du nicht mit der Psychologin –«

»Es bringt nichts. Es ist Zeitverschwendung.«

»Ist es nicht«, sagte Ben hilflos. »So wird man gesund.«

»Niemand wird so wirklich gesund.«

»Was stellst du dir dann vor?«

»Ich gehe. Ich verlasse diese Zeitachse. Das habe ich *gesagt.*« Dann lehnte Kate sich zurück und weinte plötzlich – weinte und rieb sich heftig die Stirn, als würde sie versuchen, ihre Gedanken zu zermahlen. Das Baby protestierte, jammerte und strampelte. Oksana starrte Ben mit starrer, offener Feindseligkeit an.

Er murmelte zu sich selbst: »Ich ertrage diesen Scheiß nicht mehr. Ich werde noch selber verrückt.«

Dann lehnte Kate sich über den Tisch und brüllte: »Komm also nicht mehr her! Ich habe nie gesagt, dass du kommen sollst. Du willst mich nur bestrafen. Du weißt gar nichts!«

Ben stand auf, und Kate hob die Hände, als würde sie einen Schlag abfangen wollen. Das Baby kreischte wie wild. Er hasste sie in diesem Moment so sehr, dass er wie im Rausch war. Er hätte den Tisch quer durch den Raum werfen können. Er hätte seinen Kopf durch eine Fensterscheibe rammen können.

»Keine Angst«, sagte er, »ich komme nicht wieder. Ich will ja nicht zwischen dir und deiner Psychose stehen. Schönes Leben noch in der Psychiatrie. Du hast bestimmt die richtige Wahl getroffen.«

Er ging – und war überrascht, dass Oksana ihm folgte, durch all die hell erleuchteten Flure und dann die dunklen Flure. Ihre Turnschuhe quietschten auf dem nassen Boden.

Draußen, wo die zerstört aussehenden Junkies noch immer in einer Wolke aus Zigarettenrauch standen, weil die Methadonausgabe noch immer nicht geöffnet war, hielt Oksana ihn auf und redete zehn Minuten auf ihn ein, so heftig, dass ihre Zähne sich zu sträuben schienen. Es ging darum, dass Kate glaubte, Oksana leite eine Organisation, die Katalogbräute rettete. Oksana sagte, sie sei früher selbst eine Katalogbraut gewesen und von ihrem beschissenen Ehemann geschlagen und vergewaltigt worden, dann sei sie weggelaufen und habe bei irgendwelchen Arschlöchern gewohnt, die sie gefickt hätten; sie habe kein Geld gehabt, und deshalb sei ihr Leben so verlaufen. Sie war atemlos, spuckte die Wörter nur so aus. Die Junkies lauschten in stiller Anerkennung; sie lauschten, als würden sie sich vielleicht bald einmischen. Ben schielte immer wieder zu ihnen herüber, während sie redete. Er war zu müde, um richtig zuzuhören.

Am Ende sagte sie: »Was Kate glaubt, ist wunderbar. Ich wünschte, ich hätte das getan, für Frauen wie mich. Wenn ich einigen Leuten helfen kann, und wenn es nur eine Person ist, kann mein Leben vielleicht okay sein. Aber ich tue es nicht. Kate denkt, ich bin ein guter Mensch, aber ich bin gar nichts. Ich bin scheiße.«

Als sie mit dem Reden fertig war, riss Ben sich am Riemen und sagte mit seiner bestmöglichen mitfühlenden Stimme: »Ich weiß, wie du dich fühlst. Kate glaubt auch, dass ich ein guter Mensch bin. Hat sie früher zumindest getan.«

»Falsch«, sagte Oksana. »Du bist kein guter Mensch.«

Dann zog sie Bens Jacke aus und warf sie zu Boden. Die Junkies applaudierten. Es war nicht klar, ob sie ihren Ausbruch oder ihren BH beklatschten. Plötzlich hatte Ben Angst vor ihnen. Angst vor Oksana.

Sie sagte: »Ich schäme mich, dass ich mit dir hergekommen bin. Du sprichst mit einer kranken Frau, als wäre sie ein Tier. Du bist böse. Du bist wie der Teufel.«

Die Junkies johlten wieder als Oksana davonging, ihr nackter Rücken gekrümmt und rosa vor Kälte. Ben versuchte sich vor Augen zu halten, dass Oksana verrückt war. Er versuchte sich vorzustellen, wie witzig es klingen würde, wenn er Kate später davon erzählte. Aber das würde er nicht – er würde es Alicia erzählen, die dafür kein Verständnis hätte, die entsetzt wäre und ihn bemitleiden würde. Der er somit nicht davon erzählen konnte.

Und der Wind ging durch die Stadt (an einem Tag wie jeder andere), und der Himmel war blau. Ben hob die Jacke auf, vergaß aber, sie anzuziehen. Er ging mit der zusammengeknüllten Jacke in den Händen zur U-Bahn und wusste lange nicht, warum er fror.

In jenem Frühling wurde Ben von ExxonMobil nach Houston versetzt. Der Kontakt zu seinen Freunden in New York brach ab. Deshalb war es Kates Mutter Ágota, die ihm in einer E-Mail schrieb, dass Kate in einem Krankenhaus in Ohio gestorben sei. Es habe gebrannt; sie sei an einer Rauchvergiftung gestorben. Es gebe keine Hinweise darauf, dass sie habe leiden müssen.

22

Und die Stadt
schwarz und weiß
ihre Asche, ihr Eis. Der zerstörte Planet, der seine Innereien mit Rauch entließ. Felsbrocken, die aus dem feindseligen Weltall regneten. Die Hülsen der toten Käfer, die sich in Verwehungen gesammelt hatten; die schwarzen Äonen jenseits vom Ende der Welt. Ihr Gehirn nur mehr Asche. Es wurde in der Luft zerfetzt, wurde zu nichts anderem als der Silhouette der Stadt, die sich in ihre Netzhaut eingebrannt hatte. War eine Zeit, in der sie nichts war. In der es niemanden gab auf der Welt. Konnte nicht atmen. Und schrie:

Kate erwachte in Ohio über ein Badezimmerwaschbecken gebeugt. Sie griff nach dem kalten Porzellan, Tränen der Dankbarkeit in den Augen, lebendig und ohne Sehnsucht danach, was sie verloren hatte. Sie war echt. Es gab andere Leute. Sie konnte atmen, und es gab Luft. Sie war im Haus ihrer Mutter, und draußen regnete es. Sie hörte den Regen und hörte das Schreien des Babys in ihrem Schlafzimmer. Doch noch dachte sie nicht daran, zu ihm zu gehen. Sie atmete.

Auf dem Waschbeckenrand stand eine weiße Seifenschale aus Keramik, die einer Jakobsmuschel nachempfunden war. Es waren noch Seifenreste darin, aber kein Seifenstück. Auf der anderen Seite des Waschbeckens lag ein Küchenschwamm: ein gelbes Rechteck mit waldgrüner Scheuerfläche. Er sah verwittert aus, und auf der Scheuerfläche klebte ein weißes Haar. Daneben stand eine Flasche

Handseife mit Apfelduft, durchscheinend grün mit weißem Spenderaufsatz. Ein Preisschild klebte darauf, aufgeweicht, aber noch immer leuchtend rot. Sie hatte $3.69 gekostet.

Wie würde man solche Dinge einem Menschen wie Will Shakespeare erklären? Hatte Kate sie erschaffen, und wenn es so war, sollte sie stolz oder beschämt sein?

Nun, sie hatte die Welt zu retten versucht, als sie über die Welt nachgedacht hatte. Es sollte keine Rolle spielen, dass sie unsicher und eitel war, dass sie nicht nur die Menschheit retten, sondern dabei auch noch eine große Heldin sein wollte. Dass sie eine Welt gewollt hatte, in der sie von Bedeutung sein konnte – so wie Will eine Welt gewollt hatte, in der er großartige Stücke schrieb, und Alexander eine Welt gewollt hatte, in der er Asien eroberte. Es war das ureigene Wesen des menschlichen Bewusstseins, sich selbst wichtig zu nehmen. Sobald ein Bewusstsein in einer beliebigen Zeit existierte, würde es aus den Zuckungen seines Egos neue Welten entstehen lassen. Daher der hässliche Küchenschwamm und die Marionettenregierung, die billige Handseife und das Sterben der Ozeane.

Doch nun war alles, was Kate sich für Kate wünschte, ein Mensch zu sein. Zu leben wie jeder andere, zu sterben und zu vergessen. Es war die einzige Veränderung, die sie sich für die Welt wünschte.

Hinter dem Küchenschwamm lag der Verlobungsring von Ben, den Kate abgenommen hatte, um sich die Hände zu waschen – ein einfallsloser Diamantsolitär, den sie eines Morgens an ihrem Finger entdeckt hatte, lange nachdem Ben gegangen war. Jetzt streifte sie ihn über und hielt inne. Der Regen hatte aufgehört, doch die Windböen waren heftiger geworden. Es klang, als täten sie den Fenstern weh. Ihr Sohn war verstummt, und sie fühlte eine vertraute Panik, den Drang, zu überprüfen, ob er noch atmete. Sie könnte zu ihrem Sohn gehen und nie wieder die Tür öffnen. Nie wieder ans Telefon gehen und nie wieder die Post öffnen. Sie könnte sich in diesem kleinen, öden Leben verstecken.

Doch während ihr dieser Gedanke kam, klingelte es an der Tür.

Sie ging die Treppe hinab wie unter Zwang, fürchtete sich. José stand vor der Tür. Sein Mietwagen parkte in der Einfahrt. Er fühlte sich sichtlich unwohl, war zu ordentlich gekleidet. Die Haare sahen aus wie frisch geschnitten. Es wirkte alles so, als wäre dies die eine echte Welt und als wäre er gekommen, um seinen Sohn zu besuchen.

Und sie erinnerte sich an eine Zeit in einer anderen echten Welt – in der Welt, in der das Baby Oksanas gewesen war, in den Monaten nach der Geburt –, als sie ein Kanu gemietet hatten und auf den See hinausgefahren waren. Sie hatte »Tom o' Bedlam« gesungen, während José ruderte. Es war ein schöner Tag gewesen, doch José hatte sich merkwürdig benommen, hatte komische, nervöse Witze gerissen, die irgendwie unpassend waren. Er schien auf eine Weise aufgewühlt, die nicht zu José passte. In der Mitte des Sees begriff sie es dann. Sie sprach es aus, und er hörte auf zu rudern und saß da, die schwitzigen Hände auf die Knie gepresst. Sie sagte: »Nein, du bist ein anderer. Ich weiß, was du bist.« Dann hatte sie geredet und ihn angefleht, doch er starrte nur und hörte nicht. Er war nicht mehr da, verschwunden in der trügerischen Welt.

Und so wie Will sie einst gehasst hatte, so hasste sie José – oder den Fremden aus der Zukunft, der von José Besitz ergriffen hatte, der gekommen war, um die Welt zu retten, weil Kate es nicht geschafft hatte. Sie wollte ihm sagen, dass auch er scheitern, dass die Welt in Flammen stehen würde, dass die Insekten sterben und die geschwärzten Türme in leblosem Raum stehen würden.

Doch er litt. Das Licht tanzte auf dem See. Am Ufer lachten Kinder und warfen den Schwänen Brot zu. Er war echt. Er schwitzte und versuchte aufzuwachen. Und in der ganzen grünen Welt gab es niemanden sonst. Allein in dieser todgeweihten und sorglosen Welt fühlte er, was sie fühlte.

Schließlich saß sie an ihn gelehnt auf dem Boden des Boots, und sie starrten in den Himmel, bis es vorüberging. Sie sang dem blöden Himmel »Tom o' Bedlam« vor. Und er sagte: »Geh nicht in das Krankenhaus in Ohio. Wenn du dort ins Krankenhaus gehst, wirst du sterben.«

Danach waren sie für eine Weile befreundet gewesen. Es war die Zeit, in der sie das Wandbild bei Martin fertigstellte. Er kam vorbei und saß auf dem Fußboden, während sie malte, und sie redeten über alles außer das eine. Oft diskutierten sie über Politik, stets das Thema umschiffend, wohin die Ereignisse führten, welche Zukunftsängste ihn vermutlich plagten. Und wie es sich anfühlte, die beiden zusammen in einem Raum – er war echt, und der tiefe Brunnen, der Schatten der Welt. Er war genauso groß wie sie, und wenn sie gemeinsam die Straße entlanggingen, schienen sie auf derselben Höhe zu schwimmen, zuversichtlich wegen derselben unaussprechlichen Sache.

Natürlich sprachen sie über Kates Träume, obwohl José nie von seinem anderen Leben erzählte, seinem Leben in der vermutlich aussichtslosen Zukunft. Doch er gab ihr Hinweise, was sie tun sollte. Er riet ihr, sich von der Politik fernzuhalten, keine öffentliche Karriere anzustreben, ein ruhiges, entspanntes Leben zu führen. Er verwickelte sie in Diskussionen darüber, dass ein einzelner Mensch nicht wirklich etwas verändern könne, selbst wenn dieser Mensch ein charismatischer Anführer sei, und sobald er das losgeworden war, wirkte er gleich viel ruhiger. Kate verzichtete darauf, ihn darauf hinzuweisen, dass sie klinisch verrückt war, dass niemand sie für eine charismatische Anführerin halten würde. Er versuchte (wie sie wusste) die Zukunft zu schützen. Er versuchte, auch sie für den Schutz der Zukunft in die Pflicht zu nehmen. Aus demselben Grund würde er auch nie zu jemandem sagen: Ich reise durch die Zeit, und Kate ist gar nicht verrückt. Sie musste verrückt und undurchsichtig und bedeutungslos bleiben. Sie wusste es und willigte ein. Es war das Mindeste, das sie tun konnte.

Dennoch spürte sie manchmal, wie es sein würde, jenes destruktive Atom zu sein, jenes großartige Individuum, das die Welt zerstörte. Darin lag eine Sehnsucht nach dem verlorenen Leben, in dem sie ein Mensch gewesen war, der lebte wie jeder andere – wie auch, bevor er von Alexander geträumt hatte, Will Shakespeare gelebt hatte, gestorben und in Vergessenheit geraten war wie jeder andere. So war jede Welt eine Seifenblase, kurz davor, von einem zur Waffe gewordenen Niemand zum Platzen gebracht zu werden, um den luftigen Ruhm in ihrem Innern freizusetzen. Und sie verstand, wie man an den Punkt kommen konnte, an dem der Ruhm das einzig verbliebene war, das es zu wollen gab; wenn das ganze Leben des Menschen verloren war, die Familie verschwunden und die Freunde keine Freunde mehr waren; die ganze Welt zu einer fremden Feindseligkeit geworden war, einem Grab. All das konnte sie José sagen.

Ihre Freundschaft hielt, während sie zu Psychiatern ging und sich an ihre Medikation gewöhnte. Sie überdauerte das Ende ihrer Beziehung mit Ben. Sie wachte auf und war schwanger, und José war noch immer da. Im Krankenhaus besuchte er sie einmal pro Woche. Sie puzzelten in der Cafeteria – oft hielt José das Baby im Arm, weil er vorhersehbarerweise gut mit Babys umgehen konnte. Sie sprach darüber, sich in dem Traum umbringen zu wollen, und auch wenn José nicht sagte, dass er sie verstand, sie wusste es. Und als er sich für Afghanistan verpflichten ließ, verstand sie es als Zeichen, dass er aus demselben Grund in Afghanistan getötet werden wollte: um von seinem träumenden Selbst befreit zu werden. Es war eine stillschweigende Kameradschaft; sie beide wussten, was zu tun war. Eine Bindung, der Liebe nicht unähnlich.

Diese Phase kam zu einem jähen Ende, als sie erfuhr, dass José der Vater des Kindes war. Sie hatten nie miteinander geschlafen – und offenbar hatten sie es doch. Es fühlte sich an, als wäre sie vergewaltigt worden. Eine schwarze, verlorene Zeit folgte, in der die Medikamente zu stark waren und sie verrückt war und das Baby nicht aufhören wollte zu schreien.

Sie konnte weder aufwachen noch schlafen; so konnte es nicht weitergehen. Es war ein weißes Pandämonium mit der falschen Vergangenheit.

Das nächste Mal sprach sie an einem Telefon im Krankenhausflur mit José, während Personal und Patienten vorbeiliefen. Er rief aus einem Feldlager in Afghanistan an, direkt nachdem erstmals taktische Kernwaffen eingesetzt worden waren, wobei zehntausend Zivilisten verbrannt waren. José war völlig ausgelaugt, er gab sich keine Mühe, in sinnvollen Sätzen zu reden. Er sprach, als riefe er aus einer apokalyptischen Zukunft an. Er klang wie die Stimmen im Kopf eines Verrückten.

Er begann mit der Aussage, dass er die Spielchen satthabe. Er würde auf Augenhöhe mit ihr sprechen, also solle sie tief durchatmen. Sie solle alles, was irgendwelche Ärzte und Leute wie Ben ihr sagen würden, ignorieren. Sie sei nicht wirklich krank, und es gebe eine halbwegs reelle Chance, wenn sie noch ein wenig durchhalten könne, wenn sie nicht mit der Wimper zucken würde. So redete er weiter und klang zunehmend wirr, gab Erklärungen ab über das, was er das »Zeitreiseding« nannte. Er sagte, in seiner Zeit wüssten alle von dem Zeitreiseding. Man glaube, dass es in der Bewusstseinsübertragung begründet liege – man sei mittlerweile zu der Ansicht gelangt, das Bewusstsein sei ein subatomares Teilchen mit der Fähigkeit, sich beliebig durch die Zeit zu bewegen. Es gebe die Vermutung, dass Wissenschaftler in der fernen Zukunft – ungefähr tausend Jahre in der Zukunft – einen Weg gefunden hätten, diese Teilchen zwischen zwei Menschen hin und her springen zu lassen. Sobald sie das ausprobiert hätten, habe sich das Phänomen verselbstständigt, sei von Mensch zu Mensch gesprungen und habe so eine Kette von Reisenden entstehen lassen, die tief in die Vergangenheit zurückreiche.

Als Josés Leute diesen Vorgang entdeckt hätten – als sie José entdeckt hätten –, seien alle ganz begeistert gewesen, und José sei wie eine Mischung aus Astronaut und Zauberer behandelt worden. Sein Konterpart aus der Zukunft sei aufgetaucht – eine Transfrau namens Breton, Josés Friseurin. In ihrem zukünftigen Leben sei sie Physikerin, daher habe sie öffentliche Vorträge über die Grundlagen von Zeitreisen gehalten. Diese habe zwar niemand verstanden (selbst Breton nicht in Gänze), doch jeder hätte sich fröhlich darüber unterhalten, und zwar unentwegt. Es sei eine Zeit des überstürzten Optimismus gewesen, nachdem der

Rahmen der Welt sich verschoben habe. José und Breton seien beliebte Berühmtheiten gewesen, die überall gefeiert worden seien.

Die Stimmung sei umgeschlagen, als die Menschen von den negativen Auswirkungen erfahren hätten. Dem Anschein nach sei jede einzelne Handlung eines Reisenden in der Vergangenheit für die Welt fatal. Es spiele keine Rolle, ob sie den Papst getötet oder kräftig geniest hätten; es hätte der Welt ihres Erwachens geschadet. Der Reisende jedoch, der als ein Niemand begonnen habe, wandle sich schrittweise zum Koloss – zu einem Shakespeare oder Alexander dem Großen. Irgendwie hätten diese Menschen die Geschichte in ein Instrument zur Erfüllung ihrer eigenen Wünsche verwandelt. Sie würden zu diesem Zweck sogar zusammenarbeiten, wie ein zeitübergreifender Geheimbund oder Klüngel; eine Person würde in der Zeit zurück reisen und sofort der Person vor ihr helfen – meistens würden sie einander vor verfrühten Toden retten und zu vorteilhaften Entscheidungen bewegen –, und sie alle würden zu großen Persönlichkeiten, während die Welt auseinanderfiele. Es spiele keine Rolle, was sie glaubten – das Ergebnis sei immer gleich. Es scheine ein unkontrollierbarer Impuls zu sein, oder möglicherweise eine parasympathische Funktion, wie das Atmen im Schlaf.

Am Ende habe dieser Prozess eine Apokalypse ausgelöst. Die verwüstete Stadt aus Kates Träumen – die Stadt, die alle Reisenden in ihren Träumen sähen – halte man für eine Vision jenes Tages, an dem das Experiment mit den Zeitreisen begonnen worden sei. Jene Menschen, die das Zeitreisen erfunden hätten, seien verschwunden, ihre Zivilisation vernichtet und alles Leben ausgelöscht. Das Experiment habe dazu geführt, dass die Erde viele Jahrhunderte, bevor sie das Licht der Welt erblickten, zerstört worden sei. Noch dazu scheine die Apokalypse rückwärts zu kriechen, immer früher zu kommen. Tatsächlich habe José mittlerweile aufgehört, in seiner eigenen Zeit zu erwachen. Er wolle nichts überdramatisieren, doch er fürchte sich davor, dass alle Menschen, die er gekannt habe, tot seien, seine Zivilisation vernichtet und jedes Leben ausgelöscht.

Er wolle ihr also keine Vorschriften machen, doch wolle er ihr auch nichts verheimlichen. Und ja, es sehe ganz danach aus, als habe sie seine Welt vernichtet. Sie sei wichtig geworden und habe die Welt vernichtet, *seine* Welt. Sie habe zwei Jahrhunderte zuvor alle getötet. Gerade er erlaube sich kein Urteil, und sie solle in Ruhe nachdenken, und es sei ausschließlich ihre eigene Entscheidung. Doch vielleicht sei es das Beste, in Ohio ins Krankenhaus zu gehen und sich mit einem frühen Tod abzufinden. Es sei zwar zum Kotzen, doch für die Welt das einzig Richtige.

Er hoffe, es sei kein Fehler, Kate das alles zu erzählen. Er habe viel getrunken, doch sei er der Meinung, dass sie Bescheid wissen müsse.

»Schon gut«, sagte Kate, »alles in Ordnung.«

(Sie lehnte sich an die Wand und sah drei Patienten vorübergehen, in ihren NyQuil-Pyjamas durch den Flur schlurfen. Sie war stark sediert, und Josés Stimme rief in ihr eine Sehnsucht nach Martins Haus wach. Sie wollte, dass José weitersprach. Sie dachte, dass er nur noch ein wenig weitersprechen müsste, bis sie etwas empfinden könnte; bis ihr hilfreiche Worte einfallen würden. Das Baby schlief in seinem Tuch, ihr warmes und konstantes Ding. Ihr einziges Ding. Das Telefon lag warm an ihrem Ohr. Zugleich war ihr bewusst, dass das Krankenhaus zehn Dollar pro Minute für eingehende Anrufe berechnete und ihre Mutter es am Ende würde bezahlen müssen. Doch wenn

Kate das nächste Mal aufwachte, war möglicherweise alles anders. Josés Anruf könnte nie stattgefunden oder nichts gekostet haben. Es spielte keine Rolle. Nichts spielte mehr eine Rolle.)

Er sagte: »Noch was. Du musst das Baby zur Adoption freigeben.«

»Nein«, sagte Kate und legte auf.

Zwei Tage danach war er wieder am Telefon und fing mit dem Baby an: Kate solle es zur Adoption freigeben, und er wisse, dass es schwer sei, doch sie müsse es tun. »Ich sage das nicht aus persönlichen Gründen. Ich sage es, weil ich weiß, wie es ausgeht.« Sie legte wieder auf, zitternd vor Wut. Natürlich sollte sie das Baby zur Adoption freigeben. Auch Oksana hätte Qued zur Adoption freigeben sollen. Bens Mutter hätte Ben zur Adoption freigeben sollen. Alle Babys sollten zur Adoption freigegeben werden, nur war es sinnlos. Es gab keinen sicheren Ort. Wie konnte José von der Existenz eines solchen Orts ausgehen?

Dann zog sie zu ihrer Mutter nach Ohio und versuchte, ein normales Leben zu führen. Für das Baby, für ihre Mutter, für den Fall, dass etwas auf dem Spiel stand, versuchte sie es. Doch noch immer geschah es, dass sie beim Lesen die Gedanken schweifen ließ und plötzlich auf die geschwärzten toten Türme starrte, die schartige Silhouette von glitzerndem Eis überzogen, und schreiend aufwachte, ihre Mutter an ihrer Seite. Ihre Mutter streichelte ihr die Stirn und war nicht ganz ihre Mutter; sie hatte sich verändert, war gröber geworden. Dann träumte Kate jede Nacht davon, wie sie in Southamptons Kahn starb, wie Will mit seinen schreckensroten Händen ihren Hals umklammert hielt, wie Southampton weinte und die Ruderer anbrüllte – und sie erwachte in Ohio, keuchend und allein. An ihrem Schlafzimmerfenster lag die dumpfe, platte Nacht. Der Hof war schlammig, überwuchert, die Wälder dahinter ausgedünnt, überall gab es verrottete schiefe Stämme, kahle Kronen, wie Winterflecken. Kate schwitzte, war orientierungslos. Von Panik erfüllt stand sie auf ging zu ihrem Sohn. In der Regel fand sie ihn.

Dreimal jedoch hatte sie einen Wechselbalg vorgefunden, der sie mit hellen, merkwürdigen Augen ansah. Sie hatte im Traum irgendetwas getan und ihn damit vertauscht; er war nun das Baby eines unbekannten Vaters, oder Josés Baby von einem anderen Tag. Er war immer ein Junge, was nichts bedeuten musste; eine Münze, die viermal mit dem Kopf nach oben landete. Sie wusste nicht, ob sie seinen Namen kannte.

Unsicher hob sie das neue Baby in ihre Arme – und war seine Mutter. Er gehörte zu ihr. War unter ihrem Herzen gewachsen. Es versetzte ihr einen Stich, und sie liebte ihn vollkommen – diesen Jungen, der sich ihres Jungen bemächtigt hatte, diesen Avatar eines Jungen, der ihr ein und alles war. Und wenn er an ihrer Brust trank, war das schwache, gespenstische Gefühl der fließenden Milch ein Gelübde. Sie konnte von niemandem wissen, doch da war noch jemand, der sie brauchte. Sie konnte niemand sein, doch sie war noch imstande, zu lieben. Und sie schlief auf dem Boden neben seinem Bettchen, wie sie einst mit ihren Freunden neben Queds Bettchen geschlafen hatte, mit Ben, in einem Sommer, in dem die Wälder von dichtem Grün gewesen waren; in einem Jahr, in dem die Welt noch hätte überdauern können.

Sie hatte allen eingebläut, ihre Nummer in Ohio nicht an José weiterzugeben, doch natürlich hatte er sie irgendwann doch erfahren. Als er anrief, war er schon im Begriff, ein Flugzeug zu besteigen. Sie sagte: »Komm nicht. Ich will nicht, dass du kommst.« Er entschuldigte sich zwar, sagte aber, dass er am nächsten Morgen da sein würde.

Und sie träumte von dem Kahn, und sie träumte von der Stadt. Die letzte Nacht verging anderswo, während sie träumte. Der Morgen kam, und sie duschte lange. Sie machte sich sorgfältig zurecht, als würde sie ausgehen. Immer wieder driftete sie ab und kam zurück; in die Stadt, in die Welt. Und es klingelte an der Tür, und sie lief die Treppen hinab, wie unter Zwang und voller Furcht, um José gegenüberzutreten.

Er sagte: »Wir müssen reden. Ich muss dir etwas sagen.«

»Ich weiß, dass du extra angereist bist«, sagte sie, »aber ich kann mich gerade nicht mit schwierigen Dingen auseinandersetzen. Also bitte ich dich, einfach zu gehen.«

»Kate, ich bin wegen dir hier. Bitte hör mir zu.«

»Ich versuche, mein Leben einfach zu halten. Wenn ich dir sage, dass du nicht kommen sollst, dann gibt es Gründe. Ich treffe meine eigenen Entscheidungen, und die hast du zu respektieren. Du hast gesagt, ich soll meine eigenen Entscheidungen treffen.«

»Nein, bitte hör zu. Heute passiert etwas Schlimmes.«

»Geht die Welt zugrunde?«

»Nein, die Welt geht nicht zugrunde.« Er sagte es so, als wäre die Vorstellung geradezu lächerlich.

»Dann geh. Geh, wohin du willst. Aber bitte geh.«

»Können wir beide einfach hinnehmen, dass ich nicht gehen werde?«

»Nein. Ich rufe die Polizei.«

Er trat einen Schritt zurück, wandte sich jedoch nicht zum Gehen um. Sein Blick war stur. Kate hatte im Türrahmen gestanden, nun kam sie heraus und ließ die Tür hinter sich zufallen. Sofort wurde es kälter. Es war, als hätte sie eine Arena betreten. Als stünde eine Schlacht bevor.

Sie sagte: »Ich muss mich um meine Gesundheit kümmern. Du kannst nicht davon sprechen, mir mein Baby wegzunehmen und erwarten, dass das keine Konsequenzen hat. Das ist Wahnsinn.«

Sie fuhr einfach fort, ihre Stimme wurde lauter und schriller, während ein Teil von ihr beschämt und erschrocken über diese Stimme war. José hörte zu, grimmig und teilnahmslos. Der Himmel voller Regenwolken, dazu ein schwerer feuchter Wind. Ein bedrohlicher Glanz auf dem nassen Gras. Am Ende lehnte sie sich an die Hauswand, und José starrte mit steifem, schmerzerfülltem Gesichtsausdruck auf seine Füße. Vielleicht hätte er geweint, wenn er ein Mensch gewesen wäre, der manchmal weinte. Sie fügte ihrer Rede die sinnlosen Worte hinzu: »Deshalb musst du gehen. Wenn du das nicht verstehst, weiß ich auch nicht, was ich machen soll. Aber ich brauche ein bisschen Frieden. Tu mir den Gefallen.«

Er sagte: »Ich weiß, dass mein Anruf im Krankenhaus unangebracht war. Aber du musst keine Angst vor mir haben. Ich mache dir keine Vorwürfe.«

»Okay. Nachdem du mir das nun gesagt hast, kannst du ja gehen.«

Er schüttelte den Kopf. »Nein, hör zu. Du wirst ein ziemlich großartiges Leben haben. Versuch doch mal, es so zu sehen, denn dich trifft keine Schuld. Wenn du lebst, wirst du unglaubliche Dinge erreichen.«

»Hör auf. Ich erreiche nichts. Gar nichts.«

»Doch. Du wirst die Anführerin einer Bürgerbewegung. Du bist die Speerspitze der ganzen Bewegung! Ich weiß, dass es von deinem Standpunkt aus schwer vorstellbar ist, doch es wird so kommen. Ich meine – du weißt, dass ich versuchen muss, es zu verhindern.«

»Ich bin keine Anführerin. Ich wohne bei meiner Mutter. Wenn du also gekommen bist, um mich aufzuhalten, mich umzubringen oder was auch immer, dann kannst du jetzt einfach gehen. Alles, was ich will, ist ein Leben außerhalb der Psychiatrie, damit ich meinen Sohn großziehen kann. *Unseren* Sohn.«

»Kate. Er stirbt.«

Eine Welle der Furcht durchfuhr sie wie eine physische Erschütterung. Die sich in diesem ersten Moment sexuell anfühlte. Fast hätte sie vor lauter Angst gelacht.

Sie sagte: »Nein. Wovon redest du da?«

»Er stirbt. Unser Sohn. Ich konnte es dir am Telefon nicht sagen.«

»Sag das nicht. Warum sagst du so etwas?«

»Es tut mir leid. Deshalb bin ich hergekommen.«

Sie atmete ein, und die Luft blieb in ihrem Brustkorb stecken. »Aber du meinst, wenn ich … Ich kann es verhindern?«

José zuckte zusammen. »Es tut mir leid. Es hat nichts mit dir zu tun. Er hört einfach auf zu atmen. Niemand trägt Schuld daran.«

»Nein. Wann stirbt er?«

José sah zu den Fenstern des Hauses hinauf. Sie hatte es schon begriffen und sich zur Tür umgedreht. Zuerst bekam sie die Tür nicht auf. Sie zog an dem Knauf, ohne ihn zu drehen, panisch. Es fühlte sich an, als wäre das Haus kaputt. Dann war sie im Flur und stürzte die Treppen hinauf, ungeschickt, auf Händen und Füßen. Sie fluchte lauthals, während sie in Gedanken betete. Die Tür zum Zimmer ihres Sohnes stand offen, und selbst die offene Tür sah unnatürlich still aus. Das Mobile über seinem Bett drehte sich langsam, obwohl es keinen Luftzug gab.

Sie konnte nicht atmen. Ihr war, als schwebte sie in der Luft, direkt über ihrem Kopf. Sie ging zu ihm, und das Gehen war wie Fallen. An seinem Bettchen berührte sie ihn sanft, doch sein Fleisch fühlte sich falsch an, falsch wie eine übersehene Stufe. Er war tot. Er sah aus wie immer, doch er war kalt. Er war tot.

Und plötzlich war das Zimmer riesengroß, es enthielt allen Raum der Welt, und es drehte sich um ihren Kopf. Sie hörte Josés schwere Schritte auf der Treppe. Das Licht wurde schwärzlich. Es zitterte, entzog sich ihr und wollte nicht stillhalten. Die erleuchtete Szene stürzte in sich zusammen, als hätte sie sie abgeschüttelt:

Dann folgte eine Zeit, in der sie nichts war. Sie war niemand in der Welt.

Und sie träumte sich in die Szene hinein, in der sie sich stets wiederfand. Sie lag auf dem Boden von Southamptons Kahn. Die Sonne ging bereits unter, und der Fluss war dunkel, doch der Himmel erstreckte sich noch taghell über ihr. Als sie in den Traum kam, ging der Schmerz weit auf. Sie atmete ein und der Atem schleifte eine Kette der Qual mit sich; er war ein langes Messer, das einen kleinen Lufthauch mit sich brachte. Wills Hand presste noch immer ein durchweichtes Stück Stoff auf ihren Hals; ein tauber Fleck. Southampton kauerte an ihrer Seite, sein weißer Seidenwams blutverschmiert, sein schmales Gesicht fremdartig, tränennass. Eine Todesschwärze sickerte in die Welt hinein, während die Welt der immer gleiche sanfte Abend mit all seinen hübschen Details war: trübe Lichter, die nach und nach in den Fenstern der Herrenhäuser am Nordufer erschienen, die auf dem Boden des

Kahns verstreuten Rosenblätter, der türkische Teppich, auf dem sie lag. Sie weinte vor Schmerz, obwohl ihr davon die Nase lief und sie keine Luft mehr bekam. Sie weinte um die Welt und wegen der Schmerzen. Im Wachen wartete der andere Schmerz und stellte eine Art Balance her, die sie bleiben ließ. Und sie weinte wie aus dem Gleichgewicht geraten, schaukelnd, während die Ruder durch die Zeit und durch den Schmerz fuhren.

Und der Wind blies über ihre Tränen und trocknete sie, und die Zeit verging schaukelnd auf dem Wasser, bis die Tränen versiegt waren. Ihr Kopf schlug gegen Wills Brust, und der Himmel war trotz allem wunderschön. Die Welt; sie hatte sie trotz allem geliebt.

Dann erklang die Stimme eines Fährmanns über dem Fluss. Er sang »Tom o' Bedlam« und es klang hohl und rein in all der Luft. Emilia wandte ihre Augen dem Klang zu und sah ein flaches, tristes Boot; sein Insasse sang wie ein fröhlich bellender Hund und ließ seine Ruder im Wasser schleifen. Dann erhob sich Southampton wie ein goldenes Delirium – seine lange Mähne flatterte im Wind, auf seinen weißen Handschuhen leuchtete rotes Blut, das in dem wolligen Licht zu strahlen schien. Er brüllte dem Mann zu, er solle ruhig sein; sie verstand die Worte nicht ganz, die er brüllte, während Will leise lachte. Der Mann sang weiter, nichtsahnend. Wahrscheinlich wäre es ihm niemals in den Sinn gekommen, dass ein so goldener Herr ihn überhaupt sehen würde. Emilia schloss die Augen und hörte:

Möget ihr eurer heilen fünf Sinne
euch nie verlustig entdecken
Noch eurer selbst begeben mit Tom
In der Fremde den Speck erbetteln

Dann starb sie, und das Wasser unter ihr schien es zu wissen und schoss mit dem Aufschlag der Ruder empor. Der gewaltige Tag wie ein Wolkenbruch. Der ganze Himmel voller Luft, die nicht atmen konnte. Und ganz zuletzt begriff sie etwas, das nichts bedeutete, das sie von der Veränderlichkeit der schrecklichen Welt befreite.

III

23

Ben heiratete Kate in Sabines Geisterstadt – genaugenommen war es keine Stadt, sondern ein verlassenes Viertel in einer notleidenden, aber noch immer existierenden Stadt. Alle Häuser in dieser Gegend waren aufgekündigt und zu einem einzigen Objekt zusammengefasst worden, in der Hoffnung, so einen Bauunternehmer anzulocken. Es befand sich in West Virginia, in einer ehemaligen Kohleregion. Im Umkreis von hunderten Meilen waren die Menschen fast ausschließlich weiß, ausländerfeindlich, evangelikal, und sie trugen offen ihre Schusswaffen zur Schau. Sabine hatte das Viertel gekauft, um dort eine Strategie zu testen, die arme republikanische Staaten zu Wechselstaaten machen sollte, indem man mit jedem einzelnen Menschen dort sprach. Sie würde alle Häuser in dem Geisterviertel instand setzen lassen und sie lokal zu erschwinglichen Preisen anbieten. Sie würde kostenlose Vorschulen und Ärztehäuser eröffnen. Sie würde erfahrene Aktivisten und engagierte Menschen vor Ort zusammenbringen. Sie würde eine große graue Eminenz in einem kleinen Teich werden.

Sie beauftragte eine Baufirma und trommelte Bürgerrechtsaktivisten zusammen, wurde dann aber vom Krieg mit dem Iran abgelenkt. Sie hielt Reden bei Demonstrationen und ließ sich mit Eiern bewerfen, schrieb für die Kommentarspalten und wurde von rechten Schmierfinken als iranischer Hausdrache betitelt. Credit Suisse feuerte sie wegen Rufschädigung. Dann wurde der Save-America-Act verabschiedet, und ihr Vermögen wurde eingefroren, weil das Außenministerium behauptete, sie würde Terrorismus finanzieren. Daraus wurde ein Rechtsstreit, der ein Jahr andauerte, und in dessen Verlauf Sabines Fall zur Cause célèbre und sie selbst zu einem Hassobjekt der nativistischen Rechten wurde, und obwohl sie schlussendlich Recht bekam, wurde sie zu drei Monaten Haft wegen Beleidigung verurteilt, weil sie sich, wie sie selbst zugab, dem Richter gegenüber wie eine unanständige Fotze verhalten hatte. Das Gefängnis machte ihr allerdings nicht besonders zu schaffen (zumindest hatte sie das in einem Brief an Ben während ihres Aufenthalts in der Vollzugsanstalt behauptet), weil sie Zeit zum Lesen hatte und die Freundschaft ihrer Mitinsassinnen leicht zu erkaufen war.

Währenddessen machte sich die Baufirma in West Virginia an die Arbeit, und Häuser wurden abgerissen oder instand gesetzt. Die Aktivisten richteten sich in einer hübschen viktorianischen Villa ein (das ehemalige Spukhaus der Stadt), brachten den Kamin in Gang und bepflanzten den Garten, ansonsten geschah jedoch nichts. Kein kostenloses Ärztezentrum: Kein Arzt wollte sich dort niederlassen. Keine Vorschule: Niemand wollte seine Kinder dorthin schicken. Die engagierten Menschen vor Ort taten nichts anderes, als sich über jene zu beklagen, die sich nicht engagierten. Sabine begann, das Projekt »die Sterbewiese des Geldes« zu nennen und sagte, das Ganze sei eine Lektion für alle, die glaubten, das Rad neu erfinden zu können.

Für Ben begann die nächste Phase mit einer Reihe von E-Mails, die ihm Kates Mutter schrieb. Nachdem Kate fast ein Jahr bei ihr gewohnt habe, sei sie nun mit einem alten Freund der Familie durchgebrannt, einem ungarischen Kinderbuchautor, der (laut Ágota) die Angewohnheit habe, verletzliche junge Frauen auszunutzen. Kate sei schwer depressiv gewesen, nachdem ihr Kind den plötzlichen Säuglingstod erlitten habe, und hätte ins örtliche Krankenhaus eingeliefert werden sollen, da Ágota befürchtet habe, Kate könne sich vor ein Auto werfen, wenn Ágota bei der Arbeit sei.

Dann sei Gabor (der alte Freund der Familie) zu Besuch gekommen, und er und Kate hätten sich mitten in der Nacht davongemacht. Kate habe Ágota von unterwegs aus angerufen, ihr Ziel aber nicht verraten wollen. Sie habe nur verlangt, dass Ágota ihr Geld schicken solle. Ágota sei zur Polizei gegangen, wo man sie wie eine demente alte Frau behandelt habe. Man habe ihr gesagt, dass sie ihre erwachsene Tochter nicht davon abhalten könne, sexuelle Beziehungen einzugehen. »Es spielt keine Rolle, dass die Tochter wahrscheinlich schizophren ist«, schrieb Ágota. »Ich bin wahrscheinlich diejenige, die verrückt ist.«

Zu jener Zeit war Ben in Louisiana und interviewte ehemalige Exxon-Angestellte – die jetzt als Flüchtlinge in von der Katastrophenschutzbehörde bereitgestellten Zelten lebten –, und bearbeitete die Interviews für den Abdruck in Pressebroschüren. Das Ziel war, für ein aggressiveres Vorgehen beim Schutz von Exxons verbleibenden Einrichtungen am Golf zu werben.

Am Tag seiner Ankunft hatte Raza Verde eine Kette von Ölplattformen in Brand gesetzt, und bei auflandigem Wind war die Stadt in einen stinkenden, nebligen Dunst gehüllt. Das Leitungswasser war kontaminiert, und der Preis für Flaschenwasser lag bei zwanzig Dollar pro Liter. Die Bäume hatten zu sterben begonnen, und niemand besaß das Geld oder die Energie, die Gründe zu erforschen. Die Menschen hatten ihre Häuser aufgegeben, und manche hatten offenbar ihre Haustiere zurückgelassen, denn überall warnten Plakate vor streunenden Hunden. Bens Haut klebte ununterbrochen. Seine Zähne klebten von den Halspastillen.

All die anderen Gäste in Bens Hotel waren Journalisten, Mitarbeiter des Katastrophenschutzes oder privater Militärunternehmen, die sich Abend für Abend in der Bar versammelten und bis zur Bewusstlosigkeit betranken. Ben kamen sie vor wie verschiedene Arten von Geiern; sie überboten einander darin, von den schlimmsten Gräueltaten zu berichten, sie machten sich einen Spaß daraus, ihre Tagespauschalen zu versaufen und teilten Tipps über Mädchen, die verzweifelt genug waren, Sex gegen Flaschenwasser zu tauschen.

Allein die Flüchtlinge hatten sich ihre Menschlichkeit bewahrt und konnten nicht anders, als vor Ben ihrer untröstlichen Wut Luft zu machen, zu weinen und ihm ihre Lebensgeschichten zu erzählen – obwohl er offenkundig nur ein weiterer Geier war, der nichts tun konnte, außer sich an ihnen zu weiden. Doch nach dem dritten Tag war Ben völlig erschöpft und begann, das alles unerträglich langweilig zu finden. Er konnte nicht mehr zuhören. Irgendetwas in seinem Kopf war durchgebrannt und funktionierte nicht mehr.

In diesem Zusammenhang erschienen ihm Ágotas E-Mails von ätherischer Harmlosigkeit. Sogar der Gedanke an die geschändete Kate, der noch in der Woche zuvor eine rasende Eifersucht in ihm ausgelöst hätte, kam ihm nun vor wie aus einem lustigen Roman. Ben stellte sich Gabor und Kate vor wie Humbert Humbert mit einer viel zu großen Lolita, die über Staatengrenzen hinweg – wie Ágotas letzte E-Mail enthüllte – auf der Flucht nach West Virginia waren, auf dem Weg zu Sabines zweifach verlassener Geisterstadt.

Von da an kamen keine E-Mails mehr. Er kehrte nach New York zurück und erwartete, dass seine Depression abklingen würde. Tat sie nicht. In der zweiten Woche nach seiner Rückkehr trennte er sich von Alicia, aus dem Gefühl heraus, dass er sein Leben ändern musste, obwohl er dazu gar nicht wirklich in der Lage war. Ein weiterer Monat verstrich. Jeden Abend bestellte er beim Lieferdienst und trank vor dem Fernseher ein Sixpack Bier. Nach drei Monaten hatte er das Laufen aufgegeben. Er ging nicht mehr mit Freunden aus. Als sechs Monate vorüber waren, hatte er jeden Tag Kopfschmerzen und ein chronisches Ekzem an den Händen. Oft übergab er sich direkt nach dem Aufwachen; er hatte stets einen Eimer neben dem Bett stehen. Eines Morgens ging er dann einfach nicht mehr zur Arbeit. Er lag im Bett und litt bis zehn Uhr, dann zog er ein paar Klamotten über und ging zu Sabine.

Auf dem Weg hatte er Zeit sich auszumalen, dass Sabine nicht zu Hause wäre, und sich der antizipatorischen Verzweiflung zu ergeben, vom Portier abgewiesen zu werden. Doch er traf sie zu Hause an, in einem Meer von Kartons; sie war von ihrem Onkel hinausgeworfen worden, der befürchtete, dass die Regierung auch sein Vermögen einfrieren könnte. Zwei Jungs von TaskRabbit packten ihr Hab und Gut in Kisten, damit es eingelagert werden konnte, während Sabine mit einer spröden, grimmigen Heiterkeit alle Familienmitglieder und Freunde auflistete, die ab sofort nicht mehr ans Telefon gehen würden, wenn sie anrief. Die beiden Jungs von TaskRabbit waren schwer beeindruckt von ihr und lachten hingerissen über alles, was sie sagte. Als Ben hereinkam, starrten sie ihn mit dem instinktiven Misstrauen einer Rivalität unter Brüdern an.

Sabine sagte zu Ben: »Hey, hast du Lust auf einen Ausflug? Ich fahre heute Abend nach West Virginia.«

Ben dachte nur: *Kate*. Er fühlte sich ängstlich und leer. Ohne nachzudenken sagte er: »Ja.«

Es hatte einen Schneesturm gegeben, und zunächst fuhr Sabine rücksichtslos, voller Ungeduld angesichts der glatten Straße. Der Wagen war ein unscheinbarer, ramponierter Hyundai; Sabine sagte, dass sie dauernd von der Polizei angehalten und gefilzt worden sei, als sie noch ein schönes Auto besessen habe. Einmal habe sie die Nacht in einer Arrestzelle in Maryland verbracht, während die Bullen versucht hätten, ihren Jaguar zu beschlagnahmen; sie hätten ihr Kokainbesitz nachweisen wollen, wobei Sabine natürlich kein Kokain konsumieren könne; sie sei eine gottverdammte Herzpatientin. Schließlich sei ihr ein Anruf gewährt worden, und Sabine habe die Gouverneurin von Maryland angerufen – die Mutter ihrer besten Freundin aus Yale. »Weiße Privilegien sind mein Kokain.«

Dann redete sie, sich selbst bezichtigend und trübsinnig, über Privilegien und verstummte. Ben stellte das Radio an. Sie hörten einen christlichen Sender, der das Rote Kreuz als satanisch denunzierte. Auf den Hügeln erschienen Werbetafeln, die sie ermahnten, Amerika zu schützen und über die Schrecken der Abtreibung schimpften. Währenddessen ging sporadisch die Sonne unter. Lange nachdem es schien, als wäre die Nacht hereingebrochen, fanden sie hinter einer Hügelkuppe doch noch einen weiteren violetten Überrest der Dämmerung, gegen den sich die fernen Bäume abzeichneten, während die Stimmen im Radio Jesaja zitierten und sich gegenseitig versicherten, sie hätten es anfangs auch kaum glauben können.

An der Grenze zu Virginia hielten sie an einem Rasthof. Der Rasthof war von einem Stromausfall betroffen, und drinnen war es stockdunkel und eiskalt. Die Angestellten von Cinnabon und Burger King (die scheinbar an solche Zustände gewöhnt waren) hatten LED-Sturmlaternen aufgehängt und taten, als wäre nichts passiert. Kunden schlichen vorsichtig durch den schwarzen Bereich zwischen den Restaurants und mahnten ihre Kinder, in der Nähe zu bleiben; hin und wieder brachen sie in nervöses Gelächter aus. Sabine und Ben ergatterten die letzte gebackene Zimtschnecke und teilten sie sich im Auto. Es war Vollmond und es schneite wieder. Ben fühlte sich schon besser.

Dann fuhren sie weiter, und die Berge tauchten auf, sie schienen aus dem Boden zu wachsen und das Auto bergauf zu schieben, als wollten sie es für den langen Arbeitstag belohnen. Es lag etwas Beruhigendes in Sabines schattigem Profil und der kühlen, engen Dunkelheit des Wagens, dem sanften Leuchten der Anzeigen auf dem Armaturenbrett, dem Gefühl, durch eine Weite getragen zu werden. Ben starrte auf die zusammengedrängten Bäume an der Straße, bis sie plötzlich den Blick auf ein Tal freigaben. In diesem Moment gingen in einem unweit der Straße gelegenen Ort die Lichter wieder an, und er wirkte wie eine Feenversammlung auf einem Hügel. Ben war bis jetzt davon ausgegangen, dass er am Morgen seinen Chef anrufen und am folgenden Montag wieder bei Exxon sein würde. In diesem Moment beschloss er, nicht zurückzukehren. Er hatte noch etwas Geld auf der Bank. Er konnte einfach weiterfahren. Es musste dabei gar nicht um Kate gehen.

Als sie ankamen, war es fast Mitternacht. Auch dort hatte es geschneit, und alle Anzeichen von Armut waren ausgelöscht; die ganze Welt hatte einen neuen Anstrich bekommen, ordentlich und weiß, und hier und dort mit Weihnachtsbeleuchtung dekoriert. Auf dem Weg durch den Ort war ihr Auto das Einzige.

Sie bogen in das verlassene Viertel ein, und Sabine fuhr nun langsamer und ließ Ben den neuen Spielplatz und die Kinderbibliothek bewundern; sie nannte die Namen der Leute, die in den renovierten Häusern lebten und erklärte das Modell für bezahlbare Mieten, bis Ben sich angenehm ruhig und gelangweilt fühlte, wie ein Kind, das einer Erwachsenenunterhaltung zuhört. Schließlich parkten sie vor dem Haus der Organisatoren, einem spitzgiebligen viktorianischen Anwesen, von dem die Farbe so sehr abblätterte, dass es aussah wie ein mausernder Vogel. Die Hofeinfahrt war von tausenden Fußspuren zerfurcht, die um eine kleine Schneeinsel in der Mitte herumliefen, auf der ein Schild mit der Beschriftung PEOPLE'S AID OF WEST VIRGINIA stand.

Sie stiegen aus dem Wagen, und die Stille war so überwältigend, dass man sich wie geblendet fühlte. Auf dem Weg zur Veranda rutschten sie immer wieder auf den gefrorenen Fußspuren aus. An der Eingangstür baumelte schief ein Kranz, davor lag eine Fußmatte aus dem Kramladen mit der Aufschrift: HI, I'M MAT! Ohne zu klopfen öffnete Sabine die Tür. Durch einen Flur voller schmutziger Stiefel und billiger Regenschirme kamen sie in ein Wohnzimmer, wo ein halbes Dutzend Menschen am Kamin saß und Wein trank. Alles war im Verfall begriffen: das Geländer war von der Treppe gerissen worden; in dem Parkett fehlten dermaßen viele Stücke, dass der Boden aussah wie ein unfertiges Puzzle; eines der Fenster war mit einer blauen Plastikfolie abgedeckt, die sich mit den Windböen ausbuchtete und zusammenfiel.

Es gab eine Vorstellungsrunde, in der Namen genannt und Hände geschüttelt wurden. Die meisten Anwesenden waren Organisatoren – ernsthafte, welpenhafte Jungaktivisten –, doch auch Gabor war unter ihnen, ein Mann in den Fünfzigern mit Geheimratsecken und einer langen weißen Nase, der eine goldgeränderte Brille und einen zerknitterten Anzug trug, als hätte er sich als notleidender osteuropäischer Intellektueller verkleidet.

Gluckenhaft erhob Gabor sich und holte Ben und Sabine Teller mit hellrotem Eintopf. Die Organisatoren redeten aufgeregt auf Sabine ein; Ben war plötzlich zu müde, um sich an der Unterhaltung zu beteiligen und musste sich sogar beim Essen konzentrieren. Alles, was er aufschnappte, war, dass Kate gerade irgendeiner alten Frau beim Anbringen der Weihnachtsbeleuchtung half. Dann erzählte Sabine von ihrem Schönwetteronkel, wobei sie mit der Gabel gestikulierte, doch dann verstummte sie mitten im Satz, stellte den Eintopf, den sie nicht angerührt hatte, auf dem Boden ab und verkündete, sie könne sich damit jetzt nicht befassen. Sie sei völlig fertig; sie ginge zu Bett.

Ben ging ebenfalls zu Bett (er fürchtete sich vor dem Wiedersehen mit Kate) und fiel in einen tiefen Schlaf, rauschhaft und üppig wie damals, als er ein Kind gewesen war, das problemlos im Flugzeug schlief, über dem Erdball hängend schlummerte und nach dem Aufwachen dachte, etwas Übernatürliches sei ihm da oben im Himmel passiert. Dann der lange, kalte Morgen; Kate war noch immer nicht da. Sie hatte bei der Weihnachtsbeleuchtungsfrau übernachtet, weil die Frau wegen ihres gerade verstorbenen Hundes depressiv war. Ben hatte das anhaltende Bedürfnis, einen gemeinen Witz darüber zu machen. Es rief ihm auf unangenehme Weise ins Gedächtnis, dass er zu egoistisch war, um etwas derartiges zu tun. Außerdem kam es ihm so vor, als rangierte er unterhalb des Hundes, da Kate mittlerweile wusste, dass er da war; Sabine hatte sie auf dem Handy angerufen und es ihr mitgeteilt.

Nach und nach verließen die Aktivisten das Haus. Sabine verließ ebenfalls das Haus und lud Ben ein, sie zu begleiten, doch Ben wollte auf Kate warten und gab vor, müde zu sein und nicht in die Kälte hinauszuwollen. Gabor schlief noch, und eine Zeit lang war Ben allein mit einem Aktivisten namens Billy, der wie ungefähr vierzehn aussah, in Georgetown jedoch (wie er Ben erzählte) seinen Master in Wirtschaftswissenschaften gemacht hatte.

Dann begann es an der Tür zu klingeln, und das Wohnzimmer füllte sich mit Leuten aus der Nachbarschaft. Drei dreizehnjährige Mädchen fragten, ob sie Feuer machen dürften; sie kauerten vor dem Kamin, flüsterten und kicherten und taten, als wären sie Elfen, die ein magisches Feuer entzündeten, um einen Zauberer zu beschwören. Eine überspannt wirkende Frau mit wasserstoffblondem Haar, die es auf eines der renovierten Häuser abgesehen hatte, kam vorbei; als Billy ihr sagte, sie müsse einen Bewerbungsbogen ausfüllen, stürmte sie hinaus und fluchte über den »Papierkram«. Ein übergewichtiger Mann, der am Stock ging und von einem humpelnden, rundlichen Dackel begleitet wurde, kam vorbei und wollte wissen, wann die Tierärztin wiederkäme, um kostenlose Untersuchungen vorzunehmen; dann beugten er und Billy sich über den Dackel, der anmutig die Augen schloss, während sie seine Zähne inspizierten. Und weitere Menschen kamen und baten um Gefallen, stellten Fragen und schimpften über die »Drecksdemokraten« im Kongress und fragten Billy streitlustig, wie irgendjemand diese Korruption noch verteidigen könne. Sie tratschten und ausnahmslos alle fragten nach Kate. Sie hinterließen Nachrichten für Kate, eine Frau hinterließ einen Auflauf für Kate, und ein

Mädchen hinterließ eine Duftkerze für Kate, die in verblichenes, mit der amerikanischen Flagge bedrucktes Geschenkpapier eingewickelt war. Irgendwann klärte Gabor (der um halb zwei zerzaust und barfuß, doch noch immer in demselben Anzug, die Treppe heruntergekommen war) die Gesellschaft darüber auf, dass Ben Kates Ex-Freund war. Dann betrachteten sie – die Kaminmädchen und die Auflauffrau und ein Mann, der eine Kiste voll gespendeter Schuhe nach einem passenden Paar durchforstete – Ben mit plötzlicher Faszination. Die Auflauffrau fragte Ben, ob er aus New York komme, und der Schuhmann wollte wissen, ob er Puerto-Ricaner sei. Als Ben antwortete, er sei Inder, sagten die Kaminmädchen, sie hätten einmal einen Bollywood-Film gesehen, und brachen in hemmungsloses Gelächter aus, als sie sich an die Verfolgungsjagd aus dem Film erinnerten; sie versuchten, sie nachzuerzählen, doch es gelang ihnen nicht, weil sie zu sehr lachen mussten.

Für eine Weile erzählten dann alle ihre Kate-Geschichten, in denen es hauptsächlich darum ging, dass Kate unwahrscheinliche Freundschaften geschlossen und sich auf unwahrscheinliche Weise verhalten hatte. Es wurde offensichtlich, dass Kate eine lokale Berühmtheit war, teilweise, weil sie eine halbe Iranerin, teilweise weil sie Kate war. Ohne Bezahlung hütete sie die Kinder anderer Leute, backte Geburtstagstorten für einsame Senioren und verbreitete eine ansteckende Fröhlichkeit, doch manchmal brach sie auch plötzlich zusammen und weinte den ganzen Tag.

Dann erzählte Gabor, wie er Kate vom Haus ihrer Mutter hierhergefahren hatte, und Ben wurde klar (oder ihm wurde klar, dass es ihm längst klar war), dass Gabor nie mit Kate geschlafen hatte, und dass Ágota verrückt sein musste, davon auszugehen. Es war nur eine dreistündige

Fahrt von Ohio aus, und Gabor hatte Kate ihr ganzes Leben lang gekannt. Es war keine große Sache, dass er sie hierhergebracht hatte. Viel merkwürdiger schien es, dass er im Anschluss hiergeblieben war, was Gabor mit einem »Anfall von Trägheit« erklärte. Der Schuhmann sagte: »Tja, da bist du hier genau richtig. Hier ist nichts mehr passiert, seit Noah die Arche erfunden hat.« Die Auflauffrau sagte, sie verstehe nicht, warum so viele Leute ausgerechnet hier träge sein müssten, es gebe doch unzählige andere Orte, an denen man träge sein konnte. Die Kaminmädchen fragten, was genau ein »Anfall von Trägheit« sei, und der Schuhmann antwortete, das würden sie mit fortschreitendem Alter schon noch herausfinden.

Dann brach der Schuhmann auf, an den Füßen neue Wanderschuhe und seine alten Turnschuhe in der Hand. Die Auflauffrau machte sich ebenfalls auf und fuhr die Kaminmädchen nach Hause. Es wurde still. Die Tür ging nicht mehr auf und zu; das Zimmer wärmte sich endlich auf. Gabor nahm ein Bad. Billy ging in die Küche und begann, Gemüse fürs Abendessen zu schneiden. Ben legte Holz nach und stellte sich vor, er würde so Kate heraufbeschwören. Er war auf eine besänftigte Weise glücklich; da war die Hitze des Kamins und das Laufen des Badewassers, das Klappern der Töpfe in der Küche und draußen die große verschneite Welt.

Gabor kam aus dem Bad und trug einen Bademantel, den Ben mit einem Anflug von Rührung als einen jener Bademäntel erkannte, die Sabine all ihren Gästen gab, weil Sabines Tante früher Besitzerin eines Bademantelunternehmens gewesen war, und Sabine nach dessen Pleite hundert Bademäntel geerbt hatte. Gabor setzte sich in einen Sessel und streckte seine nackten Füße dem Feuer entgegen, dann sah er plötzlich zur Tür. Er zeigte darauf und sagte: »Kate«, als auf der Veranda Schritte zu hören waren und sich die Tür quietschend öffnete. Kate kam herein, lächelte mit sentimentalem Blick und sah sich nach Ben um.

Sie trug einen unförmigen Parka, Kordhosen und pinke Schneestiefel vom Discounter. Doch sie war ganz sie selbst, mit ihrer alten strahlenden Freimütigkeit; dieser Art, ein zerknittertes, altes sackartiges Kleid anzuziehen und sich selbst wie ein Schmuckstück zu tragen. Nicht im eigentlichen Sinne schön, doch wunderbar anzusehen, die schwarzen Augen mit einem besonderen Gefühl aufgeladen, dass sonst niemand empfand. Sie sah aus (für Ben hatte sie immer ausgesehen) wie eine Königin, die sich als einfache Bürgerin verkleidet hatte, um sich unters Volk zu mischen.

Als sie ihn entdeckte, schüttelte sie den Kopf und grinste, dann wandte sie sich um und schloss die Tür. In diesen wenigen Sekunden war es im Zimmer klirrend kalt geworden. Ben stand von seinem Sessel auf, ging aber nicht zu ihr, um sie zu umarmen. Sie drehte sich zu ihm, ging aber nicht auf ihn zu.

Gabor sagte: »Ein Moment unglaublicher Spannung.«

Kate und Ben lachten, ohne Gabor anzusehen. Kate sagte: »Ben, hast du Lust, spazieren zu gehen? Ich muss zur Kirche und nach Heu fragen.«

»Kannst du Gott nicht überall nach Heu fragen?«

Kate lachte. »Witzbold.«

»Dann sollte ich wohl besser Stiefel anziehen«, sagte Ben.

Gabor sagte: »Und es war, als wären sie nie getrennt gewesen.«

Die Sonne neigte sich schon dem Horizont entgegen; es war Dezember, und die Tage waren kurz. Sie nahmen eine Abkürzung durch den verschneiten Wald. Während sie nebeneinander hergingen, erklärte Kate, dass sie in der Baptistengemeinde nach Heu für eine gerettete Kuh fragen wolle; Kates Freundin Misty habe die Kuh zwar aufgenommen, könne sich aber das Futter für den Winter nicht leisten. Die Kuh komme von einer Farm in der Umgebung; sie habe geschlachtet werden sollen, da sie keine Milch gebe, seit man eine radikale Mastektomie an ihr habe vornehmen müssen. Ben lachte laut auf, dann entschuldigte er sich und sagte, dass das natürlich nicht zum Lachen sei.

Dann sprachen sie über Sabine und wie sie nicht aufhören konnte, die Welt retten zu wollen, egal wie sehr die Welt sie dafür hasste. Sie sprachen über die Geisterstadt als Beispiel für Sabines zwanghafte Weltrettungsvorhaben. Sie sprachen über Gabor und die beliebten Kinderbücher, die er in Ungarn geschrieben hatte und die nun alle vergriffen waren, sodass er eine Identitätskrise durchmachte. Sie sprachen über José und seinen Job im Iran und darüber, dass Kate und er sich vollständig aus den Augen verloren hatten, nachdem das Baby gestorben war. Ben sagte, dass ihm das mit dem Baby leidtue, und Kate weinte ein bisschen, noch immer im Gehen, und sagte dann: »Ich kann nicht wirklich darüber reden. Es war eben unfassbar schrecklich.« Schließlich sprachen sie über Kates Psychose und darüber, dass die Symptome alle verschwunden waren. Selbst nachdem sie aufgehört hatte, ihre Medikamente zu nehmen, waren die Zeitreiseträume nie zurückgekehrt. Kate sagte, es fühle sich jetzt nicht mehr wichtig an. Es fühle sich an, als sei seitdem viel Wasser den Bach hinuntergeflossen.

Ben sagte: »Kommst du immer noch aus einem Paralleluniversum?«

»Wer weiß?«, sagte Kate. »Ich stelle mir die Frage eigentlich nicht.«

Dann wollte Ben weiter nachhaken, ließ es dann aber bleiben. Sie gingen eine Weile schweigend nebeneinander her, und das Knirschen ihrer Schritte im Schnee schien von der Stille im Wald verstärkt zu werden. Die Dämmerung war fortgeschritten; es war dunkel und eisig. Es war, als würden sie nach und nach im Blau versinken, obwohl in der Landschaft gar kein eigentliches Blau vorhanden war. Die einzige richtige Farbe war das knallige Pink von Kates Stiefeln. Sie trafen auf eine schmale Straße und passierten eine Reihe holzverschalter Häuser mit Weihnachtsmännern und Krippen in den Gärten. Kate zeigte auf die Kirche, ein weiteres holzverschaltes Haus, das sich von den anderen lediglich durch einen Parkplatz unterschied, der voll belegt war. Weitere Autos parkten entlang der Straße. Als sie sich der Kirchentür näherten, sang die Gemeinde gerade, hundsmiserabel, während jemand sie miserabel auf dem Keyboard begleitete. Kate musste kichern, und sie blieben im Schnee stehen, und Kate lehnte sich an die Kirchenwand, eine behandschuhte Faust an den Mund gepresst. Ben grinste sie albern an. Er wollte, dass sie weiter lachte. Er wollte nicht hineingehen.

Schließlich holte sie Atem und sagte: »Ich liebe diesen Ort. Magst du ihn auch?«

»Er ist ziemlich toll.«

»Bleibst du hier?«

»Ob ich hierbleibe?«

»Viele Leute bleiben irgendwann hier. Oder kommen immer wieder. Du könntest wiederkommen.«

»Könnte ich bleiben? Wenn ich wollte?«

»Klar. Du bist einer von Sabines Lieblingsmenschen. Sie würde dir ein Zimmer geben.«

Dann wollte er fragen, ob er nicht in *ihrem* Zimmer wohnen könne. Er wollte von Louisiana erzählen und wie ihm klargeworden war, dass er sie im Stich gelassen hatte. Doch er konnte es nicht. Er stand nur im Schnee, während seine Füße langsam taub wurden, und blickte in ihr Gesicht, das vor Kälte strahlte, während der Gesang der Kirchengemeinde zu Stille verklang.

Schließlich sagte er: »Ich könnte dabei helfen, die Welt zu retten.«

»Nein«, sagte Kate. »Ich glaube, wir könnten glücklich sein. Aber diese Welt ist nicht zu retten.«

Danksagung

Zuallererst möchte ich meinem Mann Howard Mittelmark danken, der etliche frühe Versionen des Romans gelesen und mich stets grandios beraten hat. Er ist ein großartiger Lektor, ein großartiger Freund und mein Resonanzboden in allen Dingen des Lebens. Und ein Träumer.

Paul Bravmann and Peternelle van Arsdale unterstützten mich auf außerordentliche und akribische Weise bei der Überarbeitung früherer Entwürfe. Auch meinen frühen Lesern aus dem *Echo*-Forum möchte ich danken: Ellen Tarlow, Gail Vachon, Jim Baumbach und Liz Margoshes.

Vielen, vielen Dank meinen fantastischen Lektoren Peter Blackstock und Anne Meadows für ihre unschätzbar wertvolle Hilfe und ihre allumfassende Genialität. Meine Agentin und gute Freundin Victoria Hobbs hat sich wieder einmal selbst übertroffen, obwohl sie ohnehin schon brillant, bezaubernd und in jeder Hinsicht wunderbar ist.

Abschließend möchte ich meinen Ex-Mann und engen Freund Robin Mookerjee erwähnen, an den die Figur des Ben sehr frei angelehnt ist. Weil das Leben uns manchmal grausam mitspielt, kann ich Robin nicht mehr persönlich danken; er starb, während ich an dem Buch schrieb, viel zu jung. Auch wenn Ben nicht Robin und *Himmel* keine Nacherzählung seines Lebens ist, so hat doch die tiefgreifende Traurigkeit in diesem Buch sehr viel mit seinem Tod zu tun.

Die zitierten Verse aus »Tom o' Bedlam« sowie der Auszug aus Thomas Wyatts »They Flee From me« (S. 153) wurden von Esther Kinsky ins Deutsche übertragen.

Erste Auflage Berlin 2020

Göhrener Straße 7, 10437 Berlin
info@matthes-seitz-berlin.de

Titel der Originalausgabe: *The Heavens*
(britische Ausgabe: Granta Books 2019 /
US-amerikanische Ausgabe: Grove Press 2019)

Umschlaggestaltung: Dirk Lebahn, Berlin
Satz: Monika Grucza-Nápoles, Berlin
Druck und Bindung: Pustet, Regensburg
ISBN 978-3-7518-0008-2
www.matthes-seitz-berlin.de

Sandra Newman
Ice Cream Star
Aus dem Englischen von Milena Adam
667 Seiten, gebunden
978-3-95757-766-5
Auch als E-Book verfügbar

In einer nicht allzu fernen Zukunft sorgt eine Pandemie dafür, dass in Amerika die Weißen vollständig aussterben, während die Schwarzen höchstens 18 Jahre alt werden. Die Welt von Ice Cream Star ist eine Welt der Kinder, die mit Findigkeit und Witz die Ruinen der heutigen Welt umdeuten und für ihre Zwecke nutzen. Mit 15 Jahren gehört Ice Cream schon zur älteren Generation, als sie zur Anführerin berufen wird, um über das Schicksal ihrer Leute zu entscheiden. Fest entschlossen, ein Heilmittel zu finden, führt ihr Weg sie von den Wäldern Massachusetts' bis nach New York, wo katholische Extremisten ein korruptes Regime errichtet haben, an dessen Spitze sie sich bald befindet. Doch der Preis für diesen unverhofften Aufstieg ist hoch: Ihr treuer Begleiter Pascha – ein Weißer, der behauptet, 30 Jahre alt zu sein – soll am Kreuz sterben, wie alle anderen weißen Männer auf den Darstellungen der Passion Christi. Es folgt eine Odyssee, an der nicht nur ihre Freundschaft, sondern auch Ice Creams sonst unerschütterlicher Optimismus zu zerbrechen drohen.

»Wirkmächtig, anregend und kathartisch.« – *The Guardian*

»Ice Cream Star, die Heldin dieses Romans, ist der Frodo Beutlin, den unsere Zeit verdient. Ice Cream Star konfrontiert uns mit der unwiderlegbaren Tatsache, dass die Bürger der Zukunft die Geschichte wiederholen müssen, die wir heute für sie machen.« – *The New York Times*

Anne Weber
Annette, ein Heldinnenepos
208 Seiten, gebunden
978-3-95757-845-7

Was für ein Leben! Geboren 1923 in der Bretagne, aufgewachsen in einfachen Verhältnissen, schon als Jugendliche Mitglied der kommunistischen Résistance, Retterin zweier jüdischer Jugendlicher – wofür sie von Yad Vashem später den Ehrentitel »Gerechte unter den Völkern« erhalten wird –, nach dem Krieg Neurophysiologin in Marseille, 1959 zu zehn Jahren Gefängnis verurteilt wegen ihres Engagements auf Seiten der algerischen Unabhängigkeitsbewegung ... und noch heute an Schulen ein lebendiges Beispiel für die Wichtigkeit des Ungehorsams. Anne Weber erzählt das unwahrscheinliche Leben der Anne Beaumanoir in einem brillanten biografischen Heldinnenepos. Die mit großer Sprachkraft geschilderten Szenen werfen viele Fragen auf: Was treibt jemanden in den Widerstand? Was opfert er dafür? Wie weit darf er gehen? Was kann er erreichen? Annette, ein Heldinnenepos erzählt von einer wahren Heldin, die uns etwas angeht.

»Ein Leseglück von Anfang bis Ende.« – *Süddeutsche Zeitung*

»Was für ein Leben. Was für eine Frau. Und ja – was für ein Buch.« – *SWR2 lesenswert, Buch der Woche*

Joshua Groß
Flexen in Miami
199 Seiten, gebunden
978-3-95757-892-1
Aus als E-Book verfügbar

Auf Einladung der Rhoxus Foundation verschlägt es den Erzähler Joshua nach Miami. Dort findet er sich in einem smarten Apartment wieder: Geld und Astronautennahrung werden von einer Drohne geliefert, die Temperatur automatisch reguliert, der Kühlschrank ist sein einziger Gesprächspartner. Das Computerspiel »Cloud Control« bietet die einzige Abwechslung, es speist sich in Echtzeit aus den Daten der Gamer. Bei einem NBA-Spiel trifft Joshua die Meeresbiologin Claire, und die beiden reisen nach wenigen Wochen nach Nassau, wo Claire ihm eröffnet, dass sie schwanger ist, jedoch offenlässt, ob das Kind von ihm ist. Flexen in Miami ist eine Liebesgeschichte, die auf vielfachen Ebenen danach fragt, woher wir wissen können, dass wir da sind, und wie wir einander begegnen können: als Menschen oder Avatare, im Leben genauso wie in der Cloud. In seinem lang erwarteten Roman erzählt Joshua Groß von den diversen Einkerbungen, Traps, Glitches und Unsicherheiten in der Realität, die wir unsere Gegenwart nennen.

»Ein Roman […], der […] Motive des Pops so lässig mit der radikalen Subjektivität der Autofiktion zusammenführt, dass man dieser Form von Literatur gern einen eigenen Namen gönnen möchte.« – *Frankfurter Allgemeine Zeitung*

Eileen Myles

Chelsea Girls

Aus dem Englischen von Dieter Fuchs

252 Seiten, gebunden

978-3-95757-839-6

Auch als E-Book verfügbar

Eileen Myles erzählt ungeschönt und unverblümt davon, wie es war – damals in New York – als alles möglich schien, als Warhol jedem 15 Minuten Berühmtheit versprach, als Allen Ginsberg noch zu deiner Buchpremiere kam, wenn du ihn einludst, als noch alle mit allen im Bett gelandet sind, und es immer irgendjemanden gab, der Alkohol oder Drogen dabei hatte. Doch nicht nur um wilde Eskapaden geht es, sondern auch um die katholische Erziehung in den Sechzigern, um das Aufwachsen mit einem alkoholkranken Vater, um zerbrochene Liebesbeziehungen, um Woodstock und um das Chelsea Hotel, um enttäuschte Hoffnungen, um das Schreiben an sich. Vor allem um das Schreiben über die eigene unmittelbare Umgebung, darüber, eine kraftvolle Stimme zu finden für eine damals als geradezu unerschrocken geltende lesbische Identität. Während sich jeden Tag die Frage stellte, wie man mit Gedichten allein überleben soll, schaffte es Eileen Myles nicht nur, eine neue literarische Form zu finden, sondern auch, sich selbst neu zu entwerfen, fernab von dem, was andere erwarteten.

»Eileen Myles ist am ehesten das, was wir unseren Lyrik-Promi nennen können.« – *Paris Review*

»Myles' nicht endende Anziehungskraft liegt unter anderem daran, dass alle Bücher im wahrsten Sinne des Wortes experimentell sind; immer, wenn man sich umdreht, macht sie schon wieder etwas anderes.«– *New York Magazine*

END GAME

Avec *Octobre rouge, Tempête rouge, Jeux de guerre, Le Cardinal du Kremlin, Danger immédiat, La Somme de toutes les peurs, Sans aucun remords, Dette d'honneur, Sur ordre* et les quatre volumes de la série *Op-Center*, Tom Clancy est aujourd'hui le plus célèbre des auteurs de best-sellers américains, l'inventeur d'un nouveau genre : le thriller technologique.

Paru dans Le Livre de Poche :

LE CARDINAL DU KREMLIN
CODE SSN
DANGER IMMÉDIAT
DETTE D'HONNEUR (2 vol.)
JEUX DE GUERRE

NET FORCE :
VANDALES VIRTUELS
ÉCHAPPÉE DANS L'EXTRÊME
LE JEU DU SOLITAIRE
UN JEU TRÈS MEURTRIER
CYBER SPY
DANS L'OMBRE DE L'HONNEUR
LA GRANDE COURSE

OCTOBRE ROUGE
POWER GAMES — POLITIKA
SANS AUCUN REMORDS
LA SOMME DE TOUTES LES PEURS
SUR ORDRE (2 vol.)
TEMPÊTE ROUGE

TOM CLANCY/NET FORCE

Une série créée par Tom Clancy
et Steve Pieczenik

End Game

TRADUIT DE L'AMÉRICAIN PAR ÉVELYNE CHÂTELAIN

ALBIN MICHEL/LE LIVRE DE POCHE

Titre original :

TOM CLANCY'S NET FORCE : YOUNG ADULTS :
END GAME

A Berkley Jam Book
publié avec l'accord de NetCo Partners

Ceci est une œuvre de fiction. Les personnages et les situations décrits dans ce livre sont purement imaginaires : toute ressemblance avec des personnages ou des événements existant ou ayant existé ne serait que pure coïncidence.

Nous aimerions remercier les personnes suivantes, sans qui ce livre n'aurait pas été possible : Diane Duane, qui nous a aidés à mettre au point le manuscrit ; Martin H. Greenberg, Larry Segriff, Denise Little et John Helfers de Tekno Books ; Mitchell Rubenstein et Laurie Silvers de BIG Entertainment ; Tom Colgan de Penguin Putnam Inc. ; Robert Youdelman, Esquire ; Tom Mallon, Esquire ; Robert Gottlieb de William Morris Agency, notre agent et notre ami. Leur aide nous a été précieuse.

PROLOGUE

Quelle villa prodigieuse ! Tout le monde le reconnaissait. Et la sombre silhouette qui se terrait derrière le mur devait bien partager l'avis général.

Cette nuit-là, les lieux étaient encore plus calmes qu'à l'accoutumée. Seul, le son sec et frais de la brise bruissait dans les palmiers. Devant l'entrée principale, l'allée circulaire qui entourait la fontaine était déserte à l'exception d'un petit véhicule sombre et anonyme, une petite voiture destinée à faire les courses, sans rien de commun avec les splendides reliques de l'âge d'or du moteur à explosion qui se garaient là, les soirs de réception. Des lumières brillaient aux fenêtres de la façade et quelques autres étincelaient sur l'aile de la massive demeure. Mais la silhouette de l'ombre les savait branchées sur un minuteur. Il n'y avait personne à l'intérieur... presque personne de toute façon. L'unique occupante ne s'apercevrait même pas de sa présence.

Il regarda sa montre. Deux heures quatorze du matin. Au même instant, une lampe s'éteignit derrière une des fenêtres de l'aile. La sombre silhouette qui s'y attendait hocha la tête. Au cours des dix minutes suivantes, plusieurs lampes s'évanouirent dans le noir, suivies des lumières de la façade, comme si quelqu'un allait se coucher.

Personne ne bougeait, bien entendu. L'unique habitante de la maison dormait déjà. L'observateur savait où se trouvait sa chambre, il avait vu la lumière s'éteindre. Il en savait assez sur ses habitudes de sommeil pour préférer attendre encore un peu avant de bouger, si bien que, pour le moment, il ne lui restait qu'à admirer l'architecture.

La demeure avait été apportée de Venise, pierre par pierre, dix ans plus tôt, lorsque le quartier de l'église San Maurizio avait commencé à s'affaisser si rapidement que même les services du Génie civil des Nations unies dépêchés sur place n'avaient pu endiguer le désastre. Cela donna lieu à l'une des premières mesures que les autres pays définissaient comme des « projets d'expatriation temporaires » mais que les Vénitiens qualifiaient amèrement de « vol institutionnel ». La « Casa dei Malipieri » était un palazzo fort négligé à l'angle du canal de l'église San Maurizio. À présent, trônant dans toute sa splendeur dans un domaine luxueux et ombragé du bord de mer, au sud de Miami, elle semblait avoir trouvé sa véritable place — ses murs de grès dorés étincelaient d'un riche éclat, les citronniers du vieux jardin muré se déployaient à présent au milieu d'une grande pelouse parfaitement entretenue. Il avait fallu résoudre tous les problèmes habituels afin d'obtenir l'autorisation d'effectuer les modifications nécessaires pour adapter la maison au XXIe siècle : domotique poussée à l'extrême, air climatisé, système d'alarme, et même restauration des pierres qui avaient beaucoup souffert de leur immersion dans les eaux polluées de Venise et de leur exposition aux pluies acides d'une Italie du Nord de plus en plus industrialisée. Les autorités italiennes avaient pourtant précisé qu'il ne s'agissait là que d'un « prêt » à long terme et que la demeure devait rester en l'état, sans subir la moindre altération. Les autorités locales avaient rétorqué qu'elle dépendait à présent de la juridiction d'un autre pays, et que, questions historiques mises à part, il fallait modifier la plomberie et certains aspects de la construction afin qu'ils répondent, ne serait-ce que temporairement, aux exigences de la législation en vigueur. Le nouveau propriétaire — c'était ainsi qu'il se considérait, et au diable ce gouvernement d'opérette italien — agissait selon son bon gré et clamait haut et fort que tel était son bon droit. N'était-ce pas lui qui avait sauvé cette fichue baraque après tout ? Ne serait-elle pas engloutie au fond d'un canal à présent s'il n'avait pas dépensé plus de trois millions de dollars pour la ramener ici, la remettre en état et lui redonner figure humaine ?

La silhouette vêtue de noir lovée à l'ombre d'un buisson éloigné à l'extérieur du portail ricanait dans sa barbe. L'homme avait vu ce type faire son cinéma une bonne centaine de fois, et cela devenait de plus en plus comique. Personne ne niait que Jack Ariani eût accompli un travail de restauration remarquable. Pourtant, une fois la climatisation et la plomberie installées, il s'était consacré à l'acquisition ou, comme il le prétendait, à la « ré-acquisition » des meubles et œuvres d'art de la Renaissance qui auraient pu, de près ou de loin, être attachés à la maison au temps de son apothéose, lorsqu'une des grandes familles de la ville, dite la Serena, puisait dans la cité autant d'argent que possible et gaspillait sa fortune de la seule manière appréciée en ce lieu à cette époque : en dépenses d'apparat.

La silhouette de l'ombre, qui observait toujours tandis que la dernière lampe s'éteignait, s'approcha lentement de la poterne creusée dans le mur. Les Maliepieri possédaient des Titien et des toiles d'une dizaine d'artistes mineurs, ainsi que quelques œuvres de « jeunesse » de Michel-Ange, peintures et sculptures, des tapisseries fabuleuses, des céramiques et de très anciens cristaux de Venise, absolument magnifiques. Des milliers d'objets précieux, vieux d'un demi-millénaire. Plus de la moitié de cette fortune se trouvait encore à l'intérieur de la villa ce soir, mais ce n'était pas pour cette raison que la sombre silhouette s'était introduite en ce lieu.

À l'affût, elle s'arrêta près de la porte. Pas de bruit de voiture, de promeneur, aucun jappement de chien. Il y avait des chiens à la maison, parfois, mais ce n'étaient pas des chiens de garde. Le propriétaire les emmenait avec lui en voyage d'affaires. Il possédait d'autres systèmes d'alarme, mais l'intrus les connaissait tous, il s'y était préparé.

Satisfait du calme qui régnait, il sortit de sa poche un petit boîtier noir et l'appliqua contre la serrure de la porte. Elle semblait parfaitement mécanique, comme si elle nécessitait une grande clé à l'ancienne portée à la ceinture d'un gros garde en uniforme, mais ce n'était qu'une illusion, aucune clé n'aurait tourné dans ce trou bourré d'équipements d'une nature bien différente. Le détecteur à induction de variance infrarouge du boîtier chercha la puce, l'interrogea brièvement et lui envoya la commande d'ouverture — c'est ce qui avait été le plus difficile à découvrir, car l'entreprise qui avait installé ce système avait fait faillite plusieurs années auparavant. En silence, les trois verrous qui maintenaient le portail se retirèrent. Les battants, munis de contrepoids, pour qu'ils puissent s'ouvrir sans qu'on ait à les toucher, s'écartèrent.

La sombre silhouette se glissa à l'intérieur de l'enceinte et effleura le portail du doigt. Il se referma. Les verrous se remirent en place.

De l'autre côté du mur, l'homme se dirigea vers la droite, à la recherche du vieux module de contrôle auxiliaire qu'il savait tout proche. Il tapota sur quelques touches de son propre boîtier noir et envoya la deuxième série des codes qu'il avait préparés. Ensuite, il traversa la pelouse sans être dérangé par les rayons infrarouges passifs qui barraient le chemin au banal promeneur nocturne ou au voleur occasionnel.

Il bifurqua à droite avant d'atteindre l'allée qui se terminait en cercle autour de la fontaine. Impossible de rester silencieux sur des graviers, mieux valait marcher dans l'herbe, car il n'avait pas la moindre intention d'essayer d'entrer dans la maison par la porte principale en de telles circonstances. Il contourna donc la villa en passant sous ses trois étages de fenêtres, fit encore un détour pour éviter la serre, elle aussi bordée de graviers. Quelle idée de construire une telle horreur au flanc d'une demeure qui offrait un magnifique atrium ouvert ! Certains avaient bien mauvais goût.

Il ricana dans sa barbe, car c'était justement là, la raison de sa présence.

Derrière la serre, des plantations d'ifs et d'autres buissons ornementaux à feuillage épais bloquaient la vue à l'est du côté de la route, mais on apercevait malgré tout quelques maisons. La sombre silhouette s'y faufila jusqu'à l'endroit où les haies cédaient la place à des lits de fleurs, qui ornaient l'arrière de la villa transplantée. Il rangea son petit boîtier noir, fouilla dans sa veste et en ressortit un autre plus grand, muni d'un clavier aux touches multiples.

Précautionneusement, il avança sur une des plates-bandes de manière à n'avoir qu'un seul pied à poser sur la terre molle. Le deuxième pas l'amena sur l'allée dallée de grès qui séparait les lits de fleurs de la pelouse. Là, sur un pied, il sortit une petite brosse de sa poche pour nettoyer la semelle de la chaussure qui avait touché la terre meuble. Inutile de faciliter le travail de la police scientifique qui examinerait toute la zone à la loupe dans quelques heures à peine. Une fois sa chaussure d'une propreté parfaite, il effaça son empreinte de pas, rangea sa brosse et se dirigea vers la maison.

Il y avait deux entrées de ce côté : une porte-fenêtre à la française qui ouvrait sur le patio dallé de grès, et une porte ordinaire qui menait à ce qui était devenu la buanderie. L'intrus vêtu de noir sourit en entrant et marqua une pause pour accoler son second boîtier au panneau de la porte, tout en composant une chaîne de chiffres.

Rien ne sembla se passer, mais la forme tapie dans l'ombre tendit la main et tourna doucement le bouton de la porte.

Elle s'ouvrit. Il entra, la referma tout en retenant le bouton, puis relâcha doucement le pêne. Il pointa ensuite le boîtier vers le panneau du système de sécurité et composa une autre série de chiffres. Un voyant vert passa au rouge.

Il s'immobilisa un instant, puis retira les lunettes de vision nocturne qu'il dissimulait à l'intérieur de sa casquette de base-ball. Avec elles, les objets qui l'entouraient, machine à laver, sèche-linge, placards, planche à repasser avaient une étrange apparence vaguement lumineuse, mais la lumière se déplaçait au fur et à mesure qu'il avançait vers la porte de la cuisine. Il portait sa source lumineuse en lui. Les lentilles étaient particulièrement sensibles à l'infrarouge, et tout ce qui n'était pas une source de chaleur brillait légèrement sous la chaleur induite par son propre corps.

La porte de la cuisine était ouverte. Il s'arrêta sur le seuil et regarda autour de lui. C'était une pièce vaste et spectaculaire, qui combinait le meilleur des lignes de la Renaissance avec certains ustensiles culinaires d'époque et d'autres qu'on se serait plus attendu à voir dans un vaisseau spatial à la télévision. Les surfaces vitrées et les cuivres au fini mat étincelaient doucement ici et là à la lueur des différents voyants des appareils. Sur l'un des côtés, un espace rectangulaire bardé de métal qui aurait été d'un noir de jais en plein jour diffusait une lueur notable sous les yeux de la sombre silhouette : la massive cheminée du XVe siècle à four vertical dont les pierres réfractaires diffusaient encore la chaleur d'un barbecue qui avait eu lieu deux jours plus tôt.

La sombre silhouette passa tranquillement devant cet îlot et franchit la porte suivante, qui menait à la salle à manger. Là, il marqua une pause, tant pour admirer les lieux que pour vérifier que rien ne troublait le silence. Il était seul dans la pièce avec une immense table Della Robbia, somptueusement gravée de grappes de fruits et de fleurs, dont les multiples feuilles d'or étincelaient d'un doux éclat. Des chaises étaient alignées contre le mur. Au plafond, le lustre de cristal vénitien, aux couleurs chatoyantes qui faisaient ressembler le verre d'aujourd'hui à de la vulgaire pacotille de plastique, brillait encore de la chaleur rémanente des lampes allumées quelques heures plus tôt.

Anachronique, pensa la sombre silhouette d'un air critique avant de passer au salon. Bien que « salon » fût sans doute un terme mal adapté pour une salle qui ne se mesurait pas en mètres carrés mais en ares ! Occupant presque tout le rez-de-chaussée, elle était jonchée d'une myriade de meubles branlants, dont pas une patte n'avait moins de cinq cents ans. La silhouette hocha la tête. La pièce ressemblait à un entrepôt. S'ils avaient vu ce capharnaüm, les propriétaires originaux en auraient été outrés.

L'homme se tourna vers la gauche et avança lentement vers le splendide et gigantesque escalier de marbre qui descendait en colimaçon du premier étage, dont le déménagement et la restauration avaient sans doute coûté plus cher que tout le reste de la maison. Là, il devrait commencer à faire attention à l'endroit où il poserait les pieds — il n'avait pas réussi à obtenir les codes de désactivation des systèmes de sécurité de l'escalier ni du premier. Pourtant, il n'était pas trop inquiet. Dans de nombreuses installations domestiques, les concepteurs perdaient beaucoup trop de temps à se concentrer sur les systèmes de sécurité extérieurs — comme s'ils s'attendaient à des attaques de tanks ou de bandes de fantassins armés — et négligeaient souvent les systèmes intérieurs. Sans doute parce qu'on estimait en général qu'un système d'alarme périphérique à deux niveaux suffisait pour venir à bout de tout voleur éventuel et qu'un réseau interne ne servait guère qu'à rassurer les occupants.

Et en fait, les installateurs de Jack Ariani n'avaient sans doute pas eu grand mal à le pousser en ce sens, tout en songeant à se remplir les poches... car les systèmes de sécurité extérieurs étaient bien plus coûteux que les alarmes internes, et les réseaux de rayons infrarouges sur les murs, la porte et les fenêtres étaient beaucoup plus séduisants en termes de rapport pour les installateurs que les simples capteurs tactiles ou les cellules infrarouges internes. Ces derniers étaient aussi d'un entretien moins coûteux, surtout avec un client un peu borné qui refusait d'admettre que la moitié des fausses alertes extérieures étaient déclenchées par ses chiens.

L'homme monta donc l'escalier en toute quiétude, tout en notant que Della Robbia n'avait pu s'empêcher de graver d'autres fruits sur la balustrade. Il n'éprouva aucune difficulté à éviter les rares capteurs glissés dans les fils du long tapis tissé à la main. Il connaissait leur emplacement avant même d'être entré et, s'il n'avait rien su, il aurait pu les repérer grâce à la légère chaleur induite par l'électricité qui les traversait et qui formait des taches lumineuses qu'il devinait à travers le tapis. Un petit pas de côté, une semelle posée sur les franges du tapis, et le tour était joué !

Il se retrouva bientôt sur le premier palier. Là, si ses recherches étaient exactes, un rayon infrarouge traversait l'extrémité du corridor devant lequel il se trouvait. Il n'avait pas besoin de monter plus haut et n'avait aucune envie de le faire, car la gouvernante dormait là-haut, juste à côté de la chambre de maître, où se trouvaient également les Titien et deux des Michel-Ange. Pour notre noctambule, toutefois, le cœur de l'action se situait au premier.

En silence, il avança dans le corridor, à côté de la tapisserie au tissage subtil et spectaculaire, un Gobelin authentique — imaginez, une telle merveille par terre ! Il y a des gens je vous jure ! Il dut y poser le pied une fois ou deux pour éviter un guéridon occasionnel, mais cela lui fendait le cœur.

À cet instant, presque à portée de l'infrarouge, il marqua une pause. C'était le seul moment délicat de l'opération, et il y avait réfléchi longuement avant de s'engager. Il avait désactivé et paramétré à nouveau l'alarme périphérique de second niveau, fenêtres et portes, et ainsi de suite, mais il avait été incapable de déterminer si ce rayon infrarouge faisait ou non partie du même circuit. On avait effectué quelques opérations de maintenance dernièrement, et ses sources avaient été incapables de préciser si on avait ou non modifié ce capteur. Il disposerait d'un quart de seconde pour se couvrir, si ce n'était pas le cas.

D'une autre poche, après avoir rangé pour un bref instant sa console de contrôle principal, il sortit un autre boîtier : un « tueur d'infrarouge ». Ce n'était pas un module très sophistiqué, mais il se chargerait du boulot... ne serait-ce que pour quelques minutes. Si l'infrarouge se rallumait, il faudrait qu'il agisse plus vite qu'il ne l'avait prévu à l'origine.

Il inspira profondément et fit un pas en avant.

Rien.

Un autre pas.

Rien.

Un autre...

Il soupira. L'infrarouge était mort. Pour l'instant.

Pourtant, son cœur battait très vite, et soudain, il avait l'impression de vouloir être ailleurs. Une simple décharge d'adrénaline, pensa-t-il en sortant son grand boîtier pour ouvrir la porte à sa gauche, au fond du corridor. Mais même si sa nervosité n'était qu'un effet secondaire de sa chimie intérieure, il n'allait pas la négliger pour autant.

Il s'introduisit dans la pièce, ferma la porte dans un silence parfait. C'était un bureau, du moins, c'était l'illusion que la pièce devait donner à un observateur superficiel. Sous la vision infrarouge, peu d'objets étaient chauds. Les convecteurs du chauffage central brillaient un peu, ainsi que le gros ordinateur et le fauteuil à interface électronique qui avaient fonctionné tard dans la nuit avant le départ de Jack, mais pas grand-chose d'autre. Toute la chaleur résiduelle s'était dissipée au point de ne laisser aucune trace détectable. Mais l'intrus savait exactement où se trouvait Jack et ce qu'il faisait exactement juste avant son départ.

Il passa près du grand bureau et des armoires de rangement qui tapissaient le mur pour se diriger vers une toile mineure, un Tintoret que Jack faisait expertiser pour s'assurer qu'il s'agissait bien d'une copie. Si l'œuvre s'avérait authentique, ce serait le comble de l'ironie. Jack l'aimait à cette place, parce que la toile ressemblait à un faux, tel un symbole des autres entreprises fallacieuses auxquelles il se livrait.

Le voleur remit son boîtier dans sa poche puis décrocha le Tintoret qu'il posa sur une chaise juste à côté. Il se tourna vers le mur. Parfaitement lisse et plat... ou du moins était-ce ainsi qu'il apparaissait au regard le plus attentif. Mais avec la vision infrarouge, il en allait autrement. On percevait une large surface scintillante, un éclat mouvant aux reflets moirés.

La sombre silhouette sortit son module de contrôle et y entra une longue combinaison de chiffres qu'il examina avant de pointer son boîtier contre le mur et d'appuyer sur la touche « VAL ».

Le motif moiré disparut. La sombre silhouette poussa un profond soupir, fouilla dans la cavité qui venait de se révéler, entra une nouvelle séquence chiffrée sur le panneau de contrôle presque invisible dans l'obscurité. On entendit un léger grincement, puis un petit bruit sec. La dernière porte s'ouvrit.

L'intrus glissa une main gantée à l'intérieur et trouva immédiatement ce qu'il cherchait — l'intérieur du coffre était parfaitement isolé, car ignifugé, et les objets déposés à l'intérieur conservaient longtemps leur signature de chaleur. Au plus profond du coffre, au-dessus d'un tas de paperasse, se trouvait un petit sac brun.

C'était pour cela qu'était venue la sombre silhouette. Pas pour les précieux tableaux, les meubles ou les céramiques... Non, rien d'aussi facilement identifiable. Jack Ariani aimait peut-être s'entourer de gadgets Renaissance, mais il aimait aussi les espèces sonnantes et trébuchantes et plus joliment elles sonnaient, mieux c'était... Et là... Scintillant faiblement, une vingtaine de diamants taillés s'écoulèrent du petit sac pour retomber dans la main gantée. L'homme sourit, puis remit les joyaux dans leur étui, le rangea dans sa veste, ferma le coffre, et raccrocha le Tintoret.

Ensuite, il lui fallut presque autant de temps pour sortir que pour entrer... une dizaine de minutes environ. Rien ne bougea dans la maison, pas un son ne se fit entendre avant que, de l'extérieur, il referme la porte de la buanderie derrière lui et ne restaure le système d'alarme à son état antérieur. Quelque part, à l'est, un chien aboya tandis que la silhouette noire retournait vers la poterne pour sortir. Vingt minutes plus tard, l'homme avait troqué ses vêtements noirs contre un T-shirt et un short et suivait la file rapide le long de la rue principale de South Beach, son sac de sport sur l'épaule, individu anonyme dans la foule du samedi soir qui se pressait vers les bars et les restaurants. Il quitta la rue et se précipita à la Dent de Requin, où il s'installa dans le restaurant de poissons pour commander un verre de vin blanc et quelques étrilles. Ensuite, il rentra chez lui pour réfléchir à ce qu'il pouvait faire de quatorze millions de dollars des plus beaux diamants blanc bleuté qui soient d'autant plus aisément négociables qu'ils étaient anonymes ; avant de songer à son prochain projet, sûr et certain que personne ne le démasquerait jamais... Car il disposait d'un avantage dont n'avait jamais bénéficié aucun voleur. Il se mettait dans la peau de ses victimes... Et il était le seul à savoir comment y parvenir.

1

C'était le matin du 31 juillet et, assise sur l'une des lunes de Saturne, Megan O'Malley assistait à un match de base-ball.

Tout autour d'elle, le vaste paysage de cratères brillait d'un éclat surprenant sous la lumière qui émanait de la neige de méthane bleu pâle recouvrant la surface de Rhéa jusqu'à l'horizon bien trop proche. Au bord du cadre, Saturne se couchait, comme il le faisait douze fois par jour, et, pour l'instant, on n'apercevait plus que les dernières traînées des anneaux.

Megan était assise sur les « gradins » de ce qui avait été un vieil amphithéâtre grec. Depuis longtemps déjà, impressionnée par la pureté des lignes, elle l'avait importé dans son espace de travail virtuel : à ses yeux, c'était un lieu idéal pour agir et réfléchir : fonctionnel, simple, élégant. Aucun poteau ne venait entraver la vision, contrairement à ce qui se passait encore dans les stades modernes, même si on était aujourd'hui capable de trouver des solutions qui régleraient définitivement ce problème. L'amphithéâtre était parfait pour le base-ball. Malheureusement, il ne pouvait en rien améliorer la qualité de la partie à laquelle elle assistait.

Dans « l'arène », les Cubs jouaient contre Pittsburgh au Wrigley Field. Nous en étions à la huitième manche, avec déjà deux joueurs éliminés, personne sur les bases, et c'était le tour du seul batteur des Cubs qui avait dernièrement manifesté une certaine tendance à vouloir frapper des objets moins gros qu'une maison. « Allez, Mickey, rends-toi utile ! murmura Megan. Fais quelque chose ! »

Mike Rodriguez restait là à répéter son swing. Sur le monticule, Kashiwabara pivota et lança. Cela donna une deuxième prise... Raté, une fois de plus, et Megan comprit que cette fois encore, Rodriguez n'allait pas donner grand-chose de bon. D'ailleurs Dieu seul aurait pu sauver la situation, mais Dieu semblait avoir abandonné le stade peu après la septième reprise.

La foule, des gens du coin pour l'essentiel, manifestait un mépris bon enfant. Assise sur la pierre froide, les jambes pliées devant elle, les bras autour des mollets, Megan appuya son menton sur ses genoux et soupira, légèrement frustrée, comme trop souvent. Depuis qu'elle avait l'âge de s'intéresser au sport, elle était une supportrice des Cubbies. Ses frères décrivaient ce penchant comme une sorte de tare génétique liée au sexe — leur grand-mère était originaire de Chicago — ou comme une grave anomalie du comportement. « Cette nigaude se range toujours du côté du vaincu », disait son frère aîné, citant un obscur auteur de contes gothiques du siècle précédent.

Megan ne pouvait guère faire autre chose que grommeler entre ses dents. Il n'était pas question que les Cubbies perdent. Pourtant, cela semblait être leur seul but dans la vie, une divinité diabolique les ayant apparemment destinés à rappeler aux êtres humains que la gloire est éphémère et que l'affichage du score ne reflète pas toujours la mesure du talent. Néanmoins, elle les aimait beaucoup — ils se battaient jusqu'au bout — et que pouvait-elle faire là-contre ? C'était le genre d'affection, indépendante de toute volonté, à laquelle on reste lié pour la vie, comme celle du pauvre caneton qui s'attache à l'être humain qu'il a adopté pour parent.

Sur le monticule, Kashiwabara regarda son receveur d'un air pensif, hocha la tête d'un mouvement quasi imperceptible, la hocha encore et encore. Les instructeurs des première et troisième bases se lancèrent dans une furie de signaux qui les faisait ressembler à une bande de catholiques réformés pris d'une soudaine attaque de danse de Saint-Guy.

« Meg ? lança la voix d'un de ses frères. Toujours dans ta crise de masochisme ? »

Megan roula les yeux.

« Si tu veux savoir par là si je regarde le match d'hier soir, c'est oui.

— Tu vas finir par ralentir ta croissance ! »

Megan fit une grimace. « Il y a une raison pour cet appel ? demanda-t-elle, ou tu essaies simplement de m'embêter inutilement ? C'est raté, entre parenthèses.

— J'ai deux mots à te dire, répondit Sean. Quatorze à zéro, Pirates.

— Ça fait quatre, ignare !

— Et papa vient d'appeler. Il rentre dans un quart d'heure.

— Parfait, j'arrive. »

Elle se leva d'un bond. Au même instant, Kashiwabara se pencha en arrière et lança une balle qui semblait posséder son propre système de guidage indépendant. Une bonne grosse balle, bien lourde ; Mickey la visa, et frappa... à l'instant où la balle fit une soudaine dégringolade de trente centimètres dans les airs et retomba... en dehors de la zone que la batte balayait ! « Comment il arrive à faire un truc pareil ? » grommela Megan tandis que Mickey avait toujours les yeux fixés là où la balle était passée... et avait disparu. Puis, il rejeta sa batte, dégoûté et alla rejoindre l'abri des joueurs pour prendre son gant, tandis que le joueur du champ extérieur des Pirates venait prendre sa place au petit trot.

Megan soupira et descendit les marches de l'amphithéâtre jusqu'à l'arène, où elle travaillait sur son ordinateur et regardait des jeux comme celui-ci. Chagrinée, elle marqua une pause, passa devant son fauteuil d'interface, alla directement sur le « terrain » du stade des Pirates, s'approcha de Rodriguez qui partait vers l'abri et lui enfonça son poing dans la tête.

Comme ce n'était qu'une holoprésence du match de la nuit précédente, il ne remarqua rien.

« Oh comme j'aimerais le faire pour de bon, espèce de bon à rien, grommela Megan. Mais cela ferait de la peine à tes enfants. Ils t'enfermeraient dans une malle et t'enverraient dans l'Iowa. »

Comme la veille au soir, Rodriguez s'écarta, le regard triste. Megan soupira et s'éloigna de nouveau tandis que le joueur du champ extérieur des Cubs passait devant elle. « Bon, dit-elle à l'ordinateur, sauvegarde la partie pour plus tard. »

« Sauvegarde effectuée », répondit l'agréable voix féminine de son ordinateur. Le terrain s'évanouit, aussitôt remplacé par le sol de marbre blanc de l'arène de son amphithéâtre, la chaise sur laquelle elle s'asseyait habituellement et les nombreux cubes, sphères virevoltantes et autres pyramides colorées, les figurines animées représentant les nombreux fichiers et messages en attente de traitement. « Consultation du courrier ? »

Megan regarda tout ce qui l'attendait et hocha la tête. Mais d'où cela pouvait-il venir ? Tous les matins, sa boîte aux lettres débordait de publicité, d'annonces, de cyberspam, de prospectus virtuels pour des restaurants de la ville, de propositions d'abonnements à des magazines, de méthodes pour s'enrichir « instantanément », de chaînes pour récolter de l'argent, etc. Elle avait beau triturer ses filtres, la situation empirait de jour en jour. Elle savait que depuis qu'il était à la portée du grand public, l'Internet avait toujours été en proie à une certaine anarchie, mais les problèmes se multipliaient avec le temps. *Bientôt, la paix régnera enfin sur Terre, car tout le monde passera tout son temps à trier sa boîte aux lettres...*

Elle traversa les diverses animations en souriant mais en prenant la peine de les examiner pour voir si aucune signature indiquant que les messages pouvaient avoir une vague importance n'y était attachée. Certains avaient trait à ses devoirs de classe pour la terminale, mais elle n'avait pas besoin de les consulter maintenant, et elle était bien déterminée à ne pas les ouvrir avant la mi-août. La rentrée viendrait bien assez vite, inutile d'y penser tout de suite. Aucun des autres messages ne concernait ses préoccupations du moment. « Non, répondit-elle, sauvegarde pour consultation ultérieure.

— Ouvrir l'interface ?

— Oui, merci. »

Comme à chaque fois, elle ressentit la vague impression d'avoir envie d'éternuer sans y parvenir. Puis, de nouveau, elle regarda l'ordinateur central qui permettait l'accès général au réseau.

Elle quitta le fauteuil d'interface électronique, s'étira et sourit légèrement car, pour une fois, le boîtier d'interface n'était pas bloqué par une pile de livres branlante. Et le bureau était nu, lui aussi. Sa mère rangeait toujours tout après avoir travaillé, car elle estimait que l'ordre était au cœur de l'art du journalisme. Son père prétendait au contraire que le désordre était inscrit dans les droits constitutionnels de l'écrivain. Lorsqu'il était à sa table de travail, toute surface horizontale se couvrait de livres ouverts ou fermés, entassés les uns sur les autres, sur lesquels il plaçait d'autres livres, maintenus ouverts par de nouveaux ouvrages, et le tout restait dans le même état jusqu'à ce qu'il ait traqué la bribe d'information nécessaire à la rédaction de son dernier roman. Aujourd'hui, les rideaux étaient ouverts, les volets remontés et les bureaux parfaitement nets. La pièce était impeccable depuis une semaine à présent, car son père était parti donner une conférence... et à Xanadu, de surcroît ! Mais bientôt, une heure ou deux après qu'il se serait remis au travail, les volets seraient de nouveau fermés, les rideaux tirés, il aurait reconstitué la tanière idéale de son occupant grognon et fouineur, l'écrivain qui traquait sa proie.

Megan s'étira de nouveau et quitta le bureau pour descendre dans la cuisine. Elle n'était pas mécontente que son père soit bientôt de retour, il lui manquait déjà, surtout à cette période de l'année où ses frères étaient revenus de l'université. C'était amusant de se retrouver tous ensemble, mais il avait une influence modératrice sur les garçons — ce qui signifiait qu'il arrivait parfois à les empêcher de vider le réfrigérateur en quelques heures. À eux seuls, ils avaient le don de pouvoir débarrasser une cuisine de la moindre miette à une telle allure qu'ils auraient fait pâlir de jalousie une armée de fourmis.

D'ailleurs, lorsque Megan entra dans la cuisine inondée de lumière, elle trouva Sean et Paul, le nez plongé dans le réfrigérateur. Sean mordait une cuisse de poulet, Paul fouillait dans le bac à légumes tout en tenant un cœur de laitue dans sa main libre. Assis à la table de la cuisine, Rory s'empiffrait de flocons d'avoine et de bacon comme s'il ne devait jamais y avoir de lendemain.

« De la laitue au petit déjeuner ? demanda Megan. Tu es encore au régime ? Vous êtes tous complètement cinglés.

— Je ne porterais pas de jugements trop sévères sur la santé mentale des autres à ta place, dit Sean, sans sortir la tête du frigo. Quatorze à zéro !

— Cela aurait pu être pire, tellement les Cubs jouaient mal ! dit Rory en avalant son café.

— Ah, vous n'allez pas commencer, protesta Megan. Pas avant que je me sois mis un peu de caféine dans le ventre ! »

Elle s'approcha du four, prit la bouilloire, la remplit à l'évier, la mit à chauffer, se dirigea vers le placard où se trouvait le thé, sortit deux sachets de Lapsang Souchong et en plaça un dans une des tasses qu'elle décrocha. Un vague chuintement fut suivi par l'apparition de son frère aîné, Mike, qui traversa la cuisine et alla vers la porte arrière tout en se débattant avec sa combinaison de kayak orange vif. Malgré les bandes fluorescentes et les éclairs disséminés fort impressionnants, Megan pensait qu'il avait l'air d'un bambin en combinaison de ski, d'ailleurs, on entendait le même criss-criss à chaque pas.

« Bonjour Mike, dit Megan.

— Mmmm, répondit Mike en claquant la porte de la cuisine alors que devant la maison, quelqu'un klaxonnait.

— La soirée a l'air d'avoir été dure hier, dit Sean, toujours plongé dans le frigo.

— Ah, parce que tu as cessé de manger assez longtemps pour t'en apercevoir ! » dit Megan en passant un bras pour prendre le lait. La bouilloire commença à siffler. Megan se retourna pour aller s'en occuper, mais Sean lui adressa une sorte de grimace et esquissa ce qui aurait pu devenir un mouvement d'aïkido efficace... si le corps de Megan n'avait réagi bien plus vite que son esprit... Le pauvre Sean se retrouva donc assis par terre, un demi-poulet rôti sur les genoux.

« Belle prise, lui dit Megan d'un ton doux avant de l'enjamber pour aller prendre sa bouilloire. Mieux vaudrait ranger ça dans le frigo avant que papa arrive ! »

Elle versa l'eau bouillante dans sa tasse tout en veillant bien à ce qu'on ne la voie pas sourire. Elle s'était initiée aux arts martiaux en même temps que ses frères, ce qui signifiait qu'elle avait commencé beaucoup plus jeune qu'eux... avec le résultat habituel. Elle était bien plus douée... néanmoins, elle essayait de ne pas trop leur mettre le nez dans leur incompétence... À moins qu'ils ne l'y obligent... Là, c'était une autre histoire.

Un gémissement aigu signala l'arrivée d'un taxi qui s'arrêtait dans l'allée mitoyenne entre leur maison et celle des voisins. En quatrième vitesse, les frères de Megan commencèrent à nettoyer leur capharnaüm. Megan chercha le sucre.

Une portière claqua, le gémissement s'estompa. Un instant plus tard, la porte arrière s'ouvrit, et son père déversa tout son attirail de valises, attaché-case et sacs en tout genre sur le sol de la cuisine. En le regardant, on comprenait tout de suite de quel gène les garçons tiraient leur taille impressionnante. Le crâne légèrement dégarni, encore très mince malgré sa cinquantaine, le père de Megan portait des vêtements sport confortables. Ses frères allèrent l'embrasser brièvement.

« Hé, les garçons, je ne vous reconnais plus, vous êtes bien élevés maintenant ? » dit le père de Megan.

« Bien sûr », « Évidemment », répondirent-ils. Megan s'abstint de rire. À voix haute du moins.

« Votre mère est levée ?

— Pas encore, dit Paul avant que Megan ait le temps d'ouvrir la bouche. Elle avait un article à boucler hier soir, pour *TimeOnline*, je crois. Elle a dit qu'elle ferait la grasse matinée.

— Sage décision, dit le père de Megan avant de s'écrouler sur une des chaises en bâillant. Je ne sais pas ce qui m'a pris de me laisser convaincre de prendre le vol de huit heures. Deux heures d'attente à l'enregistrement, et ensuite, debout constamment... Plus jamais ça ! »

Megan lui offrit son thé et alla s'en préparer un autre tandis que ses frères retournaient vaquer à leurs occupations.

« Tu ne m'as pas demandé ce que je t'ai rapporté ? » dit son père.

Megan lui lança un regard coquin. C'était une blague récurrente depuis l'âge de ses douze ans, depuis qu'elle avait remarqué qu'en posant sans cesse cette question, ses frères ne faisaient qu'exaspérer leur père.

« Plus tard, répondit-elle, comme elle l'avait fait cette fois-là. Et, Xanadu, c'était comment ?

— Euh..., plutôt agité, dit-il en buvant son thé.

— Non, ne me dis pas que tu as encore fait la révolution ! »

Il avait l'air chagriné. Il avait pris la parole quelques mois plus tôt lors d'un meeting sur les droits civiques, ce qui avait provoqué des résultats quelque peu inattendus.

« Non, pas cette fois. Non, les ennuis sont venus d'ailleurs. Il semblerait que la villa d'un de leurs clients se soit fait dévaliser. Quelque chose comme vingt millions de dollars. »

Megan alla s'asseoir en face de son père avec sa propre tasse de thé.

« Qui peut bien avoir vingt millions de dollars chez soi ! C'est bizarre, je n'ai rien entendu aux informations.

— Eh bien, ce n'est guère étonnant, dit-il, d'un air amusé. Je me trouvais par hasard dans les bureaux de la direction de Xanadu, avant-hier matin, et j'ai surpris une conversation qui ne m'était pas destinée... »

Megan leva les sourcils, mais s'abstint de commentaires. Au cours des dix dernières années, elle avait commencé à remarquer que, pour un auteur de romans policiers qui travaillait de manière indépendante, son père semblait connaître une foule de gens bien placés, des gens plus importants qu'en connaissent les écrivains, d'habitude. Il prétendait les rencontrer « pour ses recherches », mais Megan n'était pas naïve au point de le croire encore. D'ailleurs, il connaissait James Winters, de la Net Force... et en soi, cela impliquait qu'il dispose d'informations réservées aux initiés, comme Megan l'avait découvert en rejoignant le corps des Explorateurs et en rencontrant Winters elle-même.

« Écoute, dit Megan, cela t'ennuierait de commencer par le début ? Est-ce aussi luxueux et décadent qu'on le dit ? Y a-t-il vraiment des centaines de milliardaires là-bas ?

— Des dizaines du moins, dit son père avec une grimace résignée. Oui, c'est assez snob... mais on y mange bien ! Tu sais, ajouta-t-il en reprenant une tasse de thé, ça ressemble un peu à un hôtel cinq étoiles, du moins, en ce qui concerne les maisons... et cela s'étale sur des kilomètres. Des meubles anciens magnifiques, trois domestiques par invité, qui régentent tout. Des parcs immenses, des terrains de golf dignes des meilleurs parcours professionnels, une double piscine olympique, de l'équitation, de la plongée, des plages privées... Enfin, c'est Byzance ! dit-il en bâillant, mais ta mère me manquait. J'espérais qu'elle pourrait dégager son emploi du temps, mais...

— Et tu as essayé tous les trucs virtuels ? » demanda-t-elle. Elle avait presque crié. Lorsqu'elle avait appris que son père était invité à donner une conférence là-bas, c'était cet élément qui avait failli la rendre folle de jalousie. C'était une occasion en or ! Si Xanadu était si célèbre, ce n'était pas seulement pour le luxe de cette île privée et très sélecte, mais aussi pour ses « pavillons » virtuels très sophistiqués destinés aux clients milliardaires. Le fondateur de Xanadu était un programmeur bourré de talent qui, grâce à ses soutiens financiers, avait transformé ses dons en quelque chose de plus précieux que l'or. En fait, il s'agissait d'un système propriétaire évolué qui créait des expériences taillées sur mesure d'une inventivité stupéfiante, impliquant un investissement émotionnel du sujet si profond que rien au monde, réel ou virtuel, ne pouvait rivaliser avec un tel phénomène. Et tout cela, rien que pour vous — et à prix d'or — pendant tout le temps que vous aviez acheté dans le système.

Et, dans les pavillons virtuels de Xanadu, le « temps » n'était pas donné, et il était d'autant plus onéreux que ces expériences virtuelles n'étaient pas accessibles via le net, contrairement à presque tout le reste, si bien qu'il fallait les vivre directement sur l'île de Xanadu, à l'est des Bahamas. La direction de Xanadu prétendait que les logiciels de leur système propriétaire exigeaient trop de bande passante pour que le réseau Internet ouvert au public puisse les transmettre avec succès. Mais cet argument, Megan n'y croyait pas un instant : la bande passante du net doublait presque tous les deux mois, semblait-il, et le matériel domestique suivait la même évolution, pour rester au niveau. Néanmoins, refuser de laisser sortir les logiciels de l'île était un excellent moyen de protection. Tout ce qui passait par l'Internet était piraté en un rien de temps... et les créateurs de Xanadu risquaient de perdrc des milliards en licences potentielles et en revenus sur les années à venir.

« Mon Dieu, comment peux-tu hurler ainsi de si bon matin ! s'exclama son père en se frottant le front. Oui, j'ai essayé un des pavillons “publics”. (Il étendit les jambes et s'adossa à sa chaise.) Oh, rien de trop salace, rassure-toi, ajouta-t-il en remarquant le regard de sa fille.

— Quel dommage, répondit-elle, en esquissant un sourire.

— Ça suffit, jeune fille. (Il lui rendit son sourire, mais en l'accentuant un peu.) Je sais qu'ils sont connus pour leurs animations X, mais ce n'est pas ce qui m'intéresse le plus. Non, celui que j'ai visité c'était : “La fuite de Pompéi”. Effroyable.

— Et le volcan ? Il était comment ?

— Cataclysmique. La terre tremblait. Il pleuvait des cendres. Ce n'est pas comme si on ne connaissait pas la fin de l'histoire, Megan.

— Oui, mais l'expérience totale ? Plus vraie que la réalité, c'est bien ce qu'ils disent dans la pub ?

— Ouais, c'était très intense, répondit son père en se frottant le crâne d'un air absent. C'était encore pire que la dernière fois en Sicile. Je suis heureux que les brûlures n'aient pas été réelles, même si j'aurais juré le contraire sur le moment.

— Ouaouh ! s'exclama Megan. Alors, devant qui as-tu fait ta conférence ? Il y avait des gens célèbres ?

— Certains, oui. Ça ne les rendait pas plus intéressants pour autant. Il y en a qui ne venaient aux ateliers rien que pour avoir quelque chose à faire après le petit déjeuner, précisa-t-il, une nuance d'exaspération dans la voix. Les rares qui s'intéressaient vraiment à l'écriture n'avaient pas besoin de ça pour vivre, car ils roulaient déjà sur l'or, ou alors, c'étaient des cas désespérés !

— Tu dis toujours qu'il n'y a pas de cas désespérés.

— Eh bien, ces gens-là m'ont obligé à revoir ma théorie. Ils ne s'imaginaient pas que je puisse avoir quelque chose à leur apprendre. Ils me considéraient comme une simple distraction. Ou alors, ils faisaient partie de ces prétentieux qui estiment qu'aucun mortel n'a rien à leur apprendre qu'ils ne sachent déjà. Tu vois ce que ça donne, l'argent. » Son père but encore un peu de thé et esquissa un rire.

« Je ne sais pas, ma chérie. J'étais bien payé, sans aucun doute, et le paysage est somptueux, là n'est pas la question, c'est exactement l'endroit où j'aimerais amener ta mère en vacances.

— Loin de nous ?

— Ai-je dit une chose pareille ? demanda-t-il avec un regard amusé. Si j'en avais les moyens, bien sûr, ce qui n'arrivera pas de sitôt. Mais les animations virtuelles ont une telle force d'attraction que je me demande pourquoi ils se donnent le mal d'organiser des animations de vacances traditionnelles... des ateliers d'écriture, des cours de cuisine, des séances d'aérobic... Après avoir payé ce genre de sommes pour aller à Xanadu, la plupart des gens, même les milliardaires, en veulent pour leur argent...

et ils se fichent un peu des activités en vedette américaine en marge du grand cirque. Alors, mon petit numéro de chien savant... »

Megan fronça les sourcils. « Oh, arrête ton cinéma. Tu es un très bon professeur. Et tu écris des livres formidables. Pour un père. »

D'une main, il chercha un carnet sur la table encombrée. « Tiens, il faut que je mette ça par écrit ! Excuse le jeu de mots. De toute façon, je ne crois pas que je me donnerai la peine d'y retourner. »

Megan le regarda d'un air curieux. « Tu veux dire qu'on t'a demandé de revenir ?

— Pas tout de suite. Mais je ne sais pas, Megan. La nourriture trop riche...

— Mon Dieu, toutes ces langoustes et ce caviar... Quelle décadence ! s'écria Megan.

— Eh bien, la décadence est surestimée ! Et en général, cela fait monter le taux de cholestérol, répondit-il en bâillant de nouveau.

— Bon, tu dis ça parce que tu es en hypoglycémie ! Et ce type aux vingt millions de dollars envolés ?

— Oh, c'était un des nouveaux arrivés... Ils font venir les invités par petites vagues, pour ne pas saturer les installations, apparemment. »

Ou pour mieux contrôler le nombre de personnes qui ont accès aux logiciels à un moment donné, songea Megan.

« Il ne devait pas être là depuis plus d'un jour ou deux. Un spéculateur immobilier installé à Miami. Il devait prendre livraison d'un pavillon reconstituant un épisode de la Renaissance italienne. » Son père lui adressa un autre regard en coin. « En fait, il ne parlait que de cela depuis son arrivée. Il aurait pu faire partie de l'équipe olympique des raseurs invétérés. Des radotages interminables sur un événement historique qu'il voulait recréer... Qu'est-ce que c'était déjà... Ah oui, un duel à l'épée au cœur de Venise, en 1532. À moins que ce soit à Milan ? Ne me demande pas les détails. Au bout de la sixième fois, j'ai fait mon possible pour l'éviter. Enfin, pendant qu'il nous bassinait, quelqu'un s'est introduit dans sa propriété de Miami... Personne ne sait comment. Apparemment, il avait dépensé une fortune pour défendre sa baraque comme une forteresse. Peu importe en fait, parce que le voleur, ou les voleurs ont embarqué un paquet de diamants qu'il avait rangés dans un coffre-fort. Je me demande vraiment pourquoi les gens ne mettent pas ces trucs-là à la banque. Il aurait aussi bien fait de les cacher dans son matelas ! Une fois qu'on sait que vous avez des objets d'une telle valeur à la maison, si quelqu'un veut vous les voler, rien ne l'arrête.

— Qu'a-t-il fait ?

— Il a juré comme un charretier, il a pris son bateau personnel, et il a filé moins de dix minutes après avoir appris la nouvelle. À l'heure du petit déjeuner, d'ailleurs, ajouta son père en souriant. Tu n'imagines pas comme on était tranquille sans lui. Pour une fois, j'appréciais vraiment mes bouffis. »

Megan fit la grimace. Le poisson fumé ne faisait pas partie de son menu préféré pour le petit déjeuner.

« Beurk, t'es vraiment bizarre. C'est ce que tu as entendu dire dans les bureaux ?

— Dis donc, t'es bien curieuse ce matin. Oui, c'est ça. Mais à première vue, ce n'est pas seulement la peur du scandale qui les inquiète. Il semblerait que celui qui a organisé le cambriolage ait eu accès à au moins une partie du réseau de... euh... Ariani, Jack Ariani. Numéro d'identification, mot de passe, code de cryptage, etc., son code d'identification virtuelle... toutes les données auraient dû être confidentielles à l'extrême. Personne ne s'est lancé dans les détails, mais apparemment, la direction était prête à appeler la Net Force à la rescousse. »

Effarée par la nouvelle et sidérée que son père ait réservé cette dernière information pour la fin, Megan écarquilla les yeux.

« Tu veux dire que les gens de Xanadu pensent que quelqu'un de chez eux est impliqué ? Que quelqu'un de l'intérieur a... Je ne sais pas, piraté des données d'accès virtuel pour les revendre... ?

— Ils n'ont pas confié grand-chose de leurs soupçons quand j'étais là, mais ce n'est pas bien difficile à deviner soi-même. J'imagine que les gens de Xanadu se disent que s'ils n'agissent pas très vite, ils seront bientôt célèbres pour les sabotages qu'on leur aura infligés. »

Megan s'adossa à sa chaise et leva les yeux quand Paul traversa la cuisine en hâte.

« À plus, papa, s'lut, Meg », dit-il, et il était parti avant qu'on ait eu la chance de lui répondre. La porte claqua.

« Où est-ce qu'il a filé ? Oh, laisse tomber, c'est le jour du football le jeudi, non ? demanda son père en se frottant le sommet du crâne une fois encore.

— Papa, tu es sûr de ne pas vouloir y retourner ? »

Il la regarda, quelque peu interloqué. « Hé, je viens juste de rentrer ! Tu veux déjà te débarrasser de moi ?

— Non, bien sûr que non... » Soudain, elle venait de songer à quelque chose et voulait retourner sur la grande toile aussi vite que possible. « Tu m'as l'air épuisé, tu devrais monter faire la sieste.

— Pour réveiller ta mère avant l'heure ? Tu as vraiment envie de te débarrasser de moi ! »

À présent, c'était Sean qui se précipitait dans la cuisine pour en sortir aussitôt.

« À plus tard, lança-t-il avant de s'éclipser.

— Football, dit Megan.

— Je n'arrive même pas à y songer ! dit son père en se levant lentement. Bon, finalement, je me résigne à tenter ma chance avec ta mère. Je lui ai rapporté ce collier de perles d'ambre qu'elle avait repéré dans le catalogue, de toute façon. Peut-être qu'elle me laissera la vie sauve. »

Megan sourit à son père qui s'éloignait dans le couloir. Elle attendit que la porte de la chambre de ses parents se referme avant d'entrer dans le bureau pour se connecter sur le Net.

Normalement, elle aurait éprouvé une certaine appréhension à appeler James Winters la première. Le chef des Explorateurs de la Net Force, ce n'était pas quelqu'un qu'on dérangeait pour une broutille. Elle avait bien l'intention de travailler pour l'organisation un jour, si la chance se présentait. Aucune carrière ne lui semblait plus passionnante, plus fascinante : un travail d'investigation et de police à la frontière du monde virtuel, sans cesse violé, piétiné, exploité par toutes sortes de bandits. Il fallait des gens très intelligents pour y remettre un peu d'ordre, et Megan avait bien l'intention de faire partie de cette élite. Pourtant elle savait qu'après ses premiers balbutiements d'adolescente, la décision de la faire rentrer dans le contingent adulte dépendrait en grande partie de l'avis de James Winters. Elle n'était pas assez bête pour ennuyer la personne qui déterminerait si elle pouvait ou non embrasser la carrière qu'elle désirait le plus au monde : jouer dans la cour des grands après ses débuts en deuxième division.

Pourtant, elle refusait de se montrer timorée.

Quand il s'agissait du Net, ou de ce qui comptait dans la vie, hésiter ne menait pas bien loin, surtout lorsqu'une intuition ou une idée vous turlupinait assez pour... Et celle-là turlupinait sacrément Megan, sans qu'elle comprenne vraiment pourquoi. Elle ne croyait pas que cela avait grand-chose à voir avec la fascination que pouvait exercer un palace cinq étoiles pour milliardaires. Du moins, l'espérait-elle.

Néanmoins, la bouche sèche, elle avala sa salive, s'assit sur le fauteuil d'interface à implant en face de l'ordinateur, se plaça de manière à aligner son neuro-coupleur d'accès virtuel dissimulé sous la peau sur le côté du cou avec le boîtier et ferma les yeux pour effectuer le « mouvement » mental qui activait l'ouverture du réseau. Elle ressentit l'impression d'avoir envie d'éternuer sans...

De nouveau, elle se trouvait sur les plus hauts gradins de l'amphithéâtre et regardait l'arène en contrebas, blanche et immobile, pour l'instant. En haut, de l'autre côté de la neige de méthane, disque plat et doré qui se détachait sur un ciel noir parsemé d'étoiles, Saturne semblait comme suspendu. Megan alla s'installer sur sa chaise de travail... une version plus rembourrée et plus confortable du fauteuil d'interface.

Les petits cubes, sphères et pyramides d'e-mail flottaient en suspension dans l'air.

« Prêt ? demanda Megan à son ordinateur.

— Prêt.

— Ouvre une boîte et ranges-y tout le courrier en attente, je m'en occuperai plus tard. »

Une jolie petite caisse se matérialisa sur un des côtés, et les figurines s'envolèrent sagement et se rangèrent dans la caisse, tels des jouets d'enfants.

« Très bien, dit Megan. Passe en mode conversation.

— Adresse ?
— James Winters.
— Priorité ?
— Normale. »

S'il était occupé, son système refuserait un appel sans priorité particulière, ainsi, elle éviterait de le déranger.

Megan attendit que la requête se fraye un chemin dans le système. Elle avait toujours envie d'éternuer, rien ne semblait avoir changé et soudain... boom ! elle y était.

Son environnement vacilla, et elle se retrouva sur sa chaise, non plus dans son amphithéâtre mais à l'intérieur du bureau de James Winters. Il semblait bien ordinaire, avec ses allures très officielles : des murs vert pâle uni décorés de panneaux en cristaux liquides, débordants de messages, de notes et d'informations personnelles, un bureau de métal composite des plus banals couvert de paperasse, de graphiques, de disquettes et d'unités de sauvegarde, avec de simples Post-it ou des onglets en cristaux liquides collés dessus ; et en arrière-plan, James Winters lui-même, grand, mince, le visage bien dessiné, des yeux bleu gris d'un éclat étonnant qui se levèrent vers Megan avec un intérêt modéré. La coupe militaire paraissait plus courte qu'à l'accoutumée, il venait sans doute de passer entre les mains du coiffeur.

« Bonjour, Megan. Comment se fait-il que tu ne sois pas sortie avec ce beau soleil ? dit-il en regardant la fenêtre d'un air nostalgique. Je ne demanderais pas mieux que de faire un tour, moi. »

Megan esquissa un sourire. Elle avait appris, par le téléphone arabe des Explorateurs de la Net Force, que les vacances de Winters avaient été « reprogrammées » pour la troisième fois de l'année. Pourtant, personne ne savait si l'ordre venait d'en haut ou si, par pure conscience professionnelle, Winters les avait à chaque fois lui-même retardées. Il était connu pour ne pas aimer quitter son poste lorsque des affaires importantes étaient en cours... Et James Winters jugeait tout ce qui concernait la Net Force comme de la plus haute importance.

« J'ai eu assez de soleil pour le moment, dit Megan. Mes frères peuvent passer la journée dehors, à taper dans un ballon si cela les amuse, moi, je préfère l'ombre.

— Il semblerait. » Il regarda l'amphithéâtre derrière la visiteuse. « De la neige... Un peu de ski ne me ferait sûrement pas de mal.

— Oh, cela ne vous plairait pas, répondit Megan en lançant un bref regard derrière son épaule. Si vous prenez trop de vitesse, la neige de méthane s'évapore sous vos pieds, avec la chaleur du frottement. J'ai essayé de skier sur un glacier une fois, dit-elle, en lui adressant un regard attristé, ça n'a pas très bien marché, les crevasses font huit cents mètres de profondeur.

— Ouaouh, dit Winters, la prochaine fois, alors, mais je me demande si le soleil sera encore au rendez-vous. Alors, que puis-je pour toi ce matin ?

— Euh, j'ai quelques questions à vous poser, dit Megan. Vous êtes sans doute au courant maintenant, papa vient de rentrer de Xanadu... »

Elle n'était pas certaine qu'il le sache, mais avec Winters, mieux valait supposer qu'il était au courant de tout. Il avait tendance à s'intéresser de près aux familles des Explorateurs, tendance autant due à une affection sincère qu'à un souci de sécurité.

« J'en ai entendu vaguement parler. Ça lui a plu ?

— Mitigé. Je crois que ses élèves ne correspondaient pas vraiment à ce qu'il espérait. Sinon, il s'est bien amusé. Mais il m'a raconté qu'un des clients s'était fait cambrioler.

— Hum hum », dit Winters, le plus neutre possible, en reposant le stylo qu'il tenait. Il posa les coudes sur son bureau, croisa les doigts et reposa son menton sur ses mains nouées.

Megan avala sa salive. L'homme pouvait adopter des expressions impénétrables, au moment où on s'y attendait le moins. C'était on ne peut plus exaspérant.

« Il m'a dit que ce n'était pas la première fois qu'on s'en prenait à un des clients de Xanadu. Et que, pour l'instant, tous les indices semblaient suggérer que quelqu'un s'emparait des informations concernant l'accès virtuel de leur client, signature électronique, par exemple, et s'en servait dans le monde réel ou dans certaines sphères du virtuel pour commettre des actes criminels.

— C'est ton père qui t'a raconté tout cela ? » demanda Winters.

Megan faillit s'étrangler. « Non, pas de manière aussi explicite. J'ai interprété ce que papa m'avait dit avoir entendu par hasard dans les bureaux de Xanadu. »

Winters la regarda un moment puis hocha la tête. « Très bien, dit-il un instant plus tard. Veille toujours à ne pas déborder au-delà de tes attributions, Megan. On pourrait te poser des questions plus tard. Continue.

— Eh bien, poursuivit-elle après avoir marqué une pause pour rassembler ses idées, ça sent vraiment le roussi. Si quelqu'un là-bas vend les identités virtuelles des clients, alors, nous sommes face à deux problèmes séparés. Tout d'abord, tous les accès au Net qui revêtent une certaine importance sont censés être inviolables. Après tout, ils s'appuient sur l'identité physique, la comparaison d'ADN, l'iridologie, ou le relevé d'empreintes digitales à haute résolution !

« Mais le second problème est encore pire, dit Megan en regardant un petit oiseau fauve qui venait soudain de se poser sur le rebord de la fenêtre de James Winters et becquetait la vitre. Si des accès réseaux de cette nature, falsifiés ou non, des informations, qui sont censées être cryptées par des méthodes infaillibles et liées à un seul individu, passent de main en main... alors, cela pose un problème d'usurpation d'identité. Des gens qui prétendent être quelqu'un d'autre... posséder tel compte en banque, par exemple, ou participer à telle réunion virtuelle en ligne. C'est facile de changer d'apparence sur le Net. Beaucoup de gens utilisent des avatars divers pour préserver leur propre sécurité. Mais si on peut simuler l'identité qui se cache derrière... »

Sa voix retomba. Winters restait parfaitement impavide. Derrière lui, l'oiseau picorait toujours la vitre. « C'est un bon résumé de la situation, dit Winters. À peu de choses près, cela reflète la conversation que j'ai eue l'autre jour avec les dirigeants de Xanadu. »

Megan soupira. Jusque-là, tout allait bien.

Winters s'adossa à son fauteuil et la regarda encore. « Bon, dit-il. Je vais te dresser un tableau du paysage. Ce n'est pas le premier incident du genre, mais c'est le plus spectaculaire. Ils ont connu certaines fuites de sécurité mineures avec les derniers visiteurs de Xanadu. Rien de dramatique, pour commencer. Des accès personnels au réseau ont été endommagés, des fichiers consultés, parfois effacés, parfois subtilisés... Nous le croyons, du moins. Au début, les gens de Xanadu ne pensaient pas que les premières effractions étaient liées entre elles, par manque d'informations tout d'abord, et aussi parce qu'il s'agissait de... peccadilles, dit-il en haussant les épaules. Dans l'un des cas, c'est un carnet d'adresses qui s'est trouvé effacé. Dans un autre, tout le répertoire d'e-mail sauvegardé d'une jeune femme a disparu. D'après elle, il ne contenait pas grand-chose de bien important. Xanadu pensait que si plusieurs de leurs clients étaient concernés, ce n'était que pure coïncidence. On croyait avoir affaire à un vulgaire pirate. »

Winters repoussa un peu sa chaise. « Ensuite, les intrusions se sont faites plus virulentes. Les fichiers de comptes d'un client ont été détruits. Un autre a vu un drôle de zigoto s'introduire, virtuellement, dans une négociation qu'il dirigeait en ligne. La personne qui se faisait passer pour le client de Xanadu a envoyé des messages contradictoires à plusieurs des participants. L'affaire ne s'est pas conclue. Une perte sèche de centaines de milliers de dollars, apparemment. »

Megan cligna des yeux. « Et ensuite, ça s'est aggravé. L'affaire Jack Ariani. Tu remarqueras que je n'hésite pas à citer son nom. Eh bien, c'est ce vieux Jack qui s'est attiré ces ennuis lui-même, j'en ai bien peur. Il y a une ou deux enquêtes pour escroquerie ouvertes contre lui. Je ne sais pas si le FBI va pouvoir les mener à leur terme. Jack est très rusé, et c'est un expert lorsqu'il s'agit de couvrir ses traces. Mais cette fois, à malin, malin et demi. Il y a eu des fuites sur les diamants qu'il gardait chez lui, et quelqu'un s'est donné un mal fou pour percer ses codes d'accès à l'Internet et toutes les informations de sécurité afin de pouvoir s'introduire dans sa villa et repartir avec les diamants en toute quiétude. Le problème, c'est que Jack n'avait pas encore assuré les pierres, car les compagnies d'assurance exigeaient des informations sur leur origine... et il avait à peine eu le temps de fabriquer des faux documents. Il a très probablement extorqué les diamants à un gros syndicat du crime colombien. Nous sommes incapables de le prouver, bien sûr. Ce type est si ingénieux que même le fisc ne trouve rien à lui reprocher. Il semblerait pourtant que Mr. Jack Ariani ait enfin commis quelques erreurs. Je n'aimerais pas me retrouver dans la peau du voleur quand Jack lui tombera dessus, dit Winters en souriant légèrement.

« Alors, finalement, si l'on songe à tous les gens auxquels Jack a infligé des traitements similaires dans le passé, cette dernière affaire est plutôt comique, même si elle n'en reste pas moins criminelle, et cela laisse supposer que le pire est encore à venir. Un expert capable de subtiliser et d'utiliser des informations de sécurité de ce genre est capable de s'approprier n'importe quoi. J'ajouterai que les gens qui se rendent à Xanadu ne sont pas n'importe qui. Des capitaines d'industrie, des gens célèbres, et très fortunés. Certains sont en liaison étroite avec divers gouvernements du monde entier. Certains traitent quotidiennement des informations hautement confidentielles. Si la rumeur s'empare de l'affaire, cela pourrait signifier la fin de Xanadu, ce qui ne manquerait pas d'avoir des conséquences fort regrettables. Mais si on l'étouffe au contraire, et que des gens très influents se rendent là-bas et voient leurs systèmes de sécurité voler en miettes... la situation pourrait finir par nous échapper complètement... Au point de déclencher une guerre quelque part... »

De nouveau, il plia les bras sur son bureau.

« Donc, plus tôt nous maîtriserons la situation, mieux ce sera.

— Alors vous allez dépêcher des agents de la Net Force sur place, dit Megan.

— Certainement, répondit Winters, ce serait des plus raisonnables. »

Il n'ajouta rien de plus. Megan s'agitait un peu sur sa chaise, mais elle essayait de ne rien laisser paraître.

« Mr. Winters, pourrais-je vous suggérer quelque chose qui paraît aussi très raisonnable ? À mes yeux, du moins.

— Hum hum, dit-il en hochant la tête.

— Cela risque d'être difficile pour des agents de la Net Force de trouver une couverture crédible en si peu de temps pour ne pas risquer de se faire repérer à Xanadu comme le nez au milieu de la figure. Surtout s'il y a déjà une "taupe" à l'intérieur. On les démasquera en un rien de temps. Et si vous preniez quelqu'un qui passerait plus facilement inaperçu ? Quelqu'un à qui les coupables ne prêteraient même pas attention ? Un gosse, peut-être ? »

Winters la regarda.

Non je ne vais pas me tortiller sur ma chaise, non, le pire qu'il puisse me dire c'est d'aller me faire cuire...

« Tu veux dire quelqu'un... comme toi ? demanda Winters, l'air toujours amusé.

— Ce n'est pas comme si je n'avais pas d'excuse, dit Megan, à condition que papa soit d'accord. Il m'a dit qu'on pensait le réinviter. Quoi de plus naturel pour lui que d'emmener sa fille avec lui ? Maman serait bien venue la dernière fois — il avait une invitation pour deux personnes — mais elle n'était pas libre. Son travail pour *TimeOnline.* De vrais esclavagistes, ces gens-là. »

Winters lui sourit franchement.

« On croirait entendre Mark Gridley. Il reproche sans cesse à ses parents de trop travailler. Bon, dit-il, après une pause, tu as toujours eu un grand esprit d'analyse et de synthèse, pas vrai ? Et puis, tu possèdes la plus grande qualité de l'analyste, tu es d'une curiosité incorrigible. »

Megan se sentit rougir, mais elle espérait ne pas être aussi écarlate qu'elle le craignait.

« Je ne sais pas, poursuivit Winters, en regardant par la fenêtre. Cela pourrait vraiment tourner mal, là-bas... et le gros problème... c'est la configuration de l'ordinateur, et cela, malgré l'estime que je te porte, ce n'est pas ton fort.

— Mais le problème, ce n'est pas de savoir ce qu'on fabrique avec les ordinateurs là-bas, répliqua Megan. S'il ne s'agissait que de cela, c'est moi qui vous conseillerais d'envoyer Mark Gridley, ou quelqu'un qui sait faire chanter et danser les machines. La grande question, c'est de savoir qui trifouille dans les affaires des autres. Et ça, je suis aussi susceptible de le découvrir que n'importe qui d'autre. Plus, peut-être. »

Elle resta parfaitement immobile sous le regard de Winters qui fronçait les sourcils ; soudain elle avait peur d'en avoir trop dit. *Tais-toi, tais-toi*, criait sa petite voix intérieure, *sinon, tu risques de tout gâcher !*

Winters la regardait toujours d'un air songeur.

« Tu en as discuté avec ton père ?

— Pas encore, répondit Megan, mais je crois qu'il soupçonne déjà que j'ai une petite idée en tête. Dans ce cas-là, en général, il n'en parle pas avant que j'aborde le sujet moi-même. »

Winters leva les sourcils.

« Ton père est un homme avisé, dit-il, mais ça, j'ai déjà eu l'occasion de le constater auparavant. »

Megan brûlait d'envie de lui demander comment et pourquoi — la relation qui liait son père et Winters restait très mystérieuse dans son esprit — mais elle était trop maligne pour poser la question sur-le-champ.

Le capitaine Winters soupira. « Megan, c'est une attitude très professionnelle de ta part d'avoir présenté les choses ainsi. Tout ce que je peux faire pour l'instant, c'est soumettre ta proposition à la discussion. Et je crois disposer d'un moyen idéal pour répondre à ta demande. Mais il faut examiner la situation de notre point de vue d'abord, et cela risque de prendre un peu de temps. Et puis, je ne suis pas le seul à décider. Il faut envisager tous les problèmes de sécurité si on envoie un Explorateur, toi ou quelqu'un d'autre. Il y a d'autres gens à convaincre. Dès que j'aurai des nouvelles plus précises, je te les transmettrai. »

Le cœur de Megan se serra. Elle avait espéré un « oui » ou un « non » immédiat, mais elle fut vite distraite par les tapotements à la fenêtre. Winters se retourna. « Oh, tiens, voilà LBJ. »

Quoi ? pensa Megan. Le petit oiseau fauve becquetait de nouveau la fenêtre comme s'il voulait entrer, mais il ne ressemblait en rien à Lyndon B. Johnson, le Président du siècle dernier.

« LBJ, c'est son nom, Little Brown Job. Cette fenêtre est un miroir virtuel de ce qui se passe devant la fenêtre de mon salon, à la maison. J'installe une mangeoire pour les oiseaux en hiver, mais certains trouvent que l'hiver n'arrive pas assez vite à leur goût. Je commence à penser la même chose moi aussi, dit-il en soupirant. Je crois que je ne suis pas près de partir faire du ski... même sur du méthane. »

Il baissa les yeux vers les dossiers qui jonchaient son bureau avant de regarder Megan. « Autre chose ?

— Non, répondit Megan. C'est tout. »

Winters hocha la tête. « Bon, on reste en contact,

alors. Et, Megan... merci. J'apprécie ton aide. On verra ce qui va se passer. »

Winters et son bureau s'évanouirent, et Megan se retrouva de nouveau face à Saturne qui se couchait à présent, gros croissant caché derrière les ombres profondes des anneaux en forme de faux.

Puuuh ! pensa-t-elle en se levant pour remonter les gradins de son amphithéâtre. Elle ne pouvait sans doute pas blâmer Winters pour sa prudence, mais en même temps, songea-t-elle, *si personne ne se remue, cela va être la pagaille.*

À présent, se dit-elle en fermant la connexion qui la reliait à son espace de travail et en se retrouvant de nouveau dans le bureau, *je dois faire face à l'aspect le plus éprouvant du travail d'un Explorateur de la Net Force.*

L'attente...

2

Dans un grand et bel immeuble administratif de Londres, non loin du palais de Westminster, Harold Winston-Thomas griffonnait quelques notes sur l'info-bloc électronique qu'il tenait sur ses genoux. Le grand bureau lambrissé de vieux teck dans lequel il se trouvait, situé au troisième étage à l'angle du bâtiment qui donnait sur Old Church Street, offrait une vue spectaculaire sur la Tamise. Il l'avait attendu près de vingt ans... jusqu'à ce que l'un des plus jeunes parmi les anciens associés eût la bonne grâce de mourir soudainement en Écosse lors d'une partie de golf au Royal and Ancient. Depuis lors, il avait pris grand soin de ne pas commettre le moindre faux pas qui pût compromettre sa mainmise sur le bureau qu'on lui avait finalement accordé après une longue période de « délibération entre membres fondateurs » simplement destinée à le torturer, estimait-il. Une sorte d'initiation, de bizutage nocturne cruel et pervers de vulgaires collégiens qui lui donnerait enfin le droit d'entrer dans leur club fermé.

Il avait tout supporté sans le moindre murmure, et, en fin de compte, les anciens avaient cédé et lui avaient attribué la charge qu'il convoitait depuis si longtemps, ainsi que les stock-options, la carte de membre du Club, et la clientèle qui, avec le temps, le rendrait milliardaire, comme cela avait été le cas pour tous les autres membres.

Harold se pencha en arrière et jeta un dernier coup d'œil sur son info-bloc. Un avocat de Tollsworth, Barrington-Smythe and Hobart, grâce aux relations du fondateur, pouvait s'attendre à voir les affaires les plus en vue impliquant des membres de la haute société lui tomber entre les mains. Simple petit juriste au début, Me Tollsworth était ensuite devenu un avocat-conseil qui travaillait sur dossiers avant de pouvoir enfin plaider à la cour ; beaucoup plus tard, le barreau l'avait prié d'accepter le titre de King's Counselor, si bien qu'il avait eu le droit de plaider devant la cour suprême. Mais ce qui comptait surtout, plus que ses talents juridiques (modérés), plus que ses dons pour la recherche (supérieurs à la moyenne, de l'avis général), c'étaient ses liens, par alliance, avec deux baronnies et le duché de Lancaster, qui possédaient près de la moitié des plus grandes valeurs immobilières de toute la capitale. Les gens de la haute estimaient, à juste titre, que quelqu'un qui appartenait désormais à la famille que Tollsworth venait d'épouser comprendrait les problèmes et les soucis que causait une vieille fortune — la garder secrète, la faire prospérer, la préserver autant que possible des convoitises étrangères. Ces gens-là venaient le voir chaque fois qu'ils étaient impliqués dans un procès risquant de transmettre le contrôle de cette fortune à de simples sous-fifres : des hommes d'affaires, des nouveaux riches ou pis, le fisc ! Tollsworth savait s'y prendre. Quelles que fussent ses autres qualifications, il avait le don de toujours gagner.

Il conférait la même réputation à ses associés et successeurs. Par conséquent, eux aussi finissaient par gagner. Les autoprophéties annoncées s'accomplissent dans le domaine juridique aussi souvent et aussi aveuglément qu'ailleurs. Harold aussi savait comment exploiter cette réputation à ses propres fins. Il le ferait l'après-midi même. Adossé à sa chaise, les yeux fixés sur son info-bloc, il commençait à additionner mentalement les sommes qu'il encaisserait pendant les six mois à venir grâce à cette seule affaire. Et toutes avaient un nombre de zéros bien rondelet derrière le premier chiffre. Il était temps de consulter les petites annonces immobilières. Marcia se plaignait toujours d'avoir besoin de chambres supplémentaires. Une vingtaine au moins. Une belle demeure dans les Cotswolds...

On frappa doucement. « Entrez », dit-il.

Un instant plus tard, sa secrétaire passa la tête par l'entrebâillement de la porte. « Mr. St. Regis vous parlera sur la ligne cryptée dans cinq minutes, monsieur.

— Merci, Carol, dit Harold en se levant. Je n'en aurai pas pour plus de vingt minutes. Appelez le salon de thé du Club, s'il vous plaît, et dites à George de m'attendre pour midi et demi.

— Bien, monsieur. »

Elle ouvrit la porte en grand pour le laisser passer devant elle. En longeant le hall à l'épaisse moquette, Harold passa devant les étagères conçues pour recevoir les centaines de dossiers, sans omettre de jeter un coup d'œil dans les bureaux entrouverts de ses partenaires. Certains étaient encore mieux situés que le sien. Tant pis, il aurait tout le temps d'y songer plus tard. Celui qu'on venait de lui attribuer répondait parfaitement à ses besoins pour l'instant, en termes d'espace aussi bien que de statut, et ses collègues n'étaient pas éternels ! Alors que lui était encore jeune et en parfaite santé, et qu'il s'entretenait à merveille. Un jour, pensa-t-il, tout cela sera à moi...

Le matériel de réalité virtuelle était magnifiquement dissimulé derrière ce qui ressemblait à une salle du conseil du XXVIIe siècle et l'espace de travail programmé dans l'ordinateur reproduisait exactement la splendide marqueterie de la pièce, entièrement importée de France par Charles II pour une de ses maîtresses, semblerait-il. L'adéquation de cette origine fit sourire légèrement Harold tandis qu'il fermait la porte et la sécurisait, c'est-à-dire activait l'insonorisation et se connectait au système.

Harold s'installa dans l'immense fauteuil de cuir où il prit ses aises, plaça son info-bloc électronique, doté d'un lien avec l'ordinateur, à un endroit où il pouvait le voir, puis aligna son implant avec la console d'accès central, harmonieusement dissimulée derrière un lambris d'ébène de style Louis XIII.

Il ressentit le léger frisson habituel et la pièce vacilla un instant avant de se stabiliser à nouveau. Elle avait exactement la même apparence qu'auparavant, mais, en fait, Harold voyait à présent son double dans le Netspace, sa copie conforme virtuelle. La porte s'ouvrit, son client entra.

Harold se leva pour l'accueillir. C'était un signe de courtoisie des plus banals, mais dans l'esprit d'Harold, c'était tout juste mérité. Son client s'était lui-même enfoncé dans une situation grotesque, dont les journaux pouvaient se gausser tout à loisir. Il illustrait à merveille l'expression « plus riche que sage ». Apparemment, malgré la bonne éducation que pouvait offrir la fortune dans ce pays, rien ne pouvait acheter trois sous de bon sens. La beauté, le client la possédait déjà, c'était d'ailleurs ce qui lui avait attiré tous ces ennuis, mais pour le moment, la beauté, cela ne se mangeait pas en salade. L'homme assit sa longue silhouette filiforme en face de la grande table, tira ses manchettes qui étaient rentrées dans les manches de son costume à cinq milles livres et dit : « Merci de prendre la peine de me recevoir, Harold.

— C'est toujours un plaisir. » Jusque-là, il disait vrai, car c'était toujours l'occasion de facturer une heure de consultation au tarif habituel. « Il me semble qu'il s'agit d'un point qui ne figure pas encore sur notre programme de la semaine.

— Effectivement, dit l'homme, en s'enfonçant sur son siège et en se passant les mains dans les cheveux, l'air gêné. Écoutez, voilà... J'y ai beaucoup réfléchi et j'ai décidé... J'ai décidé de renoncer au procès.

— Hein ? Quoi ? s'exclama Harold en se redressant d'un coup. Euh... Je vous demande pardon ?

— Je renonce au procès.

— Mais... commença Harold qui dut s'arrêter et reprendre sa respiration pour se calmer. Richard, nous avons mis trois ans pour en arriver là où nous en sommes. Les journaux vous ont fait dépenser beaucoup d'argent. Ils ont désespérément essayé de vous dissuader. Cela fait à peine un mois que nous avons eu l'autorisation de faire appel du jugement. Avec les preuves qui montrent comment on vous a piégé, les photos, la troisième femme... Vous les avez enfin amenés là où vous vouliez. Encore quelques mois, et tout sera terminé... Vous retrouverez une réputation sans tache. Sans parler des dommages et intérêts et des remboursements de frais de justice que vous accordera la cour. Les dommages et intérêts que le tribunal nous accordera...

— Je sais, répondit Richard, l'air de plus en plus embarrassé. Harold, je n'en peux plus. Tout ce stress devient insupportable. J'ai des problèmes de santé...

Des douleurs dans la poitrine. Mon médecin dit qu'il faut que j'arrête avant que cela ne s'aggrave, avant que les conséquences ne prennent une tournure plus brutale et... définitive. À cet égard, mieux vaut une fortune modeste, une réputation entachée et la vie, que la richesse, la vengeance et la mort. »

Harold ne savait guère que répondre. Personnellement, il n'aurait jamais adopté une telle attitude, pas même une seconde. Pourtant, les clients avaient parfois des comportements bizarres et se laissaient envahir par la panique sans raison. Il fallait les rassurer, leur faire retrouver leur équilibre.

Poliment, sur un ton rassurant, Harold commença à exposer ses arguments. Mais, à sa grande stupéfaction, cela n'aboutissait à rien. Richard n'en démordait pas. « Ce n'est pas une plaisanterie. Je dois absolument renoncer. Comprenez bien, Harold, je laisse tomber. »

Harold avait beau plaider et argumenter, présenter l'affaire sous tous les angles possibles, Richard s'obstinait à répondre : « Je laisse tomber. »

Cela dura près d'une heure. « Revenez demain, finit par dire Harold, nous en reparlerons.

— Harold, dit Richard d'une voix chagrinée, pour reprendre les paroles de mon grand-père, qu'est-ce que vous ne comprenez pas dans le mot “non” ? On abandonne les poursuites. Point final. Si vous êtes incapable d'accepter cette décision, j'en référerai à Tollsworth. »

Harold avala sa salive.

« Très bien, répondit-il enfin. Il faudra que vous me signiez quelques documents.

— Je m'en charge immédiatement. »

Harold déglutit encore. Il avait espéré pouvoir se débarrasser de Richard en prétextant qu'il avait besoin de temps pour préparer les documents virtuels. Mais visiblement, cela n'allait pas marcher.

Il resta immobile un instant puis quitta la pièce. Il demanda à sa secrétaire de vérifier toutes les routines de sécurité que la firme pouvait mettre en œuvre face à l'homme qui se trouvait dans le bureau virtuel. Et d'enregistrer toutes les paroles qui seraient prononcées dans la pièce... peu importait que cela fût illégal. Puis, après avoir rassemblé lui-même les documents nécessaires, il retourna dans le bureau. Il répugnait à se décharger de cet aspect des choses sur sa secrétaire. Dès l'instant où elle comprendrait ce qui se passait, la nouvelle se répandrait comme une traînée de poudre et Tollsworth débarquerait dans moins de cinq minutes. Il y avait plusieurs documents annexes à faire signer en plus du dossier principal, destiné à la Cour suprême. Avant de les donner à son client, Harold cita une nouvelle fois tous les arguments qui pourraient inverser sa décision.

Richard prit son propre info-bloc, sortit de sa poche un stylet d'or et de platine. Harold hésita. « Vous ne voulez pas prendre le temps d'y réfléchir ? » demanda-t-il.

Richard tapota son stylet contre l'agenda électronique et hocha la tête.

Harold poussa un long soupir et transféra les documents. Richard signa le premier, passa à la page suivante, la signa, puis consulta la troisième. La signa. Ensuite, il tapota encore sur son info-bloc et les documents furent à nouveau transférés sur l'info-bloc d'Harold.

« Merci, dit Richard. Merci pour tout, Harold. Je sais que vous avez travaillé dur, que toute l'équipe s'est donnée à fond. Il était juste temps... d'en terminer. »

Il se leva. Harold en fit de même. Richard s'approcha pour lui serrer la main avant de franchir la porte qu'il referma derrière lui.

Harold ne pouvait rien faire d'autre que de retourner à son bureau pour transmettre les documents officiels. Bien sûr, auparavant, il devait appeler le patron.

Plus tard, il préféra ne plus songer à leur petite conversation. À la fin, après avoir rejoué pour lui le pénible entretien avec son client encore et encore devant une audience de plus en plus hostile, les documents officiels furent transmis au signataire, et Harold resta longuement assis dans son bureau, lumières éteintes, tandis que, dehors, Londres plongeait dans la nuit. Cela semblait être le reflet de ce qui arrivait à sa carrière, si lumineuse quelques heures plus tôt.

Le lendemain fut plus épouvantable encore, car, lorsqu'il rentra dans son bureau, avec une gueule de bois carabinée, Harold remarqua aussitôt l'expression consternée de sa secrétaire. « Richard veut vous parler sur la ligne cryptée », dit-elle.

Harold descendit dans la salle du conseil, en jurant entre ses dents. Il ferma la porte derrière lui, s'installa dans le fauteuil, aligna son implant et attendit que le décor vacille. Richard apparut sur la chaise en face de lui.

« Des scrupules de dernière minute ? dit Harold, en essayant de ne pas paraître trop amer.

— À quel propos ? Je viens d'arriver. Je rentre juste de vacances. Alors, et cet appel ? C'est pour quand ? La date est fixée ? »

Harold en resta bouche bée.

La demi-heure suivante eut une qualité presque surréaliste. Tollsworth vint se joindre aux deux hommes et Harold entendit un langage qu'il n'avait jamais entendu auparavant. Qu'il n'entendrait jamais plus d'ailleurs, car l'après-midi même, il avait été renvoyé... simple bouc émissaire dans un désastre aux proportions titanesques. Il semblait que Richard ne se soit jamais connecté la veille, qu'il se trouvait dans une sorte de paradis luxueux aux Caraïbes, à se consacrer à des activités virtuelles devant bien trop de témoins, virtuels ou réels, pour qu'on puisse mettre sa parole en doute ; il venait tout juste de rentrer chez lui. Celui qui s'était présenté la veille, dans cette pièce, sous les traits de Richard, qui avait parlé avec la voix de Richard, utilisé ses codes de sécurité prétendument inviolables lui autorisant l'accès à l'espace virtuel de Tollsworth, avait donc donné de fausses instructions. À présent, le procès de son client était anéanti, car la procédure d'annulation était irrévocable. Pour le moment, du moins, la cause était perdue, abandonnée. Après avoir prouvé la nature frauduleuse des documents, peut-être le cabinet pourrait-il faire rouvrir l'instruction, voire obtenir un procès en bonne et due forme... au bout d'une dizaine d'années de bataille juridique. En attendant, Tollsworth, Barrington-Smythe and Hobart resterait la risée du barreau. En ce moment même, les grands quotidiens nationaux qui avaient diffamé leur client de manière aussi éhontée qu'indéniable savouraient leur triomphe à la une, clamant que si Richard avait abandonné le procès, c'était soit parce qu'il était coupable, soit parce que ses avocats avaient jugé sa cause indéfendable. Son usine de pièces détachées de satellites, qui souffrait déjà d'une baisse du prix de ses actions, due d'abord aux réductions des budgets militaires puis à la campagne de calomnies, ferma en moins de trois semaines. La fortune personnelle de Richard, en grande partie investie dans sa société, fondit en quelques jours. Il mourut en quelques mois. Celui qui avait usurpé son identité connaissait apparemment aussi le dossier médical de Richard, et, en ce qui concernait ses problèmes cardiaques, il n'avait pas menti.

Une bourrasque secoua Tollsworth, Barrington-Smythe and Hobart. La réputation de la firme souffrit de ces remous. Des clients partirent. On se demandait si elle tiendrait encore plus d'un an. Tollsworth ne rajeunissait pas. Tous les vieux partenaires étaient riches. Il semblait n'y avoir aucune raison de continuer, surtout à un moment où les gens proposaient leurs affaires à des cabinets plus jeunes qui éprouvaient apparemment moins de difficultés avec la technologie moderne.

Le garde des Sceaux, en coopération avec le ministère de l'Intérieur, ouvrit une enquête. Peu importait pour Harold. Une semaine plus tard, il disparut de Londres pour ne plus jamais réapparaître. On racontait qu'il avait abandonné sa famille, son foyer pour aller ouvrir un club de plongée aux Caraïbes. Mais le fait qu'un cabinet juridique tel que Tollsworth, Barrington-Smythe and Hobart puisse ainsi se faire berner animait les conversations les plus passionnantes qui soient dans le monde entier, auxquelles participaient avec anxiété des hommes en costumes sur mesure. Sur toute la planète, avocats, juges et juristes commencèrent à regarder derrière leur épaule, pour s'assurer qu'aucun fantôme ne les menaçait.

Il s'était passé près d'une semaine et demie depuis la dernière conversation de Megan avec James Winters, et, déjà, elle en devenait folle. Elle ne se souvenait pas de s'être ennuyée à ce point pendant l'été. Ce simple fait la chagrinait, car Megan ne s'ennuyait jamais... Il y avait bien trop à faire dans la vie. Pourtant, à présent, elle n'avait même pas la distraction de l'école. Tina, sa meilleure amie, était en vacances en Europe. Ses frères passaient la journée dehors à se transformer en chair meurtrie sur les différents terrains de sport de la région. D'ordinaire, elle ne s'apercevait guère de leur absence et ne se souciait pas de savoir où ils étaient, mais à présent, elle regrettait leur présence encombrante mais distrayante. Sa mère était à l'extérieur la moitié du temps pour se consacrer à des recherches quelconques, un truc incompréhensible sur les rapports entre la couche d'ozone et les transports aériens. Son père s'enfermait dans sa tanière pour travailler sur un nouveau roman. Là ou Megan voulait être, ce à quoi elle voulait travailler, c'était Xanadu. Au lieu de cela, pour avoir un centre d'intérêt, elle devait se contenter de regarder mûrir les milliers de tomates de sa mère.

Un samedi après-midi, elle s'aventura dans le bureau de son père, rien que pour aller l'embêter. À sa grande surprise, il n'était pas là. Ses livres étaient là, eux... partout, sur le bureau, sur les chaises, à moitié sortis des étagères, comme il les laissait toujours afin de les retrouver plus vite tant que son travail n'était pas terminé. L'un d'eux était retourné sur le fauteuil à implant. D'autres étaient empilés devant le boîtier d'interface dont ils bloquaient le fonctionnement, comme d'habitude.

Megan s'approcha du bureau et regarda les ouvrages qui s'y trouvaient. D'ordinaire, son jeu favori consistait à les prendre si soigneusement que, lorsqu'elle les replaçait un par un, son père ne remarquait même pas qu'elle y avait touché. Ensuite, elle s'amusait à découvrir leur rapport avec le roman en cours... ou plutôt, à deviner sur quel sujet son père travaillait en premier lieu. Son père ne partageait pas son travail avec les autres avant qu'il ne soit fini. « Tu irais finir de t'habiller au coin de la rue ? » l'avait entendu Megan dire un jour, plutôt scandalisé, à un autre auteur qui envoyait son travail à ses « lecteurs » pour leur demander leur avis sur une œuvre inachevée, et cette attitude s'appliquait également au sein de son propre foyer.

Megan l'avait interpellé un jour sur ce sujet, et il avait admis que ce qui ne fonctionnait pas pour certains auteurs fonctionnait parfois pour d'autres, mais il ne voulait toujours pas la laisser regarder ce qu'il faisait avant d'avoir terminé.

Elle tendit le bras et prit le premier livre, en prenant garde à ne pas perdre la bonne page. Un ouvrage de l'université de Georgetown, que Paul avait sans doute ramené à la maison : *Le Calendrier de la mythologie aztèque*. Megan leva les sourcils, reposa le livre ouvert sur son avant-bras, pages vers le bas, et prit le suivant. *La Souffrance et l'Extase*, une biographie de Michel-Ange, par Irving Stone. Elle le glissa également sur son bras. Le troisième était *Kim* de Rudyard Kipling, le quatrième, *L'Art de l'épée à la Renaissance*, de Cléments, ensuite il y avait *L'Histoire des armes à feu*, et le *Guinness Book des bévues militaires*.

Megan plaça ce dernier ouvrage sur son bras, baissa les yeux sur un livre intitulé *Le Roi idéal* en se demandant plus fort que jamais : *Mais qu'est-ce qu'il fabrique ?* lorsque la sonnerie du téléphone retentit, la faisant sursauter.

En hâte, elle remit le livre du sommet de la pile à sa place, exactement comme elle l'avait trouvé ; le téléphone sonna de nouveau, avant de se taire. Du fond du corridor, elle entendit quelqu'un prononcer des paroles étouffées ; elle esquissa un sourire. Son père venait de décrocher à la salle de bains. Il criait haut et fort qu'il ne supportait pas qu'on eût placé un poste ici, sur une idée de la mère de Megan. « Ça sonne toujours au mauvais moment, tu n'as jamais remarqué ? » Mais finalement, il s'en servait presque plus souvent qu'elle.

D'autres propos marmonnés au fond du couloir. En silence, Megan sortit du bureau et s'arrêta en chemin, juste derrière la porte de la salle de bains.

« Mmmm, mmm. Oui. Non. Pas du tout. Franchement, j'avais espéré qu'ils s'en abstiendraient. Le dernier atelier n'a guère été un succès et malgré la beauté du paysage, je n'ai pas compris pourquoi ils gaspillaient leur argent... et mon temps. »

Cela suffit pour que la jeune fille approche encore d'un pas.

« Très bien, dit son père. Essayez de me convaincre. Je vous accorde cinq minutes. »

Il paraissait cordial, mais Megan connaissait bien ce ton. Celui qui était à l'autre bout du fil — et elle pensait savoir de qui il s'agissait — avait du pain sur la planche.

Immobile, elle écoutait les battements de son cœur et épiait tous les autres sons de la maison, en espérant qu'aucun de ses frères n'allait débarquer dans une explosion tonitruante. À environ deux minutes du compte à rebours, son père dit : « Vraiment ? »

Il n'avait pas l'air particulièrement convaincu par quoi que ce fût. Megan relâcha le souffle qu'elle retenait.

Quelques instants plus tard, elle entendit : « James, excusez-moi. Est-ce que vous pourriez répéter ? »

Une pause. Ensuite son père confirma : « Cela éclairerait les choses sous un angle très différent, non ? »

Une autre pause.

« Eh bien, il faudrait quand même qu'ils entrent en contact avec moi. Ils étaient censés le faire la semaine dernière, mais je n'ai pas eu de leurs nouvelles. Je croyais qu'ils avaient changé d'avis. »

Megan avala sa salive.

« Oh, dit son père, non, non, je ne pense pas. Bon, il y a une chose que je vous demanderais... Quelques éclaircissements sur son rôle dans l'affaire. »

Un long silence. Megan retenait toujours son souffle.

« Vous en êtes certain ? Car s'il se passait quelque chose comme... »

Nouvelle pause.

« Non, bien sûr que non. C'est juste que je me souviens de ce qui s'est passé la dernière fois. Elle l'a échappé belle. Je suis convaincu du bien-fondé du service public, comme tout le monde... mais c'est ma fille dont nous parlons. »

Un silence. Un très long silence. Megan expira, parce qu'elle était bien obligée, et non parce qu'elle en avait envie.

Finalement, elle entendit un long soupir à l'intérieur de la salle de bains. « Bon, écoutez. S'ils renouvellent la proposition de la dernière fois, parfait. Je pourrais emmener mon travail avec moi. C'est juste que cet endroit regorge de distractions, et je n'avancerai pas aussi vite qu'en restant ici. Ils me doivent donc une juste compensation. »

Autre silence. « Oui, oui, je suis sûr qu'elle acceptera... Très bien. Alors quand.... ? Ah bon ! (Un rire soudain.) Non, non, cela fait toujours plaisir d'être demandé, je suppose. Très bien, James. Oui. Merci d'avoir appelé. Au revoir. »

Les derniers mots, elle les entendit à peine, car, au son du rire, qui les accompagna, Megan comprit ce qui se passait et elle retournait déjà au bureau, remettant les livres qu'elle avait pris à leur place d'origine, disposés selon le même angle. Au moment où elle avait entendu la chasse d'eau puis les robinets, la porte s'ouvrit et son père entra dans son bureau alors que, près de la chaise de l'ordinateur, Megan regardait le livre ouvert, tête en bas, sur le siège. C'était *Les Bières du monde*, de Michael Jackson, et si la nature du travail de son père l'intriguait auparavant, à présent elle y perdait complètement son latin.

Le livre à la main, elle leva les yeux vers lui. « Sur quoi tu bosses ? Allez, papa, dis-le-moi. »

Il leva les sourcils. « Tu sais, ma chérie, répondit son père, c'est merveilleux de vivre longtemps au même endroit. On considère tout comme normal. Les petits trucs. Les petites idiosyncrasies. »

Elle le regarda d'un air étonné, se demandant où il voulait en venir.

Un léger sourire aux lèvres, il lui prit *Les Bières du monde* des mains et s'assit sur son fauteuil, replaçant le livre sur ses genoux. « Tu as vécu dans cette maison pendant toute ta vie, et tu sais quoi ? Tu ne remarques même plus que les lattes du plancher à droite de la salle de bains craquent un peu lorsque tu retires ton poids trop vite. »

Megan prit une couleur qui faisait concurrence à celle des tomates trop mûres, dans le jardin de derrière.

« Je t'aurais soupçonnée d'être à l'origine du coup de fil que je viens de recevoir... De la part de James Winters, si tu ne le sais pas encore... À part qu'il a précisé que tu n'avais rien à voir dans tout cela. Et comme il est au-dessus de tout soupçon, ton honneur est sauf. Mais quand même, tu lui as parlé de... Xanadu.

— Des problèmes qu'il y a eu là-bas, dit-elle, très prudente, oui. »

Il soupira et étendit ses jambes. « Il faut que nous ayons une petite conversation sur les dangers attachés aux missions spéciales. Je sais que la Net Force est avant tout une organisation du maintien de l'ordre. Mais toutes les organisations de maintien de l'ordre revêtent certains aspects politiques et quand tu... »

De nouveau, le téléphone retentit, et, cette fois, ils sursautèrent tous les deux.

Sauvée par le gong ! pensa Megan, qui ne se réjouissait guère d'avoir à écouter un sermon alors qu'elle brûlait d'enthousiasme. Son père se leva en hâte, alla vers le téléphone et décrocha.

« Allô ? » dit-il.

Une autre pause.

« Bonjour, Mr. Halvarson, comment allez-vous ? dit son père, les sourcils remontés jusqu'à l'endroit où commençait la ligne des cheveux, vingt ans plus tôt. C'est toujours un plaisir de vous parler. Non, on m'avait dit que vous étiez en voyage d'affaires, je suis désolé d'avoir manqué l'occasion... »

Il fit signe à Megan de sortir de la pièce. Elle obéit et s'éloigna en résistant à la tentation de sautiller de joie. Son père referma soigneusement la porte derrière elle.

Megan alla se préparer un thé à la cuisine, surtout pour tenter de garder son calme. Lorsqu'elle eut fait bouillir l'eau, infusé le thé et bu la moitié de sa tasse, son père vint la rejoindre et s'assit en face d'elle.

« Alors ? » demanda Megan en levant le nez.

Il lui adressa un regard à demi perplexe, à demi chagriné.

« Je veux que tu saches que je ne retourne passer

deux semaines dans cet enfer d'hédonisme que pour toi.

— Je suis désolée de t'imposer un tel supplice, papa, répondit Megan en essayant de garder le visage aussi impavide que possible en la circonstance.

— Je n'en doute pas. » Mais sa grimace s'effaça et il laissa échapper un sourire, bien que son expression générale exprimât toujours une certaine inquiétude. « Je dois préciser que mon agent ne mâcherait sûrement pas ses mots si je refusais un cachet qui équivaut à ce que je touche pour un petit roman, rien que pour animer quelques séminaires pendant quinze jours, et avoir l'air de travailler sur un sujet quelconque pendant le reste du temps.

— Tu parlais des dangers des missions spéciales », dit Megan, toujours d'un ton très sobre.

Son père la regarda longuement.

« J'y reviendrai plus tard de temps en temps pendant le voyage. Parce que, comme tu t'en doutes, tu seras là toi aussi, tu fais partie de la fête. Ou du moins, c'est ce qu'il semblera. »

Megan sourit d'une oreille à l'autre.

« Mission spéciale ou pas, dit son père, je te préviens. Je sais que tu prends ton travail avec la Net Force très au sérieux et que tu as envie de poursuivre dans cette voie. Mais s'il se passe quelque chose de grave, de dangereux... Je veux te prévenir à l'avance. C'est la seule condition à laquelle j'ai accepté cette petite aventure. Si j'ai l'impression que tu joues trop gros ou que tu fonces tête baissée je ne sais où, je te colle dans le premier vol et tu rentres à la maison si vite que tu en auras la tête qui tourne comme une toupie et qu'il te faudra passer chez le rebouteux pour te remettre les vertèbres en place. »

Megan hocha la tête. Sur ce sujet, elle n'allait pas s'aventurer dans une quelconque plaisanterie.

« Je te le promets, papa. La dernière fois, cela m'a servi de leçon.

— Parfait. Eh bien, tu ferais mieux d'aller préparer tes bagages, parce qu'un aérotaxi vient nous chercher à neuf heures demain matin.

— Demain !

— Et il faut que j'appelle ta mère, dit son père en se frottant le front, pour lui demander quand elle pourra venir nous rejoindre. Et tes frères... qui ne seront que trop contents d'avoir la maison à eux tout seuls. J'espère simplement qu'on ne retrouvera pas un tas de cendres encore fumantes au retour. Quant aux tomates de ta mère... je suppose que les voisins... »

La dernière partie de la phrase, Megan l'entendit à peine. Elle filait déjà dans sa chambre pour préparer ses valises.

À onze heures le lendemain matin, ils étaient déjà sur l'arc descendant de leur navette hypersonique. À la grande tristesse de Megan, la courbure de la Terre venait juste de disparaître de leur champ de vision. *Je n'approcherai sans doute jamais si près de l'espace, le véritable espace, dans un avenir proche, du moins...* Mais il n'y avait aucun moyen de savoir ce que réservait l'avenir plus lointain, et, pour l'instant, elle avait bien assez à penser. Tandis que le bleu des Caraïbes emplissait les hublots de l'appareil, elle observait ce que les atlas nommaient les Nouvelles Bahamas et que les publicités désignaient sous le nom mythique de Xanadu.

L'endroit n'avait plus rien de commun avec les anciennes Bahamas, à part qu'il se situait à peu près à la même latitude. Il avait été construit sur une montagne sous-marine associée à la chaîne des Bahamas, mais qui ne formait pas une véritable île. « Du moins, pas en l'état actuel de la glaciation », comme le disait Aaron Halvarson, le fondateur de Xanadu, dans la vidéo promotionnelle.

L'île avait été construite, à partir de rien ou presque, dans l'une des plus spectaculaires débauches d'ingénierie privée du siècle. Grâce à une combinaison de soudure de lave, de millions de tonnes de moellons de roche équarris importés du continent, de millions de tonnes de déchets, transformés en matériau composite par incinération au plasma, la « montagne » engloutie s'était élevée à une hauteur de deux cents mètres pour affleurer à la surface de l'océan ; l'île proprement dite s'élevait à une centaine de mètres au-dessus du niveau de la mer, tandis que sa base formait une longue courbe autour d'un lagon, qui évoquait la structure de Grande Bahama. On avait pris la précaution de construire l'ensemble en dehors de la limite de pêche de cent cinquante milles, afin d'éviter toute revendication malvenue d'un quelconque pays une fois la construction achevée. Effectivement, certaines questions juridiques soulevées par la soudaine apparition d'une nouvelle terre au milieu de l'océan faisaient toujours l'objet de débats dans les tribunaux nationaux et internationaux, constituant ce qu'on appelait les « procès de l'Atlantide ». Pour l'instant, la société fondatrice de Xanadu possédait tous les titres de propriétés sur cette île bâtie sur un monticule inutile de l'océan et jouissait des pouvoirs de tout gouvernement souverain, même si, jusqu'à ce jour, elle n'avait pas tenté de les exercer. Xanadu, qui était avant tout une entreprise commerciale, avait nonobstant signé un accord de défense avec le gouvernement suisse « au cas où ». Personne ne connaissait exactement la teneur de cet accord, à part qu'il permettait aux officiers suisses de l'armée de terre et de l'armée de l'air de passer d'agréables vacances. Des rumeurs récurrentes prétendaient que le mont Xanadu, comme bien des montagnes suisses, abritait des cavernes secrètes, et que, à l'intérieur, étaient dissimulées certaines choses qui ne seraient pas faites pour plaire à un agresseur éventuel.

À présent, pourtant, en observant le paysage par le hublot avant l'atterrissage, Megan avait du mal à croire que cet environnement n'avait rien de naturel. Quelques groupes de dauphins dessinaient des arcs harmonieux dans l'un des ports. Presque partout, la forêt tropicale descendait jusqu'à la rive, bordée de plages qui formaient de fines lignes de sable pêche, rose ou corail. Dans la baie intérieure, pourtant, sur la rive protégée des alizés, les plages étaient vastes, et, lors de la décélération, Megan aperçut des gens disséminés ici et là, allongés sur des transats ou nageant dans une eau d'un bleu incroyable.

Megan souriait, elle n'avait pu s'en empêcher de toute la matinée. Une partie de son travail consistait à profiter de tout cela : le soleil, les vagues, les distractions. Plus on avançait dans le XXIe siècle, plus les voyages, les vrais, contrairement aux simples voyages virtuels, étaient devenus l'apanage des riches, et elle entendait bien profiter au maximum de cette chance inespérée. Néanmoins, elle était déjà très absorbée par l'organisation de l'autre partie de sa mission. La veille, au début de l'après-midi, Megan avait trouvé toute une masse d'informations qui l'attendaient dans son espace de travail, sous forme de mails chiffrés, avec une page de garde de James Winters disant simplement : « Lis tout ça. Détruis-le ensuite. » C'étaient des informations plus détaillées sur les précédents vols et autres méfaits liés au site de Xanadu. Le dernier incident, l'histoire de l'avocat londonien l'avait terriblement choquée, si bien qu'elle resta immobile quelques instants à digérer tous ces éléments avant de détruire le fichier et de réécrire des zéros sur la section de plaque mémoire sur laquelle était déposé le fichier original. *Qui que soient les coupables, ce ne sont pas des amateurs. Et qui que soient les coupables, ils avaient le don de se faire passer pour ceux qu'ils n'étaient pas.*

Plutôt qu'un fondu de l'informatique enterré dans les tréfonds de l'opération... pouvait-il s'agir d'une personne en contact direct avec les « clients » ? À moins qu'il ne s'agisse de deux personnes, travaillant de concert ? L'une qui se charge des usurpations d'identité, l'autre qui s'occupe des logiciels et du matériel ?

Le lendemain matin, pendant qu'elle bouclait ses bagages, environ une heure avant que la voiture ne vienne les chercher, elle avait essayé de faire part de cette idée à son père, pour voir comment il réagissait. Il l'avait coupée dans son élan.

« Ce n'est peut-être pas une très bonne idée de m'en parler, sauf peut-être pour les grandes lignes de ton action, dit-il, en fermant une valise avant de l'entourer d'une vieille lanière de cuir. Ni pour moi de te donner mon avis. Et cela, pour trois raisons. Primo, pendant les deux prochaines semaines, je risquerais de laisser échapper par inadvertance un détail qui pourrait te nuire. Secundo, je pourrais te mettre des idées en tête qui te détourneraient de meilleures idées que tu aurais pu avoir toi-même. Et tertio, je pourrais apprendre quelque chose qui me plonge dans un tel état de panique que je t'attacherais sur place, et que je t'enfermerais dans une de tes valises pour te renvoyer à la maison sur-le-champ. »

Stupéfaite, Megan l'avait dévisagé.

« Écoute, avait poursuivi son père, tandis que l'engin se posait sur le terrain devant la maison, sois prudente, et use de ton discernement. Tu dois en être capable, sinon, James Winters ne te porterait pas aux nues. D'ailleurs pendant que j'y pense... »

Il revint avec la sacoche miteuse dans laquelle il transportait son « portable » avec accès au réseau, celui dont il se servait lorsqu'il allait dans des endroits où il n'y avait pas d'ordinateurs standard à implants.

« Tu n'auras pas besoin de ce vieux machin là où on va, si ?

— Si c'était le mien, non, répondit son père. On dirait le mien, non ? C'est normal. C'est la même coquille... Mais à l'intérieur, c'est un emprunt.

— Un emprunt ? De qui ? James Winters ?

— Tu brûles, dit son père, plaisanterie assez malvenue pour l'instant. Ce n'est pas pour moi, malgré les apparences. C'est le tien. (Il rangea le "portable" dans la sacoche.) Ils ont installé une liaison satellite sécurisée pour que tu puisses te connecter à l'Internet ou téléphoner sans avoir à utiliser l'accès local de Xanadu. Certains pensent que la précaution ne sera pas inutile. Il n'est synchronisé que sur ton implant et sur le mien... Personne d'autre ne peut l'utiliser.

— Je brûle ? s'étonna Megan. Cela ne vient pas de James Winters ? »

Son père esquissa un sourire ironique. « Je ne devrais pas plaisanter avec ça. Cela vient de Mark Gridley, en fait. James Winters m'a dit que Mark éprouvait une "certaine forme d'intérêt pour ce qui se passait là-bas". »

Megan sourit. Elle imaginait aisément que seul son père usant de toute sa force de dissuasion avait pu empêcher Mark d'exiger qu'on lui confie la mission attribuée à Megan, peut-être en lui faisant remarquer qu'envoyer le fils du directeur de la Net Force à Xanadu ne serait pas de la plus grande discrétion. « Alors, dit Megan, jouant à la devinette, c'est un moyen pour que Mark participe à l'action sans être présent réellement ?

— Une présence virtuelle, c'est bien assez réel quand il s'agit du jeune Gridley, répliqua le père de Megan, l'air un brin malicieux. Il reste sur la touche, mais il est prêt à offrir une aide professionnelle si nécessaire, de toute façon. Ce qui ne me semble pas inutile, parce que pour des systèmes aussi pointus que ceux de Xanadu, tu risques d'avoir besoin de ses compétences. Et puis... »

Il revint avec un joli petit objet oblong argenté, d'une trentaine de centimètres de long et une dizaine de large. Megan tendit la main pour prendre l'objet qu'elle tourna et retourna. C'était un « ghetto blaster », non pas l'une de ces énormes radiocassettes à vous exploser les oreilles du siècle dernier, à l'origine de ce nom, mais un nouveau modèle de haut-parleur à « rayonnement homogène » qui produisait un environnement sonore total à partir de ce qui semblait être un vulgaire bloc métallique. Les commandes étaient invisibles tant qu'on n'effleurait pas le métal sous lequel elles se dissimulaient, puis les diodes lumineuses apparaissaient sur la surface polie argentée au fini brillant.

Megan regarda encore son père, résistant à l'envie de faire l'enfant gâtée. « Oh, dis-moi que c'est un cadeau d'anniversaire avant l'heure, et pas un autre prêt. Oh, papa... »

Un peu chagriné, il hocha la tête. « Ça m'arrangerait drôlement, parce que je te l'emprunterais au moins trois fois par semaine ! Bon, c'est effectivement ce que tu penses, mais il est muni d'un système anti-écoute et anti-piratage à large spectre. Ce troisième bouton, dit-il en passant le doigt sur la surface de contrôle jusqu'à ce que les voyants apparaissent, non, pas celui-là, c'est le volume. L'autre, c'est "l'égaliseur graphique". Apparemment, ajouta son père légèrement amusé, certaines fréquences "sont plus égales que d'autres", comme les gens ne tarderont pas à le découvrir s'ils essayent de t'espionner pendant que le dispositif est branché. Si tu dois avoir une conversation secrète avec une personne ou une autre, active ce bouton. Cela génère un "bruit bleu" et différents systèmes de brouillage auxquels je ne comprends rien. Mais James Winters affirme que la confidentialité des conversations sera respectée. Et ce sont surtout tes conversations qui font l'objet de l'opération. Moi, je suis la partie émergée de l'iceberg. La partie immergée, c'est toi. Arrange-toi pour que cela reste ainsi... même vis-à-vis de moi, pendant que nous y sommes. Ils ont confiance en toi. Moi aussi... mais sois prudente. »

Il rangea le portable et son « ghetto blaster » sans ajouter le moindre mot. Étonnée devant tant de sagacité, Megan ramassa ses bagages. Était-ce possible que les parents deviennent plus intelligents au fur et à mesure que les enfants grandissaient ?

Cette notion l'intriguait énormément, mais seul le temps dirait si elle revêtait une quelconque validité. La navette avait cessé d'accélérer à présent et l'appareil inclina ses tuyères orientables pour l'atterrissage.

À une distance respectable, l'esplanade était bordée d'immenses palmiers royaux, dont les cimes tournoyaient comme des plumes dans la tornade, tandis que la navette descendait sur ses béquilles, rebondissait légèrement avant de se stabiliser. L'équipage, qui s'était livré à un ballet de serviteurs dévoués pendant une heure, se chargeait à présent des préparatifs de sortie et libérait les joints de protection qui maintenaient la pressurisation hors de l'atmosphère. Dans un sifflement terrible, la porte principale à quelques sièges de Megan et de son père s'ouvrit ; le soleil tropical torride inonda le fuselage, ce qui fit à la fois sourire et vaciller le steward. Une rampe garée sur un des côtés s'approcha et Megan, son père et les trois membres du personnel de Xanadu en uniforme bleu Caraïbe qui avaient emprunté le petit aéro-taxi privé descendirent.

Megan était déchirée entre son envie d'admirer le paysage et la nécessité de descendre l'escalier avec précaution. Le jour bleu et blanc éclatant de lumière, bordé de vert tropical, était aveuglant. Çà et là, à travers les arbres, on apercevait un ruban de mer, et, au loin, à l'ouest, le mont Xanadu dominait cette nature luxuriante, avec ses immenses chutes d'eau qui, à cette distance, formaient de simples rayures blanches verticales statiques. Le terrain d'atterrissage était bordé de plates-bandes de fleurs ; un petit parking hébergeait une flottille de véhicules découverts. Aussitôt une troupe d'hommes en uniforme de Xanadu s'approchèrent de la navette pour décharger les bagages.

Megan descendit de la rampe juste derrière son père et inspira longuement l'air chaud et salé.

C'est absolument sensationnel ! pensait-elle alors que quelqu'un se précipitait déjà vers elle pour prendre le sac qu'elle tenait en bandoulière.

Megan eut du mal à réfréner une réaction instinctive, fâcheuse pour celui qui venait ainsi l'aider. En se retournant, elle vit un petit homme en uniforme bleu soigné, avec deux clés croisées brodées sur le col qui lui souriait en disant : « Je me charge de vos bagages, Miss O'Malley.

— Euh... non, je préfère...

— Oh, Miss O'Malley, nous ne pouvons pas laisser nos invités porter leurs bagages ! Que diraient les gens ! »

Il lui adressa un sourire triomphant. Megan qui savait ne pas s'acharner devant une cause perdue, se baissa légèrement pour que le petit homme puisse faire glisser le sac de son épaule. Il s'en alla avec son précieux bien, et, tandis qu'elle se tournait vers son père pour protester, elle remarqua que lui aussi avait les mains vides, mais cela semblait l'amuser.

« C'était pareil la dernière fois, dit-il à voix basse, tandis qu'ils suivaient leur guide. J'ai comme l'impression que les gens qui arrivent ici lâchent leurs sacs et s'attendent à ce que quelqu'un les ramasse avant qu'ils aient touché terre.

— Mmm », dit Megan, en le suivant. Un des membres du personnel les invita à passer sous une pergola creusée dans un mur, couverte de roses blanches grimpantes. De l'autre côté, se trouvait une série de longues rampes incurvées qui descendaient vers un lagon bleu bordé de plages de sable noir, et, selon toute apparence, le générateur de vagues au milieu du lagon fonctionnait car des vaguelettes léchaient gentiment la rive. Lors du reflux, le sable se teintait d'une couleur argentée sous le soleil, avant de s'assombrir et de reprendre son noir mat tandis que, déjà, la prochaine vague s'approchait.

Les rampes longeaient la courbe du lagon de chaque côté pour mener à ce qui ressemblait à un centre d'information. Garés sur la droite, à l'ombre d'un bosquet de palmiers royaux, quelques petits véhicules ressemblant à des voiturettes de golf, à part que ces dernières ont rarement des finitions cuir de la qualité qu'on se serait plutôt attendu à voir sur une Rolls-Škoda. Une des personnes qui se tenaient près du véhicule approcha et leur demanda : « Si vous voulez bien me suivre, Mr. O'Malley, Miss O'Malley... »

Ils montèrent dans l'une des voiturettes, et un membre du personnel de Xanadu les conduisit le long de l'allée de graviers qui menait au centre d'accueil. Puis, l'homme se présenta : « Je suis Joël, votre chauffeur » et ce furent des « Si vous voulez bien avoir l'obligeance, Mr. O'Malley... » par-ci, « s'il vous plaît, Miss O'Malley... » par-là, jusqu'à ce que Megan ait envie de ricaner chaque fois qu'elle entendait son nom. Le centre d'accueil se présentait sous forme d'un vaste espace circulaire à ciel ouvert bordé de colonnes grecques, mais, tandis qu'on les introduisait à l'intérieur, Megan eut tout juste le temps d'apercevoir l'immense fente pratiquée dans le fronton supporté par les colonnes. Sans doute un toit en sortait-il en cas d'intempérie.

« Bon, dit Joël, leur chauffeur, c'est là qu'il faut se rendre si vous avez envie d'entrer en contact avec d'autres invités. Surtout, n'hésitez pas à venir nous voir, si vous rencontrez un quelconque problème avec les installations ou dans l'organisation de votre séjour. Ou appelez-nous, et nous enverrons quelqu'un à votre villa. Notre centre d'Opérations est situé dans le bâtiment, juste derrière la réception. Vous pouvez venir quand bon vous semble — tous les invités ont droit à une visite de nos installations. Autant qu'ils veulent en fait, il suffit de nous prévenir. Il y a douze restaurants sur l'île. Nous passerons devant trois d'entre eux sur le chemin de votre villa. Si vous avez envie de grignoter, quelqu'un se rendra chez vous avec votre commande, à moins que vous ne préfériez appeler une navette pour qu'on vous conduise au restaurant de votre choix. Ils sont tous ouverts pour le déjeuner et le dîner, cinq servent le petit déjeuner, et deux restent ouverts vingt-quatre heures sur vingt-quatre, dit Joël en souriant. Pour ma part, je vous recommande le Traiteur. Le pastrami-saumon fumé y est délicieux. »

Il continua dans cette veine pendant plusieurs minutes, tandis qu'ils s'approchaient du dix-huitième trou d'un terrain de golf prodigieux, puis se dirigeaient vers une petite forêt tropicale. Megan n'était plus aussi attentive à la beauté du paysage. Son estomac venait brusquement de se réveiller à la mention du pastrami. *N'importe quel sandwich ferait l'affaire pour le moment !* pensait-elle. Elle était trop excitée pour avaler quoi que ce soit au petit déjeuner, et peut-être avait-elle eu raison de s'abstenir. Souvent, les trajectoires suborbitales des navettes hypersoniques lui donnaient de sérieux haut-le-cœur.

Combien de temps nous faudra-t-il encore pour arriver à notre villa ? « C'est grand ici, remarqua Megan. Je m'imaginais cela plus petit.

— Cela fait la moitié de la taille de l'île de Manhattan, Miss O'Malley, dit Joël. Et en fait, une grande partie de Manhattan gît en ce moment sous nos pieds. Nous avons récupéré leurs ordures pendant presque une année afin de les transformer en matériau composite de synthèse pour construire les strates inférieures de l'île. Les quartiers résidentiels sont assez proches des bâtiments centraux, malgré tout. Nous serons à la villa dans moins de trois minutes. »

A-t-il entendu mon estomac grogner ? se demanda Megan. Elle n'aurait guère été surprise si Xanadu entraînait le personnel à se montrer attentif à de tels signes.

Quoi qu'il en fût, le trajet ne dura qu'une minute et demie. Le chauffeur avait accéléré l'allure. Ils sortirent de la forêt vierge et entrèrent dans un paysage vallonné de parcs et de vastes pelouses parfaitement entretenues, plantées de palmiers et de conifères destinés, selon toute apparence, à créer des îlots d'intimité. À l'horizon, on apercevait la ligne bleu étincelant de la mer et quelques bribes de plages qu'on devinait à travers les arbres, au sable d'un blanc pur, cette fois.

« Votre villa est ici, dit Joël, en tournant à gauche vers un petit chemin pavé bordé de grands eucalyptus. L'une des plus belles de toutes, je dois dire... Très agréable, intime. Si vous avez envie d'aller à l'intérieur sans appeler la navette, il y a en une qui s'arrête à ce carrefour toutes les dix minutes. Et bien sûr, vous trouverez des bicyclettes au garage. »

Ils quittèrent l'ombre des eucalyptus pour entrer dans une clairière au milieu de laquelle se dressait un bâtiment blanc, plus grand que la maison de Megan, conçu par un architecte qui devait avoir attrapé le virus du Néo-déco. Chacune des deux ailes principales était formée d'un vaste cylindre, surmonté d'une terrasse d'observation protégée par une balustrade. Elles se fondaient dans un cylindre plus haut, qui hébergeait la porte principale et possédait sa propre terrasse. « D'en haut, la vue est magnifique, précisa Joël.

— Ce n'est pas la même villa que celle de la dernière fois, constata le père de Megan, en regardant tout autour de lui, légèrement surpris.

— Non, monsieur. Nous choisissons les villas en fonction de nos invités. Puisque la jeune fille est venue avec vous, nous avons pensé que vous trouveriez celle-ci plus à votre goût. »

Devant la villa, les pavés sombres cédaient la

place à des graviers blancs. Joël, le chauffeur, arrêta la voiturette en face de la porte. « Laissez-moi vous ouvrir, je vous donnerai les clés ensuite, et je vous ferai faire le tour du propriétaire. Vos bagages devraient déjà se trouver dans vos chambres. S'il y avait un quelconque problème, n'hésitez pas à me le signaler, je m'arrangerai...

— Papa, je vais voir derrière », dit Megan en descendant.

Elle avait déjà repéré la plage privée de la maison, et avait vaguement entrevu quelque chose d'autre à travers les arbres... un autre bâtiment blanc.

« Ce sont vos voisins, Miss O'Malley, lui cria Joël, qui avait remarqué qu'elle regardait dans cette direction. Ce sont les seuls de ce côté. Ils sont arrivés il y a quelques jours. Vous pourrez faire connaissance au centre d'accueil ce soir, si vous le désirez. »

Megan lui fit un petit signe de la main et suivit le sentier qui conduisait derrière la maison. Face au large patio orné d'une multitude de plantes tropicales en plates-bandes et en vasques, un autre sentier de gravier menait à la terrasse de la piscine intégrée dans un paysage élaboré avant de descendre vers la plage.

Megan soupira devant cette vue et avança de l'autre côté des palmiers qui bouchaient partiellement la vue. Même pour un bref séjour, elle n'avait jamais vécu dans un endroit qui n'offrait pas un accès aisé à l'océan, mais aujourd'hui, la mer se trouvait à portée de main. Un ciel d'un bleu brûlant se fondait dans le bleu de l'océan à l'horizon, où seule une ligne imperceptible, à peine soulignée par quelques nuages d'un blanc éclatant, dans le lointain, marquait la limite entre l'air et l'eau. D'une beauté indicible, la vue était très reposante.

Et dire qu'il faut que je travaille pendant mon séjour ! Ce n'est pas juste. Mais elle se moqua aussitôt d'elle. Le travail, c'était la raison qui l'avait amenée ici.

Elle se retourna et se dirigea vers la villa. Les portes-fenêtres du patio étaient ouvertes, elle en profita pour entrer et se retrouva dans un salon de la taille du rez-de-chaussée de sa propre maison, avec une immense cheminée. Quel besoin d'une cheminée en un lieu où la température frisait les vingt-sept degrés toute l'année ? Megan n'arrivait pas à l'imaginer. Dans l'âtre, on avait placé des bûches savamment coupées, dans une configuration harmonieuse, afin qu'elles prennent feu, soupçonnait Megan, à l'instant même où on en approchait une étincelle... sans doute parce que ceux qui fréquentaient ces lieux s'attendaient à une telle réaction, pensa-t-elle. Sur la droite, en faisant face à la maison, se trouvait la salle à manger, avec une table de marbre qui pouvait accueillir au moins une vingtaine de convives. Derrière, se trouvait une porte. *La cuisine ?* se demanda-t-elle.

Son père descendait l'escalier. « Joël est reparti, dit-il. J'aimerais boire une boisson fraîche et trouver quelque chose à me mettre sous la dent pour avoir la force d'explorer le reste de la maison.

— Bonne idée », répondit Megan, en se dirigeant vers la porte qu'elle venait de découvrir. En jetant un coup d'œil de l'autre côté, elle découvrit une pièce de la taille de son salon, entièrement aménagée, avec des surfaces lisses d'un brillant impeccable et des bronzes mats. Discrètement intégrés aux murs ou cachés derrière des portes de verre noir, les appareils étaient à peine visibles. En regardant les panneaux de commande de certains d'entre eux, Megan en déduisit que ces machines devaient être plus intelligentes que certains de ses camarades de classe. « Regarde-moi ces trucs ! dit-elle à son père qui la suivait. Je n'oserais jamais cuisiner dans une telle cuisine. Ça brille tellement !

— Je me demande si quelqu'un se donne la peine de cuisiner, avec la réputation dont jouissent les restaurants. Bon, moi, tout ce que je veux, c'est un soda.

— Je vais t'en chercher un, dit-elle en s'approchant du réfrigérateur. Ils doivent bien avoir ça. Moi, je donnerais ma vie pour un hot-dog, mais cela m'étonnerait... »

Megan resta bouche bée en découvrant le contenu du réfrigérateur, parfaitement identique à celui de la maison le matin même. *À part qu'il n'a pas été saccagé par l'un des quatre membres de l'équipe olympique des Morfals !* pensa-t-elle.

« Papa, tu ne vas pas en croire tes yeux ! »

Il regarda par-dessus son épaule et se dirigea vers les placards qu'il ouvrit un par un. « Très intéressant. On dirait qu'ils ont fait un inventaire précis du réfrigérateur et du garde-manger de la maison, dit-il sourire aux lèvres en sortant un verre. On devrait leur conseiller un peu de modération étant donné que les quatre Cavaliers de l'Apocalypse ne sont pas là pour nous prêter main-forte.

— Je pensais que... »

Elle tendit la main, sortit la saucisse et la moutarde, avant de refermer la porte et d'aller chercher du pain. Le « panier » à pain était un placard à la porte de verre situé près du réfrigérateur qui semblait muni d'une sorte d'humidificateur, avec un thermomètre indiquant la température intérieure et un hygromètre intégrés à l'intérieur de la porte.

Megan prit le pain, en coupa un morceau et rangea le reste, c'est alors que l'humidificateur se mit en marche pour réajuster le degré d'humidité. Elle prépara son sandwich, trouva une assiette pour le poser — tout était d'une propreté si obsessionnelle qu'elle se serait sentie coupable de le mettre directement sur la table — et sortit de la pièce.

Elle traversa le salon et regarda tout autour d'elle. Sur la droite, se trouvait un couloir qui, supposait Megan, donnait à la salle de bains. Elle alla y voir de plus près.

Bouche bée, elle referma aussitôt la porte. Il va falloir que je fasse attention, sinon, on va me prendre pour une débile mentale... *ou pour quelqu'un qui n'est pas habitué à ce genre de luxe.* Une salle de bains, oui, mais quelle salle de bains ! On y trouvait des toilettes et un bidet dans une cabine de verre transparent, une baignoire assez vaste pour elle et une bonne dizaine de ses amis les plus volumineux, un bain de vapeur, une porte de bois qui ouvrait sans doute sur un sauna, une douche équipée de tant de buses et d'orifices qu'elle semblait plutôt destinée à satisfaire les besoins naturels de quelque monstre extra-terrestre, un sol de marbre... non pas carrelé, mais formé d'une dalle unique de pierre véritable.

Elle s'approcha de la cabine qui protégeait les toilettes, se demandant quel était son usage. La porte était ouverte. Elle la referma. La porte se verrouilla instantanément, et, en l'espace d'un souffle, le verre s'opacifia.

Megan cligna des yeux, ouvrit de nouveau la porte. Le verre redevint transparent.

Elle s'en alla, fermant la salle de bains derrière elle. « Papa ? dit-elle en montant l'escalier en colimaçon tout en mordant son sandwich.

— Oui, ma chérie ?

— Je ne pars plus d'ici, jamais !

— Comme tu voudras. »

Megan continua à monter et visita le premier étage, avec ses cinq chambres. Leur avait-on donné une maison plus grande à cause de cette mission particulière ou estimait-on que les invités se lasseraient vite de leur chambre et préféreraient en changer au bout de quelques jours ? Megan ne le savait pas. Les chambres étaient princières, pour user d'une litote. Toutes étaient équipées d'une minuscule kitchenette abritée dans une niche, d'ordinateurs, avec des fauteuils à implants fastueux, d'une salle de bains qui offrait la même complexité et le même luxe que celle du bas. Les fenêtres offraient une vue somptueuse sur le lagon d'un côté et sur l'Atlantique de l'autre. Les lits étaient assez grands pour avoir leur propre code postal, et à treize chiffres, au moins ! Les moquettes étaient si épaisses qu'on risquait de s'y engloutir sans laisser de traces si on restait trop longtemps à la même place.

« Incroyable », murmura-t-elle entre deux bouchées, alors qu'elle se déplaçait de pièce en pièce. Au bout du couloir, elle trouva une porte qui, pensait-elle au début, devait donner sur une autre chambre, la chambre de maître, peut-être, mais quand elle ouvrit, elle resta clouée sur place.

C'était la plus impressionnante, la plus brillante, la plus moderne des salles d'ordinateurs qu'elle ait jamais vues, même en rêve.

La pièce formait une immense ellipse, avec le fauteuil d'interface à une extrémité, et le terminal d'accès réseau à l'autre. Elle s'approcha du siège qui trônait à la place de choix et se planta à côté de lui, en hochant la tête. L'Index Blue Netset, le module de connexion, était un joyau de technologie qui devait coûter aussi cher qu'une Formule I... et le fauteuil, un BodyMatch, pouvait pratiquer un massage complet du corps, tout en effectuant la stimulation musculaire interne habituelle pour prévenir l'apparition de crampes pendant les longues sessions de connexion virtuelle.

Megan s'approcha du panneau de liaison Internet et pressa le bouton requête, afin que la machine lui précise ses spécifications, lorsque son père s'avança dans le couloir, pour passer les chambres en revue comme sa fille venait de le faire. « Oh, ça doit être la mienne ! » Cette exclamation fut suivie du bruit de tiroirs qui s'ouvraient. « Tiens, ils ont défait mes bagages. J'espère que tu n'avais rien à cacher dans les tiens, ma chérie, parce que maintenant quelqu'un l'a sûrement déjà vu. »

Elle hocha la tête et laissa l'ordinateur tranquille pendant que son père ressortait dans le couloir. « Papa, viens voir ! »

Il jeta un coup d'œil par l'entrebâillement de la porte. « C'est chouette, non ? On peut abattre un sacré boulot dans une pièce comme ça. Si on ne passe pas tout son temps dehors.

— Je suis incapable de résister », dit Megan. Elle s'assit sur la chaise, aligna son implant, juste pour faire un test. Elle était curieuse de savoir comment se comportait l'interface. Elle eut l'impression d'avoir envie d'éternuer...

... et se retrouva en haut de son amphithéâtre, face à Saturne.

Elle écarquilla les yeux. *Ils ont reproduit toute ma configuration !* « Papa ! cria-t-elle, c'est toi qui leur as donné mes codes d'accès ?

— Non, lui répondit-il du monde réel. » Apparemment, une réplique était installée dans le système. « C'est toi, lorsque tu as rempli et signé le questionnaire qu'ils t'ont envoyé. N'oublie jamais de lire les petites lettres, ma chérie.

— Je les ai lues ! Mais je croyais qu'ils allaient se

contenter de rediriger mes e-mails et mes courriers virtuels. »

— Ils ont tout refait à ton goût ?

— Si tu veux savoir si tout est comme à la maison, la réponse est oui. »

Je ne suis pas sûre que cela me plaise, se dit Megan en regardant tout autour d'elle. *D'accord, le serveur sur lequel est enregistré mon espace de travail est un serveur ouvert au public, mais...* Elle coupa l'interface, préférant vérifier une nouvelle fois les algorithmes de cryptage des fichiers qui devaient rester confidentiels. Quelqu'un ici savait vraiment bien manier les ordinateurs, la réalité virtuelle, l'Internet... elle se demandait s'il ne fallait pas chercher là la source de tous les problèmes que connaissait Xanadu.

« Ils garantissent un service complet, expliqua son père. Moi aussi, cela m'a surpris lorsque je suis arrivé ici la première fois et que j'ai retrouvé tous mes logiciels préférés, personnalisés selon mes préférences, avec un accès immédiat à mon espace de travail. Mais de toute façon, je n'y laisse jamais rien d'important... »

Megan haussa les épaules de mépris. D'une certaine manière son père était un incorrigible Luddite [1]. C'était une des raisons qui expliquaient pourquoi son bureau était sans cesse jonché de petits bouts de papier griffonnés qu'il perdait parfois, au lieu de saisir ses données dans des fichiers sécurisés, stockés sur l'ordinateur, à un endroit où il pourrait facilement les retrouver par la suite. Et c'était un accro des tirages papier ! Les armoires de rangement étaient

---

1. Allusion à la révolte des Luddites, artisans britanniques qui détruisirent les machines de l'industrie textile au début du XIXe siècle.

bourrées de pages et de pages de vieux livres, d'articles, de photocopies de thèses et Dieu savait quoi encore. Mais là non plus, une défaillance système ne gênait guère son père alors que Megan et sa mère blêmissaient à la simple mention d'un fichier perdu ou d'une coupure de courant en cours de sauvegarde.

À présent, pourtant, Megan se sentait pâlir, car elle se demandait à quel moment exactement les émissaires de Xanadu était entrés dans son système. Avant qu'elle ait reçu le message de James Winters ? Après ? *Il faudra que j'aille y regarder de plus près pour voir s'il ne reste pas une trace qui me permettrait de savoir à quel moment ils ont fait intrusion dans mes données. Sales petits monstres...*

« Papa, ça fait trop de choses à comprendre à la fois. Alors, je ne vais pas y réfléchir. Je vais aller faire un tour à la plage.

— Parfait, répondit le père de Megan avec un petit rire. Une douche ne me ferait pas de mal. Et si on allait manger ensuite ?

— Ça me va. »

Elle descendit l'escalier, franchit la porte-fenêtre qui donnait sur l'arrière et longea une nouvelle fois le chemin de gravier qui descendait vers la plage. En survolant l'île, elle avait vu des plages dont le sable allait du noir au blanc en passant par le rose et le beige. D'une douce couleur corail ivoire, la leur était d'une propreté exemplaire, contrairement aux plages de sable de quartz blanc cru qu'on trouvait presque partout sur les côtes de Washington, souvent jonchées de coquillages brisés, d'éclats de verre et d'objets beaucoup moins ragoûtants. *Quelqu'un vient sans doute la ratisser la nuit, et ôter toutes les souillures que la mer aurait pu déposer.*

Elle marcha à pas lents pendant quelques minutes, à contempler le paysage bleu. Paradisiaque. Pourtant, elle ne pouvait pas s'empêcher de penser à la mésaventure de l'avocat londonien, Harold Truc-Machin-Chose, qui lui avait gâché la vie et l'avait forcé à tout abandonner pour disparaître à jamais. Et son pauvre client, mort, déshonoré. *Quelqu'un ici était responsable de cette situation*, pensa Megan. *Dès demain, à la première heure... il serait bien temps d'y penser...*

« Qu'est-ce que vous faites sur notre plage ? » demanda soudain une voix inconnue.

Megan se retourna et vit un adolescent qui s'approchait. Il avait à peu près sa taille, un peu fort peut-être, mais pas excessivement. Enfin, il avait des muscles sous sa graisse. Des cheveux noirs, des yeux sombres, la mine renfrognée : à cause d'elle, pour l'instant.

Megan regarda tout autour d'elle pour se repérer plus précisément et dit :

« Excusez-moi, c'est juste derrière notre maison, c'est notre plage. »

Le môme ouvrit la bouche et la referma aussitôt, comme s'il avait voulu discuter sans trouver le moindre argument à avancer. « Bon, mais ne vous aventurez pas chez nous !

— Je n'avais pas l'intention de vous envahir, répliqua Megan. Et franchement, pourquoi me serais-je donné une telle peine ?

— Parce que mon père est la troisième fortune de toute la planète ! dit le gosse, et que tout le monde essaie de l'approcher. Qui est ton père ? »

Oh, mon Dieu ! pensa Megan, *nous y voilà. Pas de « Je m'appelle... Et toi ? », pas de « Qu'est-ce qui t'amène ici... »*

« C'est un écrivain.

— Oh, dit le garçon sur un ton qui laissait penser

que les auteurs étaient des moins-que-rien. Comment s'appelle-t-il ?

— R. F. O'Malley.

— Jamais entendu parler. »

Il vaut mieux savoir lire, ça aide, pensa Megan, mais elle s'abstint de répliquer. À la place, elle adapta une réponse traditionnelle de son père, qui pouvait être ironique voire franchement impolie dans sa bouche, mais qui passait mieux avec elle. « Eh bien, tâche d'arranger ça avant de mourir, dit-elle, sinon tu seras passé à côté de la seule raison qui justifie ta présence sur cette planète. Et toi, qui es-tu exactement ?

— Wim Dorfladen.

— Ah. Et c'est bien ? demanda Megan qui n'hésitait pas forcément à se montrer impolie quand une occasion aussi belle se présentait.

— Toujours mieux que d'être la fille d'un écrivain dont personne n'a jamais entendu parler.

— Je suis sûre que tu en es convaincu, dit Megan. Bon, maintenant que les choses sont claires, fiche le camp de ma plage avant que je t'aplatisse. »

Il lui adressa une grimace méprisante et fit quelques pas en avant.

« Essaie toujours ! »

Elle l'aplatit. Elle utilisa le balayage du pied que son frère avait essayé sur elle la veille, mais elle fut si rapide que Wim n'eut pas le temps de comprendre ce qui lui arrivait avant de se retrouver les fesses dans le sable.

« Hé, fais attention, le sable est glissant parfois. T'as besoin d'aide ? »

Surpris, les yeux fixés sur la main qu'elle lui tendait, il se leva, et regarda Megan, totalement désorienté, avant de tourner le dos et de s'éloigner.

Quel petit crétin, pensa Megan. *Et dire que c'est notre voisin ! Au temps pour le paradis !*

Elle retourna vers la maison et monta à l'étage où elle trouva son père, devant la porte de sa salle de bains, qui, complètement habillé, regardait la cabine de douche, intrigué. « J'ai vu des tableaux de bord plus simples dans des usines nucléaires, dit-il. Ce n'est pas la même installation que dans la villa de la dernière fois. Comment peut-on faire couler l'eau, à ton avis ? Et combien de boutons sont-ils susceptibles de cracher de la vapeur brûlante et de me faire cuire comme un homard ?

— Je me suis posé la question moi aussi, répondit Megan, qui pour l'instant était préoccupée par un tout autre sujet. Papa, tu ne crois pas qu'ils nous laisseraient changer de villa... » Puis elle fit la grimace, tant il lui paraissait stupide d'avoir posé cette question. *Comme si je ne pouvais pas résoudre le problème moi-même. D'ailleurs, je lui ai déjà réglé son compte.* « Rien, laisse tomber.

— Bon, mais pourquoi cette question ?

— Le gamin d'à côté. C'est un petit snobinard de première. Et son père est la troisième fortune de la planète, du moins c'est ce qu'il prétend. Ils auraient peut-être pu faire mieux, côté voisins.

— Oh, tu sais, répondit son père en concentrant toute son attention sur autre chose. Si ce n'est que ça... Il n'y aurait pas un mode d'emploi, quelque part ? »

En ricanant, Megan alla le lui chercher.

3

Pendant que son père se douchait, Megan continua à explorer la villa. Le guide de Xanadu était disponible en ligne, mais il existait également une version imprimée qu'elle trouva sur l'une des tables de chevet. Malgré la prolifération des documents électroniques, elle aimait toujours le contact d'un bon vieux livre relié dans ses mains. Le guide était aussi épais que les romans de son père, les versions papier du moins. Comme pour tous les auteurs, la plupart des livres de son père étaient diffusés par moyens électroniques, mais il se considérait comme un résistant et insistait toujours pour obtenir les « vrais » exemplaires imprimés et reliés auxquels il avait droit pour chaque titre. À l'intérieur de la couverture de cuir, frappée de lettres d'or, le manuel du visiteur exposait tout ce qu'il fallait savoir sur le site, le tout soigneusement indexé à l'aide d'onglets découpés sur la tranche dorée à l'or fin, et trié par ordre alphabétique et par rubrique. Elle le feuilleta et prit mentalement des notes sur tel et tel sujet.

Un moment plus tard, dans le peignoir le plus épais qu'elle eût jamais vu, et aussi rouge que le homard dont il avait parlé un peu plus tôt, son père sortit de la salle de bains. « Le resto, ce soir, c'est le genre table du roi, dit-elle en se levant et en jetant le livre sur le lit de son père. Mais la tenue de soirée n'est pas obligatoire, d'après ce que j'ai vu.

— Parfait, parce que je n'ai pas l'intention de m'habiller, dit-il en s'engouffrant dans son dressing. Mais toi, tu voudras peut-être faire un effort ?

— Moi ? Pourquoi ?

— Une couverture protectrice ? »

Megan y réfléchit un instant et s'éloigna pour mettre à profit le résultat de ses pensées. Une demi-heure plus tard, ils se retrouvèrent au pied de l'escalier. Son père la toisa. Il portait un pantalon de lin écru et une chemise blanche, sans cravate. Megan avait enfilé une robe blanche vaporeuse, mini sur le devant, longue dans le dos, qui la couvrait relativement bien mais suggérait néanmoins que le blanc n'est pas toujours symbole de pureté et d'innocence.

Son père lui adressa un regard sévère, sans commentaires. Il ferma la villa, et, dans l'air doux et les ombres oblongues du soir, ils empruntèrent l'allée. À mi-chemin, son père se tourna vers elle. « Dorfladen ? C'est bien leur nom ?

— Ouais.

— Il ne t'aurait pas donné un prénom ?

— Pas celui de son père. Le gosse s'appelle Wim », dit Megan tandis qu'ils approchaient de l'intersection avec la route qui descendait vers le centre d'accueil.

Son père leva les sourcils. « Ouais, c'est peut-être bien la quatrième fortune de la planète. À moins que le classement ait changé ces derniers mois. Dieu sait que je ne fais guère attention à ce genre de choses. »

Megan avait sa propre opinion à ce sujet.

« Qu'est-ce qu'il fait ?

— Du fric.

— Oh, ça, je m'en doutais, sinon, il ne serait pas ici.

— Non, ce n'est pas ce que je voulais dire. En fait, c'est un courtier. Il achète des trucs bon marché et les revend à bon prix. Des sociétés, des devises, n'importe quoi. Il a commencé avec la boîte qu'il avait créée, puis il en a lancé quelques autres, il les a revendues, et s'est reconverti dans l'acquisition et la vente — et parfois dans des acquisitions hostiles, il achète des compagnies qui n'ont pas envie d'être rachetées pour les revendre à ceux qui les veulent, avec un joli petit bénéfice au passage. »

Le père de Megan fronça les sourcils.

« Ce n'est pas un escroc, quand même ? demanda Megan.

— Euh ? Oh, non, ma chérie. Tout ce qu'il fait est parfaitement légal. » Son père fit quelques pas avant d'ajouter : « Disons que c'est un préjugé de ma part. Si je voulais m'enrichir, je préférerais le faire en inventant quelque chose d'utile à la société... quelque chose qui n'existait pas avant... plutôt qu'en profitant du fruit du travail d'autrui, contre son gré, parfois, pour le revendre au plus offrant. Mais les gens comme Dorfladen, si c'est bien celui auquel je pense, n'inventent jamais rien de nouveau. Ils bâtissent leur fortune en grimpant sur les épaules des autres. Ou en leur coupant l'herbe sous le pied ! »

Megan rougit légèrement.

« Comme je te dis, c'est un préjugé de ma part. En réponse à mes arguments, il avancerait sûrement quelque chose du genre : "Si vous êtes si malin, pourquoi n'avez-vous pas encore trouvé une méthode morale pour vous enrichir ?" Et pour lui ce genre de réflexion serait parfaitement sensée », dit le père de Megan en haussant les épaules.

Derrière eux, le gémissement d'une des voiturettes électriques, les « transports en commun » de Xanadu, se rapprochait.

« Tu veux prendre la voiture pour le reste du chemin ? demanda le père de Megan.

— Pour cette fois, oui, parce que la plupart des gens les prennent, et que si on nous voit marcher, cela va faire jaser. »

La voiturette ralentit en les voyant. « Vous allez dans notre direction, mon garçon ? demanda le père de Megan.

— Et un peu, Mr. O'Malley, Miss O'Malley, dit le chauffeur. Allez, montez. »

Ils montèrent.

« Vous avez tous vu nos photos d'identités, maintenant, je parie, dit Megan, en se penchant par-dessus l'épaule du chauffeur pour lire son nom sur son badge. Mihaul ? C'est comme ça que cela se prononce ?

— À peu près. » Le garçon roux, très mince, jeta un coup d'œil malicieux en direction de Megan, tout en conduisant. « Bien sûr, nous savons tous à quoi vous ressemblez, nous vous connaissions déjà avant-hier. Mais en dehors de cela, dit-il, en ralentissant pour s'engager dans un virage, certains d'entre nous lisent.

— Ah, ah, dit le père de Megan. Pour le plaisir ? Ou cela fait partie du processus d'identification ? »

Mihaul rit.

« Pas du tout ! J'ai lu *L'Ingénieur des Ténèbres* pour la première fois quand j'avais onze ans... »

Le père de Megan capitula.

« Non, par pitié ! Je me sens vieux.

— Et une vingtaine de fois depuis.

— C'est formidable, dit le père de Megan, mais vous avez lu aussi mes derniers romans ? »

Megan se pencha en arrière et laissa son père faire

son numéro d'auteur célèbre, tout en mesurant la distance qu'ils parcouraient en observant le paysage et en comptant les secondes. Il semblait qu'il lui faudrait une dizaine de minutes pour se rendre de la villa au centre d'accueil à pied et six minutes sans doute en empruntant un des vélos. Elle allait devoir se faire quelques amis sur place au cours des prochains jours. La plus grosse difficulté était que, sur ordre de James Winters, elle devait garder secrète la raison de son séjour à Xanadu. Peut-être que seul son père savait vraiment pourquoi elle était là. Si quelqu'un l'apprenait, il y avait de gros risques que l'information parvienne aux oreilles de celui ou de ceux qu'elle devait démasquer. Dans cette affaire, il faudrait qu'elle navigue à vue, qu'elle écoute et qu'elle observe, attentive à tous ceux qui s'intéresseraient d'un peu trop près à sa présence, ou, au contraire, ne s'y intéressaient pas assez. *Je vais avoir du pain sur la planche. Mais c'est moi qui ai voulu cette mission...*

Ils s'arrêtèrent devant l'aire centrale. Elle avait changé de manière spectaculaire depuis la dernière fois qu'ils l'avaient vue, quelques heures plus tôt : un éclairage époustouflant, avec une musique diffuse qui flottait dans le crépuscule, émanant d'un orchestre de chambre, qui interprétait un air de jazz au swing modéré, mais énergique. Ils descendirent du véhicule. « Je repasse de temps en temps par ici, Mr. O'Malley, Miss O'Malley... leur dit Mihaul. Si vous avez envie de terminer la soirée avant minuit... »

Ils hochèrent la tête, lui firent un signe d'adieu, et franchirent le portique à colonnes. À l'intérieur, les comptoirs de la réception en demi-cercle s'étaient totalement métamorphosés. L'un d'eux s'était transformé en bar d'une quinzaine de mètres de long, sur un autre, deux fois plus grand, on avait disposé un buffet et, derrière, des garçons en veste blanche officiaient pour offrir des plats pantagruéliques et des boissons à profusion.

Derrière les buffets, s'étendait une sorte d'immense piste de danse, entourée de tables, de divans et de chaises confortables. Quelques couples y évoluaient déjà, mais la plupart des gens bavardaient, tandis qu'un homme en cravate blanche, avec de longs cheveux blonds et l'un de ces beaux visages scandinaves parfaitement ciselés, passait de table en table et s'arrêtait pour discuter avec les uns et les autres. Il leva les yeux, aperçut Megan et son père et s'approcha. « Mr. O'Malley, Miss O'Malley... »

Il serra la main du père de Megan, puis celle de sa fille. « Mr. Aaron Halvarson, je présume », dit le père de Megan.

Le jeune homme blond se mit à rire. « Présumez autant que vous voulez, tant que vous ne me présumez pas coupable », dit-il. Le père de Megan eut un grognement amusé. C'était le titre de l'un de ses premiers romans policiers, celui qui lui avait fait gagner un « Edgar » et lui avait valu une bataille de trois ans avec le plus grand critique littéraire du *New York Times.*

« Je suis désolé, dit Halvarson. Cela doit dater un peu à présent.

— Je crois qu'on en voit encore sur des peintures rupestres, dit le père de Megan. Mr. Halvarson, je vous présente ma fille, Megan.

— Enchanté », dit Halvarson, qui se courba et lui baisa la main. Megan esquissa un signe de tête, et juste assez de sourire pour lui montrer qu'elle appréciait.

« Allez-vous assister votre père lors de ses séminaires ? demanda Halvarson.

— Pas si je peux l'éviter, répondit Megan. Je vais aider vos spécialistes de la ervé, à vérifier leurs critères de qualité en m'introduisant dans tous les scénarios qu'ils me laisseront approcher.

— Ah ! Vous vous intéressez aux logiciels ou au matériel ?

— Aux logiciels par inclination, mais je sais affronter les problèmes de matériel, lorsque j'en rencontre.

— Vraiment ? Je suis sûr que l'on pourra vous arranger quelque chose. D'ailleurs, je vais vous présenter mon personnel. Et quelques-uns de nos invités, bien sûr.

— Combien sommes-nous sur l'île, cette semaine ? demanda le père de Megan, tandis que Halvarson les guidait vers le côté, où se dressait un autre buffet et un bar plus modestes.

— Nous avons vingt-six invités, répondit Halvarson, dont quatorze disposent de pavillons à différents niveaux de développement. Nous sommes presque au maximum de nos capacités. C'est la haute saison, pour nous. Deux autres invités arrivent demain, et ensuite, plus personne pendant quelques jours. Puis-je vous offrir quelque chose à boire ou de quoi vous restaurer ? »

Megan regarda la table du buffet sur sa gauche et vit un saladier de cristal Lalique de la taille d'un ballon de basket, rempli de glace, dans laquelle se lovait un récipient plus petit, contenant une bonne livre de caviar. À côté, derrière les oignons émincés, les œufs en tranches, les blinis et la crème fraîche, au centre d'un plat trônait un homard, de la taille d'un nourrisson, sans le moindre éclat de carapace et absolument intacte, jusqu'au bout des pinces. « Comment font-ils ça ? » demanda Megan.

Halvarson regarda la langouste comme s'il la

remarquait pour la première fois. « Vous voulez dire, enlever la carapace sans abîmer le reste ? Eh bien, je n'ai jamais posé la question. Si vous voulez en savoir plus, je prendrai rendez-vous pour vous avec les cuisines.

— Cela peut attendre, dit Megan. Mais j'aimerais bien un verre d'eau minérale.

— Du champagne pour moi, dit le père de Megan. Le travail ne commence que demain, ce soir, c'est le temps des folies et des excès. »

Il va avoir des palpitations, pensa Megan, mais elle se tut. Lorsque leurs verres arrivèrent, ils portèrent un toast à leur hôte. « Ma directrice adjointe est parmi nous ce soir, venez, je vais vous la présenter, dit Halvarson. »

Ils se dirigèrent vers une table où deux jeunes gens et une grande femme aux cheveux blonds étaient plongés dans une intense discussion. Tous trois levèrent les yeux à l'approche de Halvarson, et la jeune femme se leva.

« Mr. O'Malley, Miss O'Malley, dit Halvarson, permettez-moi de vous présenter Norma Wenders, notre directrice adjointe. »

La grande femme blonde qu'on venait de leur présenter s'inclina légèrement. « Je suis très heureuse de vous rencontrer », dit-elle, en adressant un long regard glacial à Megan. Megan connaissait bien cette expression. Elle avait vu des professeurs adopter la même lorsque les parents d'un élève étaient à portée de regard. En gros cela signifiait : « Ne me complique pas l'existence, sinon, tu risquerais d'avoir plus d'ennuis que cela ne le mérite. »

« Norma supervise les "Opérations", dit Halvarson, et en général dirige le troupeau ici, lorsque je dois m'absenter pour jouer les représentants.

— Il aggrave légèrement mon cas, dit Norma

Wenders en adressant un regard ironique à Megan et à son père. Notre personnel travaille dur et c'est moi qui en retire tout le mérite, même si de temps à autre, je jette un coup d'œil par-dessus leurs épaules. »

Son regard disait assez qu'avoir cette jeune femme de glace derrière son dos n'était sans doute pas l'expérience la plus agréable qui fût. *Fantastique*, pensa Megan, *c'est avec elle que je devrai traiter pour me lier d'amitié avec les types des « Opérations »*.

« Et voici nos deux forçats », dit Norma Wenders, en indiquant les jeunes gens assis à la table, tous deux en smoking, essayant, selon toute apparence, de se montrer vraiment élégants, même si, aux yeux de Megan, ils n'avaient l'air que de deux fondus de l'informatique déguisés en pingouins. « Len MacIlwain, notre responsable de la sécurité et des nouveaux projets, et Nasil Rajasthani, le responsable de l'installation des pavillons. »

Tous deux inclinèrent légèrement la tête devant Megan et son père. « Mr. O'Malley dirige l'atelier d'écriture pour la quinzaine à venir, dit Halvarson, et Megan s'intéresse aux réalisations virtuelles.

— Passez nous voir, dit MacIlwain, et nous vous ferons faire le tour à cinquante cents.

— Ne lésine pas, dit Rajasthani, offre-lui la visite à un dollar.

— Quoi ! Jeter l'argent par les fenêtres ! s'exclama MacIlwain. » Tous deux sourirent.

Norma Wenders leur adressa un étrange regard.

« Si seulement vous aviez une attitude aussi raisonnable à l'heure du renouvellement annuel de l'équipement !

— Il faut rester compétitifs, dit MacIlwain, affûtés comme des cutters.

— Repousser les limites de l'enveloppe, dit Rajasthani.

— À les entendre dialoguer, ils parlent papeterie, dit Halvarson à Megan, dans un moment de silence. Bon, allons voir un peu plus loin, j'aimerais vous présenter d'autres personnes... »

Après les avoir poliment arrachés des griffes de son personnel, il les guida tout autour de la pièce, et Megan fit de son mieux pour enregistrer les noms dans les mêmes fichiers que les visages correspondants. Cela lui posait un vrai problème, un peu parce qu'elle n'avait jamais été très douée pour retenir beaucoup de nouveaux noms d'un seul coup, mais aussi parce que, derrière les vêtements et les bijoux splendides, souvent d'un prix hallucinant, les visages semblaient manquer de quelque chose. On aurait dit que tous ces gens ne s'amusaient pas vraiment. Oh, bien sûr, ils souriaient, plaisantaient, riaient et, quand on vous les présentait, ils semblaient contents de vous connaître... mais ce n'était qu'une impression fugitive. Souvent, si vous vous éloigniez de quelques pas et que vous vous retourniez, vous risquiez de lire, sur ces mêmes visages, dans un moment de relâchement, une sorte de tristesse, d'indifférence, comme si rien ne comptait vraiment. Une autre personne arrivait, un autre stimulus éclairait les traits, mais l'effet restait éphémère.

Cela n'a aucun sens ! Ils sont en vacances. Ils sont là pour passer du bon temps. Qu'est-ce qui ne tourne pas rond ici ? C'est trop simple de dire que l'argent ne fait pas le bonheur. Vrai ou faux, cela rend la vie sacrément plus facile, et ces gens-là devraient avoir l'air plus détendus. Qu'est-ce qui les tracasse ?

C'était une question dont la réponse ne se présenterait sans doute pas dans l'immédiat. Peut-être suis-je simplement fatiguée, pensa Megan. *La journée a été longue.* Et, au fond de son esprit, elle ne pouvait s'empêcher de songer à la tâche dans laquelle elle devrait se lancer dès le lendemain. Elle ne savait guère comment s'y prendre. Cela expliquait partiellement son trouble. *Il faudrait que je commence à avoir des idées... et vite !*

Un instant plus tard, elle se retrouva derrière son père, qu'on présentait à un nouvel invité et, soudain, son attention fut vivement rappelée à la réalité, car elle connaissait ce visage. L'homme n'était pas très grand, pas plus grand que Megan peut-être... un peu corpulent, les épaules larges, avec des cheveux poivre et sel et un visage marqué par des rides de bonheur, les yeux un peu tombants dans les coins. Chose remarquable, il se leva à leur arrivée.

Sourire aux lèvres, Halvarson cita le nom de Megan et de son père. « Mr. O'Malley, Miss O'Malley, dit-il. Jacob Rigel.

— Oh ! s'exclama Megan en tendant la main. Appelez-moi Megan. Je suis une grande admiratrice de votre Jeep de l'espace. Je suis vraiment ravie de vous rencontrer.

— Alors, ce sera Jacob. » Ils se serrèrent la main, et Rigel serra la main à son père. Vaguement intéressé, il regarda Megan.

« Je n'ai pas l'habitude d'être considéré comme une vedette, dit-il. Vous travaillez dans la presse ? »

Megan éclata de rire et s'assit.

« Non, peut-être, oui. Mon père et ma mère écrivent tous les deux. Je suis une fouineuse professionnelle, dit Megan, ce qui était assez proche de la vérité.

— C'est une profession très honorable, dit Rigel. Tout ce que j'ai inventé de bien a toujours commencé par une rêverie éveillée ou de la curiosité mal placée. » Amusé, il regarda le père de Megan. « Comme vous le savez très certainement, si vous êtes le O'Malley auquel je pense. L'auteur de romans policiers ?

— C'est exact.

— Peut-être pourrions-nous nous retrouver un moment pendant la semaine pour bavarder, dit-il en souriant, je ne vais pas tenir beaucoup plus longtemps ce soir. Je suis à des années-lumière de mon univers, ici.

— Ce sera avec plaisir, répondit le père de Megan, quand vous voudrez. »

Halvarson les conduisit vers le fond, près d'un groupe de petites tables situées dans la partie de la salle de réception qui donnait sur le jardin de derrière. « Bon, ce sont les dernières présentations de la soirée », dit Halvarson en s'approchant des tables. Deux personnes y étaient installées : un homme aux épaules larges, visage carré, crâne légèrement dégarni, qui remplissait sa veste de smoking comme si on l'avait coulé dedans, assis à côté d'un adolescent.

Megan avala sa salive mais essaya de ne rien laisser paraître.

« Arnulf Dorfladen, dit Halvarson, puis-je vous présenter Mr. Robert O'Malley et sa fille, Megan. Mr. O'Malley est un écrivain de renom, et il a gentiment accepté de diriger notre atelier d'écriture.

— Ah bon ? Cela m'étonnerait que j'aie le temps d'y participer », répondit le gros homme. Il fit un signe de tête, pour saluer son hôte, toisa le père de Megan, et jeta un rapide coup d'œil vers Megan, qu'il jaugea et disqualifia en moins d'une seconde. À leur manière, ses yeux étaient aussi froids que ceux de Norma Wenders, mais son expression avait suggéré qu'elle accordait une certaine estime à

Megan. Dans le regard de Dorfladen, Megan se vit immédiatement étiquetée : *Femelle immature, dépourvue de valeur commerciale.*

« Grüss Gott, Herr Dorfladen », dit le père de Megan, en s'inclinant, juste un soupçon. Megan lui adressa un coup d'œil surpris.

« Grüss Gott, répondit Dorfladen, en regardant son père, aussi surpris que Megan, apparemment. Herr... O'Malley. Mon accent est donc si reconnaissable ?

— Pour quelqu'un qui se rend souvent dans le sud de l'Allemagne, oui », dit le père de Megan, qui ajouta une phrase, dans ce que Megan reconnut comme un étrange dialecte germanique.

Dorfladen éclata de rire. « Je vois, dit-il. Enchanté de vous connaître. Je vous présente mon fils, Wim. » Il regarda de nouveau Megan, comme pour réviser son jugement. « Peut-être qu'à vous deux, vous réussirez à éviter les ennuis, non ? »

Compte là-dessus et bois de l'eau, pensa Megan. « Nous nous sommes déjà rencontrés », dit-elle, en faisant bien attention de ne rien laisser échapper derrière la stricte neutralité des mots. Wim leva la tête vers elle et cligna des yeux, comme s'il ne la reconnaissait pas. *D'accord, j'étais en jean et en T-shirt, ce matin. Peut-être ne fait-il pas la relation avec la beauté qui lui fait face ?*

« Oh, c'est parfait », dit Dorfladen, qui se retourna soudain, comme s'il estimait la conversation terminée.

Megan fronça les sourcils, sans rien dire. Son père tourna simplement les talons, mais son regard valait la peine d'être vu. Il suggérait, que, l'espace d'un instant, il aurait bien eu envie de renverser Dorfladen sur ses genoux pour lui flanquer une bonne fessée s'il avait pu s'en tirer impunément.

Halvarson essaya d'arrondir les angles. « Euh, encore un invité... » Il les conduisit vers une autre direction, comme si rien ne s'était passé. Lorsqu'ils furent hors de portée d'écoute, il s'excusa doucement : « Je suis désolé. Ça doit être une attitude culturelle. Je suis tout le temps traité comme ça dans cette partie du monde, au téléphone.

— Je sais », répondit le père de Megan. Halvarson les conduisit vers une table libre, non loin de l'orchestre de jazz. Il les fit asseoir et leur demanda : « Vous voulez dîner à table, au lieu de grignoter ? À moins que vous ne préfériez le buffet ?

— Le buffet me convient tout à fait, dit Megan.

— Je l'accompagne, dit son père.

— Alors, je vous laisse, dit Halvarson. J'espère que vous voudrez bien m'excuser, j'ai encore deux ou trois choses dont je dois m'occuper. »

Ils le remercièrent, et il s'éloigna de nouveau pour jouer son rôle d'hôte parfait.

Megan soupira. « Dis donc, il y a un sacré ramassis de zigotos en tout genre, ici !

— Je suis d'accord avec toi, dit son père en hochant la tête. Qui était ton ami ?

— Qui ? Tu parles de Wim, le...

— Non, ma chérie, le tout petit...

— Oh, papa, tu rigoles ? Jacob Rigel ?

— Son nom m'échappe. Je dois être en hypoglycémie.

— Sans doute. Il dirige High Black Enterprises. »

Son père leva les sourcils.

« Oh, le type de la Jeep de l'espace ? »

Megan acquiesça d'un signe de tête. Elle portait Rigel en très haute estime, mais elle n'était pas la seule. Il avait fondé une industrie qui produisait de petits vaisseaux spatiaux très maniables pour un usage industriel aussi bien que privé, à condition d'en avoir les moyens. La rumeur disait que les vaisseaux de la prochaine génération apporteraient des améliorations considérables, avec une minoration spectaculaire des coûts. Certains disaient que les recherches de Rigel bouleverseraient le monde de manière plus radicale que l'Internet et l'accès généralisé au monde virtuel. Megan en doutait, mais il était certain que l'invention de Rigel, tout autant que le dynamisme et la détermination du savant, allaient « rapprocher l'espace », d'une manière différente de ce dont les gouvernements avaient été capables jusque-là. *J'ai de la chance de l'avoir rencontré. J'aimerais bien discuter avec lui mais...* Cette pensée la rendait étrangement nerveuse. Elle ne savait que dire à un tel personnage... un pionnier, un génie.

« Tu es dans la lune, ma chérie, tu ferais bien de surveiller toi aussi ta glycémie...

— Ouais, bonne idée. »

Ils se levèrent et partirent à l'assaut du buffet. Megan prit du caviar, du homard, encore du caviar, en insistant lourdement sur la crème, elle goûta les salades (*Il faut que j'essaie de manger sainement...*), ce qui ressemblait à du rôti de bœuf froid, elle essaya le cochon de lait, auquel son père s'attaquait avec une telle fureur que Megan se lança dans une série de blagues végétariennes qui occupèrent la plus grande partie de la soirée. On trouvait même du paon, ou une bestiole qui se faisait passer pour un paon. Megan aurait préféré devenir végétarienne plutôt qu'avaler une bouchée de cette horreur !

Vers onze heures, elle remarqua que son père commençait à paraître fatigué. « Tu sauras rentrer toute seule ? demanda-t-il.

— Sans problème. Ou bien on me raccompagnera.

— Parfait, dit-il en l'embrassant. Amuse-toi bien.

Je te reverrai plus tard. Ne t'inquiète pas pour la clé. Apparemment, la porte reconnaît nos voix.

— Génial. »

Il s'éloigna, alla faire ses adieux à Halvarson en passant, et sortit dans la nuit. Megan resta assise un instant, se demandant si elle devrait à présent avoir affaire avec Wim Machin-Chose. En jetant un coup d'œil vers la table qu'il occupait avec son père, elle fut surprise de voir qu'ils étaient partis. *Comment as-tu pu manquer le départ d'un type aussi encombrant ! Ce n'est pas qu'il soit si gros, mais il a l'air d'occuper plus d'espace que celui auquel il a droit...*

Elle haussa les épaules et termina sa dernière assiette de caviar. Plutôt que de s'inquiéter du gabarit de Dorfladen, elle se demandait si quelqu'un savait qui elle était vraiment et connaissait les raisons de sa présence. Halvarson, peut-être ? *Non, il croit que c'est mon père, l'espion.* Ce n'était guère surprenant si l'on songeait que ce dernier avait reçu un appel de Halvarson quelques instants après sa conversation avec Winters. Pourtant, Halvarson n'avait rien trahi à ce sujet au cours de la soirée, et ne risquait guère de commettre une telle imprudence tant qu'il resterait à portée d'oreille des autres membres du personnel. *Wenders, alors ?* Megan en doutait. Chez elle non plus, elle n'avait pas perçu la moindre étincelle de reconnaissance dans le regard... En fait, Wenders avait semblé être plus agacée qu'autre chose par la présence de Megan. À moins que cela signifie qu'elle savait...

Aucun moyen de le déterminer. D'une façon comme de l'autre, Megan ne pouvait rien faire de plus pour l'instant. Dans la matinée, elle commencerait à fureter un peu pour en avoir le cœur net. En attendant, elle n'avait qu'à profiter du luxe incroyable de cet endroit. *Si j'arrive à en profiter*, pensa-t-elle, *car il y a quelque chose qui ne tourne pas rond chez moi, et cela n'a rien à voir avec les derniers événements...*

Finalement, elle alla se resservir un peu de caviar et subtilisa une petite coupe de champagne... Ce n'était pas que son père aurait été fâché de la voir, mais boire en dehors de sa présence suscitait un plaisir tout particulier, que boire en sa compagnie ne lui apportait pas. Soudain, elle se sentait plus adulte, là, seule, dans ce paradis pour milliardaires, à boire du champagne et manger du béluga... *Ça, c'est la belle vie.*

La belle vie... répéta une petite voix, dans le fond de son esprit. *Ça te plaît ? Eh bien, ne t'y habitue pas trop vite, c'est temporaire.*

Mais l'illusion que cela puisse être éternel, que ce privilège lui était accordé comme un droit de naissance, l'enchantait. Elle finit de boire sa boisson pétillante, rapporta son verre et son assiette sur le buffet — Oh, ce n'était pas la peine, Miss O'Malley... —, fit un signe d'au revoir aérien aux autres convives sans se soucier de savoir s'ils l'avaient remarqué ou pas et s'avança dans la cour devant le centre d'accueil.

La voiturette avec laquelle ils étaient venus était encore là. Elle s'installa sur le siège arrière et vérifia que c'était bien le même chauffeur qu'à l'aller. Il n'avait pas changé. « À la maison, Mihaul, ordonna-t-elle en souriant, et ne ménagez pas les chevaux ! »

Il lui adressa un étrange regard.

« Vous êtes née dans ce siècle, Miss O'Malley, ou vous faites un voyage dans le temps ? »

Megan haussa les épaules.

« Eh bien, donc, à la maison ! » dit Mihaul.

À leur approche, toutes les lumières s'allumèrent et la porte s'ouvrit au son de sa voix. Elle fit un signe à Mihaul qui avait attendu pour s'assurer qu'elle rentrait sans encombre, et, pour l'esbroufe, il fit crisser les pneus et voltiger les graviers en repartant.

Megan sourit et monta dans sa chambre, avec les lumières qui s'allumaient à son passage et s'éteignaient derrière elle. Elle soupira, s'affala sur le lit et prit le guide de Xanadu, pour s'assurer qu'elle n'avait rien manqué d'important.

Le soleil éclatant lui brûlait les yeux. Megan ouvrit les paupières et regarda tout autour d'elle, abasourdie.

C'était le matin, elle portait encore sa tenue de soirée de la veille, et sa bouche empestait comme une vieille poissonnerie.

Ne vous couchez jamais, jamais, jamais... sans vous laver les dents après avoir mangé du caviar ! pensa Megan, catastrophée. Elle se leva d'un bond et se précipita à la salle de bains.

Elle en ressortit une demi-heure plus tard environ, aussi rouge que son père la veille, car elle avait essayé tous les gadgets proposés, ce qui l'avait rendue extrêmement, mais extrêmement propre. Il ne lui fallut que quelques minutes pour fouiller dans ses tiroirs et choisir un petit haut, un short et des sandales... le reste aurait été trop chaud. La température extérieure semblait déjà avoisiner les vingt-cinq degrés.

Megan descendit l'escalier et alla chercher à manger ; elle fut sidérée de trouver un homard dans le réfrigérateur, sans le moindre éclat de carapace, parfaitement intact, de la queue au bout des pinces. À côté, sur la clayette, elle trouva une petite enveloppe fermée, marquée d'un « X » bleu dans le coin, le logo de Xanadu.

Megan prit l'enveloppe, l'ouvrit et en sortit la carte qu'elle contenait. Le texte, écrit à la main, en petites pattes de mouche appliquées disait :

J'ai demandé comment ils s'y prenaient, mais je n'ai toujours pas compris. Si vous voulez de meilleures explications, vous feriez mieux de contacter Milish Endervy aux cuisines. Il vous envoie ceci avec ses amitiés. H.

« Papa ! cria Megan, quelqu'un est venu ici ce matin ? »

Pas de réponse. Vraiment, cet endroit ne ressemblait guère à sa maison, où, si l'on criait assez fort, on avait l'espoir d'être entendu tôt ou tard par le destinataire. Là, c'était un peu comme hurler dans la gare centrale de New York.

Elle contemplait toujours le homard. « Est-ce immoral de manger du homard au petit déjeuner ? se demanda Megan à voix haute.

— Quoi ? dit son père, derrière elle, les yeux un tantinet hagards.

— Tu vas bien ?

— Oui, ça va. J'ai eu un peu de palpitations, c'est tout. Qu'est-ce que c'est ?

— Mon petit déjeuner », dit Megan en montrant le homard et le mot.

Son père regarda l'ensemble. « Ils ont dû livrer ça hier soir, avant notre retour. Pour le petit déjeuner, tu dis ? Et tu trouves bizarre de manger du poisson fumé le matin ?

— Oui. Tu as vu la mayonnaise ?

— Il y en a dans le placard. »

Son père se prépara une tasse de thé. Megan chercha la mayonnaise et un citron. « Alors, quand dois-tu commencer ? demanda-t-elle.

— Ils veulent que je fasse une première introduction en fin de matinée, dit son père en soupirant.

— Déjà ? Ils ne te laissent même pas une journée pour t'installer ?

— Oh, cela ne pose pas de problème. Tu sais ce que je vais leur balancer.

— La sérénade sur la sinistre destinée... dit Megan.

— Oh, voyons, pas si sinistre que ça. Oui, mais ce thème-là. Ensuite, dans l'après-midi, s'il reste des candidats pour le travail sérieux... On verra.

— Moi, j'irai faire la visite de présentation », dit Megan. Elle n'allait pas discuter de ses projets plus en détail, car... Plus d'une fois déjà, elle avait songé que, si quelqu'un ici était capable d'importer un espace de travail sans même une simple accréditation de votre part, il pouvait tout aussi bien s'arranger pour que les systèmes de surveillance et d'alarme des villas fonctionnent d'une manière insolite. *En fait, j'espère que le fait d'avoir réécrit sur les données que Winters m'a envoyées est suffisant. Si celui qui manie les ficelles a lu mes fichiers...*

Elle soupira. Elle devrait vérifier plus tard, mais pour l'instant, elle avait mieux à faire. Megan s'installa à table et mangea le homard du bout des pinces à la queue, sans éprouver le moindre remords. Ensuite elle se dirigea vers la remise où l'on rangeait les vélos, en prit un, qu'elle poussa sur le gravier jusqu'au commencement du bitume. L'allée, comme elle le remarqua, avait été ratissée depuis la veille. *Eh bien, ils ne plaisantent pas avec la qualité du service, ici...*

En chemin, elle pensa entendre quelque chose sur sa gauche. Megan s'arrêta et regarda en direction du bruit. Quelqu'un hurlait, une grosse voix, profonde, comme celle d'un taureau. *Un taureau que je préfé-*

rerais ne pas trouver en travers de ma route ! Un taureau furieux. Dorfladen, qui avait une discussion avec un employé, peut-être ? *Si c'est un échantillon de son style de direction, je préfère m'abstenir !*

Par chance, elle n'avait pas à régler ce problème. Elle remonta sur son vélo et pédala sous le soleil parsemé de taches d'ombre jusqu'au centre d'accueil.

Si elle n'avait pas assisté à la réception de la veille, elle aurait été incapable de deviner qu'elle avait eu lieu. L'endroit ressemblait simplement à la réception d'un hôtel de seconde zone, avec un long comptoir, et un plus petit. Lorsqu'elle entra, quelques membres du personnel de Xanadu en uniforme, T-shirt en l'occurrence et short de couleur clair, vinrent la saluer. « Bonjour, Miss O'Malley. »

J'ai comme l'impression que, dans quinze jours, je vais préférer : « Hé, toi là-bas... ». « Y a-t-il une visite guidée des installations de contrôle, bientôt ? demanda-t-elle.

— Dans dix minutes, si vous avez la patience d'attendre les autres invités. Sinon, nous pouvons vous emmener tout de suite.

— Non, non, j'attendrai, dit Megan, merci. » Elle s'avança vers l'endroit où s'était tenue la réception, la veille, et qui, à présent, était transformé en salon, avec une table couverte de fruits et d'autres friandises.

Megan n'y toucha pas, car après avoir englouti son homard entier, elle était prête à éclater. Quelques invités arrivèrent au cours des minutes suivantes : un couple de gosses, un jeune homme mince, et l'une de celles qui ne semblaient guère s'amuser la veille et que Megan avait remarquées : une grande femme élégante, aux cheveux argentés, trop peu ridée pour son âge, et dont l'expression laissait penser qu'elle buvait du vinaigre à la place du café au petit déjeuner. Megan les rejoignit, leur adressa un salut désinvolte et l'un des deux guides de Xanadu, Mark, selon son badge, un mince jeune homme blond, leur fit signe de passer entre les comptoirs et de franchir la porte du panneau de derrière.

Elle ouvrait sur un long corridor, fermé par un autre mur de briques vitrifiées, percé d'une porte qui semblait faite du même verre opaque à l'apparence changeante que la cabine de douche de la villa. Mark prononça quelques mots, la porte devint transparente et glissa sur le côté. « Par ici », dit-il et il guida la petite troupe à l'intérieur du département « Opérations » de Xanadu.

Megan ne dit pas grand-chose pendant la visite, car elle se concentrait sur ce qu'on leur montrait... en fait, trois fois rien. Tandis qu'ils faisaient le tour des installations sur une passerelle surélevée, le centre vital de Xanadu ressemblait à n'importe quelle autre grande entreprise. Des ordinateurs partout, des accès virtuels et physiques, certains reliés à l'Internet, d'autres non de toute évidence, des écrans qui révélaient le fonctionnement de divers systèmes logistiques à travers l'île, comme la climatisation des ateliers et des autres bâtiments ou la tour de contrôle aérien de Xanadu. La présentation de Mark était assez intéressante, mais Megan ne découvrit pas grand-chose qu'elle n'ait déjà appris par la lecture du guide imprimé. À la fin de la visite, quand Mark demanda s'il restait des questions alors que les autres invités commençaient à s'en aller, sous la conduite d'un autre guide, Megan se hasarda : « Euh, Mark ?

— Hum hum, que puis-je pour vous ?

— Une version un peu plus détaillée, peut-être,

dit-elle en souriant. J'ai rencontré Len MacIlwain et Nasil Rajasthani hier soir. Ils m'ont promis de me montrer les nouveautés techniques.

— Oh, bien sûr, entrez... »

Il lui fit descendre une volée de marches qui la conduisit au cœur du vaste paysage sauvage de moniteurs, de caissons virtuels et de décors, situé en dessous de la passerelle. Là, sur le sol de l'atelier, elle put observer en détail comment on affinait une animation sur un poste de travail, une séquence d'holofilm qu'on détourait ou qu'on retouchait avant de l'incorporer dans un scénario ou un autre. Tout semblait se passer à une vitesse considérable, mais c'était obligatoire si les gens préparaient annuellement autant de pavillons que le premier guide l'avait suggéré. « Len ? appela Mark. Oh, Nasil, tu n'aurais pas vu Len ? »

Une tête surgit derrière « les ailes » haut-parleurs d'un fauteuil d'écoute virtuelle. « Il est sorti boire quelque chose. Oh, salut, Megan. Alors, déjà lasse du monde réel ? »

Elle fit une petite grimace. « Mon père prétend que je m'en suis lassée dès le jour de ma naissance.

— Alors, c'est l'endroit rêvé pour toi. Assieds-toi. Merci, Mark. Hé, où sont passés les croissants que nous avaient promis les cuisines ? Ça fait dix minutes qu'on les attend !

— Je crois qu'ils doivent encore traire les vaches avant de faire le beurre, dit Mark en ricanant.

— Bon, dis-leur de se grouiller ! »

Nasil s'installa dans sa chaise d'interface, alors que Megan la contournait pour voir ce qu'il faisait. Devant lui, l'écran géant reprenant l'image du moniteur montrait un graphique multicolore complexe en 3D, mais Megan n'avait aucune idée de ce qu'il pouvait représenter. Cela pouvait tout aussi bien être un schéma de câblage qu'un système d'égouts. « Merci de me consacrer votre temps », dit-elle.

Nasil avait l'air beaucoup plus décontracté en T-shirt Xanadu et pantalon de toile que dans son smoking de la veille. « Ce n'est rien. Il n'y a pas de panique aujourd'hui, du moins, pour le moment. Il y a deux personnes qui doivent entrer dans un pavillon cet après-midi, oh, mais nous avons encore... des heures pour y penser. De toute façon, je refuse de m'en occuper avant qu'on m'apporte mon café.

— Vous n'avez pas l'air de vous en faire.

— Pourquoi se biler ? Ce n'est pas comme si on construisait les pavillons en une journée et qu'on devait les livrer aux commanditaires sans les leur avoir présentés avant. Ça, ce serait un bon moyen pour que les clients hurlent que c'est de la merde et fassent tout un foin pour nous faire virer, dit-il avec une grimace ironique. Tous ces gens font des “essayages” avant leur premier séjour. On leur met à disposition tous les vols qu'ils veulent. Pourquoi penses-tu qu'on aurait besoin de notre propre système de contrôle aérien ? Et franchement, avec la charge de travail qu'ont les aiguilleurs du ciel ailleurs, autant faire le boulot nous-mêmes. Si jamais ils nous fichaient un client à l'eau, il y aurait assez de dossiers juridiques à l'horizon pour regagner le continent en marchant dessus ! »

Megan hocha la tête devant cette réflexion et regarda tout autour d'elle. À cet instant, Len arriva, une tasse fumante à la main, l'air plus « fondu de l'informatique » que jamais. En jean et T-shirt lui aussi, il était affublé de petites lunettes rondes, comme Nasil. On aurait dit deux frères. « Alors, pas réussi à résister à l'appel des machines ? dit-il.

— Aucune chance ! répondit Megan en hochant la tête. Écoutez, je vous suis très reconnaissante de m'avoir invitée à venir vous voir, mais c'est une habitude chez vous de laisser n'importe qui regarder ce que vous faites par-dessus votre épaule ? Enfin, tous vos systèmes sont propriétaires, du contenu des informations aux moyens de diffusion... Vous n'avez pas peur de laisser la porte ouverte à l'espionnage industriel ?

— Ça arrive tout le temps, dit Len. La plupart du temps, on traite les types avec la “gentillesse qui tue”. On les noie sous un flot de données, jusqu'à ce qu'ils ne puissent distinguer ce qui est important de ce qui ne l'est pas.

— D'ailleurs on ne te montre rien dont tu pourrais tirer avantage, précisa Nasil. Derrière tout ce qui se passe au vu et au su de tous, il y a des millions de lignes de code, des milliards parfois. On pourrait t'expliquer comment on procède, tu aurais quand même du mal à reproduire ne serait-ce que les grandes lignes de notre démarche.

— Alors, expliquez-moi tout », dit Megan.

Nasil et Len échangèrent des regards amusés. « Tiens, on dirait l'épilogue d'un vieille série policière, pas vrai ? dit Len en riant. Le méchant a ligoté le gentil qui va se faire manger par les crocodiles...

— Ou se faire découper au laser...

— Alors, pour le plaisir, le méchant lui confie tous ses projets maléfiques en détail. »

Megan éclata de rire. « Eh bien, amenez les crocodiles quand bon vous plaira. Lâchez-moi un peu ! Je n'ai même pas eu le temps de consulter la presse, mais tout le monde pense que vous avez trouvé une sorte de nouvelle porte d'accès dans le cerveau, d'après ce que je sais. Ou un nouveau moyen d'exploiter une ancienne ? Vous vous amusez avec le mésencéphale ? »

Len leva les bras au ciel en un geste d'horreur qui

n'était que partiellement feint. « Autant enfoncer des aiguilles dans la tête des gens !

— Ce serait un jeu dangereux ! s'exclama Nasil. Comme avec toute partie du cerveau qui reste encore assez mystérieuse pour qu'on ne connaisse pas parfaitement ses fonctions ! Mieux vaut s'abstenir !

— L'encéphale postérieur, alors ? dit Megan.

— Tu chauffes ! dit Len.

— Mais vous ne toucheriez pas aux parties autonomes du cerveau, dit Megan. Pas le cervelet... il contrôle la respiration, le rythme cardiaque et ce genre de chose...

— Tu brûles », dit Nasil.

Ils se regardèrent, la conversation les amusait.

Megan fit une grimace. Le rôle de la « gosse surdouée » avait parfois son utilité, mais avec ces deux-là, elle se demandait qui étaient les gosses. « Il ne reste plus beaucoup de possibilités alors », dit-elle en essayant de visualiser la « carte » du cerveau qu'elle avait étudiée en cours d'anatomie. Elle hocha la tête, incapable de voir où ces deux-là voulaient en venir.

« Le système limbique », dit Len au bout d'un moment.

Megan semblait plutôt sceptique. « Je croyais que c'était une partie très archaïque du cerveau qui contrôlait l'odorat...

— C'est beaucoup plus que ça, dit Len. Tout le monde introduit des informations sensorielles dans le cerveau via les nerfs crâniens, etc. Le tronc cérébral, bien solide, le support idéal pour une large bande passante...

— Mais cette bande passante a des limites, rétorqua Megan. C'est le corps lui-même qui détermine la quantité d'informations qui peut voyager par ce tronc cérébral. Vous dites que l'accès direct au système limbique est plus rapide ?

— Pas plus rapide. Plus large, dit Nasil. Il s'agit peut-être d'une partie primitive du cerveau, et c'est vrai qu'il n'est guère plus capable que de contrôler l'odorat et quelques fonctions de base. Mais parce qu'il est archaïque et assez rudimentaire, le système limbique prête aux contenus virtuels une qualité très particulière.

— Particulière ? À quel titre ? »

Les deux hommes échangèrent un long regard en coin.

« L'avenir nous le dira. »

Megan se remit à rire. « Ah, ah, toujours les grands mystères. Bon, vous devez avoir gagné beaucoup d'argent tous les deux, parce que maintenant que vous avez divulgué les secrets de la société, je ne crois pas que vous resterez en poste très longtemps. »

C'était à leur tour d'éclater de rire. « Eh bien, rétorqua Nasil, tout ce qu'il te reste à faire maintenant, c'est de rentrer chez toi et d'écrire cinquante milliards de lignes de codes pour percer l'accès au système limbique.

— Soixante-dix, précisa Len.

— Vantard !

— Hé, j'en compte au moins...

— Bon, bon, d'accord ! s'exclama Megan. Je suppose que je devrais aller voir si votre système est si particulier.

— "Si" ?

— Je crois qu'elle met notre sincérité en doute. »

Ils reniflèrent, dans un unisson presque parfait.

« Alors, je peux voir un des pavillons ?

— Bien sûr, répondit Len. Nous gardons plusieurs "échantillons" d'installation, pour qu'on puisse les parcourir. “Premiers pas sur la Lune”, “L’Assassinat de Kennedy”, “L’exposition universelle de Londres au Crystal Palace”, “La destruction de Pompéi”...

— Le dernier, ça me paraît intéressant », dit Megan. Son père avait fait allusion à cette simulation. Elle réservait la Lune et le Crystal Palace pour plus tard... C’étaient des simulations sur lesquelles elle aurait peut-être envie de s’attarder. L’explosion d’un volcan, cela risquait d’aller vite, d’une façon ou d’une autre.

« Bon. Une seconde. »

Il ramassa une petite tige noire sur le bureau, juste à côté de lui. « Où est ton implant actuel ? » Megan indiqua un point, à la droite de son cou. « Oh, parfait, un simple flotteur cricoïde. » Il leva la tige vers l’implant avant de le reposer sur la table.

« C’est tout ? demanda Megan.

— C’est tout. Une solution logicielle toute bête. Nous indiquons à ton implant à quelles zones tu as accès, et ensuite, nous lui transmettons des instructions qui le guident sur un chemin légèrement différent pour qu’il accède à des zones déjà indexées... Bon, ça suffit, ajouta-t-il en souriant, sinon, quelqu’un va me jeter dans la fosse aux crocodiles... Quand tu seras prête, rends-toi dans le hall principal du centre d’accueil... dit-il en indiquant la droite, par cette porte, et dis-leur que tu veux utiliser le pavillon Pompéi.

— C’est tout ?

— C’est tout. Quoi, tu ne t’imagines tout de même pas qu’on cherche à compliquer la vie des clients ? Sinon, comment les inciter à économiser pendant dix ans pour avoir le privilège de revenir, afin qu’on puisse leur préparer quelque chose de spécial, rien que pour eux ?

— Mum, dit Megan en hochant la tête, alors, la première fois, c'est gratuit ?

— Les affaires sont les affaires. Comme on n'arrête pas de nous le répéter. Les budgets ! s'exclama Len en roulant les yeux. Le bilan ! Ah, si on nous donnait des budgets dignes de ce nom, on pourrait vraiment faire quelque chose...

— Ne te contente pas de nous croire sur parole, ajouta Nasil. Va voir par toi-même ce que nous sommes capables de faire avec de simples bouts de ficelles. » Tout d'un coup, il écarquilla les yeux. « Tu n'as pas d'antécédents cardiaques ? Si ?

— Hein ? Non.

— Ils sont censés vérifier avant votre arrivée sur l'île, mais je pose toujours la question. Cela ne fait pas de mal de s'en assurer. Bon, amuse-toi bien à Pompéi ! » Il regarda tout autour de lui. « Mais où est passé le coursier des cuisines ?

— Il était dans le couloir. Il parlait avec Milish.

— C'est bizarre, ce nom me dit quelque chose, dit Megan.

— Milish ? Milish Endervy. C'est le chef des cuisines. Le grand chef, je devrais dire. En général, les chefs ne sont pas censés quitter leurs fourneaux, mais apparemment, personne ne l'a mis au courant.

— Milish... Il m'a envoyé un homard, dit soudain Megan.

— C'est tout lui. Méfie-toi, c'est un excellent chirurgien ! »

Megan eut un petit rire.

« Ne te contente pas de nous croire sur parole, répéta Len. Va le voir toi-même. Au fait, en sortant, regarde bien de chaque côté, ces zozos doivent encore être dans le coin.

— D'accord, dit Megan. Merci les gars. Je pourrais revenir vous voir ?

— Oui, bien sûr, tu nous raconteras la fin », dit Nasil.

Megan leur fit un signe de la main et se dirigea vers la porte. Une fois dans le couloir, elle vit effectivement un type en uniforme bleu de Xanadu derrière un chariot, sur lequel étaient disposés une cafetière et tout un assortiment de pâtisseries : il parlait à un jeune homme aux épaules larges, un peu replet à la taille, en blouse de cuisinier, pantalon à carreaux noirs et blancs et toque blanche, qui ressemblait plutôt à un gigantesque turban apprécié de certaines tribus hindoues. Tous les deux la regardèrent s'approcher d'eux.

« Ils deviennent fous, à force d'attendre votre ravitaillement, dit Megan à l'homme au chariot. Mieux vaudrait les nourrir avant qu'ils ne commettent l'irréparable.

— Ah, les accros de la caféine ! » dit le type au chariot, avant de s'éloigner.

Le chef regarda Megan et lui demanda : « Et ce homard ?

— Délicieux. Merci, dit Megan en lui tendant la main.

— Eh bien, vous deviez avoir drôlement faim en rentrant hier soir, dit Milish.

— Non, je l'ai mangé pour le petit déjeuner. »

Il lui adressa un regard incrédule.

« C'est ce que j'appelle de la passion !

— Ce que je voulais vraiment savoir, c'est comment vous enlevez la carapace sans abîmer la chair. »

Milish hocha la tête. « Venez avec moi. »

Il lui fit faire demi-tour, puis la conduisit à droite, vers une porte de verre, dépourvue de tout ornement. Soudain, ils se retrouvèrent dans une mer de carrelage blanc et d'acier inoxydable, d'une propreté immaculée : une cuisine industrielle bourrée d'équipements en pleine séance de nettoyage. « C'est la cuisine qui sert pour les soirées, dit-il. Ce n'est pas encore le coup de feu à l'heure du déjeuner, la plupart des gens préfèrent aller au restaurant. Parfois, il n'y a même pas assez de clients qui déjeunent dans leur villa pour qu'on puisse leur servir plus que quelques sandwiches. J'aimerais que cela se produise plus souvent, dit-il tristement. Dans les moments calmes, je peux me rendre dans des parties plus paisibles de mon domaine, comme le jardin des épices, ou la laiterie. Je n'irai pas cette semaine, pourtant. Nous sommes complets.

— La laiterie ? demanda Megan. Euh, ah, oui, Nasil a parlé de vaches qu'il fallait traire. J'ai cru qu'il plaisantait.

— Parmi les choses dont il est difficile de garantir la fraîcheur, il y a le lait et la crème, dit Milish, d'autant plus que nous sommes à cinq cents kilomètres des terres. Nous avons un bon système de transport, mais nous ne pouvons pas toujours contrôler ce qui se passe avant que le produit ne soit entre nos mains. Et comme nous sommes sur une île, je suppose que les producteurs nous imaginent trop loin pour qu'on puisse le remarquer s'ils nous font un coup en douce. Alors, nous entretenons un petit troupeau de vaches laitières ici, sur les pentes montagneuses. Rien que des jerseys... Elles se contentent de petites prairies. Elles ont été génétiquement programmées pour cela il y a plus de quatre siècles. » Il regarda Megan et monta et baissa les sourcils. « Du lait frais tous les matins et tous les soirs, des seaux de crème, sans parler des yaourts et du fromage blanc. Et nous fabriquons notre propre gruyère.

— Du gruyère ? plaisanta Megan. Avec des trous, comme la Lune dans les contes pour enfants ? »

Milish lui adressa un regard sévère. « Je n'ai peut-être pas l'air d'un champion de la technologie, mais je sais de quoi la Lune est faite ! Passez à la laiterie si vous voulez, je vous ferai visiter les installations.

— Je ne sais pas si j'aurai le temps aujourd'hui, répondit Megan. Demain, peut-être ?

— Sans problème. Au fait, les homards, nous les élevons ici aussi... »

Il la conduisit à l'autre extrémité de la cuisine où se trouvaient les aquariums d'aquaculture et lui montra comment il procédait à la préparation. L'affaire n'était pas particulièrement sanglante, mais ce n'était pas fait pour les âmes sensibles non plus. Il fallait savoir avec précision où enfoncer son couteau, sans se soucier des gesticulations du crustacé (son système nerveux ne sachant pas encore que le cerveau était mort), avant de procéder à un découpage vigoureux avec une paire de ciseaux bien affûtés. « La carapace reste souple avant la cuisson, expliqua Milish. Ce n'est que sous l'effet de la chaleur qu'il se produit une réaction chimique qui la rigidifie. Ensuite, il ne reste plus qu'à plonger doucement le homard dans un court-bouillon, à le refroidir et à le servir, dit-il en jetant sa cisaille dans un évier plein d'eau savonneuse. Vous le voulez ?

— Après celui du petit déjeuner ? Pas pour l'instant, merci. Milish, il...

— Oh, voyons, les fruits de mer, cela ne fait jamais de mal. Vous pourrez le manger au dîner. Vous voulez un peu de mayonnaise pour l'accompagner ?

— Euh, oui, merci. Mais cette fois, il faut vraiment que j'y aille. »

Milish lui sourit.

« Souvenez-vous du fromage ! » dit-il en la raccompagnant à la porte.

Megan se retrouvait avec presque trois quarts d'heure devant elle. Elle se dirigea vers sa bicyclette en commençant à s'interroger sur la logistique nécessaire non pas pour appréhender un simple hôtel de luxe, mais un endroit tel que celui, au beau milieu de l'océan, à cinq cents kilomètres des terres. Ça devait chiffrer un max ! Des milliards de dollars.

Qui aurait avantage à détruire une telle opération ? À anéantir un centre de villégiature super-huppé, dont l'activité essentielle se fondait sur les animations virtuelles ?

En enfourchant son vélo, elle s'arrêta soudain à l'ombre, là où elle s'était garée, et, par-dessus son épaule, elle contempla le mont Xanadu, cette montagne creuse, selon la rumeur, qui faisait naître une myriade de fantasmes fort intéressants.

Oublie l'aspect loisir, pensa-t-elle. *Ce serait malgré tout un avant-poste idéal pour pas mal de gens.* Quelqu'un qui n'apprécierait pas les grandes puissances d'Amérique du Nord... ou du Sud, d'Amérique centrale ou même d'Europe. L'île avait une situation presque trop idéale. Aujourd'hui, cinq cents kilomètres, ce n'était qu'un saut de puce pour certaines armes d'épaule, sans parler des missiles. Il y avait trop de forces en présence et trop de mouvements dans le monde qui verrait en ce petit paradis un avant-poste parfait pour lancer une attaque sur l'ennemi... ou pour s'y installer tout simplement et pratiquer n'importe quel chantage émotionnel sur un voisin ou un autre.

Est-ce de la paranoïa ? se demanda Megan. Peut-être qu'il ne s'agit pas d'une histoire de géopolitique. À s'en prendre aux clients, on pouvait faire fortune en un rien de temps. *Vingt millions de dol-*

lars dérobés au pauvre type de Miami. Pas mal, pour un début. Car elle n'arrivait pas à croire que le ou les coupables s'arrêteraient là.

Quelque chose lui disait que leur escroc s'attaquerait à de plus gros poissons.

Elle roula sous les palmiers, pour y réfléchir en profondeur. Autant se livrer à quelques réflexions tout en profitant du paysage jusqu'à la fin de l'heure.

Quarante-cinq minutes plus tard, elle longeait de nouveau le couloir qui donnait à la salle des ordinateurs. La seconde zone de contrôle qui ouvrait sur ce corridor offrait une ambiance plus calme, plus mesurée, que l'immense espace ouvert et ensoleillé où elle avait rencontré Nasil et Len. La salle était éclairée par une lumière diffuse indirecte, la moquette était aussi épaisse que celle de sa chambre, et la réceptionniste de Xanadu, installée derrière un comptoir, plus bas que ceux de l'accueil, la regarda d'un air songeur.

« Megan O'Malley ? dit-elle.

— C'est moi.

— Vous voulez essayer la "Destruction de Pompéi ?"

— Oui, si possible. »

La dame jeta un coup d'œil à la console dissimulée derrière le comptoir de la réception. « Voyons, vous avez une autorisation parentale pour tous les scénarios de nos simulations ouvertes au public. Vous voulez bien vous retourner, s'il vous plaît ? Merci. C'est parfait. Le scanneur indique que tous les ajustements nécessaires de votre implant ont été effectués. Si vous voulez y aller maintenant, le pavillon se trouve à droite, au fond du couloir, la dernière porte en face de vous. Installez-vous, mettez-vous à l'aise, et quand vous serez prête à commencer, dites simplement “démarrer”, quand vous en avez assez, il suffit de dire “stop”. Je suis sûre que vous savez à quoi vous attendre. “La Destruction de Pompéi” est une expérience très intense, alors, si cela devient insupportable, surtout, n’oubliez jamais qu’il est facile d’y mettre fin. »

Megan hocha la tête et se dirigea vers le couloir. La lumière y était plus tamisée encore qu’à la réception. Le corridor était parfaitement insonorisé, si bien que l’obscurité et le silence produisaient un sentiment d’enfermement, à côté de la lumière et du plein air des autres espaces de l’île.

La lourde porte lambrissée coulissa à son approche. De douces lumières s’allumèrent. La pièce présentait la forme d’une sphère au fond aplati. Le mur était couvert d’une substance d’un bleu profond, un isolant phonique. Au centre, se trouvait un fauteuil d’interface traditionnel, aucun autre matériel n’était visible. Tout semblait presque de mauvais augure, comme si cette simplicité à outrance laissait présager que l’expérience virtuelle n’aurait rien d’habituel. Megan s’installa sur le siège et éprouva quelques difficultés à avaler sa salive. Soudain, elle avait la bouche sèche.

« Démarrer », dit-elle.

Aussitôt, le monde s’assombrit et une odeur de brûlé l’envahit.

Quand elle ouvrit de nouveau les yeux, elle se trouvait à flanc de colline, dans un verger de citronniers. La couleur du ciel ou plutôt la lumière qui émanait du ciel avait une qualité particulière, comme chargée de plomb, juste avant l’orage. Megan se retourna et regarda tout autour d’elle. Sur trois des côtés, sur les arbres touffus qui l’entouraient, les feuilles pendaient, misérables, comme assoiffées de pluie ces derniers temps. Le parfum acide des citrons embaumait l'atmosphère... Mais l'odeur de brûlé gâchait tout. Au pied de la colline, là où les arbres s'écartaient, Megan contemplait l'origine de cette puanteur.

Le Vésuve. La montagne crachait de gros nuages de fumées noires et de cendres grises, et, à travers l'écran de fumée, elle apercevait la sinistre lueur de la lave qui rampait mollement le long de la pente. *Ramper n'est pas exactement le mot*, pensa-t-elle, car elle calcula que le flux avançait à près de quatre-vingts kilomètres heure et se réjouit de ne pas être à proximité.

Sous ses pieds, la terre grondait et tremblait. Pas un véritable cataclysme, mais cela suffit pour que, affolée, Megan dévalât la colline en courant. Un sommet, ce n'était pas un endroit où se trouver, en cas de tremblement de terre. *Le terrain pourrait s'effondrer sous mes pieds. Ou m'engloutir, tout aussi bien, lorsque je serai en bas...* songea-t-elle. Pourtant, là-haut, elle se sentait nerveuse. Un drôle de souvenir la titillait, le souvenir funeste d'un événement qui s'était produit sur une colline proche...

Herculanum ! songea-t-elle, en sortant des buissons de thym parfumés qui jouxtaient la route. Une voie romaine, non pas en ruine, mais fraîchement pavée, très régulière, bordée d'un haut talus, qui courait de chaque côté devant elle. Sur sa gauche, se trouvait une petite ville, bordée à droite de hauts peupliers pointus de chaque côté, la route conduisait à une cité plus vaste... Pompéi...

Elle se tourna et courut dans cette direction, car elle avait plus de chances de s'en sortir de ce côté-là. À Herculanum, rares avaient été les survivants. Le sol fut secoué d'un nouveau remous, bien plus terrible cette fois, sans aucune comparaison avec le doux roulis qu'elle avait perçu une fois ou deux, lors d'un séjour à Los Angeles, au contraire, c'était un véritable tangage qui soulevait le sol sous vos pieds, comme si on renversait une vulgaire table. Le souffle coupé, Megan poursuivait sa descente. À moins de trois mètres d'elle, elle vit la ligne parfaite de la merveilleuse voie romaine se déchirer comme une simple feuille de papier, les deux côtés passer l'un devant l'autre sur la gauche et sur la droite, le bord le plus éloigné recouvrir le plus proche, révélant les cinq couches de sa construction soignée qui se brisaient en mille morceaux.

Le tronçon de route sur lequel elle se tenait commença à basculer. Megan vacilla sur ses pieds, tenta de retrouver l'équilibre, chancela et faillit tomber une fois encore sous l'effet d'un autre soubresaut du sol. Derrière elle, le grondement des pierres qui se déchirent résonnait de nouveau, Megan qui avait retrouvé une stabilité précaire s'enfuit.

Elle évita la rue défoncée avant de la reprendre à quelques centaines de mètres plus loin, sur un tronçon intact. Le nuage qui sortait de la montagne commençait à avancer dans sa direction. Megan s'essoufflait, ses poumons la brûlaient. *Que m'arrive-t-il ?* se demanda-t-elle. Je devrais pouvoir courir cette distance sans problème. Avant son arrivée déjà, l'odeur de brûlé planait dans l'air, et Megan se souvint que la plupart des gaz qui s'échappaient lors d'une éruption restaient invisibles. *Des sulfites, du monoxyde de carbone... Autrement dit, des poisons. Est-ce que je les fuis ou est-ce que je me précipite vers eux ?*

Le nuage approchait. À présent, le monde semblait divisé en deux parties distinctes : d'un côté, le monde de la Méditerranée étincelant et ensoleillé, avec la ligne d'un bleu intense de la mer qui se fondait dans le ciel à l'horizon, les collines et les montagnes parsemées de villas blanches, les résidences d'été des riches familles, ornées ici et là des éclats de couleurs d'un jardin fleuri ; et, de l'autre, le monde du nuage, assombri, couvert d'une brume gris-mauve qui dérivait sur tous les objets, sans cesse alimentée et épaissie par les bouffées du nuage noir qui jaillissait de la gueule béante de la montagne enragée.

Tout en courant, Megan ne cessait de se répéter que cette expérience était virtuelle, néanmoins, surprise par la force du sentiment de terreur qu'elle éprouvait, elle devait sans cesse essayer de déglutir, car, toute virtuelle que fût la réalité à laquelle elle assistait, sa bouche était bel et bien sèche. Cela n'avait rien à voir avec l'atmosphère. Non, elle éprouvait un véritable effroi, oppressant. Elle avait beau se répéter intérieurement que tout ce qui l'entourait, le soleil brûlant, la colline et même les grosses volutes de nuages noirs étaient parfaitement normaux... tout comme il était tout à fait normal de penser à cette scène en latin... D'habitude, Megan ne se souciait du latin qu'en classe ou en faisant ses devoirs, elle ne se débattait avec cette langue qu'à contrecœur, en se persuadant que c'était une des deux langues utilisées dans les sciences et qu'elle pourrait donc se révéler utile, par la suite, même si, pour le moment, les déclinaisons lui cassaient les pieds ! Pour l'instant, ce langage qui lui venait plus naturellement que l'anglais était presque rassurant, comme une langue maternelle oubliée que l'on retrouve soudain.

Pleine de réticences, Megan s'interrogea sur cette étrange impression de familiarité, et se demanda si cela pourrait se révéler d'une utilité quelconque.

Hélas, le sens de l'orientation ne semblait pas faire partie de ces dons. Il faudrait qu'elle trouve seule le chemin du port. Si la route qui menait à la ville continuait tout droit, d'autres ruelles la croisaient et Megan marqua une pause pour observer, puis tourna à gauche, vers une ruelle en pente raide. Là, les pavés étaient plus fins, et on avait prévu un caniveau d'un côté, pour éliminer les déchets. Elle monta la rue en courant, passa devant les hauts murs des villas aux portails clos. Elle ne percevait aucun bruit venant de l'intérieur. Dans la lumière pâle et terne, tout semblait rigide, sinistre. Non loin de là, des cris retentissaient.

La terre roula sous ses pieds. Megan poussa un petit couinement. Elle songeait que mieux valait ne pas se faire piéger dans une rue étroite, coincée entre des murs alors que personne à l'époque ne connaissait rien des mesures antisismiques, lorsqu'une autre secousse ébranla le sol. Vite, vite, vers la grand-place et le port.

Sur le forum bondé, la foule courait en tous sens ; les gens hurlaient des conseils à tue-tête d'une voix rauque de terreur, chancelant sous le poids du fardeau de leurs biens dont ils se débarrassèrent, affolés, pour courir plus aisément, car la brume se transformait en véritable nuée ardente qui descendait du ciel, épaisse et molle comme de la neige à présent. Cette matière s'entassait dans la rue à une vitesse surprenante, bouchait les caniveaux, si bien qu'on avait l'impression de marcher dans du sable, au début, du moins ; vite, la progression devint dangereuse, car la poussière glissait et s'enfonçait sous les pieds. Les hurlements pénétraient Megan au plus profond de ses entrailles et la terrifiaient. Elle réprima un cri qui allait jaillir de sa poitrine, prit une profonde inspiration, mais dut retenir son souffle pour empêcher une autre plainte de s'échapper. Partout, des gens couraient en tout sens, s'enfonçaient, vacillaient, tombaient, leurs cris de terreur s'étouffant dans les cendres, dont ils émergeaient, saisis de quinte de toux, incapables parfois de se redresser et de reprendre leur respiration. Le sentiment de panique était tel qu'il semblait s'enrouler comme une corde autour de la gorge de Megan, pour la ligoter et la figer sur place. Par la seule force de la volonté, elle s'extirpa des cendres, avança pas à pas vers le bas de la colline, tandis que sa marche se faisait de plus en plus malaisée et que la visibilité se réduisait, comme dans un brouillard épais. Tandis qu'elle se battait contre les cendres et les obstacles qui l'entouraient, son pire ennemi était à l'intérieur d'elle-même : cette terreur effroyable et paralysante qui l'empêchait d'agir vite et de penser clairement. Pourtant, elle luttait toujours.

Finalement, Megan se fraya un chemin vers un des côtés de la rue, pour pouvoir garder la main sur le mur en avançant. Malgré cette aide, elle trébuchait, mais à chaque fois, elle se relevait et continuait sa route. Ses poumons la brûlaient pour de bon, cette fois. *C'est malsain de respirer toutes ces cendres,* pensa-t-elle. *Mais cela ne vaut pas mieux de s'y laisser enterrer. Ni de se faire prendre dans un torrent de lave dans quelques minutes.* De nouveau, la frayeur la paralysait.

Elle se débattait toujours. Avec les cendres grises, des flocons noirs descendaient du ciel, et certains n'étaient pas noirs, mais rouges. En état de choc, Megan sentit l'odeur des cheveux qui brûlaient sur son crâne accompagnée d'une douleur cuisante. *Cela ne devrait pas se produire !* pensa-t-elle, et à juste titre. Par habitude, Megan enlevait l'option « douleur », dans ses réglages par défaut lors des expériences virtuelles, la vie apportait bien assez de peines authentiques sans qu'elle ait besoin d'en éprouver d'autres « pour le plaisir ». *Mais nous sommes à Xanadu,* songea-t-elle, en déglutissant. « Plus réel que la réalité. » Assez réel pour qu'ils aient envie de passer outre vos options de préférences... un peu comme la vie... Elle s'arrêta et se donna des gifles désespérées sur la tête, se brûlant la paume des mains en éteignant les cendres incandescentes qui avaient embrasé sa chevelure. Le souffle court, chancelante, Megan poursuivit sa route et une petite voix intérieure se mit à implorer divers dieux que Megan n'estimait guère capables de régler la situation. Le seul dieu qui semblait être de service était celui qui vivait dans des volcans et y fabriquait le tonnerre, disait-on, et celui-là devait faire des heures supplémentaires !

Plus lourdes qu'elles ne le paraissaient, les cendres montaient jusqu'au mollet à présent. Megan les croyait légères et poudreuses, faciles à disperser, mais plus elles s'épaississaient plus elles retrouvaient leur nature de pierre. Elles commençaient déjà à absorber toute l'humidité de l'air et ne tarderaient plus à se solidifier comme du béton. Megan avait mal à la tête, plus que jamais, sa poitrine la brûlait, alors qu'il était si tentant de s'asseoir sur une des terrasses suspendues et de se reposer un instant avant de... Pourtant, Megan savait pertinemment que, si elle agissait ainsi, elle ne se remettrait jamais en route. Elle finirait comme l'un de ces pauvres diables pétrifiés que les archéologues avaient retrouvés : un garçonnet couché en position fœtale au coin d'une rue, un chien enchaîné qui luttait toujours pour se libérer au moment de sa mort, un homme accroupi devant son panier de pains cuits, qui espérait sans doute que le nuage de poussière se dissiperait et tentait de protéger le fruit de son labeur...

Mais là, c'est virtuel ! Virtuel !

Surtout, ne l'oublie pas ! se dit-elle.

À tâtons, elle vacillait, passant d'une maison à l'autre, trébuchant sur tout un fatras d'objets. Elle savait quels étaient ces objets. Elle refusait de les regarder. Ses yeux la démangeaient et la piquaient avec toute cette poussière et ils commençaient à enfler. La terreur et le désespoir se resserraient comme un étau autour d'elle, aussi oppressants que les cendres, aussi inéluctables. Elle ne s'en sortirait jamais. C'était inutile. Des milliers de personnes avaient péri dans ce cataclysme de l'Antiquité. Qu'est-ce qui lui faisait croire qu'elle serait meilleure...

Pourtant, elle avançait. La descente semblait se faire plus abrupte, mais soudain, son pied se déroba et elle tomba. Des pierres aux angles pointus lui heurtèrent les épaules, le dos, le haut du bras droit. Elle s'arrêta, s'extirpa des cendres, recracha la poussière qu'elle avait avalée et essaya de l'expulser de son nez. Elle était tombée dans un escalier, une des marches qui menait vers le port. Elle se redressa, essaya de descendre normalement, et retomba. À cet instant, son regard capta comme une zone plus dégagée, une lueur plus claire que la brume noirâtre dans laquelle elle bataillait depuis une éternité. L'air se faisait moins dense. Elle entendait des hurlements, des cris, mais lointains... De l'autre côté de l'eau ?

Elle avança vers la lumière. Devant elle, le paysage se dégageait, la pâle lueur du nuage de cendres cédait la place à une lueur plus chaude... le soleil qui se réfléchissait sur l'eau. Encore quelques pas, vers cette luminosité, intolérable à présent. Le soleil étincelait à travers la pluie de cendres, comme dans une brume légère. Pour la première fois, Megan sentit une petite brise. *Le vent tourne !*

Elle chancela vers la zone, où, bizarrement, le soleil brillait. Les cris venaient des ponts des quelques bateaux encore au port. Les gens apportaient des échelles et des cordes. Aussi vite que possible, Megan s'approcha du plus proche d'entre eux, vit une échelle appuyée contre le flanc, grimpa, agile comme un rat, et ressentit même une pointe d'humour en apercevant de vrais rats, qui grimpaient le long des cordes retenant toujours le bateau aux bittes d'amarrage de marbre. Lorsqu'elle enjamba la balustrade pour retomber sur le pont à bout de souffle, tout près d'elle, quelqu'un saisit la corde et la jeta par-dessus bord, où elle retomba dans l'eau, avec sa cohorte de rats. « Ramez, cria une voix, sauve qui peut, ramez ! » Le bateau s'éloigna peu à peu de la côte tandis que les premiers flocons de cendres touchaient le pont...

Il fallut longtemps avant que Megan se sente en état de faire la même chose que la centaine de passagers à bord : s'accrocher à la rambarde et contempler la cité maudite. Elle avait disparu, engloutie dans le pâle nuage de mort argenté. Le Vésuve crachait toujours de rondes volutes de fumées noires et grises, et le flot de lave orangé serpentait paresseusement le long de la montagne. Sur le bateau, on entendait des pleurs. Megan aussi était en larmes, malgré la douleur qui lui lacérait les yeux. Toute une ville, anéantie en moins d'une matinée. « Pourquoi ont-ils fait ça ? murmura-t-elle.

— Qui ? demanda un homme qui la regardait étrangement. Les dieux ?

— Non. Je parle des gens qui vivaient ici. Ils savaient que le volcan était en activité. Pourquoi sont-ils restés ici ?

— Oh, répondit l'homme en haussant les épaules, le climat est agréable. »

Megan repensa à sa visite à Los Angeles et produisit une sorte de rictus. « Stop », dit-elle.

... Elle était sur sa chaise, dans la sombre pièce sphérique et parfaitement silencieuse.

Megan se redressa et brossa ses vêtements.

Elle se mit à rire, mais d'un rire qui n'avait rien de joyeux. *Pendant tout le temps, j'essayais de me dire que ce n'était pas la vérité, mais l'impression de réalité était telle que cela me perturbait. J'étais terrifiée. Et peu importait que je me remémore sans cesse que ce n'était qu'une activité virtuelle, sa réalité me revenait toujours à la figure. Depuis quand n'ai-je pas réagi ainsi au monde virtuel ? Ils ont vraiment créé quelque chose d'inédit !*

Elle sortit de la pièce, longea le couloir et s'arrêta à la réception. La femme la regarda.

« Comment vous sentez-vous ? demanda-t-elle.

— Abasourdie.

— Pas d'effets secondaires ? »

Megan hocha la tête. « Non, merci. » Elle sortit par le chemin qu'elle avait emprunté à l'aller. Elle marchait lentement, un peu parce que le monde qui l'entourait lui semblait étrange pour l'instant — aucun bruit, pas de pluie de cendres, pas de cris —, et qu'elle songeait aux aspects les plus troublants de son étrange expérience.

Pas étonnant. Pas étonnant que les gens payent des fortunes ! Il ne s'agit pas d'une banale expérience virtuelle, cela, on le trouvait sur le Net partout où des bons programmeurs s'étaient donné un peu de mal. Là, il ne s'agissait pas simplement d'expérimenter, mais de « ressentir » pour la première fois, de ressentir les émotions comme si elles étaient nouvelles, vierges, comme si elles passaient par un autre faisceau d'influx nerveux... Ne serait-ce que pour une heure, un soir, un jour. *C'est là que réside toute la force de ces attractions. Imaginez que vous ayez un travail très stressant, un travail qui vous lasse de la routine quotidienne, et que, tout ce que vous désirez, ce n'est pas simplement oublier vos ennuis, mais vous souvenir, disons, du plaisir, tel qu'on le ressent lorsqu'il est transmis par un « nouveau faisceau d'influx nerveux ». Venez ici, payez-en le prix, et vous retrouverez des sensations authentiques, comme si vous les éprouviez pour la première fois... Pendant un certain temps...*

Le jeu pouvait en valoir la chandelle. Plus que quelques chandelles...

En sortant du second hall pour entrer dans le centre d'accueil, Megan regarda tout autour d'elle, surprise de voir que la salle avait de nouveau été reconvertie en buffet, pour le déjeuner, à présent. Pourtant, elle n'avait guère d'appétit. Toute cette nourriture lui paraissait... excessive, indécente après avoir assisté à la mort de tant de victimes. Plus tard, peut-être. Peut-être.

Elle sortit sous le soleil éclatant et retrouva sa bicyclette. Megan songea à se rendre directement au séminaire de son père, pour voir comment cela se passait. Il devrait commencer. Mais non, finalement, elle préférait une douche. Autre symptôme inhabituel. Elle ne se rappelait pas avoir été si profondément affectée par une expérience virtuelle, pas une fois de retour dans le monde réel. Sa peau la démangeait... comme si elle venait juste de tomber à plusieurs reprises dans un lit de cendres acides.

Elle réfléchit à cette situation sur le chemin du retour. Le système limbique, avaient-ils dit. Une partie très archaïque. Les odeurs, oui, l'odorat, c'était toujours une des choses dont il se chargeait... et elle se souvint de la vivacité des odeurs dans son expérience, c'était en fait la première chose qu'elle avait remarquée. Mais les émotions élémentaires, la peur, la joie, la colère étaient censées se situer là, elle aussi. Les logiciels et le matériel de Xanadu interféraient avec cette zone, ou utilisaient cette zone d'une manière inconnue auparavant. C'était plutôt terrifiant...

Soudain, elle éprouva le besoin d'être rassurée. Elle bifurqua vers l'allée qui donnait au « centre d'activité », où se tenait le séminaire de son père, un petit bâtiment un peu dans le même style que leur villa. Megan laissa son vélo à l'ombre d'un arbre et entra à l'intérieur. Dans le hall, un panneau à cristaux liquides recensait les différents événements qui se déroulaient ici dans la journée. Une ligne disait : Écrire, un satané hobby / Écrire, une manière de vivre, O'Malley, aile B.

Elle suivit les pancartes discrètes indiquant l'aile B et trouva une grande pièce, à mi-chemin entre l'amphithéâtre d'université et le coin causerie d'un salon. Les tables étaient disposées en quatre cercles de dix, avec des chaises confortables. Au centre, dans la fosse de l'amphithéâtre, se trouvait un autre bureau et une autre chaise, où s'était installé son père, ses notes dispersées sur la table devant lui.

« Je suis en retard ? demanda Megan en descendant vers lui.

— En avance, plutôt. Ils m'ont reprogrammé. Je risquais de déborder sur le déjeuner. Aujourd'hui, c'est le festival des conques et des fruits de mer, apparemment. »

Megan roula les yeux.

« Je crois savoir d'où vient cette idée, dit-elle.

— Ah bon ? Où es-tu allée ?

— Pompéi. »

Il la regarda, légèrement inquiet. « Ah, tu as fait celui-là, alors. Tu vas bien ? »

La version longue de la réponse lui aurait pris beaucoup trop longtemps. Elle se contenta donc d'un petit signe de tête. « J'ai bien envie de prendre une douche, quand même. Je voulais m'arrêter ici et m'assurer que tout se passait bien.

— Pas de problèmes pour l'instant, dit-il en souriant. À part avec mon petit ego trop fragile, comme tu le vois. »

Elle haussa les épaules. Malgré tous les défauts de son père, son ego n'avait rien de fragile. « Tu te laisses trop influencer par cet imbécile de critique. Je sais qu'il a dit qu'il savait comment se terminait ton dernier livre au bout de vingt pages, mais c'est un menteur. Un crétin...

— Voyons, dit son père, qui arborait un sourire plus large malgré tout. La loyauté, même lorsqu'elle n'est pas toujours méritée, est une noble chose. Et cela te donne envie de la mériter. » Il l'embrassa sur le sommet du crâne, geste qu'elle esquivait d'habitude, mais qui, aujourd'hui, lui apportait un sentiment de réconfort pour lequel elle lui fut reconnaissante.

Megan se vengea de la seule manière qui lui était possible : en caressant sa calvitie naissante. « Je te reverrai plus tard », dit-elle en repartant comme elle était venue.

Elle retourna à la villa, gara le vélo devant la maison et marqua une pause. Le doux clapotis des vagues était audible à travers les arbres. *Depuis quand puis-je résister à cet appel ?* pensa-t-elle avant d'emprunter le sentier qui contournait la maison pour descendre à la plage. Elle s'arrêta un instant près de la piscine pour observer un petit oiseau tropical qui plongeait en piqué, encore et encore. Au début, elle crut qu'il se nourrissait des petits insectes volant à la surface de l'eau, mais s'aperçut vite qu'il n'y avait pas d'insecte. Il buvait, et plongeait pour avaler de petites gorgées d'eau à la surface.

Je devrais lui installer un abreuvoir, songea-t-elle avant de reprendre son chemin. Le doux murmure des vagues qui léchaient le sable lavait tous les autres sons, même les cris qui résonnaient encore dans son esprit.

Elle marchait sur le sable corail, réfléchissant toujours à la manière dont son aventure à Pompéi l'avait affectée. Le système limbique... Il lui restait un vague souvenir concernant ce mot, un souvenir précieux... mais qui lui échappait pour l'instant.

Megan soupira et se promena un moment le long de la plage, dans l'espoir que la mémoire lui reviendrait. En vain. Elle se demandait ce qui se passait chez elle, ce que faisaient ses frères. Ils devaient tout saccager. Elle pensait aussi à sa mère. *Je me demande où elle est en ce moment. Elle adorerait cet endroit.* Elle, qui se plaignait sans cesse d'être privée de silence. Ce long chuchotement, le soleil blanc qui aveuglait tout, l'eau bleue la séduiraient. Une jolie plage vide...

Presque vide, corrigea Megan, en s'engageant dans la courbe, car elle venait d'apercevoir une silhouette à quelques centaines de mètres, qui s'approchait. Non, elle s'éloignait à nouveau. On ne l'avait pas vue.

Elle sut aussitôt de qui il s'agissait. *Bon,* pensa-t-elle, *est-ce que j'ai envie de tourner les talons et de m'en aller lâchement ? Ou est-ce que je préfère continuer ma route, le rencontrer et le mettre K-O, une fois de plus ?*

Sa bouche se crispa. *Donne-lui sa chance.* Elle avait vu, ou plutôt senti, des milliers de personnes mourir aujourd'hui. Ce n'était pas un enfant gâté de plus ou de moins qui allait illuminer ou noircir sa journée.

Elle continua son chemin. Au bout d'une dizaine de minutes, elle le rattrapa.

Wim qui faisait les cent pas comme un animal en cage ne l'avait pas remarquée, pendant tout ce temps. Lorsque Megan s'approcha de lui, il leva les yeux et s'arrêta brusquement, figé sur place.

Megan le regarda et se demanda s'il avait parlé à quelqu'un — son père, par exemple — de leur petite altercation de la veille. Cela paraissait improbable. De l'expérience qu'elle avait tirée de la fréquentation de ses frères, Megan avait remarqué qu'ils se vantaient rarement d'avoir été mis K-O, surtout si le responsable de cette situation n'était qu'une faible femme.

Elle ne savait pas trop quoi faire à part avancer vers lui comme si de rien n'était et s'arrêter pour contempler la mer. « Alors, Wim, comment ça va ? »

Il la regarda, interloqué.

« Tu n'es pas au courant ? »

Cette véhémence la surprit, un peu parce qu'elle n'était pas dirigée contre elle, un peu parce que son étonnement paraissait sincère. « Euh, non, excuse-moi, je n'ai pas été là de la journée. »

Il regarda vers l'horizon. « Quelqu'un a anéanti une des sociétés de mon père, la nuit dernière. Une des plus grosses. Elle était cotée à la Bourse de Hong Kong, et quelqu'un s'est arrangé pour faire tomber en flèche le prix de l'action. Toutes les autres sociétés ont été touchées, elles aussi. On ne sait pas exactement comment ils s'y sont pris. Tous les associés s'agitent comme des fous pour essayer de savoir ce qui s'est passé, mais ils n'y comprennent rien, dit Wim, toujours immobile, les poings serrés. Si je savais qui a fait un coup pareil, je le réduirais en purée. »

L'intensité de sa fureur était stupéfiante. Megan le regarda un instant, et pensa à son propre père. La loyauté, avait-il dit... une noble vertu. Finalement, elle considéra Wim avec quelque chose de plus que la pitié ou l'exaspération. Et soudain, une idée la traversa...

« Écoute, je n'ai pas encore mangé. Tu te fais du mal. Viens, on va avaler un sandwich, et tu me raconteras ce qui s'est passé... On pourra réfléchir à ce que l'on peut faire.

— Et quoi, par exemple ? » dit-il, dans un bref accès de son habituel mépris.

Megan lui adressa un regard entendu.

« Une vengeance ? »

Wim la regarda, songeur, puis esquissa un lent sourire qui aurait fait pâlir de jalousie un grand requin blanc.

« Quel genre de sandwich ? »

Megan sourit à son tour, et, ensemble, ils prirent le chemin de la villa.

4

Quinze minutes plus tard, ils atteignirent la grande route et, moins de quinze secondes après, Mihaul le chauffeur arriva dans sa voiturette qui ronronnait dans le virage et s'arrêta à leur niveau.

« Je vous dépose quelque part ? demanda-t-il en agitant les sourcils.

— À table ! répondit Megan en imitant son geste, et en vitesse, s'il vous plaît. »

En vitesse, donc, Mihaul démarra, si vite même que Wim dut s'accrocher à l'armature du siège qui lui faisait face. « Alors, que désirez-vous manger ? Aujourd'hui, c'est le festival des fruits de mer.

— Je ne mange pas de poissons », répondit Wim.

Megan leva les sourcils. Une île des Caraïbes, ce n'était peut-être pas l'endroit de villégiature idéal pour quelqu'un qui n'aimait pas le poisson, mais il était peu vraisemblable que Wim ait eu droit de regard quant au choix de la destination. « Je crois que vous avez parlé d'un traiteur ? dit Megan.

— Le Traiteur, précisa Mihaul. C'est exactement ce qu'il vous faut. Je crois, du moins. D'énormes sandwiches ?

— Oui, parfait », répondit Megan.

Wim hocha la tête. Cinq minutes de paysage tropical plus loin, ils se retrouvèrent devant une structure très peu tropicale. On aurait dit un de ces immeubles de grès new-yorkais, avec une grande boutique à l'ancienne de charcutier-traiteur au rez-de-chaussée, où l'on pouvait déjeuner sur place. Megan descendit de la voiturette : « Vous avez parlé de pastrami, hier soir ?

— Pastrami et saumon fumé, dit Mihaul, mais il fait des tas d'autres choses. Allez voir vous-mêmes. »

Megan hocha la tête. Mihaul disparut. Wim se dirigeait déjà vers la porte, mais Megan l'attrapa par le bras d'un geste sec, feignant de consulter le menu à l'entrée. « Tu as remarqué que ces petites bagnoles arrivaient toujours dès que tu posais le pied sur la route ?

— Un service de qualité, dit Wim. On paie assez cher pour ça.

— Ouais, peut-être, mais dans ce cas, dis-moi où sont les caméras ? »

Il ne répondit rien, mais lui adressa un long regard pensif.

« Peut-être qu'on devrait faire attention à ce qu'on dit à l'intérieur, dit-elle. On garde les meilleurs morceaux pour la plage. Ou les salles de bains. »

Wim lui lança un regard mauvais.

« Si tu t'imagines que je vais me retrouver à la salle de bains avec toi !

— C'est l'un des rares endroits où ils ne placent aucun moniteur dans les villas, rétorqua Megan en roulant les yeux, alors, c'est ça ou la plage. Et même la plage... » Elle s'arrêta soudain, se demandant qui pourrait bien les écouter à cet instant précis. « Quel est ton genre de musique préféré ?

— Je n'aime pas la musique. »

Ah, ça tombe à pic ! Encore une raison pour ne

pas l'aimer. « J'ai une bonne radio, dit-elle. On pourra aller à la plage et écouter un peu de musique plus tard. Après manger, on refera le chemin en sens inverse et on la prendra au passage. »

Wim la regarda bizarrement, puis il acquiesça. Ensemble, ils entrèrent chez le traiteur.

Quelques instants plus tard, Megan commença à comprendre pourquoi Mihaul l'avait appelé « Le Traiteur ». L'endroit était entièrement décoré de Formica typique du siècle précédent, authentique pour l'essentiel, et non pas une simple imitation. Les divers sandwiches et salades du menu inséré dans un bloc de bois sur les tables portaient des noms d'acteurs d'un autre temps, et le menu lui-même était un morceau de carton plastifié qui avait connu des jours meilleurs.

« C'est salement vieux ici », dit Wim.

Megan leva les sourcils. Apparemment les charmes de cette architecture rétro échappaient complètement à son camarade. « T'inquiète, je crois qu'on y mange bien. »

Une serveuse en uniforme rayé rose et petit tablier blanc s'approcha d'eux.

« Que puis-je pour vous, les enfants ?

— Pastrami sur pain blanc, double, dit Megan.

— Et ensuite ? Une boisson ? demanda la serveuse d'un air aimable.

— Cel-Ray Tonic ? Qu'est-ce que c'est ? demanda Megan en consultant le menu.

— Vous tenez à ce que je vous l'explique, ou vous préférez que je vous en apporte pour le découvrir par vous-même ?

— Expliquez-moi, dit Megan.

— Non, apportez-moi un verre d'abord, après, vous lui expliquerez. »

Surprise, Megan le regarda. *Pas question que je le laisse m'avoir sur un truc pareil !*

« Apportez-m'en un aussi, et ne dites rien à personne. »

La serveuse sourit. « Et vous ? Vous prenez un sandwich ? demanda-t-elle à Wim.

— Pastrami sur pain de seigle. Double. »

La serveuse hocha la tête et s'éloigna. Pendant quelques instants, Megan et Wim échangèrent des regards aimables.

« Je n'arrive pas à croire que tu n'aies rien su, dit Wim. Je croyais que tout le monde était au courant dans l'île. Tu n'avais pas entendu de bruit ?

— Ah, si, dit Megan, qui n'avait pas l'intention de préciser qu'elle avait considéré ces cris comme routiniers. Écoute, explique-moi plutôt ce qui est arrivé à ton père. »

Au début, ce ne fut pas une mince affaire, car Wim commença son récit par les détails d'un voyage en Suisse avec son père, interrompu par un départ impromptu en Australie dans sa navette privée, qui s'était terminé par quelques courses à New York, avant qu'il puisse rencontrer ses comptables au Liechtenstein... Cela n'en finissait pas, et Megan comprenait de moins en moins à quoi Wim voulait en venir, sauf s'il cherchait à l'impressionner. Lorsqu'il en arriva aux poneys de polo, elle fut incapable d'en supporter plus. Elle mit une main devant ses yeux. « Wim, tu veux me rendre un service ? Je suis ce que tu dois sans doute considérer comme quelqu'un de pauvre, et cet étalage devient vraiment fastidieux. Je sais que tu as tout l'argent du monde, mais j'aimerais bien ne pas en entendre parler toutes les cinq secondes.

— Je ne parle pas d'argent toutes les cinq secondes, répliqua Wim, sincèrement offusqué.

— Oh que si ! Quand tu énumères ce que tu peux acheter. Tout ce que tu considères comme normal et que des gens comme moi ne peuvent jamais s'offrir, sauf dans des circonstances exceptionnelles. Les voyages, les vêtements, les poneys, les navettes privées. On croirait que tu te vantes tout le temps. Je sais que ce n'est pas vrai, que tu as l'habitude de tout cela, mais ça devient lassant. Laisse tomber.

— Tu es jalouse, c'est tout !

— Tu n'es qu'un imbécile, dit Megan, méprisante. Il y a une foule de gens qui sont heureux sans compte en banque à dix chiffres. Si cela te pose un problème, c'est à toi de le régler. Nous, nous sommes six milliards, c'est beaucoup plus que vous. Alors, maintenant, tu vas me raconter comment ton père s'est fait arnaquer, oui ou non ? »

Ils se regardaient fixement, mais durent bientôt se montrer plus discrets car la serveuse en uniforme rose arriva soudain avec deux grands verres d'un liquide pétillant presque transparent, avec des glaçons.

« Deux Cel-Rays, dit-elle en posant les verres. Faites-moi signe lorsque vous voudrez savoir ce que vous buvez tous les deux. Les sandwiches sont prêts dans une minute. »

Elle s'éloigna ; Megan et Wim regardèrent leurs verres d'un air inquiet avant de lever les yeux l'un vers l'autre. *Je ne vais pas l'attendre !* pensa Megan qui prit le sien. Wim fit de même, à la seconde près, et, de nouveau, ils s'épièrent.

Megan esquissa une ombre de sourire. « À la tienne ! » dit-elle en levant le verre puis en le humant.

Une odeur étrange, très aromatique. Elle leva les sourcils et but la première gorgée en même temps que Wim. Elle écarquilla les yeux.

« Beeeuuurk ! » s'exclamèrent-ils, à l'unisson.

Megan craqua la première et reposa son verre. « Qu'est-ce que c'est que ce truc ?

— Pas quelque chose que je reboirai une deuxième fois en tout cas, répondit Wim en repoussant le verre qu'il contemplait d'un air soupçonneux. Quand elle reviendra, je prendrai un truc normal.

— Ça fera deux ! dit Megan. Écoute, excuse-moi. Il va falloir accélérer le mouvement, sinon, on n'arrivera jamais à rien. Qu'est-il arrivé à ton père ?

— Pas à mon père, pas exactement. Un "clone" s'est pointé à un conseil d'administration et il a demandé à ses directeurs d'entreprendre les premières démarches visant à se débarrasser d'une des sociétés. Il disait ne pas être satisfait des résultats des dernières années, et vouloir limiter les pertes. Alors, ils se sont démenés, et ils ont obéi. » Wim paraissait plutôt satisfait, malgré son amertume. « Quand mon père leur donne des ordres, ils ne restent pas les bras croisés. Mais la Bourse a eu vent des informations. Les actionnaires ont considéré cette démarche comme un signe de faiblesse de la compagnie, et toutes les actions du conglomérat ont plongé. »

Pendant un instant, Wim plongea effectivement sa tête dans ses mains. « Ça s'est passé jeudi. Mais jeudi, papa ne s'est rendu à aucune réunion. Nous étions déjà en route pour Xanadu. Il se préparait à prendre possession de son nouveau pavillon.

— Qui était au courant de votre départ ? demanda Megan en hochant la tête.

— Une bonne cinquantaine de personnes, dit Wim en haussant les épaules. Et tout le monde ici.

— Bon. Euh... attends un peu. Tout le monde ?

— Écoute, tu es aveugle ! Tout le monde nous connaît par notre nom.

— Maintenant, oui, dit Megan. Mais qui savait

où partait ton père, et quand ? À qui en a-t-il parlé dans sa société ? »

Wim réfléchit un instant.

« Halvarson. Deux ou trois types de la technique qui supervisaient la construction du pavillon. Les gens de l'agence de voyage.

— Lesquels ?

— Euh... Je ne sais pas... Il faudra que je vérifie. Mais mon père était souvent en contact avec eux pendant le mois qui a précédé notre arrivée. Il était venu plusieurs fois, pour procéder à des essayages.

— Des "essayages" ?

— Oui, c'est comme ça qu'ils s'assurent que le pavillon répondra exactement à vos désirs. Nous sommes venus de Zurich, une fois, on a fait un détour en allant faire des courses. Et de Stockholm aussi. Les vérifications virtuelles ne suffisent pas. Il faut se déplacer physiquement. Ils ne veulent rien laisser sortir de cet endroit.

— Ça serait plus pratique si tu connaissais les noms des types de la technique.

— Je peux le savoir, dit Wim en haussant les épaules. Mais pourquoi ça t'intéresse tant ? Pourquoi tu t'en soucierais ? »

Elle lui lança un regard noir car elle avait décelé dans sa voix une touche de son hostilité de la veille. « Peut-être que je m'ennuie, dit-elle. Ou que ce genre de chose me rend complètement cinglée. Je ne connais ton père ni d'Ève ni d'Adam, mais peut-être qu'il ne méritait pas ça, ou que la simple idée qu'une telle ignominie puisse se produire me révolte. »

Wim semblait toujours choqué que quelqu'un puisse ne connaître son père ni d'Ève ni d'Adam.

La serveuse en uniforme rose arriva avec un plateau et deux assiettes remplies d'une montagne de sandwiches qu'elle posa devant eux. Elle apporta également deux grands verres glacés d'une boisson tropicale rafraîchissante. « Au cas où... dit-elle. Bon appétit. Appelez-moi si vous avez besoin de quelque chose. »

Megan regardait les sandwiches, abasourdie. Rien que celui de Wim semblait avoir nécessité toute une épaule de bœuf. « Tu n'en viendras jamais à bout !

— Bien sûr que si ! J'ai mieux à faire que d'être obsédé par ma ligne. »

Elle lui lança un regard en coin.

« Je ne suis pas obsédée.

— Oh que si ! Si tu t'étais vue au buffet la dernière fois. Quelle chochotte ! Tu chipotais, une minuscule bouchée par ici, une bouchée par là, mais avec au moins cinq minutes d'intervalle entre les deux ! »

Megan haussa les épaules et songea à faire remarquer qu'elle au moins ne parlait pas la bouche pleine. Pourtant, elle laissa passer et mangea d'abord le cornichon qu'elle adorait puis, en véritable travailleur de force, elle s'attaqua au sandwich en commençant par les parties qui débordaient le plus. Son frère aîné l'avait initiée à cet art depuis longtemps, lui expliquant que manger du pastrami, comme pour les spaghettis ou les hot-dogs généreusement accompagnés de choucroute, c'était un sport en soi. « Ou c'est toi qui gagnes, ou c'est le sandwich qui a raison de toi. Ne te laisse pas avoir ! »

Megan s'acharnait donc à l'avoir la première. De l'autre côté de la table, Wim était engagé dans un combat similaire, mais il semblait privilégier la conduite strictement tactique à l'approche stratégique, si bien que, pour le moment, le sandwich paraissait remporter la bataille.

« Bon, dit Megan, après avoir effectué un certain

travail sur son propre sandwich. Qu'est-ce qui a poussé ton père à venir ici, au départ ?

— Des vacances.

— Je l'imagine mal prendre des vacances, répondit Megan en secouant la tête. »

Wim la regarda par-dessus son pain de seigle. Un instant plus tard, il reposa son sandwich. « C'est si évident que cela ? dit-il, l'air maussade. Enfin, les vacances, c'était un peu mon idée. »

Cette fois, elle ne put se retenir de rire. Wim la regarda.

« Non, non, dit Megan en reposant son sandwich elle aussi, je ne voulais rien insinuer de mal. Les vacances, c'est aussi un peu mon idée pour mon père.

— Où est ta mère ? Ils sont divorcés ?

— Oh, non, non. Elle est en déplacement professionnel. Elle est journaliste. On l'envoie toujours sans prévenir dans des endroits bizarroïdes.

— Ça doit être sympa.

— Pas du tout. La moitié du temps, quand on flaire qu'une guerre ou un coup d'État menace quelque part, c'est parce qu'on a envoyé ma mère sans raison apparente dans un coin perdu. Et l'autre moitié du temps, elle la passe chez nous à harceler les politiciens et à leur dire que s'ils n'arrêtent pas leurs âneries, ça va être la fin du monde. Ça lui plaît, mais je trouve qu'elle bosse trop.

— Mon père aussi. Il se déplace partout dans le monde pour visiter ses sociétés, en vendre une ici, en acheter une autre ailleurs. Je pensais que l'emmener au milieu de nulle part pendant quelques semaines, ça lui permettrait de ralentir un peu. Manque de chance, il a emporté tout son travail avec lui.

— Papa aussi », dit Megan.

Moroses, ils mâchonnèrent leur sandwich pendant quelques minutes. « L'idée avait dû le séduire quand même, puisque vous êtes ici, dit Megan. Quel genre de pavillon on lui prépare ?

— Cette fois, c'est une sorte d'orgie romaine. »

Megan écarquilla les yeux. Wim éclata de rire. « Vraiment, oui. Enfin, pas tout à fait. Il m'a dit qu'il n'y avait pas de sexe, ni rien. C'est une “bacchanale”. Comme dans un de ses opéras préférés.

— Lequel ? dit Megan qui adorait la musique classique.

— Du Wagner. Euh... Tannhaser », je crois.

Pas de sexe ? pensa Megan. Dans cette bacchanale ? Mon Dieu, ce pauvre garçon n'avait-il jamais vu ne serait-ce qu'une version édulcorée ? « Tannhäuser, rectifia Megan. Il t'a donné l'accès au pavillon ?

— Certaines parties, répondit Wim. D'autres sont réservées à l'usage exclusif de mon père.

— On peut s'y introduire ? »

Wim réfléchit un instant. « Tu as des implants ?

— Les principaux, oui.

— Je ne sais pas s'ils fonctionneront. Tous les implants pour les pavillons individualisés ont des mots de passe intégrés ou je ne sais quoi.

— Hum... Bon, euh, on en discutera sur la plage, ça vaut mieux. »

Wim hocha la tête et se consacra à la démolition systématique de son sandwich. Megan fit de même. Il leur fallut près d'une demi-heure pour en venir à bout avant de décliner l'offre d'un dessert. Pourtant, Megan fit un geste qui la surprit. Elle but le reste du drôle de tonique ainsi que son jus de fruits, et, pour ne pas être en reste, peut-être, Wim engloutit le sien. Lorsque la serveuse vint reprendre les assiettes, elle regarda les verres vides : « On s'y fait, pas vrai ?

— Qu'est-ce que c'est ? demanda Wim.

— Cel-Ray : Céleri... Du tonique au céleri. »

Voilà d'où venait cette étrange saveur ! Mais il était surprenant de voir comme ce goût se mariait bien avec le sandwich. Ils se levèrent tous les deux, hochèrent la tête, et Megan ajouta : « Je crois que j'en reprendrai un la prochaine fois.

— Je m'en souviendrai, dit la serveuse. Bonne journée. »

De nouveau, ils sortirent sous le soleil tropical. Comme prévu, ils n'avaient pas plus tôt posé le pied sur la route que Mihaul arrivait. « Je vous dépose ?

— Pas cette fois, dit Megan. On préfère marcher. »

Il leur fit un signe et s'éloigna. Ils prirent le chemin de leur villa et suivirent le sentier qui contournait celle de Megan.

« Attends un instant », dit Megan qui se précipita à l'intérieur. Son père n'était nulle part, ce qui, pour l'instant, lui convenait à merveille. Elle trouva sa grosse radiocassette, la régla sur le minimum de volume tout en s'assurant que « l'égaliseur graphique » était activé, et l'emporta pour rejoindre Wim au coin de la maison.

Ils descendirent à la plage, au son du ghetto-blaster qui jouait un air de free-jazz qui revenait à la mode en ce moment. Wim grimaçait quelque peu mais ne protestait pas pour l'instant. Ils s'approchèrent de la ligne des vagues et s'assirent sur le sable corail, tout près de l'eau.

« Bon, commença Megan, pour ton père... On ne trouvera jamais qui a fait le coup en se contentant d'interroger les gens. Si quelqu'un est assez retors pour réaliser ce genre d'agression virtuelle, il est assez retors pour jouer les innocents et couvrir toutes ses traces ni vu ni connu, dit-elle en soupirant. Il doit bien y avoir un moyen d'entrer dans les systèmes de Xanadu et d'y faire un petit tour. »

Wim paraissait sceptique. « Ça serait une sacrée prouesse technique. Ils ont sûrement le système propriétaire le mieux protégé du monde.

— C'est ce qu'ils prétendent », dit Megan en lui lançant un regard en coin. Elle pensait que cette publicité pouvait être une chose merveilleuse... mais que, aussi hermétiques que paraissent les systèmes de sécurité, tous laissaient des « trous », des failles quelque part.

Elle se demandait aussi à quel point elle pouvait faire entrer Wim dans la confidence. Elle n'allait sûrement pas parler de la Net Force à ce stade... *Alors, que lui dire ? Que je suis une sorte de privé ? Megan O'Malley, détective... Ça ne marcherait pas...*

« C'est l'accès à leur système qui pose problème, dit Megan. Je suis certaine qu'il dépend de l'implant, comme pour les pavillons. Il doit bien exister un moyen de le reprogrammer pour élargir les droits attribués. Peut-être en trouvant une méthode pour reproduire l'une des “baguettes magiques” dont ils se servent, dit-elle en soupirant. Il faudra que je fasse des recherches. Mais une fois que j'aurai regardé un truc ou deux... Tu peux te libérer, ce soir ? »

Wim y réfléchit. « Cela ne devrait pas poser de problème. C'est la panique, tout le monde court dans tous les coins comme des canards décapités. Personne ne le remarquera si je ne suis pas là pour le dîner.

— Parfait. Viens chez nous, alors. On entrera dans leur réseau local et on s'amusera un peu... en toute innocence. C'est mieux de ne pas le faire seul. »

Il la regarda d'un air étrange. « Ah, et pourquoi on paraîtrait plus innocents à deux qu'à un ?

— Parce que, *espèce de nigaud*, faillit-elle ajouter, s'ils nous voient débarquer tous les deux ensemble, ils penseront à une "incartade" de lycéens, ou quelque chose du même genre. S'il y en a qu'un qui pointe son nez par une porte interdite, cela paraîtra louche. Mais les tropiques sont censés rendre les gens un peu fous. Autant avoir un déguisement protecteur.

— Ah, dit Wim. D'accord. » Il accepta sur un ton si dégagé que Megan s'aperçut, à son grand soulagement, que l'idée d'une « incartade de lycéens » avec elle ne lui était même pas venue à l'esprit. Avec un autre, Megan se serait demandé si elle devait se sentir vexée. Mais pas avec Wim. Apparemment, il ne pensait jamais à ces choses-là.

« Fantastique. Bon, alors, on se retrouve ici. Vers neuf heures, ce soir ? Il devrait faire assez nuit.

— D'accord. » Il fit un signe de tête et s'en alla sans se donner la peine de dire au revoir. Megan se demandait si c'était un trait de famille ou si c'était culturel dans ce milieu. *Par chance, je n'ai pas à résoudre cette énigme. Une fois notre petite affaire élucidée, on file d'ici.*

Et le plus tôt sera le mieux. Des poneys de polo !

Elle prit sa radio pour remonter se rafraîchir à la villa et, à sa grande surprise cette fois, elle y trouva son père. « Qu'est-ce que tu fais ici ? Et ton séminaire ?

— Ils m'ont reprogrammé pour demain, dit son père qui flânait dans la cuisine. Une demi-journée de perdue. Il y en a ici qui ne savent pas ce qu'ils veulent. Les clients, je veux dire. Les gens de Xanadu se sont confondus en excuses, dit-il en haussant les épaules. Et, oh, il y a eu une livraison pour toi.

— Pour moi ? Quoi ? »

Il ouvrit le réfrigérateur et lui tendit une assiette qui contenait un petit fromage rond, avec un mot, juste à côté.

Passez me voir, et je vous montrerai comment on les fabrique.

Milish.

« Est-ce un admirateur alangui ?

— J'en doute, dit Megan, juste un cuisinier. Il apprécie mon appétit. » Avec un petit rire, elle le rangea dans le réfrigérateur. « Je le mangerai ce soir, peut-être.

— Tu ne vas pas engloutir un autre homard ? »

Sans répondre, elle lui fit un petit signe de la main et passa par la porte-fenêtre pour reprendre le sentier qui menait à la plage. Le problème, pensa Megan, c'est qu'à force de manger autant de homard qu'on voulait quand on le voulait, ils perdaient soudain leur rareté. Et c'était plutôt triste. Elle ne regarderait plus jamais un homard de la même façon.

Je me demande si c'est ce qui explique tous ces visages attristés, se demanda-t-elle, en arrivant sur la plage et en prenant la direction opposée à celle des villas, à gauche, vers l'ouest. *Si l'on obtient toujours tout ce que l'on veut, quand on le veut, plus rien n'est vraiment exceptionnel. C'est peut-être pour ça que ces gens viennent à Xanadu. Un endroit réservé à quelques privilégiés, incroyablement onéreux, difficile d'accès, c'était peut-être ce qui en faisait tout l'intérêt. Les expériences virtuelles n'ajoutaient qu'un atout secondaire...*

Cette pensée la rendit encore plus morose. Elle soupira, la chassa de son esprit et ôta ses chaussures pour marcher dans les vagues. La promenade était longue. Elle était curieuse de savoir jusqu'où la plage s'étendait et avait besoin de mettre de l'ordre dans ses pensées. C'était bien beau de dire qu'on allait s'introduire dans l'ordinateur d'un autre, sans parler des systèmes de Xanadu, encore fallait-il savoir ce qu'on y cherchait, au cas où on puisse y entrer. Et puis, la manière dont elle chercherait à s'y introduire était encore un peu au-dessus de ses capacités. *Je crois que je devrais consulter Mark Gridley, sur ce point*, pensa Megan. *En rentrant, je prendrai le « portable de papa », et je verrai ce que je peux faire...*

Pendant près de cinq kilomètres, elle avait envisagé et rejeté plusieurs plans lorsqu'elle repéra une silhouette solitaire en combinaison de plongée rayée orange et noir qui sortait de l'eau à quelques centaines de mètres. La ligne droite de la plage se brisait un peu ici. Deux longs doigts de roche noire formaient une petite crique abritée, et, au bout d'une des jetées, on avait construit une sorte d'abri ou de cabane.

Pourquoi une tenue de plongée dans une eau aussi chaude ? se demanda Megan. Elle marchait pieds nus dans le ressac depuis un moment, s'arrêtant de temps en temps pour observer des petits poissons qui venaient picorer le sable pour se nourrir des débris qu'elle avait soulevés avec ses pieds, des espèces qu'elle n'avait vues auparavant que dans des aquariums. Curieuse, elle s'approcha pour voir ce qui se passait.

À sa grande surprise, à côté de toute une pile de matériel, elle vit Jacob Rigel, la chevelure (ou ce qu'il en restait) hirsute car il venait juste d'ôter son masque et son tuba. Il tenait à la main un récipient.

En y regardant de plus près, Megan vit qu'il s'agissait en fait d'une marque très ordinaire de fromage.

Elle éclata de rire. « Mr. Rigel ? mais à quoi ça sert ?

— Appelez-moi Jake. Ça me rajeunira, dit-il en regardant sa boîte. Les poissons adorent ça.

— Vous plaisantez ? »

Il hocha la tête, fit tomber sa boîte sur le sable à côté d'un carnet de notes imperméable en plastique, et s'assit pour ôter ses palmes. « Je ne sais pas encore très bien pourquoi ça leur plaît tant, peut-être qu'ils n'ont aucun goût. À moins qu'ils n'apprécient au contraire les odeurs et les saveurs très puissantes. Si vous voulez attirer toute une flopée de gentils petits poissons tropicaux, c'est le meilleur moyen. Jetez un peu de fromage dans l'eau, et vous aurez des centaines d'amis. »

Megan s'assit, fascinée. « Vous prenez un peu de temps libre ?

— Pour échapper à la vie ? Oui, dit Rigel qui s'étira en soupirant. Enfin, du travail surtout. Oh, vous voulez parler de ce qui se passe ici ? Non, c'est justement pour ça que je suis venu.

— Pour la plongée ? Vous pourriez la pratiquer dans un endroit moins...

— Cher ? Bien sûr. Mais là, seule une partie est... dit-il en indiquant la mer, réelle.

— L'eau ? dit Megan, sidérée.

— Euh, oui. Regardez... dit Rigel en montrant la baie. Vous voyez la ligne de bouées, là-bas, qui est censée tenir les bateaux à voile à l'écart. C'est tout autant pour leur protection que pour la mienne. Le lagon a été partiellement holoreconstitué pour moi en récif de corail, et personnalisé — on y trouve une faune qui ne vit pas dans cet hémisphère, normalement. Et là-bas... dit-il, en indiquant la "cabane", c'est une extension du lagon, un autre récif de corail, rien que pour moi, mais virtuel, celui-là. C'est mon pavillon. » Il sourit en contemplant la baie.

Megan cligna des yeux. « Je croyais que tous les pavillons étaient regroupés à l'intérieur du centre d'accueil.

— Non, non, pas le mien en tout cas. Quant aux autres, il n'y aurait jamais assez de place pour tous les gens qui voudraient faire leurs expériences, et puis, certains préfèrent jouir d'une intimité parfaite. Alors, on installe en général des accès dans les villas. Les gens peuvent se consacrer à leur activité virtuelle en utilisant toute la bande passante sans sortir de chez eux. Tout ça me paraît fort ennuyeux. Mais ce qu'on m'a construit... dit-il admiratif, le regard vers la mer... De mon pavillon, je peux plonger dans le virtuel, et soudain, je me retrouve sur des barrières de corail ou dans des eaux qui se situent à des milles et des milles de là. Et certaines sont parfaitement réelles. »

Rigel s'appuya sur son coude. « Je dois vous expliquer que j'étudie le corail. Et ceux qui m'intéressent le plus, comme ceux de la Grande Barrière, sont tellement protégés que plus personne ne peut les approcher pendant que le corail se régénère après les dégâts qu'il a subis au siècle dernier. Il m'est impossible d'y aller, mais ici, je peux nager parmi les coraux, expliqua-t-il avec un grand geste de la main. Je touche du doigt des coraux qui n'existent plus depuis des milliers d'années... ou des millions. On m'a reconstitué un récif ordovicien ! Ce matin, j'ai vu mon premier trilobite, dit-il souriant comme un enfant devant un sapin de Noël. C'est pour ça que je porte une combinaison. Remarquez, je préférerais rester dans l'eau toute la journée sans rien mettre, mais avec une immersion aussi prolongée, sans protection, on ressemble à un vieux pruneau fripé. De toute façon, je n'en suis pas loin. Et il faut que je surveille mon taux d'hydratation. D'ailleurs, ça me rappelle... » Il fouilla dans la pile de matériel, en ressortit deux bouteilles d'eau et en offrit une à Megan.

« Merci », répondit-elle avant de boire une gorgée. Rigel vida la sienne.

« Je savais que certains pavillons étaient très élaborés, dit Megan en se frottant le bras car une brise marine un peu fraîche venait de se lever. Mais c'est encore plus grandiose que je l'imaginais. »

Rigel lui adressa un petit sourire sec.

« La facture aussi ! » s'exclama-t-il, les yeux toujours rivés à la mer.

« Je devrais me sentir coupable, dit-il au bout d'un moment. Les pays du Tiers-Monde pourraient vivre pendant un mois sur ce que je dépense ici en une semaine. Et pourtant, en même temps, j'ai besoin d'un peu de repos après tout ce travail, pour être plus efficace... Et mon projet c'est peut-être ce qui fera toute la différence, ce qui permettra à ces pays du Tiers-Monde de faire partie du deuxième monde, voire du premier, au lieu de végéter éternellement. » De nouveau, il se tourna vers Megan. « Vous savez sur quoi je travaille ?

— Un peu. La Jeep de l'espace.

— Hum hum. Ça paraît si simple, dit-il. J'ai du mal à croire que personne n'y ait pensé avant que l'idée me vienne à l'esprit. Mais réfléchissez. Regardez les zones équatoriales. Une des choses les plus précieuses qu'un pays puisse posséder, c'est l'espace qui est au-dessus de lui. Et l'espace "spatial", non ? Ce petit bout de territoire, tout là-haut, où l'on peut installer des satellites géosynchrones, dans cette ceinture géostationnaire privilégiée ! Cela vaut un sacré paquet ! Un pays capable de l'exploiter s'enrichirait à une vitesse inouïe.

— Comme le Tonga, dit Megan, avant le tournant du siècle. Il a vendu ses droits aux opérateurs de satellites, un par un...

— C'est exact. Bon, les conditions ont un peu changé depuis. Le problème, à présent, c'est que les grandes compagnies et les grandes puissances possèdent une sorte de monopole sur la gestion de l'espace. De l'espace proche, quoi qu'il en soit, de tout ce qui se situe en orbite terrestre basse, et plus haut, les positions géostationnaires à 35 768 kilomètres. Si on veut mettre un satellite en orbite à cette distance, ou réparer un ancien, il faut utiliser la Navette, via la NASA, la fusée Ariane, via l'Agence Spatiale Européenne, ou encore faire appel aux Russes avec Energiya ou à l'une des nouvelles compagnies qui se sont montées ces dix dernières années, pour se mettre au service des grandes entreprises. Si vous êtes un petit pays, soit vous ne jouez pas dans le même camp, et vous n'avez pas les moyens financiers de recourir à ces organismes, soit vous essayez de travailler avec eux, mais en contrepartie, ils exigent une grande part de votre espace. Les grandes compagnies peuvent se montrer aussi retorses qu'impitoyables. Elles se moquent complètement de l'avenir social et économique des petits pays. Elles ne pensent qu'à faire main basse sur des ressources précieuses, et à les exploiter pour leur propre profit, et si vous n'êtes pas d'accord avec le procédé, eh bien, tant pis pour vous. »

De nouveau, Rigel s'accouda sur la plage. « Mais réfléchissez bien, une fois que l'on sort du puits de gravitation, tout le monde se retrouve plus ou moins au même niveau, et là, la victoire ne revient pas au plus gros et au plus fort, mais au plus maniable et au moins gourmand. Pour un petit pays avec une petite flotte de Jeeps de l'espace, ne serait-ce que quelques-unes, cela signifie qu'il n'aura plus à dépendre des grandes compagnies ou des grandes puissances pour sa maintenance. Il pourra baser son personnel sur la seconde station spatiale, la station internationale, et se charger des réparations de ses satellites lui-même. Fini les intermédiaires. Ensuite, ses petits engins commenceront à lui rapporter assez pour financer de petits programmes spatiaux. Ce n'est plus très difficile à présent. Cela fait près de trente ans maintenant que la technologie est disponible, dans toutes les bonnes bibliothèques ou presque. Bien sûr, les grandes puissances ont essayé de garder la mainmise sur ce marché et d'obliger tous les autres à passer par elles, mais la Jeep de l'espace est la première faille dans la forteresse. D'ailleurs tout le monde le sait, dit Rigel, avec un petit sourire ironique. C'est pour ça que McDonnell-Boeing est si furieux contre moi. »

Cela avait l'air de l'amuser. Megan s'associait à sa joie. « C'est le début d'une nouvelle vie pour certains pays pauvres, dit Rigel. L'Afrique sub-saharienne en particulier. Elle est située sous une vaste étendue de "droits spatiaux" que les grandes puissances et les organisations leur ont arrachés, les uns après les autres. À présent que la Jeep devient une réalité, ces pays envisagent de rassembler leurs ressources pour ouvrir éventuellement leur propre station, leur propre base de maintenance. Un pays songe déjà à installer une catapulte à induction de huit kilomètres de long, juste sur l'équateur, pour envoyer des charges utiles sur orbite basse, sans avoir besoin d'aucun propulseur chimique... et les "Jeeps" leur permettront de les lancer sur des orbites plus hautes quand ce sera nécessaire. Les pays d'Afrique seront capables d'entretenir leurs propres satellites, ainsi que ceux d'autres nations, et pourront gagner assez d'argent pour acquérir des propulseurs économiques réutilisables. Ils ne dépendront plus des autres pays et des compagnies, avec leurs carnets de commandes. Ils pourront diriger leurs ressources, là où elles leur seront utiles. Des satellites météorologiques pour prévoir les famines, des renifleurs spatiaux pour déceler où se cachent les réserves de minéraux exploitables et les sources souterraines. Il y aura de sacrées surprises, dit-il doucement. Ces pays vont bientôt être trop occupés et trop demandés pour continuer à se déchirer avec ces vieilles guerres tribales qui durent depuis des siècles. »

Megan n'en était pas persuadée. La plupart des hommes et des femmes politiques avec lesquels elle était entrée en contact dans sa courte vie avaient le don de se haïr les uns les autres pour des raisons stupides depuis des siècles. « Ce serait formidable, si cela pouvait arriver », dit-elle.

Rigel la regarda en levant les sourcils. « Bon, le scepticisme a quelque chose de sain pour la jeunesse, dit-on. Mais que cela ne vous paralyse pas. Je sais que lorsque ces gens se trouveront en conflit sur d'autres sujets, à propos d'autres ressources, tout recommencera. Mais du moins reste-t-il l'espoir que les nouvelles querelles trouvent des épilogues plus heureux que les anciennes. Les gens sont si bornés. Ils oublient de regarder de l'autre côté de la colline pour découvrir de nouvelles perspectives. »

Megan s'allongea dans le sable et regarda Rigel qui contemplait la ligne d'horizon où le bleu du ciel se fondait dans celui de la mer. Elle le voyait cette fois, ce regard aux bottes de sept lieues dont lui parlait son père, ce regard du visionnaire. Cela lui faisait un peu peur. Megan tremblait.

« Vous attrapez froid, dit Rigel. Tenez, prenez mon pull. »

Il fouilla encore dans la pile de matériel et sortit un sweater qu'il lui tendit. Megan tremblait toujours. « De toute façon, dit Rigel, quand je pense à l'échelle des conséquences que la Jeep peut avoir, je ne me sens plus coupable. Et il y a d'autres possibilités, en dehors de la zone équatoriale. Certaines semblent encore hors de portée pour le moment, mais dans dix ou quinze ans, il n'en sera plus de même. Avec ces Jeeps, pour la première fois, il devient envisageable, en termes de coûts, de songer à “terraformer” Mars, à la rendre vivable pour l'humanité. Il n'y a pas d'infrastructures sur la planète rouge, dit-il en souriant. Pas de routes, pas de pistes d'atterrissage, pas d'héliports. Mais avec la Jeep, c'est inutile. Nous travaillons sur un système d'alimentation qui permettra aux colons d'extraire l'eau pour la transformer en carburant. Si l'on peut exploiter l'eau enterrée sous la surface, ou celle des comètes gelées qui passent à proximité sur leur trajectoire autour du soleil, alors, on dispose d'une gigantesque réserve de carburant, qu'il devient inutile de devoir placer en orbite. »

Elle hocha la tête et s'étira dans le grand sweater avachi. « Mais dans vos rêves, pour vous amuser, vous n'allez pas dans l'espace, vous venez ici.

— Pour le moment, je consacre mon travail exclusivement à l'espace, alors, quoi, il faudrait que j'y pense tout le temps ? C'est le meilleur moyen d'être à court d'idées... Passer tout son temps au même endroit. Il faut quitter le terrain familier pour vraiment comprendre où on se situe.

— Pour regarder les choses sous un angle différent.

— La vision binoculaire de l'âme, dit Rigel avec

une certaine satisfaction. Et dans le monde des borgnes, tous ceux qui voient un peu de perspective ont un gros avantage. Ils sont plus susceptibles d'apprendre aux autres à faire de même.

— J'aimerais voir votre terrain de jeux, dit Megan, pleine d'espoirs.

— Pourquoi pas, répondit Rigel en souriant. Passez au centre demain, je leur dirai de donner l'accès à votre implant. Vous devriez au moins voir les récifs archéologiques... Cela vaut la peine, croyez-moi. Vous avez votre brevet de plongée ?

— En fait, oui, dit Megan. Mes frères et moi, nous sommes allés en Floride, dans les Keys, lors d'un voyage scolaire l'année dernière, et nous avons plongé près des veilles épaves du récif, là-bas, l'*USCG Jackson*, etc. Il faudra que j'appelle à la maison pour leur donner le numéro de mon brevet... Je ne l'ai pas emmené.

— D'accord, ça marche comme ça. Non, gardez le pull, vous me le rendrez demain. »

Il se leva, s'étira à nouveau et contempla une nouvelle fois la mer. « Ça va vous faire rire, mais je n'avais jamais été aussi heureux depuis qu'on m'a offert mon premier train électrique à Noël. »

Megan le croyait volontiers. « Quelle heure vous convient le mieux ?

— N'importe quand, dès que le soleil est levé. Vous me trouverez là-dedans... Ou là-bas, dit-il en indiquant la baie.

— D'accord. Merci, monsi... Jake.

— Merci à vous, dit-il avant d'ajouter en voyant que Megan enlevait le pull : Non, non, ne vous inquiétez pas, demain, ce sera parfait. Ou laissez-le à la villa, mettez un mot dessus, quelqu'un me le ramènera. Alors, à demain... »

Il lui fit un signe d'adieu, reprit son bloc-notes

aussitôt et commença à gribouiller quelques mots alors que Megan s'éloignait. Elle avait fait pas mal de chemin avant d'oser se retourner. Toujours assis, plié au-dessus de son bloc-notes, tel un enfant appliqué qui fait ses devoirs, Rigel écrivait consciencieusement, oublieux de tout, et Megan pouvait discerner le sourire qu'il arborait toujours.

Eh bien, en voilà un qui n'est pas pourri par l'argent. Comment les gens peuvent-ils réagir si différemment quand on leur donne des milliards de dollars ? Est-ce que cela a quelque chose à voir avec ce dont parlait papa ? Parce que Jake fabrique quelque chose, et que le père de Wim se sert des autres, sans jamais rien produire ?

Elle l'observa encore un moment, puis écarta toutes ces pensées et rentra à la villa par le chemin qu'elle avait emprunté à l'aller. À présent, il fallait surtout songer à la manière dont Wim et elle agiraient ce soir. Tout d'abord, elle devait passer quelques coups de téléphone.

Une fois à la villa, elle fouilla dans les affaires de son père, sortit le vieux « portable » et l'emporta dans la salle de bains de l'étage. Puis, en réfléchissant, elle alla chercher la radiocassette, la prit également et l'alluma tout en faisant couler les robinets. *Laissons-les croire que j'aime bien écouter de la musique en prenant mon bain,* songea-t-elle en regardant les murs d'un air soupçonneux. C'était surprenant comme vous vous laissiez facilement envahir par la paranoïa dans une situation comme celle-ci. Malgré ce que prétendait le « guide » de la villa au sujet des « aires d'intimité absolue », elle était de moins en moins certaine qu'aucun dispositif de surveillance n'y était dissimulé.

Pendant que l'eau coulait, Megan s'assit sur le divan dans un coin de la salle de bains (hé, oui, la salle de bains était même assez grande pour ça !), alluma l'ordinateur et activa la liaison satellite. L'appareil était d'une discrétion absolue. L'antenne devait être insérée dans le boîtier lui-même, car rien ne dépassait, rien ne se voyait. La liaison visuelle avec son implant était elle aussi intégrée. Elle pencha le cou vers le capteur, leva un peu le menton...

Soudain, le voile, l'envie d'éternuer... et elle se retrouva dans un espace de travail virtuel sombre, vide de toute configuration, comme désincarné. *Très bien*, pensa-t-elle. « Connexion réseau, dit Megan à l'ordinateur.

— Adresse ? demanda le système.

— Mark Gridley.

— Connexion en cours. »

Soudain, elle se retrouva face à Mark, qui était assis sur une autre chaise quelque part, un garçon noueux de quatorze ans aux cheveux sombres, avec des yeux noirs, toujours très vifs. On ne voyait aucun décor, rien qu'un fond d'un noir absolu. Mark ne s'intéressait guère aux espaces de travail originaux, il ne croyait qu'aux programmes originaux.

« Megan ! Je ne m'attendais pas à avoir de tes nouvelles si tôt. Je pensais que tu en serais encore à te laisser engloutir dans la décadence. »

Elle eut un sourire malin. « Ça devient vite lassant. »

Son regard sévère suggérait qu'il était impoli de mentir aux gens en les regardant droit dans les yeux. Soudain, il leva les sourcils. « Ils ont reprogrammé ton implant !

— Comment tu le sais ? demanda Megan, sidérée.

— J'ai synchronisé le "portable" sur les options

par défaut avant ton départ. La connexion en direct le confirme, d'ailleurs, dit-il en regardant dans le vide pendant un instant. Ah, malin... Ils se sont arrangés pour que tout contact avec le réseau hors Xanadu restaure la configuration par défaut. »

Megan devint écarlate. « Oh, merde ! Alors, j'ai tout gâché !

— Ça aurait été le cas si quelqu'un d'autre que moi s'était trouvé à l'autre extrémité. Par chance, ce n'est pas une grosse affaire. Il y a beaucoup d'utilitaires qui utilisent la liaison directe pour reprogrammer légèrement les implants pendant la durée de la connexion. Ça ressemble un peu aux vieux "cookies" que les premiers sites déposaient sur l'ordinateur qui les consultait afin de l'identifier et le reconfigurer pour certaines applications spécifiques. Je peux l'empêcher de retourner à la configuration par défaut. »

Megan écarquilla les yeux. « Tu peux reprogrammer l'implant tout seul... ? J'aurais besoin d'accès supplémentaires.

— Pour aller où ?

— Un peu partout. »

De nouveau, il regarda dans le vide. « Laisse-moi un instant », dit-il et, pendant un moment Megan vit la même chose que lui, des lignes et des lignes de codes qui défilaient. Mark fit la grimace. « Pouah, quel manque d'élégance.

— Hein ?

— Ils ont laissé des tas de blancs dans leur code d'autorisation générale. Des blancs pour pouvoir y insérer d'autres choses plus tard, pour ainsi dire. Mauvaise idée. Des octets gâchés, dit-il en arrêtant le défilement à un endroit précis. Et c'est bien plus facile de voir où sont les parties cryptées. Attends que j'écrive une routine pour... »

Les lignes de programme défilaient toujours, mais Mark se tourna. « Cinq minutes, dit-il. C'est un cryptage qui utilise une clé de vingt-quatre bits. Ce n'est pas infaisable malgré tout ; il n'y a rien de trop imbriqué. Ça suffit pour décourager les simples curieux, mais on ne peut pas dire que ce soit de la gnognote quand même. »

Megan avala sa salive. « Pas infaisable », cela pouvait dire n'importe quoi dans la bouche de Mark Gridley. Le fils du directeur de la Net Force était connu depuis longtemps pour être une force de la nature dans l'organisation, qu'on ne pouvait empêcher d'intervenir car rien ni personne n'était capable de lui dissimuler les informations qu'il tenait à obtenir. Un autre Explorateur ami de Megan disait que cette capacité s'expliquait sans doute parce que Mark n'était que le fils adoptif de Jay et Anna Gridley, et, qu'enfant, il avait été élevé à l'écart par un ensemble de super-ordinateurs Cray 8000. De toute évidence, cela relevait de l'absurde, mais c'était la meilleure explication que Megan ait jamais trouvée pour justifier le savoir-faire exaspérant de Mark devant tous les ordinateurs qu'on trouvait sous le soleil. Il sourit. « Alors, tu as déjà découvert quelque chose d'intéressant ?

— Aussi vite ? Aucune chance, dit Megan, mais nous verrons bien ce qui se passera ce soir.

— Est-ce un “nous” de majesté, demanda Mark, ou il y a quelqu'un d'autre d'impliqué ? »

Brièvement, elle lui parla de Wim et des problèmes de son père. Mark sifflota doucement. « Alors, dit Megan, c'est un prétexte comme un autre pour se mette en branle. Je vais tenter une intervention ce soir. » Elle n'arrivait pas à prononcer le mot « intrusion ».

Mark leva les sourcils. « Tu n'as pas beaucoup de

chance de trouver des informations intéressantes lors de ta première visite.

— Je sais, répondit-elle en soupirant. Mais un coup d'essai peut se révéler utile. La rapidité avec laquelle on se fera piquer nous en dira déjà beaucoup sur leurs systèmes de sécurité. Cela ne brisera pas ma couverture. Je leur laisserai croire qu'il s'agit d'une simple "incartade de collégiens" que Wim m'a suggérée.

— Tu veux leur faire croire que tu as le béguin pour lui ? » dit Mark d'une voix neutre, comme s'il décrivait le bogue d'un logiciel.

Megan fit la grimace. « Laissons-les voir ce qu'ils ont envie de voir, et ils ne chercheront pas midi à quatorze heures. D'ailleurs, si on a la chance de trouver quelque chose... » Elle haussa les épaules.

Mark grimaça. « Espérons que pour lui "avoir de la chance" a la même signification que pour toi.

— Ça, tu peux me croire, il n'aura jamais, jamais, cette chance-là ! Et d'ailleurs, je pense que cela ne lui a même pas traversé l'esprit. Heureusement ! »

Mark se tut pendant un instant. « Ah, ah ! Ça y est ! Mon Dieu, et dire qu'il y en a un qui croit que son programme de cryptage est génial ! Oh, regarde, ça aussi... bon, laissons la bécane mouliner un peu là-dessus.

— Tu as trouvé ce que tu cherchais ?

— J'ai trouvé une ligne qui signifie "accès total", alors, je l'ai activée chez toi. Bon, et ça, qu'est-ce que c'est ? » De nouveau, il marqua une pause et regarda un passage du programme de l'implant qui se décryptait devant eux, sous forme de lettres rouges brillantes qui flottaient dans l'air. « Intéressant... Ils ont désactivé ton option par défaut de la composante douleur.

— J'ai remarqué, dit Megan. Parfois, j'ai encore

l'impression de ressentir les brûlures sur mon crâne après la pluie de cendres volcaniques.

— Des souvenirs limbiques ou quelque chose dans le genre, dit Mark, toujours aussi clinicien. Ça ne durera pas. Mais je vais restaurer tes options par défaut. Bien. Assez simple, finalement. Personne ne devrait compter sur son algorithme de cryptage au point de laisser la syntaxe des commandes en clair dans le programme ! dit-il en faisant une grimace effroyable. Qu'est-ce qu'ils leur apprennent, aux programmeurs, dans les écoles ? Enfin, passons. D'autres petits problèmes à régler ?

— La faim dans le monde ? Le sens de la vie ? »

Mark lui lança un regard noir. « Pour le moment, je m'occupe des problèmes locaux. Les solutions globales seront disponibles dans peu de temps. Appelle-moi, et raconte-moi comment ça s'est passé.

— Bien sûr », dit Megan avant de clôturer la connexion. Elle ferma le portable, leva les yeux...

... et vit que l'eau coulait toujours et débordait de la baignoire, inondant le sol.

Megan poussa un cri.

Bien des serviettes de toilette plus tard, elle avait terminé d'éponger. Elle rangea l'ordinateur et la radiocassette, prit un bain (pour sauver les apparences), et descendit pour dîner à la villa avec son père. Il s'était senti d'humeur culinaire, et fort joyeuse, car il avait découvert plusieurs filets de bœuf dans le réfrigérateur. « Encore ton prétendant ? » dit-il à Megan. Elle pensa à Milish. C'était bien de lui, de leur avoir envoyé la viande. Le changement était appréciable après tout ce poisson. Ensuite, elle annonça à son père qu'elle allait se promener sur la plage et s'arrangea pour s'échapper vers huit heures et demie. Son père bâillait déjà, ce qui suggérait qu'il irait se coucher de bonne heure. Cela lui convenait à merveille.

Le coucher de soleil prolongé était splendide, mais elle ne tarda pas à avoir une surprise, elle avait oublié à quel point la nuit tombait vite dans les Caraïbes. Elle avait appris en classe que plus on s'approchait de l'équateur, plus le crépuscule raccourcissait. Pourtant par comparaison avec la région de Washington, quand le soleil disparut, on aurait dit qu'un rideau était tombé. La qualité et l'intensité de la lumière se modifièrent en quelques secondes, presque comme si on avait éteint un interrupteur. Le ciel d'un rouge carmin se lacéra de stries d'un bleu profond, se teinta d'un gris-beige argenté, doux comme l'étain, avec une ligne couleur pêche, là où le soleil venait juste de s'enfoncer, qui elle aussi s'estompa en un or terni, puis en un argent pâle, avant de sombrer dans le sombre indigo qui engloutissait l'univers.

À présent, si cela se passait comme lors de son dernier séjour sur les îles, les moustiques allaient bientôt sortir. Mais non. Elle était presque certaine que, si elle posait la question, on lui répondrait que les bâtisseurs avaient fait bien attention à n'en apporter aucun. *Rien que pour cette raison, je serais tentée d'économiser toute ma vie pour passer l'été ici !* Elle n'adorait pas les moustiques.

Elle resta longtemps dans le noir à écouter les vagues avant que Wim s'approche enfin, ombre parmi les ombres. « C'est toi ?

— Ouais, dit-elle. Qu'est-ce qui t'a retenu si longtemps ?

— Un dîner avec les comptables.

— Charmant.

— Oh, arrête ! Où va-t-on, maintenant ?

— En haut. On peut utiliser la salle réseau. »

En silence, ils se faufilèrent dans l'escalier. Megan entendait, assourdi, le bruit du ronflement de son père qui provenait de la chambre principale, dont il avait laissé la porte entrouverte. Sur la pointe des pieds, ils passèrent devant, se glissèrent dans la salle réseau et refermèrent la porte.

Il y avait une chaise supplémentaire nichée dans le mur du fond. Megan alla la chercher, la libéra de son logement et la plaça de telle manière que Wim puisse aligner son implant avec l'interface. « Je suppose que personne ne t'a vu partir ? dit Megan.

— Non, mon père s'en moque... Il est trop occupé à essayer de remettre sur pied ses sociétés...

— Comment ça évolue ?

— Je ne sais pas trop. Certains comptables sont venus le voir, comme je te l'ai dit. Je crois qu'ils avaient très peur d'évoquer des sujets sensibles, même sur une liaison sécurisée. S'il y a des fuites sur la nature de leurs projets... C'est-à-dire sur la manière dont ils vont tenter de sauver les entreprises... Si jamais le marché boursier en a vent... avec la panique qui règne chez les gourous du fric en ce moment, cela pourrait empirer.

— Au fait, dit Megan, je voulais te demander. Tu as trouvé les noms des gens qui se sont occupés des “essayages” de ton père ?

— Un type avec un nom oriental. L'autre s'appelle MacIlwain.

— Le premier, ce n'était pas Nasil quelque chose ?

— Ouais, je crois. »

Megan réfléchit un instant. « Alors, qu'allons-nous faire ? dit Wim, en s'asseyant, l'air embarrassé.

— Ce que feraient des gosses normaux dans les circonstances. Fourrer notre nez partout. »

Elle s'assit sur la chaise principale, aligna son implant et attendit d'avoir envie d'éternuer.

Megan regarda tout autour d'elle, légèrement surprise, car sur trois côtés du mur, la pièce semblait toujours être présente. Elle se leva, se retourna vers le dernier côté où une sombre plaine s'étendait à l'infini. Au fil des secondes, l'obscurité s'éclaircissait. La plaine se métamorphosa en une réplique nocturne de l'île de Xanadu, avec des « étiquettes » lumineuses ici et là, au-dessus des versions virtuelles des divers bâtiments. Administration, salle de sports, centre d'information, restaurant, boîte de nuit...

« Administration, murmura Wim.

— C'est un bon pari. »

Ils commencèrent à marcher. La distance qui les séparait du bâtiment étant virtuelle, ils la parcoururent à une vitesse vertigineuse, si bien qu'ils se retrouvèrent vite devant une réplique du bâtiment principal, « éclairé » de l'intérieur, qui se détachait sur le ciel noir. Cette version possédait quelque chose de plus que l'autre : un certain nombre de portes disposées autour de la façade, menant sur les flancs du bâtiment, qui portaient les mêmes « étiquettes » que la « carte » précédente : caisse, comptabilité, service villas, réservations restaurants, conception des pavillons...

C'étaient en fait les entrées virtuelles des différents services de la « suite » administrative. Megan fit le tour du bâtiment mais elle remarqua une chose très étrange : on entendait la musique d'un orchestre typique, steel-drums et percussions métalliques. « Qu'est-ce que ça peut bien être ? demanda Megan en avançant lentement, tout autour du "bâtiment".

— Tu n'as pas consulté le "tableau d'horreur" de la soirée ? demanda Wim en parlant de la liste des activités quotidiennes qui s'affichait tous les jours à la villa. Ils ont prévu un steel-band jamaïcain.

— Oui, très fin d'années soixante-dix. Ils ont dû ajouter de la réverb, pour renforcer l'effet... »

Ils arrivèrent à l'arrière du « bâtiment ». Il y avait d'autres portes, de chaque côté de la zone aux immenses fenêtres de verre, du plancher au plafond, qui donnaient sur le jardin. Salle de loisirs, service d'assistance, maintenance et réparation... et, au milieu, se trouvait une porte marquée « RÉSERVÉ AU PERSONNEL ».

Megan la regarda d'un air songeur, se demandant quelle allait être l'étape suivante, jusqu'à ce que, à sa grande surprise, Wim se dirige droit vers la porte et la pousse sans hésiter, comme s'il avait parfaitement le droit de la franchir. Megan resta un peu en arrière, n'osant pas même la toucher. *Et si le simple contact avec cette porte montrait qu'on a trafiqué mon implant ?* se dit-elle. Mais Wim la tenait toujours ouverte, accès d'une archaïque galanterie qui poussa Megan à le suivre.

Il n'y avait aucun signe de présence physique de l'autre côté de la porte, où ce qui ressemblait à une copie conforme de la salle de contrôle se dévoilait devant eux. Wim observait, plein d'étonnement. « Y a quelqu'un ? »

Megan se posait beaucoup de questions à ce sujet. « Pourquoi il n'y a personne ? murmura Wim. C'est ridicule. Et si quelque chose ne tournait pas rond dans un pavillon au milieu de la nuit ?

— Ouais », dit Megan. Cependant, elle se demandait si Wim voyait les mêmes choses qu'elle ; elle en doutait, car dans ce cas, ce n'était pas sur l'absence de personnel qu'auraient porté ses commentaires. En regardant les machines, qui semblaient parfaitement normales et opaques l'autre jour, elle s'apercevait qu'à travers certaines, elle voyait... non pas les véritables entrailles des ordinateurs, mais leurs éléments virtuels : des cadres remplis de codes qui défilaient, expression de la tâche précise qu'effectuaient les consoles et les processeurs dans le monde virtuel.

Avec son assurance arrogante, Wim faisait le tour des machines sans leur prêter la moindre attention, lui, c'étaient des gens qu'il cherchait. Un peu plus lentement, Megan le suivait tout en examinant les ordinateurs de près. En se concentrant, elle discernait beaucoup plus que la simple activité spécifique de chacun. Elle décryptait les liens entre les machines, des rayons faiblement lumineux du réseau maître, les rayons plus éclatants des données qui affluaient et qui s'estompaient lors des pauses. C'était un peu comme avancer sur une gigantesque toile d'araignée aux fils incassables ; une toile qui se resserrait vers le centre du réseau, pour donner une structure de lumière presque compacte. Megan resta immobile un instant tandis que Wim poursuivait son chemin pour s'arrêter au centre de la pièce. Toutes les informations commençaient à se propager par son ouïe aussi, un bourdonnement d'abeille, des lumières qui se dispersaient en toutes directions pour se heurter aux murs de la salle de contrôle et rebondir...

Le bourdonnement se fit plus intense quand Megan se retourna pour observer tout autour d'elle, fascinée par le spectacle. Des lumières rouges, dorées, vertes, bleu vif... en rangs serrés, bien ordonnés, qui s'étiraient et revenaient...

... mais celle-là, qu'est-ce qu'elle fiche ? se demanda soudain Megan. Une ligne si fine, si faible, d'un indigo intense, presque invisible, qui partait du centre, atteignait les murs, comme toutes les autres,

mais sans s'y arrêter... Le fin rayon transperçait la paroi pour aller... « Wim, dit Megan. Tu as vu ? »

Ce fut à cet instant que l'alarme se déclencha.

Ils se figèrent sur place et se regardèrent, en état de choc. *Oh, mon Dieu, qu'est-ce qu'on a fait ! À moins que le simple fait de franchir cette porte... un minuteur et...*

Wim se précipita vers la porte virtuelle par laquelle ils étaient venus, trop tard, hélas ! Le panneau de verre se ferma devant eux et se verrouilla avec le bruit d'une luxueuse aérolimousine blindée qui se ferme.

« Très bien, dit une voix de femme, glaciale, très fâchée, derrière eux. L'un de vous daignera peut-être m'expliquer ce que vous faites ici ? »

Norma Wenders. Elle était apparue soudain, en tenue de soirée, une robe blanche vaporeuse rayée noir, époustouflante ; mais l'élégance de sa tenue et ses bijoux ne l'empêchait en rien de ressembler à une blonde Walkyrie, sans sa hache de guerre, mais prête à combattre à mains nues en cas d'urgence... et c'en était un.

« Euh... », commença Megan avant de décider qu'il serait peut-être plus sage de garder le silence en attendant de voir évoluer la situation.

« Euh, dit Wim, mon père m'a dit...

— Ton père ne t'a pas dit de pénétrer dans les animations virtuelles par une porte réservée au personnel ! coupa Norma Wenders. Ne vous enfoncez pas plus que vous ne l'êtes déjà. N'espérez pas non plus vous en tirer plus facilement grâce à son statut. Quant à toi, dit-elle à Megan, j'ai compris que tu allais nous attirer des ennuis dès l'instant où je t'ai vue. Et vous n'avez pas tardé à le prouver tous les deux en passant par cette porte. On la laisse ouverte exprès pour les gros nigauds comme vous... Vous ne vous étiez pas méfiés ? Franchement, ça m'étonne de voir qu'on peut être aussi stupide, enfin, le monde est rempli de ce genre de paradoxes. Je vous laisse une chance de m'expliquer ce que vous veniez faire ici.

— On voulait juste voir...

— Le pavillon de mon père... comment il était fabriqué.

— Et c'est pour cela que vous avez éprouvé le besoin d'entrer par la porte de derrière ? demanda Norma Wenders.

— Il ne m'aurait jamais laissé faire si j'étais rentré par la grande porte, dit Wim, d'un ton rebelle.

— Et j'aurais été parfaitement d'accord avec lui. Les gens ont droit à un peu d'intimité, même dans leur propre famille, non ? À moins que cela ne soit un trait culturel ? De toute façon, peu m'importe. »

Elle leur adressa un regard d'un bleu de glace meurtrier. « Retournez à vos villas, chacun dans la vôtre. Restez-y. Je parlerai à vos parents dès que possible. »

Le décor plongea dans le noir.

Un instant plus tard, ils se retrouvèrent dans la salle réseau. Wim regardait Megan. « Eh bien, c'est un sacré gâchis. » Il se leva, ouvrit la porte brutalement, et sortit en furie.

Megan restait immobile pour l'instant. *Oh, là, là, c'est fichu maintenant. Qu'est-ce que va dire Mr. Winters ?*

Néanmoins, l'image de cette faible ligne indigo, cette ligne qui sortait du réseau central, qui menait... quelque part... la tourmentait toujours.

Megan alla se coucher tout de suite, mais il fallut longtemps, très longtemps avant qu'elle ne s'endorme.

Quand elle se réveilla enfin le lendemain matin, son père était introuvable, mais il y avait un mot plutôt sec sur la table de la cuisine :

Passe me voir à mon séminaire ce matin. Nous avons besoin d'une petite conversation.

Papa.

Je parie que je sais déjà à quel sujet, pensa Megan, morose. Wenders l'avait déjà prévenu. *Eh bien, il ne manquait plus que ça. Je suis ici pour accomplir une mission... et je l'ai compromise avant même de commencer. Ce n'est pas juste...*

Elle passa la tête dans le réfrigérateur, car elle n'avait pas envie de manger grand-chose, à part des céréales et du lait. En sortant le lait, elle trouva une assiette accompagnée d'un autre mot. C'était un fromage blanc, nappé d'une épaisse couche de crème, le tout surmonté de petites fraises sauvages magnifiques. Le mot disait :

Mangez au moins les fraises. M.

« Bon, d'accord », grommela-t-elle en s'asseyant devant son bol de corn flakes, sur lequel elle déposa les fraises. Megan s'appliqua à manger ses céréales aussi lentement que possible, mais elle se rendit compte que retarder le moment fatidique ne l'aiderait pas à se sentir mieux. *Autant en finir le plus vite possible, je crois qu'il va me botter les fesses, et que je ne perds rien pour attendre !*

Après son petit déjeuner, elle sortit et alla prendre son vélo là où elle l'avait laissé la veille. Elle brillait de manière inquiétante. Quelqu'un l'avait nettoyé durant la nuit. *C'est pas vrai... !* songea-t-elle. Si les riches considéraient ce genre d'attitude comme normale — une attention pointilleuse aux plus petits détails — elle n'était pas certaine d'apprécier ce service omniprésent. La vie devrait laisser place à une négligence confortable, un espace de liberté où les choses pouvaient rester un moment en l'état avant que quelqu'un ne vienne tout astiquer.

Tandis qu'elle poussait sa bicyclette sur les graviers avant de l'enfourcher, elle entendit des cris qui venaient de la villa des Dorfladen. Dorfladen senior était furieux, mais cette fois, Megan croyait savoir à quel sujet. *J'espère que Wim que ne se fait pas réduire en purée ! Ce n'était pas sa faute, après tout. C'est moi qui l'ai entraîné...*

Elle soupira et emprunta la route en tentant de s'intéresser un peu aux environs. C'était magnifique, mais, une fois de plus, toute cette beauté d'une propreté méticuleuse, parfaitement manucurée, commençait à l'agacer. Pas un brin d'herbe ne dépassait des autres. Les palmiers étaient trop symétriques. Elle était prise de l'envie irrationnelle de descendre de vélo, de s'approcher d'un de ces arbres, et de le secouer comme un prunier, pour y mettre une touche de désordre... puis de se cacher dans les buissons et de voir combien de temps il faudrait avant qu'un jardinier ne vienne agencer de nouveau les feuilles comme elles auraient toujours « dû » l'être.

Avec un soupir, elle continua sa course dans le doux air matinal. Une fois arrivée devant le bâtiment du séminaire, Megan entra en silence, s'attendant à trouver l'atelier en plein travail, mais, d'après la voix de son père dont l'écho résonnait par la porte ouverte de l'amphithéâtre, il venait tout juste de commencer. Pourtant, le personnel de Xanadu qui s'affairait à installer des tables, avec du café et des pâtisseries dans le hall suggérait qu'il n'allait pas tarder à accorder une pause à ses « étudiants ». Il avait encore dû être reprogrammé. *Ça ne va pas améliorer son humeur...*

Elle se glissa au fond de la salle et s'assit en silence. Il n'y avait pas trop de monde, c'était aussi bien, car, pour ce genre d'atelier, son père préférait les petits groupes intimes aux grandes foules, qui cessaient de lui accorder la moindre attention en quelques minutes. En général, il préférait aussi travailler en cercle, ou autour d'une grande table, ou même assis sur un divan, avec les participants installés un peu n'importe comment, dans la position qu'ils considéraient comme la plus propice à la conversation. Ce n'était pas le cas aujourd'hui, mais du moins avait-il un public.

L'assistance était très variée : un couple de jeunes gens à l'air blasé d'une vingtaine d'années, quelques dames d'âge mûr couvertes de bijoux et trop bien habillées pour cette heure matinale, estimait Megan, quelques personnes plus âgées, vêtues de manière moins tape-à-l'œil, quelques hommes et une autre femme. L'une des femmes mûres prenait la parole, avec des gestes de main élégants, comme si elle n'avait pas conscience de porter des diamants de la taille d'une demi-balle de golf. « Oh, mais vous savez ce qu'on dit, que tout le monde a un livre à l'intérieur de soi.

— Peut-être, répondit son père, sur un ton assez aimable. Mais tout le monde a un cœur aussi. Le premier problème, c'est de le sortir en un seul morceau. Ensuite, il faudra vous demander s'il ne vaudrait pas mieux le laisser là où vous l'avez trouvé ! »

Megan réprima un rire. Les personnes du premier rang fixaient son père. La femme aux diamants poussa un petit « ah ha » contenu, qui suggérait que sa mère lui avait appris à ne jamais rire la bouche ouverte. « Oh, Mr. O'Malley, vous avez beaucoup d'esprit. Tout à fait comme dans vos livres. Cela doit être merveilleux de mener la vie que vous menez. Si je n'étais pas dans ma position actuelle et que j'avais moins de choses à gérer, j'aimerais bien être écrivain. »

Ouille, ouille, ouille... Voilà, c'est justement ce qu'il attendait !

Son père esquissa un sourire triste. « Vous savez quelle impression cela me donne ? Eh bien, j'ai l'impression que vous venez d'annoncer que vous voulez vous lancer dans une carrière d'égoutier. »

Un bourdonnement embarrassé s'éleva dans la pièce, un peu comme celui d'une foule qui n'arrive pas à croire que la phrase qu'elle vient d'entendre a réellement été prononcée. « La comparaison est exacte, poursuivit le père de Megan en commençant à faire les cent pas. C'est un travail épouvantable. Ne parlons pas d'argent, car ce n'est un souci pour personne ici, bien que cela tende à être un métier qui a toujours été mal payé. Mais c'est aussi un travail difficile, souvent désagréable, en général solitaire, la plupart du temps inefficace, quelle que soit l'ardeur avec laquelle on s'y consacre ; cela sème le trouble dans la vie de famille ; que cela vous plaise ou non, c'est toujours difficile à expliquer à un autre être humain, vous êtes un éternel incompris, et, même aux meilleurs moments, les résultats sont toujours ambigus. De nos jours, embrasser une carrière d'écrivain, c'est passer à côté de tout ce que les gens semblent rechercher dans le travail. »

Il regarda les visages consternés avec une expression presque mauvaise. « Maintenant, vous vous dites “Oh, il essaie simplement de nous dissuader !” Et c'est vrai ! C'est ce que je fais avec tous mes étudiants, car je les vois déjà traverser toutes les épreuves que j'ai traversées, et environ neuf fois sur dix, sans la moindre chance de succès, si bien qu'ils s'arrachent les cheveux et meurent d'angoisse en vain. J'aimerais si possible leur épargner cette souffrance, alors, je leur annonce la couleur... »

Il regarda tous les visages, comme s'il cherchait à y lire des réactions bien spécifiques... puis se mit à rire doucement. « Et vous savez quoi ? Personne ne me croit jamais. Pas plus que vous me croyez aujourd'hui », dit-il en hochant la tête.

« Écoutez, poursuivit le père de Megan, je rencontre beaucoup de monde lors des séances de dédicaces et ce genre de chose. Un bon nombre de ceux qui viennent me voir me disent vouloir être écrivains. La plupart du temps, ils pensent aux bons côtés, aux profits annexes. L'argent (croient-ils !), la vie facile où l'on travaille chez soi, où l'on est son "propre patron", les séances de dédicaces, les tournées de lancement... Ils ne voient jamais les heures et les heures d'un travail de Romain, la frustration permanente, même lorsque vous avez du succès, la bataille quotidienne incessante qu'il faut mener pour venir à bout de son travail, malgré les interruptions permanentes. Sans parler des difficultés qu'on éprouve à faire accepter ce style de vie à sa famille, qui estime pour l'essentiel que vous n'auriez jamais dû renoncer à votre "vrai" métier. Alors, je veux simplement leur éviter cette peine. La plupart du temps, les gens repartent en hochant la tête et en pensant que j'essaie de les écarter de la compétition... » Il rit, d'un petit rire désespéré.

« Mais les dix pour cent qui restent me donnent toujours de l'espoir. Ceux qui me disent : "Je veux écrire" et qui le font. Ils n'ont pas besoin de mes encouragements. Ils ne pourraient pas s'arrêter, même s'ils en avaient envie. Et j'aurais beau tenter de les décourager de mon mieux, rien n'y ferait non plus. Ils rentrent chez eux, et ils écrivent. »

L'assistance s'agitait sur les sièges confortables. Megan esquissa un sourire et s'adossa à sa chaise, car elle savait pertinemment où son père allait en venir. « Et voilà, en conclusion je dirai que, si quelqu'un est capable de vous décourager, alors, renoncez, épargnez-vous des souffrances inutiles. Il y en a bien assez comme ça sur la planète, nom d'un chien ! Mais si vous refusez de croire ceux qui en ont fait l'expérience, si rien ni personne n'est capable de vous dissuader, alors, foncez, écrivez, et bonne chance à vous. Je vous souhaite tout le succès possible. »

Il se tut et les regarda d'un air bon enfant. Le regard de ses auditeurs suggérait que certains se sentaient un peu nerveux quant à la suite des événements.

« Voilà la mauvaise nouvelle, dit son père, d'un ton presque enjoué. Bien, c'est l'heure de la pause. Il y a du café et des croissants dans le hall d'entrée. Quand nous nous serons un peu restaurés, si vous avez toujours envie d'écrire, nous pourrons revenir ici et nous pencher sur les différents types d'écritures qui vous intéressent, en saisir les mécanismes, et comprendre les défis qu'il faudra relever. Retrouvons-nous, disons dans... vingt minutes ? Bien. Le dernier sorti, est-ce que cela vous ennuierait de fermer la porte derrière vous ? »

Megan observa les « étudiants » qui défilaient devant elle, l'air amusé pour certains, furieux pour d'autres, la plupart semblant surtout plus perplexes qu'autre chose. Elle avait souvent vu la manifestation de cette confusion parmi les élèves de son père et savait ce que cela signifiait. Un dixième d'entre eux peut-être, survivrait au-delà du troisième jour.

Peut-être aucun. Et si jamais un imprudent commettait l'erreur de faire passer son père sur le mode de la véritable critique, à côté, Pompéi apparaîtrait comme un baume au cœur.

Toujours dans « l'arène », il les regarda sortir, puis leva les yeux vers elle et se rassit.

Megan se leva et descendit vers lui.

« Comment ça va ? »

Il leva les yeux, les sourcils froncés, signe qui n'annonçait rien de bon. « Pas aussi bien que je l'espérais, dit son père. Particulièrement en ce qui te concerne. »

Hou, ouh ! « Mais papa, je...

— Il n'y a pas de papa je qui tienne ! Megan, tu m'as mis dans une situation fort embarrassante. Je ne plaisante pas. J'ai reçu la visite de Norma Wenders ce matin. »

Aïe, aïe, aïe ! Elle a jugé bon de se déplacer ! « Qu'est-ce qu'elle a dit ?

— Elle m'a dit que toi et ce Machin-Chose... le jeune Wim, vous aviez essayé de forcer les systèmes dc sécurité, hier soir. Megan, à quoi tu penses !

— Papa, c'était juste par curiosité. On voulait seule...

— Ça, je ne veux pas en entendre parler ! Tu savais pertinemment que tu n'avais rien à faire là où on t'a trouvée. Et après qu'on a eu la gentillesse de t'inviter ici, tu oses profiter de l'occasion pour en abuser ! Je croyais t'avoir mieux élevée que cela ! »

Son père devait savoir exactement ce qu'elle avait tenté. Alors, pour quelle raison... Était-il furieux qu'elle se soit fait prendre ? Il n'y avait plus rien à faire à présent, à part jouer l'humilité. « Excuse-moi, papa...

— J'aimerais que cela soit aussi facile. Les gens de Xanadu nous ont offert une chance inouïe. Dans des circonstances normales, ni moi ni toi n'aurions jamais pu nous offrir deux semaines dans un endroit pareil, pas même un week-end. Ils se sont mis en quatre pour t'inviter, toi aussi, et voilà comment tu les remercies ! J'ai honte pour toi ! Dieu sait s'ils voudront me revoir ici. Et je suis sûr qu'ils ne voudront plus jamais de toi ! »

Megan rougit soudain, prise de terreur. *Oh, non, ils ne vont pas m'expulser ! Si ? Je n'ai encore rien découvert ! Mr. Winters...*

« Ils ont parfaitement le droit de te renvoyer à la maison si bon leur semble, dit son père. Par chance, j'ai pu convaincre Norma Wenders de te garder. Elle aurait sans doute préféré se débarrasser de toi, mais finalement, elle a accepté de mettre ça sur le compte d'une erreur de jeunesse. Et puis, tu connais quelqu'un à qui cela faisait de la peine de te voir partir. Jacob Rigel.

— Oh ! » s'exclama Megan. *Sauvée par une rencontre fortuite sur la plage !*

« Il a l'air de penser que ta conversation en vaut la peine. Il leur a demandé de modifier ton implant pour que tu puisses accéder à son pavillon. C'est aussi ce que Norma Wenders voulait vérifier avec moi. Je lui ai donné mon accord. Tant que tu restes dans le droit chemin. Je ne veux plus qu'on te reprenne à faire de telles bêtises. C'est bien compris ? »

Megan trouva cette dernière formulation intéressante, mais elle n'allait pas soulever le débat pour l'instant. « Euh, euh... Oui, papa.

— Bien. Bon, alors, maintenant, embrasse-moi et promets-moi d'être sage », dit son père.

Megan s'approcha de lui et l'embrassa, bien que la deuxième partie de sa phrase l'ait quelque peu surprise. Cela faisait bien longtemps qu'elle n'avait plus entendu un tel vocabulaire, car, apparemment, son père avait abandonné le concept de « sagesse » des années auparavant. Pendant qu'elle le serrait dans ses bras, il lui murmura à l'oreille, si doucement qu'elle l'entendit à peine : « Tu crois que c'était assez convaincant ? »

Abasourdie, Megan cligna des yeux. « Hum, hum, chuchota-t-elle, en esquissant un léger sourire. Une fois de plus elle s'aperçut que, plus elle vieillissait, plus son père grandissait, lui aussi. C'était suffisant pour restaurer sa foi dans la nature humaine.

« Bien », dit son père à voix haute, en lui donnant une petite tape sur le dos puis en l'écartant de lui pour la prendre par les épaules et la secouer un peu. « Tiens-toi à carreau, maintenant !

— Oui, papa », dit-elle, effaçant le sourire qui illuminait son visage par pure force de volonté. *Quelle composition ! Il gâche ses talents en étant écrivain. Il aurait dû être acteur !*

« Bon, alors, que vas-tu faire pendant le reste de l'après-midi ?

— Je crois que je vais m'occuper de cet implant... Et puis, je crois que j'irai voir le cuistot des résidants. Il n'arrête pas de m'envoyer des cadeaux. Ce serait impoli de ne pas le remercier.

— Vas-y. Et ne te fais plus remarquer ! »

Megan s'éloigna, plus songeuse qu'à l'accoutumée.

Elle se rendit au centre d'accueil et y entra, l'air penaude. On ne pouvait pas dire que tout le monde la regardait, mais, tandis qu'elle se dirigeait vers la salle de contrôle, elle surprit des regards en coin et des expressions réprobatrices. Une fois arrivée, elle resta sur la passerelle et, l'air toujours accablé, chercha des visages connus.

« Hé, Megan ! dit une voix derrière elle. Comment ça gaze ? »

Elle se retourna. C'était Len qui descendait sur la plate-forme, avec un paquet d'unités de sauvegarde. « Euh, répondit-elle, en essayant de trouver plusieurs réponses, dont aucune ne paraissait drôle aujourd'hui. Euh, je cherchais Norma Wenders.

— Elle n'est pas là. Elle est partie déjeuner.

— Ah ! » Ouf, c'était un léger soulagement. « Euh, je voulais juste m'excuser, pour hier soir. »

Len regarda tout autour de lui comme pour s'assurer que personne n'écoutait, puis il se mit à rire. « Écoute, c'est pas nos oignons. Nous, on s'en fiche. La vie est si ennuyeuse, ici, parfois. »

À cet instant, Nasil remonta et lança à Megan un regard malicieux. « Alors, le criminel revient sur les lieux du crime ?

— Euh... Je suis désolée...

— Laisse tomber, Megan. C'est sans importance. Mais je ne pense pas que tu sois venue rien que pour ça.

— Ah bon ? » dit Len.

Nasil lui donna un coup de coude. « Sadique ! N'oublie pas qu'elle doit faire modifier son implant. La barrière de corail. »

Megan avala sa salive. Elle ne voulait pas qu'on touche à son implant pour l'instant. Qui savait ce que Mark avait bien pu y faire ? Est-ce que cela serait perceptible pour celui qui le manipulerait ? « Oh, ça peut attendre. En fait, en plus de vouloir présenter de plates excuses, je cherchais Milish.

— Oh, tu le trouveras à l'endroit habituel. À s'agiter comme un diable, à s'époumoner comme un âne, à faire son boulot de chef cuistot, quoi !

— Je vois. Écoutez, dit-elle, j'ai expérimenté un pavillon, la dernière fois...

— Ah, oui, Pompéi. Alors, t'as trouvé ça comment ?

— Euh, très efficace, dit-elle en avalant sa salive et en croisant les mains pour éviter de se gratter, par réflexe. Écoutez, je me demandais s'il arrivait que les gens disjonctent ?

— Pourquoi ? Parce que le scénario est trop réaliste ?

— Hum, hum. »

Il la regarda sans rien dire pendant un moment. « En règle générale, non, répondit Nasil, à voix plus basse qu'auparavant. Tu penses que cela risque de poser un problème ?

— Non, pas vraiment. Pas pour moi, en tout cas. Mais il me semblait que parfois, quelqu'un pourrait avoir une réaction imprévue pour... disons, être parti trop loin. Plus loin que prévu à l'origine. »

Nasil hocha la tête. « On ne le crie pas sur les toits, mais dans le questionnaire préliminaire que nous adressons à ceux qui réservent pour la première fois, il y a un test psychiatrique. C'est assez subtil. Les gens doivent y répondre pour des questions d'assurance, et personne n'a l'air de s'offusquer. Mais ce questionnaire nous a parfois conduits à... Bien sûr, nous ne refusons jamais personne. Nous pouvons les orienter ailleurs. Et si ce n'est pas facile de les réorienter, eh bien, nous n'arrivons pas à leur trouver de dates disponibles. Tu vois ce que je veux dire ?

— Oui, je crois.

— Est-ce que cela répond à ta question ?

— Plus ou moins. Bon, je crois que je ferais aussi bien d'aller voir Milish... Merci. »

Elle sortit et trouva le chemin qui menait aux cuisines. Loin d'être le lieu paisible qu'elle avait visité plus tôt, aujourd'hui, c'était un véritable enfer. Des hommes en blanc s'agitaient en tous sens, des faitouts ou des plateaux à la main, tout le monde hurlait, en français, apparemment, tandis qu'un haut-parleur annonçait les commandes, en français aussi, le tout, dans un concert cacophonique de tintements d'ustensiles, d'eau qui frémissait, de hottes aspirantes qui sifflaient, de poêles qui crépitaient.

Megan allait faire demi-tour pour s'en aller comme elle était venue lorsque, du fin fond de la cuisine, une voix hurla : « Arrêtez cette fille ! Ne la laissez pas partir ! »

Elle était si stupéfaite qu'elle resta figée sur place de terreur, s'attendant à voir Norma Wenders se matérialiser devant elle, sortant d'un nuage de fumée. Mais ce ne fut que Milish qui apparut quelques instants plus tard, et s'essuya les mains dans un torchon à vaisselle avant d'enlever sa toque qu'il glissa sous le bras pour s'éponger le visage. « Parfait, dit-il, une bonne excuse pour échapper à cet enfer. Ils préparent le déjeuner, mais ils n'ont pas besoin de moi pour ça. Venez, on fabrique du fromage aujourd'hui.

— Quelle sorte ?

— Du Monterey Jack, du fromage à la crème, du cottage-cheese, et du Neufchâtel, rien que des fromages frais. Venez, venez, pour la laiterie, il faut sortir par-derrière, c'est au bout du couloir. »

Ils sortirent donc, et empruntèrent un corridor qui les conduisit vers une autre pièce, où tout le long du mur, de grandes cuves en acier inoxydable étaient alignées. La température des cuves était tiède... « Je ne comprends pas, dit Megan, notant la chaleur, vous disiez qu'ils étaient frais ? »

Milish éclata de rire. « Grande nigaude, frais, cela

fait référence à leur degré de fermentation : on ne leur laisse pas le temps de former une croûte, de s'affiner, ou à peine. Un fromage frais, c'est un fromage qui se consomme dans les quelques jours, sans tarder.

— Un nouveau mystère résolu », dit Megan, du reste modérément intéressée.

« Venez par ici, dit Milish, je vais vous montrer la sale de salage. »

Au fond de la grande pièce, il ouvrit ce que Megan avait pris au début pour une chambre froide, et lui fit signe d'entrer. « La température doit rester constante à six degrés ici, et le taux d'humidité à quarante pour cent, exactement, sinon, le fromage peut se gâter en quelques minutes. Très peu de gens ont réussi à fabriquer du fromage sous un climat tropical, la chaleur et l'humidité en font un paradis pour la moisissure et les insectes qui gâchent le goût ou... ruinent la santé. »

Il ferma la porte et regarda de chaque côté de la chambre froide, aux murs couverts d'étagères grillagées, où étaient posés des centaines de fromages de toutes tailles. « Et maintenant que nous sommes à l'air libre, dit-il, laissez-moi vous transmettre les remerciements de Mr. Halvarson pour avoir accepté de venir l'aider à résoudre ses problèmes. »

Megan le fixait.

Milish sourit. « C'est l'un des rares endroits de l'île où la sécurité n'a jamais installé ni caméra ni micros, dit-il. Ils ont bien essayé, mais j'ai piqué ma crise. Ces saletés sont des attrape-poussière, et la poussière, c'est le nid rêvé pour les bactéries et les moisissures pathogènes, qui gâchent le fromage, que je leur ai dit. »

Megan le regarda avec ce qu'elle pensait être une expression plutôt retorse. « Vous voulez dire que vous m'avez envoyé toute cette nourriture pour m'atti...

— Megan... Je peux vous appeler Megan ? J'essaie de vous attirer ici depuis trois jours ! Je croyais avoir épuisé toutes les possibilités ! La plupart des gens s'empiffrent quand ils arrivent ici ! J'en connais peu qui refusent un plat. Je commençais à me demander si vous n'aviez pas un problème psychiatrique.

— Non, dit-elle en riant, juste une réaction contre tout ce luxe, sans doute. »

Milish rit, lui aussi. « Bien, dit-il, en étudiant les angles du plafond. Ce qui me fait rire, dit-il, c'est que les gens de la sécurité m'ont écouté. Apparemment, ils ne savent pas que la plupart des fromages ont besoin de bactéries et de moisissures pour se former ! Certains n'existeraient même pas sans cette flore... Autrefois, on trempait des harnais de chevaux moisis dans les cuves de Blue Vinney, m'a-t-on dit, pour introduire la moisissure dans le fromage. »

Megan fit la grimace. « Oui, dit Milish, bon, c'est peut-être une légende et de toute façon, vous n'avez guère de chance d'en manger du vrai, parce que quatre-vingt-dix pour cent du Blue Vinney est contrefait, aujourd'hui. Peu importe. De toute façon, je peux vous transmettre les informations que Mr. Halvarson veut vous communiquer. Nous sommes en sécurité, mais il faut aller vite, car si on s'éternise ici, le commis de cuisine va bientôt nous soupçonner d'avoir disparu comme par enchantement et risquer de tirer la sonnette d'alarme. De toute façon, je suis content que vous soyez là. Si vous étiez venue plus tôt, j'aurais pu vous éviter quelques ennuis. »

Megan fit la grimace.

Pendant les quelques minutes qui suivirent, Milish

parla effectivement très vite. « Vous semblez pas mal vous en tirer, pour quelqu'un qui agit seul, ou quelqu'un qui ignorait qu'on pouvait l'aider. Saisissez le bon moment, ma petite, n'oubliez jamais de sauter sur l'occasion, dit-il, en prenant Megan par le bras à la manière d'un conspirateur. Mais essayez de ne pas vous faire prendre à nouveau. Sinon, ils n'auront pas le choix, ils seront obligés de se débarrasser de vous. »

— Norma Wenders, dit Megan. Elle est intraitable, non ?

— Y a pas pire. Vous auriez dû la voir avant qu'elle se bonifie ! »

Megan avala sa salive.

« Il y a eu d'autres attaques dont je ne suis pas informée ? demanda-t-elle.

— Je ne crois pas. Dorfladen, c'est la dernière en date. Ce type est peut-être un crétin, mais ses actionnaires ne méritent pas ça. De toute façon, je crois savoir que vous avez un plan pour tenter de débusquer celui qui se cache derrière ces manigances...

— J'ai quelques idées, dit Megan, mais cela va m'obliger à m'introduire dans le système.

— Hélas, je ne peux rien pour vous, je ne connais rien à la technique, sauf lorsqu'il s'agit de faire une sauce hollandaise. Là, je peux décrire jusqu'à plus soif le processus chimique... Bon, dit-il en hochant la tête, ici, le patron est un ami, c'est mon seul avantage. Et cela ne sert pas à grand-chose le jour où les plats sont en retard ! Ce qui me fait penser qu'il faut sortir d'ici. Si je reste trop longtemps éloigné de ma cuisine en ce moment, quelqu'un risque de le remarquer. Prenez un fromage, n'importe lequel. »

Elle en prit un grand en forme de Brie. « Laissez-le à l'air pendant un après-midi, dit Milish en l'examinant d'un œil expert. Pas plus, sinon, il s'en ira tout seul ! Souvenez-vous, si vous avez besoin d'éléments pratiques, j'essayerai de vous aider. Mais soyez discrète. Il n'y a aucun moyen de deviner qui est impliqué dans l'affaire. »

Megan hocha la tête. Ensemble, ils sortirent de la salle en discutant des vertus des toasts tartinés de fromage ruisselant... « Coulant, ma petite », corrigea Milish alors qu'il la guidait vers la cuisine. « Comme les nez enrhumés ! Amusez-vous bien. »

Megan sortit avec son fromage, sourire aux lèvres. Mais sa gaieté s'évanouit en un éclair lorsque la porte du hall s'ouvrit, pour laisser le passage à Norma Wenders. Elle regarda Megan au passage, puis jeta un coup d'œil sur le fromage, se tourna une fois encore vers Megan et lui adressa un petit sourire hivernal. « Alors, enfin revenue à de bons sentiments, je vois.

— Oui, madame.

— Bien. Que ça reste comme ça. »

Megan retint son sourire jusqu'à ce qu'elle soit bien engagée sur le chemin de la villa.

En rentrant, Megan s'aperçut qu'elle avait retrouvé son appétit, suffisamment du moins, pour aller vérifier, pleine de préjugés, si les propos que Milish avait tenus sur le fromage étaient fondés. Il avait raison. Après avoir fait monter son taux de cholestérol, Megan monta une boisson fraîche dans sa chambre, où elle retrouva le « portable » de son père et sa « radiocassette » et se rendit dans la salle de bains princière pour prendre une nouvelle « douche ».

Elle ferma et verrouilla la porte et regarda tout autour d'elle, songeuse. Elle ouvrit le robinet, à un débit plus modéré que la fois précédente, et s'installa sur le divan, accomplissant de nouveau le geste mental qui branchait son implant en ligne.

Un clin d'œil, et elle se retrouva dans le noir.

« Espace de travail », s'il te plaît.

Un autre clin d'œil, et l'espace de travail de son amphithéâtre apparut. Elle s'installa sur le plus haut gradin. Demi-cercle lointain, Saturne se levait. À sa gauche, l'une des plus petites lunes traversait le ciel, le fragile croissant se métamorphosant à une vitesse fulgurante en demi-lune. Megan contempla le spectacle en songeant au « rêve » de Jacob Rigel. En deçà de l'orbite de Jupiter et du pâle poudroiement d'étoiles qui n'était en fait qu'une ceinture d'astéroïdes, plus près du soleil, on apercevait Mars. Rendre Mars habitable, pensa-t-elle. *Je ne vivrai sans doute pas assez longtemps pour le voir... Si cela se réalise un jour...*

Et pourquoi pas ? Cela marchait déjà. C'était pour cela, d'après Jacob, que McDonnell-Boeing et les grandes sociétés aérospatiales étaient si furieuses contre lui.

Megan descendit les gradins pour aller retrouver son fauteuil. Et leur courroux était redoutable. Qui savait... si quelqu'un ne projetterait pas un fâcheux et regrettable accident...

Megan hocha la tête. La paranoïa ambiante de ces derniers jours commençait à la contaminer. Pourtant, cette pensée refusait de se dissiper.

Elle s'installa sur son fauteuil et réfléchit un instant. « Mark Gridley », dit-elle. Elle allait ajouter « ligne cryptée », lorsqu'une pensée soudaine surgit. « Pause », ordonna-t-elle.

« En attente », répondit la voix des commandes de son ordinateur.

Si quelqu'un a importé tout mon espace de travail,

qu'est-ce qui l'aurait empêché de bidouiller mes routines de cryptage ? Ce serait une bien vilaine surprise. Elle croirait sa conversation protégée des oreilles indiscrètes et il n'en serait rien.

« Ouvrir la connexion », dit Megan.

« Connexion établie. »

Un clin d'œil, et elle se retrouva face à Mark, immobile sur sa chaise. *Est-ce qu'il lui arrive de mettre les pieds dans le monde réel ?* se demanda Megan, comme souvent, d'ailleurs. Prend-il le temps d'aller aux toilettes ? Elle écarta aussitôt cette pensée, comme si tout d'un coup, elle allait découvrir la réponse à ses dépens.

« Megan, dit Mark. Qu'est-ce qui se passe ? Je suis un peu bousculé pour l'instant.

— Génial. On peut discuter ? »

Il la regarda d'un œil perplexe. « Je ne connais personne qui ait jamais pu t'arrêter.

— Je te remercie.

— Bon, avant que tu me dises quoi que ce soit. Je vais t'envoyer un fichier. Je veux que tu le classes dans un certain dossier de l'ordinateur de ta villa quand tu auras terminé avec celui-ci, expliqua-t-il en lui montrant l'arborescence du disque sur lequel il indiqua un répertoire. C'est un programme. Lance-le.

— Cela ne va rien détruire, tu promets ? »

Mark parut songeur. « On verra plus tard. Mais j'aurai peut-être besoin de m'introduire dans le système de Xanadu sans me faire remarquer ni par la direction en place, ni par celui que tu pourchasses, et cela me donnera des indices sur la façon de procéder, si j'arrive à le faire tourner correctement. Il faut encore que je trouve le lien satellite — il n'y a aucun moyen d'accéder à leur réseau par les chemins habituels du Net, ils sont trop bien protégés contre ça.

Mais si mon programme fonctionne comme il se doit, je ne devrais plus avoir de problème pour entrer et venir te prêter main-forte en passant par la petite porte.

— Bien, dit Megan en regardant la petite figurine qui bondit soudain dans son espace. Comment suis-je censée la faire entrer dans l'ordinateur central ?

— J'ai trouvé une méthode un peu plus créative pour reprogrammer ton implant, dit Mark. Je suis arrivé à le faire agir comme une passerelle entre deux systèmes. Ton implant accédera aux deux simultanément et laissera chaque système penser qu'il dispose d'un pare-feu pour se protéger contre l'autre, si bien qu'aucune alarme ne se déclenchera. »

Quelque chose dans sa voix fit réagir Megan immédiatement.

« Du moins, c'est ce que tu crois.

— Ça nous donnera l'occasion de vérifier. »

Megan soupira. Elle avait appris que, lorsque Mark commençait à parler de ce genre de chose comme d'une banale réalité, alors que pour elle, cela tenait de la magie, il ne lui restait plus qu'à ravaler son scepticisme et attendre la suite. Il ne s'était encore jamais trompé... ce qui l'agaçait au plus haut point, car Megan pensait que la loi des grands nombres n'aimait pas avoir à composer avec l'exception.

« Alors, de quoi voulais-tu me parler ? demanda Mark.

— Tes manips sur mon implant... »

Elle rassembla ses souvenirs... les rais de lumière du réseau, tous en circuit fermé... sauf un... « C'est un système clos, non ?

— Les pavillons ? Ouais. Ils ne prendraient pas

le risque d'ouvrir des passerelles avec l'extérieur. Cela anéantirait toute leur stratégie.

— Eh bien, j'ai vu une passerelle qui partait ailleurs... »

Mark semblait inquiet. « Ah bon, c'est vrai ? Cela pourrait être une sorte de diagnostic. Il doit y avoir des liens vers l'extérieur, pour les relations commerciales. Mais ils ne devraient pas être reliés au système central, malgré tout. »

Megan hocha la tête. « Il ne semblait pas utiliser beaucoup de bande passante.

— Un petit truc maigrichon ?

— Un simple fil. »

Mark réfléchit à la question. « Une bretelle... pensa-t-il. Ou un lien avec un élément caché. Quelqu'un se serait montré négligent ? Je me demande si...

— Ça ne rime à rien, dit Megan. Si tu m'as donné un accès général, quelqu'un d'autre doit être capable de voir la même chose que moi. Pourquoi personne ne s'en serait aperçu ? Wenders ou quelqu'un d'autre ?

— Peut-être qu'ils n'ont pas regardé au bon endroit au bon moment, dit Mark. Ou... » Il eut l'air pensif puis grimaça un peu. « Certains systèmes présentent des niveaux d'administration qui ne sont jamais utilisés, "super-admin" par exemple... On ne s'en sert pas parce que la plupart des utilisateurs ignorent leur existence ou parce que tous les problèmes d'administration de réseau sont réglés aux niveaux inférieurs. Je t'ai peut-être donné plus d'accès que tout le monde, excepté le Big Boss, quand j'ai trifouillé tes codes. » Il esquissa lentement un drôle de sourire. « Il faudra que tu testes. Mais garde le lien bizarre à l'esprit. Quand on s'introduira dans le système, je veux qu'on le regarde attentivement. Ce n'est sûrement pas anodin. »

Megan hocha la tête. « D'ailleurs, dit Mark, pourquoi tu n'apporterais pas ton "portable" dans la salle de l'ordinateur central, pour voir si mon petit stratagème fonctionne ? »

Megan cligna des yeux pour rompre la connexion, se leva, alla fermer le robinet et entra dans la salle réseau avec son portable et son « ghetto blaster ». Là, elle ferma la porte, s'installa sur la chaise et aligna son implant avec l'interface.

L'implant établit le contact. Un instant plus tard, elle se retrouva dans son espace de travail, dans la version que lui proposait l'ordinateur par l'intermédiaire du réseau de Xanadu. Elle regarda le portable, qui se trouvait toujours sur ses genoux...

Soudain, un petit cube aux allures inoffensives dégringola devant elle, représentation graphique du programme que Mark lui avait demandé de transférer. « Fais simplement un glisser-déposer du portable à l'ordinateur de la salle... »

Elle hocha la tête, ordonna à la machine de visualiser l'arborescence, avec toute sa hiérarchie de dossiers, jusqu'à ce qu'elle trouve celui que Mark lui avait indiqué. Megan se leva de son siège, cueillit le cube qui flottait dans l'air, alla vers l'arborescence et le glissa dans le dossier qui était suspendu là.

Il se boursoufla puis s'amincit à nouveau pour indiquer qu'il avait digéré le programme et lui montra une liste de sous-répertoires qui venaient de se créer. Ils étaient représentés par des icones dépourvus de signification aux yeux de Megan, qui ne s'y intéressa pas. Elle posa le doigt sur le fichier qu'elle venait d'introduire et dit : « Démarrer. »

Megan défaillit presque car un bruit strident et désagréable envahit soudain la pièce. La texture de l'espace qui l'entourait se brouilla, comme si on le voyait à travers de l'eau. Megan avala sa salive. Elle n'avait jamais vu son espace de travail réagir ainsi. Quelques secondes plus tard, il se stabilisa et reprit son aspect normal, mais il restait en fond sonore un petit sifflement de bruit blanc qui refusait de disparaître.

Mark apparut dans l'espace de travail de Megan et regarda tout autour de lui. « C'est ce qui me plaît chez toi, dit-il. La plupart des gens changent leur configuration personnelle toutes les demi-heures. Pas toi. »

Megan décida de prendre cette remarque pour un compliment... pour l'instant. « Quel est ce bruit ?

— Mon brouilleur », dit Mark en s'approchant de l'arborescence de l'ordinateur de la salle réseau qu'il examina longuement. Elle se perdait dans le vide en haut et en bas. S'il avait fallu la visionner en entier d'un seul coup, elle se serait perdue à l'infini au zénith et au nadir. « Je l'ai un peu traficoté pour m'assurer qu'aucun "indigène" du système ne pourra s'apercevoir de ma présence. Il faudra peut-être que je le renforce après coup, que je le fasse traverser des cycles d'invisibilité pour que les visites répétées passent inaperçues. Si toutefois nous avons besoin de répéter nos visites, ajouta-t-il en souriant, ce dont je doute fort. Mais à chaque heure suffit sa peine... »

Il toucha l'arbre qui s'étira, tel le haricot géant des contes pour enfants. Mark s'en saisit et le fit glisser vers le haut, manuellement, comme on hisse un drapeau. Il s'interrompit brusquement et regarda l'un des dossiers. « Tu as entendu du bruit pendant que ce programme tournait ? demanda-t-il.

— Oui, une sorte de crissement.

— C'est bien ce que je pensais. Ce n'est pas ton véritable espace de travail. C'est un clone.

— Ouais.

— Eh bien, on y a ajouté quelque chose en le reproduisant. Un dispositif de surveillance. Plutôt méchant.

— Ils ne sont pas en ligne maintenant ? » dit Megan. En fait, avoir posé cette question n'était peut-être pas une très bonne idée. Cela pourrait indiquer au pirate de Xanadu que quelqu'un était sur son dos.

« Non, ils sont dans une boucle, répondit Mark. Tu auras peut-être besoin d'eux plus tard. À des fins de désinformation. Ils reviendront dès que je me déconnecterai. » Mark fit défiler une autre partie de l'arborescence, vers le haut du « tronc ».

« Tiens, tiens », dit Mark en mettant le doigt sur un dossier. Il se déplia et donna naissance à un arbre d'une taille respectable aux nombreuses branches.

« C'est la voie royale qui ouvre sur les ordinateurs centraux. Ceux qui donnent accès aux scénarios que l'on élabore ici.

— Les pavillons ?

— Ouais. Des millions de fichiers. Sacré terrain de jeu ! dit-il en souriant. Plus tard... »

Il examina un autre répertoire, qui se déploya dans l'air sous forme de cadre, un carré ténébreux. Mark regarda à travers. Megan observait par-dessus son épaule.

À travers le cadre, elle ne voyait guère que des petites figurines pointues, toutes différentes, en forme de pyramides, des centaines de pyramides dispersées dans un paysage nocturne. « Qu'est-ce que c'est ? »

Mark eut un petit rire. « Des pavillons. Après tout, à l'origine, ce n'étaient que des tentes...

— On peut entrer d'ici, pour aller voir à l'intérieur ?

— Pas directement. Sauf si tu as envie de déclencher huit mille alarmes ! C'est la manière dont le système voit la structure des pavillons, de l'extérieur. Si nous nous aventurons dans ce paysage, comme ça, sans accréditation valide, le système se fermera automatiquement pour préserver son intégrité, dit Mark en hochant la tête. Mais cela ne devrait pas être trop long de contourner l'obstacle.

— Mark ! Comment vas-tu pouvoir te procurer les bonnes accréditations ? Ils sont censés avoir les meilleurs systèmes de sécurité du monde... »

Mark se contenta de sourire.

« Bel argument de vente, n'est-ce pas ? »

Megan hocha la tête, car elle y avait déjà pensé plus tôt.

« Toute leur publicité...

— Oh, je parie que leur sécurité est plutôt efficace. Mais elle n'est sûrement pas parfaite. Pour commencer, ils n'ont jamais fait appel à moi ! Et ensuite, aucun système, aussi complexe soit-il, n'est dépourvu de failles. Il y a trop de lignes de code. Et même sans parler des erreurs et des boucles... dit Mark avec un sourire plus angélique qu'à l'ordinaire. Il y a toujours un trou, une porte de sortie. »

Megan ne répondit pas. Elle avait envisagé la possibilité que, pour permettre la construction de l'île de Xanadu, certains hauts fonctionnaires des Bahamas, en position de favoriser ou d'entraver le projet, avaient dû se voir offrir des avantages considérables. Ils avaient pu en profiter sur un plan personnel, bien sûr. Mais personne n'a envie d'avoir sur le pas de sa porte un ordinateur d'une puissance et d'une complexité telles, que, même en cas d'extrême urgence, il soit impossible d'y accéder...

« De toute façon, tu as l'implant, et la passerelle fonctionne, dit Mark. Il n'y aura aucun problème, une fois qu'on sera à l'intérieur.

— Et n'oublie pas Wim, dit Megan. Je t'ai raconté comment son père s'est fait rouler, lui aussi. Il m'a aidée à trouver la bretelle que j'ai vue l'autre soir, et c'est une victime, pour l'instant. J'estime qu'il a le droit de venir.

— Il peut nous être utile ? »

Megan ne savait trop que répondre. « Peut-être, dit-elle. Mais de toute façon, il nous a rendu service. Indirectement. On ne serait jamais arrivé si loin sans lui.

— Bon, OK. Mais il va falloir que j'aille vite, si on ne veut pas qu'ils prennent de l'avance. Et toi aussi.

— Écoute, fanfaron, dit Megan en lui passant amicalement la main dans les cheveux, je suis sûre de pouvoir m'en sortir. Alors, reste à ta place. Nous avons l'honneur de la Net Force à défendre ici. Sans parler d'empêcher des désastres plus graves encore.

— Tu t'attends à pire ?

— Oui, je crois. C'est une escalade. Au début, il s'agissait de simples vols. Ensuite, des gens ont commencé à souffrir. Une personne est décédée, d'une crise cardiaque, c'est vrai, mais à cause de tout cela. Des tas de gens ont perdu leur chemise avec la chute d'une des compagnies du père de Wim. Toutes leurs économies englouties en un après-midi. Je ne crois pas qu'il faille attendre pour voir ce qui va se passer ensuite. Il faut les attraper maintenant.

— Très bien, dit Mark. Est-ce qu'il a le même implant que toi ?

— D'après ce que je sais, oui.

— Bon, il faudra que je bosse un peu dessus. Sinon, il va se retrouver sourd et aveugle s'il essaie de nous suivre, et on ne pourra pas se permettre de ralentir pour lui. Ce système est plein de garde-fous, crois-moi. »

Megan réfléchit un instant. « Cela risque de prendre un peu de temps. Alors, disons, ce soir. Et de toute façon, mieux vaut agir de nuit. La plupart des invités se retrouvent pour faire la fête au centre, et c'est juste à côté de la salle des ordinateurs. Cela fera diversion.

— Très bien. Quelle heure ? »

Megan avait envie de répondre « tard ». Si elle se faisait prendre une deuxième fois, il y aurait peut-être moins de monde au courant. Pourtant, quelque chose lui disait qu'il ne fallait pas attendre, que le plus tôt serait le mieux. « Dix heures, heure locale.

— Comme si c'était fait. Appelle avec le portable, comme tout à l'heure. Tiens-toi prête, avec le brouilleur en place et que Wim soit sur sa machine à la même heure. Fournis-lui une copie du brouilleur aussi. Envoie-le par mail à sa machine, crypté, et explique-lui comment l'installer. Si notre pirate est connecté au système, il ne mettra pas longtemps à s'apercevoir de notre présence, alors, il faudra agir très vite pour obtenir ce que l'on cherche. Il faudra recréer ou resituer cette bretelle pour moi, afin que je puisse l'emprunter pour me mettre en chasse. Mais une fois qu'on frappera à la porte, va y avoir de l'animation. »

Une dernière fois, Mark regarda autour de lui. Puis, à la grande surprise de Megan, il sortit un plumeau et se mit à dépoussiérer l'atmosphère.

« J'efface toute trace de ma présence sur les icônes, dit Mark, avant de ranger le plumeau dans sa poche. Et je réécris par-dessus, pour être tranquille. »

Megan hocha la tête. « C'est toi qu'on aurait dû

envoyer ici, tu aurais déjà démasqué le coupable, maintenant. »

Mais Mark en doutait. « Pas la moindre chance. Tout le monde connaît mon père et ma mère. Ils nc m'auraient jamais laissé approcher les choses importantes. Tu as une bien meilleure couverture... et tu t'en es bien tirée. » Cette dernière phrase n'était pas prononcée trop à contrecœur. « Tu as fait du bon travail de terrain. Maintenant, on va pouvoir construire sur les fondations. C'est comme ça qu'on travaille à la Net Force. En équipe. Dans une équipe, il n'y a pas de héros... »

Megan croyait savoir où Mark avait appris cela. « D'accord, dit-elle. Je vais mettre à jour le système de Wim.

— Parfait. Le portable exécutera le travail : je laisse tourner la routine de clonage de l'implant... installe-le simplement en face de l'appareil. Il aura une copie de ce que j'ai fabriqué pour toi la dernière fois.

— Bien. Et Mark... » Elle lui fit une dernière suggestion sur les options installées de l'implant par défaut. « Elles doivent être réglées de manière à s'activer par intervalles... Toutes... Au niveau du système limbique en particulier.

— Euh, oui, dit Mark, intrigué sur l'instant. Je m'en charge.

— Parfait.

— Et toi, une fois que je ne serai plus en ligne, tu auras peut-être envie de faire un peu de contre-propagande.

— J'appellerai à la maison, et je me plaindrai que je m'ennuie, que personne ne m'aime et que je n'ai qu'une envie, rester enfermée et manger toute la nuit à m'en rendre malade.

— Beau projet ! dit Mark. Bon, alors, à dix heures. »

Il disparut de son espace.

Megan écouta le bruit rose qui s'estompait.

« Appeler maison », ordonna-t-elle.

Il lui fallut près d'une demi-heure avant de pouvoir s'extirper de cette connexion. Ses frères étaient moins intéressés par ses récriminations que par la description détaillée des lieux. Sa mère, qui venait juste de rentrer, voulait elle des nouvelles de son époux. Il lui manquait beaucoup et elle n'était guère enchantée d'apprendre qu'il n'était pas en ligne. « J'ai besoin d'entendre sa voix, dit sa mère, d'un ton plaintif. Tout, sauf celles de trois gaillards qui hurlent que personne ne les aime assez pour leur offrir les vacances les plus chères du monde et qui se lamentent toute la journée d'avoir à rester seuls à la maison ! »

Megan ne put s'empêcher de rire, mais elle s'attacha néanmoins à transmettre ses fausses informations, en dépit de tout. À la fin de l'appel, elle sortit de la villa et se rendit à la plage où elle ne fut guère surprise de trouver Wim, qui faisait les cent pas, l'air très malheureux. Dès qu'il aperçut Megan, il se précipita vers elle, tête baissée, épaules en avant, avec la démarche habituelle de son père, qui faisait croire qu'il allait charger, comme un bouc.

« Ça va ? » demanda Megan, à la hâte, avant que Wim ait le temps de se lancer dans le combat.

Il ouvrit la bouche, puis la referma, comme surpris. « Mmm, ouais. » Puis, comme s'il avait soudain une idée, il demanda : « Et toi ? »

Megan fut légèrement étonnée. « Ça va, je crois. Je ne me suis pas fait disputer autant que je le craignais.

— Moi, si. Pire encore, dit Wim, d'un ton sinistre.

— Je suis désolée », dit Megan. Elle était sincère. Elle imaginait facilement à quoi devaient ressembler de près les vociférations qu'elle avait entendues de loin. « Mais écoute-moi. Il faut que tu viennes chez moi, pour utiliser ma machine.

— Et qu'est-ce qu'elle a de plus que la mienne ?

— Ne me le demande pas pour l'instant. Il faut que tu viennes.

— Je ne peux pas. Je suis coincé ici. Je ne peux pas partir.

— Qui sait que tu es puni ? Euh, par ici ? Qui pourrait dire à ton père qu'il t'a vu partir ?

— Euh... euh... Je ne sais pas.

— Bon, de toute façon, ça n'a pas d'importance. Il faut que tu viennes. Dépêche-toi, il faut trafiquer ton implant si nous voulons une chance de trouver qui a saboté la boîte de ton père. Moi, c'est déjà fait. Je peux accéder partout à présent. Et ma "source" peut faire la même chose avec le tien. »

Wim la regarda fixement.

« Et pourquoi ça ?

— Je ne peux pas t'expliquer maintenant, dit Megan. Je ne pourrai peut-être pas te le dire plus tard non plus, mais viens ! »

Il la regarda, puis hocha la tête. Ils se précipitèrent vers la villa et Megan alla aussitôt chercher son portable... puis conduisit Wim à la salle de bains.

« Ah, non ! »

Elle lui adressa un regard exaspéré. « Ah, c'est pas le moment de te dégonfler ! Entre ! »

Wim la regarda et obéit. Megan ferma la porte. « Voilà, dit-elle en ouvrant le portable. Place-toi juste au-dessus. » Avec une colère amusée, Megan ne put s'empêcher de penser : « Qu'est-ce qu'ils vont déduire de tout ce cinéma, s'ils ont placé un micro ? »

Wim avala sa salive et regarda Megan d'un air bizarre.

« Est-ce que ?

— Oui, répondit Megan. Bon, on ne va pas entrer dans les détails pour l'instant. D'accord ? Viens. »

Elle le fit sortir en hâte, abandonna l'ordinateur et prit au passage le « ghetto blaster ». Une fois à l'extérieur de la maison, le son à fond, elle demanda : « Qu'est-ce que fait ton père ce soir ?

— Il prend livraison de son pavillon, finalement. »

Oh, flûte ! Il sera là, lui aussi. N'y a-t-il rien qui pourrait nous faciliter la vie ? Mais Megan connaissait déjà la réponse. « Wim, ce soir, c'est le grand soir. Tu es prêt ? »

Wim était sidéré, mais il hocha la tête. « Quand est-ce qu'on y va ?

— Dix heures. Sois dans ta salle réseau vers moins dix, et appelle la mienne. Les codes doivent se trouver dans le petit répertoire de "téléphone" qu'ils ont laissé à la cuisine. Tu sais où. Le tiroir, près du réfrigérateur.

— Euh... Je ne suis jamais allé à la cuisine. Le cuisinier s'occupe de tout. »

Megan se couvrit les yeux un instant. « Bien, ça te fera une nouvelle expérience. Mais n'ouvre pas le frigo, ça risque d'être mauvais pour ta santé. De toute façon, arrange-toi pour être à l'heure. Ne laisse rien te distraire. Je vais t'envoyer un fichier. Décrypte-le, et installe-le, tu lanceras le programme quand nous serons prêts à commencer. Et enferme-toi dans la salle réseau, s'il le faut.

— Très bien », dit Wim, qui tourna les talons et s'en alla aussitôt.

Même pas un signe d'au revoir, ça doit être culturel !

De nouveau, elle se dirigea vers la villa, mais elle fut légèrement surprise de voir son père se promener derrière la ligne de palmiers qui séparait le jardin de la plage. Elle s'assit sur le sable, hors de portée de la marée montante, et l'attendit.

Il n'était pas pressé. Il se passa quelques minutes avant qu'il n'arrive près d'elle et contemple la mer « C'est vraiment magnifique, non ?

— Oui. Alors, comment s'est passée la suite du séminaire ?

— Pas trop mal. Le groupe n'est pas dramatique. Les problèmes habituels des gens pourris par le fric... mais ils commencent à perdre une partie de leur superbe. On verra bien comment ils se comporteront demain. »

Megan hocha la tête.

« Et toi, comment s'est passée ta journée ? demanda son père. Après ce qui ressemble à un mauvais début ? »

Megan sourit.

« Ce matin, j'ai discuté avec quelqu'un que Halvarson voulait apparemment que je rencontre.

— Cela t'a aidée ?

— Un peu. » Megan se reprit, se souvenant que, dès le début, son père lui avait précisé qu'il ne tenait pas à connaître le détail de ses activités. Sur le moment, elle s'était sentie soudain très adulte, et très importante. À présent, elle avait plutôt l'impression d'être assise sur une branche, que quelqu'un était peut-être déjà en train de scier. « Papa, tu pourrais me servir de couverture pour ce soir ?

— Très certainement, dit-il en s'asseyant sur le sable à côté d'elle. Tu commences à te lasser de cette nourriture trop riche. Ou de ce tourbillon social. Ou alors, tu es tellement honteuse après ce qui s'est passé la nuit dernière que tu as décidé de rester enfermée... »

Elle rougit. Elle revoyait encore Norma Wenders et son regard accusateur. Elle n'avait guère envie de réitérer l'expérience.

« Alors, combien de temps dois-je rester dehors ? demanda son père.

— Longtemps. Au moins jusqu'à minuit. Mais il faudra que tu t'en ailles bien avant dix heures.

— Ce n'est pas trop difficile... Et toi, tu seras...

— En haut, dans la villa. La salle réseau. Je dois surfer un peu.

— Aucun problème. Ils donnent un grand bal ce soir. Il y a bien quelques-unes de mes élèves qui doivent savoir valser... et, après ce que je leur ai fait subir cet après-midi, je parie qu'elles ne seraient pas mécontentes de me marcher sur les pieds !

— Tu es génial ! » s'exclama Megan en le serrant très fort dans ses bras.

Pour toute réaction, il se contenta de baisser les yeux vers elle.

« C'est ce qu'on me dit toujours... Megan, tu ne risques rien ? »

Elle hésita.

« Je ne crois pas.

— Bon, sois prudente. Et puis... pendant que tu y seras... bonne chasse ! ajouta-t-il avec une vague ombre de sourire. Bon, en attendant, on va rentrer, que je puisse te repasser un savon. »

Il se leva et s'éloigna. Quelques instants plus tard, le visage de marbre, l'air un peu déprimé même, Megan le suivit.

5

Le reste de l'après-midi fut difficile à vivre pour Megan. Malgré ses efforts, elle était incapable de se détendre. Descendre à la plage aurait été agréable, mais à présent, elle redoutait de rencontrer Jacob Rigel qui ne manquerait pas de lui demander pourquoi elle n'était pas encore venue visiter son récif virtuel. Elle en mourait toujours d'envie, mais il n'était pas question de se dissiper, alors tout son esprit se concentrait déjà sur l'intrusion imminente dans le système de Xanadu. Elle se terra donc dans la villa et se lança à l'assaut du réfrigérateur qui renfermait un autre homard.

« Ils font toujours leurs livraisons quand j'ai le dos tourné, lui dit son père, vers sept heures du soir, en triant des vêtements pour choisir ce qu'il allait porter au bal. Je me demande s'il n'y a pas une sorte de passe-plat, relié à un convoyeur souterrain ou quelque chose dans le genre... »

Megan hocha la tête et prit le petit pot de mayonnaise au citron vert qui accompagnait le crustacé. « Non, ce sont des gens... Des spécialistes de la discrétion absolue. Comme celui qui ratisse les graviers, et qui n'arrête pas de nettoyer ma bicyclette.

— Tu en es sûre ? Tu as déjà vu quelqu'un le faire ? »

Il plaisantait, mais Megan perçut l'avertissement sous-jacent dans cette formulation, bien que la nuance eût sans doute échappé à toute personne qui n'aurait pas connu son père aussi bien qu'elle. Lui aussi avait compris que toute cette « discrétion » et ce service instantané signifiaient que les clients de Xanadu étaient observés de près. Même en sachant les motivations des organisateurs bienveillantes, c'était difficile à avaler. *Je suppose que tous les riches ont l'habitude d'être épiés à longueur de temps,* songea Megan. *Protégés contre ceux qui voudraient les enlever, les voler...* Cette simple pensée ternissait le panache de la richesse. Malgré tous les avantages que peut vous procurer la fortune, il y a des choses qui ne seront jamais sur la liste... la liberté, l'intimité...

Vers huit heures, son père fut prêt à partir. Dans un smoking resplendissant, il franchit le seuil de la porte. « Enferme-toi bien. Je rentrerai un peu après minuit, sans doute.

— Parfait. Amuse-toi bien. »

Elle lui fit un signe de la main tandis qu'il traversait les graviers et disparaissait dans l'allée. Elle ferma et verrouilla la porte et fit le tour de la villa pour faire de même à toutes les entrées.

Toutes celles que je connais ! Maintenant, il m'a rendue paranoïaque avec ses histoires de tunnels secrets, merci papa !

Elle soupira et se rendit à la salle réseau, où, pendant quelques instants, elle resta devant la porte à admirer l'ordinateur, discret, superbe, d'un prix à faire peur. *J'ai dit que j'allais surfer un peu, je suppose que je pourrais toujours trier ce courrier pourri qui envahit mon espace. Si quelqu'un me surveille, ça va l'ennuyer à mourir.*

C'est donc ce qu'elle fit, elle s'assit et accomplit le mouvement mental qui lui permit de contempler Saturne et de descendre les gradins de son amphithéâtre pour s'installer sur son siège. « Bon, dit-elle, au système. C'est l'heure du ménage... »

Obéissante, la « caisse » dans laquelle elle avait jeté tous les spams et le courrier en attente cracha son contenu dans l'air, si bien que l'arène centrale se mit à ressembler à un terrain de jeu pour bébé doué de psychokinésie, un fatras de cubes, sphères et pyramides multicolores. Certains fichiers, laissés à eux-mêmes depuis quelques jours se mirent à crier « Moi d'abord ! Moi, d'abord » de leurs petites voix pointues insistantes.

Megan roula les yeux et commença. Elle appela une horloge, pour lui tenir compagnie, et, allègrement, au son du tic-tac, Megan jeta à la corbeille des questionnaires inutiles à remplir, des propositions de la meilleure recette de brownie à cinq dollars, des méthodes pour s'enrichir en un éclair. Ça, ça la faisait toujours rire. Si c'était si facile, pourquoi l'expéditeur ne profitait-il pas de son argent au lieu de vous inonder de courrier ?

Avec une joie intense, elle éradiqua tout ce courrier, ainsi que des propositions d'investissement immobilier, de pilules amaigrissantes, des méthodes pour perdre la moitié de son poids en six semaines. Elle était si gaiement absorbée, qu'elle finit par perdre la notion de temps, et, quand un carillon retentit — l'alarme qu'elle s'était réglée —, elle leva les yeux, surprise de constater qu'il était dix heures moins vingt.

Megan prit le « portable » qui attendait près de la chaise à implant, et ferma son espace de travail. Elle activa le programme de brouillage, relia le portable à l'ordinateur central, rouvrit son espace de travail, sécurisé, à présent, et attendit...

Trois minutes plus tard, Mark apparut, en jean, avec un T-shirt qui proclamait : « HEUREUX LES DÉBONNAIRES, ILS HÉRITERONT DE LA TERRE... LES AUTRES GAGNERONT LES ÉTOILES. » Il regarda dans l'espace de travail de Megan les vestiges du courrier trié, des coquilles vides de figurines géométriques brisées qui jonchaient le sol de marbre. « Megan, jamais tu te reposes ? »

Megan se leva et s'étira. « Ne me fais pas rire. Je me rongerais les ongles si je ne m'étais pas séparée de cette habitude depuis des lustres. C'est un substitut pratique. Tu es prêt ? »

Mark tapota sa poche. « Armé pour la chasse à l'ours ! Bien sûr, ils doivent avoir de sacrés garde-fous pour éviter les intrusions dans les protocoles de leur système de l'intérieur... mais rien ne vaut ce que je nous ai mijoté. Je crois.

— Tu crois ?

— Écoute, dit-il en haussant les épaules, on ne pourra pas en être certains avant d'avoir essayé. Il faut saisir le bon moment. » Il regarda tout autour de lui. « Où est ton copain ?

— Il n'a pas encore appelé. »

Mark hocha la tête et se dirigea vers le bord de la scène pour contempler Saturne qui se levait lentement. « Je pensais... qu'il serait peut-être plus malin de tenter l'intrusion à partir de son espace de travail, s'il n'y voit pas d'objection. Sur le tien, il y a déjà eu une interruption des routines d'écoute que le pirate y a implantées. Celui qui se trouve derrière tout ça, s'il t'a observée attentivement, a sans doute déjà des soupçons. Mais personne n'a touché à l'espace de travail de Wim, et tout paraîtra normal à notre pirate.

— Exact. Il sera là dans quelques minutes, on pourra lui demander. »

Elle tendit le bras en l'air et prit le balai qui symbolisait le programme de nettoyage de son disque dur. Megan se mit à balayer les coquilles vides des figurines du courrier jeté, qui disparurent une à une. Mark la regardait faire d'un air amusé. « Bizarre, ton truc », dit-il.

Megan ricana.

« Pas plus que ton plumeau ! » De nouveau, un carillon retentit. Elle leva les yeux. « Appel accepté. »

Wim apparut, en tenue étrangement décontractée, pour changer, mais T-shirt, pantalon et chaussures étaient noirs, contrairement aux vêtements de couleurs criardes « villégiature » qu'il portait les jours précédents. Il jeta un coup d'œil tout autour de lui, contempla Saturne et se dirigea de ce côté de la scène de Megan, scrutant les ténèbres. « Très impressionnant, dit-il, un instant plus tard.

— Ouais, merci, dit Megan qui envoya voltiger son balai dans l'espace où il disparut. Wim, je te présente Mark Gridley. Il vient nous aider à... faire ce que nous avons à faire ce soir. Il s'est occupé de ton implant. »

Wim s'approcha de Mark et lui serra la main. Megan cligna des yeux. Elle se surprit à se demander si c'était bien le sale gosse qu'elle avait rencontré quelques jours plus tôt, prêt à vous insulter au premier regard. « Megan dit que tu es un crack de l'informatique. »

Mark hocha la tête. « On verra jusqu'à quel point. Je lui expliquais justement qu'on ferait mieux d'agir à partir de ton espace de travail.

— Aucun problème. Tu veux l'adresse ?

— Tu l'as sous la main ?

— Ouais. Pour la version locale, du moins. » Il fouilla dans sa poche et en sortit une ligne de texte lumineuse.

Mark la lui prit des mains et l'étudia. « Ils ont mis vos deux espaces de travail à l'intérieur d'un pare-feu qui les isole des installations centrales de Xanadu.

— Ça présente des difficultés ?

— On verra bien quand on en sera arrivé là. Tu veux l'ouvrir ? »

Wim acquiesça et traça un petit cercle en l'air, à hauteur de taille. Un objet apparut : un bouton de porte. Il le tourna.

Dans la lumière tamisée de l'espace de travail de Megan, une porte s'ouvrit. De l'autre côté, la lumière brillait. « Entrez », dit Wim, en les précédant. Megan le suivit, puis Mark.

« Mon Dieu ! Wim, où sommes-nous ? » demanda Megan qui observait tout autour d'elle le sol de pavés lissés par le temps. Dans le coucher de soleil, le ciel bleu virait au rose et à l'orange au-dessus d'une cour intérieure à trois ou quatre niveaux, aux fenêtres de vitrail. Au sommet, de chaque côté, s'élevaient des tourelles de granite gris pâle, elles aussi ornementées de vitraux, et surmontées de coupoles pointues au toit d'ardoise bleue qui étincelaient au soleil.

« C'est le château de Louis II de Bavière, là-bas, dans la montagne, dit Mark en observant le décor. Au sud de l'Allemagne.

— Neuschwanstein, répondit Wim, un peu timide. Nous avons une maison, dans les environs. Mon père a essayé d'acheter le château... dit-il en riant d'un air gêné. Mais l'administration n'a pas voulu. Il me plaisait beaucoup. Alors, j'ai emprunté son image virtuelle, et ça n'a l'air de déranger personne. »

Toujours impressionnée, Megan contemplait le château. En règle générale, l'espace de travail choisi tend à refléter la personnalité de son propriétaire. Certains étaient spartiates, comme celui de Mark qui estimait avoir mieux à faire que de se soucier de décoration intérieure, d'autres pensaient que seule primait la qualité de leur travail et n'accordaient guère plus d'attention à leur espace virtuel qu'à un bureau ordinaire. Ici, on n'avait négligé aucun détail : le moindre pavé de la cour donnait l'impression d'être réel.

« Tu as fait un travail merveilleux. J'aimerais bien revenir le visiter un jour, quand nous aurons plus de temps.

— Avec plaisir, dit Wim, sur ses gardes, plutôt surpris. Qu'est-ce qu'on doit faire ? »

Mark fouilla dans sa poche et en ressortit un autre symbole de programme, semblable à celui qu'il avait donné à Megan. « Wim, tu peux visualiser ton arborescence ? »

Wim tendit le bras en l'air et tira, comme sur un store à l'ancienne. « Merci, dit Mark, qui fit défiler l'arbre jusqu'à ce qu'il trouve le répertoire désiré. Nous y voilà. »

Il inséra le programme. Ils perçurent le même crissement aigu à la limite du spectre sonore, mais plus fort et plus persistant encore que dans le souvenir de Megan. Finalement, le bruit rose du sifflement se stabilisa.

Mark hocha la tête. « Ils ont installé des centaines de dispositifs de surveillance ici. Est-ce que ton père se sert du même espace que toi ?

— Oui, je n'ai le droit de l'utiliser que lorsqu'il n'est pas là, dit Wim, abasourdi. Mais il a fait nettoyer la suite et son espace de travail pour éliminer tous les virus et tous les bogues, quand il s'est installé, comme toujours...

— Je n'en doute pas. C'est la procédure habituelle, la routine de sécurité de toute entreprise sérieuse. Et combien de fois a-t-il été nettoyé depuis ? »

Wim ouvrit la bouche... mais la referma aussitôt.

« Euh, bon, dit Mark, combien de fois du personnel est entré ici ? Pour changer les draps, nettoyer les salles de bains, accomplir toutes les corvées ménagères... Je crois qu'on a ajouté pas mal de petits gadgets depuis votre arrivée. N'oublie jamais que... Bon, on n'a pas que ça à faire, dit Mark en se tournant vers Megan. Il faut absolument que tu retrouves la bretelle que tu avais découverte l'autre soir.

— On peut retourner dans la salle de contrôle virtuelle en une dizaine de secondes, dit Megan. Inutile d'avancer comme des escargots.

— Nous ne sommes pas tout à fait à l'abri des alarmes, dit Mark. Mais, j'ai l'intention de ne pas en tenir compte, et de passer à travers, on a trop de pain sur la planche de l'autre côté ! Je devrais pouvoir y accéder grâce aux codes du système central de Xanadu. Je les ai déjà. Mais ils risquent de mener à des endroits que ton pirate a mis sous surveillance. À l'instant où on se connectera, il saura que quelqu'un est sur sa piste... Et je parierai gros qu'il a rajouté quelques petites routines de sécurité de son cru, pour protéger les informations sensibles. Et là, l'affaire pourrait se corser. Soyez prêts à filer à toute vitesse s'il le faut, et assurez-vous que le brouilleur est activé. Je n'ai pas envie qu'on laisse des traces. »

Megan et Wim hochèrent la tête.

« Alors, on y va, dit Mark. Megan ? »

Elle fit un signe de tête et regarda dans le noir.

Devant eux, le paysage qu'elle et Wim avaient déjà vu se matérialiser, l'image virtuelle de l'île de Xanadu, se déploya de nouveau. Megan n'allait pas la traverser à pied, cette fois. Elle plongea dans l'obscurité, s'envola, et les deux autres la suivirent aussitôt, tandis qu'elle piquait sur le centre d'accueil et qu'elle se dirigeait sans la moindre hésitation vers la porte de derrière marquée RÉSERVÉ AU PERSONNEL.

Fermée pour les invités ordinaires de Xanadu, elle ne résisterait pas au niveau d'accès qu'ils partageaient à présent, tous les trois... Grâce à l'intervention magique de Mark sur leur implant, ils ne devraient pas même déclencher les alarmes ! Ils entrèrent donc, et Megan se retrouva au milieu du réseau étincelant de lignes lumineuses qui sortaient des machines pour rebondir contre les murs... sauf celle qui partait tout droit...

... et qui... n'était plus là !

Dans sa fureur, elle souffla comme un bœuf. Elle virevolta pour...

« Ne t'affole pas, Megan. Respire ! Ils ont modifié la fréquence... »

La fréquence ? De quel côté du spectre, vers le haut ou vers le bas ? Elle regarda tout autour d'elle, essayant de respirer lentement, s'efforçant de changer sa manière de voir le réseau. Plus bleu, vers les hautes fréquences ?

« Rien... » dit-elle en hochant la tête. Elle se calma un peu, inspira profondément et concentra sa vision vers le bas, vers les rouges, les flots de données plus lents, moins énergétiques... Megan pivota lentement sur elle-même, pour observer attentivement.

Faible. Faible, mais néanmoins présent, un mince fil rouge, imperceptible s'enfonçait dans le mur.

« C'est là ! » s'écria-t-elle.

Mark s'approcha et s'en saisit.

Comme de l'eau qui coule, des ténèbres plus profondes se propagèrent autour d'eux, les enserrant tous les trois dans un cercle de lumière tamisée. « J'installe le programme de sortie de secours, dit Mark, qu'on puisse déguerpir s'il le faut. Criez "maison" et il s'activera. On se retrouvera aussitôt dans l'espace de travail de Wim, le brouilleur éliminera toute trace de notre passage. Vous êtes prêts ?

— Prêt, répondit Wim.

— Alors, mettez-vous à l'ombre ! »

Ensemble, ils s'enfoncèrent dans l'obscurité. Les dernières lueurs s'estompèrent derrière eux.

Megan sentit d'abord l'odeur. Une odeur de cuisine. Un rôti. Et une odeur douceâtre, enfumée, une odeur qui lui rappelait les bougies qu'on sortait pour la première fois. Il ne faisait pas tout à fait noir. Peu à peu, un faible éclat rouge illuminait tous les objets, on percevait une musique dans le lointain, des cuivres et des violons, et une voix puissante. Un frisson secoua Megan, un frisson d'impatience aussi bien que de nervosité. Plus de nervosité qu'elle ne s'y attendait.

Le système limbique, pensa Megan, et tout d'un coup, elle saisit la raison de son malaise sous-jacent ; le chaînon manquant qu'elle essayait de retrouver depuis quelques jours lui sauta soudain à l'esprit. Le système limbique n'était pas seulement le centre de l'odorat. Il régissait aussi la peur.

Songeuse, elle se frotta le cou. *Une modification sur l'implant, et je parie qu'on peut faire mourir de peur qui on veut quand on veut...*

Bien entendu, on nettoyait les implants des invités de Xanadu de tous les protocoles particuliers, lorsqu'ils quittaient l'île. *Mais si vous étiez un ingénieur habile... assez habile pour vous assurer que certains bits du code restent en place... Pour que, au moment crucial... le sujet soit saisi d'une terreur insoutenable, comme à Pompéi... L'émotion l'envahit... la peur l'étreint... il ne peut pas résister... sous l'effet de la peur... il fait ce que la voix lui suggère...* Cette idée renfermait des milliers de possibilités maléfiques pour quelqu'un qui aimerait un peu trop le pouvoir...

Au loin, la musique s'intensifiait. « C'est le pavillon de ton père ? demanda Mark, à voix basse.

— Une partie, dit Wim, sur le même ton, l'air très nerveux. Et la sécurité de Xanadu ?

— La sécurité extérieure ? On est passé à travers.

— Juste comme ça ?

— Non, pas "juste"... dit Mark, un peu fanfaron. Je me suis arrangé... Par chance, j'ai des accointances au sommet. La Net Force et mon père ont réglé ce problème pour nous. Mais ils ne peuvent rien pour la sécurité interne, et nous ne savons même pas à quoi elle ressemble, pour l'instant. Allez, venez. »

Ils avancèrent dans le noir. L'environnement devenait moins sombre, car leurs yeux commençaient à s'habituer à l'obscurité. Ils longeaient un immense vestibule aux murs de pierre, avec des torchères accrochées très haut, à demi dissimulées derrière les consoles métalliques qui les maintenaient, et dont émanait une pâle lumière diffuse. Le sol de pierre était nu. Quelques meubles étaient dispersés ici et là — des tables, des chaises, des divans de style romain — mais il n'y avait aucun autre signe de vie.

« Ton type a dû travailler sur ce scénario récemment, dit Mark. C'est pour ça que le fil nous a conduits ici.

— D'après ce que je sais, il y travaille toujours, dit Wim. Nous approchons de la date de livraison.

— Il devrait bientôt y avoir une fête ici, ajouta Megan en regardant tout autour d'elle. Si on attend un peu.

— Vaut mieux pas, dit Wim.

— Tu n'as pas l'air d'avoir envie de rencontrer ton père ici, dit Mark, tandis qu'ils se dirigeaient vers une autre source de lumière, une porte.

— Pas vraiment, répondit Wim, de nouveau agité.

— Eh bien, j'ai une grande nouvelle pour toi. Nous n'avons pas l'adresse exacte de la grande porte, alors il faudra peut-être qu'on... ooooh !

— Ooooh ? » répéta Wim, alors que Mark s'aplatissait contre le mur, à côté de la porte. Megan l'imita, et, en hâte, elle attira Wim près d'elle.

Soudain, la musique et le bruit se firent plus proches, pour se déverser par la porte, située à leur gauche. Entra soudain une cohorte de joyeux lurons, à différents stades d'habillage, ou de déshabillage, des gobelets de vin et des mets variés à la main. Parmi eux, dans un état d'allégresse peu commun, Arnulf Dorfladen, en toge, gobelet à la main, lui aussi, était tiraillé et poussé par une troupe de femmes aguichantes. Vinrent ensuite les musiciens et les jongleurs ainsi qu'un dompteur qui tenait un couple de léopards en laisse. La musique suivit les fêtards, comme si on poussait tout l'orchestre philharmonique de Vienne derrière eux dans une brouette. L'assemblée commença à se disperser, la musique se fit plus sauvage.

« Bon, c'est Tannhäuser, d'accord », murmura Megan en hochant la tête. Les créateurs du pavillon avaient dupliqué avec précision une scène outrageuse de l'opéra de Wagner en question — du moins considérée comme outrageuse en 1892, la fameuse scène au cours de laquelle la déesse Vénus tente d'attirer à nouveau Tannhäuser, le roi disgracié, vers sa montagne magique, sur laquelle il s'était déjà rendu. En quoi consistait cette magie, Megan ne savait pas vraiment, mais sa représentation théâtrale semblait nécessiter l'éclairage tamisé qu'on trouve dans les bars de drague minable et la présence de toute une foule de gens enamourés qui dansaient, mangeaient et se lançaient des œillades suggestives. L'odeur de sueur, de vin, d'encens et des abondantes victuailles soudain disposées sur des tables de banquet était envahissante, et, grâce au logiciel propriétaire de Xanadu, terriblement tentante. Megan adressa un regard prudent à Mark, du genre à lui suggérer que ce n'était peut-être pas le meilleur endroit du monde pour se railler des fantasmes des parents d'un gosse, surtout lorsque ces fantasmes étaient aussi peu raffinés.

Les yeux écarquillés, Wim regardait cette curieuse compagnie. « Pas de sexe, hein ? » ne put s'empêcher de lui dire Megan, mais elle s'abstint de plus amples commentaires.

Wim lui lança un regard sinistre et silencieux.

« Je n'arrive pas à y croire, dit Mark.

— À quoi ? demanda Megan, sur le ton de l'avertissement.

— Ce type là-bas mange un hamburger !

— Une blague du programmeur, répliqua Megan en roulant les yeux. Il faut bien qu'ils s'amusent de temps en temps. Et maintenant, où va-t-on ?

— L'entrée principale, comme j'allais vous le dire. C'est là qu'on trouvera tous les indices, les notes et les commentaires du développeur, la porte qui nous ouvrira le code source du pavillon, si l'on doit aller jusque-là. »

Ils se glissèrent de l'autre côté de la porte, et reprirent le vestibule mal éclairé. « Ça va ? demanda

Megan à Wim dont l'expression était difficile à lire dans la semi-obscurité.

— J'ai connu pire. »

Ils se dirigeaient vers une pièce vide à présent, si l'on négligeait les gobelets qui jonchaient le sol et les milliers de pétales de roses qu'on venait d'y jeter. De l'autre côté de la pièce, se dressait une arche aux gravures somptueuses, avec une inscription en langue étrangère ciselée dans la pierre. Mark ricana en la lisant.

« Qu'est-ce qu'il y a de si drôle ? demanda Megan.

— Qui sont Nasil et Len ?

— Euh... deux développeurs.

— Eh bien, ils ont signé leur travail. Là, sur l'arche. »

Mark s'en approcha et glissa la main sur la pierre. « Ouais, c'est bien là qu'on trouvera nos indices. »

Il s'immobilisa et fouilla dans sa poche dont il sortit des trousseaux de clés, symboles de diverses routines de décryptage, et se mit à travailler sur le mur. Au loin, Megan crut entendre des alarmes, qui rappelaient les sirènes d'incendie de son lycée : plutôt incongrues dans ce décor. « Mark !

— Ouais, ouais, je sais... » Il essaya ses clés les unes après les autres, des petites clés délicates, du genre de celles qu'on utilise sur une valise, de longues clés aux multiples encoches qui semblaient devoir ouvrir une salle des coffres...

Soudain, un panneau d'un noir d'ébène glissa dans un des côtés de l'arche. « Par là, vite ! » cria Mark.

Ils se glissèrent à l'intérieur. L'éclairage rouge tamisé s'estompa derrière eux, tout comme le son des sirènes. Venue de nulle part, très haut dans la nouvelle obscurité qui les enveloppait, une lumière dorée descendit comme par enchantement.

Mark regarda tout autour de lui, l'air très satisfait. « Ils doivent avoir travaillé là-dessus très récemment, dit-il.

— Oui », répondit Megan. De même dimension que le salon de sa villa, cette nouvelle pièce virtuelle était encombrée de figurines de toutes sortes, certaines rangées avec soin, d'autres empilées en tas informes.

« Ils débarrasseront quand ils seront certains que le pavillon fonctionne correctement, dit Mark. Ce sont les codes-sources qu'ils ont utilisés pour la construction. Tous les graphiques, les fichiers d'animation, les couleurs, les références, les notes..., expliqua Mark en les regardant. Tous ces logiciels sont beaucoup moins propriétaires qu'ils aimeraient vous le faire croire. Une bande passante supérieure à la normale, oui, et il y a des "fréquences" supplémentaires. Mais la structure générale est la même...

— Et ça ? demanda Megan, en se dirigeant vers une pile de figurines qui ressemblaient à de petits livres fermés.

— Des agendas, des fichiers d'emploi du temps, dit Mark.

— Ce sont ceux de mon père ! s'exclama Wim.

— Quoi ? dit Megan.

— Regardez ! » Wim ramassa l'un des petits livres, posa le pouce dessus et le tapota à plusieurs reprises. « Je connais le mot de passe. Mon père me l'a communiqué. Ce sont juste ses rendez-vous professionnels. »

Dans sa main, la figurine luisait. En face de lui, le texte se mit à défiler. Mark s'approcha et commença à lire. « Séance d'essayage, jeudi, 20 heures. » Il tapota la « page » suspendue dans l'air en face d'eux, et un autre texte se déroula. « Il y a des tas de trucs. Rendez-vous, dîners...

— Et ce n'est pas fini », dit Megan, en regardant la pile de figurines et en ramassant un autre agenda. « Quelqu'un a fait des copies de l'emploi du temps complet de ton père. Rendez-vous d'affaires, réels et virtuels...

— Mon père a sûrement transmis des fichiers partiels aux gens avec lesquels il travaillait à Xanadu, dit Wim. Sinon, ils n'auraient jamais été capables de fixer un rendez-vous pour les essayages.

— Mais ce ne sont pas de simples extraits, dit Mark en étudiant une autre figurine. Ce sont des fichiers complets. Des mois et des mois de rendez-vous, de notes et d'informations personnelles. Elles étaient cryptées, d'ailleurs... autrefois...

— Il s'est procuré les algorithmes de cryptage, d'une manière ou d'une autre, dit Megan, et il a piraté les fichiers. Il savait où se trouverait le père de Wim, ce qu'il faisait, qui il rencontrait...

— Il ? demanda Mark.

— Je vous parie tout l'or du monde que notre pirate est l'un des deux types qui ont conçu le pavillon de ton père. Mais nous n'avons pas encore de preuve, dit Mark en regardant tout autour de lui. Nous n'avons que des indices, au mieux, et cela ne tiendra jamais devant un tribunal. On a une petite idée de la manière dont il savait à quelle réunion virtuelle ton père allait participer, et quand. S'il s'est emparé de ses autres notes de la même manière, il savait exactement quoi dire aux gens, pour produire l'effet désiré. Il disposait sans doute des comptes rendus des réunions précédentes, comme cela, si une discussion éclatait, personne ne se demanderait s'il était bien celui qu'il prétendait être, il saurait quoi dire.

— Pas bête, dit Megan.

— Mais cela ne vaut rien pour moi, dit Mark, en jetant la figurine qu'il tenait à la main. Il faut que j'établisse un lien avec l'espace de travail du développeur. Il doit disposer d'un endroit quelque part dans le système de Xanadu où tous les meilleurs morceaux sont stockés.

— Un placard pour ranger les cadavres », dit Wim.

Mark lui sourit.

« Ce serait presque trop beau ! Si je faisais ce genre de braquage, je ne garderais pas le matériel à la maison ! À moins d'être sûr et certain que personne ne pourra jamais le trouver, dit-il avec un sourire cannibale. Mais les programmeurs se trompent toujours, sur ce genre de chose...

... Alors, voyons si ça fera l'affaire. » Mark fouilla dans sa poche, en ressortit une petite boîte noire, symbole d'une autre niche de routines de programmation, de celles qu'il tenait à garder secrètes, sans doute. « Bien, analyse les figurines et les liens usuels. »

Mark pointa sa boîte vers la pile de figurines et les passa en revue. Certaines se mirent à étinceler, en différentes couleurs, et restèrent en surbrillance.

« Parfait », grommela Mark. Il procéda à quelques réglages sur sa boîte, et la dirigea vers la figurine qui venait de tomber à terre, l'agenda du père de Wim. « Bon, dit-il en donnant la boîte à Wim, tu saurais où sont référencés les rendez-vous auxquels il n'a pu se rendre ?

— Sans problème », murmura Wim. Il toucha la figurine pour entrer le mot de passe, puis la tourna dans sa main jusqu'à ce que les pages désirées s'affichent sous forme de texte incandescent en lévitation. « Voilà.

— Merci. » Mark braqua sa petite boîte vers le texte. « Lis les données et la signature, dit-il en se tournant déjà vers une autre pile d'icônes. Dévoile les liens usuels... »

Un fil de lumière jaillit de l'un des icones qui gisait sur le sol, s'étira vers le panneau d'un noir d'ébène qui leur avait permis d'entrer dans cette partie du pavillon et disparut.

« Dévoile les liens extérieurs », dit Mark.

L'espace sombre et confiné dans lequel ils se trouvaient s'évapora soudain ; il ne semblait plus ni fermé ni exigu. Le mince rai de lumière s'étirait dans le lointain, se faufilait entre les petites « tentes » qu'ils avaient déjà vues plus tôt et qu'ils savaient à présent être la représentation symbolique des pavillons de Xanadu.

« Bingo ! s'exclama Mark. Suivez le rayon, il mène à l'espace de notre zigoto, ou du moins à son espace public dans le système.

— Tu es sûr qu'il s'agit du sien ? demanda Wim.

— Sinon, pourquoi aurait-il marqué un moment particulier sur le carnet de ton père ? expliqua Megan.

— Mais les gens de Xanadu ont déjà ouvert une enquête, et ils ont dit qu'ils n'avaient trouvé aucun lien direct entre leur système et le système de rendez-vous virtuels qu'utilise la compagnie...

— Pas de lien direct, ricana Mark. Il y a tout à parier que ce lien n'a rien de direct ! D'ailleurs, as-tu une idée du gigantisme de ce système ? Il faudrait des mois pour tout explorer. Et puis, s'ils avaient fait tourner un renifleur systématiquement dans tout le système, le pirate s'en serait aussitôt rendu compte, et il aurait déménagé ses pénates. D'ailleurs, ajouta Mark avec un petit sourire suffisant, ils ont déjà fouillé ici, non ?

— Oui.

— Alors, quel est le meilleur endroit pour cacher quelque chose ? Surtout si vous n'avez pas eu le temps de le détruire proprement ? Le balayer dans un coin avec un tas d'autres rebuts, des résidus de projets inachevés. Au vu et au su de tout le monde. Venez ! »

Mark avança le long du rayon doré qui se projetait dans l'obscurité. Megan et Wim le suivirent en hâte. L'étendue plate qui remplaçait le sol en dessous de leurs pieds semblait défiler à une vitesse surnaturelle. Megan éprouvait l'étrange sensation de glisser et non de courir. Tous trois approchaient de la grappe de tentes, représentation visuelle des pavillons...

Un éclair frappa le sol. Aveuglée par la lumière, assourdie par le tonnerre, Megan ne comprit pas ce qui se passait. Elle perdit l'équilibre, faillit tomber, se redressa et se retrouva nez à nez avec Norma Wenders.

Megan eut le souffle coupé de panique, car en fin de compte, imaginer Norma Wenders comme la vice-présidente idéale des Valkyries n'était pas si loin de la vérité : une épée à la main, elle se dressait de toute sa superbe dans son armure métallique étincelante. Megan savait que cette armure symbolisait les routines de sécurité dont s'occupait Norma Wenders, mais, dans l'obscurité, elle n'en paraissait pas moins déterminée et terrifiante, et le petit sourire furieux qu'elle arborait donnait froid dans le dos.

« Je vous attendais.

— Euh, dit Megan en s'étranglant à demi, on... »

Norma Wenders brandit son épée. « Plus pour très longtemps... J'avais l'intention de vous arrêter, à l'origine, et cela m'aurait fait grand plaisir. Néanmoins, on m'a suggéré que cela ne serait guère judicieux. Pour l'instant, je suis obligée de me plier à ce conseil, car il venait de très haut...

— Vous étiez au courant... ? »

Elle inclina légèrement la tête devant Megan. « Nous pensons qu'il risque de se passer quelque chose ce soir. Notre analyse du schéma des attaques nous a permis de constater qu'elles se rapprochaient de plus en plus. Alors, tous les trois, vous continuez. Je monte la garde ici ; poursuivez votre mission et ne musardez pas en route. Les coupables risquent de s'enfuir, s'ils vous tombent dessus. Mais dans ce cas, personne ne sortira sans que j'en sois informée... Et, s'ils essaient de passer par ici, ils auront affaire à moi, c'est moi qui vous le dis. »

Megan hocha la tête.

« Soyez prudente.

— Merci. Ne flânez pas, il n'y a pas de temps à perdre. »

Au petit trot, ils plongèrent dans les ténèbres.

« Une amie à toi ? » demanda Mark en tirant un autre objet de sa poche, qui ressemblait à un petit miroir. Pour une fois, il n'avait pas l'air très sûr de lui.

« Oh, euh, oui. Oui parfaitement. Si tu es sage, je te la présenterai.

— Avec plaisir », répondit Mark, la voix quelque peu étranglée.

Megan esquissa un léger sourire.

Ils suivirent la ligne de lumière à travers le paysage virtuel et passèrent devant les petites tentes. Le rayon semblait dessiner une flèche vers l'une des plus éloignées d'entre elles, qu'elle traversait simplement pour sortir de l'autre côté. Ils continuèrent à longer la ligne au petit trot, mais, à deux pas de la tente, Mark, miroir en main, s'arrêta brusquement, aussitôt imité par Megan et Wim.

« Quoi ? Qu'est-ce qui se passe ? demanda Wim.

— Une seconde », dit Mark, qui sortit un instrument de sa poche. Megan cligna des yeux. C'était une sorte de vieux cornet acoustique tel que les sourds en utilisaient deux siècles auparavant. Il l'accola contre la tente, puis écouta avec une attention exagérée.

Un son assourdi lui parvint, mais pas assez assourdi toutefois pour l'empêcher de défaillir. « Hou là là !

— Quoi ? dit Megan.

— Tu n'aimerais pas avoir un truc pareil dans ton système nerveux central ! s'exclama Mark en hochant la tête. Mais c'est quand même là qu'il aurait fini. Notre copain l'a placé ici exprès pour nous. Bon... »

Il saisit son cornet par le col, l'étira et l'étira jusqu'à ce qu'il prenne la forme d'une immense trompette et le braqua vers la tente.

Megan entendit un vague couinement, puis, le silence retomba. Mark ricana. « Je ne crois pas qu'il s'y essayera avant un bon petit moment. Le retour ! S'il écoutait, j'en ai mal pour lui. Bon, retrouvons notre ligne. »

Ils poursuivirent leur chemin, glissèrent à travers la « tente »... et débarquèrent au beau milieu d'une représentation théâtrale. Un vaste théâtre circulaire de bois accueillait un nombreux public, vêtu de costumes élisabéthains. Le spectacle suscitait cris et rires, mais soudain un silence de mort tomba, car trois enfants sortis de nulle part, en costumes étranges, traversèrent la scène en courant pour ressortir aussitôt. Une clameur de surprise s'éleva et se perdit dans le silence de la nuit, à l'extérieur de la tente.

« Intéressant, dit Wim.

— Il faudra réfléchir à la question plus tard. »

Ils couraient toujours. Une autre tente se dressait devant eux. « Allez, on y va, dit Mark, en tenant le miroir en face de lui, pour scruter l'intérieur. Tout va bien, pas de piège. »

Ils entrèrent dans la tente... et se cassèrent le nez sur un mur.

« Ah ah, dit Mark, en réussissant à se relever malgré tout. Alors, il commence enfin à se montrer raisonnable !

— Pas de piège, c'est ça, dit Megan, mais une impasse... que tu avais oublié de vérifier !

— Pas tout à fait. C'est une fermeture à mot de passe, dit Mark en fouillant encore dans sa poche. Où ai-je fichu ce... Ah ! »

Il ressortit un autre objet, qui n'était ni une boîte noire ni un miroir cette fois, mais un gadget alambiqué, en verre, apparemment. « Qu'est-ce que tu fais ? » demanda Wim.

Mark apposa son bidule en verre contre le mur bien trop hermétique de la tente. « C'est un craqueur de mots de passe, dit-il, grâce à la générosité de Xanadu, il contient tous les fichiers personnels de ceux qui travaillent sur le site. Tous les surnoms, adresses, numéros de communication et une myriade d'autres indices divers associés à chacun. Avec de la chance, il aura utilisé un mot familier, et cela ira vite. Sinon, le craqueur se mettra à essayer d'autres langues, et ensuite, il étudiera toutes les combinaisons possibles de chiffres et de lettres aléatoires. S'il faut en arriver là, cela risque de durer un bail !

— Espérons que le pire nous sera épargné », dit Megan dans un souffle. »

Le craqueur scintillait doucement tout seul. Mark souriait. « On lance les paris ? Dépêchez-vous pendant qu'il est encore temps ! »

Megan hocha la tête.

Le craqueur s'illumina d'une lueur blanche.

« Ça y est ! s'exclama Mark. L'épitaphe d'une tombe en latin. J'y crois pas ! Mais c'est ça le problème avec les informaticiens ! Des vrais benêts, parfois.

— Tu es informaticien », rétorqua Wim.

Mark esquissa son sourire cannibale. « Mais moi, je ne suis pas un benêt. »

Il tendit la main pour écarter son bidule du mur de la tente. « Une fois que j'aurais ôté ça, dit-il, il faudra vraiment aller vite. Selon toute probabilité, il est quelque part, dans le système, en chair et en os, et si on tente une intrusion et que nous n'avons pas trouvé et évité tous les pièges, des alarmes se déclencheront. Il peut nous tomber dessus en un rien de temps. J'ai quelques méchants programmes à lui lancer à la figure, mais il est vraiment très fort, et il devrait pouvoir les contourner assez vite, si l'on attire l'attention. Prêts ?

— Ouais », dit Megan. Wim se contenta d'un signe de tête.

« Bon... »

Ils franchirent le mur de la tente.

On se serait cru dans un entrepôt plein de détritus : des structures à demi construites, des myriades d'icones, rangés ou en désordre, des piles de papier virtuel, qui symbolisaient des fichiers textes, des pièces détachées de machines, qui représentaient des programmes de nature différente. « Quel capharnaüm, dit Mark. Je parie que ce type apporte encore sa lessive à sa mère ! »

Ils se faufilèrent à la hâte parmi les icones et le bric-à-brac, les étagères inachevées, les arbres à demi dessinés, les encadrements de portes vides. « Ah ah », dit Mark, une fois de plus, car, dans un coin, une antenne parabolique était posée sur un trépied.

En hâte, ils se rassemblèrent tout autour. « Elle est un peu petite, non ? s'étonna Wim.

— C'est un symbole, dit Mark, qui en prit possession, la souleva et la reposa. Hourra ! »

Tout autour d'eux, l'espace s'anima soudain et se remplit de schémas, de dates et d'heures de connexion satellite, d'angles et de positions sur l'orbite géostationnaire, au-dessus de la courbe d'une Terre invisible. « Oui, oui, plutôt complexes, ces machins. Beaucoup trop de détours ! Pourquoi quelqu'un se triturerait-il l'esprit avec des routines de communication aussi tordues, s'il n'avait rien à cacher ? Notre joyeux luron, on peut supposer que c'est l'un de nos deux zozos — a fait passer un appel par trois satellites différents ! Et une seule raison peut expliquer ça... Effacer ses traces... Mais regardez où ça mène... »

Il indiqua une route qui partait de Xanadu vers un satellite géosynchrone en surplomb des Caraïbes, pour se diriger vers un autre, au-dessus de l'Afrique occidentale, puis un troisième, qui desservait l'Europe. « Un pas un avant, un pas en arrière, un petit pas de côté... dit Mark. Regardez les horaires. Ça, c'est l'affaire londonienne, Megan, le pauvre type qui a disparu par la suite. Et là, Wim, c'est la liaison qui nous amène ici. Le "rendez-vous" de ton père, s'écria Mark, tout excité. Et voilà, le travail ! »

Megan se retourna et scruta la semi-obscurité qui les entourait. Sur un des côtés, se trouvait quelque chose qui paraissait avoir atteint un état de finition plus avancé que le reste, une forme sombre, lisse, imposante. « Mark... commença-t-elle.

— Megan, on en sait assez, on devrait sortir et prévenir la direction avant que...

— Non », rétorqua-t-elle, en se précipitant vers l'objet brillant. Court, râblé, un objet cylindrique composé de trois longs propulseurs chimiques à impulsion ionique, avec le gros hublot de la cabine, qui était presque devenu l'emblème de la marque depuis le premier lancement...

« Qu'est-ce que c'est que ce truc ?

— La Jeep de l'espace, répondit Wim.

— Mais pas la Jeep habituelle, précisa Megan. Mark, regarde-la bien. Regarde les propulseurs. Ils sont plus gros que les moteurs habituels.

— Je ne comprends pas bien », dit Mark.

Megan passa la main sur la coque brillante. « C'est quelque chose de nouveau. Un prototype...

— Eh bien, il semblerait que notre bonhomme ait des projets personnels... » dit Mark en se dirigeant vers une pile de papiers, un icone qui symbolisait un autre élément caché du système.

Il indiqua la pile de papiers, claqua des doigts. Il s'agissait bel et bien d'un icone, et, comme Megan s'y attendait, l'air s'emplit soudain d'un texte déroulant, avec, ici et là, quelques fenêtres qui s'ouvraient sur des images. Pour la plupart, elles représentaient des gens assis sur leur fauteuil à implant ou devant un véritable appareil photo, surpris au beau milieu d'une conversation.

« Quelqu'un a fait intrusion chez High Black, dit Wim, de la même manière qu'il a pénétré chez mon père.

— Et il a volé toutes ces infos ! s'exclama Mark. Sans doute en aidant Rigel à mettre au point son programme d'essayage. Tout est là, tant les données qui concernent la machine elle-même que la mise au point des programmes électroniques. »

Megan se précipita vers une autre « pile de papiers » qui déplia un autre texte déroulant.

« Boeing, cinquante milliards... AST, soixante-cinq milliards... » Abasourdie, elle écarquilla les yeux. « Des enchères ! dit-elle. Quelqu'un veut acheter le prototype. Pas ceux auxquels il est destiné, d'ailleurs. Pas les petites sociétés, les petits pays ! Non ! » Elle parcourut le texte jusqu'en bas. « Il y en a encore... Ils veulent détourner la machine à d'autres fins... » Elle avala sa salive, horrifiée.

Wim ramassa lui aussi une autre pile de papiers, qu'il faillit relâcher presque aussitôt. « Il n'y a que des nombres.

— Quoi ? »

Mark s'approcha de lui et la lui arracha des mains. Il secoua l'icone. Avec un autre texte qui n'en finissait pas, s'ouvrit soudain une minuterie, avec affichage numérique, figé sur des dixièmes et centièmes de seconde, dont le compte à rebours indiquait qu'il restait encore une demi-heure. « Qu'est-ce qui se passera à la fin ? demanda Megan.

— Voyons si on peut le découvrir », dit Mark. Il fit dérouler le texte plus vite, tapota plusieurs lignes, puis l'étira en un immense ruban.

« Quoi ? Qu'est-ce que tu fabriques ? s'écria Megan

— Tu ne comprends pas, dit Mark, furieux. Tout ceci ne constitue que des preuves indirectes. Une trace électronique, oui. Mais cela ne suffit pas. Cela ne tiendra jamais devant un tribunal. Et à quoi bon, si ce n'est pas pour aller jusqu'au bout. (Il continua à faire dérouler le texte.) Il faut que cela cesse. Une bonne fois pour toutes. Et pour cela, il faut que notre zigoto se pointe ici et se mouille jusqu'au cou. Sinon, c'est comme si on n'avait rien fait... »

Il garda le silence pendant quelques instants. Megan et Wim observaient par-dessus son épaule.

Mark soupira, et laissa le ruban se remettre en place dans la pile de papiers.

La minuterie, que Mark avait réglée sur un quart d'heure à présent, se mit à lancer le compte à rebours.

« Il nous reste encore quelques secondes, pas beaucoup, malgré tout. Il va s'apercevoir que l'heure n'est pas la bonne. Il sera obligé de réagir. Et il ferait mieux, parce que... On dirait que tout ça va entrer dans les ordinateurs de Rigel et détruire toutes les données. Sans parler des ordinateurs eux-mêmes. Cette routine va les détruire, physiquement. Et ensuite, un second cycle se mettra en route. En quelques jours, pendant que les autres compagnies feront monter les enchères... ou pas. Certaines variables sont encore vides ou attachées à des opérateurs conditionnels. Si les offres ne montent pas assez haut... » Il tira et tira sur les données, et se retrouva soudain avec une masse de rayons lumineux enchevêtrés, un nœud logique d'une extrême complexité qui s'imbriquait dans un programme. Il poussa un sifflement de frustration. « Ils vont détruire le programme de la Jeep spatiale. Le détruire, tout simplement. Sans laisser la moindre possibilité de le recréer. Parti en fumée ! »

Et le rêve de Rigel s'écroulera d'un coup ! Il aura perdu. Tout le monde aura perdu.

« Il faut les en empêcher !

— C'est vraiment un sale type, mais on ne devrait pas avoir à attendre longtemps avant qu'il ne pointe son nez. Il y a encore un truc que je voudrais vérifier... »

Mark se dirigea vers un des côtés, passa devant ce qui ressemblait à un portant à vêtements, comme ceux dont on se sert pour ranger les habits d'hiver ou d'été au garage. Wim s'arrêta et les regarda. « Vous avez vu ces frusques ? » demanda-t-il.

Le cœur battant, Megan s'arrêta près de lui. Des masques y étaient suspendus. Des peaux humaines vides — du moins le semblaient-elles — accrochées au portant, tels des vêtements qui ne demandent qu'à être enfilés. Des costumes étaient pliés sur le sol.

« Les identités qui n'attendent qu'à être usurpées », murmura Mark en se déplaçant parmi elles, alors que déjà, il cherchait autre chose. On trouvait des silhouettes d'hommes, de femmes, de jeunes, de vieux, des gens de toutes sortes et de toutes nationalités. « Ce type vole des vies !

— Et regarde ça », dit Megan. Elle s'approcha d'une sombre fenêtre suspendue dans le vide et regarda au travers. Au loin, on apercevait les plans d'architecte de ce qui ressemblait à une villa de la Renaissance. Les lignes surlignées semblaient indiquer les chemins d'accès. Ici et là, des codes traduisaient la présence de clés électriques ou numériques, qui ouvraient portes et portails.

« Le cambriolage de Miami, dit Megan. Le type dont m'a parlé James Winters.

— Il collectionne les souvenirs de ses forfaits, dit Wim. Comme tous les tueurs en série, non ?

— Oui, dit Mark, écœuré. Ici, on aurait plutôt affaire à un voleur en série. Mais je suppose que les motivations sont les mêmes. Pendant qu'il met au point un cambriolage, il peut revenir sur l'ancien et le revivre tant qu'il veut. Et... »

Mark s'approcha d'une immense pile de papiers non loin de là. En haut, une autre minuterie apparut, arrêtée, mais sans écran, celle-ci. « C'est bien ce que je craignais, dit Mark, d'une voix très inquiète à présent. Voilà le petit problème que je redoutais. Une bombe logique. »

Wim se retourna. « Une bombe ? Où ça ?

— Pas ce genre de bombe ! Un ensemble d'instructions qui restent dans le système. À des fins mal intentionnées, le plus souvent. Comme ça, si un développeur se fait virer, tout un tas de données du système peuvent être corrompues. Voire détruites. Tout le système risque de s'effacer. Et d'autres événements peuvent être déclenchés ailleurs, juste avant son départ... »

Megan faillit s'étrangler à cette pensée. La perversité que leur pirate avait manifestée jusque-là semblait sans limites. Personne ne pouvait imaginer ce qu'il avait en tête, ni combien d'innocents seraient victimes...

« Mark, ne nous occupons pas de ça pour l'instant. On a mieux à faire. Retourne là-bas, et je t'en prie, défais ce nœud ! »

Il rebroussa chemin.

« Il faudra peut-être que je le coupe.

— Tu peux le manger si ça t'amuse ! Mais arrange-toi pour que personne ne détruise ces prototypes ! »

Soudain, quelqu'un traversa le mur de la tente, et les observa, consterné : Len MacIlwain, ce gentil développeur à l'air un peu marginal, qui soudain fulminait de rage.

« On t'a eu ! » s'exclama Mark dans un cri de triomphe. Mais Len s'enfuit aussitôt dans le noir. Envolé !

Tout en haut de la dernière pile de papiers, la « minuterie » se déclencha et commença son compte à rebours à une vitesse infernale.

« Attrapez-le, c'est lui ! cria Wim.

— Je m'en occupe. Wim, viens avec moi. Mark...

— Ne m'attendez pas ! Je vous suis. Retrouvezle. Ne le perdez pas. Il va essayer de s'enterrer quelque part !

— Il va rebrousser chemin !

— J'ai bloqué l'accès réseau derrière nous ! Dépêche-toi, Megan, retrouve-le et ne le perds pas de vue. »

En courant, Megan sortit du pavillon inachevé et plongea dans l'obscurité. Dans le monde virtuel, c'est votre esprit qui part en bataille, et Megan savait le sien très en forme et capable de traquer MacIlwain comme une biche aux abois. Elle courait. MacIlwain courait. Ce que Wim faisait derrière elle, elle ne s'en souciait guère. Toute son attention se portait sur MacIlwain qui détalait devant elle, mais pas assez vite... Il s'engouffra dans un pavillon pour en ressortir aussi vite. Megan le poursuivit. Et hop, ils se retrouvèrent dans une sorte de désert, où le sable semblait vibrer sous un grondement puissant. Et hop, de nouveau le noir, et, devant elle, MacIlwain, et les tentes qui représentaient d'autres pavillons. Et hop, ils les traversèrent, puis plus rien que le ciel étoilé qui les entourait de tous côtés, avec MacIlwain qui fonçait toujours, légèrement en avance sur elle. Et hop, ils se retrouvèrent dans la semi-obscurité, entre les tentes. Quelqu'un les suivait à la trace. Wim. C'était bien de sa part.

Megan commençait à avoir un point de côté, mais elle refusa de s'y attarder. Une autre tente se dressait devant eux. Et hop, les voilà à l'intérieur. Une forêt tropicale, avec des primates qui poussaient des cris affolés dans les arbres. MacIlwain plongea dans la masse feuillue, Megan toujours derrière ses talons. Et hop, de l'autre côté. Le point de côté s'accentuait, mais ce n'était qu'une douleur virtuelle, et même si elle avait été réelle, Megan n'aurait pas renoncé pour si peu. Elle savait trop bien gérer ce genre d'incident dans la vie réelle. Continue à courir, continue au-delà de ta souffrance, retrouve ton deuxième souffle...

Devant elle, MacIlwain marquait le pas. Et hop, les revoilà au beau milieu de la pièce de Shakespeare. Ils s'élancèrent sur scène, et, de nouveau, une clameur s'éleva du public. Une orange lui vola près du nez, tandis que Megan traversait la scène. Une seconde faillit atteindre Wim, toujours là, à quelques pas en arrière. *Étonnant, je ne pensais pas qu'il avait autant de tripes !* Et hop, une autre jungle, cette fois sur une étrange planète, avec trois lunes dans le ciel. Et hop, le bleu profond du récif de Jacob Rigel. Hop, la bacchanale de Tannhäuser, un ouragan de musique et de nourriture. Hop, hop, hop, et une dizaine de pavillons traversés que Megan eut à peine le temps de remarquer, tant son énergie était concentrée sur l'homme qui la précédait et tant sa fureur la dévorait. *Il dispose de portes de sortie sur tous les pavillons ! Combien de temps a-t-il espionné les clients, l'un après l'autre, en se servant des informations confidentielles qu'ils avaient transmises en toute confiance aux développeurs qui travaillaient pour eux ?... Il avait traqué leurs faiblesses, cherché les moyens de s'accaparer leur richesse et leur pouvoir, trouvé des armes pour les anéantir, les châtier de leur succès...*

Et hop... soudain, tout bascula. Megan comprit qu'il allait se passer quelque chose de différent. Ce pavillon était totalement nu à l'intérieur des murs de toile. Des petites structures de programmation, un câblage sommaire, des figurines ébauchées gisaient çà et là. Un lieu techniquement inachevé. MacIlwain se précipita vers le mur du fond...

... et rebondit à l'intérieur.

Le souffle coupé, il se redressa sur ses pieds, et se retourna, perdu. Il ne lui restait plus aucune issue.

« Ne m'oblige pas à te faire du mal », dit-il, tandis que Megan s'arrêtait brusquement devant lui, si bien que Wim faillit lui rentrer dedans. Les paroles du développeur grondaient comme un grognement d'animal.

« Comme si tu avais hésité à faire du mal à d'autres ! Comme si tu hésitais à faire du mal à tous les gens que Jacob Rigel voulait aider. Ne me fais pas rire !

— Puisque tu le prends sur ce ton... » dit MacIlwain...

La terreur frappa Megan avec la force d'un marteau et la terrassa.

Elle s'étrangla, essaya de retrouver son souffle, mais elle en était incapable. Elle avait l'impression qu'un monstre effroyable et gigantesque allait la réduire à sa merci, lui infliger des souffrances abominables.

Du coin de l'œil, elle vit que Wim lui aussi tombait à genoux. « Non, gémit-il, je vous en supplie... non ! »

Megan suffoqua et tenta de se redresser, mais ses jambes refusaient de lui obéir. Soudain, des pas résonnèrent à l'extérieur de la tente. « Megan ? Que se passe-t-il ? » cria Mark.

Megan avait du mal à parler, tant la peur lui comprimait la poitrine. *J'ai l'impression de faire une crise cardiaque ! Je vais mourir...* Pourtant, au même instant, une petite voix furieuse la houspillait. *Mais non ! C'est l'implant ! Il l'utilise pour...*

« Limbique... » fut le seul mot qu'elle put prononcer. Il ne lui restait plus la moindre once de souffle pour continuer.

Non, non ! Non !

Elle parvint néanmoins à tourner la tête vers Mark, qui la regardait, stupéfait, avant de s'effondrer à son tour.

Megan eut à peine le temps de voir MacIlwain qui s'avançait vers elle, son visage de gentil marginal transformé en masque diabolique. Il jeta un coup d'œil vers Mark puis se détourna pour foncer de nouveau vers elle. « Ma pauvre Megan, tu n'as pas encore eu assez d'ennuis quand la Wenders t'a chop-pée, l'autre jour ? C'était rien, à côté de ce qui va t'arriver maintenant. Ils vont avoir beaucoup de mal à comprendre pourquoi tu viens juste d'avoir un infarctus. Une fille aussi jeune, aussi sportive ! Ou toi, une embolie ! » ajouta-t-il en faisant un pas vers Wim et en lui assénant un vilain coup de pied dans les côtes. Désemparé, Wim se roula en boule et gémit sur le sol dans l'obscurité. « Eh bien, voilà ce qui arrive lorsqu'on outrepasse les limites qu'on impose aux clients avant de leur autoriser l'accès aux pavillons. »

De nouveau, il regarda Mark. Megan s'y attendait. Lentement, elle se redressa sur ses coudes. *Non, non, pas question. Ce n'est pas moi... Je n'ai pas peur. C'est l'implant...*

« Quant à ton pote... dit Len, je parie que c'est une idée de génie de dernière minute de la Wenders ! Tant pis pour lui... Ses parents seront vraiment navrés lorsqu'ils... »

Le son qui sortit de ses lèvres ne fut plus qu'un « gneeeu » étranglé, tout son visage se tordit de douleur et de surprise, tandis qu'il réagissait de la seule manière possible au coup de pied que Megan O'Malley venait de lui asséner dans le plexus. Il se plia en deux et s'écroula.

« Pas le moins du monde », dit Megan debout devant lui, encore légèrement courbée, toujours essoufflée par la terreur et l'effort qu'elle venait d'accomplir mais prête à frapper à nouveau.

« Par chance, dit-elle, on a déjà essayé ce petit truc sur moi, à mes dépens... Et la dernière fois déjà, c'est moi qui avais gagné. Cette fois je me suis méfiée. J'ai remis les options par défaut. La douleur au niveau auquel elle doit être : normal. Quant à la peur... »

Elle essuya la sueur qui lui coulait sur les yeux et commença à se redresser. « Allez, venez les garçons, levez-vous. Vous avez la trouille. Et ce n'est même pas pour de vrai ! C'est une peur simulée. Vos implants sont en train de se régler à nouveau. Levez-vous, reprenez-vous ! »

Ils se reprenaient. Mark se redressait sur ses pieds, et Wim se hissait à quatre pattes. En fait, Mark esquissait un sourire satanique, tandis que son implant revenait à la configuration originale, comme l'avait suggéré Megan. « Et toi, pauvre demeuré, dit Mark, tu fais déjà partie du passé, toi et ta bombe logique, parce que je l'ai détruite. Les prototypes de Jacob Rigel aboutiront à leur véritable destination. Et tes petits projets diaboliques, maintenant, ils vont aller dans un système de sécurité, pour servir d'exemple : "Le crime virtuel à ne pas commettre". À présent que tu nous as offert le coupable, en chair et en os, pour ainsi dire... »

Les mains sur le ventre, MacIlwain qui se tortillait sur le sol poussa un horrible hurlement étouffé. « Je les déteste ! Pourquoi faut-il qu'ils aient tout alors que les autres n'ont rien ! Pourquoi ne pas leur prendre ce qu'ils ont, si on est assez intelligent ? Ce n'est pas juste ! Pourquoi ne pouvons-nous pas être riches et célèbres ? Pourquoi ne pourrions-nous pas être heureux ? »

Megan s'approcha de Wim pour l'aider, mais il

n'avait pas besoin de grand secours, même s'ils chancelèrent encore un peu lorsqu'elle lui tendit la main. « Il n'a pas l'air d'aller fort, dit Wim.

— Parfait. C'est tout ce qu'il mérite. »

Mark regardait MacIlwain, un tantinet amusé.

« Pour tes dernières questions, dit Mark sur le ton de la conversation, je n'ai pas la réponse. Mais je peux te dire que tu n'iras jamais très loin en utilisant une date de naissance comme mot de passe, ni même l'épitaphe de la tombe de ta mère, ou son anniversaire ! Tu sais à quel point l'algorithme qui permet de retrouver un mot de passe fondé sur une date est simple... ? »

De nouveau, perdu dans sa fureur insensée, MacIlwain poussa un hurlement.

« Bon, on s'en va, dit Mark. Ce type n'a aucune conversation. Par le chemin qu'on a emprunté à l'aller. Un grand saut. Vous connaissez l'adresse ? Un, deux, trois... »

« Megan ? Megan ? » criait son père.

La porte ! *Oh, mon Dieu, je l'ai verrouillée !* Chancelante, prise de vertiges, Megan alla jusqu'à la porte et fit entrer son père, en gémissant. Tous ses muscles étaient perclus de crampes... une surcharge d'adrénaline, sans doute. Elle n'avait jamais rien vécu de tel lors d'aucune séance d'ervé, mais elle n'avait jamais pratiqué l'ervé de cette façon non plus. Elle avait l'impression qu'on lui avait frappé le crâne à coups de marteau.

« Megan, ma chérie, tu vas bien ? demanda son père, en la rattrapant, une note d'inquiétude dans la voix. Megan !

— Ça va, ça va. J'ai eu peur, mais c'est fini. »

Elle se pencha contre lui et plongea la tête dans son épaule. « Oh, papa, qu'est-ce que j'ai eu peur ! »

Néanmoins, elle était fière d'elle. *Je l'ai eu ! Je savais qu'il ne s'agissait pas de moi.* « Nous avons gagné la partie ! dit-elle.

— Vous avez eu votre homme ?

— Ouais. » Elle prit une longue inspiration et se redressa. « Ah, un détail quand même, papa.

— Quoi, ma chérie... ? Tout ce que tu veux...

— Je ne veux plus jamais revoir Tannhäuser », dit-elle.

Elle lui donna une petite tape et, les jambes flageolantes, elle alla dans sa chambre. « Plus jamais ? demanda son père derrière elle. Nous ne l'avons jamais vu ! »

Megan éclata de rire, s'affala tête la première sur son oreiller, et sombra dans le sommeil.

Elle dormit très tard le lendemain matin. Mais l'après-midi fut très productrice. Quand elle entra dans la cuisine, la première chose qu'elle entendit fut la voix de sa mère : « Ma chérie, d'où viennent tous ces homards ? » Ensuite, ce furent les cris bénis de ses frères, tous ses frères, qui s'extasiaient devant le réfrigérateur rempli à ras bord. Elle avait du mal à imaginer leur allégresse lorsqu'ils s'apercevraient qu'on le regarnissait tous les quarts d'heure !

« Bon, adieu le calme et la tranquillité », se dit-elle. Mais après ce qui s'était passé la nuit précédente, Halvarson avait insisté pour que toute la famille vienne les rejoindre à Xanadu. À présent, des adolescents et post-adolescents saccageaient les lieux tout en parlant de planche à voile, de plongée et Dieu savait quoi encore.

« C'était si bien avant, dit Megan à son père, avec tout juste une ombre d'agacement, un peu plus tard dans la journée.

— Je sais, mais la seule chose qu'on puisse dire, c'est que tout cela est de ta faute. La rançon du succès...

— La reconnaissance peut parfois mener trop loin, dit-elle en hochant la tête, avant d'en rire. Peu importe, je me vengerai plus tard ! »

Elle se rendit à la plage, pour prendre le temps d'en profiter un peu, au lieu de ne l'utiliser que comme un havre, à l'abri des écoutes. À sa grande surprise, elle y retrouva non seulement Wim, qui contemplait calmement la mer, mais aussi son père, allongé sur un matelas de mousse et qui commençait à se teinter d'un rose inquiétant.

Elle s'avança vers lui et baissa les yeux. « Salut. » Elle aurait pu se laisser quelque peu impressionner avant, mais à présent que Megan avait vu Dorfladen en toge, couvert de vinasse, enfermé dans ses fantasmes, rien de ce qu'il pouvait dire ou faire ne lui en imposerait.

Il la regarda avec ses petits yeux froids et déclara : « Jeune demoiselle, je vous dois une grande reconnaissance, m'a-t-on dit.

— Remerciez plutôt Wim, sans lui, je ne me serais même pas intéressée à la question. »

Dorfladen leva les sourcils à cette remarque. « Vous aurez sans doute un style de management terrible dans l'avenir. Mais, bon, merci, mon fils. »

Wim regarda son père, abasourdi. « De rien, papa. »

Arnulf Dorfladen grommela et se retourna sur le ventre.

C'est sûrement culturel, mais ne m'en demandez

pas plus ! « Combien de temps restes-tu encore ? demanda-t-elle à Wim.

— Quelques jours. » Ils firent quelques pas pour s'éloigner de Dorfladen senior. « Nous devons faire une déposition auprès des autorités internationales qui poursuivront MacIlwain... et puis nous repartirons pour redresser les sociétés de mon père.

— On aurait pu penser, dit doucement Megan, qu'il te remercierait plus chaleureusement, si l'on considère tout ce que tu as fait.

— Si l'on considère qu'il ne m'a jamais remercié en public auparavant de toute ma vie, dit Wim, je n'ai pas à me plaindre. »

Elle lui adressa un long regard... et hocha la tête. « Quand est-ce que tu t'en vas ?

— On reste encore une semaine. Pour se remettre de nos émotions, dit Megan.

— Quand tu seras rentrée, appelle-moi, je te ferai visiter le château de Louis II de Bavière, le fou.

— Je n'y manquerai pas.

— Et merci de... m'avoir aplati ! »

Il se détourna et s'en alla rejoindre son père.

Megan sourit et s'éloigna, elle aussi.

Ce fut au cours de la soirée, lors de la réception habituelle du centre d'accueil, alors que son père et sa mère dansaient et que ses frères prenaient d'assaut le buffet, que Halvarson la prit à part pour la remercier. « Bien entendu, nous ne pourrons donner aucune publicité aux prouesses que vous avez accomplies ici. Ce serait... maladroit.

— J'en conviens.

— Mais vous serez toujours la bienvenue, dit Halvarson, lorsque l'emploi du temps de votre père le permettra. Vous en aurez besoin pour votre couverture, bien sûr. Sinon, cela paraîtrait un peu... étrange.

— Évidemment.

— Naturellement, nous allons revoir nos configurations. Nous envisageons la possibilité d'ajuster nos implants. Il ne sera plus possible de s'en servir pour faire mourir de peur les gens.

— Je suis heureuse de l'apprendre », dit Megan en se frottant le cou.

Il lui fit un signe de tête, lui donna une petite tape sur l'épaule et alla saluer un autre invité.

Megan resta assise à sa place et tendit la main vers la coupe de champagne qu'il lui avait apportée. Sur la piste, son père et sa mère se souriaient. Ses frères flirtaient avec les jeunes filles. L'aîné regardait Norma Wenders, avec un sourire béat, comme s'il n'avait jamais rien vu d'aussi beau. Megan la regarda elle aussi, et Norma Wenders lui rendit son regard, bien que froidement, en levant légèrement son verre vers elle.

Megan sourit et but une gorgée de champagne. *C'est chouette d'être riche, momentanément, du moins.* Elle se dirigea vers le buffet pour goûter le homard avant que ses frères aient achevé leur razzia.

Le lendemain matin, elle dut présenter son rapport de mission à James Winters. Mark lui avait déjà parlé de son rôle dans l'opération ; il disposait déjà de la plupart des informations nécessaires pour comprendre ce que Len MacIlwain avait en tête, bien que certains éléments bien dissimulés dussent encore être extraits des arcanes du système complexe de Xanadu.

« Il se préparait depuis longtemps, apparemment,

en y allant petit à petit, expliqua Winters. Sa famille n'était pas très riche, et, à l'origine, il a commencé par détourner du crédit. Ce n'est pas une mince affaire. Beaucoup de gens s'y essaient, même si ce ne sont pas tous des spécialistes et qu'ils se font souvent démasquer. Notre cher Len, lui, était un véritable expert. Il a commencé petit : fouiller les registres de décès et usurper des identités de défunts. Ensuite, il s'est enhardi. Il a endossé l'identité de personnes vivantes. »

Winters s'adossa à sa chaise. « C'est un jeu beaucoup plus dangereux. Ce n'est pas rare non plus, mais les gens se font généralement prendre encore plus vite. De nos jours, les communications sont bien trop développées. Il y a toujours quelqu'un qui vous a "vu" quelque part où il savait que vous n'étiez pas. Mais là aussi, Len s'est montré très habile. Il observait ses victimes, il étudiait leur emploi du temps, connaissait leurs amis, les endroits qu'ils fréquentaient, en ligne comme dans la vie réelle. Il a commencé à piocher dans les comptes en banque et dans les biens d'autrui. Il était aussi doué pour les chapardages physiques que virtuels, et il a l'art du déguisement. Quand il estimait que les autorités l'approchaient d'un peu trop près, il se fabriquait une nouvelle identité et déménageait. C'était un as en la matière.

— Assez doué pour se faire embaucher à Xanadu.

— C'est exact. Ils ont fait leur enquête de moralité, comme d'habitude, mais ils n'ont rien trouvé de suspect. Bien sûr, il avait falsifié la plupart de ses références, et certaines des identités des personnes qu'il citait, si bien que lorsque la direction de Xanadu les interrogeait, c'était à Len en personne qu'elle s'adressait... À son insu, bien entendu.

D'autres références étaient parfaitement réelles. Il les a bernés.

— Et ensuite, il s'est retrouvé au paradis. Au centre d'un des réseaux les plus puissants et les plus exclusifs du monde entier... avec un accès libre à tout le reste. Et des tonnes d'informations sur les clients.

— Hum hum. Il est devenu gourmand. Cela a signé sa perte. Dorfladen, cela a été le bouquet, le seul cas ou en plus d'être gourmand, MacIlwain s'est montré imprudent. Il avait si bien réussi qu'il s'est cru invincible. Ses programmes avaient déjà été passés au peigne fin par Norma Wenders et son équipe de sécurité, et il estimait ne plus rien avoir à craindre de ce côté-là, tant qu'il modifiait souvent ses mots de passe. Ensuite, il faisait son coup et éliminait les traces les plus grossières pour qu'un audit reste bredouille. Mais tu as su chercher au bon endroit. Il ne croyait pas que quelqu'un irait fouiller l'écurie, pour ainsi dire, une fois tous les chevaux volés, et l'écurie fermée...

— C'est une idée de Mark, dit Megan.

— Peu importe, c'est toi qui l'as mis sur la piste. Bon travail, Megan. Ne minimise pas ton rôle.

— Bon... malgré tout, il reste un point qui me turlupine.

— Je suis à ta disposition.

— Je pensais que vous alliez déployer des agents de la Net Force à Xanadu.

— C'est fait », dit Winters.

Megan lui adressa un sourire ironique. « Je voulais dire, des adultes...

— C'est fait, répéta Winters.

— Qui ? » demanda Megan.

Winters lui sourit. « Je crois que ce sera un bon exercice pour les étudiants de percer ce mystère.

Mais tous mes agents ne travaillent pas à visage découvert. Certains préfèrent vivre bien tranquilles dans des endroits où ils peuvent rester accros à leur caféine ! À propos... Je pense que tu devrais songer à la fin de tes vacances. La rentrée n'arrivera que trop vite. Et il n'y a pas d'avenir pour les explorateurs qui ne décrochent pas leurs diplômes... »

Megan soupira.

« Vous êtes encore pire que mon père !

— Je prends cela comme un compliment, ce qui était très certainement dans tes intentions, dit James Winters. Bon, allez, retourne à tes vacances. J'aimerais bien en avoir, moi aussi, d'ailleurs. »

Megan lui dit au revoir et laissa le bureau de Winters s'évanouir, puis elle se leva pour aller voir un homme qui devait lui parler de trilobites.

GLOSSAIRE

Note du traducteur

Le lecteur trouvera ici, panachés, des termes en usage à l'époque de la rédaction de cet ouvrage, ainsi que d'autres apparemment usités à l'époque, un peu plus lointaine, où se déroule le récit...

J. B. et E.C.

Avatar : personnalité virtuelle adoptée pour masquer son identité. Très en vogue dans les jeux vidéo en réseau des années 1990, directement hérités des jeux de rôle, les avatars se sont également étendus à toutes les formes de communication interactive sur le réseau (Forums de discussion, cités, espaces et environnements virtuels).

Bogue (*bug* en anglais) : erreur dans un programme informatique, voire dans le câblage d'un circuit électronique.

Bombe logique : programme informatique, aux intentions malveillantes en général, qu'on introduit dans un système pour qu'il reste en sommeil, donc indétectable, jusqu'à qu'il soit activé par un événement déterminé à l'avance.

Cyberspam : version évoluée des *spams*, adapté aux interfaces de réalité virtuelle. Voir ce mot.

Code : protocole de représentation de données, d'informations, d'instructions selon une notation prédéfinie et variant selon les types d'ordinateur et les langages de programmation utilisés. Ces langages comprenant des instructions organisées selon des règles de syntaxe forment également un code.

Cookie : procédé d'authentification d'une personne accédant à un site Internet : lors de sa première connexion, le serveur utilisant un cookie va recueillir un certain nombre d'informations sur l'utilisateur. Celles-ci vont être soit rapatriées sur le site émetteur, soit stockées sur le disque dur de la personne connectée, sous la forme d'une séquence de chiffres dans un fichier texte. Ces données pourront être récupérées lors d'une connexion ultérieure, ce qui permet de personnaliser l'accès et la diffusion d'informations à l'utilisateur. Le revers de la médaille est bien sûr que cela permet également aux serveurs d'obtenir un « profil » de leurs visiteurs, voire de suivre à la trace leurs connexions...

Ervé : acronyme pour RV, réalité virtuelle (voir ce mot).

Holofilm : scénario cinématographique qui fonctionne dans la réalité virtuelle.

Holoprésence : manifestation d'une personne dans la réalité virtuelle sous forme d'une image tridimensionnelle parfaite. Elle peut apparaître sous sa véritable identité ou sous celle d'un avatar.

Pare-feu ou **Coupe-feu** (*firewall* en anglais) : système de protection logicielle, et par extension nom du serveur d'accès d'un réseau informatique chargé de filtrer toute intrusion extérieure pour éviter le piratage informatique ou les actes de malveillance (vols de fichiers, destruction de données, prise en main du système, introduction de virus) : Faisant écran entre le réseau local et le reste de l'Internet, ce routeur spécifique contrôle en permanence les accès pour ne laisser passer que les paquets de données autorisés.

Propriétaire : se dit d'un dispositif matériel ou logiciel (programme, interface, machine) spécifique d'un constructeur informatique ou d'un concepteur incompatible avec les produits du reste du marché.

RV : *Réalité virtuelle* [par opposition au MR, le Monde réel]. On utilise également l'acronyme ***ervé***.

Spam : ce nom issu d'une marque de « jambon en conserve reconstitué » désigne toutes les formes du courrier publicitaire non sollicité qui s'est mis à envahir les boîtes aux lettres électroniques de l'Internet à la fin des années 1990.

Dans la même série :

CYBER SPY
DANS L'OMBRE DE L'HONNEUR
ÉCHAPPÉE DANS L'EXTRÊME
LA GRANDE COURSE
LE JEU DU SOLITAIRE
UN JEU TRÈS MEURTRIER
VANDALES VIRTUELS

Tom Clancy
Net Force
Une série créée par Tom Clancy et Steve Pieczenik
LA GRANDE COURSE
LE LIVRE DE POCHE
inédit
Albin Michel

Tom Clancy
Net Force
Une série créée par Tom Clancy et Steve Pieczenik
DANS L'OMBRE DE L'HONNEUR
LIVRE DE POCHE
inédit
Albin Michel

Composition réalisée par NORD COMPO

Imprimé en France sur Presse Offset par

BRODARD & TAUPIN

GROUPE CPI

La Flèche (Sarthe).
N° d'imprimeur : 9161 – Dépôt légal Édit. 13159-10/2001
LIBRAIRIE GÉNÉRALE FRANÇAISE - 43, quai de Grenelle - 75015 Paris.

ISBN : 2 - 253 - 17192 - 1

31/7192/3